TOR

ANDREAS
BRANDHORST

OXYGEN

WELT OHNE SAUERSTOFF

KLIMATHRILLER

TOR

Aus Verantwortung für die Umwelt hat sich der S. Fischer Verlag zu einer nachhaltigen Buchproduktion verpflichtet. Der bewusste Umgang mit unseren Ressourcen, der Schutz unseres Klimas und der Natur gehören zu unseren obersten Unternehmenszielen.

Gemeinsam mit unseren Partnern und Lieferanten setzen wir uns für eine klimaneutrale Buchproduktion ein, die den Erwerb von Klimazertifikaten zur Kompensation des CO_2-Ausstoßes einschließt.

Weitere Informationen finden Sie unter: www.klimaneutralerverlag.de

MIX
Papier | Fördert gute Waldnutzung
FSC® C083411

Erschienen bei FISCHER Tor
Frankfurt am Main, März 2023

Satz: Pinkuin Satz und Datentechnik, Berlin
Druck und Bindung: CPI books GmbH, Leck
Printed in Germany
ISBN 978-3-596-70743-0

»Die Menschen führen ein langfristiges
geophysikalisches Experiment einer Art aus,
die in der Vergangenheit nicht möglich
gewesen wäre und in der Zukunft nicht
wiederholbar sein wird.«

ROGER REVELL, DIREKTOR DER SCIPPS INSTITUTION OF OCEANOGRAPHY, KALIFORNIEN, 1957

PROLOG

VOR 32 JAHREN

CATANIA, SIZILIEN

»Wo ist denn das Geburtstagskind?«, tönte Tante Margheritas hohe Stimme durch die offene Tür. »Na, wo ist es denn?«

Laura saß auf der Terrasse, im Schatten der Markise, und bemerkte den Blick ihrer Mutter. Hab Geduld, baten ihre nussbraunen Augen, die Laura von ihr geerbt hatte. Es passiert nur einmal im Jahr.

Niemand hatte öfter als einmal im Jahr Geburtstag, aber Tante Margherita aus Mailand und ihr Slobodan, der aus Novigrad in Kroatien stammte und für eine Firma namens Corrico arbeitete, machten immer eine ganze Woche daraus, denn für sie war es eine gute Gelegenheit für Urlaub im sizilianischen Catania. Sie kamen im Gästehaus von Lauras Eltern unter, mit Blick aufs Meer, und natürlich waren Kost und Logis gratis. Ein Schelm, wer Böses dabei denkt, dachte der Schelm in Laura.

»Ah, da ist die junge Dame, ich hab sie gefunden!«, quiekte Tante Margherita vergnügt und schob sich seitlich durch die offene Tür. Sie trug ein fußlanges himmelblaues Kleid, das aussah, als hätte sie ein Stück vom Himmel eingefangen, und einen großen Strohhut. Hinter ihr, wie in ihrem Schatten, kam Slobodan, halb so breit und etwas kleiner. Laura verglich ihn mit einem Hering, der einen großen, dicken Thunfisch begleitete, vielleicht sogar einen Wal. Wenn der Thunfisch – oder der Wal – zuschnappte, musste der Hering gut aufpassen, sonst war es um ihn geschehen.

Laura lächelte bei dieser Vorstellung, genau zum richtigen

Zeitpunkt: Tante Margherita glaubte, dass sie sich freute. In Wirklichkeit wartete sie nur auf das Zeichen ihrer Mutter, die aufstand, um ihre Schwester zu begrüßen.

»Annalisa«, schnaufte Margherita, »endlich sehen wir uns wieder, meine Liebe!«

Die beiden Schwestern – eine schlank und dunkelhaarig, die andere wie ein zu stark aufgequollener Teig, das Haar feuerrot – umarmten sich. Slobodan blieb ein Stück abseits stehen, ein blasser Mann in einer bunten Welt, so kam es Laura vor.

»Und deine Tochter, wie groß sie geworden ist!«, juchzte Tante Margherita und wandte sich Laura zu. »Na komm, lass dich ebenfalls umarmen.«

Der Wal schlang seine Arme um sie, und Laura hielt unwillkürlich die Luft an. Tante Margherita schwitzte, obwohl es gar nicht heiß war, nur dreiundzwanzig Grad.

»Zehn, die erste Null, mein Kind.« Tante Margherita hielt sie an den Schultern. »Und sehen wir nicht schon aus wie zwölf oder dreizehn? Bald wirst du eine junge Frau.«

»Das hat noch etwas Zeit«, lachte Annalisa.

»Ich hab dir was Hübsches mitgebracht«, verkündete Tante Margherita. »Ein Geschenk für das Geburtstagskind.« Sie löste die Hände von Lauras Schultern und streckte die rechte Slobodan entgegen, der ihr ein Päckchen reichte, in goldenes Glanzpapier gewickelt und mit rosaroter Schleife. »Hier, das ist für dich.«

Laura nahm das Päckchen entgegen und betrachtete es. Ein Buch wäre eine angenehme Überraschung gewesen, über Biologie oder Ozeanographie, aber Bücher durfte man von Tante Margherita nicht erwarten.

»Na, mach es schon auf, Kind!«

Laura löste die Schleife, öffnete das Glanzpapier und fand darunter eine rechteckige Schachtel, die bestimmt kein Buch enthielt. Sie nahm den Deckel ab.

»Na?«, fragte Tante Margherita glücklich. »Na, was sagst du? Freust du dich?«

»Ein Game Boy«, sagte Laura, ohne das kleine Gerät aus der Schachtel zu nehmen.

»Bei uns in Mailand spielen alle Kinder damit. Ich glaube, es gibt dafür auch Spiele mit Tieren und Delfinen und so.«

Ihre Mutter kam und nahm das Geschenk. »Sie ist sprachlos«, sagte sie und lachte erneut. »Du hast sie wirklich überrascht, Margherita.« Sie nickte ihrer Tochter kurz zu.

Das war das Zeichen.

»Vielen, vielen Dank, Tante Margherita«, sagte Laura und eilte zur Terrassentür. »Ich muss jetzt los, wir sehen uns später.«

Sie floh durchs stille Haus, verließ es durch den Nebeneingang, schwang sich aufs Rad und fuhr über die Hangstraße.

Links standen weißgraue Wolken über dem Gipfel des Ätnas, rechts glänzte blau das Mittelmeer. Nur wenige Kilometer weiter südlich, direkt an der See gelegen, zeigten sich die weißen Gebäude des Ozeanographischen Instituts Minerva, das Annalisa und Francesco Lombardi gegründet hatten und das von einer privaten Stiftung finanziert wurde. Laura lächelte, von den Zwängen des Geburtstags befreit, und trat fester in die Pedale. Joey wartete bestimmt schon auf sie.

Als sie das Institut wenig später erreichte, stand Ruggero in der Tür, der neue Wissenschaftliche Assistent, der erst vor wenigen Monaten sein Studium beendet hatte. Er lächelte nicht wie sonst, sondern wirkte betroffen.

»Herzlichen Glückwunsch zum Geburtstag«, sagte er traurig. »Dein Vater lässt dir ausrichten, dass du besser etwas später kommen solltest. Derzeit haben wir alle viel zu tun.«

Etwas stimmte nicht, das spürte Laura sofort. »Was ist passiert?«

»Nichts«, log Ruggero, und man sah ihm die Lüge an. »Es ist nichts passiert. Wir haben nur viel Arbeit und ...«

Laura lief an ihm vorbei zu den großen Becken, die leer waren – der Zugang zum Meer stand offen. Sie eilte weiter, ohne jemandem zu begegnen; in den Büros und Laboratorien hielt sich niemand auf.

Stimmen hörte sie erst, als sie das Hauptgebäude auf der anderen Seite verließ. Männer und Frauen, manche von ihnen in Badekleidung, andere in weißen Kitteln, standen beim Steg, der weit wie ein Bootsanleger ins Meer reichte. Ihr Vater, so groß wie Tante Margherita, bemerkte sie fast sofort und kam ihr entgegen.

»Laura …«, begann er und suchte nach Worten.

»Was ist denn?«, fragte sie verwirrt. Durch eine Lücke zwischen zwei Personen am Ufer sah sie einen Delfin. »Joey?«

Ihr Vater, der große, immer freundliche Francesco, wollte ihr die Hand auf die Schulter legen und sie vielleicht sogar festhalten, aber Laura lief schon wieder, erreichte den Delfin und sank neben ihm auf die Knie. Er lag halb im Wasser und halb im Sand, zusammen mit einigen Artgenossen.

»Helft mir!«, rief Laura den Leuten zu. »Er muss ins Wasser zurück!«

Niemand half ihr, denn es konnte niemand mehr helfen, weil es bereits zu spät war. Joey lebte nicht mehr.

Vor sechs Jahren, als Vierjährige, hatte Laura seine Geburt erlebt. Sie war mit ihm aufgewachsen, hatte mit ihm gespielt und mit ihm gesprochen. Sein Schnattern war ihr seither so vertraut geworden wie die Stimme eines Menschen.

Francesco näherte sich und ging neben ihr in die Hocke. »Wir konnten nichts für ihn tun, glaub mir«, sagte er leise und strich ihr sanft übers Haar. »Er starb vor wenigen Minuten, ebenso wie die anderen.«

Laura starrte fassungslos auf ihren toten Freund hinab. »Aber … *warum?*«

»Wir vermuten, es war etwas im Wasser.«

Am Abend, als Tante Margherita und ihr Slobodan zu einer Tour durch die Stadt aufgebrochen waren, saßen Laura und ihre Eltern auf der Terrasse am Tisch. Auf der linken Seite, nach Norden hin, lag der Lichterteppich von Catania, mit dem Vulkan im Nordwesten. Vorn, nach Osten hin, erstreckte sich das Mittelmeer. Wenn man an die Brüstung der Terrasse trat, konnte man unten im Südosten die Gebäude des Instituts am Ufer sehen.

»Dies ist der traurigste Geburtstag meines Lebens«, klagte Laura.

»Du hast einen guten Freund verloren«, sagte ihre Mutter voller Anteilnahme. »Das tut mir sehr, sehr leid.«

»Ich kann nie wieder mit Joey schwimmen.« Laura fühlte neue Tränen kommen. *»Nie wieder.«*

»Das macht der Tod«, erklärte ihr Vater ernst. »Manchmal nimmt er, was uns am liebsten ist.«

»Aber *warum?*«, fragte Laura erneut und spürte, wie ihre Wangen feucht wurden. »Warum musste Joey sterben?«

»Schwer zu sagen«, antwortete ihr Vater. »Wir sind noch dabei, die möglichen Ursachen zu untersuchen.«

»Etwas im Wasser, hast du gesagt.«

»Ja. Vielleicht ein Frachter, der auf dem Weg nach Messina die Tanks ausgespült hat. Oder einer der Industriebetriebe im Norden, die manchmal eine teure Entsorgung vermeiden, indem sie ihre Abwässer ins Meer leiten.«

»Gift für die Delfine.« Laura sah, wie aus ihren Händen Fäuste wurden, eine links von ihrem Teller, die andere rechts.

»Nicht nur für sie, Laura.« Francesco Lombardis ernste Stimme bekam einen traurigen Unterton. »Es wird immer schlimmer mit der Umweltverschmutzung. Wir brennen Wälder ab und kippen Müll ins Meer, der über die Fische zu uns zurückkehrt. Ein neues großes Artensterben hat begonnen, an Land ebenso wie im Ozean. Der Mensch ist auf dem besten Weg, seine eigene Lebensgrundlage zu zerstören. Wenn wir so weitermachen, steht uns eine gewaltige ökologische Katastrophe bevor. Wir werden es vielleicht nicht mehr erleben«, er deutete auf Annalisa und sich selbst, »aber du schon. Du bist jung genug, um Zeugin einer Zeitenwende zu werden.«

Laura glaubte zu verstehen. »Eure Arbeit im Institut ... Ihr versucht, die Welt zu retten, ja?«

»Man könnte es tatsächlich so benennen«, stimmte ihr Annalisa zu.

Laura traf eine Entscheidung. Sie brauchte nicht lange zu überlegen, alles stand sofort fest.

»Ich möchte helfen«, sagte sie. »Ich werde das Abitur machen und Ozeanographie studieren, wie du, Mama. Und wenn ich den Abschluss habe, arbeite ich mit euch zusammen im Institut.«

Der Vater ergriff ihre linke Hand, die Mutter ihre rechte.

»Das wäre gut«, sagte Francesco. »Dann können wir gemeinsam versuchen, die Welt zu retten.«

HEUTE

ERSTES JAHR

DIE WELT WIRD GRAU

1

LAURA LOMBARDI

BEI DER INSEL PANTELLERIA, ZWISCHEN SIZILIEN UND TUNESIEN

Das Meer lag glatt wie Glas, die Sonne brannte vom wolkenlosen Himmel. Dr. Laura Lombardi schloss die Augen und stellte sich vor, irgendwo an Land zu stehen – die *Trieste* bewegte sich kaum.

»Erst neun Uhr und schon ziemlich warm«, vernahm sie eine Stimme hinter sich. »Es wird ein weiterer zu heißer Tag auf einem zu warmen Meer. Und das im März.«

Sie befanden sich nordwestlich der italienischen Insel Pantelleria, zwischen Sizilien und Tunesien. Die *Trieste* – ihr Name eine Hommage an den Bathyskaph *Trieste*, mit dem Jacques Piccard und Don Walsh am 23. Januar 1960 im pazifischen Marianengraben 10 910 Meter tief getaucht waren – wartete auf die Rückkehr ihrer beiden kleinen Tauchroboter. Im Labor war alles für eine erste Untersuchung der Proben vorbereitet, und Richard würde zugleich mit seinem Computer die aufgezeichneten Daten auswerten.

Laura öffnete die Augen und blinzelte im Sonnenschein. »Dies ist das Mittelmeer. Hier ist es immer warm.«

»Ich habe mir erst gestern die Temperaturkurven angesehen«, sagte die zweiundzwanzig Jahre junge Olivia Marchesi, Studentin aus Turin und Herzblut-Ökologistin. Man nannte sie auch »Diamond«, weil ihre blauen Augen manchmal wie Diamanten funkelten. »Die Werte sind noch immer ziemlich hoch.«

»Das werden sie auch bleiben, für die nächsten zehn oder

zwanzig Jahre.« Laura blickte übers Meer. »Das Klima ist träge, von seinen Launen ganz zu schweigen. Die neuen Maßnahmen können nicht sofort wirken, das braucht seine Zeit. Aber …« Sie lächelte. »Es sieht alles vielversprechend aus. Vielleicht haben wir wirklich einen Weg aus der Krise gefunden. Ich bin gespannt, was uns die neuen Proben erzählen.«

Sie hielt Ausschau, konnte jedoch die beiden kleinen Tauchroboter noch nicht ausmachen. Ob Richard sie schon auf seinem Ortungsschirm hatte?

»Wenn du mich fragst, Laura …« Olivia seufzte und trat neben sie an die Reling. Sie trug ein weißes T-Shirt mit dem Schriftzug *Istituto Oceanografico Minerva* und einen Greenpeace-Sticker. »Corricos neue Methoden werden zu oft und an zu vielen Orten für eine Art Freibrief gehalten. Man hört und liest es immer wieder: Wir haben es geschafft, das Schlimmste ist überstanden, es wird alles gut. Aber die Probleme mit Umwelt und Klima sind lange noch nicht gelöst.«

»Deshalb sind wir hier.« Laura breitete die Arme aus. »Um Daten zu sammeln. Um herauszufinden, wie es um unseren Planeten bestellt ist.«

»Ich fürchte, wir sind nicht nur deshalb hier«, sagte die junge Olivia und strich sich eine Strähne ihres blonden Haars aus der Stirn. »Lorenz scheint eine eigene Agenda zu haben.«

Sie meinte Lorenz Winkler aus Deutschland, Gesandter von Kochal, Broderbund & Althaus, einer deutsch-niederländischen Firmengruppe, die als Sponsor die neue Forschungsfahrt der *Trieste* unterstützte.

»Es geht ihm nicht um Meer und Klima, sondern um Geld«, sagte Olivia. Es klang nach etwas Ekligem.

»Genau. Das nämlich bekommen wir von ihm und seinen Auftraggebern.«

»Vielleicht will er *uns* bald einen neuen Auftrag geben«, prophezeite Olivia düster. »Er ist ein Schatzsucher. Er benutzt uns, um vielversprechende Wracks aufzuspüren. So sparen seine Mandanten Suchschiffe und Mannschaften.«

Lorenz Winkler, den Laura auf gut fünfzig schätzte, hatte sich von Anfang an mit kühler Freundlichkeit bemüht, im Hintergrund zu bleiben und niemanden zu stören, wie es seiner Rolle entsprach. Es gab nichts, was Laura an ihm kritisieren konnte.

»Ich hab's auf seinen Karten gesehen«, fuhr Olivia fort. »Er sucht insbesondere Galeeren von Rom und Karthago, aber auch spanische und portugiesische Galeonen. Hauptsache, die Fracht lohnt sich.«

»Er hat dir seine Karten gezeigt?«

»Sie lagen ganz offen da«, wich Olivia aus.

»Wo?«

»In seiner Kabine.«

»Hat er dich zu sich eingeladen?«

»Ich wollte ihm Kaffee bringen.«

»Lass mich raten«, sagte Laura. »Während er an Deck war.«

»Ich hab angeklopft.«

»Obwohl du oben seine Stimme gehört hast.«

Olivia zuckte mit den Schultern. »Wie auch immer, ich hab die Karten gesehen. Jetzt wissen wir Bescheid. Wenn er uns heute oder morgen bittet, die *Trieste* auf einen neuen Kurs zu steuern, kennen wir den Grund. Mit Wissenschaft hat das nichts zu tun.«

»Die Entscheidung über den Kurs liegt bei mir und beim Skipper«, betonte Laura. So ließ sich der alte Gianni Nardi nennen, Skipper, obwohl die *Trieste* keine elegante Segelyacht war, sondern ein zweiundvierzig Meter langes und fünfzehn Meter breites Motorschiff.

»Ich sag ja nur.« Olivia senkte die Stimme ein wenig. »Übrigens, vielleicht bahnt sich was zwischen ihnen an.«

»Zwischen wem?«

»Dem Herrn Lorenz Winkler und Amelia«, sagte Olivia. »Bis

tief in die Nacht haben sie auf dem Achterdeck gesessen. Ich hab sie gehört, als sie die Kajütentreppe heruntergekommen sind. Bist du sicher, dass Amelia für *Repubblica* und *Protecta* arbeitet? Vielleicht stecken sie unter einer Decke. Ich meine, auch im übertragenen Sinn.«

Laura sah auf die Uhr. Inzwischen hätten die beiden Tauchroboter eigentlich zurück sein müssen.

»Ja, ich bin sicher«, erwiderte sie. Manchmal tratschte Olivia gern. Laura hielt es für ein Zeichen ihres Vertrauens und nahm es hin, solange sie nicht übertrieb. »Sie arbeitet an einem großen Bericht über unsere Forschungen. *Repubblica* bringt ihn kommenden Monat in mehreren Teilen, und *Protecta* wird einen langen Fachartikel veröffentlichen.«

La Repubblica war eine der wichtigsten italienischen Tageszeitungen und hatte noch immer erheblichen Einfluss auf die öffentliche Meinung in Italien. Bei *Protecta* handelte es sich um ein angesehenes Wissenschaftsmagazin, das sich an ein eher intellektuelles Publikum wandte.

»Ich sag ja nur.« Olivia sprach noch immer leise. »Nicht, dass sie nachher über versunkene Schiffe und Schatzsucher schreibt anstatt über die Klimakrise und immer noch viel zu warme Meere.«

Voraus geriet das Wasser in Bewegung. Zuerst dachte Laura an Delfine und vielleicht sogar einen Wal, doch dann tauchten zwei Roboter auf, der eine gelb, der andere orangefarben.

»Huey und Dewey sind zurück, wurde auch Zeit«, sagte sie zufrieden. »Komm, helfen wir Skipper Nardi, sie an Bord zu holen.«

2

Eine Stunde später saßen sie im Labor: Laura und die junge Olivia am neuen Rasterelektronenmikroskop, das seit kurzer Zeit zur technischen Ausrüstung der *Trieste* gehörte, und Richard – Dr. Richard Jay Compton, Meeresbiologe aus Birmingham – am Computerschirm. Laura hatte gerade begonnen, sich die Phytoplankton-Proben anzusehen, als Amelia De Santis und Lorenz Winkler hereinkamen. Sie gingen nicht Hand in Hand und wechselten auch keinen liebevollen Blick, aber Laura spürte etwas zwischen ihnen.

»Hat sich schon was ergeben?«, fragte die Journalistin. Sie war einige Jahre jünger als Lorenz Winkler, Mitte vierzig, und hatte dunkles, welliges Haar, das ihr bis auf die Schultern reichte. Eine atemberaubende Schönheit war sie nicht, soweit Laura das beurteilen konnte, aber eine Aura klassischer Eleganz umgab sie und kam auch in ihren geschmeidigen Bewegungen zum Ausdruck.

Laura nickte den Neuankömmlingen freundlich zu. »Die ersten Untersuchungen finden gerade statt.«

Amelia setzte sich an den kleinen Tisch hinter Laura und Olivia und holte ihr Handy hervor. »Wenn Sie gestatten …«

»Natürlich«, sagte Laura. Die Journalistin hatte schon mehrmals Aufzeichnungen mit ihrem Handy gemacht. Zweifellos waren sie ihr eine große Hilfe beim Schreiben der Berichte.

Lorenz nahm nicht neben ihr am Tisch Platz, sondern weiter hinten, auf einem Stuhl an der Wand. Von dort aus hatte er alles im Blick.

»Es hat sich tatsächlich schon was ergeben«, wandte sich Olivia an Amelia. »Und es bestätigt, worüber wir gestern gesprochen haben. Die Temperaturen sind noch immer viel zu hoch. Richard?«

Der immer ruhige und gelassene Richard J. Compton ließ sich nicht anmerken, ob es ihm gefiel, von Olivia für ihre Sache eingespannt zu werden. Er war einundvierzig Jahre alt und Single, fand Frauen offenbar ebenso langweilig wie Männer. Die Artenmigration in den Ozeanen und seine Computer schienen ihn weit mehr zu interessieren als alles andere.

Vielleicht erging es ihm ebenso wie ihr, dachte Laura manchmal. Nach Pierre war sie niemandem begegnet, der geeignet schien, den Platz an ihrer Seite einzunehmen. Und je länger dieser Platz leer blieb, desto mehr Aufmerksamkeit beanspruchte die Ozeanographie.

»Huey und Dewey haben in den vergangenen vierundzwanzig Stunden immer wieder die Temperatur des Meerwassers gemessen, in unterschiedlichen Tiefen.« Tasten klickten unter Richards Fingern, und auf dem breiten, gewölbten Monitor vor ihm erschien eine Zackenlinie. »Daraus ergibt sich eine mittlere Oberflächentemperatur von vierundzwanzig Komma zwei Grad, und selbst in einer Tiefe von hundert Metern liegt sie noch um die zwanzig Grad. Das ist sehr ungewöhnlich, wenn man bedenkt, dass zum Beispiel vor Mallorcas Küste im Sommer Temperaturen zwischen sechsundzwanzig und siebenundzwanzig Grad gemessen werden.«

»Und darf ich daran erinnern, dass wir erst März haben und noch nicht August.«, betonte Olivia. »In fünf Monaten könnten wir bei zweiunddreißig, dreiunddreißig oder mehr Grad sein. Mit anderen Worten: Das Mittelmeer wird tropisch, mit Temperaturen wie in der Karibik. Was sich natürlich auch auf die Arten auswirkt. Einheimische Spezies emigrieren oder sterben aus, tropische Arten immigrieren durch die Meerenge von Gibraltar, durch den Suezkanal und in den Ballasttanks großer Frachter. Stimmt's, Richard?«

Daraufhin begann der Biologe mit einem seiner Vorträge. Laura ließ sich davon nicht ablenken und setzte die Untersuchung der Phytoplankton-Proben fort, die Huey und Dewey während ihrer Tauchfahrt gesammelt hatten. Die ersten Ergebnisse waren vielversprechend. Steigende Meerestemperaturen hatten das Wachstum der photoautotrophen Organismen verlangsamt, aber nach der Düngung der Ozeane durch Corrico und andere Klima-Unternehmen nahm ihre Anzahl wieder zu.

»Das sieht gut aus«, murmelte sie. Olivia wandte sich ihr sofort zu, und Laura deutete auf den Bildschirm. »Das Phytoplankton erholt sich, sogar schneller als erwartet.«

Richard Compton unterbrach seinen Vortrag, den er für Lorenz und Amelia hielt, als Skipper Nardi in der Tür erschien: ein kleiner, drahtiger Mann an die siebzig, mit zotteligem grauweißem Haar und einem Dreitagebart. Das zerfurchte Gesicht wirkte ledrig, die dunklen Augen darin flink und lebhaft.

»Alles in Ordnung bei euch?«, fragte er.

Laura winkte ihm zu. »Alles bestens.«

»Am frühen Nachmittag könnte es schlechtes Wetter geben«, sagte Gianni Nardi. »Eine Unwetterfront zieht von Süden heran.«

Es fiel Laura schwer, den Blick vom Monitor des Rasterelektronenmikroskops abzuwenden. Ihr war etwas aufgefallen. »Können wir ausweichen?«

»Ich denke schon«, meinte Skipper Nardi. »Wohin?«

Lorenz Winkler räusperte sich. »Wenn ich einen Vorschlag machen darf ...«

»Ja?«

»Ich habe mir die neuen Wetterkarten vorhin angesehen«, sagte der Deutsche. »Wir könnten nach Osten fahren, hundert Seemeilen weit. Das sollte genügen.«

Olivia warf Laura einen warnenden Blick zu.

Sie überlegte kurz und musterte Lorenz dabei. Dessen Miene verriet nichts. Er hatte zu wenige Falten für sein Alter, ebenso wie die Kleidung, die wie frisch gebügelt wirkte: knielange beigefarbene Shorts mit leeren Werkzeugtaschen und ein dazu passendes cremefarbenes Hemd, das er über den Shorts trug. Mit einem Tropenhelm hätte er sich einer Safari anschließen können, ohne jemandem aufzufallen. Das galt ohnehin für ihn – man nahm ihn erst richtig wahr, wenn der Blick etwas länger auf ihm verweilte, dann gab ihn die Kulisse, der Hintergrund, als Person preis. Wie er es anstellte, so unauffällig zu sein, obwohl es ihm nicht an Attraktivität und Selbstbewusstsein mangelte, blieb sein Geheimnis.

»Nein«, entschied Laura. »Wir fahren nach Norden, nach Marsala. Im Hafen dort sind wir vor Unwettern geschützt. Wir können die Daten weitergeben und Amelia ihren ersten Bericht.«

Skipper Nardi hob die Hand zur Mütze und ging.

Laura wandte sich wieder dem Monitor zu und sah genauer hin. »Hier stimmt was nicht«, sagte sie laut und deutlich.

Damit weckte sie das Interesse der anderen. Richard drehte sich zu ihr um. Lorenz Winkler hob die Brauen. Olivia beugte sich vor. Und Amelia fragte: »Was ist los?«

»Kommen Sie«, lud Laura die Journalistin ein. »Sehen Sie es sich aus der Nähe an. Ich dachte zunächst, ich hätte mich geirrt, aber …« Sie verstummte.

Amelia verließ ihren Platz am Tisch und sank auf den Stuhl rechts von Laura. Richard Compton stand auf, kam näher und blieb hinter ihnen stehen, mit Blick auf den Monitor des elektronischen Mikroskops. Lorenz gesellte sich an seine Seite.

»Kennen Sie sich mit Phytoplankton aus, Amelia?« Laura drückte Tasten, die Bilder auf dem Monitor wechselten und zeigten verschiedene Organismen. Die Daten unter den Bildern wiesen auf eine Entwicklung hin, die sie alle betraf.

»Ein bisschen«, entgegnete die Journalistin vorsichtig.

Laura überlegte kurz und sprach dann wie bei einer Vorlesung an der Universität von Catania. »Photoautotrophes Phytoplankton bildet das Fundament der Nahrungskette in den Ozeanen. Die winzigen Organismen betreiben Fotosynthese, das heißt, sie produzieren Zucker, Stärke und Sauerstoff aus Nährstoffen im Wasser sowie Sonnenlicht und Kohlendioxid. Das Phytoplankton ist die Nahrung des Zooplanktons, das wiederum von Fischen gefressen wird. Und wir verdanken ihm einen großen, wenn nicht den größten Teil des Sauerstoffs in der Atmosphäre, bis zu siebzig oder achtzig Prozent.«

Amelia nickte und vergewisserte sich mit einem Blick auf ihr Handy, dass es alles aufzeichnete.

Laura deutete auf den Monitor, auf dem ganz oben eine Scheibe zu sehen war, die man mit etwas Phantasie für eine geriffelte Tablette halten konnte. Die Bilder darunter präsentierten Organismen, die aussahen wie gepanzerte Nüsse.

»Ganz oben sehen Sie eine Kieselalge«, erklärte Laura. »Kieselalgen beziehungsweise Diatomeen zählen ebenso zum Phytoplankton wie die darunter abgebildeten Dinoflagellaten, auch Panzeralgen oder Panzergeißler genannt. Sie sind hier im Mittelmeer recht häufig, wie zum Beispiel *Podolampas bipes, Ceratium limulus* und *Blepharocysta splendor-maris.*« Sie tippte mit dem Zeigefinger auf den Bildschirm, auf etwas, das einer Eichel mit einem Fledermausflügel ähnelte. »Das ist *Ornithocercus magnificus,* ein Dinoflagellat mit Segeln anstatt mit Geißeln, ein Einzeller, der in Symbiose mit Cyanobakterien lebt, die ebenfalls zum Phytoplankton zählen.«

Sie drückte eine Taste, die Bilder wechselten, Querschnitte erschienen, Teile von Einzellern, die wie ausgefranst oder zerrissen wirkten. Daneben erschienen Zahlen, die sich in Abständen von einigen Sekunden veränderten.

Amelia beugte sich vor. »Was ist das?«

»Ich dachte zunächst, es beträfe nur einzelne Organismen«, sagte Laura ernst. »Vielleicht ein durch ultraviolette Strahlen hervorgerufener Schaden. So was kommt vor. Eine Art Sonnenbrand beim Plankton, das zu lange zu dicht unter der Wasseroberfläche treibt. Sie wissen ja, dass wir Probleme mit der Ozonschicht hatten, bis das Klimakonsortium unter der Führung von Corrico vor einem Jahr die ersten Aerosolen eingesetzt hat.«

Amelia nickte. »Das ist bekannt. Man hat eine Lösung für das Problem gefunden.«

»Ja«, bestätigte Laura. »Die Ozonschicht, die uns alle vor schädlicher UV-Strahlung schützt, hat sich stabilisiert, das kann also nicht die Erklärung sein.«

Sie blickte wieder auf den Monitor, und allmählich dämmerte ihr, was sie entdeckt hatte. Wenn dies kein Einzelfall war, sondern der Beginn einer neuen Entwicklung …

»Ein großer Teil des photoautotrophen Planktons in den von Huey und Dewey gesammelten Proben weist Zellschäden auf«, sagte sie. »Soweit ich das sehe, sind vor allem die Chlorophyll-Moleküle betroffen.«

»Was bedeutet das?«, fragte die Journalistin, als Laura nicht weitersprach, sondern wiederholt die Bildlauftaste drückte und sich stumm die anderen Aufnahmen des Rasterelektronenmikroskops ansah. »Sterben die betroffenen Einzeller?«

»Sie brauchen das Chlorophyll für die Fotosynthese, die sie mit Zucker und Stärke versorgt«, antwortete Laura. »Wenn die Fotosynthese des Planktons nicht mehr funktioniert … ja, dann stirbt es.« Laura verstummte erneut, um ihre Gedanken zu sammeln. »Es muss etwas Neues sein«, fuhr sie dann fort, »eine neue Entwicklung, denn bisher haben wir ein Wachstum beim Phytoplankton beobachtet. Die Zellschäden betreffen alle Proben, die von den beiden Tauchrobotern an verschiedenen Stellen in unterschiedlichen Tiefen genommen wurden. Olivia?«

Die junge Frau an ihrer Seite nickte. Sie hatte die Bilder und ersten Analyseergebnisse miteinander verglichen. »Offenbar haben zwischen fünfzig und sechzig Prozent des Phytoplanktons entweder gar kein Chlorophyll mehr oder nur noch kleine Reste.«

»Könnte man daraus schließen, dass es sich um einen allgemeinen Vorgang handelt?«, fragte Amelia.

»Für eine solche Aussage ist es noch zu früh. Aber wenn das stimmt, wenn die Fotosynthese des Phytoplanktons nicht nur hier gestört ist, sondern überall im Mittelmeer und vielleicht sogar in den Ozeanen ...«

»Dann bekommen wir klareres Wasser, nicht wahr? Ich meine, weniger Phytoplankton bedeutet auch weniger Algen und weniger übermäßige Algenblüten.« Scherzhaft fügte Amelia hinzu: »Die Menschen an den Badestränden werden sich freuen.«

Laura bedachte die Journalistin mit einem ernsten Blick. »Sie verstehen nicht. Wenn dies mehr ist als ein unglücklicher Zufall, der sich auf unsere Proben beschränkt, wenn wir es tatsächlich mit einer allgemeinen Entwicklung zu tun haben ... Dann stehen wir vor einem Riesenproblem.«

Amelias Lächeln verblasste, als sie sich erinnerte. »Oh. Sie meinen die Sauerstoffproduktion.«

»Siebzig bis achtzig Prozent des Sauerstoffs in unserer Atmosphäre stammen vom Phytoplankton«, wiederholte Laura. »Wenn es keinen Nachschub gibt, geht uns allen die Luft aus.«

Amelia De Santis dachte darüber nach, dann sagte sie leise: »Meine Güte.«

»Ja.« Laura nickte und klatschte plötzlich in die Hände. »Also gut, Leute, machen wir uns an die Arbeit. Wir brauchen eine solidere Datenbasis. Wenn wir in Marsala sind, fragen wir bei unseren Kollegen rund um den Globus nach.« Sie sah auf die Uhr. »In einigen Stunden wissen wir hoffentlich mehr.«

3

Laura sah nachdenklich aus dem Fenster des Centro Studi Marittimi von Marsala, des »Zentrums für Meeresforschung«, unweit des kleinen Yachthafens. Sie beobachtete die dunklen Wolken im Süden über dem Meer und bemerkte das Flackern eines Blitzes. Wind war aufgekommen, die Boote im Hafen schaukelten auf unruhig gewordenem Wasser, und Laura glaubte fast, das Knarren von Seilen und das Knattern nicht richtig festgezurrter Segelplanen zu hören.

Hinter ihr wurde die Tür geöffnet, und jemand betrat das Laboratorium, in dem Laura die letzten Stunden verbracht hatte. Sie rechnete mit Olivia und war überrascht, als sie die Stimme eines Mannes vernahm.

»Bist du müde?«, fragte Richard Jay Compton.

Sie drehte sich halb zu ihm um. »Oh, du bist's. Ja, ich gestehe, ich bin ein bisschen müde.« Sie lächelte schief. »Ich wünschte, ich wäre so jung wie unsere eifrige Olivia. Eigentlich habe ich sie erwartet und nicht dich. Sie wollte mir die letzten Berichte bringen.«

Richard hob eine Mappe. »Ich hab sie hier. Olivia ist bei Professor Zamberti und erläutert ihm deine Zusammenfassung.«

Laura nickte und nahm die Mappe entgegen.

Richard setzte sich auf einen nahen Stuhl und deutete aus dem Fenster, als in der Ferne ein weiterer Blitz aufleuchtete. »Dort draußen geht es jetzt ziemlich ungemütlich zu. Zum Glück ist die *Trieste* hier sicher.«

»Wenn wir Pech haben, gibt es bald auf der ganzen Erde keinen sicheren Ort mehr.« Laura blätterte durch die Ausdrucke in der Mappe. Die Aufstellungen, die sie sah, verbesserten ihre Stimmung nicht. »Es ist also tatsächlich eine allgemeine Entwicklung, nicht wahr?«

»Darauf deutet alles hin«, bestätigte Richard. Er war ein Ruhepol, ein Fels in der Brandung, fand Laura. Nicht zum ersten Mal beneidete sie ihn um seine Unerschütterlichkeit. »Atlantik und Pazifik, das Japanische Meer, der Indische Ozean, das Nordmeer und die antarktischen Gewässer ... Überall bietet sich ein ähnliches Bild.«

»Was bedeutet, dass es keine jahreszeitlichen Einflüsse sind«, murmelte Laura.

»Die Unterschiede sind marginal«, sagte Richard ruhig. »In der Antarktis sind die Abweichungen von den normalen Werten etwas geringer, im Nordmeer etwas höher. Das könnte tatsächlich etwas mit Temperatur und Jahreszeit zu tun haben. Aber entsprechende Schlussfolgerungen wären voreilig, erst müssen weitere Untersuchungen stattfinden.«

»Wenn es brennt, sollte man die Feuerwehr sofort verständigen und nicht warten, bis man vor einem Großbrand steht.« Laura las in einer der Listen. »Die ersten Meldungen sind etwa sechs Wochen alt und stammen aus Forschungsberichten, bei denen es um Krill und den Roten Thun geht. Bei der Analyse entsprechender Wasserproben stieß man auf ›degeneriertes Phytoplankton‹, auf Einzeller ohne Chlorophyll. Aber es waren nur einige wenige Dinoflagellaten betroffen, man hielt die ›Degeneration‹ für eine Folge lokaler Umweltverschmutzung. Das deckt sich mit meiner Online-Recherche und Nachfragen bei Kollegen in den USA und auf den Philippinen. Es begann also vor etwa sechs Wochen. Zwei wichtige Fragen lauten: Was ist die Ursache? Und was können wir dagegen unternehmen?«

Laura merkte plötzlich, dass Richards Präsenz beruhigend auf sie wirkte. Ihre Gedanken bewegten sich nicht mehr in einem wilden Tanz, ein Teil der Anspannung wich von ihr. In seinen blaugrauen Augen sah sie so etwas wie Vater oder Bruder – und vielleicht noch etwas anderes, das sie nicht genau zu definieren wusste.

»Bitte sag mir, dass alles gut wird«, forderte sie halb im Scherz.

Richard hob die Brauen. »Erwarte keine Lügen von mir«, erwiderte er sanft. »Ich weiß nicht, ob alles gut wird. Oft ist das der Fall, manchmal nicht. Wir sind Wissenschaftler und Forscher. Finden wir mehr heraus.«

Die Tür öffnete sich erneut, und die junge Olivia kam herein. Sie wirkte ein wenig abgekämpft, als hätte sie gerade eine hitzige Diskussion hinter sich. Ihr folgten Professor Zamberti, Leiter des CSM von Marsala, und Amelia und Lorenz.

Olivia hob die Arme und ließ sie wieder sinken. »Er wollte unbedingt mit dir reden, ich konnte es nicht verhindern.«

»Warum auch?«, gab Laura freundlich zurück.

Zamberti blieb stehen, die anderen setzten sich an den Tisch. Der Professor war kaum älter als Lorenz Winkler, doch die hagere, fast ausgemergelt wirkende Statur und das von zahlreichen Falten durchzogene Gesicht ließen ihn viel älter aussehen. Er trug einen alten mausgrauen Anzug, der ihm eine Nummer zu groß schien.

»Haben Sie sich schon an die Öffentlichkeit gewandt, Dottoressa Lombardi?« Er nahm kurz den Hefter mit der Zusammenfassung und legte ihn dann zwischen Amelia und Olivia auf den Tisch.

»Noch nicht«, antwortete Laura.

»Aber das sollten wir so bald wie möglich tun«, sagte Olivia mit Nachdruck.

Zamberti seufzte tief und schwer. »Vielleicht ist es besser, noch ein bisschen damit zu warten. Das gilt auch und insbesondere für Sie, Signora De Santis.«

»Warum?«, fragte Laura.

»Es sind schwere Zeiten für uns.« Der Professor sprach leise, aber seine Worte waren klar und deutlich. »Für vergleichsweise kleine Institute wie die unsrigen, meine ich. Die großen, lukrativen Forschungsaufträge gehen an internationale Firmen und die multinationalen Konsortien wie das von Corrico. Wir müssen unsere Glaubwürdigkeit bewahren. Deshalb achte ich für das CSM immer darauf, dass die Daten unserer veröffentlichten Berichte hieb- und stichfest sind.«

Laura deutete erst auf die Mappe, die Richard gebracht hatte, und dann auf den Hefter zwischen Olivia und der Journalistin. »Wir haben alles überprüft. Die Daten sind bestätigt, auch von Forschungsergebnissen in anderen Teilen der Welt.«

Zamberti blickte kurz zu den noch freien Stühlen und überlegte vielleicht, ob er Platz nehmen sollte. Wenn dem so war, entschied er sich dagegen. »Sie wissen, dass wir staatliche Zuschüsse und Sponsoren brauchen, Dottoressa«, fuhr er fort. »Man könnte uns vorwerfen, Aufmerksamkeit erregen zu wollen, um unsere Bilanzen aufzubessern.«

Laura glaubte, ihren Ohren nicht trauen zu können, und starrte den Professor an. »Es geht hier um *Wissenschaft*, nicht um irgendwelche Bilanzen.«

»Sowohl als auch, Dottoressa«, sagte Zamberti niedergeschlagen. »Das eine lässt sich leider nicht vom anderen trennen. Wenn unsere Bilanzen nicht in Ordnung sind, können wir keine Wissenschaft mehr betreiben.«

Die anderen schwiegen, stellte Laura fest. Sie überließen ihr das Feld. Richard saß ruhig da, sein Blick vermittelte Gelassenheit und Zuversicht. Nur zu, schien er ihr sagen zu wollen. Lass dich nicht unterkriegen.

»Ist Ihnen wirklich klar, womit wir es zu tun haben?« Laura zwang sich, nicht zu schnell zu sprechen. »Wenn es stimmt, dass das Phytoplankton sein Chlorophyll verliert, steuern wir geradewegs auf eine Katastrophe zu, neben der sich alles, was uns die Klimakrise beschert hat, wie ein Kindergeburtstag ausnimmt. Wenn keine Fotosynthese mehr stattfindet, wird der Sauerstoffanteil unserer Luft drastisch sinken. Nicht in ein paar Jahrzehnten, sondern viel, viel schneller. Ständig wird überall auf der Welt Sauerstoff verbraucht. Denken Sie an die nach wie vor weit verbreiteten Verbrennungsmotoren …«

»Weltweit sind noch immer über eine Milliarde Autos unterwegs, deren Motoren Sauerstoff für die Verbrennung fossiler Treibstoffe benötigen«, warf Richard ein.

»Hinzu kommen Industrie, natürliche Oxydation und die Atmung der Lebewesen, unter ihnen die von wie vielen Milliarden Menschen? Acht? Neun? Oder sind es schon zehn? Jeden Tag werden Millionen Tonnen Sauerstoff verbraucht, und ohne Nachschub werden wir die Verringerung des Sauerstoffgehalts in unserer Atemluft schon in wenigen Monaten zu spüren bekommen.«

»Vielleicht ist es ein vorübergehendes Ereignis«, wandte Zamberti ein. »Möglicherweise erholt sich das betroffene Phytoplankton bald wieder. Es wäre nicht das erste Phänomen, das plötzlich erscheint, uns erschreckt und dann wieder verschwindet. Wir wissen noch zu wenig, um den Weltuntergang zu verkünden und die Menschen rund um den Globus in Panik zu versetzen. Außerdem bleibt uns die Fotosynthese der Landpflanzen, der Regenwälder und des borealen Nadelwalds. Wir haben also noch Zeit, selbst wenn sich Ihre Befürchtungen bewahrheiten.«

»Wenn es brennt« sagte Richard langsam, »sollte man die Feuerwehr sofort verständigen und nicht warten, bis man vor einem Großbrand steht.«

Laura hörte ihre eigenen Worte und fügte hinzu: »Untätigkeit hat noch nie die Welt gerettet. Sie hat auch nichts mit Besonnenheit zu tun, höchstens mit mangelndem Verantwortungsgefühl. Wir müssen die drohende Gefahr beim Namen nennen, und zwar laut genug, damit etwas dagegen unternommen wird.«

Zamberti seufzte erneut. »Ihrem Institut geht es nicht besonders gut, oder?«

Laura blinzelte verwirrt. »Wie bitte?«

»Zu Lebzeiten Ihrer Eltern genoss das Istituto Oceanografico Minerva einen exzellenten Ruf und konnte zwischen zahlreichen Forschungsaufträgen wählen. Das hat sich inzwischen geändert. Die Kosten wachsen Ihnen immer mehr über den Kopf. Sie brauchen Sponsoren.« Er nickte in Richtung Lorenz Winkler, der bisher nur zugehört und sich im Hintergrund gehalten hatte, so wie es seine Art war.

»Die Gründe dafür haben Sie eben selbst genannt«, sagte Laura. »Die großen Klimafirmen …«

»In diesem besonderen Fall sind *Sie* der Grund, Dottoressa«, erklärte Zamberti. »Man wirft Ihnen Einseitigkeit vor, sogar Ideologie.«

Olivia schnaufte leise.

»Es wäre nicht das erste Mal, dass Sie mit … nun, *gewagten* Berichten und Thesen an die Öffentlichkeit treten.«

»Thesen?«, wiederholte Laura konsterniert.

»Sie gelten als Unruhestifterin und die Arbeit Ihres Instituts als tendenziös«, fuhr Zamberti mit der Stimme eines Trauerredners fort. »Es begann während Ihres Studiums in Catania und setzte sich später fort, bei Ihrer Tätigkeit als Fluchthelferin für die NGO Sea-Eye …«

»Hören Sie eigentlich, was Sie da sagen?«, entfuhr es Laura. »Das Wort ›Fluchthelfer‹ kommt ›Schleuser‹ recht nahe. Die rechten italienischen Medien haben beide Begriffe oft synonym verwendet. Sie sollten es besser wissen, Professor. Sea-Eye hat Menschen aus Seenot gerettet, und zwar nicht weit von hier, zwischen Libyen und Sizilien. Ja, es waren Flüchtlinge, sie sind vor politischer Verfolgung und bitterer Armut geflohen. Und ja, wir haben ihnen geholfen, waren also ›Flüchtlingshelfer‹. Was manchen Leuten nicht in den Kram passte. Sie nannten uns auch abfällig ›Gutmenschen‹, was zeigt, wie sehr man die Sprache vergewaltigen kann. Aber was spielt das alles für eine Rolle, wenn …«

»Es spielt sehr wohl eine Rolle, Dottoressa«, unterbrach Zamberti. »Die Reste Ihrer Glaubwürdigkeit stehen auf dem Spiel. Wenn Sie sich jetzt an die Öffentlichkeit wenden und behaupten, das Ende der Welt wäre nahe, und wenn sich dann herausstellt, dass alles halb so schlimm ist ... oder zumindest nicht so schlimm wie von Ihnen dargestellt ... Dann ist Ihre Glaubwürdigkeit endgültig dahin. Dann haben Sie Minerva vollends ruiniert. Und unser CSM obendrein, wenn wir Sie dabei unterstützen.«

Laura atmete tief durch. »Was Sie nicht vorhaben, nehme ich an.«

»Warten Sie noch etwas.« Zamberti ging zur Tür, drehte sich dort aber noch einmal um. »Stellen Sie weitere Untersuchungen an. Gedulden Sie sich, bis renommierte Forschungsinstitute in anderen Teilen der Welt Ihre Daten bestätigen. *Dann* können wir überlegen, wann und in welcher Form wir uns an die Öffentlichkeit wenden. Alles andere wäre schädlicher Alarmismus. Ich wünsche Ihnen allen noch einen schönen Tag.«

4

Ein Blitz flackerte in der Ferne, passend zum Abgang des Professors. Erste Regentropfen klatschten gegen die Fensterscheiben – Marsala bekam die Ausläufer des Unwetters zu spüren.

»Es ist eine Bitte, nicht wahr?«, fragte Amelia und überprüfte ihr Smartphone. »Ich meine, niemand von uns ist zum Schweigen *verpflichtet*, oder?«

»Wir sind unabhängig«, ließ sich Lorenz Winkler vernehmen, der sich plötzlich wieder zu Wort meldete, und Laura staunte kurz über das »wir«. »Er kann uns keine Anweisungen erteilen.«

»Unsere Daten sprechen eine klare, deutliche Sprache«, sagte Olivia. »Sie sind weder rechts noch links, schwarz oder weiß. Sie teilen uns mit: Etwas Großes ist im Gang, es betrifft die ganze Welt, und es könnte sehr, sehr gefährlich für uns werden, für uns *alle*.«

»Zamberti ist nicht in erster Linie Wissenschaftler, sondern ein Mann von Verwaltung und Politik«, sagte Richard Compton ruhig. »Er will es sich mit niemandem verderben.«

»Außer mit uns!«, warf Olivia ein.

»Darf ich jetzt meine Artikel veröffentlichen oder nicht?«, fragte Amelia.

Einige Sekunden lang sprach niemand. Man hörte nur den Regen, der gegen die Fenster prasselte.

»Mit der Unterstützung des CSM dürfen wir offenbar nicht rechnen«, sagte Laura schließlich, und es klang enttäuscht.

»Brauchen wir die?«, entgegnete Richard. »Ist die unbedingt nötig?«

Laura gestand sich ein, was am meisten schmerzte: die Behauptung von Professor Zamberti ... nein, sein *Hinweis* darauf, dass sie das Ozeanographische Institut Minerva heruntergewirtschaftet hatte.

»Verantwortung«, betonte Olivia. »Darum geht es letztendlich. Du hast es eben selbst gesagt, Laura. Wissenschaft steht nicht wertfrei irgendwo im leeren Raum. Neue Erkenntnisse bedeuten Verantwortung. Wir haben etwas entdeckt, von dem wir wissen, dass es eine große Gefahr sein könnte. Persönliche Erwägungen wie Ruf, Reputation und Glaubwürdigkeit sollten dabei keine Rolle spielen. Und wirtschaftliche Erwägungen, gleich welcher Art, erst recht nicht. Die einzige Frage sollte sein: Was richtet größeren Schaden an, ein Fehlalarm oder zu langes Zögern vor der Warnung?«

»Was *meine* Frage betrifft ...«, begann Amelia erneut.

»Das Beste, was uns passieren kann, der Welt und auch uns persönlich, ist, dass wir uns irren«, sagte Richard.

»Aber wir irren uns nicht, oder?«, fragte Laura.

»Die Wahrscheinlichkeit dafür ist sehr gering«, meinte er. »Und selbst wenn nicht ... Wir sollten versuchen, die Welt zu warnen. Damit man rund um den Globus alle Anstrengungen unternimmt, der Sache auf den Grund zu gehen, und im Notfall Maßnahmen ergriffen werden können.«

»Versuchen?«, schnaufte Olivia. »Ein *Versuch* genügt nicht. Wir müssen uns dahinterklemmen, so richtig. Wir müssen alle Möglichkeiten nutzen, die uns zur Verfügung stehen, mit vollem Engagement.«

Laura nickte Amelia zu. »Da haben Sie Ihre Antwort. Leute ...« Sie holte tief Luft. »Ich möchte dies nicht allein entscheiden. Olivia und Richard, ihr sitzt mit mir im Minerva-Boot, und allein das gibt euch Stimmrecht bei der Entscheidung. Amelia, Sie wollen über unsere Arbeit berichten und sind deshalb ebenfalls betroffen. Und Sie, Lorenz ... Es ist Ihr Geld, das unsere Forschungsfahrt finanziert hat. Sie sind ebenfalls beteiligt.«

Der Deutsche nickte. »Ich bin in jedem Fall mit von der Partie. Sie haben meine volle Unterstützung. Immerhin bin ich Ihr Sponsor.«

Amelia lächelte ihm zu.

»Also gut«, sagte Laura. »Wer ist dafür, dass wir nicht warten und die Sache sofort publik machen?«

Lorenz Winkler hob als Erster die Hand, sofort gefolgt von Olivia und Amelia. Richards rechte Hand kam ein oder zwei Sekunden später nach oben.

Auch Laura hob die Hand. »Ich schätze, die Gegenprobe können wir uns sparen. Es ist also entschieden: Wir gehen an die Öffentlichkeit. Mit allem, was wir haben. Das volle Programm. Soziale Medien, Nachrichtenagenturen, Zeitungen, Fernsehen, alles, was Aufmerksamkeit erregt. Wir schlagen die Trommel, laut genug, dass uns die ganze Welt hört.«

5

TAYO ANEKE

WÜSTE VON MAURETANIEN

Draußen war es so heiß, dass die Luft zu brennen schien. Im Innern des Flugwagens, des großen E-Kopters mit sechs leistungsstarken Rotoren, herrschten angenehme zweiundzwanzig Grad. Für Tayo Aneke aus Nigeria war es fast zu kühl.

»Ich habe ein wenig recherchiert«, sagte der Mann im zweiten großen Passagiersessel. »Ihr Vorname bedeutet ›geboren zum Glücklichsein‹. Sind Sie glücklich, Mister Secretary?«

Der Generalsekretär der Vereinten Nationen, der vor einer Woche darauf verzichtet hatte, seinen siebenundsiebzigsten Geburtstag zu feiern, blickte aus dem Fenster, während der Kopter höher stieg. Wo sich noch vor einigen Jahren endlos die Wüste erstreckt hatte, gelbbraun und weiß im grellen, heißen, erbarmungslosen Schein der Sonne, reihten sich nun ebenso endlos Sonnenkollektoren, Solarpanels und die Parabolrinnen von Solarfarmkraftwerken. Hier und dort ragten Absorber-Türme auf, die hochkonzentriertes Sonnenlicht empfingen; der Kopter flog in sicherem Abstand an ihnen vorbei.

»Das Glück ist relativ, Mister Chamberlain«, entgegnete er. »Jeder Mensch muss für sich entscheiden, was ihn glücklich macht.«

»Was würde Sie glücklich machen?«

Hudson Chamberlain, Geschäftsführer von Corrico und damit auch CEO des Klimakonsortiums mit dem Motto »We Save the World«, versuchte nicht, sich klug zu geben oder geistreich zu klingen. So etwas hatte er auch nicht nötig. Er war ein kultivierter, eleganter Mann Mitte fünfzig, mit kurzem grauem Haar, stahlgrauen Augen und nicht einem Pfund zu viel am Leib. Ganz gleich, was er sagte und wie er sprach und sich bewegte, alles brachte Selbstbewusstsein und Selbstsicherheit zum Ausdruck, ohne dass er jemals arrogant oder anmaßend wirkte. Hudson Chamberlain, zu dessen Vorfahren auch kanadische Cree gehörten, wusste immer genau, was er tat, und nie schien er dabei auch nur einen Hauch von Zweifel zu empfinden. Er war jemand, dem viele Menschen intuitiv vertrauten, weil er ihnen ein Gefühl von Sicherheit und *Richtigkeit* gab.

»Was mich glücklich machen würde ...«, murmelte Tayo Aneke und beobachtete die Tausende von Hektar großen Solarkraftwerke, die emissionsfreien Strom für Europa lieferten. »Vielleicht wäre ich glücklich, wenn ich dabei helfen könnte, die vielen Probleme dieser Welt zu lösen.«

»Vielleicht, Mister Secretary?«

Aneke lächelte. »Und dreißig weitere Lebensjahre bei bester Gesundheit und mit viel Kraft wären nicht schlecht. Um zu sehen, ob unsere Bemühungen wirklich den gewünschten Erfolg haben.«

Chamberlain schmunzelte. »Was sind heute siebenundsiebzig Jahre? Ein reifes Alter. Ich rechne fest damit, dass ich bei Ihrem hundertsten Geburtstag zugegen sein kann. Und was die Ergebnisse unserer Arbeit betrifft ...« Er deutete nach draußen, ins grelle Licht, eingefangen von den Kollektoren. »Das ist ein wichtiger Schritt in eine bessere Zukunft. Unsere Anlagen gehen weit über das hinaus, was Desertec vor knapp zwanzig Jahren geplant hat. Strom aus der nordafrikanischen Wüste, in einem noch viel größeren Ausmaß und ohne ein einziges Gramm CO_2. Wir sind bereits bei fünfundzwanzig Prozent, und in wenigen Monaten, nach Inbetriebnahme der Solarkraftwerke hier in Mauretanien und Mali und Niger, können wir fast vierzig Prozent des Strombedarfs von Europa decken.«

Tayo Aneke wandte den Kopf und blickte Chamberlain in die Augen. »Was ist mit Ihnen? Was wäre Ihr Glück?«

»Mir geht es wie Ihnen, Mister Secretary. Ich habe mich voll und ganz dieser Sache verschrieben, ich stehe und falle mit ihr.«

»Die Rettung der Welt ist Ihr Glück?«

Chamberlain lächelte. Es war ein ehrliches, aufrichtiges Lächeln, nicht Teil einer Maske, die etwas verbarg. »Überrascht Sie das? Sollten wir uns nicht alle freuen, wenn die Welt gerettet wird?«

Der Generalsekretär der Vereinten Nationen nickte bedächtig. »Da haben Sie zweifellos recht. Aber Sie verdienen auch viel Geld damit, nicht wahr?«

»Ich bin immer der Meinung gewesen, dass gute Arbeit gut bezahlt werden sollte«, sagte Hudson Chamberlain, und es klang absolut ehrlich. »Ja, ich verdiene viel Geld, aber ich habe mich auch ganz und gar unserer Sache verschrieben, mit Haut und Haar, vierundzwanzig Stunden am Tag. Corrico hat schon vor dreißig Jahren massiv in den Klimaschutz und entsprechende Technologien investiert, als sich andere Firmen vor allem um Sonderregeln für die Emissionen ihrer Produkte bemüht haben und nur sehr zögerlich bereit waren, gegen den Klimawandel aktiv zu werden.«

»Das gab Ihnen und Ihrem Konsortium einen Wettbewerbsvorteil.«

»Zweifellos. Aber damals war es kein besonders lohnendes Geschäft, wenn man allein wirtschaftliche Maßstäbe anlegt. Heute sieht das etwas anders aus.« Chamberlain vollführte eine Geste, die den Solarkraftwerken galt. »Der Verkauf von sauberer Elektrizität deckt inzwischen unsere Kosten und bedeutet auch gutes Geld für die beteiligten Staaten, nicht nur hier in Afrika, sondern auch in Asien und Mittelamerika. Doch wie Sie wissen, bilden die erneuerbaren Energien nur einen kleinen Teil unseres Maßnahmenkatalogs. Um in wenigen Jahren den Schaden zu beheben, der seit Beginn der ersten industriellen Revolution auf der Erde angerichtet wurde, sind weitaus größere Anstrengungen nötig, und Geld lässt sich damit nicht verdienen. Ganz im Gegenteil. Die Entwicklung der notwendigen Technologien kostet, ebenso ihr Einsatz. Zum Glück haben wir die Unterstützung einzelner Staaten und insbesondere der UNO.«

Tayo Aneke nickte erneut. »Deshalb bin ich hier. Weil Sie mehr Unterstützung brauchen als bisher veranschlagt.«

»So ist es leider, Mister Secretary«, gestand Chamberlain. »Das Konsortium gerät an seine finanziellen Grenzen. Die Albedo-Satelliten haben mehr gekostet als vorgesehen, einige beteiligte Firmen schreiben seit Monaten rote Zahlen. Es stehen nicht nur viele Arbeitsplätze auf dem Spiel, auch entscheidende Fortschritte bei unseren Maßnahmen sind gefährdet. Wir haben eine Präsentation vorbereitet. Wenn Sie gestatten ...«

»Ja«, sagte Aneke. »Ich habe genug von den Anlagen gesehen. Zeigen Sie mir die neuesten Zahlen. Erklären Sie mir, wie weit wir damit gekommen sind, die Welt zu retten.«

6

Im Präsentationssaal des Gebäudes, das sich langgezogen und mit Solarkollektoren ausgestattet neben einem der großen Absorber-Türme erstreckte, schien es noch etwas kühler zu sein als im Flugwagen.

Tayo Aneke trank heißen Kaffee und hörte geduldig zu, während Fachleute einzelne Projekte vorstellten und erläuterten. Mehr als zwanzig Männer und Frauen, viele von ihnen jung, hatten sich eingefunden, um ihm einen Eindruck vom Status quo zu vermitteln. Er folgte ihren Ausführungen, nickte freundlich, lächelte höflich und war, wenn nicht glücklich, so doch sehr zufrieden, denn alles deutete darauf hin, dass in seiner

Amtszeit entscheidende Fortschritte bei der Bewältigung der Klimakrise erzielt wurden. Es gab eindeutig Licht am Ende des Tunnels; die langfristige oder sogar mittelfristige Lösung des Problems schien tatsächlich möglich.

»Unsere Albedo-Satelliten haben uns einen großen Schritt weitergebracht«, erklärte eine junge Australierin namens Joycelin. Sie war mal ernst und mal voller Freude, eine Mischung, die Aneke gefiel. »Ihre jeweils mehrere Hektar großen Segel aus ultraleichtem Material reflektieren das einfallende Licht, wodurch etwa sieben Prozent weniger Sonnenenergie die Erde erreicht. Diese sieben Prozent gelangen nicht in die Atmosphäre, tragen also auch nicht zur Erderwärmung bei. Wir haben dadurch gelegentlich Probleme mit dem amerikanischen Satellitennavigationssystem GPS, dem europäischen Galileo, dem chinesischen Beidou und Glonass von der Russischen Föderation, und hinzu kommen Verbindungsabbrüche bei Starlink von SpaceX, aber das ist ein geringer Preis, den wir für den Albedo-Erfolg zahlen, und die UN haben den betroffenen Firmen Schadenersatz versprochen.«

»Vor allem in Form von ehrenvoller Anerkennung«, kommentierte Aneke würdevoll.

Die jungen Männer und Frauen lachten, die etwas älteren Repräsentanten von Corrico und des Klimakonsortiums, unter ihnen Hudson Chamberlain, lächelten.

»Ich hoffe, dass wir mehr bekommen als nur Anerkennung.« Joycelin schmunzelte und richtete den Blick wieder auf die Unterlagen vor ihr. »Eine ebenso wichtige Rolle wie die Albedo-Satelliten spielen unsere Kohlendioxidsenken. Wir verwenden dabei insbesondere Basalt, ein Gestein, dass praktisch überall auf der Welt zur Verfügung steht. Basaltstaub hat sich als recht effektiv erwiesen, wenn es darum geht, der Atmosphäre CO_2 zu entziehen und zu binden.«

Hudson Chamberlain hob die Hand.

»Mister Chamberlain«, sagte Joycelin.

Er nickte ihr zu und wandte sich dann direkt an Tayo Aneke. »Es genügt nicht zu verhindern, dass noch mehr CO_2 und andere Treibhausgase wie Methan in die Atmosphäre gelangen. Wenn wir die weitere globale Erwärmung nicht nur aufhalten, sondern auch rückgängig machen wollen, um das Extremwetter zu bekämpfen, brauchen wir *negative Emissionen*. Dieser Punkt kann gar nicht oft genug betont werden. Wir müssen der Atmosphäre in großem Maßstab Treibhausgase entziehen.«

»Ich verstehe«, sagte Aneke geduldig.

»Was uns zum Geoengineering bringt«, fuhr die junge Joycelin mit melodischer Stimme fort. »Es gibt fünf Methoden, um den Anteil von Kohlendioxid in der Atmosphäre zu verringern. Durch Aufforstung, durch direkte Abscheidung aus der Luft mit Hilfe von Air-Capture, durch Trennung aus den Abgasen bei Biomasseverbrennung und durch chemische Verwitterung von Gestein. Wir wenden letztere Methode an und nutzen dabei die Reaktion von Silikatmineralen mit dem im Bodenwasser gelösten Kohlendioxid, wobei kohlenstoffhaltige Karbonate entstehen. Als Karbonat-Ionen gelangen sie schließlich in Flüsse und Meere, werden dort von schalenbildenden Organismen aufgenommen oder lagern sich in Sedimenten ab, wodurch das betreffende Kohlendioxid dauerhaft gebunden wird.«

Aneke fiel auf, dass sie von fünf Methoden gesprochen, aber nur vier erwähnt hatte.

Auf der großen Leinwand hinter Joycelin erschien eine graphische Darstellung. »Wir machen uns auf diese Weise den Silikat-Karbonat-Kreislauf zunutze, der zum natürlichen weltweiten Kohlenstoffkreislauf gehört und in der Geschichte der Erde schon mehrmals entscheidenden Einfluss auf die Entwicklung des Klimas genommen hat. Er ist zum Beispiel die wahrscheinliche Ursache für die Vereisung der Antarktis. Schon vor der Zeit von Corrico und unseres Klimakonsortiums hat man

Überlegungen angestellt, die Gesteinsverwitterung zu nutzen, und man dachte dabei vor allem an die Verwendung von Olivin. Wir hingegen arbeiten mit pulverisiertem Basaltgestein und schlagen dabei gewissermaßen zwei Fliegen mit einer Klappe.« Joycelin lächelte erneut.

Aneke mochte ihr offenes Lächeln. Sie war eine Frau, die fest an eine gute Zukunft glaubte, die sie selbst mitgestaltete.

»Ein Kilogramm Basaltstaub hat eine viel größere Oberfläche als dieselbe Masse in Form eines Steins. Und wir entziehen der Atmosphäre damit nicht nur Kohlendioxid, sondern düngen gleichzeitig den Boden für besseres Pflanzenwachstum. Rein theoretisch ließen sich auf diese Weise global etwa zweieinhalb Milliarden Tonnen Kohlendioxid pro Jahr aufnehmen, was etwa dem jährlichen CO_2-Ausstoß von Indien entspricht. Wie gesagt, das ist ein theoretischer Wert, in der Praxis unerreichbar, weil wir nicht überall auf der Welt Basalt ausstreuen können. Und Basaltstaub hat einen Nachteil: Er wirkt nur mittelfristig, nicht unmittelbar oder zeitnahe. Es dauert fast fünfzig Jahre, bis er größtenteils verwittert ist, und so viel Zeit haben wir nicht.«

»Ich nehme an, hier kommt die fünfte Methode ins Spiel«, warf Aneke ein, als Joycelin eine Pause einlegte. »Sozusagen das Ass in Corricos Ärmel.«

Erneut lächelte Joycelin, wahrscheinlich weil Aneke damit bewies, wie aufmerksam er ihr zugehört hatte. »Mister Chamberlain«, sagte sie, »vielleicht möchten Sie das selbst übernehmen.«

Hudson Chamberlain stand auf, ging nach vorn und nahm den Platz der jungen Frau am Podium ein, die es für ihn geräumt hatte. Er drückte einige Tasten des Notebooks, und die graphische Darstellung des Silikat-Karbonat-Kreislaufs verschwand von der Leinwand. Dafür erschien eine Wiesenlandschaft mit vielen Blumen und aufsteigenden bunten Luftballons.

»Corrico hat lange an einer Methode gearbeitet, mit der sich das Kohlendioxid in der Atmosphäre in chemisch neutralen

Staub umwandeln lässt. Ich nenne sie WMDT: Weg mit dem Treibhausgas.« Das rief ein allgemeines Schmunzeln hervor. »Unsere Wissenschaftler sprechen von KOSA, von ›Kohlenstoff-Sauerstoff-Aktuatoren‹. Das Agens, der Wirkstoff, muss nicht von Satelliten oder Flugzeugen verteilt werden, deren Einsatz Treibstoff verbraucht und somit nicht emissionsfrei ist. Bis zur Stratosphäre aufsteigende Ballons genügen völlig. Selbst kleine Mengen des Wirkstoffs können große Mengen Kohlendioxid neutralisieren.«

Chamberlain sah vom Pult auf und begegnete Anekes aufmerksamem Blick.

»KOSA ist unsere neueste und wirksamste Waffe gegen den Klimawandel. Vor wenigen Jahren galt der Kampf als verloren, aber ich sage Ihnen: Wir werden ihn gewinnen. Wir versprechen Ihnen das Ende der Klimakrise in zehn Jahren, Mister Secretary. Und innerhalb von zwei Jahrzehnten können wir die Atmosphäre unseres Planeten in den Zustand zurückversetzen, den sie zu Beginn des zwanzigsten Jahrhunderts hatte. Die Gletscher werden nicht weiter abschmelzen. Die Atlantische Umwälzströmung AMOC, zu der auch der Golfstrom gehört, dem Mittel- und Nordeuropa ein vergleichsweise mildes Klima verdanken, wird sich wieder stabilisieren. Die globalen Durchschnittstemperaturen werden sinken. Extremwetter werden nachlassen. Die Wüsten in den Subtropen werden bald wieder fruchtbar sein. Mit anderen Worten, Mister Secretary: Wir sind tatsächlich auf dem besten Weg, die Welt zu retten.«

7

Im Empfangssaal gab es ein kaltes Buffet und eine Bar, Kellner schritten umher und boten den Gästen eisgekühlten Sekt an. Tayo Aneke bevorzugte Orangensaft und fragte sich, ob er nach draußen auf die Terrasse gehen sollte, um den Journalisten und der Kühle zu entkommen. Er nickte freundlich, nahm Glückwünsche entgegen, ertrug den üblichen Smalltalk und nahm die Bemerkungen von zwei oder drei Politikern hin, die sich bei ihm einschmeicheln wollten.

Schließlich erschien Chamberlain an seiner Seite. »Sie sehen wie jemand aus, der sich nach Rettung sehnt«, sagte er. »Kommen Sie.«

Er führte Aneke durch einen kleinen Flur in ein Arbeitszimmer mit grauem Schreibtisch, einem PC und Bildern an den Wänden, die einzelne Bauphasen der Solarkraftwerke zeigten. In der Ecke standen ein runder Tisch aus Holzimitat und zwei Sessel.

Chamberlain deutete auf einen davon und sank in den anderen. »Ihnen war's zu kalt, nicht wahr? Und Sie haben all das Gerede satt.«

Tayo Aneke seufzte und stellte das Glas Orangensaft, das er mitgenommen hatte, auf den Tisch. »Manche Menschen versuchen, zu viel Wärme mit zu viel Kälte zu kompensieren.«

Chamberlain lehnte sich zurück und faltete die Hände im Schoß. »Wenn ich fragen darf, Mister Secretary ... Wie sind Ihre Eindrücke?«

»Ich hoffe, Sie haben recht«, erwiderte Aneke. »Es klang einfach und sehr optimistisch.«

»Oh, ich *bin* sehr optimistisch, aber einfach war und ist das alles bestimmt nicht. Es handelt sich um ein riesiges Projekt, vermutlich das größte, das die Menschheit bisher unternommen hat, und es besteht aus zahlreichen einzelnen Maßnahmen. Jede von ihnen leistet einen eigenen kleinen Beitrag, und zusammen ergeben sie eine große Wirkung. KOSA ist gewissermaßen die Krönung. Wir schaffen es. In zehn Jahren haben wir das Gröbste hinter uns.«

»Aber?«, fragte Aneke.

Chamberlain lächelte. »Insbesondere die Entwicklung der Kohlenstoff-Sauerstoff-Aktuatoren war sehr teuer, und das gilt auch für ihre Produktion. Von den anderen Maßnahmen, die wir Ihnen vorgestellt haben, ganz zu schweigen. Corrico und das Klimakonsortium haben viel Geld investiert, doch in diesem besonderen Fall sind da keine Kunden, mit denen wir Einnahmen generieren können. Wir bieten kein Produkt für den Verkauf in Supermärkten an.«

»Sie bitten um weitere finanzielle Unterstützung.«

»Wir brauchen mehr Kapital, Mister Secretary«, sagte Chamberlain offen. »Wir sind inzwischen an unsere finanziellen Grenzen gestoßen. Es stehen, wie Sie wissen, auch viele Arbeitsplätze auf dem Spiel. Ich möchte niemanden, nicht eine einzelne Person, entlassen müssen.«

»Die Welt ist Ihnen zu Dank verpflichtet«, erklärte Aneke. »Ich werde sehen, was ich tun kann.«

»Das weiß ich sehr zu schätzen, Mister Secretary. Ich habe Ihrem Büro eine Aufstellung unserer Kosten zukommen lassen.«

Tayo Aneke erhob sich. »Ich glaube, ich sollte mich allmählich auf den Rückweg machen.«

Chamberlain stand ebenfalls auf. »Einer unserer Kopter steht für Sie bereit.« Er ging zur Tür. »Ich begleite Sie.«

Einige Minuten später, als der große Flugwagen in einer Höhe von mehreren hundert Metern über die Sonnenkollektoren und Solarpanels hinwegflog, empfing Tayo Anekes Smartphone eine verschlüsselte Nachricht über die sichere Verbindung. Er holte es hervor und öffnete den Messenger.

Die Mitteilung stammte von seinem Assistenten Ismail, der in Mauretaniens Hauptstadt Nouakchott auf ihn wartete. Sie war als dringend gekennzeichnet und lautete: »Wir haben ein Problem.«

8

HUDSON CHAMBERLAIN

WÜSTE VON MAURETANIEN

Auf der Terrasse war es selbst im Schatten heiß, aber ein leichter Westwind machte die Hitze erträglicher. Chamberlain sah dem Kopter nach, der den Generalsekretär der Vereinten Nationen nach Nouakchott brachte.

Hinter ihm öffnete sich die Tür, und für einige Sekunden drang das Stimmengewirr im Empfangssaal nach draußen. Dann wurde die Tür wieder geschlossen.

Jemand näherte sich, Chamberlain hörte leichte, leise Schritte.

»Es ist gut gelaufen, glaube ich«, sagte Joycelin. Sie trat neben ihn.

»Du hast gut gesprochen«, erwiderte er.

Sie lächelte, er sah es aus dem Augenwinkel.

»Wird er uns unterstützen?«, fragte Joycelin.

»Das wird er, kein Zweifel. Immerhin haben wir die Welt gerettet, nicht wahr?«

»Fast.«

»Es ist schon jetzt viel besser geworden«, meinte Chamberlain. »In zwanzig Jahren haben wir alles überstanden.«

Die junge Australierin nickte. »Es wäre schön, wenn wir mehr Geld damit verdienen könnten.«

»Dies alles«, er deutete auf die nahen Solarkollektoren, »ist nur der Anfang. Die UNO wird uns alle Mittel zur Verfügung stellen, die wir brauchen. Tayo Aneke möchte einen großen Erfolg in seiner Amtszeit, und den geben wir ihm. Und unsere

Geschäfte mit den einzelnen Staaten laufen jetzt richtig an. Die Investitionen zahlen sich aus.«

»Sie waren teuer genug.«

Chamberlain musterte die junge Frau kurz. Joycelins Familie zählte zu den größten Einzelinvestoren von Corrico und des Klimakonsortiums. »Wer gut sät, wird gut ernten.«

Joycelin lächelte ein weiteres Mal. »Solange der Boden fruchtbar ist.«

»Wir düngen ihn«, sagte Chamberlain gutgelaunt. »Mit Basaltstaub und Kohlendioxid aus der Atmosphäre.«

Der Flugwagen mit dem Generalsekretär verschwand in der Ferne.

»Ich sollte mich besser wieder um unsere Gäste kümmern«, meinte Joycelin, doch sie zögerte mit fragendem Blick.

»Ich komme gleich nach«, sagte Chamberlain. »Gib mir ein oder zwei Minuten.«

Mit einer zustimmenden Geste wandte sie sich ab und ging zur Tür. Er sah ihr nach und fragte sich, ob er Joycelin mehr Platz in seinem Leben geben sollte.

Er stand am Rand des schattigen Bereichs, nur einen Schritt vom heißen Sonnenschein entfernt, den die Solarkraftwerke in elektrischen Strom für das energiehungrige Europa verwandelten, und fühlte sich gut. Alles entwickelte sich so, wie er es vor Jahren geplant und gehofft hatte. Nun war es an der Zeit, die Früchte der harten Arbeit einzubringen.

Das Handy in seiner Jackentasche vibrierte. Er holte es hervor und warf einen Blick aufs Display. Der Anruf kam aus dem Corrico-Büro in Algier.

Er hob das Telefon ans Ohr. »Ja?«

»Mister Chamberlain …« Die algerische Filialleiterin klang nervös. »Wir haben ein Problem.«

9

VIRGINIA DEL REY

GENF, VILLA LA GRANGE

Als Virginia Del Rey das Zimmer im zweiten Stock der Genfer Villa La Grange betrat, stand die Präsidentin der Vereinigten Staaten am Fenster und blickte nach draußen in den beginnenden Abend.

Virginia schloss die Tür leise hinter sich. »Madam President …«

Die dunkelhäutige Frau am Fenster drehte sich halb um. »Hallo, Virginia. Ich schätze, auch Sie haben einen anstrengenden Tag hinter sich.« Sie lächelte. »Doch man sieht es Ihnen nicht an!«

Virginia erwiderte das Lächeln. »Ich bin sicher, mein Tag war nicht annähernd so stressig wie der Ihre.« Sie trat näher und sah sich um.

»Wir sind allein«, bestätigte ihr die Präsidentin, »wir können ungestört reden. Ihre Leute haben dieses Zimmer und die Nebenräume abgesucht, es gibt keine versteckten Augen und Ohren.«

Virginia nickte. Sie hatte Patrick Corman mit der Suche nach digitalen Beobachtern und Lauschern beauftragt. Er verstand sein Handwerk, in der ganzen NSA gab es keinen Besseren.

Die Präsidentin deutete nach draußen. »Schön, nicht wahr? Von hier aus sieht die Welt sehr friedlich aus, aber wir wissen, dass der Eindruck trügt.«

Virginia blieb neben ihr am Fenster stehen. Unten im Park patrouillierten Sicherheitsbeamte im Schein der Laternen, und auf dem nahen See leuchteten die Lichter von Polizeibooten.

»Wir kommen voran«, sagte die Präsidentin nachdenklich. »Langsam zwar, aber wir kommen voran. Heute Abend finden weitere Gespräche statt. Auch Ihr Tag ist noch nicht zu Ende, oder? Sie haben noch eine Verabredung.«

»Ja«, gestand Virginia ein wenig überrascht.

»Mit Boris.«

Virginia nickte.

Die Präsidentin legte ihr kurz die Hand auf die Schulter. »Machen Sie das Beste draus.«

Virginia verstand die Anweisung. Sie lautete: Finden Sie so viel wie möglich heraus.

Die Präsidentin blickte wieder nach draußen. »Ist er hier?«

»Vielleicht«, antwortete Virginia. »Es gibt ein speziell abgesichertes Zimmer im russischen Teil der Villa, aber ich weiß nicht ganz, was ich davon halten soll. Womöglich sollen wir nur *glauben*, dass er hier ist.«

»Wir sollen annehmen, dass Putin mehr oder weniger direkt mit Lawrows Mund spricht?«

»Ich hoffe, dass ich Ihnen morgen mehr sagen kann, Madam President.«

»Es wäre eine wichtige Information für mich. Ich würde gern wissen, ob Putin tatsächlich hier ist, wie krank er ist und welche Rolle genau Lawrow spielt. Ist er noch immer ›nur‹ der Außenminister oder mehr? Könnte er Putins Nachfolge antreten und Präsident der Russischen Föderation werden?«

Virginia dachte an ihre Agenten; die würden die Nacht nicht ungenutzt verstreichen lassen. »Bis morgen Mittag sollten wir mehr wissen.«

»Sehr gut.« Die Präsidentin schwieg einige Sekunden. »Vor ein paar Jahren hat sich mein Vorgänger hier in der Villa La Grange mit Putin getroffen.«

»Mein Vorgänger war ebenfalls hier«, sagte Virginia.

»Kurze Zeit später haben Sie die Leitung der NSA übernommen.«

»Was ich Ihnen verdanke.«

»Nein«, widersprach die Präsidentin. »Sie verdanken es nicht mir, sondern Ihrer Tüchtigkeit.« Wieder ließ sie einige Sekunden verstreichen. »Was halten Sie von der neuen Angelegenheit?«

»Ich bin mir nicht sicher, was Sie meinen.«

»Die Sache mit dem Phytoplankton«, sagte die Präsidentin. »Eine europäische Forschergruppe ging vor einigen Tagen damit an die Öffentlichkeit. Angeblich produziert das Plankton im Meerwasser nicht mehr genug Sauerstoff, was bedeutet, dass uns allen die Luft zum Atmen ausgehen könnte.«

»Oh, ja. Hab davon gehört. Klang ziemlich verrückt.«

»So wurde es auch dargestellt. Überall auf der Welt hieß es: Hey, da will sich jemand wichtig machen.« Die Präsidentin ging zum kleinen runden Tisch, der von vier Stühlen mit hohen Rückenlehnen umgeben war, nahm einen Hefter und reichte ihn der NSA-Direktorin. »Eine sehr heftige Reaktion. Ich habe unsere Medien-Leute drangesetzt. Allem Anschein nach brach der Sturm der Entrüstung nicht einfach so los, sondern wurde geschürt. Eine Art konzertierte Aktion, was darauf hindeutet, dass sich jemand mächtig auf den Schlips getreten fühlt. Das hier ist ein erster Bericht.«

Virginia öffnete den Hefter und überflog den Text.

»Halten Sie es für wichtig?«, fragte sie offen. »Ich kann keine politischen Verknüpfungen erkennen.«

»Möglicherweise sind sie gut versteckt. Aber selbst, wenn es keine gibt … Ich möchte wissen, ob an der Sache mit dem Phytoplankton etwas dran ist und warum jemand deshalb einen solchen Shitstorm losgetreten hat.«

Virginia nickte. »Ich kümmere mich darum.«

Die Präsidentin lächelte wieder. »Wunderbar.« Mit einem Zwinkern fügte sie hinzu: »Und jetzt können Sie gehen. Ihr Boris wartet auf Sie.«

10

»Ach, Virginia, wie schaffen Sie es nur, so gut auszusehen?« Boris Stepanowitsch Kraskow, Direktor des russischen Auslandsgeheimdienstes SWR, lächelte und schwitzte. Sein Oberkörper mit etlichen Kilo zu viel auf den Rippen neigte sich von einer Seite zur anderen, während er in die Pedale des Ergometers trat.

Virginia Del Rey schwang sich auf den Sattel des zweiten Fahrradtrainers im separaten Fitnessraum, legte das weiße Handtuch über den Lenker und wählte ein Aufwärmprogramm.

»Ich gebe mir Mühe.« Es gefiel ihr zu gefallen. Man konnte ein Werkzeug daraus machen, sogar eine Waffe.

»Ich gebe mir ebenfalls Mühe.« Boris deutete aufs Display. »Ich hab schon sieben Kilometer geschafft.«

Sie musterte ihn skeptisch. »Man sieht es Ihnen kaum an.«

Der korpulente Russe mit der tiefen Stimme verzog das Gesicht. »Ach, seien Sie nicht so streng mit mir. Ich bin sechzig. In meinem Alter neigt man dazu, ein paar Gramm zuzulegen. Und mit jedem Jahr wird es schwerer, sie wieder loszuwerden.«

Etwa anderthalb Meter trennten die beiden Trainer voneinander. Außer ihnen befand sich niemand im Raum. Jenseits der geschlossenen Tür sorgten mehrere Sicherheitsbeamte dafür, unter ihnen Virginias Stellvertreter Finley, dass sie nicht gestört wurden.

»Irgendwann wird man uns auf die Schliche kommen«, schnaufte Boris und wischte sich mit seinem Handtuch Schweiß von der Stirn. Er trug eine blaue kurze Hose, aus der haarige Beine ragten, und ein weißes Trikot, mit dem unglaublichen

Hulk auf der Brust. »Insbesondere Ihr Finley misstraut mir. Der arme Kerl hält offenbar nichts davon, dass sich der Westen und Russland wieder annähern. Oder …« Er grinste plötzlich. »Oder er ist in Sie verliebt und fürchtet, Sie an mich zu verlieren.«

»Dies bleibt unser kleiner Geheimnis«, sagte Virginia, obwohl es gar kein Geheimnis mehr war. Die Präsidentin wusste offensichtlich Bescheid. Vielleicht hatte Finley ihr einen Tipp gegeben. Sie trat etwas fester in die Pedale und fand ihren Rhythmus. »Wie läuft's bei Ihnen?«

»Ach, Sie kennen die Russen ja«, brummte Boris. »Es muss noch etwas mehr Wodka fließen, dann wird vielleicht alles gut.«

»Wir könnten dazu beitragen, Boris«, bot Virginia an. »Ganz ohne Wodka. Mit ein paar gestrampelten Kilometern und gutem Willen.«

»Daran mangelt es mir gewiss nicht«, behauptete Boris. Sein Gesicht glühte, er strengte sich wirklich an.

»Beweisen Sie es«, sagte Virginia spielerisch. Das Programm des Fahrradtrainers bescherte ihr eine Steigung, der Pedalwiderstand wurde größer. »Er ist hier, nicht wahr?«

»Wen meinen Sie?«, fragte Boris unschuldig.

»Seine Hoheit, den Zaren.«

»Ach, lassen Sie ihn das bloß nicht hören.« Boris Kraskow lachte.

»Wie geht es ihm?«

»Er ist wohlauf.«

Das bedeutete, es ging ihm nicht gut, schloss Virginia. »Wer könnte sein Nachfolger werden? Vielleicht Sie, Boris?«

»Ich? Lieber Himmel!« Boris trat langsamer, um wieder zu Atem zu kommen. »Wer bin ich schon, Virginia? Nur jemand, der sich im SWR nach oben gearbeitet hat.«

»Wie Putin einst im KGB.«

Boris nahm erneut sein Handtuch, drückte es sich aufs Gesicht und legte es zurück auf den Lenker. »Niemand ist unsterblich, Virginia, das ist die bittere Wahrheit. Wir alle müssen einmal abtreten, manche früher, andere später. Das gilt auch für Putin.«

»Ist er hier?«, fragte Virginia erneut. Ihre Beine wurden nicht langsamer, die Bewegung fühlte sich gut an. »In dem speziellen Zimmer?«

»Er hört und sieht, was man ihm berichtet.«

»Aber ich nehme an, er hört und sieht nicht alles, oder? Er trifft die Entscheidungen, die er treffen soll.« Virginia zögerte. »Falls er noch welche treffen kann. Man spricht von Parkinson und Alzheimer.«

»Was die Leute so reden ...«, sagte Boris, ohne ihr zu widersprechen.

»Man munkelt auch, dass Sergei Wiktorowitsch Lawrow bald mehr sein könnte als ›nur‹ der Außenminister der Russischen Föderation. Ist da was dran?«

Boris wölbte die Brauen und sah sie an. »Ach, Virginia ...«

Sie schenkte ihm ein strahlendes Lächeln. »Wir meinen es beide gut, Boris, Sie auf Ihre Weise und ich auf meine. Wir verstehen uns. Wir wissen, dass es auf der Welt ohne unser Einvernehmen viel ungemütlicher zugehen könnte.«

Der schwitzende Mann auf dem anderen Trainer nickte. »Da haben Sie zweifellos recht, meine Liebe.«

»Ich möchte Ihnen etwas anbieten, Boris. Afghanistan. Morgen trifft ein gewisser Chen Wu aus Peking in Kabul ein. Jemand mit großem Einfluss in der Regierung der Taliban erwartet ihn dort, Mullah Sada. Chen Wu bringt ihm ein Geschenk mit, einen verschlüsselten USB-Stick mit einer Electrum-Wallet, die fünfhundert Bitcoins enthält. Das sind nach dem gegenwärtigen Kurs etwa vierzig Millionen US-Dollar.«

»Ein großzügiges Geschenk«, kommentierte Boris.

»Dafür soll Mullah Sada in der Regierung für Stimmung gegen Russland sorgen«, fuhr Virginia fort. »Ihr Land versucht seit einigen Jahren, mit friedlichen Mitteln zu erreichen, was dem Militär verwehrt blieb, und die neue Doktrin ist durchaus erfolgreich: Afghanistan hat erhebliche strategische Bedeutung. Stellen Sie sich vor, China nimmt dort Ihren Platz ein.«

»Oh, wir unterhalten gute Beziehungen zu China«, gab Boris zurück und radelte etwas schneller, um nicht zu erschöpft zu wirken. »Freundschaftliche, könnte man fast sagen.«

»Freunde reden nicht schlecht übereinander, oder? Reden Sie schlecht über mich?«

»Ich? Über Sie? Niemals!«

Virginia glaubte ihm das sogar. »Mullah Sada war nie ein Freund von Russland, es wird ihm leichtfallen, Ihre Heimat schlechtzumachen. Aber was wichtig ist: Er wird es im Auftrag von China tun. Für fünfhundert Bitcoins. Sie könnten das nutzen, für sich selbst und für Ihr Land.«

»Ich brauche …«

»Beweise?«, kam ihm Virginia zuvor. »Hab ich mitgebracht. In meiner Tasche dort drüben.« Sie deutete zur Garderobe. »Ein kleiner USB-Stick nur für Sie.«

»Sehr großzügig von Ihnen.«

»Ich bin sogar noch etwas großzügiger und habe ein zweites Geschenk für Sie. Nigeria.«

Boris sah schwitzend zur Seite. »Afrika.«

»Gut erkannt«, kommentierte Virginia mit freundlichem Spott. »In einigen Monaten finden in Nigeria Präsidentschaftswahlen statt. Mit Amadi hat die Opposition einen aussichtsreichen Kandidaten, der immer wieder betont, wie wichtig Nigerias Unabhängigkeit sei. In diesem Zusammenhang hat sich Amadi gegen weitere chinesische Investitionen im Land und für eine stärkere Zusammenarbeit mit der Russischen Föderation ausgesprochen.«

»Amadi ist ein kluger Mann«, lobte Boris.

»Es geht um Nigerias Reichtum, um Öl und Erdgas. Und auch

um Diamanten, wie ich hörte. Im Süden wurden zwei neue Vorkommen entdeckt.«

»Amadi wird das immer noch arme nigerianische Volk endlich am Reichtum des Landes beteiligen«, prophezeite Boris.

»Mit russischer Hilfe.«

»Warum nicht?«

»Ja, warum nicht?«, entgegnete Virginia. »Allerdings wird derzeit ein Dossier vorbereitet, das in wenigen Wochen, wenn der Wahlkampf seine entscheidende Phase erreicht, veröffentlicht werden soll. In Amadis Vergangenheit gibt es einige Dinge, von denen er gewiss nicht möchte, dass sie bekannt werden. Wir glauben, dass sich die Wähler von ihm abwenden werden, wenn sie davon erfahren. Dann bleibt der gegenwärtige Amtsinhaber im Präsidentenpalast, und die chinesischen Investitionen fließen weiter wie bisher.«

»Können Sie Namen nennen?«, schnaufte Boris.

»Namen, Adressen, Verbindungen, die Hintergründe in Amadis Vergangenheit und so weiter. Alles, was Sie brauchen, um die Veröffentlichung des Dossiers zu verhindern.«

»Die Daten befinden sich ebenfalls auf dem USB-Stick?«

»Ja. Wieder China. Russland sollte sich seine Freunde besser aussuchen.«

Eine Zeit lang schwiegen sie beide. Man hörte nur das Surren der Fahrradtrainer.

»Er ist tatsächlich hier«, sagte Boris nach einem Blick zur geschlossenen Tür. »Es geht ihm schlecht, aber er wollte unbedingt dabei sein. Er ist zu einem störrischen, widerspenstigen Alten geworden.«

Virginia trat weiter in die Pedale und hörte aufmerksam zu.

»Er versteht nicht mehr alles«, fuhr Boris fort. »Wir müssen sehr geduldig sein, wenn wir versuchen, ihm bestimmte Dinge zu erklären. Er glaubt, die Fäden noch immer in der Hand zu halten, aber die wichtigen Entscheidungen trifft Lawrow. Was nicht heißt, dass er sie noch lange treffen wird. Wenn Sie meine bescheidene Meinung hören wollen …«

»Ich bitte darum, Boris.«

»Es gibt da einen neuen Mann, der bisher im Hintergrund geblieben ist, einen gewissen Nikita Andrejewitsch Kalinin aus Wladiwostok, nicht verwandt mit Michail Iwanowitsch Kalinin, von 1923 bis 1946 formelles Staatsoberhaupt der Sowjetunion. Ein eiskalter Mann aus einer eiskalten Ecke von Mütterchen Russland. Nur halb so alt wie Putin und doppelt so gerissen. Die nächste Generation. Es heißt, ihm stehe eine große Zukunft bevor.«

»Wie beurteilen Sie ihn?«

»Er ist ein Hardliner und ein verdammt guter Strippenzieher. Mit ihm wird es Amerika noch schwerer haben als mit Putin.«

»Wenn wir Ihnen irgendwie helfen können …«, sagte Virginia und gab ihren Worten Tiefe. Sie wusste, dass Boris die Bedeutung in ihnen erkannte.

Er nickte. Schweißtropfen lösten sich von seiner Stirn. »Ich danke Ihnen noch einmal.«

»Da wäre noch eine Sache …«

Er sah sie erneut an, das Gesicht gerötet.

Das Programm ließ Virginia auf einer Ebene radeln. Ihre Bewegungen blieben geschmeidig und wirkten mühelos, sie atmete kaum schneller als sonst.

»Vor einigen Tagen hat eine Forschergruppe aus dem Mittelmeerraum einen besorgniserregenden Bericht veröffentlicht«, sagte sie. »Es ging dabei um das Phytoplankton in den Meeren und Probleme mit der Fotosynthese. Angeblich fehlt es dem Plankton an Chlorophyll, weshalb es wesentlich weniger Sauerstoff produziert und auch weniger Kohlendioxid aufnimmt.«

»Ja, ich erinnere mich«, brummte Boris und drückte eine Taste seines Trainers, damit es ihm die Pedale weniger schwer machten. »Eine gewisse Laura Lombardi. Eine Ozeanographin aus Sizilien, glaube ich.«

»Doktor Lombardi, ja. Was halten Sie davon, Boris?«

Der Russe überlegte, nahm wieder sein Handtuch und wischte sich einmal mehr Schweiß aus dem glühenden Gesicht. »Unsere Wissenschaftler haben eigene Untersuchungen angestellt«, erwiderte er schwer atmend. »Offenbar ist das Phytoplankton tatsächlich krank. Dafür halten es unsere Leute, für eine Krankheit, für ein vorübergehendes Phänomen. Sie glauben, dass sich die Sache von selbst regelt, spätestens mit der nächsten oder übernächsten Planktongeneration.«

»Gibt es beim Plankton verschiedene Generationen?«, fragte Virginia verwundert.

»Gibt es die nicht überall?« In einem philosophischen Tonfall fügte Boris hinzu: »Alles vergeht und erneuert sich. So ist der Lauf der Welt.«

Virginia musterte ihn kurz. »Wären wir beunruhigt, wenn jemand innerhalb von ein paar Wochen oder Monaten den ganzen Amazonas-Regenwald abholzen würde?«

»Ich denke schon«, schnaufte Boris. »Dieser Jemand nähme dem Planeten seine grüne Lunge.«

Virginia erinnerte sich an die Einzelheiten des Berichts. »Ich fürchte, das ist ein weit verbreiteter Irrtum. Die Vernichtung der Urwälder des Amazonas hätte nicht annähernd so weitreichende und gravierende Folgen wie das Absterben des Phytoplanktons, das für den Sauerstoff in unserer Luft viel wichtiger ist.«

»Möchten Sie, dass unsere Wissenschaftler mit Ihren zusammenarbeiten?«, fragte Boris. »Haben Sie an eine gemeinsame wissenschaftliche Kommission gedacht?«

»Vielleicht«, erwiderte Virginia, die noch *nicht* daran gedacht hatte. »Ist Ihnen aufgefallen, welcher Shitstorm nach der Veröffentlichung des Berichts losbrach? Nicht nur in Italien und Europa, sondern fast zeitgleich überall auf der Welt. In den sozialen Medien stürzten sich zahlreiche Influencer darauf, als hätte jemand das Signal dafür gegeben.«

»Sie vermuten einen Drahtzieher im Hintergrund?«

Virginia nickte. »Meine Intuition sagt mir: Es gibt einen Dirigenten des Protestorchesters. Wer käme in Frage?«

»Wir nicht«, sagte Boris sofort.

Virginia glaubte ihm. »Können Sie mir dabei helfen herauszufinden, wer dahintersteckt?«

»Aber natürlich kann ich das!« Boris strahlte, wie voller Freude darüber, ihr einen Wunsch erfüllen zu können. »Was halten Sie von einem gemeinsamen Abendessen? Morgen, wenn es die Konferenz zulässt. Bis dahin sollten wir das eine oder andere erfahren haben.«

Virginia trat in die Pedale. »Wenn Sie die nächsten zehn Kilometer schaffen.«

11

LAURA LOMBARDI

BEI CATANIA, SIZILIEN

Die Blumen waren verwelkt.

Sie standen auf dem schmalen Kiesstreifen zwischen den beiden Gräbern, in unterschiedlich großen Vasen, nur einen Tag alt. Wie traurig ließen sie die Köpfe hängen, die Farben von Blüten und Blättern verblasst. Erstaunt überprüfte Laura eine Vase nach der anderen und stellte fest, dass sie alle noch einen Rest Wasser enthielten. Daran lag es also nicht.

Der Gräberdienst hatte die Blumen in Lauras Auftrag gebracht, und normalerweise war auf ihn Verlass. In den vergangenen elf Jahren hatte es nicht ein einziges Mal Grund zur Klage gegeben.

»Ich bin einen Tag zu spät dran«, sagte sie und richtete ihre Worte an die beiden Gräber, obwohl sie wusste, dass niemand in ihnen lag. »Ich hätte die Blumen selbst bringen sollen. Aber mit ganz leeren Händen bin ich nicht gekommen.«

Sie nahm eine der kleineren Vasen, zog die verwelkten Blumen heraus und legte sie beiseite. Dann ging sie einige Schritte weit zum Hahn, füllte die Vase mit frischem Wasser und kehrte zu den beiden Gräbern zurück.

Der kleine Friedhof lag etwa fünfhundert Meter hoch am langen, breiten Hang des Ätnas, auf der einen Seite gesäumt von Zürgelbäumen, Ginster und einigen wenigen Steineichen, Reste einst üppiger Wälder, die vor allem menschlicher und nicht vulkanischer Aktivität zum Opfer gefallen waren. Auf der anderen Seite erstreckte sich ein Lavafeld nur wenige Jahre älter als das Unglück, das Lauras Eltern aus dem Leben gerissen hatte. Der Priester namens Dominic, inzwischen weit über achtzig, glaubte noch heute, dass die Rettung des Friedhofs und der Kapelle den Gebeten all der Gläubigen zu verdanken war, die sich damals an diesem Ort versammelt und Gottes Beistand erfleht hatten.

Vor den beiden Gräbern wickelte Laura die Rose, die aus einem Treibhaus am Fuß des Vulkans stammte, aus der Folie, entfernte einige Dornen vom Stiel und stellte sie in der Vase auf den kleinen Rasen vor den beiden Gräbern. Dabei bemerkte sie, dass das Gras sein saftiges Grün verlor und an einigen Stellen halb vertrocknet wirkte, als hätte es seit vielen Tagen keine Feuchtigkeit bekommen. Vielleicht, dachte sie, wurde es tatsächlich Zeit, ein ernstes Wort mit dem Gräberdienst zu reden.

Eine Zeit lang stand sie stumm und betrachtete die beiden schieferblauen Grabplatten mit den goldenen Buchstaben und Zahlen. Dass es die beiden leeren Gräber hier gab, verdankte sie der Fürsprache Dominics, der ein guter Freund ihres Vaters gewesen war; seit fast einem halben Jahrhundert hatten hier keine Beerdigungen mehr stattgefunden. Dass von einer echten Beisetzung eigentlich gar nicht die Rede sein konnte, eher von einem symbolischen Akt, hatte sich als hilfreich erwiesen.

Wo genau ihre Eltern gestorben waren, wusste Laura nicht. Irgendwo über dem Atlantik, auf dem Weg von Rom nach Rio de Janeiro. Nur wenige Jahre nach dem rätselhaften Verschwinden von Flug MH370 der Malaysia-Airlines im Jahr 2014 war ein zweites Flugzeug verlorengegangen, und tagelang hatte man ebenso erfolglos danach gesucht.

»Es tut mir leid«, sagte Laura schließlich. Warmer Wind zupfte an ihrem schulterlangen kastanienfarbenen Haar, das sie an diesem Vormittag offen trug. »Es sieht nicht gut aus. Vielleicht muss ich das Institut verkaufen.«

Der Wind trug ihre Stimme über die leeren Gräber hinweg

zu den Bäumen und dem Hang des Ätnas, von dessen Gipfel Rauchwolken aufstiegen.

»Gestern haben wir einen wichtigen Forschungsauftrag verloren«, fuhr sie fort und strich sich eine Haarsträhne aus der Stirn. »Deshalb bin ich erst heute gekommen. Ich habe mit den Auftraggebern gesprochen, aber sie stehen ihrerseits unter medialem und politischem Druck. Man wirft uns Hysterie und Alarmismus vor. Unsere Forschungsergebnisse sind so oft zerrissen und zerpflückt worden, dass sie niemand mehr ernst nimmt. Der wissenschaftliche Ruf des Instituts hat großen Schaden erlitten, und ich fürchte, das ist vor allem meine Schuld. Vielleicht wäre es besser gewesen, mit der Veröffentlichung zu warten und mehr Daten zu sammeln.«

Niemand antwortete ihr. Die leeren Gräber blieben stumm. Nur der Wind flüsterte.

»Die Menschen wollen hoffen und glauben, dass uns schon sehr bald eine bessere Zukunft erwartet«, sagte Laura. »Sie haben es satt, immer wieder Warnungen vor neuen Katastrophen zu hören. Daran hätte ich denken sollen. Es wäre klüger gewesen zu schweigen.«

Nein, wäre es nicht, dachte sie. Es stand einfach zu viel auf dem Spiel. Schweigen angesichts einer bevorstehenden Katastrophe war unverantwortlich. Persönliche Dinge durften dabei keine Rolle spielen.

»Aber ... es wäre nicht richtig gewesen«, sagte sie etwas lauter. »Ich war nie eine Opportunistin, so habt ihr mich nicht erzogen. Von Anfang an bin ich für das eingetreten, was ich für richtig hielt, damals bei Sea-Eye und auch heute.«

Die Gräber schwiegen. Der warme Wind strich über die verwelkten Blumen und das halb verdorrte Gras, berührte auch die stolze, schöne Rose.

Laura wich einen Schritt zurück, von einer Trauer erfasst, deren Tiefe sie überraschte.

»Ich hätte mich gern von euch verabschiedet«, sagte sie leise.

Manchmal sehnte sie sich zurück nach der Kraft und dem Rat der Eltern, die immer den richtigen Weg gekannt hatten. Damals, zu Lebzeiten von Annalisa und Francesco, schien alles leichter gewesen zu sein.

Sie drehte sich ohne einen letzten Gruß um und ging über den Pfad zurück zum Parkplatz neben der Kapelle, wo ihr staubiger E-Fiat stand. Hinter dem Steuer zögerte sie, den kühlenden Luftstrom der Klimaanlage im Gesicht. Die Vorstellung, sofort zum Institut zurückzukehren und dort mit all den unangenehmen Dingen konfrontiert zu werden, die sich in den letzten Tagen angehäuft hatten, drückte ihre Stimmung noch mehr. Sie brauchte dringend jemanden, der sie zumindest ein wenig aufheiterte.

»Paolina«, sagte sie und fuhr los.

12

Die Gebäude von Paolinas Weingut, der Contrada Smeraldi, befanden sich in einer Höhe von etwa achthundert Metern am Westhang des Ätnas, und die Anbauflächen reichten bis tausendzweihundert Meter weit empor. Die Straße wand sich in engen Kurven an der Flanke des Vulkans entlang, und der letzte Abschnitt war nicht asphaltiert und voller Schlaglöcher. Die Fahrt dauerte fast eine halbe Stunde, und als Laura schließlich vor dem Wohnhaus hielt, einer hübschen Villa, die weder zu luxuriös noch zu schlicht wirkte, wurde sie von aufgeregtem Bellen begrüßt.

Sie stieg aus, und Puma lief ihr entgegen, eine Promenadenmischung kaum größer als ein Chihuahua, die das, was ihr an Größe fehlte, durch Lautstärke wettzumachen versuchte. Als der kleine Hund Laura erkannte, wurde aus dem Bellen ein freudiges Quieken, und er sprang an ihren Beinen empor.

Die elfjährige Ellen trat auf die lange Veranda und winkte.

»Ist deine Mutter da?«, rief Laura.

»Sie ist drüben auf dem ersten Feld«, teilte ihr Ellen mit. »Soll ich unseren Sprinter losschicken, damit er ihr Bescheid gibt?«

Damit meinte sie ihren zwei Jahre jüngeren Bruder Enrico, der zusammen mit Puma gern über Stock und Stein jagte und oft mit verschrammten Beinen oder blutigen Knien heimkehrte.

»Nein, nicht nötig, ich gehe zu ihr.« Laura schritt am Haus vorbei und folgte dem Verlauf des Weges, der zum ersten und kleinsten von insgesamt sieben »Feldern« führte, wie Paolina ihre Anbauflächen nannte. Mit etwa hundert Hektar gehörte die Contrada Smeraldi zu den mittleren Weingütern, und ihr fruchtiger dunkler Nerello Mascalese genoss einen ausgezeichneten Ruf. Inzwischen verdiente Paolina damit gutes Geld.

Während Laura an Flaumeichen, Kastanien, Birken und Ätna-Ginster vorbeiwanderte, dachte sie an die verschiedenen Lebenswege. Sie und Paolina waren gemeinsam zur Schule gegangen und hatten in Catania studiert. Für Laura war von Anfang an klar gewesen, dass sie Ozeanographin werden würde, dass sie für das Institut arbeiten und zusammen mit ihrem Vater die Welt retten würde, wie sie es damals an ihrem zehnten Geburtstag versprochen hatte.

Paolina hingegen hatte die »große weite Welt« kennenlernen wollen und von einem Leben in den USA oder Australien geträumt, als Dozentin oder Professorin an einer der großen Universitäten. Aus diesem Grund hatte sie neben Physik und Astronomie auch Englisch studiert. Und jetzt, fünfzehn Jahre nach dem Ende ihres Studiums, lebte sie am Hang des Ätnas und baute Wein an, den sie nach Amerika und Australien exportierte. Irgendwann hatte sie ihre Liebe für die Arbeit mit dem fruchtbaren Vulkanboden und der sizilianischen Sonne entdeckt, und aus der Physikerin und Astronomin war eine Winzerin geworden, die sich ihre Kenntnisse ohne ein Studium der Önologie oder Landwirtschaft angeeignet hatte. Das Wissen stammte von ihren Eltern, die es wiederum von ihren Eltern hatten – Paolina setzte eine Familientradition fort, ohne das Gefühl zu haben, sich familiärem Zwang zu beugen. Über all die Jahre hinweg hatte sie sich ihr fröhliches Gemüt bewahrt, ihre Gabe, immer positiv zu denken und optimistisch zu bleiben, ganz gleich, welche Hürden im Leben es zu überwinden galt.

Laura stellte plötzlich fest, dass sie Paolina beneidete. Nicht um das Weingut und ihren Erfolg, sondern um die *Richtigkeit* in ihrem Leben, um ihre Familie, ihren Ehemann Luigi, der eine goldene Seele hatte, um die beiden Kinder und selbst um Puma, der Laura auf dem Weg zum ersten Feld begleitete, am Wegesrand lief und an Büschen und Bäumen schnüffelte. Was auch immer die fröhliche, zuversichtliche Paolina anfasste, es blühte und gedieh. Die Welt schien ihren Optimismus und ihr immer positives Denken zu belohnen.

Puma bellte plötzlich. Laura blieb stehen und beobachtete, wie der kleine Hund an einem braunen Grasbüschel schnupperte, nieste und in die Richtung lief, aus der sie kamen. Sie sah ihm kurz nach, setzte den Weg dann fort.

Nach einigen weiteren Gehminuten wichen Bäume und Sträucher zurück, die Landschaft öffnete sich. Rebstöcke reichten in wohlgeordneten Reihen über den Hang des Vulkans, mit einigen wenigen Steineichen zwischen ihnen. Paolina hatte es nicht über sich gebracht, die jahrhundertealten Bäume zu fällen.

Laura brauchte nicht lange nach ihr zu suchen – Paolina kniete vor einem Rebstock, mit einem kleinen Blatt in der Hand. Wie zärtlich strich sie mit den Fingern darüber.

»Ciao, Paolina!«, rief Laura von weitem. Paolina stand auf und wandte sich ihr zu.

Sie war keine besonders schöne Frau, nicht wenn man die

üblichen Maßstäbe anlegte: der Hals zu kurz, der Kopf zu rund, die Schultern zu schmal, die Brust zu flach, die Hüften zu gerade. Doch aus ihren Augen sprühte das Leben, und sie verbreitete überall Frohsinn. Für gewöhnlich.

Als sich Laura näherte, lächelte Paolina zwar, aber es war ein schiefes Lächeln, und in ihren Augen lag keine Lebensfreude, sondern Sorge. »Wie schön, dich zu sehen.«

»Was ist los?«, fragte Laura. »Was ist passiert?«

Paolina breitete die Arme aus. »Siehst du es nicht?«

Laura blinzelte im Sonnenschein. »Es ist März. Deine Reben sind dieses Jahr spät dran.«

»Etwas stimmt nicht mit ihnen. Hier.« Paolina reichte ihr das kleine Blatt.

Laura betrachtete es. Die Oberseite wirkte verblasst, die Ränder wie verbrannt. Die untere Seite war grau.

»Ein Schädling?«

»Keiner, den ich kenne«, sagte Paolina ernst. »Es sind alle Pflanzen betroffen, jede einzelne. Nicht nur hier, sondern auch auf den sechs anderen Feldern. Seit vorgestern haben wir sie alle kontrolliert. Luigi ist mit Antonia und Raoul heute Morgen noch einmal zu Nummer sieben aufgestiegen und hat es mir eben per Handy bestätigt: Dort bietet sich das gleiche Bild.«

Lauras Blick strich über die Rebstöcke. Sie war hergekommen, weil sie sich Aufmunterung erhofft hatte. Stattdessen spürte sie, wie etwas Kaltes nach ihrem Herz griff.

»Wenn es keine Schädlinge sind«, sagte sie, »was ist es dann?«

»Ich weiß es nicht«, antwortete Paolina. »Selbst unser Pflanzendoktor ist ratlos. Er hat gestern einige Proben genommen und sie sich angesehen. Wir dachten an einen Pilz oder Bakterien, etwas in der Art.«

»Aber?«

»Nichts. Er hat nichts gefunden. Es gibt keine Erklärung dafür, warum die Pflanzen nicht mehr richtig atmen können.«

»Dass sie nicht mehr *was?*«

»Die Blätter enthalten kaum noch Chlorophyll«, sagte Paolina. »Auch die Sprossen und Geiztriebe verlieren ihre Farbe. Alles wird grau.«

Laura starrte auf das kleine Blatt in ihrer Hand und dachte an Phytoplankton. Dann hob sie den Kopf und blickte sich erneut um, sah die Pflanzen plötzlich mit anderen Augen – die Rebstöcke, die Büsche und Sträucher am Rand des Feldes, das an vielen Stellen braungelbe Gras, an dem Puma geschnüffelt und das ihm nicht gefallen hatte.

Sie ließ das Blatt fallen, holte ihr Handy hervor, wählte eine der gespeicherten Nummern und drückte die Ruftaste.

Paolina sah sie fragend an.

Laura hob das Handy ans Ohr.

»Ich wollte dich gerade anrufen, Laura«, meldete sich Richard. »Der Auftrag, der uns vor einem knappen Monat vom Französischen Institut von Pondicherry in Aussicht gestellt wurde …«

Laura ließ ihn nicht ausreden. »Wir haben ein Problem, Richard.«

»Oh, ich weiß.«

»Es ist gerade noch ein ganzes Stück größer geworden. Bereite unser Labor für eine Untersuchung vor. Und kennst du einen Botaniker, der bereit wäre, uns zu helfen?«

13

Laura Lombardi stand am großen Fenster des Labors, blickte hinaus übers Meer und erinnerte sich. Einige kleine Boote dümpelten am Anlegesteg. Auf der rechten Seite, am Kai, war die *Trieste* festgemacht, und der alte Gianni Nardi – nicht Käpt'n, sondern Skipper – kletterte gerade übers Vorderdeck. Wie lange würde er noch bei Minerva bleiben? Wie lange konnte das Institut sein Gehalt und die Raten für die *Trieste* zahlen?

»Das ist seltsam«, sagte Dr. Sara Perotti hinter ihr. Laura drehte sich um.

Die Botanikerin von der Universität Catania, eine dickliche Frau in den Sechzigern, das Haar ergraut, saß am großen Mikroskop, justierte die Einstellungen und sah sich das Bild auf einem 32-Zoll-Monitor an. Daneben summte leise eine Workstation, deren vierundsechzig Prozessorkerne die vom Mikroskop gelieferten Daten in Echtzeit verarbeiteten. Der Randbereich eines Blattes war auf dem Monitor zu sehen, in mehreren Vergrößerungsstufen. Die unteren Bilder zeigten molekulare Strukturen.

»Sehen Sie sich das hier an.« Dr. Perotti richtete ihre Worte an Paolina, die direkt neben ihr stand. »Die Pflanze, von der das Blatt stammt, scheint zu glauben, es wäre Herbst.«

Die anderen saßen am Tisch oder an der Instrumentenbank: Bernardo, Paolinas »Pflanzendoktor«, noch ein wenig älter als Gianni Nardi, mit wettergegerbtem Gesicht und krummem Rücken, ein Mann, den man sich gut als Ziegenhirten irgendwo in den Bergen vorstellen konnte; Ruggero, Wissenschaftlicher Assistent des Instituts und inzwischen seit zweiunddreißig Jahren bei Minerva, jemand von der »alten Garde«; Richard Compton, der wie immer ruhig und gelassen wirkte, seine Präsenz wie ein Anker für Laura; Olivia, die jedes Wort von Dr. Perotti aufzusaugen schien; und Lorenz Winkler, der dem Institut seltsamerweise weiterhin die Treue hielt und dem IOM sogar den einen oder anderen zusätzlichen kleinen Auftrag vermittelt hatte. Laura überlegte, ob er noch immer Schätze am Meeresgrund suchen wollte und ob ihm das wichtiger war als seine Beziehung mit der Journalistin Amelia De Santis.

Als Paolina nur verwundert die Stirn runzelte, erklärte die Botanikerin: »Die Pflanze scheint versucht zu haben, das Chlorophyll aus dem Blatt abzuziehen, aber dabei sind die Moleküle … zerbrochen. So könnte man es nennen. Die Molekülstrukturen …« Dr. Perotti deutete auf den Monitor. »Sie sind nicht mehr intakt.«

Paolina beugte sich ein wenig vor. »Sie sehen aus wie zertrümmert. Als hätte ein Hammer zugeschlagen.«

Die Botanikerin veränderte erneut die Einstellung des Mikroskops mit der Blattprobe auf dem Objektträger. Teile eines Chlorophyll-Moleküls wurden sichtbar. Sie wirkten wie zerfranst.

»Zertrümmert und zerrissen«, sagte Paolina. »Was kann die Ursache sein?«

Dr. Sara Perotti rollte ihren Stuhl ein wenig zurück. »Ich weiß es nicht.«

»Aber …« Paolina blickte auf den Monitor. »Es muss sich doch feststellen lassen.«

»Ich habe so etwas noch nie zuvor gesehen«, gestand die Botanikerin. »Etwas scheint das Chlorophyll verätzt und die Pflanze veranlasst zu haben, es aus den Blättern zurückzurufen.«

»Wie lange dauert es, ein Gegenmittel zu finden?«, fragte Paolina. »Oder ein Heilmittel?« Der Frohsinn hatte Lauras alte Freundin vollständig verlassen.

»Kommt darauf an.«

»Auf was?«

»Auf die Ursache«, sagte Dr. Sara Perotti geduldig. »Es sind genaue Untersuchungen notwendig.«

»Können wir die Saison retten?«

»Sind alle Ihre Rebstöcke betroffen?«

Paolina nickte.

»Ich fürchte, dieses Jahr wird Ihre Contrada keinen Wein produzieren, Signora Smeraldi.«

Laura holte tief Luft. »Was ist, wenn das überall passiert?«

Olivia verstand sofort. »Du meinst … Nicht nur die Weinstöcke, sondern auch das Blattgrün der anderen Pflanzen?«

»Das Chlorophyll von Bäumen, Büschen, Sträuchern, Gras und so weiter«, sagte Laura. »Vor meinem Besuch bei dir bin ich auf dem kleinen Friedhof gewesen, Paolina. Beim Grab meiner Eltern. Gestern am Jahrestag konnte ich nicht dort sein, deshalb habe ich den Gräberdienst beauftragt, frische Blumen zu bringen. Heute waren sie verwelkt, obwohl die Vasen noch Wasser enthielten.«

»Das muss nicht unbedingt viel bedeuten.« Ruggero strich sich nachdenklich über den Bart. »Wenn die Blumen am Grab standen, waren sie der Sonne ausgesetzt. Und es ist schon ziemlich warm für die Jahreszeit.«

»Wir haben vermutet, dass es etwas im Wasser ist.« Mit plötzlicher Klarheit erinnerte sich Laura an die Worte ihres Vaters vor zweiunddreißig Jahren, als der Delphin namens Joey gestorben war. *Wir vermuten, es war etwas im Wasser.* »Wir sind davon ausgegangen, dass es sich auf das Phytoplankton in den Meeren beschränkt, was schlimm genug wäre.«

Alle sahen sie an und warteten. Die junge Olivia schien ihr mit den Augen zuzurufen: Sag es, heraus damit!

»In Marsala, im Zentrum für Meeresforschung bei Professor Zamberti ... Wisst ihr noch, was er gesagt hat?«

»Er war ein sehr vorsichtiger Mann«, erinnerte sich Lorenz Winkler. »Und das hat sich für ihn ausgezahlt. Der Shitstorm ist nur über uns hereingebrochen und nicht auch über ihn.«

»Er war nicht vorsichtig, sondern feige«, widersprach Olivia.

»Er meinte, wir sollten nicht sofort den Weltuntergang an die Wand malen«, sagte Laura. »Wir wüssten noch zu wenig und würden nur die Menschen überall auf dem Globus wegen nichts in Panik versetzen. Er meinte, uns bliebe in jedem Fall die Fotosynthese der Landpflanzen, der Regenwälder und des borealen Nadelwalds.«

»Zamberti glaubte, wir hätten Zeit genug für Gegenmaßnahmen, falls sich unsere Befürchtungen in Hinsicht auf das

Phytoplankton bewahrheiten würden«, sagte Richard Compton ruhig. »Er könnte sich geirrt haben, nicht wahr?«

»Doktor Perotti ...«, begann Laura.

»Sara«, unterbrach sie die Botanikerin. »Ich glaube, wir sind hier unter uns.«

»Wären Sie bereit, weitere Proben für uns zu untersuchen, Sara? Nicht nur von Paolinas Rebstöcken, sondern auch von anderen Pflanzen an den Hängen des Ätnas. Und vom Festland, von unterschiedlichen Regionen in Europa.«

Sara Perotti verstand. »Sie möchten sicher sein, dass es nichts in den Gasen des Vulkans ist. Oder etwas in seiner Asche.« Sie nickte. »Ich helfe gern.«

»Ich möchte Sie warnen«, sagte Laura ernst. »Es könnte Ihnen so ergehen wie uns nach unseren ersten Veröffentlichungen. Vielleicht gibt es einen neuen Shitstorm, noch größer als jener, der bereits über uns hereingebrochen ist. Man wird Ihnen vorwerfen, sich in den Mittelpunkt stellen und einen Namen machen zu wollen. Man wird versuchen, Sie zu diskreditieren und Ihre Glaubwürdigkeit zu zerstören.«

»Das funktioniert nur, wenn wir Unsinn verzapfen«, erwiderte Sara Perotti. »Also müssen wir dafür sorgen, dass die Resultate unserer wissenschaftlichen Analysen jeder Prüfung standhalten.« Sie hob den Zeigefinger und sprach in dozierendem Ton weiter: »Die Wissenschaft, meine Damen und Herren, ist keine Meinung, sondern Erkenntnis. Fakten lassen sich nicht mit Lügen widerlegen.«

Olivia nickte erfreut.

»Unterschätzen Sie nicht die Dummheit der Menschen«, gab Lorenz Winkler zu bedenken. »Sie sind immer bereit, den Lügen zu glauben, die ihnen gefallen. Und sie lehnen alles ab, was ihnen Angst macht.«

Es erstaunte Laura ein wenig, solche Worte ausgerechnet von ihm zu hören.

»Auf der Nordhalbkugel beginnt die Wachstumsperiode«, sagte sie. »Wenn das, was mit Paolinas Rebstöcken passiert, auch woanders geschieht, wenn Pflanzen verkümmern, bevor sie richtig wachsen können, wenn die Blätter nicht genug Chlorophyll für die Fotosynthese enthalten und wie im Herbst verwelken ... Die Konsequenzen wären enorm.«

»Ernteausfälle«, warf Paolina ein. »Von Wein einmal ganz abgesehen: kein Getreide, kein Gemüse, kein Obst, ein enormer Schaden für die Landwirtschaft.«

»Mit weitreichenden Folgen für die Weltwirtschaft«, fügte Ruggero hinzu, die Hand wieder am Bart. »Die Lebensmittelpreise werden in die Höhe schießen. Es gäbe erhebliche Probleme für die armen Länder. Es würde zu Hungersnöten kommen.«

»Es gibt noch ein viel größeres Problem«, sagte Laura. »Eins, das alle betrifft, die Reichen wie die Armen. Die Luft, die wir atmen.«

Paolina sank auf einen Stuhl, als wären ihr gerade die Knie weich geworden. »Meine Güte«, murmelte sie.

»Ja«, sagte Laura. »Wenn meine Befürchtungen zutreffen, könnte das Problem kaum größer sein. Wir brauchen Pflanzenproben, von Sizilien und dem italienischen Festland, damit beginnen wir. Anschließend nehmen wir uns Proben aus anderen Ländern Europas, Asiens und aus Nordamerika vor, ein repräsentativer Querschnitt der Vegetation der Nordhalbkugel. Und wir müssen Berechnungen anstellen.« Sie hob den Zeigefinger wie zuvor die Botanikerin. »Präzise Berechnungen, jede einzelne von Fakten untermauert. Das ist sehr, sehr wichtig. Es darf nicht eine einzige Beweislücke geben, an der die Leugner und Besserwisser ansetzen können. Wenn wir uns irgendwo irren und uns das jemand nachweist ... Es wäre das Aus für uns, endgültig.«

Laura stand mit dem Rücken zum Fenster, an die Fensterbank gelehnt. Ihr Kopf war glasklar, jeder Gedanke an seinem Platz.

»Ich verstehe«, ertönte Bernardos tiefe Stimme in der Stille. Paolinas »Pflanzendoktor«, der wie ein Ziegenhirte aussah, war ein einfacher Mann, der nie studiert und nicht einmal eine höhere Schule besucht hatte. Aber er kannte sich mit Rebstöcken und anderen Pflanzen aus, er lebte mit dem Land und der Natur. »Die Pflanzen gehen ein, weil sie nicht mehr richtig atmen. Und wenn sie nicht mehr atmen, geht auch uns bald die Luft aus.«

Laura nickte ihm zu und wandte sich dann an die füllige, ältere Frau vor dem Monitor des Mikroskops. »Dottor Perotti ...«

»Sara«, erinnerte sie die Botanikerin.

»Sara ... Wir brauchen Ihre Kontakte. Ich greife wieder auf mein eigenes Netzwerk zurück beziehungsweise auf das, was davon übrig ist. Ich werde sogar Professor Zamberti in Marsala noch einmal um Hilfe bitten. Wie sieht es derzeit mit dem Phytoplankton im Mittelmeer und den Ozeanen aus? Dafür sind wir als Ozeanographen und Meeresforscher zuständig. Sara, bitte kümmern Sie sich um die Pflanzen an Land. Je mehr Proben aus je mehr Orten überall auf der Welt wir untersuchen, desto besser. Paolina und Bernardo können Ihnen helfen.«

Der alte Bernardo brummte zustimmend.

»Was ist mit meinen Rebstöcken?«, fragte Paolina. Sie hatte nicht ein einziges Mal gelächelt, seit sie im Institut eingetroffen waren. »Können wir sie irgendwie retten?«

»Wir werden es versuchen«, erwiderte Laura. »Vielleicht finden wir etwas.«

»Aber es hat keine Priorität, nicht wahr?«

»Wenn sich an Land tatsächlich das anbahnt, was wir auch im Meer beobachtet haben«, erklärte Laura, »müssen wir unsere ganze Kraft darauf konzentrieren, innerhalb möglichst kurzer Zeit eine möglichst feste und stabile Beweiskette zusammenzusetzen. Der Zeitfaktor könnte eine sehr wichtige Rolle spielen. Je eher wir die Welt warnen, und je eher sie unsere Warnung ernst nimmt, desto eher kann etwas unternommen werden, um die Katastrophe abzuwenden. Ich schätze, es wird ein, zwei oder sogar drei Wochen dauern, um alle Testreihen abzuschließen. So viele Proben und so viele Untersuchungen wie möglich, mit unterschiedlichen Methoden. Die große Frage lautet: Was passiert mit der Fotosynthese im Wasser und an Land? Handelt es sich um ein vorübergehendes Phänomen? Erholen sich Pflanzen und Phytoplankton nach gewisser Zeit, oder erleiden sie dauerhaft Schaden? Wie sieht es mit der aktuellen Sauerstoffproduktion aus? Wie viel neuer Sauerstoff gelangt in unsere Atemluft, wie viel Kohlendioxid können die Pflanzen noch aufnehmen? Wie viel Sauerstoff verbrauchen Menschen und Tiere durch Atmung? Wie viel Sauerstoff wird der Atmosphäre durch Industrieproduktion und natürliche Oxidationsprozesse entzogen? Wie schnell und wie stark ändert sich die Zusammensetzung unserer Atemluft, wenn die gesamte durch Fotosynthese vorangetriebene natürliche Sauerstoffproduktion auf der Nordhalbkugel ausfällt?«

»Wie sollen wir das alles finanzieren?«, fragte Ruggero behutsam.

»Ich spreche mit Kochal, Broderbund und Althaus«, bot Lorenz an. »Vielleicht kann sich die Firmengruppe zu einer weiteren kleinen Investition durchringen. Immerhin geht es im weitesten Sinne um Klimaschutz, das ist immer noch ein sehr gutes Marketing-Thema. Und ganz verbrannt sind wir noch nicht.«

»Das wäre eine große Hilfe«, sagte Ruggero dankbar. »Unsere Kassen sind nicht gerade gut gefüllt.«

Bei diesen Worten verzog Olivia das Gesicht. Sie hielt Geld für etwas Ekliges, mit dem man irgendwie zurechtkommen musste.

Laura nahm zur Kenntnis, dass Lorenz erneut von »wir« und »uns« sprach. Er schien sich inzwischen tatsächlich als Mitglied des Teams zu sehen. »Bitte sprechen Sie auch mit Amelia. Wir brauchen die Unterstützung der Medien.«

Der Deutsche nickte sofort. »Sie trifft heute Abend in Catania ein.«

»Ich kümmere mich um unsere Social-Media-Kanäle.« Olivia bewegte die Finger wie auf einer Tastatur. »Dort draußen im Cyberspace gibt es jede Menge grüne Influencer.«

»Welche Farbe sie haben, ist mir gleich. Hauptsache, man hört und liest uns überall auf der Welt. Wenn wir so weit sind.« Laura stieß sich von der Fensterbank ab. »Machen wir uns an die Arbeit, Leute.«

14

HUDSON CHAMBERLAIN

CORRICO-TURM, TORONTO, KANADA

Im siebzehnten Stock des Corrico-Turms von Toronto stand Hudson Chamberlain am Panoramafenster seines Büros und blickte durch grauen Regenschleier. Links erhob sich der CN Tower, mit seinen fünfhundertdreiundfünfzig Metern einst der höchste Fernsehturm und bis zum Bau des Burj Khalifa sogar das höchste freistehende Gebäude der Welt. Auf der rechten Seite erstreckte sich der Ontariosee, grau wie der Regen.

Das Türsignal erklang. Chamberlain drehte sich um.

»Herein!«, rief er. »Herein!«

Joycelin betrat das Büro, das mit seiner Bibliothek auf der einen und der Bar auf der anderen Seite eher einem Salon ähnelte. Sie trug einen türkisfarbenen Hosenanzug, der ihre natürliche Eleganz betonte und gut zu dem langen blonden Haar passte, das glatt bis auf die Schultern reichte.

Chamberlain deutete hinter sich zum Fenster. »Es regnet schon wieder. Seit fast einer Woche geht das so. Und es ist für die Jahreszeit zu kalt. Obwohl wir von der Sonne mehr Wärme bekommen.« Er trat an dem breiten Schreibtisch mit den beiden großen Monitoren vorbei. »Wusstest du, dass seit einigen Monaten die Sonnenaktivität zunimmt? Ich hab gestern einen Artikel darüber gelesen. Selbst die Astronomen und Astrophysiker sind überrascht, sie haben zu Beginn des neuen Sonnenzyklus nicht mit einer so schnellen Zunahme der solaren Aktivität gerechnet. Zusammen mit dem Treibhauseffekt hätte das zu einem neuen Hitzesommer führen müssen, aber …« Er lächelte. »Unsere Maßnahmen machen sich bereits bemerkbar.«

Auch Joycelin lächelte. »Wenn das Wetter besser wird, könnten wir uns die Niagarafälle ansehen. Das würde mir gefallen. Ich bin noch nie dort gewesen.«

Chamberlain fragte sich, ob das eine Einladung war. »Dann steht dir ein grandioses Erlebnis bevor. Möchtest du was trinken?« Er wies zur Bar und der gemütlichen Sitzecke daneben.

»Nein, danke. Vielleicht später, heute Abend.« Sie lächelte erneut und nahm vor dem wuchtigen Schreibtisch Platz. »Es gibt einige wichtige Dinge zu besprechen.«

Chamberlain stellte fest, dass sie mit einem Tablet gekommen war. Er kehrte zu seinem Rollsessel zurück, setzte sich hinein und schob ihn ein wenig beiseite, damit er Joycelin an den beiden Monitoren vorbei ansehen konnte.

»Wir bekommen zehn Milliarden US-Dollar.« Er schob ein Dokument über den Schreibtisch. »Verteilt über die nächsten fünf Jahre. Und man denkt sogar über weitere finanzielle Unterstützung nach, wie man durchklingen ließ.«

Joycelin nahm das Schriftstück mit dem UN-Briefkopf und der Unterschrift von Generalsekretär Tayo Aneke entgegen. »Du hast ihn überzeugt.«

»*Wir* haben ihn überzeugt«, betonte Chamberlain. »Damit ist der Weg frei.«

»Es wird genug Geld geben.«

»Mehr als genug«, sagte Chamberlain zufrieden.

»Vielleicht brauchen wir es bald.« Joycelin reichte ihm das Tablet über den Schreibtisch.

Chamberlain nahm es entgegen und blickte aufs Display. Es zeigte einen mehrseitigen wissenschaftlichen Bericht mit Anlagen in Form von Berechnungen und statistischen Übersichten. Danach folgten Scans und Links von Zeitungsartikeln sowie einige Fotos, auf einem von ihnen eine Frau Anfang vierzig, mit kastanienfarbenem Haar, braunen Augen und einem schmalen, ernsten Gesicht. Er las den Namen darunter. »Doktor Laura Lombardi aus Catania, Ozeanographin.«

»Einige der anderen Personen gehören zu ihrem Team«, erklärte Joycelin. »Die anderen sind Supporter aus Wirtschaft und Medien.«

Das Wort *Supporter* klang fast wie *Komplizen*.

»Die Sache mit dem Phytoplankton, nicht wahr?« Chamberlain sah von dem Tablet auf. »Ich habe die Nachricht kurz nach Anekes Besuch bei unseren Solarkraftwerken in Mauretanien erhalten. Wir haben Gegenmaßnahmen eingeleitet.«

»Die Angelegenheit ist gerade noch viel größer geworden.« Joycelin saß entspannt und schlug die Beine übereinander. »Lies den Bericht.«

Chamberlain tat es und sah sich anschließend die Berechnungen und statistischen Tabellen an.

»Sieht sehr fundiert aus«, meinte er schließlich.

Joycelin nickte. »So scheint es tatsächlich. Ich habe unsere Spezialisten beauftragt, die Berechnungen zu prüfen und eigene Nachforschungen anzustellen. In einigen Tagen sollten wir mehr wissen. Aber …« Sie sah ihm in die Augen. »Wenn es stimmt, wenn die Beeinträchtigung der Fotosynthese nicht nur das Phytoplankton in den Meeren betrifft, sondern auch die Pflanzen auf den Kontinenten …«

»Dann haben wir ein echtes Problem.«

»Es wäre sehr, sehr schlecht für unser Geschäft«, erklärte Joycelin. »Unsere Konkurrenten würden mit dem Finger auf uns zeigen und behaupten, wir hätten etwas Wichtiges übersehen.«

»Hätten sie recht?«, fragte Chamberlain.

»Es könnte sogar noch schlimmer kommen«, sagte Joycelin. »Wenn jemand eine direkte Verbindung zu uns herstellen kann, zu unseren Klimamaßnahmen und dem Geoengineering von Corrico … droht uns der Ruin. An Neidern mangelt es nicht, auch nicht an Unternehmen, die gern unseren Platz einnähmen.«

Hudson Chamberlain blinzelte, und ein Teil seiner guten Stimmung verflog. Er blickte erneut aufs Display, überflog den Bericht noch einmal und las den einen oder anderen Abschnitt mit größerer Aufmerksamkeit.

»Können denn direkte Verbindungen hergestellt werden?«, fragte er schließlich. »Haben unsere Maßnahmen etwas mit dieser Sache zu tun?«

»Ich weiß es nicht«, gestand Joycelin. »Aber wir sollten es so schnell wie möglich herausfinden. Stell dir vor, jemand entdeckt einen kausalen Zusammenhang, bevor die UN das versprochene Geld überweisen.«

»Das wäre ausgesprochen unangenehm.«

»Es wäre katastrophal«, sagte Joycelin. »Wir würden nicht nur das Geld der Vereinten Nationen verlieren. Die Aktienkurse unserer Unternehmen würden ins Bodenlose fallen. Das darf nicht passieren.«

Chamberlain lehnte sich in seinem Sessel zurück und musterte die junge Australierin auf der anderen Seite des Schreibtisches. Sie erwiderte seinen Blick ruhig und gefasst.

»Was schlägst du vor?«

»Ein sofortiges Ablenkungsmanöver«, sagte Joycelin. »Wir suchen uns einige gute Namen in der Welt der Wissenschaft und geben der Sonne die Schuld. Das mit dem neuen Sonnenzyklus und einer ungewöhnlichen Zunahme der solaren Aktivität kommt genau zum richtigen Zeitpunkt, das können wir für unsere Zwecke nutzen. Wer weiß, vielleicht stimmt es sogar. Vielleicht geht das Problem mit der Fotosynthese tatsächlich auf die veränderte Aktivität der Sonne zurück.«

»Und wenn nicht?«

»Das ist der zweite Punkt.« Joycelin sprach noch immer ruhig, sie war die Stimme der Vernunft. »Wir müssen der Sache auf den Grund gehen, und zwar schnell. Wir müssen die Ursache finden, bevor uns jemand zuvorkommt.«

»Und dann?«, fragte Chamberlain.

»Es kommt darauf an, wie groß der Schaden ist und ob wir ihn angerichtet haben.« Joycelin lächelte knapp. »Vielleicht können wir mit seiner Reparatur noch mehr Geld verdienen. We save the world twice. Wir retten die Welt zweimal.«

Chamberlain dachte darüber nach und freute sich über die Klarheit von Joycelins Überlegungen. Er sollte tatsächlich ein engeres Verhältnis mit ihr in Erwägung ziehen. Niagara, ein guter Anfang.

»Einverstanden«, sagte er. »Leite alles in die Wege.«

Joycelin nickte.

»Was ist mit der Forschergruppe um …«, er sah noch einmal aufs Tablet, »… um Doktor Laura Lombardi?«

»Wir sollten nicht so vorgehen wie beim ersten Mal.« Joycelin schien auch in diesem Punkt gut vorbereitet zu sein. »Ein neuerlicher Aufruhr in den sozialen Medien würde Verdacht erregen. Ich schlage vor, dass wir mit der Gruppe zusammenarbeiten.«

Chamberlain hob die Brauen.

Joycelin schmunzelte. »Nicht offiziell. Ich dachte eher an eine Art Zusammenarbeit, von der Laura Lombardi und ihre Kollegen gar nichts erfahren. Die Gruppe ist knapp bei Kasse, das können wir ausnutzen. Es könnte hilfreich sein, wenn wir vor Ort präsent sind und von neuen Forschungsergebnissen sofort Kenntnis erhalten.«

»Ich verstehe«, sagte Chamberlain anerkennend. »Kümmere dich darum.«

Die junge Australierin stand auf.

Auf einem der beiden Monitore veränderte sich der Inhalt eines Bildschirmfensters. Chamberlain hob die Hand. »Moment.«

Joycelin wartete.

»Es kommt gerade eine neue Wettervorhersage herein«, sagte Chamberlain. »Das Tiefdruckgebiet zieht endlich ab und macht Platz für ein Zwischenhoch.« Er blickte wieder auf und nickte ihr zu. »Die Niagarafälle, morgen.«

Joycelin lächelte. »Ich freue mich.«

15

LAURA LOMBARDI

SIBIRIEN, ETWA 100 KM NÖRDLICH VON SURGUT

Der kompakte russische Geländewagen, ein UAZ Patriot, schwankte heftig hin und her, doch der Fahrer, ein hagerer, drahtiger Mittsechziger, lenkte ihn mit der Zuversicht eines Mannes, der davon überzeugt war, dass die Bäume ihm ausweichen mussten und nicht umgekehrt.

»Wir sind gleich da«, verkündete Professor Jurij Zarkew in gutem Englisch. Im Nebel vor ihnen erschien ein weiterer Baum, und Zarkew vermied im letzten Moment eine Kollision.

»Gibt es hier keine Straßen?«, fragte Laura, die auf dem Beifahrersitz durchgeschüttelt wurde. Richard Compton saß im Fond und stützte sich mit beiden Händen ab.

»Meinen Sie *asphaltierte* Straßen?«, fragte Zarkew und gab noch etwas mehr Gas.

»Ja!«

»Die nächste befindet sich etwa hundert Kilometer südlich von uns, in Surgut.«

»Sind Sie sicher, dass dies der richtige Weg ist?« Richard sprach wie immer ruhig. »Ich meine, woran erkennen Sie den Weg überhaupt?«

»An den Furchen und Schlaglöchern.« Zarkew lachte wie über einen besonders guten Witz. Dann wurde er übergangslos ernst. »Wir sind gleich da«, wiederholte er.

Die Bäume wichen zurück, Zelte und Hütten erschienen im Nebel. Zarkew hielt neben zwei größeren, dreiachsigen Geländewagen, die den Eindruck erweckten, auf einer Fahrt durch die Taiga mit jedem Hindernis fertigwerden zu können.

»Dies ist unser wissenschaftliches Hauptlager, eingerichtet vor einem knappen Monat.« Zarkew stellte den Motor ab, öffnete die Tür und stieg aus.

Laura und Richard folgten ihm zu einer offenen Hütte, einer Art rustikalem Pavillon, errichtet aus dem Holz des Waldes. Der Nebel war noch immer dicht, aber die vor einer Stunde aufgegangene Sonne gewann mehr Kraft und brachte ihn in Bewegung.

»Man sieht kaum etwas«, sagte Laura enttäuscht.

»Das wird sich in einer halben Stunde ändern«, versprach Zarkew. »Bis dahin ist ein großer Teil des Nebels verschwunden.«

Mehrere Personen erwarteten sie in der offenen Hütte: zwei junge wissenschaftliche Assistenten, kaum dreißig, zwei Geologen etwa Mitte vierzig, eine Biologin mit asiatischen Gesichtszügen, etwa fünfzig, und eine Botanikerin, vermutlich einige Jahre jünger als Zarkew, der seine Kollegen nacheinander vorstellte und ihre Namen nannte. Laura versuchte, sie sich zu merken, aber nach dem Flug und der anstrengenden Fahrt im Geländewagen fühlte sie sich ein wenig angeschlagen.

»Kaffee?«, bot einer der beiden wissenschaftlichen Assistenten an. »Frühstück?«, fragte der andere.

Laura nahm dankbar einen Kaffeebecher entgegen, Richard ebenso.

An der Rückwand der Hütte zog sich eine lange Werkbank entlang, mit mehreren Notebooks und großen Monitoren, die ihren Strom ebenso wie Lampen, Herd und Kaffeemaschine von einem Generator bezogen – Laura hörte sein Brummen im Hintergrund.

»Wenn Sie sich ein bisschen ausruhen möchten …«, bot Zarkew an.

»Ich würde mir lieber sofort Ihre Untersuchungsergebnisse ansehen, wenn Sie gestatten.«

»Wie Sie wünschen, Doktor Lombardi.« Zarkew führte sie zu den Monitoren. »Wir haben die Analysen mehrmals wiederholt, mit verschiedenen Proben aus der Taiga, durch die wir eben gefahren sind. Das Ergebnis ist eindeutig.«

Die beiden Assistenten brachten Stühle, aber Laura blieb stehen. Einer der Monitore zeigte wie zertrümmert und zerrissen wirkende Chlorophyll-Moleküle, auf dem daneben wirkten sie wie von etwas verätzt.

»Das gleiche Phänomen wie in Ihrem Bericht«, sagte Zarkew. »Die jüngsten Gasmessungen bestätigen es: Die Bäume im Wald produzieren kaum noch Sauerstoff.«

Laura betrachtete die Diagramme neben den Bildern. »Was ist mit der Kohlendioxid-Absorption?«

»Wenn sich die Zerstörung von Chlorophyll mit der gleichen Geschwindigkeit fortsetzt wie bisher, tendiert die CO_2-Aufnahme des hiesigen borealen Nadelwalds in wenigen Wochen gegen null.«

»Mit anderen Worten«, sagte Richard, »die Atmosphäre wird mehr Kohlendioxid und weniger Sauerstoff enthalten.«

Der russische Professor nickte ernst.

»Und Sie sind ganz sicher, dass es sich nicht um ein lokales Phänomen handelt?«, fragte Laura.

»Ich habe mit Kollegen anderer Forschungsstationen gesprochen.« Professor Zarkew zog einen Stuhl heran, setzte sich und vollführte eine einladende Geste, woraufhin Laura und Richard ebenfalls vor der Werkbank Platz nahmen. »Sie werden einige von ihnen in den nächsten Tagen besuchen, dann können Sie sich wie hier ein Bild von der Lage vor Ort machen. So viel schon jetzt: Nein, das Phänomen ist nicht lokal begrenzt.«

Er streckte die faltigen Hände nach der Tastatur aus und tippte, und auf dem Monitor direkt vor ihnen erschien eine Tabelle.

»Die gesamte westsibirische Taiga ist betroffen«, fuhr Zarkew fort. »Ebenso die Waldtundra im Südosten. Auf der Halbinsel Kamtschatka dachte man zunächst, es läge an den Vulkanen, wie bei Ihnen auf Sizilien, in Catania. Aber was auch immer die Ursache ist, Vulkane haben damit nichts zu tun.«

»In den borealen Nadelwäldern von Kanada sieht es ähnlich aus«, sagte Richard Compton. »Da es keine Meldungen aus Sibirien gab, hatten wir gehofft, dass Sie von dem Phänomen verschont sind.«

»Offenbar betrifft es die ganze Nordhalbkugel«, sagte die Botanikerin, deren kompliziert klingenden Namen Laura bereits wieder vergessen hatte. »Ich habe mit einigen Kollegen in Südamerika und Australien gesprochen. Auf der Südhalbkugel sind bisher keine Veränderungen bei den Pflanzen zu beobachten.«

»Was daran liegen könnte, dass dort die Wachstumsperiode zu Ende ist«, vermutete die Biologin mit den asiatischen Gesichtszügen. »Bei uns ist Frühling, im Süden Herbst.«

Die Finger des Professors huschten flink über die Tastatur. Weitere Tabellen und Diagramme erschienen, zeigten Einzelheiten der Untersuchungen und ihre Ergebnisse. Detailliert erklärte er den Zustand von Fichten, Kiefern, Tannen und Lärchen und sagte schließlich: »Ich weiß nicht, wie es um Ihr Phytoplankton bestellt ist, ob es ohne oder mit reduziertem Chlorophyll überlebensfähig bleibt, aber was unsere Bäume betrifft: Wenn ihr Fotosynthese-Stoffwechsel zum Erliegen kommt, sterben sie. Und ihr Tod würde den Kollaps nahezu aller bestehenden Ökosysteme zur Folge haben. Der Aufbau organischer Verbindungen aus anorganischem CO_2 durch Fotosynthese stellt mit seinen Baustoff- und Energiequellen die Basis dieser Systeme dar. Mit anderen Worten: An Land droht das gesamte Gebäude des Lebens einzustürzen.«

Laura sah ihre schlimmsten Befürchtungen bestätigt. Die letzten Hoffnungen schwanden.

»Haben Sie Vermutungen hinsichtlich der Ursache?«, fragte Richard. »Was käme in Frage?«

»Mikroorganismen?«, fügte Laura hinzu. »Insekten, Pilze, eine Kontamination des Bodens? Radioaktivität?«

»Nein, keine Radioaktivität.« Zarkew schüttelte den Kopf. »In dieser Hinsicht ist hier alles sauber. Der pH-Wert des Bodens könnte ein wenig höher sein, und außerdem enthält er wenig Stickstoff, aber sein Zustand erklärt nicht den der Bäume. Wir haben nach Mikroorganismen, Pilzen und Insekten gesucht und tatsächlich Schädlinge gefunden, aber selbst wenn sie wesentlich zahlreicher wären, könnten sie keine so massive Beeinträchtigung der Fotosynthese bewirken.«

»Wir suchen weiter«, sagte die Botanikerin. »Und wir geben Ihnen Bescheid, sobald wir etwas finden.«

Einige Sekunden lang herrschte Stille.

»Die Konsequenzen dürften uns allen klar sein«, sagte Richard. Sein ruhiger Ton gab den Worten noch mehr Gewicht. »Wir erleben den Beginn einer globalen Katastrophe.«

Niemand widersprach ihm.

»Wir brauchen Ihre Unterstützung«, wandte sich Laura an Zarkew. »Wir müssen die Welt wachrütteln.«

»Wir haben dem Ministerium für Bildung und Wissenschaft der Russischen Föderation gestern einen ausführlichen Bericht zukommen lassen«, erwiderte der Professor. »Weitere Wissenschaftler und Forschungsinstitute stellen eigene Untersuchungen an und werden ihre Ergebnisse ebenfalls vorlegen. Ich bin sicher, dass unsere Regierung diese Angelegenheit nicht auf die leichte Schulter nehmen wird.« Zarkew erhob sich. »Ich glaube, es ist so weit. Lassen Sie uns nach draußen gehen.«

Der Nebel war nicht mehr annähernd so dicht wie zuvor. Einige letzte Schwaden trieben träge vor den Bäumen am Rand der Lichtung, lösten sich aber schnell im Sonnenschein auf und gaben den Blick auf Kiefern, Fichten und Tannen frei.

Dies war die »dunkle Taiga«, hier gab es keine Lärchen, nur Nadelbäume, deren Fotosynthese normalerweise erst bei minus vier Grad aufhörte, weil dann die Nadeln gefroren. Stieg die Temperatur über diesen Wert, begannen die Nadeln sofort wieder, Kohlendioxid aufzunehmen und Sauerstoff zu produzieren. Sie blieben immer grün, bereit für die Fotosynthese.

Aber nicht hier. Die Nadeln der Bäume waren nicht grün, sondern grau.

»Die Welt wird grau«, sagte Laura.

16

TAYO ANEKE

UN-GEBÄUDE, NEW YORK, USA

Der kleine, drahtige Ismail betrat das Büro mit einer dicken Mappe und sah wie üblich aus wie jemand, der gerade seine Mutter zu Grabe getragen hatte. Er stammte aus Saudi-Arabien, war Muslim und als tiefgläubiger Fatalist davon überzeugt, dass Murphys Gesetz, wonach alles schiefging, was schiefgehen konnte, immer und überall galt.

»Sie sind früh dran«, stellte Tayo Aneke fest.

»Es gibt viel zu besprechen, Mister Secretary.« Ismail blieb vor dem großen Schreibtisch stehen und hob die Mappe. »Ich habe die neuesten Berichte mitgebracht. Und wir müssen Ihren Terminplan für heute durchgehen.«

»Sind Sie deshalb so traurig, Ismail?«, fragte Aneke und musterte seinen todunglücklich wirkenden Sekretär.

»Sir?«

»Seit drei Jahren kennen wir uns jetzt«, fuhr Aneke fort. »So traurig wie jetzt haben Sie auch ausgesehen, als Sie mir das erste Mal zum Geburtstag gratulierten. Ich dachte damals, es hätte etwas mit meinem Amtsvorgänger zu tun, aber mir scheint, jemand hat Ihnen die Trauer ins Gesicht gemeißelt.«

Ismail, etwa zwanzig Jahre jünger als der Generalsekretär der Vereinten Nationen, schien nicht recht zu wissen, was er davon halten sollte. »Sir?«

Tayo Aneke stand auf, trat zum großen Fenster hinter dem Schreibtisch und winkte. »Kommen Sie, Ismail. Kommen Sie.« Er deutete nach draußen. »Was sehen Sie?«

Von seinem Büro im UN-Gebäude ging der Blick über den East River und Belmont Island in seiner Mitte zum östlichen Teil der Stadt: Queens im Nordosten und Brooklyn im Südosten. Die Sonne hing groß und rot am Himmel, halb umhüllt von dünnen Hochnebelschleiern.

Ismail erschien neben ihm, die dicke Mappe in den Händen, und blickte niedergeschlagen nach draußen. »Ich sehe New York.«

Aneke lächelte. »Ja, Sie sehen New York, nicht mehr die größte und sicher auch nicht mehr die modernste Stadt der Welt, aber immer noch sehr lebendig, kreativ und voller Überraschungen. Es kommt darauf an, wohin genau man sieht, was man zu sehen erwartet und vielleicht auch, was man sehen möchte. Dunkle Gassen mit dunklen Gestalten, Drogenhandel an den Ecken, am Straßenrand verrostende alte Autos, Müll, Arbeitslosigkeit, Jugendgangs ...«

»Sir?«

»Aber auch Freiheit, Kreativität, ein unendlicher Einfallsreichtum, der neue Arbeitsplätze schafft, Lebendigkeit, Optimismus, Hilfsbereitschaft und ... ja, auch Solidarität. Die berühmten zwei Seiten der Medaille, Ismail. Die üblen Dinge existieren, man kann und darf sie nicht übersehen, wir alle müssen versuchen, sie zu verbessern. Aber lassen Sie uns dabei nicht das Gute und Schöne aus dem Blick verlieren. Also, Ismail, Kopf hoch, nichts ist so schlimm, dass man nicht ab und zu lächeln kann.«

»Sie kennen die Berichte noch nicht, Sir«, erwiderte der Sekretär. »Und wenn Sie mir diese Bemerkung gestatten: Ihr Name hilft Ihnen.«

Aneke hob den Zeigefinger. »Jeder von uns entscheidet selbst darüber, wie viel Licht und wie viel Schatten er sehen will.« Er zeigte auf die Mappe. »Ich nehme an, da drin sieht es ziemlich finster aus, nicht wahr?«

»Im übertragenen Sinn, ja.«

»Na gut. Gehen wir es an.«

Sie kehrten zum Schreibtisch zurück. Tayo Aneke sank dahinter in seinen Sessel, Ismail nahm auf dem Stuhl davor Platz und öffnete die Mappe.

»Nordkorea hat einen weiteren Atomtest durchgeführt«, sagte er. »Vor vier Stunden, mit einer Stärke von etwa fünfzig Kilotonnen.«

»Das ist weniger als beim letzten Mal, nicht wahr?«

Ismail nickte. »Beim letzten Test wurde ein Erdstoß von sechs Komma drei auf der Richterskala gemessen, was auf eine Sprengkraft von einigen hundert Kilotonnen TNT hinweist. Es handelte sich vermutlich um den Test einer Wasserstoffbombe.«

»Also wurde in der vergangenen Nacht eine Spaltbombe getestet.«

»Davon geht man im Pentagon aus, Sir. Es ist immerhin die vierfache Sprengstoffkraft der Hiroshima-Bombe.«

»Kim Jong-un will uns sagen: Wir haben beide Arten, Spaltbomben und Fusionsbomben, und wir entwickeln beide weiter.«

»Unsere Satelliten haben zunehmende Aktivität auf dem Raketenstartgelände Sohae etwa fünfzig Kilometer südlich der chinesischen Grenze festgestellt. Vermutlich werden in drei oder vier Wochen Raketen gestartet, die uns zeigen sollen, dass wir verwundbar sind. In Japan ist man sehr besorgt.«

»Kann ich mir denken.« Tayo Aneke lehnte sich zurück und legte die Hände in den Schoß. »Ich schätze, uns steht eine weitere Sitzung des Sicherheitsrats bevor. Und was noch?«

Er hörte sich die Beschreibung einer turbulenten Welt an, die nie Ruhe und Frieden fand. Bei Fuzhou und Quanzhou zog China Truppen zusammen, angeblich für ein Manöver. Aber die strategischen KIs der NATO hielten es auch für möglich, dass die Truppenkonzentrationen der Vorbereitung eines Militärschlags gegen Taiwan dienten. Vielleicht wollte die chinesische Führung ihre langjährige Drohung wahr machen, die Insel »heim ins Reich« zu holen. In der umstrittenen Region Kaschmir bahnte sich ein neuer Konflikt an, was besonders gefährlich war, prallten dort doch zwei Atommächte aufeinander: Indien und Pakistan, das immer selbstbewusster agierte, seit in Afghanistan Islamisten die Macht übernommen hatten. In der Arktis kriselte es ebenfalls, weil insbesondere Kanada, Norwegen und Grönland beziehungsweise Dänemark nicht hinnehmen wollten, dass Russland die dortigen Rohstoffe für sich beanspruchte. In Afrika gerieten immer mehr Staaten in wirtschaftliche und damit auch politische Abhängigkeit von Peking und verloren de facto einen Teil ihrer Souveränität. Das führte zwar zu weniger lokalen Konflikten, veränderte aber die globalen Machtverhältnisse zugunsten Asiens, was in Washington Falken auf den Plan rief, die sich für ein forscheres Auftreten der USA im pazifischen Raum einsetzten.

»Die Taiwan-Angelegenheit könnte der berühmte Tropfen sein, der das Fass zum Überlaufen bringt«, kommentierte Aneke.

»Oder das Fass ist mit Pulver gefüllt, und dies ist der ebenso berühmte Funke, der es hochgehen lässt«, fügte Ismail hilfsbereit hinzu.

»Wie lauten die positiven Nachrichten?«

»Sir?«

Tayo Aneke seufzte. »Entschuldigung. Das war zu viel verlangt.« Er deutete auf die Mappe. »Was gibt es sonst?«

»Ein Supervulkan, Sir«, antwortete Ismail. »Yellowstone.«

»Was ist damit?«

»Forscher der Arizona State University haben zunehmende Aktivität festgestellt. Wenn Yellowstone ausbricht, so heißt es in dem Bericht, würde ganz Nordamerika unter einer dicken

Schicht Vulkanasche begraben.« Ismail wies traurig aus dem Fenster. »Es wäre vermutlich das Ende Ihrer schönen Stadt, Sir.«

»New York gehört nicht mir, Ismail«, sagte Aneke. »Wann könnte der Ausbruch erfolgen?«

»Der letzte von insgesamt drei großen Ausbrüchen erfolgte vor etwa sechshundertvierzigtausend Jahren. Zwischen den Ausbrüchen vergingen etwa siebenhunderttausend Jahre. Rein statistisch gesehen …«

»Bleiben uns noch etwa sechzigtausend Jahre«, unterbrach Aneke seinen Sekretär. »Oder habe ich falsch gerechnet?«

»Mit der Statistik ist das so eine Sache, Sir. Sie gibt nur Auskunft über Wahrscheinlichkeiten. Die Zunahme der vulkanischen Aktivität sollte in jedem Fall genauer untersucht werden.«

Aneke nickte zustimmend. »Setzen Sie sich mit der Arizona State University in Verbindung und fragen Sie die Forscher, wie wir sie unterstützen können.«

Ismail schrieb eine Notiz und entnahm der Mappe anschließend ein dicht bedrucktes Blatt Papier. »Dann wäre da noch dies.«

Aneke musterte ihn misstrauisch. »Den eigentlichen Leckerbissen sparen Sie sich immer bis zum Schluss auf. Was ist es diesmal? Was sollte mir mehr Sorgen machen als alles andere?«

Ismail reichte das Papier über den Schreibtisch. »Ich habe die wichtigsten Punkte zusammengefasst, Sir.«

Tayo Aneke nahm das Blatt entgegen und begann zu lesen. Nach einer Minute sah er auf. »Ist das ein schlechter Scherz?«

Ismail wirkte noch etwas trauriger, sofern das möglich war. »Ich fürchte nein, Sir.«

»Uns geht die Luft aus?«

»Nicht die Luft, Sir. Der Sauerstoff darin.«

Tayo Aneke las weiter und nahm die ganze Bedeutung der Worte in sich auf. Einige wenige Sätze schilderten die möglichen

Konsequenzen. Schließlich ließ er das Blatt sinken. »Ich kenne den ersten Bericht, Sie haben ihn mir in Mauretanien gezeigt, aber ich dachte …«

»Wir alle dachten das, Sir«, sagte Ismail. »Wir alle haben ihn für übertrieben gehalten. Der Aufruhr in den Medien war groß, aber er richtete sich gegen die Forschergruppe unter der Leitung von Doktor Laura Lombardi. Man warf ihr ungerechtfertigten Alarmismus und Geltungsdrang und sogar Profilneurose vor. Angeblich ginge es ihr vor allem darum, neue Geldgeber für ihre Forschungsprojekte zu finden.«

»Wie zuverlässig sind die Informationen?«, fragte Aneke.

»Wissenschaftler überall auf der Welt haben sie durch ihre Untersuchungsergebnisse bestätigt, Sir. Auf der Nordhalbkugel breitet sich das Grau rasend schnell aus.«

Aneke legte das Blatt langsam auf den Schreibtisch. »Ich muss gestehen, hier gibt es wenig Platz für ein Lächeln. Dies ist zweifellos das Sahnehäubchen auf der Torte der Dramen und Tragödien.«

Ismail nickte bedrückt und hielt den Stift bereit. »Haben Sie Anweisungen für mich, Sir?«

Ich bin zu alt für so etwas, dachte Aneke. Einige stille Sekunden lang teilte er Ismails Niedergeschlagenheit. Er selbst war ein guter Verwalter, und man verband sein Gesicht mit der Idee von Frieden und Gerechtigkeit, aber sein Einfluss auf die Weltpolitik war gering. Er konnte mahnen und warnen, doch wenn es darum ging, Dinge in Bewegung zu setzen, stieß er schnell an seine Grenzen.

Seit drei Jahren war er Generalsekretär der UNO, und während dieser drei Jahre hatte er sich nicht einen einzigen Tag lang etwas vorgemacht. Seine Wahl war vor allem ein Kompromiss gewesen: Man hatte ihn gewählt, damit jemand anders *nicht* gewählt wurde.

»Es ist so weit«, sagte er.

Ismail sah ihn fragend an.

Tayo Aneke hatte sich nie einen großen Namen und einen privilegierten Platz in der Geschichte gewünscht, wohl aber die Möglichkeit zu zeigen, dass manchmal auch Kompromisse etwas bewirken konnten. Sogar sehr oft, wenn man genauer darüber nachdachte.

»Wir brauchen einen Krisenmanager«, sagte Aneke. »Jemanden, der sich durchzusetzen weiß und nicht davor zurückschreckt, gegen Konventionen zu verstoßen.« Er sah auf die Uhr. »In Norwegen ist es jetzt ... mitten in der Nacht. Bereiten Sie eine sichere Videoverbindung vor, für neun Uhr morgens norwegische Zeit, in Tromsø, wenn ich mich nicht irre.«

Ismail versuchte, seine Überraschung zu verbergen. Es gelang ihm nicht ganz. »Leopold Magnussen?«

»Ja. Ich muss mit ihm reden.«

17

LEOPOLD MAGNUSSEN

BEI TORSVÅG, NORDNORWEGEN

Kalter Nebel hing dicht über den Berghängen, als Leopold Magnussen am großen Fenster vorbei zum Schreibtisch in der Ecke ging. Mit einem Tastendruck weckte er den Computer aus dem Ruhezustand, stellte den Kaffeebecher neben die Tastatur, setzte sich und ging die Mails durch.

Zwei stammten von der norwegischen Regierung, die eine vom Wirtschaftsministerium, die andere vom Innenminister. In beiden hieß es, dass man derzeit bedauerlicherweise keine Möglichkeit sähe, ihn mit neuen Aufgaben zu betrauen. Es folgten einige der Spam-Mails, die es immer wieder durch den Filter schafften und diesmal für Sonderangebote bei Treppenliften und Hörgeräten warben, und eine Mitteilung von der UNO in New York, die ihm einen »wichtigen Anruf« für neun Uhr Ortszeit ankündigte.

Magnussen nahm einen Schluck Kaffee und sah auf die Uhr. Noch eine halbe Stunde.

Die letzte E-Mail, empfangen vor fünf Stunden, um drei Uhr zweiunddreißig in der Nacht, fiel ihm sofort durch den Absender auf: Nora Haugland, seine geschiedene Frau. In den vergangenen drei Jahren hatte er nur wenige Male Kontakt mit ihr gehabt. Dass sie ihm schrieb, war sehr ungewöhnlich. Das überraschte ihn und weckte unangenehme Erinnerungen, die mit seiner gegenwärtigen Situation zu tun hatten.

Er öffnete die Mail und stellte sofort fest, dass sie nicht von Nora stammte. Die wenigen Worte lauteten:

Wir wissen, wo Sie sind.

Wir kriegen Sie.

RIP

Magnussen öffnete die Schublade und griff nach der Beretta 92, zog das Stangenmagazin aus dem Griff und vergewisserte sich, dass es fünfzehn Patronen enthielt. Dann stand er auf, streifte eine Jacke über und ging nach draußen, die Pistole in der rechten Hand.

Der Kältenebel, weiß und dicht, hatte alles mit einer dünnen Eisschicht überzogen: das Holz der Hütte, in der er seit Beginn des in Nordnorwegen langen Winters wohnte, die daneben aus dem Schnee ragenden Felsen, die Axt, deren Blatt im Baumstumpf beim Unterstand mit dem Brennholz steckte, sowie Fenster und Karosserie des kleinen Offroaders vor der Hütte.

Magnussen stand auf dem Weg, der zur schmalen Straße führte, und lauschte der Stille. Langsam drehte er den Kopf von einer Seite zur anderen. Es hatte seit zwei Tagen nicht mehr geschneit, und er fragte sich, ob die zahlreichen Fußspuren alle von ihm stammten.

Nichts rührte sich. Nebelschwaden trieben langsam dahin.

Magnussen kehrte in die Hütte zurück, nahm den Kaffeebecher und setzte sich mit ihm ans große Fenster, die Beretta griffbereit neben sich auf der hölzernen Bank. Draußen blieb alles ruhig. Es kamen keine Gestalten aus dem Nebel.

Er überlegte, ob er Polizei oder Regierung verständigen sollte. Er entschied sich dagegen, weil es vermutlich ebenso sinnlos gewesen wäre wie bei den ersten beiden anonymen Drohungen, die er in Oslo auf altmodische Weise erhalten hatte, per Brief. Angeblich sei die Angelegenheit nicht ernst zu nehmen, hatte es geheißen. Vielleicht stimmte das sogar, aber er ging eher davon aus, dass man ihm damit sagen wollte: Sie haben sich die Suppe selbst eingebrockt, jetzt müssen Sie sie auch selbst auslöffeln.

Magnussens Finger tasteten nach der Pistole, wie um sich zu vergewissern, dass sie noch da war. Er konnte froh sein, dass er eine Sondergenehmigung für sie bekommen hatte.

Um neun Uhr meldete sich sein Handy mit einem Signalton, und das Display wies ihn auf eine verschlüsselte Mitteilung hin. Er rief sie mit dem Decoder auf, ging mit der Beretta in der anderen Hand zum Computer und legte die Pistole dort mit einem erneuten Blick aus dem Fenster rechts neben die Maus. Dann öffnete er das Programm für die Videotelefonie und gab den erhaltenen Code für die sichere Verbindung ein.

Ein dunkles Gesicht erschien auf dem Monitor.

»Ich grüße Sie, Leopold«, sagte der Generalsekretär der Vereinten Nationen.

»Mister Secretary ...«

»Ich bitte Sie. Wir waren bei Tayo und Leopold.«

»Welchen Umständen verdanke ich die Ehre Ihres Anrufs?«, fragte Magnussen.

»Ich habe nichts damit zu tun«, sagte Tayo Aneke. »Das wissen Sie, Leopold. Ich bin ein Kompromiss. Eigentlich hätten Sie meinen Platz einnehmen sollen, aber vor drei Jahren sind Sie einigen Leuten so mächtig auf die Füße getreten, dass sich im Sicherheitsrat keine Mehrheit für Ihre Nominierung fand. Stattdessen schlug man mich vor, ein mehr oder weniger unbeschriebenes Blatt, jemand, von dem man glaubte, dass er niemandem im Weg sein würde.«

»Sie hätten die Wahl ablehnen können«, wandte Magnussen ein.

»Hätte ich, ja. Aber was wäre dadurch gewonnen gewesen?«

»Gewonnen?« Magnussen schnaubte leise. »Sie hätten Flagge gezeigt! Stattdessen haben Sie dabei geholfen, alles unter den Teppich zu kehren.«

Sein Gesprächspartner runzelte die Stirn. »Sehen Sie das tatsächlich so? Schätzen Sie mich so ein?«

»Niemand hat etwas unternommen, oder?«, sagte Magnussen. »Ich sitze hier im Nirgendwo und Sie im Sessel des Generalsekretärs der Vereinten Nationen.«

»Unter anderen Umständen würden Sie im Gefängnis sitzen«, hielt Tayo Aneke ihm entgegen, doch er sprach noch immer betont freundlich. »Wie gesagt, ich bin ein Kompromiss, und dieser Kompromiss betrifft auch Sie. Meine Wahl zum Generalsekretär hat Sie davor bewahrt, mehrere Jahre oder gar den Rest Ihres Lebens hinter Gittern zu verbringen. Wenn ich ›Flagge gezeigt‹ hätte, wie Sie es nennen, hätte man sich nicht auf mich geeinigt, auf jemanden, den alle Beteiligten für harmlos hielten ... und Sie hätten damit rechnen müssen, wegen Geheimnisverrats vor Gericht gestellt zu werden. CIA und NSA in den Vereinigten Staaten, FSB und SWR in Russland, der BND in Deutschland, das DIS in Italien, die ABIN in Brasilien und so weiter und so fort. Geheimdienste mögen es nicht, wenn man ihre vertraulichen Berichte an Influencer und Online-Medien weitergibt.«

Magnussen drehte den Kopf und sah zum Fenster. Es wurde heller, der Nebel lichtete sich allmählich.

»Die Schuldigen sind davongekommen«, sagte er. »Ich nehme an, das ist Teil des Kompromisses.«

»Es hat Verhaftungen gegeben.«

»Zwölf, wenn ich richtig gezählt habe.« Magnussen fühlte alte Bitterkeit in sich aufsteigen. »In einem Fall erfolgte ein Freispruch. Acht Angeklagte kamen mit Bewährungsstrafen davon. Und die restlichen drei werden in den nächsten Wochen entlassen, wie ich hörte. Gegen die großen Drahtzieher im Hintergrund wurden nicht einmal Verfahren eingeleitet, obwohl ich ihre Namen genannt hatte.«

»Ich weiß, die Welt ist ungerecht«, sagte Tayo Aneke, und er sagte es nicht höhnisch, sondern ernst und aufrichtig.

»Sie ist durch diese Sache sogar noch ein ganzes Stück ungerechter geworden«, stellte Magnussen fest. »Es ging um fünf Billionen US-Dollar. Fünftausend Milliarden. Mindestens. Vielleicht sogar um mehr. Die größte Geldwäsche aller Zeiten. Die weltweite organisierte Kriminalität, angefangen von der italienischen Mafia über die Drogenbanden in Mittel- und Südamerika bis hin zur russischen Bratwa und japanischen Yakuza, schmiedet ein Bündnis mit korrupten Politikern zahlreicher Staaten und hohen Verwaltungsbeamten internationaler Organisationen, darunter der UNO. Es geht um Drogen, Uran, Erdöl, die Entsorgung von Giftmüll aller Art, Prostitution und andere Arten von neuer Leibeigenschaft und Sklaverei. Und das mit all diesen illegalen Geschäften verdiente Geld wird in Cash-Staaten gewaschen, in Ländern, die kaum oder gar keine Bargeldbegrenzungen bei Zahlungen kennen, darunter Deutschland. Kein Wunder, dass es der deutschen Wirtschaft jahrelang so gut ging, an Liquidität mangelte es ihr gewiss nicht. Fünf Billionen Dollar. Denken Sie an den Hunger in der Welt. Oder an die ruinöse Verschuldung vieler Staaten. An Geld fehlt es nicht. Es befindet sich nur in den falschen Händen.«

»Es ist noch nicht vorbei«, sagte Tayo Aneke.

»Da haben Sie recht«, pflichtete ihm Magnussen zu. »Ich habe gerade wieder eine anonyme Drohung erhalten. Man ist mir noch immer auf den Fersen.«

»Brauchen Sie Hilfe?«

Magnussen zögerte und überlegte. Die Versuchung war groß, ja zu sagen. Vielleicht hätte er von der UNO tatsächlich zuverlässige Leibwächter bekommen, aber mehr Personen bedeutete auch mehr Sichtbarkeit und weniger Mobilität.

»Bisher bin ich ganz gut allein zurechtgekommen«, antwortete er.

»Ihre Frau ist nicht mehr bei Ihnen, oder?«

»Es wurde ihr zu viel«, sagte Magnussen. Was nicht ganz

stimmte. Es war Nora nicht zu viel geworden, sondern zu wenig. Sie hatte das Leben in der High Society von New York mehr geliebt als ihn. Nach dem Skandal auf alles verzichten und sich mit einem sehr einfachen Leben begnügen zu müssen, irgendwo in der norwegischen Wildnis ... *Das* war zu viel für sie gewesen.

»Tut mir leid.«

»Rufen Sie an, um mir Ihr Beileid auszusprechen, Mister Secretary? Oder hat es sich die UNO plötzlich anders überlegt?«

»Es ist noch nicht vorbei«, wiederholte Tayo Aneke und fügte hinzu: »Ich kann Sie zurückholen.«

»In die UN?«

»Auf die internationale Bühne. Das ist der erste Schritt. Sie können aus dem Schatten treten und sich beweisen.«

»Wenn ich aus dem Schatten trete, werde ich ein leicht zu treffendes Ziel.« Magnussen sah erneut zum Fenster. Waren sie schon da? Warteten sie darauf, dass sich der Rest des Nebels auflöste? Aber vielleicht lag überhaupt niemand auf der Lauer. Ein Sprengsatz in oder am Offroader genügte.

»Wenn Sie wieder im Rampenlicht stehen, sind Sie geschützt«, versprach ihm Tayo Aneke. »Es würde viel zu viel Staub aufwirbeln, dann etwas gegen Sie zu unternehmen.«

»Aber Sie holen mich nicht in die UN.«

»Sie werden zu meinem Beauftragten«, sagte der Generalsekretär. »Ausgestattet mit Sondervollmachten. Also doch die UN, nur ein wenig anders. Und wenn alles vorbei ist, wenn Sie den Auftrag erfolgreich ausgeführt haben ... Dann kann ich Sie nach New York holen und als jemanden repräsentieren, der es verdient hat, meine Nachfolge anzutreten.«

Auf der gegenüberliegenden Seite des Tals, sichtbar durch eine Lücke zwischen den Dunstschwaden, blitzte es auf. Sonnenschein, der auf spiegelndes Eis fiel? Oder traf er auf das Glas eines Zielfernrohrs?

Magnussen rückte etwas mehr zur Seite.

Tayo Aneke bemerkte die Bewegung. »Besteht unmittelbare Gefahr?«

»Das Leben ist voller unangenehmer Überraschungen«, erwiderte Magnussen. »Worum geht es? Ich nehme an, es brennt irgendwo.«

»Wir haben ein Problem«, gestand der Generalsekretär. »Sogar ein ziemlich großes. Sind Sie über die jüngsten Entwicklungen auf der Welt informiert? Kennen Sie die Berichte über das Grau?«

Es gab keinen Fernseher in der Hütte, aber Magnussen hatte darüber gelesen, abends, wenn er mit dem Computer an seinem Buch über den vertuschten Geldwäscheskandal arbeitete und das Satelliten-Internet nutzte.

»Wie ernst ist die Sache?«, fragte er.

»Wie sehen die Bäume und Sträucher bei Ihnen aus, Leopold?«, entgegnete Aneke.

»Hier gibt es keine. Nur Flechten und Moos, unter Schnee und Eis. Ich bin in der Nähe von Torsvåg, an der nordwestlichen Küste der Insel Vannøya. Von hier bis nach Spitzbergen sind es nur achthundertfünfzig Kilometer.«

»Mir scheint, es rollt eine riesige Lawine auf uns zu«, sagte Aneke.

»Und ich soll sie aufhalten?«

»Das können Sie nicht. Allein kann das niemand. Ich möchte, dass Sie mein Mann ›vor Ort‹ sind, von dem ich die neuesten und zuverlässigsten Informationen erhalte. Ihre Meldungen werden Grundlage meiner Entscheidungen sein.«

Magnussen musterte das Gesicht des Generalsekretärs auf dem Monitor und suchte darin nach etwas, das den Worten widersprach. Er fand nichts. Tayo Aneke meinte, was er sagte.

»Ich brauche einen Unbestechlichen«, betonte der Generalsekretär. »Jemanden, der keine Rücksicht auf Politik und Geschäft nimmt, dem es allein um die Wahrheit geht. Jemanden, der die Dinge beim Namen nennt.«

Magnussen nickte langsam. Die Beschreibung gefiel ihm.

»Wie es derzeit aussieht, steuern wir geradewegs auf eine globale Katastrophe zu«, fuhr Aneke fort. »Ich möchte den Grund dafür wissen. Was ist die Ursache für das Grau? Trägt jemand die Verantwortung dafür?«

»Haben Sie einen Verdacht?«

Aneke schüttelte den Kopf. »Nein. Dazu ist es noch zu früh. Die zunehmende Sonnenaktivität wurde ins Spiel gebracht, aber bisher ist das nur eine Hypothese von vielen. Arbeiten Sie mit der Forschungsgruppe unter der Leitung von Doktor Laura Lombardi zusammen. Sie hat das Phänomen entdeckt, das beim Phytoplankton begann. Ich brauche von Ihnen Vorschläge für konkrete Maßnahmen. Was kann gegen das Grau unternommen werden? Und welche Entscheidungen müssen wir treffen, wenn sich die Lage weiter zuspitzt? Wie können wir das Schlimmste verhindern?«

»Ich bekomme Sondervollmachten?«, fragte Magnussen.

»Das bestätige ich ausdrücklich. Sie erhalten den Status eines Sonderbotschafters der Vereinten Nationen. Alle Türen werden sich für Sie öffnen.«

Magnussen schnitt eine Grimasse. »Das bezweifle ich, wenn ich an meine Erfahrungen vor drei Jahren zurückdenke.«

»Die *meisten* Türen werden sich für Sie öffnen«, präzisierte Aneke. »Und wenn eine geschlossen bleibt, klopfen wir gemeinsam an. Sie haben meine volle Unterstützung. Sind Sie einverstanden?«

»Ich muss mich jetzt sofort entscheiden?«

»Wir sollten keine Zeit verlieren.«

Magnussen dachte daran, dass er die Hütte ohnehin aufgeben musste. Die nächsten Wochen hätte er damit verbracht, nach einer neuen sicheren Unterkunft zu suchen.

»In Ordnung«, sagte er.

»Danke, Leopold. Ich schicke Ihnen die Kontaktdaten von Doktor Lombardi und meine sichere Nummer. Sie erreichen mich jederzeit.«

»Wann geben Sie bekannt, dass Sie mich als Sonderbotschafter beauftragen?«

»Sofort im Anschluss an dieses Telefonat. Das entsprechende Schriftstück ist bereits vorbereitet.«

»Sie hören von mir, Mister Secretary«, sagte Magnussen und verbesserte sich dann: »Tayo.«

Das Gesicht des Generalsekretärs verschwand vom Monitor. Wenige Sekunden später wies ein Signalton auf den Empfang einer kleinen Datei hin. Magnussen speicherte sie in seinem Smartphone, fuhr den Computer herunter und zog das Kabel ab, das sein kleines Notebook mit dem großen Monitor verband.

Dann saß er reglos.

Es wurde still. Nach einigen Sekunden knackte es plötzlich am Fenster, als sich ein Stück Eis vom Glas löste. Es klang fast wie ein Schuss.

Er brauchte nicht lange, um seine Sachen zu packen – Magnussen hatte es sich angewöhnt, mit kleinem Gepäck zu reisen. Zehn Minuten später hatte er alles im Kofferraum des Offroaders verstaut, und noch einmal zehn Minuten dauerte es, den Wagen gründlich nach einem versteckten Sprengsatz abzusuchen.

Magnussen schloss die Hütte ab, legte den Schlüssel an die Stelle, die der Vermieter kannte, und fuhr durch die letzten Nebelschwaden den Hang hinunter nach Torsvåg.

18

LAURA LOMBARDI

MOSKAU, RUSSLAND

Mitten in der Nacht schreckte Laura aus einem Traum, der ihr eine Welt ohne Farben gezeigt hatte, mit Menschen, die ums Überleben kämpften, weil Nahrungsmittel und atembare Luft rar und kostbar geworden waren. Sie versuchte, die Bilder abzuschütteln, und als ihr das nicht gelang, schlug sie die Decke zurück, stand auf, ging zum Fenster und strich den Vorhang beiseite.

Die digitale Uhr in der Anschlussleiste neben dem Bett zeigte 2.19.

Vom fünfzehnten Stock des Hotels Smolenskaya Moscow hatte sie einen weiten Blick über die Stadt. Ein Lichtermeer erstreckte sich vor ihr, und Laura verbrachte zwei oder drei Minuten damit, nach dem Roten Platz Ausschau zu halten. Sie fand ihn nicht, was vielleicht daran lag, dass sie in Gedanken ganz woanders war.

Als sie für einen Moment die Augen schloss, kehrten die Schreckensbilder zurück. Sie hob die Lider wieder, drehte sich um und sah zur Tür, die ins zweite große Zimmer der Suite führte. Für einen Moment fragte sie sich, ob Richard womöglich auch keine Ruhe fand. Nein, sicher nicht, Richard kannte so etwas wie Unruhe nicht.

Eigentlich hätte sie todmüde sein müssen, denn einige sehr anstrengende Tage lagen hinter ihr. Nach dem Besuch bei Professor Zarkew hatten sie zwei weitere wissenschaftliche Camps besucht, eins weit im Südosten, unweit der Halbinsel Kamtschatka, wo die Birken-Waldtundra in Birkenwald überging, das andere im Südwesten bei Omsk. Die borealen Nadelwälder waren unmittelbar betroffen, sie zeigten ein deutlich sichtbares Grau. Bei den Birken dauerte es noch etwas bis zur Blattbildung, aber die Untersuchung der Knospen zeigte bereits Hinweise auf einen gestörten Stoffwechsel; vielleicht blieben die betroffenen Bäume ohne Blätter.

Laura blickte zur digitalen Uhr: 2.25. Sollte sie sich wieder hinlegen und versuchen zu schlafen? Sie ging zur Sitzecke, nahm die Fernbedienung des Fernsehers, zögerte und legte sie auf den Tisch zurück, ohne eine Taste gedrückt zu haben.

Wenn ich nicht noch etwas schlafe, sehe ich morgen wie gerädert aus, dachte sie. In etwas mehr als neun Stunden wurde sie zu einer Talkshow bei Rossija 1 erwartet, einem der wichtigsten russischen Fernsehsender. Die Sendung wurde live übertragen, Fehler ließen sich nicht korrigieren. Sie brauchte einen klaren Kopf, und es wäre ihrer Sache zweifellos nützlich, nicht wie ein Nervenbündel auszusehen.

Sie wollte sich gerade vom Tisch abwenden, da bemerkte sie ihr Smartphone, griff danach und schaltete es ein. Wie spät war es in Catania? Zu spät, um Olivia, Ruggero oder Paolina anzurufen. Bestimmt schliefen sie.

Mehrere Mitteilungen waren eingetroffen. Die meisten von ihnen betrafen neue Untersuchungsergebnisse, insbesondere aus der Karibik, dem pazifischen Raum und Äquatorialafrika. Auch dort, in den tropischen Regenwäldern, breitete sich das Grau aus. Die Urwälder Afrikas, Asiens und Südamerikas atmeten immer weniger.

Die letzte Nachricht, empfangen kurz vor Mitternacht, stammte von Lorenz Winkler, an den Laura während der vergangenen Tage kaum gedacht hatte. Er sah sich inzwischen als Mitglied des Teams, war jedoch kein Wissenschaftler, und deshalb schloss Laura ihn nicht unbedingt mit ein, wenn sie von

»ihrer Gruppe« sprach. Olivias anfängliche Ablehnung schien so etwas wie widerstrebender Akzeptanz gewichen zu sein, und die anderen, selbst der alte Skipper Nardi, behandelten ihn inzwischen immer weniger wie einen Außenstehenden.

Es war ausgerechnet Lorenz Winklers Nachricht, die Lauras Stimmung besserte. Sie lautete:

Liebe Laura,
es freut mich sehr, Ihnen mitteilen zu können, dass nicht nur Kochal, Broderbund & Althaus bereit sind, unsere Forschungen finanziell zu unterstützen, sondern auch zwei weitere Unternehmensgruppen, eine aus Großbritannien und die andere aus Norwegen. Man stellt uns fünf Millionen Euro zur Verfügung, und das ist erst der Anfang. Damit dürfte das Istituto Oceanografico Minerva in der Lage sein, alle Rechnungen zu bezahlen. Die Einzelheiten können wir besprechen, wenn Sie zurück sind. Kopf hoch, es geht voran!

Beste Grüße
Lorenz Winkler

PS: Amelia hat neue Kontakte geknüpft und bereitet eine europaweite Medienkampagne vor. Es sieht gut aus!

Die letzten Worte stimmten nicht ganz. Nein, es sah nicht gut aus, ganz im Gegenteil, aber fünf Millionen Euro bedeuteten eine große Sorge weniger. Damit hatten sie den Rücken frei.

»Danke, Lorenz«, murmelte sie, schrieb eine kurze Antwort, schickte sie ab und schaltete das Smartphone aus.

Eine Zeit lang stand sie still, auf der einen Seite das Fenster mit Moskaus Lichtermeer, auf der anderen das Bett. Es gab noch eine dritte Möglichkeit.

Erneut blickte sie zur Tür zwischen den beiden Schlafzimmern der Suite. Sollte sie Richard wecken und ihm von der guten Nachricht erzählen?

Nein. Bestimmt schlief er tief und fest. Sie beneidete ihn um die Ruhe, die er wie einen Panzer trug, den nichts durchdringen konnte.

Als Laura wieder im Bett lag, die Decke am Kinn, erkannte sie den wahren Grund, der sie fast dazu gebracht hätte, die Tür zu öffnen und das andere Zimmer zu betreten. Die gute Nachricht von Lorenz Winkler wäre nur ein Vorwand gewesen. Manchmal sehnte sie sich einfach nach menschlicher Nähe.

Richard Compton lag im Bett, starrte in die Dunkelheit und fragte sich, ob er aufstehen und zu Laura gehen sollte. Wie würde sie darauf reagieren? Bestimmt wäre sie sehr überrascht. Würde sie ihn zurückweisen? Richard befürchtete, dass die Antwort darauf Ja lauten könnte.

Er blieb liegen und suchte die Ruhe, von der alle glaubten, dass sie ihn nie verließ.

19

Einer der vier Scheinwerfer des Fernsehstudios strahlte sein Licht fast direkt in Lauras Augen. Sie drehte den Kopf, um etwas weniger geblendet zu sein, und fragte sich, ob Absicht dahintersteckte.

Sie saßen an einem halbrunden Tisch, der wie immer gelassen und souverän wirkende Richard und sie auf der einen Seite, auf der anderen ein junger russischer Wissenschaftler namens Artjom, angeblich ein renommierter Spezialist für Biosphären und komplexe Ökosysteme, obwohl er gerade alt genug schien, sein Studium hinter sich zu haben, und die im ganzen Land bekannte Fernsehjournalistin und Moderatorin Nadja Uraskowa, die sich, wenn sie nicht im Bild war, immer wieder vergewisserte, dass ihr langes schwarzes Haar richtig lag, die linke Seite vorn und die rechte hinter der Schulter. In der Mitte hatte eine Wirtschaftsexpertin Platz genommen, die Laura intuitiv mit einer halb vertrockneten, einst schönen Blume verglich. Sie schätzte sie auf gut fünfzig und kannte wie bei dem jungen Mann nur ihren Vornamen, Tatjana.

Nadja Uraskowa begrüßte ihre Gäste, stellte sie vor und zeigte der Kamera dabei mehrmals ihr strahlendes Lächeln.

»Nun, Dottoressa Lombardi«, sagte sie schließlich und benutzte den italienischen Titel, »Ihr erster Bericht war schon schlimm genug, aber der zweite hat es wirklich in sich. Warum sind Sie der Meinung, dass der Welt Gefahr droht?«

»Wenn Astronomen auf einen Asteroiden hinweisen, der auf die Erde zu stürzen droht, würden Sie dann ebenfalls fragen, warum sie der Meinung sind, dass Gefahr droht?« Nicht so gereizt, ermahnte sie sich und bemerkte Richards Blick. »Was ich damit sagen will: Es ist keine Meinung. Wir reden hier von Wissenschaft.«

Nadja lächelte erneut für die Kamera und ihr Publikum zu Hause an den Mittagstischen. »Bei Ihrem ersten Bericht waren viele Wissenschaftler anderer *Meinung*«, sagte sie und betonte das letzte Wort. »Warum sollte es diesmal nicht so sein?«

»Nein«, widersprach Laura. »Nicht *viele* Wissenschaftler waren anderer Meinung, nur einige wenige, die aber offenbar nicht alle Einzelheiten kannten. Der zweite Bericht, den wir der Weltöffentlichkeit vorgelegt haben, ist noch wesentlich detaillierter als der erste. Er basiert auf noch mehr *Fakten*. Es ist keine *Meinung*«, betonte Laura noch einmal, »sondern eine Zustandsbeschreibung der Welt.«

Nadja sah kurz auf ihren Merkzettel. »Wenn sich das Grau weiter ausbreitet, überall auf der Nordhalbkugel, in den Meeren ebenso wie auf den Kontinenten ... Was erwartet uns dann?«

Es steht klar und deutlich im Bericht, dachte Laura und antwortete: »Die Luft wird immer weniger Sauerstoff und immer mehr Kohlendioxid enthalten, weil das Phytoplankton in den Ozeanen und die Pflanzen an Land keine Fotosynthese mehr betreiben, der Atmosphäre also kein CO_2 entziehen und keinen Sauerstoff produzieren.« Sie blinzelte im grellen Licht des Scheinwerfers und drehte den Kopf noch ein wenig mehr.

»Und das bedeutet für uns, dass wir bald keine Luft mehr zum Atmen haben?«, fragte Nadja.

»Das könnte es bedeuten, wenn nicht sofort entschlossene Maßnahmen ergriffen werden.« Laura wollte hinzufügen, was sie sich darunter vorstellte, aber die russische Journalistin wandte sich an den jungen Artjom neben ihr.

»Teilen Sie die Befürchtungen von Dottoressa Lombardi?«

Der Spezialist für Biosphären und Ökosysteme, der nicht einmal dreißig Jahre alt sein konnte und von dem Laura auch noch nie zuvor gehört hatte, saß zurückgelehnt, die Beine übereinandergeschlagen, und lächelte selbstbewusst. »Bestimmt haben wir es mit einer ernsten Sache zu tun, aber unsere Wissenschaftler arbeiten daran und werden zweifellos ein Mittel gegen die neue Pflanzenkrankheit finden.«

»Es ist keine Krankheit«, warf Richard ein.

»Was ist es dann?«, fragte Nadja sofort.

»Wir wissen es nicht«, gestand Richard. »Schädlinge und Mikroorganismen wie Bakterien und Viren kommen nicht als Ursache in Betracht, das haben wir inzwischen festgestellt.« Er nickte dem jungen Artjom zu. »Nicht nur hier in Russland arbeiten Wissenschaftler daran, aber ich würde mich sehr freuen, wenn Sie die Ersten wären, die ein Heilmittel entdecken.«

»Wir gehen davon aus, dass es sich um ein vorübergehendes Problem handelt, das mit der Zunahme der Sonnenaktivität zu tun hat«, verkündete Artjom jovial. »Wahrscheinlich ist die Vegetationsperiode nur für kurze Zeit unterbrochen. Ich bin sicher, Phytoplankton und Landpflanzen werden schon bald neues Chlorophyll bilden. Meiner Meinung nach wäre es … nein, es *ist* übertrieben, von einer globalen Krise zu sprechen.«

Laura wartete nicht, bis sich Nadja Uraskowa erneut an sie wandte. »Zu der globalen Krise wird es kommen, wenn wir nicht sofort handeln«, sagte sie und kniff die Augen halb zu, als der Scheinwerfer, dessen Licht sie blendete, bewegt wurde. »Und mit ›wir‹ meine ich die Regierungen überall auf der Welt. Es gilt, alle notwendigen Entscheidungen zu treffen, und zwar sofort.«

»Welche Entscheidungen halten Sie für notwendig, Dottoressa Lombardi?«, fragte Nadja völlig unbekümmert.

Beim Frühstück im Hotel hatte Laura mit Richard darüber gesprochen. Es galt, die Dinge beim Namen zu nennen. »Es müssen unverzüglich Maßnahmen ergriffen werden, die geeignet sind, den Verbrauch an atmosphärischem Sauerstoff und die Freisetzung von Kohlendioxid drastisch zu reduzieren.«

»Was schlagen Sie vor?«

»Die größten Sauerstoffverbraucher sind Verbrennungsmotoren, Kraftwerke auf der Basis fossiler Brennstoffe, Heizungsanlagen und Industrie.« Laura zögerte kurz. Sie wusste, wie hart die nächsten Worte klingen würden. »Was Sauerstoff verbraucht, muss stillgelegt werden. So schnell wie möglich. Ausgenommen sind nur die Anlagen, die wir benötigen, um den Kohlendioxidgehalt der Atmosphäre unter Kontrolle zu halten.«

Tatjana, die bisher noch nicht gesprochen hatte, wölbte erstaunt die Brauen. Artjom starrte Laura verblüfft an, als könne er seinen Ohren nicht trauen.

Nadja Uraskowa räusperte sich. »Sie wollen den Menschen verbieten, mit dem Auto zu fahren und ihre Wohnungen zu heizen? Und Sie wollen die Fabriken schließen?«

Der junge Artjom lächelte spöttisch. »Vielleicht sollen wir

auch noch mit dem Atmen aufhören, weil das Sauerstoff verbraucht.«

Richard wandte sich erneut an ihn. »Offenbar haben Sie noch nicht ganz verstanden, in welcher Situation wir uns befinden. Wenn wir nichts unternehmen, wird in den nächsten Monaten der Anteil von CO_2 in der Atmosphäre rapide steigen, trotz der Kohlendioxidsenken und des Geoengineerings von Corrico und dem Klimakonsortium. Der Treibhauseffekt wird innerhalb weniger Wochen in einem Ausmaß wachsen wie zuvor in Jahrzehnten oder gar Jahrhunderten. Extremwetter ungekannten Ausmaßes wird die Folge sein. Dadurch drohen Schäden in Milliardenhöhe, und die Bekämpfung des Klimawandels könnte um viele Jahre zurückgeworfen werden.«

Nadja Uraskowa wollte etwas einwenden oder nachhaken, doch Richard hob die Hand und sprach weiter.

»Aber ... das ist noch die harmlose Seite des Problems. Ohne Pflanzenwachstum bekommen wir im Sommer und Herbst keine Ernten. Die Lebensmittelpreise werden explodieren, es drohen Hungersnöte. Ganze Biosphären und Ökosysteme werden kollabieren. Und auch das ist noch nicht das Schlimmste. Der sinkende Sauerstoffanteil der Atmosphäre bedeutet, dass Wild- und Nutztiere ersticken und Menschen irgendwann nicht mehr ohne Atemmaske überleben können. Dann geht es ums nackte Überleben, für jeden Einzelnen von uns.«

»Wenn nichts geschieht«, fügte Laura hinzu, »wenn keine radikalen, sondern nur halbherzige Maßnahmen ergriffen werden, erreichen wir die kritische Situation spätestens im November oder Dezember. Dann wird nach dem Tod von Flora und Fauna auch bei uns Menschen das Sterben beginnen.«

»Jetzt übertreiben Sie wirklich«, warf Artjom ein, doch er wirkte etwas blasser als vorhin.

»Die Menschen werden sterben, weil es nicht mehr genug Sauerstoff in der Luft gibt«, erklärte Laura. »Selbst wenn der

Betrieb von Verbrennungsmotoren verboten ist, Kraftwerke stillgelegt werden, niemand mehr heizt und die Fabriken geschlossen sind … Natürliche Oxidation sorgt dafür, dass die Atmosphäre Sauerstoff verliert. Denken Sie an das Eisen im Felsgestein, das zu Eisenoxid wird. Überall auf der Welt bindet Verwitterung kostbaren Sauerstoff. Wüstensand spielt dabei eine besondere Rolle, und Wüsten haben wir einige ziemlich große auf der Erde. Wenn dann auch noch die Vegetationsperiode auf der Südhalbkugel ausbleibt, wenn sich das Grau auch dort ausbreitet … Dann haben wir eine Katastrophe von epochalem Ausmaß. Wie wollen Sie acht Milliarden Menschen ohne Getreide oder Reis ernähren? Wie wollen Sie ihnen genügend Atemmasken und Sauerstoff zur Verfügung stellen?« Sie schüttelte den Kopf. »Wenn nichts geschieht, erleben wir in wenigen Monaten den Zusammenbruch der Zivilisation, das Ende unserer Welt. Wir müssen *jetzt* handeln!«

»Es steht alles in unserem Bericht«, fügte Richard hinzu. Er sah erst Artjom an, dann auch Tatjana und Nadja. »Sie sollten sich die Zeit nehmen, ihn aufmerksam zu lesen.«

»Ihr Bericht geht davon aus, dass sich das Grau auch auf der Südhalbkugel ausbreitet, wenn dort der Frühling beginnt.« Artjom, der seine Fassung zurückgewonnen hatte, sprach fast im Plauderton. »Aber das steht keineswegs fest. Vielleicht bleibt das Phänomen auf den Norden beschränkt. Es wäre auch möglich, dass wir in den kommenden Monaten ein Gegenmittel finden. In beiden Fällen hätten wir es wohl kaum mit dem ›Ende der Welt‹ zu tun.«

»Würden Sie sich einen Revolver an die Schläfe setzen und abdrücken, mit dem Wissen, dass die Trommel eine Patrone enthält?«, entgegnete Richard freundlich. »Das Risiko wäre Ihnen zweifellos zu groß. Aber wenn Sie die Zahlen vergleichen, ist eben dieses Risiko weitaus geringer als die Wahrscheinlichkeit, dass wir es mit einer globalen Veränderung zu tun haben.

Wenn wir ein halbes Jahr abwarten, nur um dann feststellen zu müssen, dass sich unsere Befürchtungen bestätigen, haben wir kostbare Zeit verloren, was Millionen Menschen das Leben kosten wird. Wir müssen sofort handeln, und selbst dann wird es für uns alle schwer genug.«

»Wie sehen Sie diese Angelegenheit, Tatjana?«, wandte sich Nadja Uraskowa an die Wirtschaftsexpertin. »Was halten Sie davon, Verkehr und Fabriken lahmzulegen?«

»Das wäre *tatsächlich* der Zusammenbruch unserer Zivilisation«, erklärte die Frau, die Laura mit einer vertrockneten Blume verglich. »Das Ende der uns vertrauten Welt. In diesem Fall wäre das Heilmittel schlimmer als die Krankheit. Ohne industrielle Produktion würde innerhalb kurzer Zeit alles knapp, nicht nur Lebensmittel, sondern auch viele andere Dinge des täglichen Bedarfs. Ohne Verkehrsmittel könnte man die wenigen Produkte auch nicht mehr dorthin transportieren, wo sie gebraucht werden. Ohne Kraftwerke, die fossile Brennstoffe benötigen, würden unsere Stromnetze zusammenbrechen. Ohne elektrischen Strom würde unsere Wasserversorgung ebenso wenig funktionieren wie die modernen Geräte in unseren Krankenhäusern. Was Sie vorschlagen«, Tatjana sah Laura und Richard scharf an, »ist ein Rückfall in die Steinzeit!«

»Achtung, dort vorn ist eine Felswand!«, sagte Richard.

Tatjana beugte sich ein wenig vor. »Wie bitte?«

»Sagte der Passagier zum Fahrer. Der hob kurz den Blick von seinem Handy, sah die Felswand und antwortete: ›Der Aufprall wird schon nicht so schlimm werden.‹ Wer hat recht? Der Fahrer, der nicht einmal den Fuß vom Gas nimmt, oder der Passagier, der ihn warnt und möchte, dass er bremst, obwohl durch die Vollbremsung einige Fahrgäste verletzt werden können?«

»Aber was, wenn die Felswand nur eine Fata Morgana ist?«, fragte Artjom.

»Wir werden es feststellen, nicht wahr?« Richard sprach noch immer in einem sehr freundlichen, zuvorkommenden Ton. »In spätestens einem halben Jahr, wenn auf der Südhalbkugel der Frühling beginnt. Und wenn die Felswand keine Fata Morgana ist, sondern so fest und massiv, wie sie aussieht, dürfte der Aufprall mit voller Geschwindigkeit viel schlimmer sein als eine Vollbremsung.«

Der junge Experte für Bio- und Ökosphären winkte ab und lachte ein wenig gekünstelt. »Es wird schon nicht so schlimm werden. Ich bleibe zuversichtlich.«

Die Fernsehjournalistin stellte einige weitere Fragen, und Laura versuchte, sie so gut wie möglich zu beantworten, in der Hoffnung, wenn nicht die Studiogäste, so doch die Zuschauer vor den Fernsehschirmen zu überzeugen. Nach zehn weiteren Minuten, die Artjom und Tatjana nutzten, um auf mehr oder weniger subtile Weise Zweifel am Minerva-Bericht zu säen, blickte Nadja Uraskowa mit einem weiteren strahlenden Lächeln in die Kamera und sagte: »So viel zum bevorstehenden Ende der Welt. Es grüßt Sie Ihre Nadja von der täglichen Talkshow des Mittagsmagazins bei Rossija Eins.«

Ein Taxi mit Verbrennungsmotor, der Sauerstoff verbrauchte und Kohlenmonoxid, Kohlendioxid und Stickoxide in die Atmosphäre blies, brachte sie vom Sender zurück zum Hotel Smolenskaya Moscow. Sie kamen am Roten Platz vorbei und sahen die Mauern des Kreml, aber Laura achtete nicht darauf.

»Es ist nicht gut gelaufen, oder?«, fragte sie.

»Niemand hat uns einen Triumphzug versprochen«, erwiderte Richard sanft und drückte kurz ihre Hand.

Als sie sich in der Rezeption des Hotels den Schlüssel für die Suite im fünfzehnten Stock geben ließen, reichte der Portier Laura einen braunen Umschlag. »Das wurde für Sie abgegeben.«

Im Lift sagte Richard: »Willst du den Umschlag nicht öffnen?«

Vorn stand in Blockbuchstaben: *Für Laura Lombardi.* Und darunter, unterstrichen: *Wichtig!*

Ein Absender fehlte.

Laura öffnete den Umschlag.

Er enthielt ein einzelnes Blatt mit wenigen Worten, vermutlich vom Laserdrucker eines Computers:

Wann hat das Grau begonnen? Und seit wann setzen Corrico und das Klimakonsortium ihr neues Geoengineering-Wundermittel ein, die Kohlenstoff-Sauerstoff-Aktuatoren?
Nur ein Zufall?
Jemand, der es gut mit Ihnen meint: UnAmico.

20

VIRGINIA DEL REY

WEISSES HAUS, WASHINGTON, D. C., USA

»Sehen Sie sich das an, Virginia«, sagte die Präsidentin. Sie stand am mittleren der drei hohen Fenster hinter dem Schreibtisch des Oval Office. »Es ist grässlich!«

Virginia Del Rey, in ein opalblaues Kostüm gekleidet, trat an ihre Seite und blickte nach draußen in den Garten des Weißen Hauses in Washington, D.C. Das Grau lag auf Bäumen, Büschen und Gras.

»Ich habe die Farblosigkeit des Winters nie gemocht, aber das ist viel schlimmer«, sagte die Präsidentin. »Die ganze Welt ist betroffen, nicht wahr?«

»Nicht die ganze Welt, Madam President«, gab Virginia zurück, »nur die nördliche Hemisphäre. Und auch der Äquator. Es sah zunächst danach aus, dass zumindest ein Teil der äquatorialen Regenwälder verschont bleiben würde, aber inzwischen breitet sich das Grau auch dort aus.«

Die Präsidentin wandte sich vom Fenster ab und deutete auf die kleine Aktentasche in Virginias linker Hand. »Ich hoffe, Sie kommen mit guten Nachrichten. Nehmen Sie Platz.«

Virginia setzte sich auf den Stuhl vor dem Schreibtisch. Die Präsidentin sank in ihren lehmbraunen Sessel.

»Wir haben herausgefunden, wer hinter dem Shitstorm gesteckt hat, den der erste Bericht der Forschergruppe um Laura Lombardi zur Folge hatte.« Virginia öffnete die Aktentasche, entnahm ihr einige Dokumente und reichte sie über den Schreibtisch. »Corrico und das Klimakonsortium.«

Die Präsidentin blätterte in den Unterlagen. »Warum sollte Corrico daran gelegen sein, Laura Lombardi und ihre Kollegen in einem schlechten Licht dastehen zu lassen?«

»Vielleicht Sorge«, spekulierte Virginia. »Eine vorbeugende Maßnahme für den Fall, dass die Ursache irgendwo bei den Klimamaßnahmen der letzten Jahre oder dem neuen Geoengineering liegt.«

»Und?« Die Präsidentin sah von den Dokumenten auf. »Liegt sie dort?«

»Das wissen wir noch nicht, Madam President«, erwiderte Virginia behutsam. »Unsere Informationen reichen noch nicht aus, um eine klare Aussage zu treffen. Die Untersuchungen dauern an.«

»Die Sonne soll es sein«, sagte die Präsidentin, »ihre zunehmende Aktivität. Könnte das stimmen?«

»Derzeit lässt es sich nicht ausschließen, Madam President. Wir arbeiten an der Sache.«

Die elegante Frau auf der anderen Seite des Schreibtisches nickte Virginia zu. »Und zweifellos leisten Sie gute Arbeit. Wie bei dem Treffen mit Kraskow, Ihrem Boris. Sie haben dafür gesorgt, dass die Russen unsere Arbeit in Afghanistan und Nigeria erledigen.«

»Das hat nur geklappt, weil zumindest in dieser Hinsicht Russlands geopolitische Interessen ähnlich beschaffen sind wie unsere«, sagte Virginia. »Und Kraskow weiß natürlich, dass er uns einen Gefallen tut, indem er Chinas Einfluss begrenzt, und wird uns früher oder später die Rechnung dafür vorlegen. Wie dem auch sei, ich bin der Ansicht, dass sich mit beiderseitigem gutem Willen viel erreichen lässt.«

Die Präsidentin nickte. »Ganz meine Meinung. Außerdem wissen wir nun, wie es um Putin steht und wer sein Nachfolger sein könnte. Das ist ebenfalls sehr hilfreich.«

»Wenn Sie mir eine Bemerkung gestatten …«

»Nur zu. Sie wissen, dass Sie ganz offen mit mir reden können.«

Virginia zog ein weiteres eng bedrucktes Blatt aus der Aktentasche. Es trug die Überschrift »Classified«, und in Rot war wie ein Stempelabdruck darüber gedruckt TOP SECRET.

»Ich fürchte, das Grau birgt mehr innen- und außenpolitischen sowie strategischen Zündstoff als alle anderen gegenwärtigen Krisen«, erklärte sie. »Wir haben die Situation analysiert. Hier ist eine Zusammenfassung.«

Die Präsidentin nahm das Papier entgegen und las mehrere Minuten lang. Schließlich hob sie den Blick. »Sie halten tatsächlich eine globale Krise für möglich?«

»Nicht nur für möglich, sondern für sehr wahrscheinlich«, erwiderte Virginia. »Für geradezu unausweichlich, wenn nicht bald ein Gegenmittel gefunden wird. In wenigen Wochen wird weltweit ein Kampf um Ressourcen entbrennen. Die Vereinigten Staaten täten gut daran, schon jetzt damit zu beginnen, Lebensmittel einzukaufen und Vorräte anzulegen, bevor die Preise in astronomische Höhen steigen. In der gesamten nördlichen Hemisphäre werden die Ernten ausfallen. Allein das wird dramatische Folgen haben. Die Interessenvertretungen der amerikanischen Landwirte, unter ihnen die American Farm Bureau Federation, werden sich schon bald mit der Bitte um massive finanzielle Unterstützung an die Regierung wenden. Das sollte bei den Haushaltsplanungen berücksichtigt werden. Wenn nicht genug Geld bereitsteht, wird es zu Unruhen kommen, die das ganze Land erfassen könnten.«

Die Präsidentin deutete ein Lächeln an. »Wollen Sie in die Politik, Virginia?«

»O nein, ich beneide Sie nicht, Madam President. Ich möchte ganz gewiss nicht auf Ihrem Stuhl sitzen. Beziehungsweise in Ihrem Sessel. Mir geht es um die Sicherheit unseres Landes.«

»Die AFBF, die noch vor wenigen Jahren den Klimawandel

geleugnet hat und sich gegen eine Regulierung oder Besteuerung von Treibhausgasen aussprach, will also Unterstützung von uns, wie?« Die Präsidentin las erneut.

»Nicht sofort, aber bald«, bestätigte Virginia. »Betroffen von den Ernteausfällen wird aber nicht nur die Landwirtschaft sein, sondern auch die verarbeitende Industrie mit Millionen von Arbeitsplätzen. Nicht zu vergessen natürlich die Gastronomie. Eine schwere Wirtschaftskrise steht bevor, Madam President, und je besser wir gewappnet sind, desto mehr Stabilität wird dieses Land bewahren.«

Die Präsidentin maß sie mit ernstem Blick. »Sie halten das Grau wirklich für eine große Bedrohung, nicht wahr?«

Virginia wählte ihre Worte mit Bedacht. »Es könnte die *größte* Bedrohung sein, mit der wir es jemals zu tun hatten, Madam President. Die Aussichten sind schon jetzt katastrophal, und wenn sich das Grau in einem halben Jahr auch in der südlichen Hemisphäre ausbreitet, wird alles noch viel, viel schlimmer. Gute Vorbereitung ist essenziell für unser Land.«

»Vielleicht sollten Sie doch in die Politik gehen«, meinte die Präsidentin, und diesmal klang es weniger scherzhaft. »Ich könnte eine gute Beraterin gebrauchen.«

»Als Direktorin der NSA kann ich Ihnen vielleicht noch mehr helfen.«

Die Präsidentin nickte erneut. »Haben Sie Vorschläge?«

»Die Vereinten Nationen haben einen Krisenstab gebildet, unter der Leitung von Leopold Magnussen.«

»Eine ... interessante Wahl«, bemerkte die Präsidentin.

»Ja. Wir sollten uns ein Beispiel daran nehmen und einen eigenen Krisenstab ins Leben rufen, der eng mit dem der UN zusammenarbeitet. Es ginge dabei hauptsächlich um den Austausch von Informationen. Wir dürfen nicht ins Hintertreffen geraten.«

Die Präsidentin nickte. »Einverstanden.«

»Zusammenarbeit«, betonte Virginia Del Rey. »Sie wird jetzt noch wichtiger. Zusammenarbeit auf allen Ebenen und weniger Konfrontation. Ich habe vor, mit einem Bekannten darüber zu reden.«

Die Präsidentin hob die Brauen. »Ist er hier? In Washington?«

»Ja.«

»Mitten in der Höhle des Löwen?«

»Er gehört zur russischen Delegation bei der bevorstehenden Sitzung des UN-Sicherheitsrates«, sagte Virginia. »Derzeit befindet er sich in der Wisconsin Avenue Nummer 2650.«

»In der Botschaft der Russischen Föderation.« Die Präsidentin nickte verstehend.

»Ja.« Virginia sah auf die Uhr. »Wahrscheinlich hat er sie gerade verlassen und ist auf dem Weg zum West Potomac Park. Wir treffen uns in etwas mehr als einer halben Stunde beim Martin-Luther-King-Denkmal am Tidal Basin.«

»Das ist kaum mehr als einen Steinwurf entfernt.«

»Ich werde verhindern, dass er Steine nach dem Weißen Haus wirft, Madam President.« Virginia lächelte. »Darf ich ihm enge wissenschaftliche Zusammenarbeit anbieten, mit dem Ziel, ein Mittel gegen das Grau zu finden?«

»Unbedingt«, entgegnete die Präsidentin sofort. Sie stand auf. »Ihnen bleibt nicht mehr viel Zeit. Gehen Sie zu Ihrem Boris, mit meinen besten Wünschen. Und erstatten Sie mir so bald wie möglich Bericht.«

»Spätestens heute Abend, Madam President.«

21

Virginia packte ihre Sportsachen ein, als Finley hereinkam. Er klopfte nicht einmal an.

»Er ist hier!«, platzte es aus ihm hervor.

»Herein«, sagte Virginia und zog den Reißverschluss der Sporttasche zu.

»Was? Oh.« Finley sah kurz zur Bürotür, die hinter ihm ins Schloss gefallen war. »Entschuldigung, aber es ist wichtig. Er ist hier in Washington!«

Virginia wusste natürlich, wen er meinte.

»Wer?«, fragte sie trotzdem.

Ihr Stellvertreter David Finley trug wie fast immer einen mausgrauen Anzug, der ein wenig zu groß wirkte für seine schmächtige Gestalt. Er war fünfundvierzig und hatte eine Halbglatze. Die Augen in seinem schmalen Gesicht wirkten etwas zu klein, die Nase etwas zu groß. Wer ihn zum ersten Mal sah, neigte dazu, ihn zu unterschätzen, doch Virginia kannte ihn als sehr fähigen Mann, der sich im Geschäft der Geheimdienste ebenso gut auskannte wie sie. Er war nicht ohne Grund zu ihrem Stellvertreter geworden. Dass er es in der NSA nicht bis ganz nach oben geschafft hatte, lag an seinem Hang zu verschrobenem Extremismus, der gelegentlich zutage trat. Finley gehörte zu den Leuten, für die Amerika immer und unter allen Umständen an erster Stelle kam und die Trump nachtrauerten.

Die Interessen des eigenen Landes hatten auch bei Virginia oberste Priorität, doch sie war klug genug zu wissen, dass es außerdem noch andere Interessen gab und es in den meisten Fällen für alle Beteiligten besser war, einen Ausgleich zu finden, eine gemeinsame Basis.

»Boris Stepanowitsch Kraskow«, sagte Finley und sprach die Worte, als fühlten sie sich eklig auf der Zunge an. »Der Direktor des russischen Auslandsgeheimdienstes. Er ist hier, in unserer Stadt!«

Virginia knüpfte ihre Laufschuhe zu und zog sich den Riemen der Sporttasche über die Schulter. »Alias Iwan Kruschenko, Mitglied der russischen Delegation bei der bevorstehenden Sitzung des UN-Sicherheitsrats.«

»Er ist unter falschem Namen eingereist!«, empörte sich Finley mit scharfer, kalter Stimme.

»Das kommt unter Geheimdienstleuten vor.« Virginia sah auf die Uhr. »Ich bin spät dran.«

»Wollen Sie laufen?«

Virginia lächelte und deutete an sich herab. »Wonach sieht es aus?«

»Oh, ich verstehe.« Er richtete den Zeigefinger auf sie. »Sie treffen sich mit ihm, nicht wahr?«

»Ich laufe eine Runde um das Tidal Basin.« Virginia trat auf ihn zu. Er stand direkt vor der Tür.

»Es ist eine gute Gelegenheit«, sagte er sehr ernst. »Wir könnten ihn schnappen.«

»Ich bin ziemlich sicher, dass er einen Diplomatenpass hat«, erwiderte Virginia mit erzwungener Geduld.

»Der nützt ihm nichts, wenn er mit falscher Identität hergekommen ist.« Finley lächelte humorlos. »Ein Fehler von ihm. Wir könnten ihn aus dem Verkehr ziehen. Ein fingierter Verkehrsunfall, was in der Art. Das lässt sich schnell arrangieren, wenn Sie mir sagen, wo Sie sich mit ihm treffen.«

»Nein«, sagte Virginia.

»Der Chef des SWR! Wir könnten wichtige Informationen von ihm bekommen.«

»Und welchen Preis würden wir dafür bezahlen, David? Unsere Beziehungen mit der Russischen Föderation, die sich nach Jahren endlich wieder bessern, würden sich merklich abkühlen.«

»Wir würden Rückgrat zeigen!«

»Wir würden zeigen, dass man sich nicht auf unser Wort verlassen kann. Was gerade in der derzeitigen Krise sehr dumm wäre. Wenn ich bitten darf.« Virginia deutete zur Tür.

Finley wich beiseite. »Sie machen sich allein auf den Weg, ohne Personenschutz?«

»Ich kann gut auf mich selbst aufpassen.« Virginia öffnete die Tür.

»Es ist ein Fehler«, sagte Finley hinter ihr. »Ein Fehler, der an Hochverrat grenzt.«

Sie drehte sich halb um. »Sie werfen mir *Hochverrat* vor?«

»Ein heimliches Treffen mit dem Feind ...«

»Zu *Feinden* werden wir erst im Krieg, und den gilt es zu verhindern.« Virginia sah noch einmal auf die Uhr. »Ich erwarte Sie in drei Stunden zur Lagebesprechung. Bitte machen Sie sich bis dahin mit den jüngsten Berichten über das Grau vertraut.«

Sie wartete keine Antwort ab, trat in den Flur und ging davon.

Kraskow erwartete sie am Martin-Luther-King-Denkmal auf der Nordwestseite des Sees, direkt neben dem großen weißen Stein, aus dem die Gestalt von Martin Luther King gemeißelt war.

»Aus dem Berg der Verzweiflung ein Stein der Hoffnung«, las er die Inschrift in der linken Seite des weißen Blocks. »Schöne Worte. Davon gibt es in Ihrem Land viele. Es mangelt nur ein bisschen an den Fakten, finden Sie nicht? Der Rassismus in den Vereinigten Staaten ist quicklebendig.«

»Auch Ihnen einen guten Tag, Boris«, sagte Virginia. »Wir haben eine farbige Präsidentin.«

»Aber macht sie nicht weiße Politik?«

»Bunte«, widersprach Virginia. »Sind Sie bereit?« Sie zeigte zum Weg, der am Ufer des Tidal Basin entlangführte. Spaziergänger in dicken Jacken und Wintermänteln waren dort unterwegs. Die Sonne schien blass vom dunstigen Himmel über Washington.

Boris Stepanowitsch Kraskow alias Iwan Kruschenko trug eine lange Sporthose, eine gefütterte Kapuzenjacke und Handschuhe.

Er schnitt eine Grimasse. »Müssen wir unbedingt laufen?«

»Deshalb sind wir hier.« Virginia lief auf der Stelle.

»Es ist kalt«, jammerte Kraskow.

»Vom Laufen wird Ihnen warm. Kommen Sie.«

Er folgte ihr zum Weg und schnaufte bereits nach hundert Metern.

Sie liefen nach Süden. Die Bäume rechts von ihnen waren kahl, das Gras grau.

»Unser Geheimnis ist keins mehr«, sagte Virginia. Sie fühlte sich frisch und leicht. Allein wäre sie wesentlich schneller gelaufen.

»Vielleicht war es das nie«, entgegnete Kraskow. »Die Bürde unseres Jobs.«

»Die Präsidentin weiß Bescheid«, erklärte Virginia ganz offen, »und ich habe ihren Segen. Ihr liegt ebenso viel an Kooperation wie mir.«

»Freut mich zu hören«, keuchte Kraskow.

»Finley sieht die Sache anders.«

»Er sieht viele Dinge anders als Sie, nicht wahr?« Kraskow sah zur Seite. Sein Blick schien einem Baum mit grauen Knospen zu gelten, aber Virginia wusste, dass er in Wirklichkeit nach Verfolgern Ausschau hielt.

»Die beiden Läufer hundert Meter hinter uns …«, schnaufte er.

»Ja?«

»Ihre Leute, nicht wahr?«

Virginia seufzte. »Finleys. Er nennt so was ›Personenschutz‹.«

Kraskow sah sie von der Seite an. »Er lässt Sie beschatten?«

»Er hält es schon für Hochverrat, dass ich mich überhaupt mit Ihnen treffe«, antwortete Virginia. »Keine Sorge, niemand hört mit. Richtmikrophone kommen hier wohl kaum in Frage, und ich habe vorsorglich einen kleinen Störsender mitgenommen, falls jemand Tricks mit unseren Smartphones versucht.«

Kraskow schnaufte lauter. »Er ist ein Hardliner von der alten Sorte.«

»Ich nehme an, bei Ihnen gibt es ein Dossier über ihn.«

»Natürlich. Einen netten Stellvertreter haben Sie da.«

Mehrere Spaziergänger in Winterkleidung kamen ihnen entgegen. Virginia wich leichtfüßig nach links aus, Kraskow wankte nach rechts, und nach einigen Metern trafen sie sich wieder in der Mitte des Wegs. Kalter Wind wehte aus Südwesten. Die Luft roch seltsam, wie nach Schnee, obwohl es dafür eigentlich zu spät war.

»Finley ist ein guter Mann«, sagte Virginia. »Er leistet ausgezeichnete Arbeit.«

Kraskow lachte kurz auf, obwohl er außer Atem war. »Auf seine Art! Vor drei Jahren hat er dabei geholfen, Leopold Magnussen auszubooten. Den Tayo Aneke gerade zum Krisenmanager in Sachen Grau ernannt hat. Das dürfte Ihrem David Finley gar nicht gefallen.«

Es gab da eine Frage, die Virginia schon seit einer ganzen Weile beschäftigte. »Hat er mit dringesteckt?«

»In dem großen Geldwäscheskandal, den Magnussen aufgedeckt hat?« Kraskow schnappte nach Luft und wurde langsamer. »Ach, wie schnell Sie laufen, Virginia! Sie *fliegen* fast. Schaffen Sie es in diesem Tempo ganz um den See?«

»Sogar mehrmals.« Es wäre für sie kaum mehr gewesen als eine kleine Aufwärmrunde.

»Lieber Himmel!« Kraskow deutete nach vorn. »Die Sitzbank dort! Lassen Sie uns einige Minuten ausruhen.«

»Wir sind doch gerade erst losgelaufen.«

»Sie wollen doch nicht, dass ich einem Herzinfarkt erliege, oder? Stellen Sie sich die diplomatischen Verwicklungen vor! Die Direktorin der NSA und …«

»Iwan Kruschenko? Sie sind mit falscher Identität eingereist.«

»Alte Geheimdienst-Angewohnheit. Wird man schwer los.«

Sie erreichten die Sitzbank, und Kraskow nahm dankbar Platz. Virginia setzte sich neben ihn, kein bisschen außer Atem.

Die Bäume hinter ihnen waren ebenso kahl wie die anderen, man konnte bis zu den grauen Steinblöcken des Franklin Delano Roosevelt Memorial sehen.

Es dauerte nicht lange, bis die beiden anderen Läufer vorbeikamen, Männer in mittleren Jahren, der eine klein mit schütterem Haar, der andere etwas größer.

Virginia lächelte. »Schönen Gruß an David.«

»Wie bitte?«, erwiderte der kleinere Mann über die Schulter hinweg.

Virginia winkte ihm fröhlich zu.

»Was Ihre Frage betrifft ...« Kraskow ächzte übertrieben. »Die ehrliche Antwort lautet: Wir sind uns nicht ganz sicher, ob Finley mit eigenen Finanzen in den Skandal verwickelt war, aber politische Komplizenschaft steht außer Frage. Wollen wir weiter?« Er stand auf.

»So schnell erholt?« Virginia erhob sich ebenfalls. Kalter Wind strich ihr über die Wangen.

»Jetzt haben wir die beiden *Mitläufer* vor uns, das ist mir lieber.«

Er setzte sich wieder in Bewegung, lief sogar etwas schneller als vorher. Virginia blieb an seiner Seite.

»Ich nehme an, Finley hat Ihrer Präsidentin von uns erzählt«, brummte Kraskow und versuchte, nicht außer Atem zu geraten.

»Da haben Sie vermutlich recht.« Virginia hatte bereits darüber nachgedacht und war zum gleichen Schluss gelangt.

»Er und andere wie er, die in ähnlichen Bahnen denken ...« Kraskow schnaufte wieder. »Es gibt Kräfte in der US-amerikanischen Administration, die dem neuen Krisenmanager der UNO nicht trauen oder noch eine Rechnung mit ihm offen haben. Diese Leute könnten versuchen, ihn zu behindern, wie schon einmal.«

Sie wichen einem Ehepaar mit zwei Kindern aus. Links von

ihnen schuf der Wind Wellen auf dem Tidal Basin. Möwen flogen über dem Wasser.

»Magnussen erhält anonyme Drohungen«, verriet Virginia gerade laut genug, damit Kraskow sie verstand. »Einmal hat man versucht, einen Anschlag auf ihn zu verüben, der aber misslang, in Oslo.«

»Nach unseren Informationen war es kein gescheiterter Anschlag, sondern eine Warnung.«

»Wissen Sie, wer dahintersteckt?« Virginia sah kurz zur Seite. Das Laufen strengte Kraskow an, aber er schlug sich tapfer, das musste sie ihm lassen.

»Wir haben eine Vermutung.«

»Lassen Sie mich raten – Finley.«

»Sie sollten sich vor ihm in Acht nehmen, Virginia. Ihr Stellvertreter könnte eine Art Geheimdienst innerhalb des Geheimdienstes sein, die Spitze eines Eisbergs aus Erzkonservativen, Verschwörungstheoretikern und reaktionären Illuminaten. Diese toxische Mischung wurde oft und zu lange unterschätzt, und sie kann enorm viel Schaden anrichten ... wie Trump bewiesen hat. Meine liebe Virginia ...« Kraskow zeigte ihr ein breites russisches Lächeln. »Ich kann Sie nicht überall beschützen, nicht hier, wo Sie zu Hause sind.«

Sie erreichten die Ohio Drive Bridge, die Brücke zwischen dem Tidal Basin links und dem Potomac River auf der rechten Seite. Nicht weit entfernt ragten die weißen Säulen des Thomas Jefferson Memorial auf. Rechts von ihnen, im Westen auf der anderen Seite des Flusses, war das Pentagon zu sehen.

»So schlimm wird es schon nicht werden«, sagte sie.

»Ich würde es sehr, sehr bedauern, wenn Ihnen etwas zustieße.« Kraskows Stimme klang bei diesen Worten ein wenig anders. »Wenn es zu brenzlig wird, meine Liebe, wenn Sie Hilfe brauchen ... Wir könnten das Problem für Sie aus der Welt schaffen.«

Virginia hatte sich mehrmals unauffällig umgesehen. Es befanden sich keine verdächtigen Personen in der Nähe, die beiden »Personenschützer« befanden sich ein ganzes Stück vor ihnen, und der Einsatz von Richtmikrophonen war noch immer unmöglich.

»Ich sagte schon, er hat mir Hochverrat vorgeworfen«, erklärte sie hinter der Brücke, auf dem Weg vorbei am prächtigen Jefferson-Denkmal, Anziehungspunkt für zahlreiche Touristen. »Ich möchte ihm nicht recht geben.«

»Er wird Magnussen sabotieren«, warnte Kraskow.

»Wenn er Gelegenheit dazu bekommt, vielleicht. Lassen Sie uns dafür sorgen, dass Magnussen seine Arbeit tun kann. Das nützt uns allen. Helfen Sie mir dabei, *ihn* zu schützen, Boris.«

»Einverstanden«, keuchte Kraskow.

»Sehen Sie sich die Bäume an. Sie werden kahl bleiben. Und das graue Gras!«

»Bei uns sind Taiga und Tundra betroffen«, schnaufte Kraskow. »Das Grau ist überall.«

»Magnussen ist der richtige Mann am richtigen Platz.« Virginia lief etwas langsamer, damit Kraskow nicht völlig außer Puste geriet. »Er weiß, wie man Dingen auf den Grund geht. Und er nimmt kein Blatt vor den Mund. Er wird die Schuldigen benennen, wenn es welche gibt.«

Kraskow deutete nach oben. »Angeblich liegt es an der Sonne.«

»Vielleicht«, räumte Virginia ein. »Vielleicht auch nicht. Ermöglichen wir es ihm, so tief zu graben, wie es nötig ist, um die Wahrheit zu finden.«

»Graben wir mit ihm«, schlug Kraskow vor.

Virginia lächelte. Solche Worte hatte sie sich erhofft. »Vielleicht können wir noch etwas mehr tun.«

Der Weg führte nach Osten und beschrieb dann eine lange Kurve, hinter der er sich nach Norden fortsetzte.

»Zum Beispiel?«

»Enge wissenschaftliche Zusammenarbeit.« Sie sprach wie während eines normalen Gesprächs. Kraskow hingegen rang bei jedem Schritt nach Luft. »Ohne irgendwelche ideologischen Barrieren. Legen wir unsere Ressourcen zusammen. Und auch die der mit uns befreundeten Länder.«

»Was ist mit China?«

»Ja, wir können und sollten auch Peking an Bord holen, Boris. Das Grau breitet sich auch im Reich der Mitte aus.«

»Ich bin ganz Ihrer Meinung, Virginia«, keuchte Kraskow. »Aber gewisse Politiker – und auch Geheimdienstkollegen – könnten die Sache anders sehen.«

»Ich weiß. Wir verfügen über Möglichkeiten, Boris. Wir können Probleme aus dem Weg räumen, bevor sie zu echten Hindernissen werden. Wir können Einfluss nehmen, mit Ratschlägen zur richtigen Zeit ins richtige Ohr. Und wenn es nötig ist, können wir noch mehr tun. Wenn es uns gemeinsam gelingt, das Grau zu besiegen ... Daraus könnte eine neue, bessere Welt entstehen.«

»Da höre ich viel Idealismus, Virginia.«

Links ragte ein Steg in den See, dort konnte man Boote mieten. Auf der rechten Seite gab es einen Kiosk, der Speisen und Getränke anbot. Kraskow warf einen sehnsüchtigen Blick dorthin.

»Wäre eine bessere Welt nicht wünschenswert?«, entgegnete Virginia.

»Zum Beispiel eine Welt, in der das Laufen weniger anstrengend ist?«

»Zum Beispiel.« Virginia lächelte. »Wissenschaftliche Zusammenarbeit über alle Grenzen hinweg, auch die in manchen Köpfen. Wir geben den Forschern die Möglichkeit, sich ganz auf ihre Arbeit zu konzentrieren, ohne die Notwendigkeit irgendwelcher politischen Rücksichtnahmen. Magnussen ist ein

Garant dafür, er wird unsere bedingungslose Unterstützung erhalten. Und wir haben ein Auge auf Geschäftemacher, die der Weltwirtschaft in den kommenden Monaten großen Schaden zufügen könnten. Es wird an Lebensmitteln mangeln, die Preise werden steigen. Skrupellose Spekulanten und Abzocker könnten auf die Idee kommen, das für sich auszunutzen. Das würde die Lage weiter destabilisieren, und das müssen wir verhindern.«

»Ich widerspreche Ihnen nicht«, ächzte Kraskow.

Sie näherten sich der Kutz Bridge, die zur westlichen Seite des Tidal Basin führte. Es war nicht mehr weit bis zum Martin Luther King Memorial, wo sie sich getroffen hatten.

»Jetzt sind wir fast einmal um den See gelaufen«, stellte Virginia fest. »Kompliment, Boris.«

Er keuchte, das Gesicht rot.

»Das nächste Mal sollten Sie sich nicht so dick anziehen, auch wenn's kalt ist.« Virginia deutete den See hinunter. »Was halten Sie von einer zweiten Runde, etwas schneller als die erste?«

»Das schaffe ich nie!«, stieß Kraskow entsetzt hervor.

»Wenn Sie es schaffen«, versprach Virginia, »gibt es ein gemeinsames Abendessen, bei dem wir die Einzelheiten unserer engeren Zusammenarbeit besprechen können.«

Kraskow holte tief Luft ... und lief los.

22

LAURA LOMBARDI

CATANIA, SIZILIEN

Die Kuppel des Observatoriums war geöffnet, summende Elektromotoren bewegten das große Teleskop und richteten es auf die Sonne.

»Was wissen Sie über Sonnenaktivität im Allgemeinen und den Sonnenzyklus im Besonderen?«, fragte Isabella Pagano, Direktorin des Osservatorio Astrofisico di Catania, des astrophysikalischen Observatoriums von Catania.

»Nicht viel«, gestand Laura Lombardi. Zusammen mit Richard Compton, Lorenz Winkler, der Journalistin Amelia De Santis und Dr. Sara Perotti, der Botanikerin von der nahe gelegenen Universität, saß sie an einem der Computertische. Die junge Olivia Marchesi fehlte, sie war mit einer anderen wichtigen Sache beschäftigt.

Das Observatorium gehörte zum Istituto Nazionale di Astrofisica, dem Nationalen Institut für Astrophysik, und befand sich mitten in Catania, in der Cittadella Universitaria, der »Universitätszitadelle«, zwischen der Klinik Vittorio Emmanuele auf der nordwestlichen Seite und der Universität im Südosten. Vor zwanzig Jahren hatte Laura hier studiert, aber während ihres Studiums nie das Observatorium aufgesucht.

»Ich bin Ozeanographin, keine Astrophysikerin«, fügte sie entschuldigend hinzu.

Isabella Pagano, Mitte sechzig, ein wenig zur Molligkeit neigend und das dunkle Haar wie vom Wind zerzaust, nickte knapp, als sei das Erklärung genug. Sie saß vor dem größten der

Monitore, einem gewölbten 60-Zoll-Bildschirm, der ein gefiltertes Bild der Sonne zeigte.

»Viele Menschen glauben, jahrein, jahraus dieselbe Sonne zu sehen, aber sie irren sich«, begann die Direktorin. »Sie ist sehr dynamisch und verändert sich ständig. Ihre Aktivität unterliegt etwa elf Jahre langen Zyklen, die wir zuerst anhand der Anzahl der Sonnenflecken und später mit Messungen von Turbulenzen der extrem heißen solaren Gase und Veränderungen des Magnetfelds zu unterscheiden gelernt haben.«

»Damit verändert sich auch die Strahlung der Sonne, nicht wahr?«, fragte Richard. »Ich meine insbesondere die Strahlungsmenge, die die Erde von der Sonne empfängt.«

»Richtig«, bestätigte Pagano. »Wir gehen von einem globalen Durchschnitt von dreihundertvierzig Watt pro Quadratmeter aus. Das betrifft die solare Energieflussdichte am oberen Rand der Atmosphäre. Zu berücksichtigen ist natürlich, dass die Sonnenstrahlung aufgrund von Absorption, Reflexion und Streuung durch Luftmoleküle, Aerosole und Wolken abgeschwächt wird. Die Größe der am Boden ankommenden Strahlungsenergie hängt von der Länge des Laufwegs durch die Luft und von Ausmaß und Dichte der Wolkenschicht ab. Sie kann zwischen fünfzig Watt an einem trüben Tag im Winter bis zu über zweitausend Watt in der Sahara schwanken.«

»Deshalb die Albedo-Satelliten des Klimakonsortiums«, warf Sara Perotti, die Botanikerin, ein. Sie war etwa im gleichen Alter wie Isabella Pagano, wirkte mit ihrem ergrauten Haar aber älter.

»Und Corricos Solarkraftwerke, wie etwa in Mauretanien«, fügte Lorenz Winkler hinzu. Er und Amelia saßen dicht nebeneinander.

Isabella Pagano nickte. »Ein Weg, einen weiteren Anstieg der globalen Durchschnittstemperatur zu verhindern und sie sogar zu senken, besteht darin, die Energiemenge zu verringern, die von der Sonne auf die Erde trifft. Die Albedo-Satelliten leisten dafür einen wichtigen Beitrag.«

»Halten wir fest, dass die Sonnenaktivität schwankt«, sagte Laura. »Manchmal erreicht mehr Strahlungsenergie die Erde, manchmal weniger. Und das hat unmittelbare Auswirkungen auf unser Klima.«

Die Direktorin des Observatoriums nickte erneut. »Nehmen Sie als Beispiel das Maunder-Minimum, Dottoressa Lombardi, auch ›Kleine Eiszeit‹ genannt. Dabei handelt es sich um eine Periode stark verringerter Sonnenfleckenaktivität von 1645 bis 1715.«

»Das sind siebzig Jahre«, sagte Amelia, die mit ihrem Handy Aufzeichnungen für einen neuen Artikel anfertigte. »Wie passt das zu dem elfjährigen Zyklus?«

»Es gibt noch andere solare Zyklen«, antwortete Pagano. »Und wir sind noch weit davon entfernt, alle Rätsel unserer Sonne gelöst zu haben.«

»Stimmt es, dass sich die Sonnenaktivität derzeit einem neuen Maximum nähert?«, fragte Laura.

Pagano deutete auf ihren großen Monitor. »Es hat noch nie zuvor in der Geschichte unserer Beobachtungen so viele Sonnenflecken gegeben. Auch die Anzahl und Größe der koronalen Massenauswürfe hat zugenommen.« Die Direktorin erinnerte sich offenbar daran, es mit Laien zu tun zu haben, denn sie fügte hinzu: »Damit sind Sonneneruptionen beziehungsweise eruptive Protuberanzen gemeint, bei denen Plasma ausgestoßen wird.«

»Wenn die auf die Erde treffen, erzeugen sie die Polarlichter, nicht wahr?«, fragte Amelia und hob ihr Smartphone.

Wieder nickte Isabella Pagano. »Die entsprechenden Leuchterscheinungen hoch in der Atmosphäre gehen auf Wechselwirkungen zwischen von der Sonne kommenden energiereichen geladenen Teilchen und dem Magnetfeld der Erde zurück.«

»Wenn die Sonnenaktivität zunimmt …«, sagte Laura. »… kann sich dann auch die Art der Strahlung ändern, die die Erde erreicht?«

»Wir sprechen hier von elektromagnetischer Strahlung«, erläuterte Pagano. »Sie reicht von harter Röntgenstrahlung mit weniger als null Komma eins Nanometer bis zu langen Radiowellen. Das Maximum liegt bei fünfhundert Nanometer, was blaugrünem Licht entspricht. Sonneneruptionen, die bei vermehrter Sonnenfleckenaktivität häufiger vorkommen, erhöhen die Strahlung im Röntgenbereich um mehrere Größenordnungen, tragen aber nur wenig zur Gesamtstrahlung bei. Oft werden solche Ausbrüche von langwelliger Radiostrahlung begleitet. Um die Frage zu beantworten: Ja, veränderte Sonnenaktivität bedeutet auch Veränderung bei der Strahlung.«

Sie hob die Hand, um Einwänden und Fragen zuvorzukommen.

»Hinzu kommt die Teilchenstrahlung, bestehend aus den geladenen Teilchen des sogenannten Sonnenwinds.« Sie deutete erneut auf ihren großen Monitor. Einzelne Bildschirmfenster am Rand zeigten Vergrößerungen von Protuberanzen und Sonnenflecken. »Sie werden größtenteils vom irdischen Magnetfeld abgelenkt, was die Polarlichter verursacht. Wichtig ist aber vor allem, was bei uns ankommt. Die Atmosphäre hat einen starken, wellenabhängigen Dämpfungseffekt. Bei klarem Wetter und hohem Sonnenstand erreicht die Erdoberfläche der größte Teil der Strahlung im für Menschen sichtbaren Bereich des Spektrums, was etwa fünfzig Prozent der gesamten Sonnenstrahlung entspricht. Die für das menschliche Auge nicht sichtbare Strahlung ist überwiegend NIR, nahe Infrarotstrahlung, und sie wird zu etwa einem Viertel von der Erdatmosphäre absorbiert, hauptsächlich durch Wassermoleküle. Weniger als zehn Prozent der Gesamtstrahlung besteht aus Ultraviolettstrahlung, deren unterschiedliche Arten durch Rayleigh-

Streuung, Luftsauerstoff und die Ozonschicht abgeschwächt werden.«

Die Direktorin beugte sich zur Tastatur und drückte einige Tasten. Links neben dem großen Sonnenbild erschienen zwei Diagramme. Eins zeigte Absorptionslinien im solaren Spektrum, das andere prozentuale Anteile der einzelnen Arten und Wellenlängen der Sonnenstrahlung.

»Ob Sonnenminimum oder Sonnenmaximum, es ändert sich vor allem die Intensität der solaren Strahlung, nicht aber ihre Art«, betonte Pagano. »Das hier sind historische Übersichten.« Wieder klickten Tasten. »Sehen Sie? Vergleichen Sie es mit einer Signatur. Oder mit einem Fingerabdruck. Jeder Stern hat einen solchen *Fingerprint*, ein Muster aus Strahlung und spektralen Absorptionslinien, hervorgerufen von den verschiedenen chemischen Elementen, aus denen er sich zusammensetzt. Bei unserer Sonne gibt es nicht nur den elfjährigen Sonnenfleckenzyklus, sondern noch andere Zyklen: den etwa zweiundzwanzig Jahre langen Hale-Zyklus, den achtzig- bis neunzigjährigen Gleißberg-Zyklus, den Suess-Zyklus, der etwa zweihundert Jahre umfasst, oder den Hallstatt-Zyklus, der ungefähr zweitausendvierhundert Jahre andauert. Immer verändert sich die Intensität der Strahlung, aber es kommt nichts Neues hinzu. Der stellare Fingerabdruck bleibt gleich.«

»Könnte es in der derzeitigen Sonnenstrahlung irgendetwas geben, das für das Grau verantwortlich ist?«, fragte Laura. Es ging darum, Klarheit zu gewinnen, eine Möglichkeit zu bestätigen oder auszuschließen.

Isabella Pagano schüttelte den Kopf. »Ich bin Astrophysikerin, keine Biologin. Aber ich kann Ihnen Folgendes sagen, wenn es Ihnen etwas nützt: Es ist keine neue Strahlungsart hinzugekommen. Wir empfangen das von der Sonne, was wir immer bekommen haben, mal mehr, mal weniger, und bisher sind die Pflanzen immer gut damit zurechtgekommen.«

»Sie halten also nichts von der Theorie, nach der die zunehmende Sonnenaktivität der Grund für das Grau sein könnte?«

»Ich halte das für extrem unwahrscheinlich«, antwortete Pagano sofort, und Laura vermutete, dass die Direktorin des Observatoriums eine solche Frage erwartet hatte. »Ein Grund dafür sind diese Daten. Einen anderen zeigt ein kleines Experiment, das meine Studenten für Sie vorbereitet haben. Vielleicht hilft es Ihnen.«

Isabella Pagano stand auf. »Wenn Sie mir bitte folgen würden …«

23

Sie verließen den Raum mit dem großen Teleskop und den Monitoren. Auf dem Weg durch den kurzen Flur holte Laura ihr Handy hervor und warf einen Blick auf die eingetroffenen Nachrichten. Eine stammte von Olivia und lautete: *Was die anonyme Mitteilung betrifft, habe ich etwas entdeckt.*

Sie ließ Richard einen Blick aufs Display werfen, und er nickte zuversichtlich. Olivia befand sich im Süden der Stadt, im Institut Minerva, wertete dort die aktuellen Daten aus, die von Forschern aus allen Teilen der Welt eintrafen, und versuchte, sie mit Corricos Geoengineering in Verbindung zu bringen.

Isabella Pagano führte sie in einen Nebenraum, in dem mehrere Studenten warteten, unter ihnen eine junge Frau mit rotem Haar und Sommersprossen auf Nase und Wangen. Die Direktorin stellte sie als Antonia vor, sie war etwa in Olivias Alter, wirkte stolz und aufgeregt.

Sie stand vor einigen weiteren Studenten, die nebeneinander vor einem Tisch am Fenster Aufstellung bezogen hatten.

»Als wir hörten, dass Sie zu uns kommen, haben wir uns ein Experiment ausgedacht«, erklärte Antonia nach der Begrüßung. »Es heißt ja immer wieder, das Grau werde von der zunehmenden Sonnenaktivität verursacht, von etwas in der Sonnenstrahlung, im Licht. Das müsste sich eigentlich leicht überprüfen lassen, dachten wir uns.«

Antonia lächelte und winkte, woraufhin die Studenten hinter ihr beiseitewichen.

Auf dem Tisch standen mehrere niedrige Kübel mit grau gewordenen Pflanzen. Sie boten einen traurigen Anblick.

Die Botanikerin Sara Perotti trat näher. »Das sind Salbeiblättrige Zistrosen, *Cistus salviifolius*«, stellte sie fest. »Grau geworden wie alles andere.« Sie wandte sich an Antonia. »Weil sie hier am Fenster standen und dem Sonnenlicht ausgesetzt waren?«

Die sommersprossige junge Studentin lächelte. »Ja und nein. Wir haben diese Zistrosen hierhergeholt, ohne besondere Vorsichtsmaßnahmen zu ergreifen. Sie waren sowohl dem Sonnenlicht als auch der Umgebung ausgesetzt, und sehen Sie, was mit ihnen passiert ist.«

Laura gesellte sich Sara Perotti am Tisch hinzu und betrachtete die Pflanzen aus der Nähe. Sie wirkten wie von einer dünnen Ascheschicht überzogen, und als Laura mit der Fingerkuppe eine der weißen Blüten berührte, zerfiel diese zu Staub.

»Und dann haben wir das hier«, sagte Antonia, lächelte und winkte erneut. Einer der anderen Studenten öffnete die nahe Tür und rollte einen Servierwagen mit einem weiteren Kübel herein. Der stand in einem großen, aquariumartigen Glasbehälter, der mit einer Gasflasche verbunden war. In dem Kübel wuchsen mehrere etwa dreißig Zentimeter hohe Zistrosen mit grünen Blättern und prächtigen weißen Blüten.

»Diese Exemplare sind ganz offensichtlich nicht vom Grau befallen«, stellte Perotti fest.

Der Student rollte den Servierwagen neben den Tisch. Der Unterschied zwischen den Pflanzen hätte größer kaum sein können: rechts die toten grauen Zistrosen und links die prächtig gedeihenden grünen.

»Wie haben Sie das angestellt?«, fragte Laura hoffnungsvoll. »Gibt es ein Gegenmittel?«

Antonia lächelte noch immer, als sie auf den Glaskasten mit den blühenden Zistrosen deutete. »Wir haben diese Pflanzen immer wieder dem Sonnenlicht ausgesetzt, mit verschiedenen Filtern und diesem Glas, das die Sonnenstrahlung ungefiltert und ungedämpft hindurchlässt. Doch die Zistrosen leben, und es geht ihnen augenscheinlich sehr gut. Das Sonnenlicht hat ihnen nicht geschadet. Es erreicht sie ungehindert. Was diese Pflanzen *nicht* erreicht, ist die Luft hier im Raum und draußen vor dem Gebäude.«

Sie machte eine kleine Pause und sagte dann: »Franco?«

Einer der jungen Männer öffnete die Verschlüsse des Glaskastens, nahm eine Seitenfläche ab und drehte die Gasflasche zu.

»Manche Pflanzen reagieren erstaunlich schnell auf äußere Reize«, erklärte Antonia. »Zum Beispiel Mimosen. Ihre Blätter falten sich bei einer Berührung. Diese Zistrosen hier sind jetzt nicht mehr von der Umgebung isoliert. Sie werden die Veränderung gleich bemerken. Es dauert nur einige Minuten.«

Laura beobachtete die Pflanzen. Um die Wartezeit zu überbrücken, begann die Direktorin mit einem kleinen Vortrag über die Geschichte des Observatoriums mitten in Catania und die im Jahr 1434 gegründete Universität, die älteste und größte Siziliens. Richard, Lorenz Winkler und Amelia hörten höflich zu, aber Laura achtete kaum auf die Worte. Ihre Aufmerksamkeit galt vor allem den Zistrosen im offenen Glaskasten.

Die Veränderungen waren zuerst winzig, und Laura fragte sich, ob es an ihrer Erwartungshaltung lag, an Augen, die bestimmte Dinge sehen wollten. Doch schließlich bestand kein Zweifel mehr. Die Ränder der Blätter verloren ihr Grün, sie wurden grau.

»Die erste Reaktion erfolgt innerhalb weniger Minuten«, sagte Antonia. »Sie betrifft vor allem die Blattränder. Anschließend geht es langsamer. Nach achtundvierzig Stunden sind alle Blätter grau. Es liegt nicht am Sonnenlicht«, betonte Antonia noch einmal. »Es ist etwas in der Luft, die wir alle atmen!«

24

»Das bringt uns ein Stück weiter, findest du nicht?«, fragte Richard. Laura hatte ihm das Steuer ihres E-Fiat überlassen, und er lenkte das Fahrzeug durch Catanias dichten Verkehr zum Institut im Süden der Stadt. Lorenz und Amelia folgten ihnen mit ihrem Mietwagen.

»Vielleicht«, entgegnete Laura geistesabwesend und sah aus dem Fenster. Die Straßen waren voller Autos, die meisten von ihnen Verbrenner. Nur jedes siebte oder achte Fahrzeug bewegte sich mit elektrischem Strom, was auch daran lag, dass es noch immer an Ladestationen mangelte.

Jeder Verbrennungsmotor verbraucht Sauerstoff und bläst Kohlendioxid und Stickoxide in die Luft, dachte Laura. Mit jeder verstreichenden Sekunde enthält die Atmosphäre weniger Sauerstoff und mehr Treibhausgase.

Richard blickte kurz zur Seite. »Was geht dir durch den Kopf?«

»Es ist etwas in der Luft, die wir alle atmen«, wiederholte sie Antonias Worte. »Könnte es auch schädlich für Menschen sein?«

»Unsere Zellen enthalten kein Chlorophyll. Wir betreiben keine Fotosynthese.«

»Was auch immer es ist«, überlegte Laura, »es muss relativ neu sein, sonst hätten wir es schon früher bemerkt. Mitte und Ende Februar sind mir noch keine grauen Pflanzen aufgefallen. Aber wenn es tatsächlich neu ist, können wir Langzeitfolgen für uns Menschen nicht ausschließen.«

Richard lächelte schief. »Suchst du nach weiteren Problemen?«

»Ich versuche an alles zu denken«, erwiderte Laura ein wenig hilflos.

»Das kannst du nicht«, sagte Richard. Sie erreichten die Staatsstraße SS114, die von Norden nach Süden am Ufer entlangführte und auf der sie etwas schneller vorankamen. »Im Ernst, Laura, versuch nicht, den ganzen Berg zu tragen. Einige Steine genügen, den Rest musst du anderen überlassen. Du kannst dich nicht um alles kümmern. Deshalb sind wir ein Team.«

Laura hörte die Worte, war in Gedanken aber schon ein Stück weiter. »Könnten von der Außenwelt isolierte Treibhäuser zur Lösung des Problems beitragen?«

»Ich nehme an, du meinst Nahrungsmittel. Wie viele Treibhäuser wären nötig, um die gesamte Menschheit zu ernähren? Zudem müssten solche Treibhäuser streng isoliert sein, daher würden sie am fehlenden Sauerstoff in der Atmosphäre nichts ändern.«

Vor ihnen gerieten die weißen Gebäude des Ozeanographischen Instituts Minerva in Sicht. Richard lenkte den E-Fiat auf den Parkplatz des Instituts.

»Paolina hat zwei Gewächshäuser hinter ihrem Wohngebäude, oben am Hang des Ätna«, sagte Laura.

»Damit retten wir die Welt leider nicht.« Richard öffnete die Fahrertür und stieg aus.

Laura blieb sitzen, schrieb eine knappe Mitteilung für ihre Freundin und schickte sie ab.

»Vielleicht können wir Antonias Experiment aber mit Paolinas Hilfe noch etwas erweitern«, erklärte sie auf dem Weg zum Eingang. Die *Trieste* dümpelte am Kai. Skipper Nardi stand am Heck und winkte. Laura erwiderte den Gruß.

Ruggero kam ihnen entgegen.

»Die UNO hat angerufen«, verkündete er und hielt die Tür für sie auf. Im Flur empfing sie angenehme Kühle.

»Die UNO?«, fragte Laura. »Die Vereinten Nationen?«

»Genau die. Uns wurde wichtiger Besuch angekündigt. Ich hab euch mit ihm verwechselt. Wo sind Lorenz und Amelia?«

»Im Verkehr stecken geblieben«, antwortete Richard. »Sie müssten aber gleich hier sein.«

»Wir haben was entdeckt«, sagte Ruggero auf dem Weg zum Labor. »Ich meine – Ehre wem Ehre gebührt –, Diamond hat es entdeckt, ich hab ihr nur ein wenig dabei geholfen.«

Ruggero nannte fast nie Olivias Namen. Für ihn war sie vor allem »Diamond«, wegen ihrer Augen.

Die junge Frau saß am 32-Zoll-Monitor der Workstation und drehte sich halb um, als sie hereinkamen.

»Na, sind wir schlauer als vorher?«, fragte sie.

»Ein bisschen.« Laura ging zur Kaffeemaschine. »Es liegt nicht an der Sonne, so viel steht fest.«

»Es ist etwas in der Luft«, fügte Richard hinzu und beschrieb das Experiment der Studenten, während Laura am Instrumententisch saß und Kaffee trank.

»Und du?«, fragte sie, als Richard mit seinen Schilderungen fertig war. »Was hat sich bei dir ergeben?«

»Es wird noch schlimmer«, prophezeite Olivia. »Noch viel, viel, *viel* schlimmer. Weil mit an Sicherheit grenzender Wahrscheinlichkeit die Südhalbkugel nicht verschont bleiben wird. Ich habe heute Morgen die neusten Meldungen und Daten ausgewertet.« Sie deutete auf den Monitor und die Unterlagen neben der Tastatur.

Ruggero trat neben sie, und für einen absurden Moment verglich Laura ihn mit einer Glucke, die über ihr Küken wacht.

»In der südlichen Hemisphäre gibt es weder Taiga noch Waldtundra, wohl aber immergrüne Pflanzen wie die Scheinbuche, oft Südbuche genannt, und Eukalypten beziehungsweise Blaugummibäume.« Olivia drückte Tasten, und entsprechende Bilder erschienen auf dem Monitor. »Nach den jüngsten Daten aus Canberra und Jakarta haben erste Exemplare dieser Pflanzen ihr Chlorophyll verloren. Das Grau breitet sich dort aus, obwohl es im Süden Herbst ist.«

Laura schloss kurz die Augen. »Das klingt nicht gut.«

»Nein«, bestätigte Olivia. »Es gibt keinen Grund mehr für die Hoffnung, dass die Südhalbkugel verschont bleibt. Ganz im Gegenteil. Wir müssen davon ausgehen, dass sich in einigen Monaten, wenn im Süden der Frühling beginnt, das Grau dort ebenso ausbreitet wie bei uns in der nördlichen Hemisphäre.«

Einige Sekunden lang sprach niemand. Zu hören war nur das leise Lüftersummen der Workstation.

Laura seufzte schwer. »Eigentlich ist es keine große Überraschung für uns, oder? Wir haben von Anfang an befürchtet, dass es nicht nur die Nordhalbkugel trifft, sondern auch den Süden. Jetzt haben wir die Bestätigung. Gute Arbeit, Olivia.«

Die aus Turin stammende junge Studentin nickte.

»Nicht die Sonne, sondern etwas in der Luft«, murmelte Richard.

»Und auch im Wasser«, fügte Laura hinzu. »Beim Phytoplankton hat sich das Grau zuerst bemerkbar gemacht.«

»Vielleicht deshalb, weil das Plankton aus relativ primitiven Organismen besteht, wenn man sie mit Landpflanzen vergleicht«, spekulierte er.

»Als wir im Observatorium waren«, wandte sich Laura wieder an Olivia, »hast du mir eine Nachricht geschickt hinsichtlich der anonymen Botschaft. Was hast du da herausgefunden?«

»Das hier.« Olivias Finger huschten über die Tastatur, und auf dem Monitor erschien eine Tabelle. Auf der linken Seite, untereinander angeordnet, standen Ortsnamen, und rechts waren ihnen Datumsangaben zugeordnet. Die Überschrift lautete »KOSA-Starts«.

»Die Kohlenstoff-Sauerstoff-Aktuatoren von Corrico, kurz KOSA genannt, sind das letzte Glied in der Kette von Geoengineering-Maßnahmen und sollten die Krönung des We-Save-the-World-Projekts sein. Durch eine besondere chemische Reduktion wird CO_2 geteilt, in C und O_2, in Kohlenstoff und Sauerstoff. Der Kohlenstoff wird vor allem von den Ozeanen aufgenommen, erreicht aber auch das Land. Regen wäscht ihn aus der Atmosphäre. Wasser und Erde«, betonte Olivia.

»Kohlenstoff allein kommt nicht als Erklärung in Frage«, sagte Richard. »Er ist ungiftig.«

»Stimmt«, räumte Olivia ein. »Aber wir wissen nicht genau, was es mit KOSA auf sich hat und wie die Aktuatoren die Kohlendioxid-Reduktion umsetzen. Corrico macht ein großes Geheimnis daraus. Patentrechte und so weiter.«

»Geschäftliche Interessen«, sagte Ruggero.

Olivia nickte. »Genau. Corrico will die neuen Geoengineering-Technologien nicht mit Konkurrenten teilen. Zu Anfang wurde KOSA mit kleinen Raketen in die oberen Schichten der Atmosphäre gebracht und dort freigesetzt.« Sie zeigte auf die Tabelle. »Die ersten Starts fanden Mitte Januar statt, und manche von ihnen beförderten auch Albedo-Satelliten in die Umlaufbahn, zwei Fliegen mit einer Klappe sozusagen. Interessanterweise liegen die Startplätze fast alle auf der Nordhalbkugel: Cape Canaveral, Vereinigte Staaten; SpaceX South Texas, ebenfalls Vereinigte Staaten; Palmachim, Israel; Mahia, Neuseeland; Kourou, Französisch-Guayana; Naron Space Center, Südkorea; Satish Dhawan Space Center, Indien; Uchinoura, Japan; Baikonur, Kasachstan. Corrico arbeitet eng mit SpaceX zusammen, was der Grund dafür sein dürfte, dass in Südtexas mehr Starts stattfanden als anderenorts. Mitte Februar, einen Monat nach dem ersten KOSA-Start, gingen Corrico und das Klimakonsortium dazu über, viel billigere Heliumballons einzusetzen, um die Aktuatoren bis hinauf in die Stratosphäre zu bringen. Sie haben außerdem den Vorteil, dass sie praktisch überall aufsteigen können und keinen Startplatz benötigen.«

Olivia rief eine andere Übersicht auf den Monitor.

»Der Einsatz von KOSA begann also Mitte Januar«, resümierte sie. »Ich habe Dutzende von Anfragen an Kollegen überall auf der Welt verschickt und sie um Angaben darüber gebeten, wann die ersten Veränderungen bei Phytoplankton und Landpflanzen beobachtet wurden. Ich meine einfache Beobachtungen, keine präzisen wissenschaftlichen Untersuchungen.«

Die neue Tabelle auf dem Bildschirm enthielt Datums- und Ortsangaben. Flankiert wurde sie von einer kartographischen Darstellung der nördlichen Hemisphäre. Nacheinander erschienen dort rote Markierungen und breiteten sich von Süden nach Norden aus.

»Soweit wir bisher wissen, kamen die ersten Sichtungen von Bauern in Südspanien«, führte Olivia aus. »Interessanterweise betrafen sie Gewächshäuser, in denen auch im Winter Gemüse angebaut wird.«

»Nicht isolierte Gewächshäuser«, sagte Laura.

»Genau. Mit Luft von außen.« Olivia zeigte auf die Karte. »Anschließend breiteten sich die ersten Fälle von Grau mit dem Beginn der von Süden nach Norden wandernden Wachstumsperiode aus. Was die Meere betrifft: Wir waren die Ersten, die das Phytoplankton untersucht und das Grau entdeckt haben. Rein theoretisch könnte das Phytoplankton schon eher betroffen gewesen sein, aber nach unseren Analysen ist das eher unwahrscheinlich.«

Olivia zog die Hände von der Tastatur und wandte sich vom Bildschirm ab.

»Es passt zusammen«, schloss sie. »Es gibt eine klare zeitliche Übereinstimmung zwischen den ersten KOSA-Einsätzen und dem Grau.« Sie rümpfte die Nase. »Um ganz ehrlich zu sein, mir war dieser Hype um angeblich grünes Geoengineering von Anfang an suspekt.«

Laura hob die Hand. »Vorsicht. Lasst uns keine voreiligen Schlüsse ziehen, das wäre ausgesprochen unwissenschaftlich. Du hast gute Arbeit geleistet, Olivia, danke dafür, aber deine Ergebnisse sind keine Beweise, nur Indizien.«

»Und eine gute Grundlage für weitere Nachforschungen«, warf Richard ein.

»Von wem stammt die anonyme Mitteilung?«, fragte Ruggero, der sich inzwischen gesetzt hatte.

»Das ist die große Frage«, meinte Laura. »Von einem Insider, nehme ich an. Von jemandem bei Corrico.« Plötzlich fiel ihr Slobodan ein, der Lebensgefährte ihrer Tante Margherita in Mailand. Er hatte schon vor dreißig Jahren für Corrico gearbeitet. Konnte er weiterhelfen?

»Gibt es eine Möglichkeit, seine Identität festzustellen?«

»Wir haben einen Computerausdruck, mehr nicht. Damit lässt sich kaum etwas anfangen.«

»Vielleicht meldet sich Mister UnAmico noch einmal«, hoffte Olivia. »Mit weiteren Hinweisen.

»Warum hat er sich überhaupt gemeldet?«, fragte Richard. »Was will er damit bezwecken?«

»Vielleicht ist es jemand, der ein schlechtes Gewissen wegen KOSA hat«, spekulierte Olivia. »Oder jemand, der entlassen wurde und sich rächen will.« Sie griff nach Papier und Kugelschreiber, um sich Notizen zu machen. »Das gäbe uns einen Ansatzpunkt. Ich versuche herauszufinden, wer in letzter Zeit bei Corrico gefeuert wurde.«

»Und wenn es uns gelingt, einen Beweis dafür zu erbringen, dass Corrico und KOSA für das Grau verantwortlich sind?«, fragte Richard. »Was dann?«

Laura sah ihn erstaunt an. »Dann gehen wir an die Öffentlichkeit und nennen die Namen der Schuldigen!«

»Mit welchem Ergebnis?«, entgegnete Richard sanft.

Laura hörte Schritte im Flur, und wenige Sekunden später öffnete sich die Tür.

Lorenz Winkler und die Journalistin Amelia De Santis kamen herein, gefolgt von einem großen, schlanken Mann, den Laura auf Mitte fünfzig schätzte und der ihr bekannt vorkam.

»Hallo«, grüßte Lorenz und deutete auf den Besucher. »Darf ich vorstellen? Leopold Magnussen, Sonderbotschafter der Vereinten Nationen.«

25

HUDSON CHAMBERLAIN

BEI TORONTO, KANADA

Die Laboratorien von Corrico befanden sich nördlich von Toronto, zwischen King Creek im Westen und Laskay im Osten, nicht weit vom Wald des Happy Valley entfernt.

Vom Autopiloten gelenkt rollte der Elektrowagen fast lautlos über die breite Straße. Der Chauffeur übernahm erst das Steuer, als sie sich dem Tor des Anwesens näherten. Er ließ das Seitenfenster herab, zeigte den Ausweis und fuhr zum größten der Gebäude, die zwischen sanften Hügeln und kleinen Waldstücken eingebettet lagen.

»Du bist nie ein Forscher oder Wissenschaftler gewesen«, sagte Joycelin, die mit Chamberlain im Fond saß.

»Nein«, bestätigte er.

»Und doch sind Forschung und Wissenschaft die Grundlagen für den Erfolg von Corrico.« Sie trug ein grasgrünes Kostüm, in dem sie hinreißend aussah, fand Chamberlain. Ohnehin gefiel sie ihm immer besser. Wenn sie nicht an seiner Seite war, fehlte ihm manchmal etwas.

»Abgesehen von einem guten Geschäftsführer«, entgegnete er.

Joycelin nickte. »Das bist du zweifellos, ein guter Geschäftsführer. Vielleicht der beste überhaupt.« Es war keine Schmeichelei, sondern eine Feststellung. »Andernfalls hätte meine Familie damals nicht so viel Geld in das Klimakonsortium investiert. Du hast das Schiff namens Corrico sicher durch schwere Stürme gesteuert.«

Chamberlain sah sie an. Ihre Augen funkelten.

»Aber ein Sturm kann so stark werden, dass selbst das beste Schiff zerbricht«, fuhr sie fort. »Wir stehen vielleicht an einem Scheideweg.«

»Bringst du jetzt nicht die Metaphern durcheinander?«

Joycelin ließ sich nicht beirren. »Wer ist ›UnAmico‹?«

»Wir wissen es noch nicht«, antwortete Chamberlain und fügte zuversichtlich hinzu: »Unsere Sicherheitsabteilung findet es sicher bald heraus. Wenn dein Kontakt bei Doktor Laura Lombardi weitere Informationen liefern könnte … Das wäre zweifellos sehr hilfreich.«

Der Elektrowagen hielt vor dem Haupteingang, und der Chauffeur, gekleidet in eine dunkle Uniform, stieg aus. Chamberlain hob die Hand, als der Mann die Tür zum Fond öffnen wollte. Erneut sah er Joycelin an.

»Es gibt nur diese eine kurze Botschaft, die Laura Lombardi in Moskau erhalten hat, mehr nicht«, sagte sie. »Bisher. Aber wenn ›UnAmico‹ noch mehr verrät …«

»Wie könnte er etwas ›verraten‹, von dem selbst wir nichts wissen?« Chamberlain gab sich optimistisch, wie es seiner Art entsprach, aber tatsächlich fürchtete er, dass ihn schlechte Neuigkeiten erwarteten. Er griff nach Joycelins Hand und drückte sie kurz. »Es wird immer wieder Probleme geben, von der einen und anderen Art. Man darf sich nicht von ihnen erdrücken lassen.«

Er öffnete die Tür selbst und stieg aus. Auch Joycelin verließ den Wagen, bevor der Chauffeur ihre Seite erreichte.

Als sie zum Eingang des Hauptgebäudes gingen, wo der Direktor der Corrico Laboratories – ein älterer Mann, der wegen seines krummen Rückens ein wenig nach vorn geneigt stand – bereits auf sie wartete, vibrierte das Smartphone in Chamberlains Jackentasche. Er holte es hervor und stellte fest, dass eine verschlüsselte Nachricht eingetroffen war.

»Einen Moment, bitte«, sagte er.

Joycelin nickte, trat zum Direktor und verwickelte ihn in ein Gespräch. Chamberlain startete eine spezielle App, gab seinen Code ein und entschlüsselte die Mitteilung.

Sie stammte von David Finley und lautete: *Er ist zurück und arbeitet mit Laura Lombardi zusammen.*

Mit »er« konnte nur einer gemeint sein: Leopold Magnussen.

Chamberlain steckte das Handy wieder ein und ließ sich nichts anmerken, als er zu Joycelin aufschloss und mit ihr das Gebäude betrat.

Der Direktor führte sie durch helle Flure und zwei Sicherheitsschleusen in einen Besprechungsraum, in dem Dr. Tako Nakamura und zwei Assistenten warteten, eine junge Philippinerin namens Arianna Diaz und der aus Quebec stammende Olivier Tremblay. Alle drei waren maßgeblich an der Entwicklung der KOSA genannten Kohlenstoff-Sauerstoff-Aktuatoren beteiligt.

Dr. Nakamura, der mit seinem weißen Haar und dem dünnen grauweißen Bart wie ein weiser japanischer Philosoph wirkte, hatte einen Projektor und Unterlagen mit Tabellen und Diagrammen vorbereitet. Nach der Begrüßung klappte er den Deckel eines Notebooks auf und wollte offenbar mit einem Vortrag beginnen.

»Ich möchte es selbst sehen«, sagte Chamberlain. »Mit eigenen Augen.«

»Wie Sie wünschen.« Nakamura öffnete eine nahe Tür, und Chamberlain und Joycelin folgten ihm in ein Chemielabor, ausgestattet mit Gaschromatographen, Rotationsverdampfern, Vakuumpumpen, Zentrifugen, Schüttlern, Trockenschränken und zahlreichen anderen Geräten und Werkzeugen.

In der Mitte des Labors, auf einem großen runden Tisch, standen im Licht von zwei Lampen mehrere Behälter mit Pflanzen, einige von ihnen grau. Ihr Anblick bestätigte Chamberlains Befürchtungen.

Der Direktor, Arianna Diaz und Olivier Tremblay betraten das Labor ebenfalls und blieben auf der anderen Seite des Tisches stehen.

Chamberlain hob seinen Blick von den Pflanzen. »Dies alles ist streng vertraulich«, betonte er und sah die Anwesenden der Reihe nach an. »Nichts davon darf an die Öffentlichkeit gelangen. Ich verlasse mich auf Sie.«

Nakamura und die anderen nickten.

Chamberlain deutete auf das Grau. »Haben Sie die Ursache gefunden?«

Nakamura ging nicht sofort auf die Frage ein und deutete auf den Behälter mit den intakten Pflanzen. »Kapländische Zimmerlinde, aus der Familie der Malvengewächse. Stammt ursprünglich aus Südafrika und wird oft in Büros gestellt, um für ein wenig Grün am Arbeitsplatz zu sorgen. Wir haben sie den Aktuatoren ausgesetzt, über zwei Tage hinweg. Und wie Sie sehen, ist nichts passiert.«

Chamberlain sah genauer hin. Die betreffenden Pflanzen wirkten vollkommen gesund.

»Es liegt also nicht an uns«, sagte er erleichtert.

»Olivier?« Nakamura wandte sich an seinen kanadischen Assistenten.

»Für die Planung des zweiten Versuchsaufbaus haben Arianna und ich eine Computersimulation in Hinsicht auf die besonderen Bedingungen durchgeführt, unter denen die Kohlenstoff-Sauerstoff-Aktuatoren in der Stratosphäre freigesetzt werden«, erklärte Olivier Tremblay und sprach trotz seiner jungen Jahre wie ein abgeklärter Wissenschaftler. »Wir haben versucht, alles zu berücksichtigen: Temperatur, Luftdruck, Sonnenlicht, Strahlung aus dem Weltraum sowie chemische Interaktionen mit den Gasen der hohen Atmosphäre und Staubpartikeln.«

Er nickte der Philippinerin zu.

»Die Simulationen nahmen wir als Grundlage für die Herstellung eines Gasgemisches, dem wir die Zimmerlinden der zweiten Testreihe ausgesetzt haben.« Arianna deutete auf die grauen Pflanzen. »Nach zwei Tagen sah das Ergebnis so aus.«

»Es ist keine direkte Wirkung, sondern eine indirekte«, sagte Nakamura. »Aber KOSA ist der Auslöser, das steht fest. Eine andere Erklärung gibt es nicht.«

Chamberlain starrte auf die grauen Zimmerlinden und wich dann einen Schritt vom Tisch zurück, wie um einen besseren Überblick zu bekommen. Er blieb ruhig, seine Gedanken geordnet. Probleme mussten erkannt und gelöst werden.

»Stellen Sie eine neue Arbeitsgruppe zusammen, Doktor Nakamura«, entschied er. »Nehmen Sie sich alle Spezialisten, die Sie brauchen. Finden Sie heraus, was genau KOSA in der Stratosphäre verändert. Und wie. Modifizieren Sie die Aktuatoren oder entwickeln Sie eine neue Version, so schnell wie möglich. Ich werde Ihnen die notwendigen Mittel aus unserem Sonderfonds zur Verfügung stellen.«

»Es hat Jahre gedauert, die Aktuatoren zu entwickeln«, gab Olivier Tremblay zu bedenken. »Es könnte noch einmal Jahre dauern …«

»Nein.« Joycelin sprach zum ersten Mal. »So viel Zeit haben wir nicht. Nur einige Wochen, höchstens drei oder vier Monate bis zum Beginn der Wachstumsphase in der südlichen Hemisphäre.«

»Wir können nichts versprechen«, sagte Nakamura.

»Sie bekommen, was Sie brauchen«, versicherte ihm Chamberlain. »Doch ich erwarte Resultate von Ihnen, und die schon sehr, sehr bald. Ich danke Ihnen allen.«

Chamberlain nickte zum Abschied, ging mit Joycelin zur Tür und verließ das Labor.

26

»Davon darf nichts bekannt werden«, sagte Chamberlain. »Absolut *nichts* darf durchsickern, nicht einmal gerüchteweise.«

»Soll ich mich darum kümmern?«

Sie lagen nebeneinander im Bett, unter dem gläsernen Dach des Penthouses im neunundfünfzigsten und letzten Stock des Corrico-Turms in Toronto. Die Lichter der Stadt leuchteten tief unten und störten nicht den Ausblick auf die Sterne.

Chamberlain drehte den Kopf zur Seite. »Kümmern?«

»Ich könnte noch einmal mit ihnen reden«, bot Joycelin an. »Mit Nakamura, dem Direktor und all den anderen, die Bescheid wissen. Ich könnte ihnen erklären, dass es sehr unangenehme Konsequenzen für sie haben würde, wenn sie etwas verlauten lassen.«

»Genügt das?«

Joycelin lächelte im Halbdunkel. Unter der dünnen Decke zeichneten sich die Wölbungen ihrer Brüste ab. »Wenn ich überzeugend genug auftrete … Ich könnte ihnen auch etwas in Aussicht stellen, falls sie Erfolg haben: Geld, Karriere, Anerkennung.«

»Ein Wort zur falschen Zeit am falschen Ort …«

»Überlass es mir.«

Ihr Gesicht lag halb im Schatten. Sterne spiegelten sich in ihren Augen wider. Es war ein Bild wie von einem begnadeten Künstler gemalt, fand Chamberlain.

»Zehn Milliarden Dollar«, sagte er leise. »So viel hat uns Tayo Aneke versprochen. Wir brauchen das Geld. Aber die UN werden nicht einen einzigen Cent überweisen, wenn diese Sache bekannt wird.«

»Wir bleiben dabei, dass es an der Sonne liegt.« Auch Joycelin sprach ruhig. Die unausgesprochene Botschaft lautete: So schlimm es auch aussehen mag, wir können alles unter Kontrolle bringen; nichts ist verloren. »Wenn trotz allem der Zusammenhang mit KOSA herauskommt, behaupten wir und untermauern das mit frisierten Daten, dass die stärkere Sonnenstrahlung zu unvorhersehbaren chemischen Reaktionen bei den Aktuatoren geführt hat. Wir arbeiten bereits mit Hochdruck an einer Lösung des Problems, und dafür brauchen wir dringend die entsprechende Finanzierung. Wie ich schon sagte: We save the world twice. Wir retten die Welt zweimal. Wenn wir es geschickt anstellen, verdienen wir noch viel mehr.«

Chamberlain lachte leise. »Es klingt so einfach, wenn du es sagst.«

Sie streckte die Hand aus und strich ihm mit der Fingerkuppe über die Nase. »Man muss in allem das Positive sehen. Selbst in schwierigen Situationen gibt es immer Möglichkeiten für gute Geschäfte. Das weißt du mindestens ebenso gut wie ich.«

Chamberlain versuchte, ihr Gesicht zu erkennen. Es blieb halb verborgen. »Ich verlasse mich auf dich.«

»Das kannst du.«

Es gab noch etwas anderes, das ihn beschäftigte. »Magnussen könnte uns Schwierigkeiten bereiten. Es wäre falsch, ihn zu unterschätzen.«

»Ich nehme an, du beziehst dich auf den Skandal vor drei Jahren«, vermutete Joycelin. »Geldwäsche in großem Maßstab. Damit haben wir nichts zu tun.«

»Nein, natürlich nicht. Aber wenn der Mann sich einmal in etwas verbeißt ...«

»Wir behalten ihn über unseren Kontakt im Auge. Und jetzt ... Schluss mit den düsteren Gedanken. Es gibt auch erfreuliche Dinge.«

»Zum Beispiel?«

Sie schwang das Bein über ihn. »Dies.«

Tief in der Nacht lag Chamberlain still und wach. Er sah zu den Sternen hoch, die nach und nach hinter Wolken verschwanden, und hörte Joycelins leise Atemzüge. Etwas ging ihm nicht aus dem Kopf.

Er schlüpfte unter der Decke hervor und blieb einige Sekunden lang neben dem Bett stehen, um sich zu vergewissern, dass Joycelin weiterhin schlief. Dann verließ er das Schlafzimmer, ging auf leisen Sohlen durch den Flur und erreichte das Arbeitszimmer, dessen Tür sich geräuschlos öffnete.

Er ließ sie halb offen, trat hinter den Schreibtisch, tastete unter das Bücherregal, fand den kleinen Knopf und drückte ihn dreimal schnell hintereinander. Es klickte, und ein Teil des Regals schwang beiseite. Zum Vorschein kam ein kleiner, sehr sicherer Safe. Er gab den Code ein, blickte in den Retina-Scanner und drückte dann die weiße Taste. Der Safe öffnete sich.

Er enthielt kein Geld, sondern eine Mappe mit wichtigen Dokumenten, darunter die letzte Version seines Testaments. Neben der Mappe lagen zwei Gegenstände, die mit gewissen Ereignissen vor drei Jahren in Verbindung standen: ein weinrotes Notizbuch und ein kleiner USB-Stick. Chamberlain berührte die beiden Objekte, wie um ganz sicher zu sein, dass sie tatsächlich noch existierten und sich an einem sicheren Ort befanden.

Er schloss den Safe wieder, klappte das Bücherregal zu und kehrte ebenso leise ins Schlafzimmer zurück, wie er es verlassen hatte.

Joycelin schlief nicht. Sie lag mit geschlossenen Augen und atmete ruhig und gleichmäßig, war aber hellwach und hörte, wie Chamberlain aufstand und das Zimmer verließ. Sie wartete einige Sekunden, bevor sie aus dem Bett kroch und ihm folgte.

Sie schlich durch den Flur zum Arbeitszimmer, verharrte neben der halb offenen Tür und beobachtete, wie Chamberlain hinter den Schreibtisch trat und einen verborgenen Safe öffnete, der offenbar etwas enthielt, das ihm sehr wichtig war.

Als er den Safe wieder schloss, huschte Joycelin zurück ins Schlafzimmer, zufrieden mit ihrer Entdeckung.

27

LEOPOLD MAGNUSSEN

CATANIA, SIZILIEN

Sie saßen in der Kantine des Ozeanographischen Instituts Minerva, einem länglichen Raum, dessen Fenster Ausblick aufs nahe Meer und die *Trieste* am Kai boten. Magnussen versuchte, einen ersten Eindruck von den Personen zu gewinnen.

Lorenz Winkler und die Journalistin Amelia De Santis waren ihm auf dem Parkplatz begegnet, sahen ihn neugierig an und warteten darauf, dass er den Grund für seinen Besuch nannte. Ruggero, einer der wissenschaftlichen Mitarbeiter des Instituts, war als Einziger stehen geblieben, direkt hinter dem Stuhl der jungen Olivia, die für alle Kaffee geholt und sich dann gesetzt hatte. Er wirkte wachsam, wie jemand, der einen Störenfried im Auge behielt. Auf der rechten Seite, am einen Ende des rechteckigen Tisches, saß Skipper Gianni Nardi, Kapitän des Forschungsschiffs *Trieste*, ein kleiner, drahtiger Mann mit grauweißem Haar, Dreitagebart und einem Gesicht wie aus Leder. Auch er wirkte neugierig, doch in seinen dunklen Augen lag noch etwas anderes, vielleicht Hoffnung.

»Ihnen ist es vor drei Jahren wie uns ergangen«, sagte die Ozeanographin Laura Lombardi zu Magnussen. »Man hat Sie ausrangiert, weil auch Sie kein Blatt vor den Mund nehmen.«

Mit diesen wenigen Worten beschrieb sie sich als eine Frau, die selbst dazu neigte, die Dinge beim Namen zu nennen. Magnussen fand sie auf Anhieb sympathisch.

Der Mann an ihrer Seite, Richard Compton, etwa ebenso

alt wie Laura Lombardi, um die vierzig, strahlte Ruhe aus. Er schien jemand zu sein, der sich jedes Wort genau überlegte, bevor er es aussprach.

»Und ausgerechnet ich muss Sie jetzt bitten, sich bedeckt zu halten«, sagte Magnussen.

»Was soll das heißen?«, entfuhr es Olivia.

»Es soll heißen, dass weitere warnende Berichte über das Grau besser unterbleiben sollten«, erklärte Magnussen.

Lombardi wölbte nur die Brauen, der alte Skipper brummte etwas. Lorenz Winkler und die Journalistin aus Rom blieben neugierig. Olivia starrte empört, und hinter ihr verwandelte sich Ruggeros Wachsamkeit in Misstrauen.

»Wir sollen die Klappe halten?«, platzte es aus Olivia hervor.

»Ich bin auf Ihrer Seite«, beteuerte Magnussen. »Ich möchte Ihnen helfen. Und um Ihnen helfen zu können, brauche ich Ihre Hilfe.«

»Ich nehme an, Sie sind in offiziellem Auftrag hier, ja?«, fragte Lombardi.

»Das bin ich tatsächlich«, bestätigte Magnussen. »Der Generalsekretär der Vereinten Nationen, Tayo Aneke, hat mich zum Sonderbotschafter ernannt. Ich soll mich um das Grau kümmern.«

»Sie sollen sich darum ›kümmern‹?«

»Ich bin ein Krisenmanager mit Sondervollmachten«, erklärte sich Magnussen. »Tayo Aneke hat mich dazu gemacht, weil er weiß, dass ich auf nichts und niemanden Rücksicht nehme. Die Wahrheit kommt für mich immer an erster Stelle, wie sie auch lauten mag.«

»Aber wir sollen die Klappe halten«, wiederholte Olivia ungläubig.

»Um des Friedens willen«, sagte Magnussen. »Um die Welt nicht schon jetzt außer Rand und Band geraten zu lassen. Das wird früh genug passieren, und dann müssen wir gewappnet sein, wenn es nicht zu einer Katastrophe innerhalb der Katastrophe kommen soll.«

Gianni Nardi brummte erneut etwas. Amelia De Santis holte ihr Handy hervor.

»Nein.« Magnussen schüttelte den Kopf. »Bitte fertigen Sie keine Aufzeichnungen an. Darauf muss ich bestehen. Worüber hier in diesem Raum gesprochen wird, bleibt unter uns.«

»Warum die Geheimniskrämerei?«, fragte Olivia herausfordernd.

»Das Handy«, sagte Magnussen.

Die Journalistin steckte es ein.

»Ist es ausgeschaltet?«

»Es zeichnet nichts auf«, sagte Amelia De Santis.

»Versprochen? Habe ich Ihr Ehrenwort?«

»Himmel, ja.«

»Na schön. Warum ich hier bin …« Magnussen zögerte.

»Ja, eine ausführliche, leicht verständliche Erklärung, warum wir die Klappe halten sollen, wäre nicht schlecht«, sagte Olivia.

»Ich bin hier, um eine Einsatzgruppe zu bilden«, begann Magnussen. »Oder mehrere Einsatzgruppen, in verschiedenen Teilen der Welt. Unter Ihrer Leitung, Dottoressa Lombardi. Sie haben als Erste auf die Gefahr hingewiesen, laut und deutlich, ungeachtet der Konsequenzen. Die Einsatzgruppen – unser Krisenstab – haben zwei Aufgaben. Erstens: Sie sollen die Untersuchungen des Grau fortsetzen und nach einem Gegenmittel suchen, nach einer Möglichkeit, die Fotosynthese von Phytoplankton und Pflanzen wiederherzustellen. Zweitens: Wir müssen die Welt auf den Weltuntergang vorbereiten.«

Die junge Olivia öffnete den Mund, aber diesmal kam ihr Laura Lombardi zuvor. »Wie meinen Sie das?«

»Tayo Aneke erwartet von mir Krisenmanagement«, erklärte Magnussen. »Und es wird zu einer großen, wirklich *großen* Krise kommen, nicht wahr? In Ihren Berichten haben Sie immer wieder darauf hingewiesen. Wir müssen Notfallpläne erarbeiten.«

Magnussen glaubte zu sehen, wie es hinter der Stirn der Ozeanographin arbeitete. Eine kluge Frau, zweifellos, und auch attraktiv, wenn auch erst auf den zweiten Blick. Etwas an ihr erinnerte ihn ein wenig an Nora.

»Für das Ende der Welt?«

»Und für den Weg dorthin, auf dem wir vielleicht - hoffentlich! - nie das Ziel erreichen. Wenn ich es richtig verstanden habe, wird es auf der ganzen Nordhalbkugel in diesem Jahr keine Ernten geben. Nichts wächst, nichts gedeiht. Die Lebensmittelpreise werden steigen und astronomische Höhen erreichen. Wir müssen dafür sorgen, dass alle Menschen genug zu essen bekommen, dass niemand verhungern muss.«

»Das ist erst der Anfang«, sagte Lombardi ernst, den Blick auf ihn gerichtet.

»Ja, ich weiß.« Magnussen nickte ihr zu. »Die Lebensmittelknappheit wird große ökonomische Folgen haben. Es könnte zum schlimmsten Wirtschaftscrash aller Zeiten kommen. Der Generalsekretär erwartet, dass wir alles berücksichtigen, alle Verästelungen im großen Netz der Konsequenzen, die sich aus dem Grau ergeben.«

»Ein halbes Jahr können wir durchhalten.« Laura Lombardi sah ihn weiterhin an, während sie sprach. »Vielleicht auch etwas länger, bis November oder Dezember. Falls der natürliche Abbau von atmosphärischem Sauerstoff etwa durch Oxidation nicht schneller voranschreitet, als wir zurzeit annehmen. Aber wenn sich das Grau mit Beginn der Vegetationsperiode auch in der südlichen Hemisphäre ausbreitet, und dafür gibt es erste Anzeichen, geht es nicht um Börsencrashs und irgendwelche ökonomischen Auswirkungen. Dann stellt sich die Frage, wie der Mensch überleben soll.«

»Wir müssen eine Antwort finden«, betonte Magnussen. »Das ist meine Aufgabe. Und Ihre.«

»Wenn wir einverstanden sind.«

»Sie nehmen Ihre Verantwortung wahr, das haben Sie bewiesen. Sie laufen nicht weg. Sie wollten die Welt auf die Gefahr aufmerksam machen, die ihr droht. Damit sie sich vorbereiten kann. Genau diese Möglichkeit biete ich Ihnen. Helfen Sie mir, die Welt vorzubereiten.«

»Es ist eine Sache, Notfallpläne zu erarbeiten«, sagte Richard Compton ruhig. »Eine ganz andere ist es, solche Pläne umzusetzen. Haben Sie die dafür notwendige Autorität?«

»Nein«, gestand Magnussen. »Ich bin nur ein kleiner Sonderbotschafter der Vereinten Nationen. Aber Tayo Aneke ist durchaus imstande, die Dinge in Bewegung zu setzen, die bewegt werden müssen.«

»Forschung und Notfallpläne«, murmelte Laura Lombardi. Und lauter sagte sie: »Allein schaffen wir das nicht.«

»Nennen Sie mir die Namen von Personen, die Sie für geeignet halten, bei uns mitzuarbeiten oder eigene Forschungs- und Planungsgruppen zu bilden. Ich sorge dafür, dass sie eine offizielle Einladung von der UN erhalten.«

»Wann fangen wir an?«, fragte Amelia De Santis. Die Journalistin aus Rom hielt sich offenbar für ein festes Mitglied von Laura Lombardis Forschungsgruppe, ähnlich wie Lorenz Winkler.

»Wir sind bereits bei der Arbeit«, entgegnete Magnussen.

»Aber wir sollen die Klappe halten, ja?«, sagte die junge Olivia erneut, ihre Stimme noch immer herausfordernd.

»Wir wissen, was geschehen wird«, sagte Magnussen. »Wir kennen den Ernst der Lage. Aber wenn auch allen anderen Menschen klarwird, in welcher Situation wir uns befinden, weil wir mit wissenschaftlichen Berichten, mit der klaren, unverblümten Wahrheit, darauf hinwiesen ... Stellen Sie sich vor, was dann geschieht. Wer über ausreichend finanzielle Mittel verfügt, wird so viele Lebensmittel wie möglich kaufen und Vorräte anlegen. Wer kein Geld hat, geht leer aus und droht zu verhungern, und das sind vor allem die Menschen in der Dritten Welt. Es wird zu Panik kommen, die tönernen Füße von Recht und Ordnung werden brechen und bersten.«

»Anarchie.« Ruggero gab seinen Platz hinter Olivia auf, nahm einen Stuhl und setzte sich neben sie. »Chaos. Das Recht des Stärkeren.«

Magnussen nickte erneut. »Darauf würde es hinauslaufen.« Er wandte sich an Olivia. »Sie sollen ›die Klappe halten‹, wie Sie es nennen, damit es möglichst lange ruhig bleibt. Je länger wir den Zusammenbruch der öffentlichen Ordnung aufschieben, desto länger können wir auch daran arbeiten, einen Ausweg zu finden.«

»Aber Sie rechnen mit einem solchen Zusammenbruch«, warf Richard Compton ein.

»Ich fürchte, früher oder später wird es dazu kommen, wenn Sie mit Ihren bisherigen Berichten recht haben. Wir müssen ihn möglichst lange hinausschieben, und deshalb: Schluss mit allen beunruhigenden Meldungen. Keine Fernsehauftritte mehr. Keine weiteren Informationskampagnen in den sozialen Medien. Wir konzentrieren uns ganz darauf, das Grau zu erforschen und detaillierte Pläne für den Notfall auszuarbeiten, um das drohende Chaos in Grenzen zu halten.«

»Und wir finden den Schuldigen«, fügte Olivia hinzu.

»Wenn es den gibt, ja.«

»Wir haben da einen Verdacht.« Bei diesen Worten klang Olivia fast triumphierend. »Corrico und das Geoengineering. KOSA, die Kohlenstoff-Sauerstoff-Aktuatoren.«

»Haben Sie Beweise?«

»Indizien«, schränkte Lombardi ein. »Ziemlich deutliche Hinweise.«

»Denen wir nachgehen müssen«, betonte Olivia. »Wenn

Corrico dafür verantwortlich ist, müssen sie zur Rechenschaft gezogen …« Sie kam nicht dazu, den Satz zu beenden.

Plötzlich knallte und krachte es draußen auf dem Parkplatz. Eine riesige Faust schien von dort zu kommen, die gegen das Hauptgebäude des Instituts schmetterte, Fenster zertrümmerte und Wände durchschlug.

Eine Bombe!, fuhr es Magnussen durch den Sinn. Er dachte an den Wagen, mit dem er gekommen war.

Die Tür sprang aus den Angeln, und Feuer rollte herein.

28

SLOBODAN KOVIĆ

MAILAND, ITALIEN

Wie grausam das Leben sein kann, dachte Slobodan Ković, als er das Pflegeheim verließ und im warmen Sonnenschein über den Weg ging, der durch den grau gewordenen parkartigen Garten führte. Es hatte aus der einst lebenslustigen und klugen Margherita eine depressive, in sich gekehrte und an Alzheimer leidende Greisin gemacht.

Am Tor blieb er stehen und sah zurück. Sie stand am vergitterten Fenster ihres Zimmers im zweiten Stock und reagierte nicht auf sein Winken. Selbst wenn sie ihn sah, wenn sie den Mann dort unten am Tor registrierte, erkannte sie ihn wahrscheinlich gar nicht.

»Leb wohl«, sagte er leise, wie bei einem Abschied für immer. »Leb wohl.«

Als er seinen Elektrowagen auf dem nahen Parkplatz erreichte, erwartete ihn eine Überraschung. Auf dem Beifahrersitz lag ein großer weißer Umschlag, obwohl beide Türen nach wie vor verriegelt waren.

Slobodan starrte darauf, den Funkschlüssel in der rechten Hand. In der einen Ecke stand etwas geschrieben, das aus diesem Blickwinkel nicht zu lesen war.

Schließlich drückte er den Knopf, die Zentralverriegelung klickte, er öffnete die Fahrertür, nahm so vorsichtig am Steuer Platz, als lägen Glassplitter auf dem Sitz, und betrachtete den Umschlag erneut. Jemand hatte den Wagen geöffnet, den weißen Umschlag auf den Beifahrersitz gelegt und die Türen wieder verriegelt. Normalerweise ließ sich das nur mit dem Funkschlüssel bewerkstelligen, und den hielt Slobodan nach wie vor in der rechten Hand.

Nach einigen Sekunden legte er ihn behutsam ins Ablagefach der Mittelkonsole, griff nach dem Umschlag und las die wenigen klein gedruckten Worte in der Ecke: *Erst zu Hause öffnen.*

Slobodan zögerte nicht, riss den Umschlag auf und entnahm ihm Computerausdrucke, mehr als zwanzig Seiten, von einer dicken Büroklammer zusammengehalten. Verblüfft überflog er den Text. Die Dokumente stammten von Corrico, dem Konzern, für den er seit mehr als dreißig Jahren arbeitete. Es ging um KOSA, die Kohlenstoff-Sauerstoff-Aktuatoren und Untersuchungen, die Wechselwirkungen mit Staubpartikeln und Gasen in der Stratosphäre betrafen.

Slobodan las einige Minuten lang und stellte mit wachsender Sorge fest, dass neue Experimente und Analysen eine kausale Verbindung zwischen KOSA und dem Grau schufen.

Nach einer Weile ließ er die Ausdrucke sinken und blickte über den Parkplatz, wie auf der Suche nach der Person, die ihm den Umschlag in seinen verschlossenen Wagen gelegt hatte. Menschen kamen und gingen, Autos verließen ihre Parklücken, andere hielten. Nirgends stand jemand und beobachtete ihn, weder im Schatten der grauen Bäume am Rand des Parkplatzes noch bei der nahen Bushaltestelle.

Er legte die Dokumente auf den Beifahrersitz, schaltete den Elektromotor ein und fuhr los.

Der Weg war nicht weit von Arese im Norden Mailands bis ins Stadtzentrum, doch es herrschte dichter Verkehr, und selbst auf den für Elektrowagen reservierten Fahrstreifen kam Slobodan Ković nur langsam voran.

Etwa zwanzig Minuten später, nicht weit von der Dominikanerkirche Santa Maria delle Grazie entfernt – im dortigen Speisesaal hing Leonardo da Vincis Seccomalerei *Das Abendmahl*, ein grandioses Bild, das Slobodan in den vergangenen Jahren immer wieder bewundert hatte –, fuhr er die Rampe der Tiefgarage eines neuen Wohnhauses hinunter, parkte auf dem für ihn reservierten Platz und schaltete den E-Motor aus. Eine Zeit lang blieb er still sitzen und starrte noch einmal auf die Dokumente, bevor er sie mitsamt ihrem Umschlag nahm, ausstieg und zum Lift ging.

Auf dem Weg in den vierten Stock zu der Eigentumswohnung, die er bis vor einem Jahr mit Margherita geteilt hatte, fragte er sich, was geschehen würde, wenn die Unterlagen Journalisten oder Influencern in die Hände fielen. Ein Riesenskandal würde sich kaum vermeiden lassen.

Als er das begriff, schienen die Ausdrucke plötzlich so heiß zu werden, dass man sich an ihnen verbrennen konnte.

Slobodan schloss die Wohnungstür auf, und kurz darauf erwartete ihn die zweite Überraschung. Im Arbeitszimmer brannte Licht, und der PC lief.

Der Monitor zeigte das geöffnete Mail-Programm. Mehrere Nachrichten waren verschickt worden.

Er stand wie erstarrt und horchte, hörte aber nur das leise Summen der Gehäuselüfter.

Langsam ging er zum Fenster, zog die Jalousien hoch und schaltete, als genug Tageslicht ins Zimmer fiel, die Deckenlampe aus. Anschließend nahm er sich die weiteren Räume der Wohnung vor, einen nach dem anderen.

Alles stand und lag an seinem Platz, alles wirkte unberührt. Nirgends versteckte sich jemand, auch nicht in der kleinen Abstellkammer neben der Küche.

Slobodan kehrte ins Arbeitszimmer zurück, blickte auf den Monitor und stellte fest, dass vor einer halben Stunde, als er noch bei Margherita im Pflegeheim gewesen war, elf E-Mails verschickt worden waren, alle gleich groß und im Anhang eine PDF-Datei namens »Wichtige Mitteilung«.

Er ahnte etwas, sank langsam in den Rollsessel, zog die Tastatur näher und öffnete den Anhang einer der verschickten Mails. Innerhalb weniger Sekunden stellte er fest, dass die PDF-Datei Scans der Dokumente enthielt, die ihm jemand in einem weißen Umschlag in den verschlossenen Wagen gelegt hatte. Der Text der E-Mails bestand nur aus wenigen Worten: »Hier sind die Schuldigen für das Grau.«

Empfänger dieser kurzen Nachricht mitsamt dem Dokumentenanhang waren Associated Press, die Deutsche Presse-Agentur, die italienische Nachrichtenagentur ANSA, EFE in Spanien, AFP in Frankreich, Xinhua in China, Interfax in Russland, UPI in den USA und andere Nachrichten- und Medienagenturen.

Eine halbe Stunde, dachte Slobodan und sah zum Fernseher. Vermutlich wurde bereits über Corrico und die Ursachen des Grau berichtet.

Er ächzte, als er begriff, was das für ihn bedeutete. Die E-Mails mit dem kompromittierenden Anhang waren anonym versandt worden, ohne seinen Namen, aber natürlich ließen sie sich über die IP-Adresse zu seinem Rechner zurückverfolgen. Man würde innerhalb kurzer Zeit feststellen, dass sie von seinem Computer stammten.

Er würde Corrico gegenüber als Whistleblower dastehen, als Verräter. Wer wäre bereit gewesen zu glauben, dass er die Dokumente in seinem Wagen vorgefunden und nicht selbst gestohlen hatte? Wer hätte es auch nur für *denkbar* gehalten, dass nicht er Autor und Versender der E-Mails war, sondern ein Unbekannter, der alles ihm in die Schuhe schieben wollte?

Es klingelte an der Tür.

Slobodan sah auf die Uhr. Kurz vor Mittag. Er erwartete niemanden.

Es klingelte erneut.

Er stand auf, ging zur Tür, blickte durch den Spion und sah das Gesicht einer unbekannten Frau in mittleren Jahren. Sie schien zu wissen, dass er sie beobachtete, denn sie lächelte freundlich.

Slobodan schloss auf und öffnete die Tür.

Die unbekannte Frau war nicht allein. Ein kräftig gebauter Mann in Jeans und Hemd stand neben ihr und lächelte nicht freundlich, als er die Tür aufstieß und eintrat.

»He, Sie können doch nicht einfach …«, begann Slobodan, aber der Mann gab auch ihm einen Stoß, so heftig, dass er das Gleichgewicht verlor und fiel. Die Frau trat ebenfalls ein und schloss die Tür.

»Wer sind Sie?« Slobodan stemmte sich hoch. Der Mann versuchte nicht, ihn daran zu hindern.

Die Frau holte ihr Handy hervor und machte Fotos.

Slobodan stand wieder. »Was soll das? Was wollen Sie?«

Der Mann warf einen Blick ins Arbeitszimmer und wandte sich dann an die Frau. »Alles in Ordnung.«

Er holte ein Kuvert hervor, öffnete und drehte es. Wenn etwas herausfiel, war es so klein, dass Slobodan es nicht sah.

»Ich habe damit nichts zu tun!«, beteuerte er und wusste, wie lahm das klang. »Bitte glauben Sie mir! Jemand will mir etwas anhängen …«

»Sie haben nicht verstanden, aber Sie können auch gar nicht verstehen«, sagte die Frau nicht unfreundlich und nickte dem Mann zu.

Der hielt plötzlich eine Pistole in der Hand und schoss.

Slobodan starb schmerzlos, mit einem Loch in der Stirn.

29

VIRGINIA DEL REY

WASHINGTON, D.C., USA

Virginia blätterte erneut durch die Unterlagen, die sie von Patrick Corman erhalten hatte. »Weiß er davon? *Könnte* er davon wissen?«

»Dass jemand Nachforschungen angestellt hat?« Corman schürzte die Lippen. »Völlig auszuschließen ist das nicht. Aber ich halte es für sehr unwahrscheinlich. Ich bin sehr vorsichtig gewesen.«

Sie saßen in Virginias zweitem Büro in Washington, einem Zimmer im siebten Stock eines aus rotem Backstein erbauten Mietshauses im Norden der Hauptstadt. Wenn sie aus dem Fenster blickte, konnte sie zwischen zwei anderen alten Gebäuden einen kleinen Ausschnitt vom Rock Creek Park im Nordwesten sehen. Aber natürlich hatte sie das Zimmer nicht wegen der Aussicht gemietet. Niemand vermutete ein Büro der NSA in einem solchen Mietshaus.

Virginia kam manchmal hierher, wenn sie ungestört nachdenken oder Dinge erledigen wollte, bei denen ihr niemand, wirklich *niemand,* über die Schulter sehen sollte. Bisher hatte sie an diesem Ort noch nie jemanden empfangen.

Virginia legte die Unterlagen auf den Schreibtisch. »Es sind Indizien, keine Beweise.«

Patrick Corman – fünfundvierzig Jahre alt, graue Augen, schiefe Nase, Bartstoppeln auf Wangen und Kinn, das mittellange dunkle Haar wie immer zerzaust – kannte sich nicht nur sehr gut mit Beobachtungs- und Abhörgeräten aller Art aus, er war auch einer der besten Datenspezialisten. Virginia hatte sein Potenzial früh erkannt und ihm einen schnellen Aufstieg in der Agency ermöglicht, trotz seiner »Behinderung«, die vermutlich gar keine war. Eine autistische »Störung« sorgte dafür, dass er manchmal für einige Tage nicht ansprechbar war und den Eindruck erweckte, in einer ganz anderen Welt zu weilen. Aber wenn er zurückkehrte aus seinem privaten Paralleluniversum, setzte er seine Arbeit mit besonderem Eifer fort, und nicht selten geschah es, dass er dann Einsichten und Erkenntnisse präsentierte, die selbst die Strategen der NSA überraschten. Inzwischen zählte er zu Virginias engsten Mitarbeitern, und sie vertraute ihm mehr als allen anderen.

»Sie bringen ihn also direkt mit der Sache vor drei Jahren in Verbindung«, fasste sie Cormans Bericht zusammen. »Und Sie glauben, dass er hinter dem Anschlag steckt.«

»Hinter den Anschlägen.« Er sprach in dem für ihn typischen präzisen Tonfall. »Es war nicht der erste.«

»Wie geht es Magnussen?«

»Er ist nur leicht verletzt. Ebenso Laura Lombardi und die anderen Personen, die bei der Besprechung im Ozeanographischen Institut Minerva anwesend waren. Ich nehme an, die Autobombe ist zu spät explodiert. Oder es handelte sich um eine weitere Warnung.«

»Finley«, murmelte Virginia. Sehr überrascht war sie nicht.

»Ihr Stellvertreter arbeitet gegen Sie.« Corman deutete auf den Schreibtisch. »Auf den Seiten acht und neun nenne ich Beispiele. Er hat versucht, Mikrospione in Ihrer Wohnung zu platzieren, was ich verhindern konnte. Er beobachtet Sie, insbesondere bei Ihren Treffen mit Kraskow. Er führt ein Dossier über Sie, und gelegentlich lässt er Informationen durchsickern, in einem kompromittierenden Kontext. Er ist auf dem besten Weg, eine Art Geheimdienst innerhalb des Geheimdienstes zu schaffen.«

Virginia wölbte eine Braue. »Haben Sie mit Kraskow gesprochen?«

»Dem Direktor des SWR?«, entgegnete Corman verwundert. »Natürlich nicht!«

»Er hat ähnliche Worte benutzt.« Virginia lehnte sich zurück. Draußen schien die Sonne, und etwas von dem Sonnenschein fand ins Zimmer und schuf eine helle Stelle links neben dem Schreibtisch. »Indizien«, sagte sie noch einmal, »keine Beweise.«

»Ich bin sicher, dass ich Kontoverbindungen finden könnte, wenn ich an den richtigen Stellen grabe. Aber das würde nicht unbemerkt bleiben. Finley wüsste dann, dass ihm jemand auf die Finger sieht. Wenn Sie beschließen, eine Untersuchung einzuleiten ...«

Virginia überlegte. Es gab immer Möglichkeiten ...

»Nein«, entschied sie. »Dazu ist es noch zu früh. Behalten Sie ihn im Auge. Wenn er in den Geldwäscheskandal vor drei Jahren verwickelt ist, möchte ich mehr darüber wissen. Namen wären nicht schlecht. Politische Kontakte. Und ... ja, natürlich Konten.«

Corman nickte.

»Was den jüngsten Anschlag betrifft, muss ich mit ihm reden.« Virginia zeigte erneut auf die Unterlagen. »Die Infos könnten mir auch von anderer Seite zugespielt worden sein. Es wäre dumm, die Unwissende zu spielen. Das wäre für ihn nur ein Hinweis darauf, dass ich Verdacht geschöpft habe.«

»Es gibt da noch etwas«, sagte Corman.

»Ja?«

»Bei den Nachforschungen hatte ich manchmal ...«, er suchte nach dem richtigen Wort, »... den Eindruck, das intuitive Gefühl ... dass noch jemand anders beteiligt ist, ein unbekannter Dritter. Möglicherweise liegt es daran, dass Finley auf sehr geschickte Weise versucht hat, seine Spuren zu verwischen – Ermittler sollen von ihm abgelenkt werden. Aber vielleicht existiert diese dritte Person tatsächlich.«

»Aber Sie haben keine Ahnung, um wen es sich handeln könnte?«

Corman schüttelte den Kopf. »Nein. Bitte seien Sie vorsichtig.«

»Das bin ich immer, Patrick.« Virginia stand auf. »Dennoch danke für den gutgemeinten Rat.«

Eine halbe Stunde vor der täglichen Lagebesprechung im Weißen Haus betrat Virginia das Büro ihres Stellvertreters und traf dort nicht nur Finley an, sondern auch die junge Miriam Fuller aus Mississippi und den erfahrenen Christopher Gantry, zuständig für Südeuropa, insbesondere Italien. Virginia fragte sich, ob Gantrys Präsenz mehr war als reiner Zufall.

»Ist es schon so weit?«, fragte David Finley erstaunt. Er sah auf die Uhr. »Wir haben noch eine halbe Stunde.«

»Ich muss mit Ihnen reden«, sagte Virginia knapp.

Fuller und Gantry verstanden den Hinweis, erhoben sich und verließen das Büro. Virginia legte eine Mappe auf den Schreibtisch und setzte sich.

»Was ist das?«, fragte Finley.

»Sehen Sie es sich an.«

Der schmächtige Mann im mausgrauen Anzug auf der anderen Seite des Schreibtisches nahm die Mappe, öffnete sie und betrachtete die Fotos, die ein zerfetztes, ausgebranntes Autowrack vor dem halb zerstörten Hauptgebäude des Ozeanographischen Instituts Minerva zeigten. »Oh, das.«

»Sie wissen darüber Bescheid?«

»Ich wäre ein schlechter Stellvertreter der NSA-Direktorin, hätte ich keine Ahnung davon.«

»Was haben Sie damit zu tun?«

Finley ließ die Mappe langsam sinken. »Bringen Sie mich damit in Verbindung?«

Virginia fiel nicht auf diesen kleinen rhetorischen Trick herein. Sie schwieg und wartete.

»Ich habe natürlich *nichts* damit zu tun«, antwortete Finley schließlich. Er schob die Mappe Virginia zu. »Wie kommen Sie darauf?«

Virginia lächelte unverbindlich.

Finley lächelte ebenfalls, er jedoch hintergründig und kühl. »Hat mich vielleicht Ihr Freund Kraskow angeschwärzt?«

»Sie lassen ihn beschatten.«

»Lieber Himmel, *natürlich* lasse ich ihn beschatten«, sagte Finley. »Er ist der Kopf des SWR und befindet sich hier in Washington!«

»Ich habe es ausdrücklich untersagt.«

»Der gesunde Menschenverstand …«, begann Finley ungerührt.

»Sie haben entgegen meinen Anweisungen gehandelt«, unterbrach ihn Virginia. Ihr ging es nicht darum, das eine oder andere herauszufinden. »Das wird sich nicht wiederholen.«

Es ging ihr auch nicht um eine Klarstellung. Ihre Absicht bestand vielmehr darin, Unruhe zu schaffen, Finleys Gewissheiten zu erschüttern, ihm mehr Fragen zu geben als Antworten. Wenn er sich unter Druck gesetzt fühlte oder gar in die Ecke gedrängt glaubte, machte er vielleicht einen Fehler und gab etwas preis.»Ich bin dazu verpflichtet, die Sicherheit der Vereinigten Staaten zu gewährleisten«, erklärte Finley sehr ernst.

»Sie sind auch dazu verpflichtet, Ihre Anweisungen zu befolgen. Wenn Sie das nicht tun, werde ich Sie versetzen. Zum Beispiel an die mexikanische Grenze, dort ist gerade ein Posten frei geworden, wie ich hörte. Und jetzt sagen Sie mir: Was haben Sie mit dem Anschlag auf Magnussen zu tun? Hängt es mit dem Geldwäscheskandal vor drei Jahren zusammen?«

Zwei weitere Stiche, dachte Virginia. Mal sehen, wie dick dein Fell ist.

Finley öffnete eine Schublade, entnahm ihr mehrere Fotos und reichte sie Virginia. Sie zeigten einen Toten, einen Mann in den Sechzigern mit einem Loch in der Stirn.

»Christopher hat mir das gebracht«, erläuterte er. »Ist ganz frisch.«

Virginia hob den Blick von den Fotos. »Und?«

»Slobodan Ković«, sagte Finley. »Dreiundsechzig Jahre. In seiner Wohnung in Mailand mit einem Kopfschuss getötet, vor wenigen Stunden.«

Virginia sah ihren Stellvertreter fragend an.

»Ković hat für Corrico gearbeitet und stand kurz vor der Pensionierung. Der Täter hinterließ Spuren, einige Haare, die eine DNA-Analyse möglich machten. Wir haben ihn identifiziert.«

Er ließ einige Sekunden verstreichen.

»Mir liegt noch kein Bericht von Ihnen vor«, stellte Virginia fest.

»Den wollte ich Ihnen gerade schicken.«

Virginia lächelte dünn. »Natürlich. Nun, verraten Sie mir, wer Slobodan Ković umgebracht hat?«

»Hudson Chamberlain.«

Virginia legte die Fotos auf den Schreibtisch und ermahnte sich einmal mehr, David Finley nicht zu unterschätzen. »Sie meinen den Geschäftsführer von Corrico und CEO des Klimakonsortiums?«, fragte sie und dachte: Wer stichelt hier wen?

Finley bewegte sich kaum, saß steif und gerade auf seiner Seite des Schreibtisches. »Er war in der Wohnung. Alles deutet darauf hin, dass er Ković erschossen hat. Und wissen Sie, warum?«

»Ich nehme an, Sie werden es mir gleich sagen.«

»Weil Ković ein Whistleblower war, von dem Laura Lombardis Gruppe Informationen erhielt.« Finley klang sehr zufrieden mit sich selbst. »Seine Lebensgefährtin Margherita, die sich in einem Pflegeheim in Arese nördlich von Mailand befindet, ist die Schwester von Laura Lombardis Mutter. Wussten Sie das?«

»Jetzt ja.«

»Ković ließ Lombardi vertrauliche Daten zukommen.« Finley sprach ruhig und selbstbewusst, wie jemand, der überzeugt war, alles fest in der Hand zu haben. »Offenbar wollte er Corrico belasten. Wir fanden in seiner Wohnung Unterlagen, aus denen hervorgeht, dass Corricos Geoengineering für das Grau verantwortlich ist. Genauer gesagt: die Kohlenstoff-Sauerstoff-Aktuatoren.«

»Ist da was dran?«, fragte Virginia. Hier zeichnete sich eine neue Entwicklung ab.

»Die Daten werden derzeit von Fachleuten überprüft. Wie auch immer, Chamberlain kam dahinter und hat Ković erschossen. Er hat sich recht geschickt angestellt und war sehr vorsichtig, aber eben nicht vorsichtig genug. Einige Haare von ihm blieben zurück, und meine Leute fanden sie.«

Meine Leute, dachte Virginia. Nicht *unsere*, sondern *meine*.

»Und hier haben Sie auch die Verbindung zur Autobombe im sizilianischen Catania, beim Ozeanographischen Institut Minerva«, fügte Finley hinzu. »Wir sind noch bei den Ermittlungen, aber es würde mich nicht wundern, wenn wir auch hier Spuren finden, die zu Chamberlain führen. Vielleicht wollte er Leopold Magnussen und Laura Lombardi gleichzeitig erwischen, bevor sie mit neuen Enthüllungen an die Öffentlichkeit treten. Wenn diese KOSA-Sache bekannt wird, geht es Corrico an den Kragen. Beim Gedanken an die Schadenersatzforderungen könnte einem schwindelig werden.« Ein dünnes Lächeln huschte über seine Lippen. »Wie Sie darauf kommen, ich könnte etwas damit zu tun haben, ist mir ein Rätsel.«

Warten wir ab, was *meine* Leute herausfinden, dachte Virginia.

»Fassen Sie das alles in einem kurzen Bericht zusammen«, sagte sie. »Wenn wir die Ursache für das Grau gefunden haben, muss die Präsidentin davon erfahren. Sofort.«

Virginia ging zur Tür, drehte sich dort aber noch einmal um. »Warum Chamberlain?«

»Ich habe es gerade erklärt«, erwiderte David Finley ein wenig ungeduldig.

»Nein, Sie haben erklärt, warum Sie vermuten, dass Hudson Chamberlain sowohl hinter dem Mord als auch der Autobombe in Catania steckt. Der Mann leitet einen riesigen internationalen Konzern, das wichtigste Unternehmen der Welt. Warum hat er keinen Profi geschickt? Warum hat er sich selbst die Hände schmutzig gemacht? Warum hat er riskiert, direkt mit einem Mord in Verbindung gebracht zu werden?«

Finley zuckte die Schultern. »Vielleicht wollte er ganz sicher sein, dass alles sauber erledigt wird.«

»Aber es war eben nicht sauber, oder? Es blieben Spuren zurück. Einem Profi wäre das nicht passiert. Er wäre auch nicht so dumm gewesen, am Tatort belastende Unterlagen zu vergessen, die zudem noch eine Verbindung zu einem zweiten Verbrechen herstellen. Und Hudson Chamberlain mangelt es gewiss nicht am nötigen Kleingeld für einen Profi. Haben Sie darüber nachgedacht, David? Nein? Bis zur Besprechung mit der Präsidentin haben Sie noch ein wenig Zeit dazu.« Sie sah auf die Uhr. »In zwanzig Minuten im Oval Office. Bis gleich.«

Sie öffnete die Tür und verließ das Büro ihres Stellvertreters.

30

HUDSON CHAMBERLAIN

TORONTO, KANADA

Der Mann kam gegen Mittag, als Chamberlain mit seinem persönlichen Sekretär, dem aus Chile stammenden Roberto, die Termine für den Nachmittag durchging. Einer davon war besonders wichtig: ein Videogespräch mit Tayo Aneke in New York, bei dem es um die erste von insgesamt zehn Milliarden Dollar ging, die der Generalsekretär der Vereinten Nationen Corrico und dem Klimakonsortium zugesagt hatte. Chamberlain wollte auf eine schnelle Zahlung drängen, bevor mehr von dem KOSA-Problem durchsickerte.

Auf den ersten Blick wirkte der Mann nicht besonders beeindruckend. Er trug einen schlecht sitzenden dunklen Anzug, war um die sechzig und hatte ein hohlwangiges Gesicht mit großer, klobiger Nase und wässrigen Augen. Scarlett, die Empfangsdame, führte ihn und die beiden uniformierten Polizisten, die ihn begleiteten, ins Büro.

»Ich bin beschäftigt«, sagte Chamberlain überrascht zu Scarlett.

»Es tut mir sehr leid, Mister Chamberlain, aber er hat darauf bestanden, dass ich ihn sofort zu Ihnen führe.«

Der Mann blieb vor dem Schreibtisch stehen, flankiert von den beiden Polizisten. Roberto blickte erstaunt zu ihnen hoch.

»Ich bin Edgar Elwin Burrows vom Toronto Police Service«, stellte sich der Mann vor und zeigte seinen Ausweis. Chamberlain las »Specialized Operational Command« und »Homicide Section«.

»Mordkommission?«, fragte er.

Burrows steckte den Ausweis wieder ein und holte stattdessen ein Dokument hervor. »Ich habe einen Haftbefehl gegen Sie.«

»Wie bitte?«, platzte es aus Chamberlain hervor.

»Sie sind hiermit verhaftet.«

Der Mann von der Torontoer Polizei blieb stehen, ebenso die beiden uniformierten Polizisten. Niemand holte Handschellen hervor.

»Ist das ein Scherz?«, fragte Chamberlain, sein Herzschlag ein lautes Pochen in der Brust.

Burrows sah ihn an. Die Augen mochten trüb und wässrig sein, aber sie waren zu einem durchdringenden Blick imstande. »Ganz und gar nicht. Ich nehme an, Sie kommen freiwillig mit. Oder möchten Sie abgeführt werden?«

»Sie meinen es wirklich ernst, wie?«

Burrows nickte einem der beiden Polizisten zu, der daraufhin zur anderen Seite des Schreibtisches trat. Roberto beobachtete das Geschehen mit offenem Mund.

Chamberlain stand auf. »Was legt man mir zur Last?«

»Die Ermordung eines gewissen Slobodan Ković in Mailand«, antwortete der Mann von der Mordkommission.

»*Was?* Wir sind hier in Toronto.«

»Außerdem werden Sie mit einem Autobombenanschlag auf den UN-Sonderbotschafter Leopold Magnussen in Verbindung gebracht.«

Chamberlain schüttelte den Kopf, mehr verblüfft als besorgt. »Slobodan wer? Den Namen höre ich zum ersten Mal. Und ein *Bombenanschlag* auf einen UN-Sonderbotschafter? Das ist vollkommen absurd!«

Burrows blieb unbeeindruckt. »Bitte kommen Sie jetzt.«

Chamberlain atmete tief durch. »Geben Sie meinen Anwälten Bescheid, Roberto«, wies er seinen Sekretär an, während er zwischen den beiden uniformierten Polizisten zur Tür ging. An Scarlett gerichtet fügte er hinzu: »Heute Nachmittag bin ich wieder da.«

Im Vorzimmer begegneten sie Joycelin. Ganz in Rot stand sie neben Scarletts Schreibtisch, ihr Gesicht ausdruckslos - doch in ihren Augen sah Chamberlain etwas, das ihm seltsam erschien.

Das Verhörzimmer war wie ein gemütlicher Aufenthaltsraum eingerichtet, mit Bildern an den Wänden, die Stillleben und Naturszenen zeigten. Chamberlain sah sich überrascht um, bevor er am Tisch Platz nahm.

»Sie sind gestern Abend von einer kurzen Reise nach Europa zurückgekehrt«, sagte Burrows und setzte sich ebenfalls. Einer der beiden Uniformierten, die sie begleitet hatten, stand neben der Tür.

»Ich war in Brüssel und habe dort an einer Sitzung der EU-Kommission teilgenommen.« Chamberlains Selbstsicherheit war zurückgekehrt. »Das dürfte sich leicht überprüfen lassen.«

»Wir haben am Tatort Spuren von Ihnen gefunden. Haare. Ihre DNS.«

»Wenn dies ein offizielles Verhör ist, sollten wir warten, bis meine Anwälte eingetroffen sind.«

»Wie Sie wünschen, Mister Chamberlain«, sagte Burrows unverbindlich. »Bis Ihre Anwälte da sind, können Sie schon einmal hierüber nachdenken.«

Der Mann von der Mordkommission legte einen durchsichtigen Plastikbeutel auf den Tisch, darin ein weinrotes Notizbuch und ein kleiner USB-Stick, zwei Objekte, die sicher verwahrt im Safe des Penthouses liegen sollten. Chamberlain starrte darauf hinab.

Joycelin, dachte er. Du Schlange.

Joycelin hielt die Codekarte an den Scanner, es klickte leise, und die Tür öffnete sich für sie.

Mit einem zufriedenen Lächeln betrat sie Hudson Chamberlains Penthouse, schloss die Tür hinter sich und ließ einige Sekunden lang die Stille auf sich wirken. Dann schritt sie langsam durch die Räume.

Im großen Wohnzimmer blieb sie am Panoramafenster stehen und blickte aus dem neunundfünfzigsten Stock auf die Stadt hinab. Sie lächelte erneut. Die Welt lag ihr zu Füßen.

31

LAURA LOMBARDI

BEI CATANIA, SIZILIEN

»Das ist der Wein vom letzten Jahr«, sagte Paolina Smeraldi traurig und schenkte aus der Karaffe nach. »Dieses Jahr wird's keinen geben, und nächstes Jahr … Wer weiß.«

Sie saßen auf der Terrasse des Wohnhauses der Contrada Smeraldi: Laura; ihre alte Freundin Paolina, die nicht wusste, wie sie dieses Jahr über die Runden kommen sollte; Paolinas Ehemann Luigi Frascani, dem die Sorge deutlich anzusehen war; der alte Bernardo, Paolinas Pflanzendoktor; die junge Olivia, die völlig unversehrt wirkte, ihr Weinglas in der einen Hand hielt und mit der anderen in den Unterlagen blätterte, die Corricos Schuld bewiesen; der immer ruhige Richard, für Laura ein stabiler Halt in einer Welt, die immer mehr aus den Fugen geriet; und Leopold Magnussen, der Mann, dem der Anschlag gegolten hatte, wie Polizei und Politik vermuteten.

Lorenz Winkler befand sich noch im Krankenhaus, wo ihm Amelia De Santis kaum von der Seite wich, ebenso Ruggero, den es von ihnen allen am schlimmsten erwischt hatte, obwohl er am weitesten von der Explosion entfernt gewesen war. Skipper Nardi, der ebenfalls zugegen gewesen war, brachte die *Trieste* in Ordnung, die bei der Explosion ebenfalls in Mitleidenschaft gezogen worden war, wenn auch nicht so sehr wie Minervas Hauptgebäude, das abgerissen und neu errichtet werden musste. Es würde ziemlich viel kosten, und dass es nicht an Geld mangelte – was sie sowohl den neuen Sponsoren verdankten, die Lorenz Winkler gefunden hatte, als auch der finanziellen

Unterstützung durch die Vereinten Nationen –, war ein nur schwacher Trost.

Magnussen trank einen Schluck, nickte anerkennend und blickte dann über den Hang. Zwei Pflaster in seinem Gesicht bedeckten blutige Schrammen. »Wie seltsam es aussieht. Alles grau. Als wäre die Vegetation weit und breit von vulkanischer Asche bedeckt.«

»Es ist so schnell gegangen.« Paolina sank auf den Gartenstuhl neben ihrem Mann. »Innerhalb von einigen wenigen Tagen.«

Unten am Weg, in der letzten Kurve vor der Zufahrt, standen mehrere Carabinieri bei zwei Streifenwagen. Außerdem patrouillierten Polizisten und Sicherheitsbeamte der UN auf dem Gelände. Zwei von ihnen, kräftig gebaute Männer in Zivil, kamen auf ihrem Wachgang an der Veranda vorbei und nickten ihnen zu. Puma hob den Kopf und knurrte leise. Der kleine Hund hatte sich immer noch nicht an die fremden Personen gewöhnt.

»Wir können froh sein, dass wir Puma haben«, verkündete die elfjährige Ellen. »Er passt immer auf, auch nachts. Niemand kann sich dem Haus nähern, ohne dass er etwas merkt. Stimmt's, Puma?«

Die kleine Promenadenmischung bellte und wedelte mit dem Schwanz. Ellen ging ins Haus zurück, und Puma folgte ihr.

»Sprinter« Enrico war irgendwo weiter oben am Hang unterwegs, in Gesellschaft eines Sicherheitsmanns namens Jefferson, mit dem er Freundschaft geschlossen hatte. Für die Kinder war dies ein Abenteuer, für die Erwachsenen eine Frage der Sicherheit, bei der es um Leben und Tod ging.

Paolinas Weingut hatte einen großen Vorteil: Es war übersichtlich gelegen, man sah schon von weitem, wer sich näherte. Und außerdem hatten sie Puma, worauf Ellen gerade nicht ohne Stolz hingewiesen hatte.

»Ich sag's ja, es ist unglaublich«, empörte sich Olivia zum wiederholten Mal. »Diese Dokumente sind eine Bombe …«

Laura schnitt eine Grimasse, als sie das Wort hörte.

»… eine Atombombe für die Medien. Sie bestätigen, was wir bei den Experimenten festgestellt haben. Bisher hatten wir nur Indizien, wenn auch ziemlich starke, aber diese Unterlagen sind der *Beweis.*«

»Woher stammen sie?«, fragte Laura. »Wir hatten einen Informanten, der uns Hinweise zugespielt hat. Haben Sie ebenfalls einen?«

»Die Antwort wird Ihnen nicht gefallen«, meinte Magnussen.

»Warum nicht?«

Der Norweger trank erneut einen Schluck Wein. Dann setzte er das Glas ab und blinzelte im Sonnenschein. Der warme Wind spielte mit seinem blonden Haar, und er wirkte plötzlich ein ganzes Stück jünger als seine fünfundfünfzig Jahre. Für einen Moment glaubte Laura fast, Pierre würde dort sitzen.

»Weil es einen Verwandten von Ihnen betrifft«, sagte Magnussen. »Besser gesagt jemanden, der mit Ihrer Familie in Verbindung stand.«

Laura sah ihn fragend an.

Leopold Magnussen deutete auf die Unterlagen, in denen Olivia noch immer blätterte, diesmal mit der linken Hand; sie hatte ihr Weinglas abgestellt und schrieb mit der freien Rechten Notizen auf einen Block.

»Vor einigen Tagen wurde Slobodan Ković in Mailand ermordet«, sagte Magnussen. »Diese Dokumente fand man bei ihm.«

»Slobodan?«, wiederholte Laura überrascht und hatte das Gefühl, etwas Kaltes würde ihr über den Nacken streichen. »Meinen Sie …?«

»Den Lebensgefährten Ihrer Tante, ja«, bestätigte Magnussen. »Sie haben nie geheiratet.«

»Er ist tot?« Laura erinnerte sich daran, dass sie noch vor kurzer Zeit an Slobodan gedacht und sich gefragt hatte, ob er ihnen weiterhelfen konnte, mit Informationen über Corrico.

»Er wurde erschossen«, sagte Magnussen. »Halten Sie es für möglich, dass die anonymen Hinweise, die Sie bekamen, von ihm stammten?«

Dieser Gedanke war Laura auch schon gekommen, und sie hatte eine Reise nach Mailand in Erwägung gezogen, um mit ihm zu reden. »Keine Ahnung. Ich weiß nicht. Wenn man die Dokumente bei ihm fand ... Wie haben Sie sie bekommen?«

Magnussen deutete in Richtung der Carabinieri unten am Weg. »Gute Beziehungen zur Polizei.«

»Weiß man, wer ihn erschossen hat? Und warum?«

Olivia hatte aufgehört zu blättern. Sie saß plötzlich reglos und sah Magnussen an, so wie auch alle anderen am Tisch. Puma kehrte aus dem Haus zurück, bellte einmal, als ein weiterer Sicherheitsbeamter an der Veranda vorbeikam, und legte sich dann vor die Treppe. Von dort aus konnte er alles im Auge behalten.

»Zwei gute Fragen«, meinte Magnussen. »Den Spuren am Tatort nach ist der Mörder ein gewisser Hudson Chamberlain. Außerdem vermutet man ihn als Drahtzieher hinter dem Anschlag mit der Autobombe.«

»Chamberlain?«, fragte Olivia ungläubig. »Der Chef von Corrico?«

»Genau der.«

»Aber das ist doch ...« Olivia beendete den Satz nicht.

»Absurd?« Magnussen nickte. »Ja, da haben Sie völlig recht. Warum sollte der Geschäftsführer eines globalen Konzerns persönlich einen Mord begehen, da er doch mit seinem vielen Geld einen Profi anheuern könnte, und außerdem auch noch belastendes Material hinterlassen?«

Olivia betrachtete die Unterlagen, in denen sie geblättert hatte. »Die Dokumente sind echt, oder?«

»Sie könnten gar nicht echter sein.«

Laura wechselte einen Blick mit Richard, bevor sie sich erneut an Magnussen wandte. »Was spielt sich da ab? Was geschieht hinter den Kulissen? Das wissen Sie besser als ich.«

Magnussen sah wieder über den Hang zum Ätna. Eine Rauchwolke hing über dem Vulkan, grau wie die Weinreben, Bäume und Sträucher. »Jemand könnte versuchen, Chamberlain auszubooten.«

»Wer?«, fragte Laura.

»Jemand, der von seiner Verhaftung profitiert.«

»Wer käme da in Frage?«

»Zum Beispiel die Person, die sehr wahrscheinlich seine Nachfolge bei Corrico antreten wird.«

»Und wer wäre das?«, fragte Richard.

»Eine gewisse Joycelin Hayes aus Australien.«

»Was hat das alles mit uns zu tun?«, fragte Paolina. Sie saß halb zusammengekauert und schien trotz der Wärme zu frösteln. »Wird das Grau dadurch besser oder schlimmer?«

»Weder noch«, erwiderte Magnussen und sah Olivia an. »Doch wie dem auch sei«, er zeigte auf die Unterlagen, »*diese* besondere Bombe darf nicht explodieren.«

»Und warum nicht? Es sind *Beweise*!«

»Wir haben bereits darüber gesprochen, vor der Explosion der anderen Bombe«, erinnerte Magnussen.

»Es darf keine Panik entstehen«, ließ sich Laura vernehmen. Der Norweger war eine Stimme der Vernunft, jemand, der im Chaos den Überblick behielt. Ihre anfänglichen Vorbehalte waren verflogen, sie vertraute ihm. »Die Welt darf es erst so spät wie möglich erfahren, um allzu große Kollateralschäden zu vermeiden.«

Magnussen nickte.

»Kollateralschäden.« Olivia schüttelte den Kopf. »Ein schreckliches Wort.« Sie holte ein Blatt Papier unter den Corrico-Dokumenten hervor. »Wir haben auch über Notfallpläne gesprochen, darüber, welche Maßnahmen weltweit nötig sind, um den Schaden zu begrenzen. Ich habe eine Liste zusammengestellt.« Sie reichte das Blatt Magnussen, der sich vorbeugte, um es entgegenzunehmen. »Wenn eine Katastrophe verhindert werden soll, muss sofort alles verboten werden, was kostbaren Sauerstoff in großem Maßstab verbraucht.«

Magnussen las von der Liste. »Industrieproduktion, Stromerzeugung aus fossilen Brennstoffen, Transport, Landwirtschaft, Flugverkehr ...«

»Menschen atmen, Tiere atmen«, warf Paolinas Ehemann Luigi ein. »Wollen wir auch das verbieten?«

»Wir müssen den Verbrauch von Sauerstoff überall auf der Welt so stark wie möglich beschränken, damit Menschen und Tiere auch weiterhin atmen können«, hielt ihm Olivia herausfordernd entgegen. Sie war wieder im Kampfmodus, stellte Laura fest.

»Es würde darauf hinauslaufen, die Welt lahmzulegen«, gab Magnussen zu bedenken.

»Damit sie überlebt!«, erwiderte Olivia mit Nachdruck.

»Der Schaden wäre vielleicht größer als der Nutzen.«

»Ich fürchte, auf ökonomische Erwägungen können wir keine Rücksicht nehmen«, sagte Laura, und Richard neben ihr nickte. »Ich gebe Olivia recht, die Überlebensfrage ist wichtiger. Wir müssen jetzt sofort etwas unternehmen, um mehr Zeit für die Lösung des Problems zu haben. Sie kennen unsere Berechnungen, Signor Magnussen. Wenn alles bleibt, wie es ist, wird der Sauerstoffgehalt der Atmosphäre so schnell sinken, dass wir im Herbst, spätestens Anfang Winter erhebliche Schwierigkeiten bekommen. Die Krankenhäuser werden voller Menschen mit Atemproblemen sein. Kranken und Schwachen droht der Erstickungstod. Wenn wir den Sauerstoffverbrauch vorher signifikant herunterfahren – und ich meine wirklich *signifikant* –, erhalten wir eine Gnadenfrist bis zur Vegetationsperiode der Südhalbkugel und vielleicht sogar bis zum nächsten Frühling bei uns. Je eher wir die Verbote durchsetzen, desto größer ist unsere Chance, alles einigermaßen zu überstehen.«

»Vorausgesetzt, das Grau breitet sich nicht auch im Süden aus«, gab Olivia zu bedenken.

Die Zeichen standen schlecht, das wusste Laura, aber sie wollte die Hoffnung nicht aufgeben. »Wenn es uns gelingt, Corricos KOSA-Wirkstoffe genau zu analysieren und den Teil zu finden und zu neutralisieren, der das Grau verursacht ... Vielleicht erwachen die Pflanzen dann wieder.«

»Es ist kein Schlaf, sondern der Tod«, sagte der alte Bernardo. »Die Pflanzen schlafen nicht, sie sterben.«

SIEBEN MONATE SPÄTER

ZWEITES JAHR

DAS GROSSE STERBEN

32

LAURA LOMBARDI

WAIPOUA FOREST, NORDINSEL VON NEUSEELAND

»Das ist Tāne Mahuta, der größte Baum Neuseelands«, sagte die maorische Biologin Āwhina. Sie war zwanzig Jahre älter als Laura, doch es zeigten sich kaum Falten in ihrem dunklen Gesicht. »Über fünfzig Meter hoch und zweitausend Jahre alt.«

Sie befanden sich im Waipoua Forest im Norden von Neuseelands Nordinsel, einem dichten Wald aus vorwiegend Kauri-Bäumen, *Agathis australis*, aus der Familie der Araukariengewächse.

Laura blickte an dem Riesen empor, dessen Stamm in Bodennähe fast viereinhalb Meter durchmaß und erst in einer Höhe von achtzehn Metern Äste bekam. Die Kauri-Bäume gehörten zu den immergrünen Gewächsen, aber Tāne Mahuta war seit zwei Wochen grau, wie alle anderen Pflanzen in der Nähe.

»Zweitausend Jahre«, wiederholte Olivia und schloss den Reißverschluss ihrer Jacke. Es war kühl im Wald. »Als dieser Baum zu wachsen begann, befand sich das Römische Reich auf dem Höhepunkt seiner Macht. All die Jahrhunderte hat er Feuer, Erdbeben, Vulkanausbrüche und wer weiß was alles überstanden, und jetzt stirbt er.«

Die Maori trat vor, drückte sich mit ausgebreiteten Armen an den Stamm und schloss die Augen.

»Tāne Mahuta stirbt nicht«, sagte sie nach einigen Sekunden und hob wieder die Lider. »Er *ist* bereits tot. Für ihn kommen wir leider zu spät. Aber vielleicht gelingt es uns, mit dem neuen Mittel andere Teile des Waldes zu retten. Etwas weiter im Süden ist das Grün nicht ganz verschwunden. Wir hoffen, dass es mit Hilfe von Ora bewahrt werden kann.«

Āwhina gehörte zu den Wissenschaftlern von Future Labs in Queenstown auf der Südinsel, einem jungen Bio-Unternehmen, das mit den neuen Laboratorien des Ozeanographischen Instituts Minerva in Catania, Zambertis Centro Studi Marittimi in Marsala und mehreren Biotech-Firmen in Asien und Amerika zusammenarbeitete. Es beschritt neue Wege der Forschung und der Umsetzung von Forschungsergebnissen in die Praxis. In der Sprache der Maori bedeutete Ora »Leben«. Ein passender Name, fand Laura, denn Ora sollte Corricos KOSA eliminieren beziehungsweise den Teil davon, der für das Grau verantwortlich war.

Richard sah sich die Epiphyten an, die Aufsitzerpflanzen am Stamm des toten Riesen. Mit dem Knöchel des rechten Zeigefingers klopfte er darauf, und Laura hörte ein Pochen.

»Mir scheint, die Aufsitzer hat es vor dem Wirt erwischt«, sagte er und klopfte erneut. »Hart wie Stein.«

Āwhina wich von dem riesigen Kauri-Baum zurück. »Es geht so schnell«, sagte sie. »Es geht so schrecklich schnell.«

Olivia machte Fotos, hob ein mit mehreren Sensoren ausgestattetes Gerät und nahm Messungen für die späteren spektrographischen und biophysikalischen Analysen vor. Mit jeder Messung wurden die statistischen Übersichten, die im Lauf der letzten Monate entstanden waren, umfangreicher, genauer und aussagekräftiger.

Āwhina verbeugte sich zum Abschied vor dem toten Waldriesen und drehte sich um. »Der Schutzbereich befindet sich in der Nähe. Bitte folgen Sie mir.«

Sie schritten über einen schmalen Pfad durch den für die Maori heiligen Wald, vorbei an weiteren grauen Kauri-Bäumen und Silberfarnen, die ihren Glanz verloren hatten. Durch Lücken im hohen Blätterdach blinzelte Sonnenschein herab.

»Es sieht aus, als hätte jemand der Welt die Farben geraubt«, kommentierte Olivia nach einigen dutzend Metern.

Kurz darauf fanden sie zwei tote Kiwis vor ihren Erdhöhlen. Richard ging in die Hocke, streifte Plastikhandschuhe über und untersuchte die Vögel. »Sie scheinen noch nicht sehr lange tot zu sein«, sagte er und richtete sich wieder auf.

»Sie sterben überall«, teilte ihnen Āwhina traurig mit, als sie den Weg fortsetzten. »Nicht nur hier in diesem Wald und nicht nur Kiwis. Die Tiere folgen den Pflanzen in den Tod.«

»Sie verhungern oder ersticken.« Olivia klang düster. »Was wir derzeit erleben, ist das sechste große Massenaussterben in der Geschichte des Lebens auf diesem Planeten. In all den Jahrmillionen und Jahrmilliarden geschah es fünf Mal, dass siebzig bis achtzig Prozent aller Spezies auf den Kontinenten und in den Ozeanen ausstarben, aufgrund von Naturkatastrophen und geologischen Umwälzungen. Zuletzt traf es die Dinosaurier am Ende der Kreidezeit vor etwa fünfundsechzig Millionen Jahren. Ein Asteroid und gewaltige Vulkanausbrüche auf einer Landmasse, die später zu Indien werden sollte, veränderten die Erde so, dass die Riesenechsen nicht überleben konnten. Doch was derzeit geschieht, ist keine Naturkatastrophe, sondern ein menschengemachtes Desaster. Diesmal sind *wir* verantwortlich. Und bedroht sind nicht nur Pflanzen und Tiere, was schlimm genug wäre, sondern auch wir selbst. Wir schaufeln uns das eigene Grab.«

»Noch liegen wir nicht drin.« Richard blieb stehen. Er war kurzatmig geworden und schnappte nach Luft. Der Sauerstoffmangel machte sich bei ihm schon bei der kleinsten Anstrengung bemerkbar, etwa bei schnellem Gehen.

Bevor sie das Schild mit dem Hinweis auf das nahe Schutzareal erreichten, fanden sie weitere tote Tiere: mehrere Vögel, einige Frösche und zwei Spinnen, eine knapp drei Zentimeter große White-Tail-Spinne und eine Rote Katipo mit wie aufgebläht wirkendem Leib. Laura stieß sie mit einem kleinen Holzstück an, aber sie regten sich nicht.

Hinter dem Schild mit der warnenden gelben Aufschrift »Protected Zone« erhob sich eine Wand aus Kunststoff, eine Plane, die bis zu den Wipfeln der Kauri-Bäume und über sie hinweg reichte. Āwhina öffnete die darin eingelassene Tür, die in eine Art Schleusenkammer führte, und ließ sie offen.

»Sollten wir sie nicht besser schließen?«, fragte Richard, der wieder einigermaßen zu Atem gekommen war. Er wirkte aber noch ein wenig blass, fand Laura.

Die maorische Biologin öffnete auch die Innentür. »Wir haben die Siegel gestern gelöst. Seit dem Abend gelangt Außenluft ins Innere. Gleich sehen wir, ob Ora wirkt oder nicht.«

Im Innern des Schutzbereichs erwartete sie wärmere Luft mit höherer Luftfeuchtigkeit. Die Sonne schien durch große Öffnungen in den Dachplanen, leichter Wind wehte.

Laura sah sich staunend um. Silberfarn machte seinem Namen alle Ehre, die Blätter und Nadeln gesunder Bäume präsentierten saftiges Grün.

»Lieber Himmel.« Sie seufzte dankbar und erleichtert. »Es funktioniert tatsächlich.«

Āwhina verneigte sich. »Der Seele Tāne Mahutas sei gedankt. Wir haben ein Heilmittel für die graue Krankheit der Welt.«

»Mir wird schlecht, wenn ich daran denke, wie viel Sauerstoff wir verbrauchen«, sagte Olivia im Flugzeug auf dem Weg zur Südinsel. »Wir sollten allen anderen mit gutem Beispiel vorangehen. Doch was machen wir stattdessen? Wir halten wie immer noch viel zu viele Menschen an alten Gewohnheiten fest.«

»Manche Dinge muss man mit eigenen Augen sehen«, entgegnete Laura, obwohl auch sie ein schlechtes Gewissen hatte. Doch die Gespräche mit den Maori waren wichtig gewesen, hatte Leopold betont, der in Queenstown auf sie wartete. Ihre

Arbeit musste auf mehreren Ebenen stattfinden, wenn sie erfolgreich sein sollte, auf der wissenschaftlichen ebenso wie auf der politischen und diplomatischen. In ein paar Tagen standen in der australischen Hauptstadt Canberra Verhandlungen mit der Regierung an, und natürlich würden daran auch die Aborigines teilnehmen. Das Zauberwort hieß Konsens, darauf wies Leopold immer wieder hin. Konsens begrenzte die »Kollateralschäden«, und das war wichtig, wenn man bedachte, wohin die Welt steuerte.

Laura blickte aus dem Fenster. Die ganze Welt schien grau zu sein, selbst das Meer. Aber es gab wieder Hoffnung. Im Wald von Waipoua war eine schwere Last von ihr gewichen, denn Ora funktionierte. Das ersehnte Mittel gegen das Grau, endlich war es da.

Sie sah ihr eigenes Lächeln im Fenster des Flugzeugs, nickte sich selbst zu und schloss die Augen, nur für einen Moment.

Eine gute halbe Stunde später weckte sie ein Röcheln.

Richard saß nicht mehr neben ihr, sondern lag auf zwei nahen Sitzen, eine Sauerstoffmaske über Mund und Nase. Er schnaufte und keuchte, schnappte wie ein Erstickender nach Luft. Āwhina stand über ihn gebeugt und hielt die Maske auf sein Gesicht gedrückt.

»Was ist los?«, entfuhr es Laura. »Um Himmels willen!«

Der Flugbegleiter kam mit einem Beatmungsgerät. Olivia und Āwhina hielten den zappelnden, wie gegen einen unsichtbaren Gegner kämpfenden Richard fest, als der Flugbegleiter ihm die Notmaske abnahm und die des Beatmungsgeräts aufs Gesicht drückte.

Verwirrt, konfus und bestürzt stand Laura zwischen den Sitzen. »Was ist los?«, stieß sie hervor.

»Er kann nicht mehr atmen«, antwortete die maorische Biologin und achtete darauf, dem Flugbegleiter nicht im Weg zu sein. »Er bekommt nicht genug Luft.«

»Oh, Luft bekommt er genug, aber sie enthält nicht ausreichend Sauerstoff für ihn«, sagte Olivia.

Plötzlich hörte das Zappeln auf, und Richard lag reglos auf den beiden Sitzen.

»Was ist mit ihm?« Laura schob sich an Olivia vorbei.

»Er hat das Bewusstsein verloren.« Der Flugbegleiter hielt ihm noch immer die Maske aufs Gesicht und regulierte die Sauerstoffzufuhr.

»Es geht ihm wie anderen«, kommentierte Āwhina ernst. »Es ist zu viel für ihn.«

»Nicht zu viel«, widersprach Olivia, »zu wenig.«

Was von Richards Gesicht zu sehen war, wirkte weiß wie Schnee. Laura blickte auf den Mann hinab, dem sie in den vergangenen Monaten immer näher gekommen war, aber nie nahe genug. Seine Lider zitterten.

»Hier kann ich nichts mehr für ihn tun«, entschuldigte sich der Flugbegleiter.

»Er muss ins Krankenhaus, so schnell wie möglich«, sagte Laura. »Wo befindet sich der nächste Flughafen?«

»In Wellington.«

»Wir ändern den Kurs«, entschied Laura. »Geben Sie dem Piloten Bescheid.« Sie ging neben dem ohnmächtigen Richard in die Hocke, hielt seine Maske fest und nahm dem Flugbegleiter das Beatmungsgerät ab. »Wir fliegen nach Wellington.«

33

»Ich bin kein Arzt, aber mir scheint, es geht ihm noch schlechter«, sagte Olivia voller Sorge.

Das Meer war nicht mehr grau, sondern hatte mit der geringeren Flughöhe sein Blau zurückgewonnen. Die Sonne strahlte durchs nahe Fenster. Berge glitten dahin, von grauen Wäldern bedeckt. Eine Stadt erschien, an einer Bucht gelegen so groß wie ein kleines Meer.

Der Flugbegleiter kam aus dem Cockpit. »Wir können nicht landen«, verkündete er. »Der Flughafen ist nicht sicher.«

»Wie bitte?«, entfuhr es Laura. Sie hielt Richards Atemmaske in der einen Hand und das Beatmungsgerät in der anderen.

»Dort wird demonstriert«, erklärte der Flugbegleiter. »Es kommt zu Ausschreitungen. Apokalyptiker versuchen, das Flugfeld zu stürmen.«

Apokalyptiker. So nannte man die Menschen in allen Ländern der Erde, die den Weltuntergang wenn nicht willkommen hießen, so doch für unvermeidlich hielten, für eine gerechte Strafe des Gottes oder der Götter, an den oder an die sie glaubten, oder für einen Akt kosmischer Gerechtigkeit, die die Menschheit angesichts ihres Frevel am Werk der Schöpfung zur Rechenschaft zog.

So oder ähnlich ließen sich die Ansichten der Fanatiker beschreiben, denen es in erster Linie darum zu gehen schien, ihrer Mischung aus Frust, Zorn und Angst ein Ventil zu geben. Immer mehr von ihnen rutschten in eine neue Art von Terrorismus ab und verübten Anschläge auf Personen, denen sie eine Mitschuld am Grau und dem drohenden Ende der Welt gaben. Eine andere Fraktion nutzte jede Gelegenheit für die Zerstörung von Dingen und Einrichtungen, die kostbaren Sauerstoff verbrauchten.

»Was auch immer geschieht, wir landen«, sagte Laura in einem Ton, der keinen Widerspruch zuließ. »Sagen Sie das dem Piloten. Was auch immer geschieht, dies ist ein Notfall und hat Vorrang vor allem anderen.«

Der Flugbegleiter schüttelte traurig den Kopf. »Wellington gibt uns keine Landeerlaubnis.«

»Dann landen wir eben ohne«, zischte Laura. »Verständigen

Sie das nächste Krankenhaus. Man soll uns einen Rettungswagen schicken.«

Der Mann im Gang zwischen den Sitzen zögerte.

»Wir sind im Auftrag der Vereinten Nationen unterwegs«, sagte Olivia. »Und hier und jetzt sollten wir von unseren UN-Privilegien Gebrauch machen.«

Der Flugbegleiter drehte sich um und kehrte ins Cockpit zurück.

»Es reicht nicht.« Laura hob das Beatmungsgerät. »Er muss in ein Sauerstoffzelt, sonst stirbt er.«

»Der Pilot wird landen«, versprach Āwhina, als hätte sie gerade einen Blick in die Zukunft geworfen. »Wir werden Doktor Richard Jay Compton ins Krankenhaus bringen, und dort wird er die Behandlung erhalten, die er braucht.«

Laura nickte ihr dankbar zu.

Das Flugzeug ging tiefer, Meer und Berge kamen näher. Graues Land auf der einen Seite, blauer Ozean auf der anderen. Die Stadt wirkte wie ein urbanes Band, das sich im Westen an die Berghänge schmiegte. Auf dem Isthmus zwischen der westlichen Stadt und dem auf der Halbinsel Miramar gelegenen Ostteil lag der Flughafen von Wellington, mit einer Start- und Landebahn, vom Meer begrenzt sowohl am Anfang als auch an ihrem Ende. Vom Terminal auf der östlichen Seite stieg Rauch auf.

Laura versuchte, Einzelheiten zu erkennen, aber der Pilot flog einen Bogen für den Landeanflug, und dadurch geriet das Terminal außer Sicht.

»Ich glaube, da unten brennt was«, sagte Olivia auf der anderen Seite des Gangs. Sie beugte sich zum Fenster. »Meine Güte, zwei Flugzeuge stehen in Flammen!«

Der Flugbegleiter kehrte zurück. »Bitte schnallen Sie sich an«, sagte er und setzte sich in die erste Reihe.

Laura hatte den Gurt bereits geschlossen, schlang die Arme

um den immer noch bewusstlosen Richard und achtete darauf, dass die Atemmaske nicht verrutschte.

»Die Apoks haben zwei Flugzeuge in Brand gesetzt, ist das zu fassen?« Olivia blickte noch immer aus dem Fenster. »Wie kann man nur so blöd sein? Feuer verbraucht Sauerstoff!«

Ihre Gulfstream G200 ging tiefer. In einer Höhe von nur wenigen hundert Metern flog sie übers Meer und näherte sich dem Flughafen von Süden.

Laura sah ebenfalls aus dem Fenster. Die Landebahn schien frei zu sein, aber rechts und links davon bemerkte sie zahlreiche Menschen.

Die Maschine setzte hart auf, und dann noch einmal, weicher - der Pilot schien ein wenig nervös zu sein. Laura hielt einen Arm um Richard geschlungen und löste mit der freien Hand den Sicherheitsgurt.

Der Flugbegleiter stand bereits. »Hoffentlich kommt der Rettungswagen schnell zu uns durch.« Er verschwand hinter dem Vorhang beim Cockpit.

»Bevor die Irren dort draußen auf die geniale Idee kommen, auch unser Flugzeug anzuzünden«, fügte Olivia hinzu. Sie stand auf, trat näher und deutete auf den reglosen Richard. »Wir nehmen ihn zwischen uns und tragen ihn nach draußen, wenn es so weit ist.«

»Ich helfe mit«, bot sich Āwhina an.

Der kleine Jet kam nicht zum Stehen, rollte und rollte über die Landebahn, ziemlich schnell und mit lauten Triebwerken, vorbei an der Menschenmenge, die sich bei den großen brennenden Flugzeugen eingefunden hatte. Einzelne Personen lösten sich aus der Menge und liefen der rollenden Maschine hinterher.

Kurze Zeit später war das Ende der Landebahn erreicht. Die Gulfstream wurde langsamer und wendete, wodurch ein Krankenwagen in Sicht geriet. Laura atmete erleichtert auf.

Der Flugbegleiter öffnete die Luke. »Schnell!«, drängte er. »Schnell!«

Mehrerer Sirenen heulten in der Stadt, als sie Richard die Treppe hinuntertrugen und unten angelangt auf eine Krankenbahre legten. Laura wollte zusammen mit einem der beiden Rettungssanitäter hinten in den Krankenwagen klettern, aber Olivia hielt sie fest. Verblüfft blickte Laura auf die Hand an ihrem Arm.

»Nein«, sagte Olivia. »Im Krankenhaus kannst du nichts für ihn tun, aber dort ist er in guten Händen. Du wirst in Queenstown gebraucht. Leopold wartet auf uns.«

Laura rang mit sich. Die Hand an ihrem Arm zog.

»Wenn wir nicht sofort wieder starten, sitzen wir hier fest«, erklärte die maorische Biologin und nickte in Richtung der Menschen, die sich ihnen von den brennenden Flugzeugen her näherten. Einige liefen am Rand der Landebahn, andere mitten auf ihr. Einer von ihnen hob etwas, und es knallte.

»War das ein Schuss?«, rief Olivia entgeistert. »Sie *schießen* auf uns!«

Laura begriff, dass sie wertvolle Zeit vergeudete. Sie traf ihre Entscheidung.

»Kümmern Sie sich gut um ihn!«, rief sie den Sanitätern zu, drehte sich um und eilte die Treppe zum Jet hoch. Olivia und Āwhina folgten ihr. Bevor sich die Einstiegsluke schloss, konnte Laura noch sehen, wie der Krankenwagen übers Flugfeld in Richtung Stadt sauste.

Der Pilot beschleunigte, noch bevor sie saßen. Laura verlor fast das Gleichgewicht, fand ihren Sitz, sank hinein und legte den Gurt an.

»Einige Leute laufen auf der Landebahn.« Sie blickte nach draußen, sah aber nur die Stadthügel im Westen und weiter vorn, im Süden, die Lyall Bay – sie kam schnell näher.

»Sie werden ausweichen«, stieß Olivia grimmig hervor.

»Und wenn nicht?«

»So verrückt sind nicht einmal die Apokalyptiker. Sie werden ausweichen.«

Etwas später, als sie über den Wolken nach Südwesten flogen, über die Südinsel hinweg nach Queenstown, sagte Āwhina traurig: » Es gibt immer mehr Gewalt, immer mehr Chaos, und Tāne Mahuta hat uns verlassen. Wer wird nun seine schützende Hand über uns halten?«

»Das müssen wir schon selbst tun«, erwiderte die junge Olivia ein wenig respektlos. »Und dazu sind wir auf dem besten Weg, nicht wahr? Wir bringen eine gute Nachricht nach Queenstown. Das Ende der Welt wird verschoben. Wir haben ein Mittel gegen das Grau.«

Laura dachte an Richard und hoffte, dass das Ende der Welt auch für ihn noch nicht gekommen war.

34

HUDSON CHAMBERLAIN

TORONTO, KANADA

Chamberlain träumte oft vom Prozess, fast jede Nacht. Im Traum saß er neben seinem Anwalt Alain Lacroix, dem teuersten und besten in ganz Kanada, und hörte, wie der mit kluger Rhetorik von einer Verschwörung sprach, die seinen Mandanten hinter Schloss und Riegel bringen sollte. Er sprach von Neid, weil Corrico so enorm erfolgreich war, und von Rache, weil man Corrico die Verantwortung für das Grau zuschrieb, obwohl es dafür, so der Anwalt, noch immer keinen wissenschaftlich belegten Beweis gab.

Chamberlain saß still und stumm und schöpfte Hoffnung angesichts der gut klingenden Worte. Vielleicht gelang es Lacroix, der ihn Hunderttausende von Dollar kostete, tatsächlich, den Richter von seiner Unschuld zu überzeugen oder zumindest genügend Zweifel an seiner Schuld zu säen, dass es zu einem Freispruch oder höchstens zu einer Bewährungsstrafe kam.

Alles ging gut, in Chamberlains Traum, bis zum großen Auftritt von Joycelin. Die Geschäftsführerin von Corrico kam in einem dunkelblauen Kostüm, wirkte würdevoll und dezent, gab sich aufgeschlossen und kooperativ. Wer sie zum ersten Mal erlebte, hielt sie für eine Frau, die es gut meinte und Vertrauen verdiente. Sie lächelte für die Fernsehkameras und Handys, aber nicht zu oft und nicht zu strahlend, sie blieb zurückhaltend, eine Person, die das Rampenlicht kannte, es aber nicht suchte, der nichts an Selbstdarstellung und Sichtbarkeit lag, wohl aber an Wahrheit und Aufklärung.

Später, in den vielen Tagen und Nächten, die dem Urteil folgten, hatte Chamberlain reichlich Gelegenheit, sich den inneren Film der Erinnerungen an Joycelins Aussagen vor Gericht immer wieder anzusehen, und dabei kam er nicht umhin, die Perfektion zu bewundern, mit der sie ihre Rolle der Unschuldigen und Verantwortungsbewussten spielte. Aber als es geschah, als sie *gegen* ihn aussagte, war die Überraschung so immens, dass sie ihn lähmte. In der Erinnerung überraschte ihn die eigene Überraschung, denn eigentlich konnte kein Zweifel daran bestehen, wem er Verhaftung, Anklage und Prozess verdankte.

Joycelin begann mit dem Hinweis, dass sie als neue CEO von Corrico die außerordentlich schwere Aufgabe habe, den Konzern einem angeschlagenen Schiff gleich durch die stürmische See der Weltwirtschaft zu steuern, die wegen der Sauerstoff-Rettungsmaßnahmen eine Krise ohnegleichen erlebte. Das weltweite Bruttoinlandsprodukt war von etwa hundertzehn Billionen US-Dollar auf wenig mehr als zwanzig Billionen gesunken und somit auf den Stand von etwa 1990 zurückgefallen. Sie sei vor allem bemüht, betonte Joycelin, Hunderttausende von Arbeitsplätzen zu sichern und alle Mittel des Corrico-Konzerns zu nutzen, um die Fehler der Vergangenheit zu korrigieren, für die in erster Linie ihr Vorgänger Hudson Chamberlain die Verantwortung trug. Unter ihrer Leitung würde Corrico all die Forschungsprojekte unterstützen, die versuchten, ein Mittel gegen das Grau zu finden, so auch das Ozeanographische Institut Minerva von Laura Lombardi, die als Erste vor dem Grau gewarnt hatte und von Chamberlains Corrico mit einer gezielten Medienkampagne verunglimpft worden sei. In den Laboratorien des Konzerns setze man alles daran, die zuvor vernachlässigten chemischen Wechselwirkungen der Kohlenstoff-Sauerstoff-Aktuatoren in der Stratosphäre und auch den unteren Atmosphärenschichten zu analysieren.

Joycelin übergab dem Gericht Unterlagen, die zeigten, dass

tatsächlich KOSA das Grau verursacht hatte, ein Geoengineering-Projekt, das vor allem Chamberlain und die von ihm favorisierten Forscher innerhalb des wissenschaftlichen Komplexes von Corrico und des Klimakonsortiums vorangetrieben hatten, vermutlich mit der Absicht, so spekulierte sie, Milliarden an Fördergeldern von den Vereinten Nationen zu erhalten. Ein nicht unbeträchtlicher Teil dieses Geldes, fügte sie hinzu, sei offenbar in jene dunklen Kanäle geflossen, die schon einmal benutzt worden waren, vor gut drei Jahren.

In diesem Zusammenhang erinnerte Joycelin an das Notizbuch und die Datenträger, die sie der Polizei übergeben hatte, Beweismaterial, aus dem hervorging, dass »der Mann dort auf der Anklagebank« mit einem großen internationalen Geldwäscheskandal in Verbindung stand, von dem vor gut drei Jahren nur ein kleiner, unbedeutender Teil bekannt geworden war.

Fragen bezüglich des Mordes an Slobodan Ković beantwortete sie ausweichend. Nein, darüber wisse sie kaum etwas. Sie habe den Ermordeten nicht gekannt und sei zum Tatzeitpunkt auch nicht in Italien gewesen. Ob sie den Angeklagten für fähig hielte, einen Mord zu begehen, fragte der Staatsanwalt, und Joycelin antwortete sofort: Nein, auf keinen Fall. Sie würde ihm kein Geld anvertrauen und auch keine wissenschaftlichen Aufträge, aber Mord? Nein, das käme selbst für ihn nicht in Frage.

Damit gewann ihre Aussage zusätzliche Glaubwürdigkeit, was sie natürlich wusste.

Als Joycelin wenig später den Gerichtssaal verließ, trafen sich ihre Blicke, und sie schenkte Chamberlain ein kleines, triumphierendes Lächeln, das vielleicht nur er sah.

Der Traum machte aus dem Lächeln manchmal ein lautes spöttisches Lachen, und wenn Chamberlain dann in seiner Zelle erwachte, fühlte er kalten Zorn in den Eingeweiden.

Einen Monat nach Joycelins Aussage fällte der Richter das Urteil: fünfundzwanzig Jahre Gefängnis.

35

Hudson Chamberlain brauchte einige Wochen, um sich von dem Schock zu erholen. Er verbrachte die Zeit in seiner Zelle hauptsächlich damit, Rachepläne zu schmieden, die er nach ein oder zwei Tagen verwarf, um an neuen zu basteln, mit noch mehr befriedigenden Details. Immer wieder stellte er sich vor, wie das kühle Lächeln aus Joycelins Gesicht verschwand und Furcht wich. Ja, sie sollte sich fürchten, dazu hatte sie allen Grund, denn er würde einen Weg finden, es der falschen Schlange heimzuzahlen.

Nach und nach wurde ihm klar, dass er sich auf einen längeren Aufenthalt im Gefängnis einstellen musste. Mit Geld konnte er sich zwar einige Privilegien erkaufen, zum Beispiel eine Zelle, die er mit niemandem teilen musste, aber es brachte ihn nicht in die Freiheit zurück. Er konzentrierte seine Hoffnungen auf Alain Lacroix und die von ihm beauftragten Ermittler. Die konnten mit genügend Geld sicherlich recht viel erreichen. Vielleicht gelang es ihnen, den Fall aufzuklären und herauszufinden, wer tatsächlich hinter dem Mord steckte, der ihn ins Gefängnis gebracht hatte.

Ihm stand noch ein zweiter Prozess bevor, größer als der erste, in einem Gerichtssaal groß wie die Welt. Und natürlich war es mehr als nur ein Prozess: ein Aufarbeiten der jüngsten Vergangenheit. Die globale Öffentlichkeit sollte jemanden bekommen, auf den sie mit dem Finger zeigen und sagen konnte: »Das ist er, der Schuldige, der Mann, der für das Grau die Verantwortung trägt.«

Lacroix und sein teures Team bereiteten sich darauf vor. Chamberlain wollte den großen Prozess als Bühne nutzen, um seine Unschuld zu beweisen und der ganzen Welt zu zeigen, dass er es immer gutgemeint hatte. Vielleicht konnte er dabei auf die Hilfe von UN-Generalsekretär Tayo Aneke zurückgreifen, mit dem die Zusammenarbeit immer sehr gut gewesen war. Seine Botschaft würde lauten: Ich wollte nur das Beste, der Fehler liegt bei den Wissenschaftlern und Technikern.

Die Routine des Gefängnisses glättete allmählich Chamberlains emotionale Wogen, und es half, etwas zu tun zu haben. Eine Ironie des Schicksals wollte, dass man ihn für die Arbeit im zwei Hektar großen Treibhaus hinter den vier Gebäudeblöcken einteilte. Zuerst gab es Ablehnung und Anfeindungen, die einmal sogar zu einem Angriff auf ihn führten. Ausgerechnet dem Mann, der die Welt grau gemacht hatte, sollten Pflanzen anvertraut werden, die in einer streng geschützten Umgebung wuchsen und dort nicht nur Sauerstoff produzierten, sondern auch Obst und Gemüse.

Doch Hudson Chamberlain war noch immer jemand, der Geld und damit auch Einfluss hatte, und indem er damit seinerseits Privilegien verteilte, stieg er in der Gefangenenhierarchie auf. Es dauerte nicht lange, bis er im Treibhaus nur noch die Arbeiten verrichtete, die ihm gefielen, die schmutzigen und anstrengenden überließ er anderen. Gelegentlich bekam er das Essen und die Getränke, die er sich wünschte. Jemand steckte ihm ein Handy zu, falls er mit »draußen« telefonieren wollte, womit der ganze große Rest der Welt gemeint war. Mehrmals kaufte er sich für viel Geld offenen, nicht überwachten Internetzugang und nutzte den für ihn reservierten Computer im Freizeitraum, um festzustellen, ob bestimmte Geschäftsbeziehungen noch immer existierten und wie sie sich in seiner derzeitigen Situation nutzen ließen. Er musste auf nicht von Corrico kontrollierte Reserven zurückgreifen, um die hohen Rechnungen des Anwalts zu bezahlen und sein vergleichsweise komfortables Leben im Gefängnis zu finanzieren.

Bei den Online-Recherchen stellte er fest, dass es der Welt immer schlechter und Joycelin immer besser ging. Sie hatte seine Nachfolge als CEO von Corrico und des Klimakonsortiums angetreten, bedauerte bei jeder sich bietenden Gelegenheit die Fehler der Vergangenheit, begangen insbesondere von ihrem skrupellosen Vorgänger Hudson Chamberlain, versprach ebenso oft Wiedergutmachung und versicherte, dass in Corricos Laboratorien und Denkfabriken alles getan werde, um ein Mittel gegen das Grau zu finden. Man sei dabei schon ein gutes Stück vorangekommen, betonte sie.

Sie wählte immer die richtigen Worte und wirkte sehr überzeugend. Aber das würde ihr nicht helfen, wenn er in die Freiheit zurückkehrte. Sollte sie nur lächeln für die vielen Kameras und vielleicht auch für die Spiegel des Corrico-Penthouses. Er würde ihr dieses Lächeln aus dem Gesicht wischen.

Einmal kam es im Treibhaus zu einem Zwischenfall, der ihn fast seine Privilegien gekostet hätte. Es gab zwei Zugänge, einen Haupt- und einen Nebeneingang, und in beiden Fällen musste man eine Art Luftschleuse passieren, die garantieren sollte, dass die geschützten Pflanzen im Innern isoliert blieben und nicht mit kontaminierter Luft in Kontakt gerieten. Chamberlain benutzte den kleineren Nebeneingang und war an jenem Tag so in Gedanken versunken, dass er die Tür geöffnet ließ und den Warnton überhörte, weil gerade die Sprinkleranlage ansprang und die Pflanzen bewässerte. Er wanderte an den Beeten vorbei, überprüfte Tomaten und Gurken, warf einen Blick auf Erbsen und Himbeeren und dachte die ganze Zeit an Joycelin, die er noch vor wenigen Stunden auf dem Computermonitor gesehen hatte.

Als er seinen Fehler bemerkte, war es bereits zu spät, zumindest für einen Teil des Treibhauses. Durch die offene Tür war Außenluft eingedrungen. Wie sich Stunden später herausstellte, war fast ein Drittel aller Gewächse im Treibhaus vom Grau betroffen – ein herber Rückschlag für die Bemühungen um eine Eigenversorgung mit Lebensmitteln, die in der grauen Welt immer teurer wurden.

Chamberlain gab die Schuld dem kleinen José, der kurz vor ihm das Treibhaus betreten hatte und gar nicht wusste, wie ihm geschah, als ihm die anderen Gefangenen plötzlich finstere Blicke zuwarfen. Chamberlain nahm ihn großzügig unter seine Fittiche und meinte, jeder mache mal einen Fehler und verdiene eine zweite Chance. Was ihm Anerkennung bei den Häftlingen einbrachte.

Zwei Tage später besuchte ihn sein Anwalt.

Alain Lacroix war kaum größer als der kleine José, Mitte fünfzig und schlank. Wer ihn zum ersten Mal sah, hielt ihn vielleicht für einen Buchhalter, für jemanden, der tagein, tagaus seiner geregelten Arbeit nachging und auf die Pensionierung wartete, um sich dann ganz seiner Briefmarkensammlung widmen zu können.

»Wie steht es mit der beantragten Revision des Prozesses?«, fragte Chamberlain, als sie sich im Besucherzimmer gegenübersaßen. Lacroix kam nur dann, wenn es etwas Wichtiges zu besprechen gab, darum machte sein Erscheinen Chamberlain Hoffnung. Vielleicht hatte der gewiefte Anwalt irgendwo eine Abkürzung entdeckt.

»Der ursprüngliche Antrag liegt auf Eis«, antwortete Lacroix mit seiner tiefen Stimme, die im Gerichtssaal alle in ihren Bann schlug. »Die Welt hat derzeit andere Sorgen.«

Enttäuschung machte sich in Chamberlain breit. Er hatte mehr erwartet.

»Aber ich habe hier etwas, das alles ändern könnte.« Der Anwalt öffnete seinen Aktenkoffer, holte einen Umschlag daraus hervor und reichte ihn Chamberlain.

Der nahm den Umschlag entgegen, öffnete ihn und holte einen Hefter mit Ausdrucken und Fotokopien heraus. Er begann zu lesen. Nach einigen Minuten sah er auf. »Ist das wirklich wahr?«

Der Anwalt nickte würdevoll. »Unsere Ermittlungen waren

erfolgreich. Wir wissen, dass Joycelin Hayes hinter dem Mord an Slobodan Ković steckt. Wir wissen auch, dass sie es war, die Doktor Laura Lombardi anonyme Mitteilungen geschickt hat. Die Frage lautet: Was fangen wir mit diesen Informationen an?«

36

LAURA LOMBARDI

QUEENSTOWN, SÜDINSEL VON NEUSEELAND

»Es tut mir sehr leid«, sagte Leopold voller Anteilnahme. »In den vergangenen Monaten habe ich Richard ebenfalls zu schätzen gelernt. Ich bin sicher, man wird sich in Wellington gut um ihn kümmern.«

Laura seufzte. »Es fühlt sich an, als hätte ich ihn im Stich gelassen.«

»Das hast du nicht.« Er legte ihr beide Hände auf die Schultern, drückte kurz zu und ließ dann wieder los.

Das letzte halbe Jahr hatte eine Nähe gebracht, die manchmal einen seltsamen emotionalen Konflikt in Laura heraufbeschwor. Sie hatte versucht, es zu ignorieren, doch seit einigen Wochen machte es sich immer stärker bemerkbar. Sie bedauerte, dass die Hände zurückwichen, und dadurch fühlte sie sich noch schuldiger.

Sie öffnete die Terrassentür ihrer Hotelsuite und trat nach draußen. Warme Luft empfing sie, obwohl der Abend bereits in die Nacht überging. Queenstown lag größtenteils im Dunkeln, ein Resultat der Energiesparmaßnahmen, die die neuseeländische Regierung bereits vor einigen Monaten beschlossen hatte, als sich abzeichnete, dass die südliche Hemisphäre nicht vom Grau verschont bleiben würde.

»Wir atmen schneller«, sagte sie. »Wir alle. Die meisten von uns, ohne es zu merken. Wir sind wie Bergsteiger, die sich der Höhe anpassen. Aber hier befinden wir uns nur einige Dutzend Meter über dem Meeresspiegel. Es ist nicht die Höhe, die uns schneller atmen lässt, sondern der geringere Anteil von Sauerstoff in der Atmosphäre. Wann brauchen Bergsteiger Sauerstoffmasken, Leopold?«

Er stand neben ihr, ein zweiter Ruhepol in der Welt, ein zweiter Fels in der Brandung.

Es war eine rhetorische Frage, bestimmt wusste er das, aber er antwortete trotzdem, vielleicht um sie abzulenken. »Manchmal stellen sich die ersten Symptome der Höhenkrankheit schon bei zwei- bis zweieinhalbtausend Metern ein; es hängt ganz von der jeweiligen körperlichen Verfassung ab. Je länger der Organismus Zeit hat, sich an die dünnere Luft zu gewöhnen, desto besser kommt er mit größeren Höhen zurecht. Es liegt hauptsächlich an der Anzahl der roten Blutkörperchen, den Trägern des Sauerstoffs. Damit kennst du dich besser aus als ich.«

»Abgesehen von Atemnot hat Richard keine Symptome von Höhenkrankheit gezeigt«, berichtete Laura. »Er klagte weder über Kopfschmerzen noch Übelkeit.«

»Vielleicht wollte er dich nicht beunruhigen.«

»Ja«, murmelte Laura. »Ja, das wäre möglich.«

»Ganz allgemein gilt für Bergsteiger: je größer die Zielhöhe, desto mehr Zeit sollten sie sich für die Akklimatisation nehmen. Und dafür hatten wir Zeit genug, mehr als ein halbes Jahr.«

»Trotzdem sind die Krankenhäuser überall voll von Menschen mit Atemproblemen.«

Leopold nickte. »Bisher sind vor allem geschwächte Personen betroffen, Alte und Kranke oder Leute mit entsprechenden Vorerkrankungen.«

»Richard war kerngesund!«

»Ausnahmen bestätigen die Regel.« Leopold blickte wie Laura in die Nacht von Queenstown. Die einzige größere Ansammlung von Lichtern zeigte sich bei der Halbinsel im Südosten, bei den Queenstown Gardens, einer Parkanlage, die in ein etwa fünfzehn Hektar großes Sauerstoff produzierendes Biolabor verwandelt worden war.

»Je höher hinauf es geht, desto schwieriger wird das Atmen«, fuhr er fort. »Die sogenannte Todeszone beginnt bei etwa siebentausend Metern. Der Begriff geht auf Doktor Edouard Wyss-Dunant zurück, den Arzt der Schweizer Everest-Expedition von 1952. Sie beschreibt den Bereich, in dem die Sauerstoffsättigung des Hämoglobins im arteriellen Blut unter den kritischen Wert fällt. Zu jener Zeit hielt man eine Besteigung des Mount Everest ohne Sauerstoffgerät für unmöglich. Seit Reinhold Messner wissen wir es besser.«

»Wann erreichen *wir* die Todeszone?«

»Normalerweise enthält die Atmosphäre einundzwanzig Prozent Sauerstoff«, sagte Leopold. »Inzwischen sind wir bei sechzehn oder fünfzehn Prozent. Wir befinden uns im kritischen Bereich, trotz der vielen Sauerstofffabriken überall auf der Welt. Aber weißt du, was das Schöne ist?« Er wandte sich ihr zu. »Wir *werden* die Todeszone nicht erreichen.«

»Weil Ora funktioniert.«

»Genau! All die wissenschaftlichen Anstrengungen der letzten Monate tragen endlich Früchte. Die Welt verdankt es deinem Institut und all den anderen, dass wir endlich ein Mittel gegen das Grau haben. Die Wissenschaft hat gesiegt. Morgen teilen wir es der Welt mit, wenn wir die Queenstown Gardens öffnen. Und Übermorgen präsentieren wir unseren Triumph vor den Vereinten Nationen.«

Letzteres war neu für Laura. Sie sah ihn an.

»Ich habe den Generalsekretär informiert«, erklärte Leopold. »Tayo Aneke hat uns sofort eingeladen. Wir werden vor dem Krisenkomitee der Vereinten Nationen sprechen und vielleicht auch vor der Vollversammlung, in der kommenden Woche.« Er breitete die Arme aus. »Wir geben der Welt wieder Hoffnung.«

Nur ein Schritt, dachte ein Teil von Laura. Ein Schritt hätte sie zu Leopold gebracht, und wahrscheinlich hätten sich seine Arme um sie geschlossen.

Aber sie blieb stehen und sagte: »Ich bin müde.«

Leopold nickte. »Es war ein langer Tag.« Er zögerte kurz. »Bis morgen früh. Schlaf gut.«

Damit ging er.

Laura war nicht müde. Sie blieb eine halbe Stunde auf der kleinen Terrasse stehen, bevor sie schließlich den Weg ins Bett fand, den Kopf noch immer voller Gedanken.

37

Mitten in den Queenstown Gardens, auf dem Gelände des ehemaligen Tennisclubs, erhob sich ein Podium, über dem im warmen Morgenwind drei Flaggen wehten: die blaue der Vereinten Nationen, die neuseeländische mit dem Union Jack und die maorische, die Fahne der United Tribes of New Zealand.

Um zehn Uhr ertönte ein Signal, laut genug, um von den Bergen am Rand der Stadt widerzuhallen, und der erste Sprecher trat ans Pult, der alte, würdevolle Bürgermeister der Stadt. Fünf Minuten lang sprach er über Mensch und Natur, über Gaia, die Mutter Erde, und den fehlenden Respekt vor ihr. Er verwob Mythologie und Wissenschaft auf eine Weise, die Laura nicht gefiel, aber natürlich klatschte sie zusammen mit den anderen.

Dem Bürgermeister folgte Āwhina am Rednerpult. Laura hatte die maorische Biologin gebeten, für sie alle zu sprechen, für Future Labs, das Ozeanographische Institut Minerva und all die anderen wissenschaftlichen Organisationen überall auf der Welt, die an der Entwicklung von Ora mitgewirkt hatten. Doch Āwhina fasste sich kurz, betonte aber mehrmals die Bedeutung der Wissenschaft bei der unmittelbar bevorstehenden Rettung der Welt. Damit trat sie seit einigen Monaten immer lauter werdenden Stimmen entgegen, die Wissenschaftlern und »Technikgläubigen« die Schuld am Grau gaben.

Sie erhielt noch mehr Applaus als der Bürgermeister vor ihr.

Nach ihr sprach Leopold Magnussen, Sonderbotschafter der Vereinten Nationen. Er nahm sich einige Minuten mehr Zeit als seine beiden Vorredner, vor allem deshalb, weil ihm jemand signalisierte, dass man bei den Kopter-Startplätzen noch nicht ganz so weit war. Auch er betonte die Rolle der Wissenschaft bei der Bewältigung der größten Krise, mit der es die Menschheit jemals zu tun bekommen hatte. Laura hörte ihm aufmerksam zu, als er von Frieden und Hoffnung für eine von Gewalt, Angst und Verzweiflung heimgesuchte Welt sprach. Mit unerschütterlicher Zuversicht kündigte er den Beginn eines neuen Zeitalters an, in dem die Menschen die alten Fehler vermeiden würden.

Während seiner Rede sah Laura mehrmals verstohlen auf ihr Handy, aber es war noch immer keine Mitteilung aus Wellington eingetroffen.

Leopolds Worten folgte der lauteste und längste Applaus.

Die Elektrokopter starteten, jeweils mit sechs oder acht Rotoren ausgestattet und halb so groß wie ein Auto. Sie surrten und schwirrten davon, steuerten verschiedene Teile der zum Biolabor umfunktionierten Parkanlage an, brachten mit Haken versehene Leinen aus und schafften es alle beim ersten Versuch, die großen Schlaufen der Planen zu treffen, die den Wald der Queenstown Gardens ebenso isoliert hatten wie den Testbereich im Waipoua Forest weit im Norden. Das Summen und Brummen wurde lauter, als die Planen fast gleichzeitig gehoben wurden.

Am frühen Morgen waren sie geöffnet und die Luftmaschinen unter ihnen abgeschaltet worden, die verhindert hatten, dass es im geschützten Bereich zu heiß wurde. Die Isolation der vielen mit Ora behandelten Pflanzen war schon vor Stunden beendet worden, und das wussten die eingeladenen Gäste natürlich. Umso erfreuter waren sie, als unter den Planen üppige grüne Vegetation zum Vorschein kam.

Mehr als hundert Männer und Frauen standen auf und klatschten begeistert.

Am Mittag fand im Rathaus ein Bankett statt, was Laura angesichts der weltweiten Nahrungsmittelknappheit nicht für eine gute Idee hielt. Aber der Bürgermeister hatte darauf bestanden und betont, wie wichtig es sei, ganz allgemein »ein Zeichen zu setzen« und »ein Signal zu senden«. Laura vermutete, dass es ihm auch und vielleicht vor allem darum ging, sich für die Wahlen in einem Monat in ein möglichst gutes Licht zu rücken.

Festredner lobten die unermüdliche Arbeit von Forschern und Entwicklern, kündigten ein Ende des Grau an und versprachen eine bessere Welt. Von allen schien eine schwere Last genommen, eine neue, befreiende Leichtigkeit machte sich breit. Selbst Laura ließ sich davon anstecken – bis sie zwei Nachrichten erhielt, die schlimmer kaum sein konnten.

Die erste brachte ein junger Maori, der an der Tür des Festsaals mit Āwhina sprach. Laura ahnte etwas, als die Biologin mit ernster Miene zu ihr eilte.

»Was ist schiefgegangen?«, fragte sie.

»Alles«, lautete die bestürzte Antwort. »Der Wald wird grau. Und im Waipoua Forest ist es ebenfalls passiert. Ora funktioniert nicht.«

Die zweite Nachricht bekam sie nur wenige Sekunden später. Laura versuchte noch, Āwhinas Worte zu verarbeiten, als ihr Handy vibrierte. Sie hatte es stummgeschaltet und stellte fest, dass vor wenigen Minuten ein Anruf vom Krankenhaus in Wellington eingetroffen war. Der Anrufer hatte eine Sprachnachricht hinterlassen, und Laura rief sie sofort ab.

Die von der Mailbox aufgezeichnete Frauenstimme klang traurig. »Wir bedauern sehr, Ihnen mitteilen zu müssen, dass Richard Jay Compton vor einer halben Stunde verstorben ist.«

38

JOYCELIN HAYES

SÜDÖSTLICH VON NOUAKCHOTT, MAURETANIEN

Die Gebäude waren neu, erst vor einigen Monaten im Südosten der mauretanischen Hauptstadt errichtet, umringt vom Asphaltband einer breiten Zufahrtsstraße. Mehrere unterirdisch verlegte Kabel verbanden sie mit Corricos Solarfarmkraftwerken im Osten des Landes und brachten den Sauerstofffabriken Elektrizität aus der Wüste. Daran mangelte es nicht, Strom stand genug zur Verfügung.

»Es reicht nicht«, sagte die Direktorin, die müde und älter wirkte als ihre sechzig Jahre. »Die Katastrophe ist unabwendbar.«

»Erklären Sie es mir«, forderte Joycelin. »Erklären Sie mir alles. Aber nicht hier draußen. Es ist mir zu heiß. Gehen wir in Ihr Büro.«

Sie verließen die Aussichtsterrasse im fünften Stock des Hauptgebäudes, von der aus man einen weiten Blick über das Anwesen hatte bis hin zum Meer auf der einen Seite – von dort stammte das Wasser für die Fabriken – und der Stadt auf der anderen.

Auf dem Weg durch den Flur blieb Tyler, Joycelins junger Sekretär, der den Aktenkoffer trug, dicht hinter ihr. Die beiden Leibwächter, älter und kräftiger als Tyler, wahrten einen etwas größeren Abstand. Für sie gab es an diesem Ort nicht viel zu tun.

Es war nicht weit bis zum kleinen schmucklosen Büro der Direktorin. Es hingen keine Bilder an den Wänden, und die Regalfächer des großen Bücherschranks auf der einen Seite waren leer. Ein langer Schreibtisch aus Kunststoff stand am Fenster mit den halb heruntergelassenen Jalousien, fast ganz von Ausdrucken, Heftern, Mappen und kleinen Dokumentenstapeln bedeckt; nur in der Ecke war noch Platz für ein Notebook.

Die Direktorin – sie hieß Louise Mertens und stammte aus Antwerpen in Belgien – deutete auf die vielen Unterlagen. »Hier haben Sie Ihre Erklärung.« Es klang erneut müde und resigniert.

»Ich wäre Ihnen dankbar, wenn Sie das alles für mich zusammenfassen könnten.« Joycelin wiederholte die Geste der Direktorin. »Und zwar so, dass es jemand versteht, der nicht viele Jahre in Wissenschaft und Forschung verbracht hat.«

Louise Mertens seufzte schwer. »Bitte entschuldigen Sie.« Sie sank in ihren Sessel und zeigte auf die Stühle vor dem Schreibtisch.

Joycelin wandte den Kopf und wies die Leibwächter an, im Flur zu warten. Tyler wollte sich ihnen anschließen, aber sie sagte: »Nein, bleiben Sie.«

Freude huschte über sein junges Gesicht, als er neben ihr Platz nahm. Er leistete gute Arbeit und war immer sofort zur Stelle, wenn sie ihn brauchte. Joycelin glaubte zu wissen, wie seine Motive beschaffen waren. Mit unermüdlichem und kompetentem Eifer wollte er einen privilegierten Platz an ihrer Seite erringen. Persönliche Gründe gab es vermutlich nicht, obwohl Joycelin diese Möglichkeit nicht völlig ausschloss. Wenn er sich eine Beziehung erhoffte, erwartete ihn eine Enttäuschung, denn für so etwas wollte und konnte sie sich keine Zeit nehmen.

Aber wahrscheinlich ging es ihm in erster Linie um einen festen Platz am Tisch der Macht. Vielleicht glaubte er sogar, sie eines Tages ersetzen zu können, so wie sie Hudson Chamberlain ersetzt hatte – wenn sie ihm tief genug in die Augen sah, erkannte sie vertrauten Ehrgeiz. Auch in dieser Hinsicht durfte er nicht zu viel erwarten: Seine Leiter nach oben war wacklig, Joycelin konnte sie jederzeit umstoßen.

»Es reicht nicht«, wiederholte die Direktorin. »Allein in den nordafrikanischen Wüsten geht durch natürliche Oxidation mehr Sauerstoff verloren, als wir hier produzieren.«

»Erhöhen Sie die Produktion«, sagte Joycelin. »Entwickeln Sie effizientere Verfahren.«

Louise Mertens schüttelte den Kopf. »So einfach ist das nicht. Neue Methoden der Sauerstoffproduktion lassen sich nicht einfach herbeizaubern. Für die Gewinnung von Sauerstoff stehen mehrere Verfahren zur Auswahl: die Druckwechsel-Adsorption, bei der Luft durch Molekularsiebe strömt, die Stickstoff und Kohlendioxid aufnehmen und nur Sauerstoff und Argon hindurchgelangen lassen; die Rektifikation, ein thermisches Trennverfahren, das eine Erweiterung der Destillation darstellt; und die auf chemischen Reaktionen basierende Bariumoxid-Technik. Letzteres erfordert ziemlich viel Energie, denn Bariumoxid muss unter Luftzufuhr auf fünfhundert Grad Celsius erhitzt werden, damit sich Bariumperoxid bildet, das beim Erhitzen auf siebenhundert Grad den zuvor aufgenommenen Sauerstoff durch Thermolyse wieder freisetzt.«

Die Direktorin lehnte sich zurück. Sie war blass und ein wenig kurzatmig.

»Die drei genannten Verfahren haben zwei entscheidende Nachteile, weshalb wir sie nicht nutzen«, erklärte sie. »Erstens ermöglichen sie nur die Produktion relativ geringer Mengen Sauerstoff, den sie zweitens der Luft entnehmen. Was natürlich überhaupt keinen Sinn ergibt, denn es geht uns ja darum, den Sauerstoffgehalt der Luft zu erhöhen.«

»Elektrolyse«, sagte Joycelin und spürte, wie sie ungeduldig zu werden begann.

Mertens nickte. »Wasserelektrolyse, um genau zu sein. Die Zerlegung von Wasser in Wasserstoff und Sauerstoff mit elektrischem Strom, von dem wir zum Glück genug haben.«

»Das Verfahren ist neu«, sagte Joycelin. »Es wurde von uns entwickelt. Wir haben das Patent ...«

»Das wir natürlich nicht nutzen«, wurde sie von Louise Mertens unterbrochen. »Schließlich sind wir nicht auf Profit aus. Und außerdem haben wir einiges wiedergutzumachen, nicht wahr?«

Joycelin lächelte, doch wer sie kannte, wusste, dass es ein gefährliches Lächeln war. Sie ließ sich nicht gern unterbrechen und mochte auch keinen Sarkasmus, der sich auf ihre Person bezog, erst recht nicht von jemandem, der in Corricos Hierarchie weit unter ihr stand.

»In der Tat«, sagte sie dennoch und ließ sich nichts anmerken. »Mein Vorgänger hat viele Fehler gemacht, und wir sind noch immer dabei, sie zu korrigieren. Ja, auch deshalb stellen wir das patentierte neue Elektrolyseverfahren der ganzen Welt kostenlos zur Verfügung.«

Die Direktorin seufzte erneut. Hinter ihr gleißte die afrikanische Sonne durchs getönte Fenster. »Kostenlos für die Produktion von Sauerstoff. Doch was den Verkauf des ebenfalls produzierten Wasserstoffs betrifft, erhält Corrico einen Anteil von fünfunddreißig Prozent. Oder irre ich mich da?«

»Wir verwenden das Geld unter anderem dafür, Ihr Gehalt zu bezahlen.« Joycelin sprach weiterhin in einem freundlichen, zuvorkommenden Ton. »Welche Probleme gibt es mit der Elektrolyse?«

»Technisch gesehen keine. Aber es genügt einfach nicht. Die produzierte Menge ist zu gering. Selbst mit fünfzig, hundert oder tausend Anlagen dieser Art können wir nicht verhindern, dass der Sauerstoffgehalt der Atmosphäre weiter sinkt, mit jedem Atemzug von uns, mit jeder verstreichenden Sekunde. Corricos Investitionen hier am Rand der Wüste sind nur ein Feigenblatt für KOSA und dafür, dass wir die Schuld am Grau tragen. Angeblich werden große Anstrengungen unternommen, um die Welt zu retten, aber in Wirklichkeit macht Corrico gute Geschäfte mit Wasserstoff. Solange man auf dieser Welt noch gute Geschäfte machen kann, denn bald ist es vorbei damit. Mir fällt das Atmen manchmal schwer, obwohl unsere Luft hier mehr Sauerstoff enthält als sonst wo. Menschen werden sterben, viele Menschen. Die Welt, wie wir sie kennen, wird aufhören zu existieren. Und es ist unsere Schuld.«

Joycelin holte tief Luft und merkte, wie sie selbst kurzatmig zu werden begann. Es lag aber nicht an mangelndem Sauerstoff, sondern an dem Zorn in ihr. Sie stand auf und lächelte einmal mehr ihr kühles Lächeln. »Danke für Ihre offenen Worte und die Erläuterungen. Ich möchte Sie nicht länger von Ihrer Arbeit abhalten. Bestimmt haben Sie reichlich damit zu tun, sich auf den Weltuntergang vorzubereiten.«

Sie verließ das Büro zusammen mit Tyler und schloss die Tür. Die beiden Leibwächter standen einige Meter entfernt, ruhig und zuverlässig.

»Lieber Himmel«, kommentierte der junge Sekretär.

»Die falsche Person am falschen Platz.« Joycelin ging nicht, sie *marschierte* zum Lift. »Sorgen Sie dafür, dass Louise Mertens noch heute von jemand Kompetenterem ersetzt wird.«

Tyler nickte sofort und holte sein Smartphone hervor. »Ich kümmere mich darum.«

Auf dem Weg ins Erdgeschoss dachte Joycelin über ihre Begegnung mit der Direktorin nach, die bald keine Direktorin mehr sein würde, und fragte sich, ob das, was sie erlebt hatte, eine Art Paradigmenwechsel darstellte. Fand ein Wandel im Denken und Fühlen der Menschen statt, den sie bei ihren Plänen und Entscheidungen berücksichtigen musste? Verwandelten sich Sorge und Pessimismus in Fanatismus wie bei den Apokalyptikern und Fatalismus wie bei Louise Mertens?

Auf dem Weg zum Parkplatz, durch windstille Hitze, hielt Tyler erneut sein Smartphone in der Hand. Aus dem Augenwinkel sah sie, wie er die Stirn runzelte.

»Kennen Sie einen gewissen David Finley aus Washington, D. C, Vereinigte Staaten?«

Joycelin schüttelte den Kopf, noch immer in Gedanken.

»Aber er scheint Sie zu kennen. Er hat mir eine Mitteilung für Sie geschickt.«

Sie blieb im spärlichen Schatten einer Akazie stehen, nahm das Handy ihres Sekretärs entgegen und las die für sie bestimmte Nachricht. Sie lautete:

Liebe Ms. Hayes, ich bin David Finley, obwohl Ihnen dieser Name vermutlich nicht viel sagen wird. Sie kennen mich nicht – noch nicht, sollte ich vielleicht schreiben –, aber ich kenne Sie gut genug, um zu wissen, dass Sie die Ermordung von Slobodan Ković in Auftrag gegeben haben und Hudson Chamberlain unschuldig im Gefängnis sitzt. Und nein, das ist kein Bluff. Antworten Sie einfach auf diese Mitteilung, schicken Sie mir ein Fragezeichen, dann sende ich Ihnen Antworten.

Joycelin zögerte zwei oder drei Sekunden, bevor sie ein Fragezeichen ins Internet schickte. Sie sah kurz vom Handy auf und bemerkte Tylers fragenden Blick. Die beiden schwarz gekleideten Leibwächter warteten stoisch in der Hitze.

Ein kleiner Signalton wies auf das Eintreffen einer Nachricht hin. Diesmal lautete der Text:

Ich wünsche Ihnen eine angenehme Lektüre.

Joycelin öffnete das erste PDF-Dokument in der Anlage und begann zu lesen.

Trotz der Hitze fröstelte sie plötzlich.

39

Von der Suite ihres Hotels in der mauretanischen Hauptstadt Nouakchott konnte man nicht nur die von Saudi-Arabien finanzierte Große Moschee sehen mit ihren beiden ockerfarbenen Türmen – die Farbe der Wüste –, sondern auch die »Kebbas« genannten Slums im Osten und Süden einer viel zu schnell und unkontrolliert gewachsenen Stadt.

Joycelin sah nichts davon. Sie saß mit dem Rücken zum Fenster mit den heruntergelassenen Jalousien und lauschte einige Sekunden lang nachdenklich dem leisen Summen der Klimaanlage, bevor sie ihr Notebook aufklappte und die Adresse für das Videoprogramm eingab, die Tyler mit seinem Handy empfangen hatte.

Das Bereitschaftssymbol erschien. Joycelin sah sich noch einmal um. Sie befand sich allein im Salon der Suite; ihr junger Sekretär wartete draußen, zusammen mit den Leibwächtern. Alles war sorgfältig abgesucht worden, es gab keine Abhörgeräte, und der Kontakt erfolgte über eine sichere Verbindung.

Während der Fahrt zurück nach Nouakchott hatte Joycelin Erkundigungen eingezogen und wusste nun, mit wem sie es zu tun hatte: mit dem Stellvertretenden Direktor der US-amerikanischen National Security Agency. Ein Bildschirmfenster zeigte ihr ein Foto mit biographischen Daten.

Sie klickte auf das Symbol, um die Verbindung zu aktivieren. Fast sofort erschien im Videofenster das Gesicht, das Joycelin zuvor auf dem Foto betrachtet hatte.

»Hallo, Ms. Hayes, wie geht es Ihnen?«, grüßte David Finley freundlich.

»Woher haben Sie die Handynummer meines Sekretärs?«, fragte Joycelin kühl.

Finley hob die Brauen. »Glauben Sie, ein Geheimdienst wie

der unsere wäre nicht in der Lage, eine Telefonnummer herauszufinden?«

»Ich habe nicht viel Zeit. In anderthalb Stunden fliege ich nach London. Was wollen Sie?«

Ernst ersetzte David Finleys falsche Freundlichkeit. »Ich nehme an, Sie haben die Dokumente geprüft, die ich Ihnen geschickt habe.«

»Ja, das habe ich.«

»Und was sagen Sie dazu? Bekennen Sie sich schuldig? Sind Sie bereit, mir die Namen der Personen zu nennen, die Slobodan Ković für Sie ermordet haben?«

»Meine Zeit ist kostbar, Mister Finley, und Ihre sicher auch«, erwiderte Joycelin. »Sie haben sich nicht mit mir in Verbindung gesetzt, weil Sie in einem Mordfall ermitteln. Also sagen Sie mir, worum es Ihnen geht.«

Finley lehnte sich zurück. »Die Welt steht unmittelbar vor einem grundsätzlichen Wandel. Der Siegeszug des Grau ist nicht aufzuhalten. Erst der Norden unserer Erde und dann auch der Süden. Und die letzte Hoffnung auf Rettung muss der bitteren Erkenntnis weichen, dass es keine Rettung gibt. Wissen Sie es bereits?«

»Dass Ora nicht funktioniert?«, fragte Joycelin ganz offen. »Ich habe es heute Morgen erfahren.«

»Ich weiß es seit gestern Abend Ihrer Zeit«, sagte Finley. »Das Heilmittel, von dem man sich so viel versprochen hat und in dessen Entwicklung Sie viel Geld investiert haben, funktioniert nicht. Das Grau bleibt grau. Die Luft enthält immer weniger Sauerstoff. Die Krankenhäuser sind schon jetzt voller Menschen, die an Atemnot leiden. Bald beginnt das große Sterben. Es ließe sich nur durch ein Wunder verhindern, und ich glaube nicht an Wunder.«

David Finley schwieg und wartete.

Joycelin ließ einige Sekunden verstreichen.

»Bisher habe ich kaum mehr gehört als Rhetorik«, kommentierte sie schließlich. »Ich frage noch einmal: Was wollen Sie? Worum geht es Ihnen?«

»Was wird geschehen, ohne das Wunder, an das ich nicht glaube?«, entgegnete David Finley, ohne ihr zu antworten. »Was passiert mit unserer Welt ohne Elektrizität, ohne Nahrung und ohne Luft? Unseren Gesundheitssystemen droht in wenigen Wochen der Kollaps. Die Krankenhäuser werden dem Ansturm nicht gewachsen sein. In einem viel kleineren Maßstab haben wir es mit SARS erlebt, erinnern Sie sich? Die Covid-19-Pandemie vor ein paar Jahren. Tausende von Patienten auf den Intensivstationen, und sie alle brauchten Sauerstoff. Es brachte die medizinischen Versorgungssysteme in vielen Staaten an ihre Grenzen, von Ländern wie Indien, wo infizierte Menschen auf den Straßen vor überfüllten Krankenhäusern erstickten, ganz zu schweigen. Aber diesmal geht es nicht um Tausende Menschen, sondern um Millionen. Und als wäre das noch nicht schlimm genug: Es wird Proteste, Aufstände und Massenunruhen geben. Dort, wo sich die Apokalyptiker austoben, bekommen wir einen kleinen Ausblick auf das, was schon sehr bald überall auf der Welt geschehen wird. Chaos, Ms. Hayes. Die Welt wird in einem Sumpf aus Chaos versinken.«

»Noch mehr Rhetorik«, meinte Joycelin. Sie gab sich ungeduldig, aber in Wirklichkeit lauschte sie gespannt jedem Wort.

»Die Nationalstaaten werden bald die Kontrolle verlieren«, fuhr Finley ungerührt fort. »In einigen Monaten, vielleicht schon in wenigen Wochen. Wie will man Abermillionen von Menschen unter Kontrolle halten, die nicht nur nicht genug zu essen haben, sondern auch zu ersticken drohen? So etwas wie Recht und Ordnung wird es schon bald nicht mehr geben. Die Reste der staatlichen Gewalt werden sich auf bestimmte Gebiete konzentrieren, um dort ein Überleben zu ermöglichen. Und selbst diese Oasen des Lebens werden immer mehr schrumpfen und schließlich ganz verschwinden. Unsere Welt, Ms. Hayes, wird sich in ein Massengrab verwandeln.«

»Keine sehr angenehme Vorstellung«, kommentierte Joycelin und gab sich emotionslos.

»Alles andere als das«, pflichtete ihr Finley bei. »Wenn wir nichts unternehmen, ist der Fortbestand der Menschheit gefährdet.«

Das forderte eine Frage heraus. Joycelin stellte sie. »Was sollten wir Ihrer Meinung nach unternehmen, Mister Finley?«

»Wir könnten versuchen, zumindest einen Teil der Welt zu retten«, schlug der Stellvertretende NSA-Direktor vor.

»Welchen?«

»Den besten. Den, der die größten Überlebenschancen hat. Und der ein wünschenswertes Fundament für eine neue Welt wäre.«

Joycelin dachte über die Bedeutung in und hinter diesen Worten nach. Sie musste sich eingestehen, dass sie in ihr eine gewisse Faszination auslösten.

»Die Suche nach einem Mittel gegen das Grau hat viel Geld, Zeit und Kraft gekostet«, sagte Finley, der noch immer zurückgelehnt saß und entspannt wirkte. Etwas in seinem schmalen Gesicht beeindruckte Joycelin und mahnte sie gleichzeitig zur Vorsicht. Er war ein auf den ersten Blick unscheinbar wirkender Mann, den man leicht unterschätzte. Joycelin ließ sich davon nicht täuschen. In seinen etwas zu klein geratenen Augen erkannte sie Berechnung und Kalkül und dahinter das Brodeln von Ehrgeiz. Ein gefährlicher Mann, zweifellos, und ein nützliches, mächtiges Werkzeug, wenn man richtig mit ihm umzugehen verstand.

»Bitte werden Sie etwas konkreter, Mister Finley«, sagte sie. »Warum erzählen Sie mir das?«

»Wir brauchen alle unsere Ressourcen, um zu retten, was

noch zu retten ist. Ihre Technologie und Ihr Netzwerk könnten uns dabei helfen.«

»Wen meinen Sie mit ›uns‹?«

»Einige Personen, die ein spezielles Projekt in die Wege geleitet haben«, erklärte Finley nebulös. »Sie sind hiermit eingeladen, daran mitzuwirken.«

»Und wenn ich die Einladung ablehne?«

David Finley schüttelte langsam den Kopf. »Das wäre sehr dumm, Ms. Hayes. Wir können uns gegenseitig helfen. Ich kann *Ihnen* helfen.« Er legte eine kurze Pause ein. »Hudson Chamberlain hat Beweise dafür, dass Sie den Mord an Slobodan Ković in Auftrag gegeben haben. Was wird er Ihrer Meinung nach damit machen.«

Joycelin fröstelte erneut, wie zuvor in der Hitze auf dem Parkplatz bei den Sauerstofffabriken.

»Ich wäre in der Lage, das Problem für Sie zu lösen«, bot Finley an.

Dass er dazu imstande war, bezweifelte sie nicht.

»Was erwarten Sie von mir?«

»Mitarbeit«, antwortete Finley. »Engagement. Lassen Sie uns an einem Strang ziehen.«

»Ich könnte warten, bis Sie das Problem für mich aus der Welt geschafft haben«, sagte Joycelin, »und anschließend meinen eigenen Weg gehen. Was sollte mich daran hindern?«

»Ich«, erwiderte Finley. »Ich würde Sie daran hindern. Indem ich alles an die Öffentlichkeit bringe, und ich meine wirklich *alles.* Man würde Sie anstelle von Chamberlain ins Gefängnis stecken, und es wäre auch das Ende von Corrico. Man würde Ihren Konzern zerschlagen, in kleine Einzelteile zerlegen. Und wissen Sie was? Nicht eine einzige Stimme des Protestes würde sich erheben, nachdem ich alles publik gemacht habe.«

Joycelin nahm zur Kenntnis, dass er jetzt von »ich« sprach, nicht von »wir«.

»Glauben Sie nur nicht, mit Hilfe Ihrer Verbindungen Einfluss auf die Geschehnisse nehmen zu können, Ms. Hayes. Auch Ihr Kontakt bei Doktor Lombardi und Leopold Magnussen würde Ihnen nichts nützen. Die Gruppe um den UN-Sonderbotschafter wird bald ohne Bedeutung sein, wenn ihr die Unterstützung von Tayo Aneke fehlte. Es ist bereits alles vorbereitet.«

Joycelin fragte sich, was Finley damit meinte. Mehrere Möglichkeiten kamen ihr in den Sinn, und die hervorstechendste war eine Art Staatsstreich innerhalb der Vereinten Nationen.

»Erzählen Sie mir mehr über Ihr Projekt«, sagte sie.

40

VIRGINIA DEL REY

PARIS, FRANKREICH

Virginia nahm nie den Lift, wenn es sich vermeiden ließ, erst recht nicht in einem Parkhaus, wo man zu leicht unangenehme Überraschungen erleben konnte. Zusammen mit ihrem Bodyguard Jacob stieg sie die Treppe hoch, langsam, mit Rücksicht auf ihren Begleiter. Im zweiten Stock blieb sie stehen, nicht weil sie selbst keine Luft mehr bekam, sondern weil Jacob zu schnaufen begann.

»Wie schaffen Sie das bloß?«, ächzte er, dankbar für die kurze Pause.

»Das Treppensteigen?«

»Das Laufen, Ma'am«, erwiderte er. »Jeden Tag eine Stunde. Bei Hitze und Kälte. Bei Regen und Schnee. Und das in der immer dünner werdenden Luft.«

Virginia hob den Zeigefinger. »Ich schaffe das Laufen, weil ich laufe, weil ich nicht damit aufhöre, weil ich mich fit halte, wie auch immer die Umstände beschaffen sind.«

»Es ist bewundernswert«, keuchte der große schwarze Mann, neben dem Virginia klein und zierlich wirkte.

Das Parkhaus befand sich unweit der Avenue des Champs Élysées in Paris, und deutlich waren die Sprechchöre der Apokalyptiker zu hören, die dort zu Tausenden demonstrierten. Durch die offenen Bereiche hinter den Parkflächen wehte der Wind den Geruch von Feuer und Tränengas.

Virginia rieb sich die brennenden Augen, während sie darauf wartete, dass Jacob wieder zu Atem kam. »Wie gestern und vorgestern«, sagte sie. »Die Leute stecken in Brand, was brennen kann.«

»Was kostbaren Sauerstoff verbraucht.«

»Die Apoks zünden Feuer an, weil die französische Regierung offene Feuer verboten hat«, erklärte Virginia. »Es ist ein Zeichen des Protestes und des Widerstands.«

»Es ist dumm.«

»Das auch und vor allem. Geht's wieder?«

»Ich denke schon.«

Sie setzten den Weg über die Treppe fort, eine langsame Stufe nach der anderen. Eine junge Frau kam ihnen entgegen und eilte ohne einen Blick zur Seite an ihnen vorbei nach unten.

Als sie das fünfte Parkdeck erreichten, schnappte Jacob erneut kurzatmig nach Luft. Virginia sah sich um. Der Abend dämmerte bereits, nur noch wenig Tageslicht erreichte die abgestellten Fahrzeuge. Die meisten von ihnen, insbesondere die mit Verbrennungsmotoren, waren schon seit Wochen nicht mehr bewegt worden; Paris gehörte zu den Städten, die alle Verkehrsmittel verboten hatten, deren Motoren fossile Brennstoffe verwendeten. Selbst für den Betrieb von E-Wagen war eine Sondergenehmigung erforderlich.

Jacob holte den Funkschlüssel hervor und drückte auf eine Taste. Ganz hinten, neben einer Säule und an einer Stelle, die nicht von außen einsehbar war, blinkten die Rücklichter eines Wagens, der Virginia zu einem Treffen mit Kraskow bringen sollte. Es handelte sich um eine Limousine mit einem Diplomatenkennzeichen der amerikanischen Botschaft; damit konnte sie jeden Kontrollpunkt der französischen Polizei passieren.

Jacob brummte zufrieden darüber, den Wagen gefunden zu haben. Er wollte losgehen, aber Virginia hielt ihn mit einer knappen Geste zurück. »Warten Sie.«

Er war sofort wachsam. »Stimmt was nicht?«

Im hinteren Bereich des Parkdecks brannten keine Lampen.

Die Limousine stand im Halbdunkel, umgeben von Schatten. Nichts regte sich dort, soweit man das sehen konnte.

Jacob griff unter seine Jacke, und als die Hand wieder zum Vorschein kam, hielt sie eine Pistole, eine Glock 47. »Bleiben Sie hier, Ma'am. Ich sehe nach dem Rechten.«

Virginia trat neben eine Säule und beobachtete, wie der große, kräftige Jacob mit der Pistole in der Hand an den geparkten Fahrzeugen vorbeiging und sich langsam der Botschaftslimousine näherte. Ihr Blick glitt über die Parkreihen, und sie versuchte zu erkennen, ob Personen in einem der Wagen saßen.

Kühler Wind wehte die Sprechchöre über die Stadt, und es hörte sich an, als marschierten die Demonstranten direkt vor dem Parkhaus. Der Brandgeruch wurde stärker. Virginia blinzelte, weil ihre Augen zu tränen begannen.

Jacob erreicht die Limousine, streckte die Hand nach dem Griff der Fahrertür aus ... und zögerte. Er sah nach rechts und links, ging dann um den Wagen herum, bückte sich und tastete mit der freien Hand unter die Kotflügel.

Schließlich richtete er sich wieder auf und winkte.

Virginia löste sich von der Säule.

Ein Stück entfernt stand ein Kastenwagen, dessen Heckklappe plötzlich aufschwang. Zwei Männer sprangen heraus, Pistolen in den Händen. Einer legte auf Jacob an, der andere auf Virginia.

Sie reagierte automatisch und duckte sich. Es knallte mehrmals. Eine Kugel schlug hinter ihr in die Säule.

Eine halbe Sekunde später lief sie an den Wagen vorbei zur Treppe auf der andere Seite. Hinter ihr wurden Stimmen laut, weitere Schüsse fielen. Virginia sprang zwischen die geparkten Fahrzeuge und hörte, wie Kugeln durchs Blech schlugen und ein Reifen platzte.

An der Treppe angelangt, warf sie einen Blick über die Schulter. Einer der beiden Männer aus dem Kastenwagen folgte ihr, der andere stand bei dem auf dem Boden liegenden Jacob, zielte auf seinen Kopf und schoss.

Virginia lief weiter, die Treppe hinunter, schnell wie der Wind. Sie hielt sich möglichst an der Wand, weg vom Treppenhausschacht, auch wenn das den Weg nach unten verlängerte, damit der Verfolger nicht von oben auf sie schießen konnte. Sie blendete alles aus und konzentrierte sich ganz auf die Stufen vor und unter ihr. Überleben, darum ging es jetzt, alles andere kam später. Überleben, damit es ein Später für sie gab.

Sie erreichte das Erdgeschoss und lief weiter, schnell, aber nicht so schnell, dass sie außer Atem geriet. Vorbei an der Rampe, die zu den Parkdecks führte. Um die Ecke des Gebäudes, über den Grünstreifen zur Straße. Wo gab es Deckung? Dort, der Kiosk. Und nein, nicht umsehen, das nützte überhaupt nichts, es brachte sie nicht weiter weg vom Verfolger und störte nur ihren Laufrhythmus. Laufen, laufen, wie jeden Tag, bei Hitze und Kälte, bei Regen und Schnee. Regelmäßig atmen, im Takt mit den Beinen, im richtigen Rhythmus.

Eine breite Straße ohne Verkehr, mit Jugendlichen, von denen einige Fußball spielten und andere in einer Gruppe standen und Musik hörten, mit voller Lautstärke, irgendein Rap, den Virginia nicht verstand und auch nicht verstehen wollte. Sie lief in einem Bogen, nicht weil sie die Jugendlichen fürchtete, sondern um sie nicht in Gefahr zu bringen.

Eine Litfaßsäule – eine Colonne Morris, wie man sie in Paris nannte – gab ihr erneut Deckung. Dahinter entdeckte sie im Halbdunkel eine schmalere Straße zwischen zwei hoch aufragenden Häuserblocks. Sie lief weiter und registrierte, dass die Sprechchöre der Demonstranten auf den Champs Élysées leiser wurden. Der Geruch von Feuer ließ nach, ihre Augen brannten nicht mehr, das Kratzen in der Kehle hörte auf.

Laufen, laufen, mit einer Geschwindigkeit, die sie ein oder

zwei Stunden lang beibehalten konnte. Nicht an den Mann denken, der ihr vielleicht noch immer folgte. Sich von nichts ablenken lassen, darauf kam es an.

Die schmale Straße brachte sie nach Süden, stellte sie fest, in Richtung Seine. Sie wich Fußgängern aus, stieß einen jungen Mann beiseite, der sich ihr grinsend in den Weg stellte, und überlegte kurz, ob sie stehen bleiben und um Hilfe bitten sollte, als sie auf einen Krankenwagen stieß – Rettungssanitäter trugen eine Bahre aus einem nahen Hauseingang, darauf eine Frau mit Atemmaske.

Virginia lief weiter, bis sie kurz darauf eine breitere Straße erreichte, die Avenue du Président-Wilson mit dem Palais Galliera auf der einen und dem Palais Tokyo auf der anderen Seite. Wegen der Energiesparmaßnahmen brannte nur jede dritte Straßenlaterne, und zwischen ihnen herrschte Dunkelheit.

Sie blieb unter einem der Bäume am Straßenrand stehen, die noch ihre grauen Blätter trugen, holte ihr Handy hervor, berührte die Schaltfläche für eine bestimmte Telefonnummer, hob das Handy ans Ohr und blickte zum ersten Mal zurück.

Fußgänger schritten über Bürgersteige und Straße, Männer und Frauen, Schemen in einer Welt der Schatten. Von dem Verfolger war nichts zu sehen.

»Ja?«, meldete sich jemand.

»Operator«, sagte Virginia schnell, »ich brauche unverzüglich ein Safe House in der Nähe des Palais Galliera.«

»Einen Moment bitte.«

Sie beobachtete die schmalere, nach Norden führende Straße, durch die sie gerade gekommen war. Der Krankenwagen brauste mit blinkendem Signallicht davon, das einzige fahrende Auto weit und breit. Hinter ihm zeigte sich kein zweiter Läufer. Hatte der Mann die Verfolgung aufgegeben?

Die Stimme an Virginias Ohr nannte eine Adresse und einen Code.

Virginia unterbrach die Verbindung, steckte das Handy ein, orientierte sich kurz und ging los, eine Fußgängerin unter vielen.

41

Das Safe House war ein Apartment im vierten Stock eines Wohnhauses unweit der grau gewordenen Grünflächen des Champ de Mars. Einen knappen Kilometer entfernt ragte der Eiffelturm auf, geschmückt nur von fünf Lichtern in verschiedenen Höhen, warnende Hinweise für die wenigen Flugzeuge, denen es noch gestattet war, Treibstoff zu verbrennen und Sauerstoff zu verbrauchen.

Mit gesenktem Kopf trat sie an einigen Männern und Frauen vorbei, die um zwei Tüten mit Lebensmitteln stritten, erreichte den Hauseingang und blieb dort stehen, halb mit den Schatten verschmolzen. Abends und nachts war Paris eine finstere Stadt, ohne Leuchtreklamen und hell erleuchtete Schaufenster. Die stillen, leeren Straßen lagen weitgehend im Dunkeln, bis auf die Kreuzungen, wo Lampenschein kleine Inseln aus Licht schuf.

Die Stimmen der Streitenden wurden noch lauter, als sich eine zweite Gruppe der ersten hinzugesellte. Virginia hielt nach jemandem Ausschau, der ihr gefolgt war und sie beobachtete. Als sie keinen Beschatter entdeckte, drückte sie die Tür auf und betrat das Gebäude.

Auch diesmal entschied sie sich gegen den Aufzug, eilte die Treppe hoch, fand im vierten Stock die Tür mit der Nummer 406 und gab die Zahlenfolge ins Codeschloss, die ihr der Notruf-Operator genannt hatte.

Ein stilles Apartment erwartete sie.

Virginia schloss die Tür hinter sich und lauschte. Nirgends regte sich etwas.

Sie tastete nach dem Schalter neben der Tür und betätigte ihn. Eine Stehlampe in der Ecke des Flurs ging an. Virginia sah in Küche, Bad, Salon und Schlafzimmer und vergewisserte sich, dass überall die Jalousien heruntergelassen waren, bevor sie weitere Lampen einschaltete und sich noch einmal umsah, genauer als vorher. Nichts deutete darauf hin, dass sich Unbefugte hier aufgehalten hatten.

Langsam wich die Anspannung aus ihr. Im Wohnzimmer sank sie in einen bequemen Sessel, stand nach einigen Sekunden wieder auf und ging in die Küche zum Kaffeeautomaten. Mit einem Cappuccino kehrte sie in den Salon zurück, setzte sich erneut, trank einen Schluck, stellte den Becher auf den Tisch und holte ihr Handy hervor.

Mit dem Zeigefinger dicht über der Schaltfläche für die Telefonnummer des Operators zögerte sie und ließ das Handy langsam wieder sinken. Wer waren die beiden Männer aus dem Kastenwagen gewesen, die es auf Jacob und sie abgesehen hatten? Wer hatte gewusst, dass sie zur Botschaftslimousine auf dem fünften Parkdeck des Parkhauses bei den Champs Élysées unterwegs gewesen waren? Nur einige wenige Eingeweihte.

Sie blickte sich erneut um. Plötzlich fühlte sich das Safe House nicht mehr safe an.

Virginia stand auf, nahm den Becher, leerte ihn zur Hälfte und kehrte in die Küche zurück, wo sie den Rest des Cappuccinos trank und den Becher in den Geschirrspüler stellte. Sie schaltete überall das Licht aus, zuletzt die Stehlampe im Flur, öffnete vorsichtig und lautlos die Wohnungstür und lauschte.

Selbst im vierten Stock waren die Stimmen der Streitenden auf der Straße noch immer zu hören.

Virginia trat auf den Treppenabsatz, schloss die Tür geräuschlos, beugte sich dann ins Treppenhaus und sah nach unten. In der Dunkelheit ließen sich keine Bewegungen ausmachen, aber das bedeutete nicht viel.

Auf leisen Sohlen eilte Virginia nach oben, bis sie den sechsten und letzten Stock erreichte. Dort fand sie den Aufgang zum Dach und verzog das Gesicht, als eine der hölzernen Stufen unter ihr knarrte. Es gelang ihr, die Dachtür zu öffnen, ohne dass sie quietschte, und einen Moment später stand sie draußen.

Sie verlor keine Zeit mit dem Versuch, die Tür zu blockieren – eine blockierte Dachtür hätte zudem eventuellen Verfolgern nur einen deutlichen Hinweis darauf gegeben, welchen Weg sie genommen hatte.

Virginia huschte über das Dach des Wohnhauses und achtete darauf, wohin sie den Fuß setzte. Es war noch nicht völlig dunkel, ein Rest von Dämmerungslicht war geblieben, gerade genug, um den Weg zur nächsten Dachtür zu finden, die zum Glück ebenso wenig verschlossen war wie die andere.

Kurz darauf schlich sie durch ein anderes Treppenhaus, und im Erdgeschoss angelangt, wandte sie sich nicht dem Eingang zu, sondern der Tür zum Hof. Sie lief an den Schemen von abgestellten Fahrrädern vorbei und durch einen schmalen Durchgang, der sie zu einer Straße im Süden des Wohnblocks brachte.

Nach einigen dutzend Metern die Straße entlang stieß sie auf ein altes, an die Hauswand gelehntes Rad, dass kein Sicherheitsschloss oder eine Sicherungskette hatte. Sie schwang sich auf den Sattel und trat in die Pedale, ohne Licht, die Dunkelheit vor ihr so dicht, dass der Blick nur einige Meter weit reichte.

An der nächsten Kreuzung drängte der Schein von zwei Straßenlaternen die Finsternis ein wenig zurück. Virginia mied ihr Licht und lenkte das gestohlene Rad durch die dunkelsten Bereiche der Kreuzung.

Auf der nächsten Straße fuhr sie fast einen jungen Mann an, der vor ihr auf dem Asphalt kniete und sich übergab – er schickte ihr einen Fluch hinterher. Rechts und links ertönten Stimmen, und einmal traf sie der Schein einer Taschenlampe.

Einige Minuten später, als sie einigermaßen sicher sein konnte, dass ihr niemand folgte, stellte Virginia das Rad neben der Treppe einer Metrostation ab und ging zu Fuß weiter bis zur Rue du Commerce, einer beliebten Einkaufsstraße etwa anderthalb Kilometer südöstlich des Eiffelturms. Die Geschäfte dort waren wie in den anderen Stadtteilen geschlossen, trotzdem flanierten Menschen an den dunklen Schaufenstern vorbei, vielleicht aus reiner Angewohnheit.

Ein Stück weit die Straße hinunter hatte offenbar ein Café geöffnet. Oder es war aufgebrochen worden. Schreie erklangen dort, Glas klirrte.

Virginia wich in einen Hauseingang zurück, holte ihr Handy hervor und wählte eine bestimmte Nummer. Jemand nahm den Anruf entgegen, ohne seinen Namen zu nennen.

»Boris?«, fragte sie leise.

»Virginia?«, ertönte Kraskows tiefe Stimme. »Sind Sie das? Ich habe mehrmals versucht, Sie zu erreichen ...«

»Das ist ein Handy der Botschaft«, sagte sie schnell. »Boris, ich brauche Ihre Hilfe. Jemand hat versucht, mich umzubringen. Mein Leibwächter ist tot.«

»Wo sind Sie?«

Virginia trat auf die Straße und suchte die nächste Hausnummer. »Rue du Commerce Nummer dreiundzwanzig. Eine Filiale der Crédit Lyonnais auf der einen Straßenseite und ein Celio-Modegeschäft auf der anderen.«

»Ich kann in zehn Minuten dort sein. Halten Sie so lange durch?«

»Derzeit ist die Lage unter Kontrolle«, sagte Virginia.

»Ich bin gleich bei Ihnen.«

42

Das Geschrei vom Café wurde lauter, es brach und klirrte noch mehr Glas, und das Heulen gleich mehrerer Sirenen zog über die dunkle Stadt. Zudem trug der kühle Wind erneut den Geruch von Feuer und vielleicht auch Reste von Tränengas mit sich, denn Virginias Augen begannen wieder zu brennen.

Sie blieb im Schatten und wich noch etwas tiefer in den Hauseingang zurück, als mehrere Jugendliche mit Flaschen in den Händen vorbeikamen und in Richtung Café stapften. Auf halbem Weg dorthin blieben sie stehen, weil sie wie Virginia ein lauter werdendes Summen hörten.

Plötzlich blitzte Scheinwerferlicht, und ein großes elektrisches Motorrad sauste heran und hielt direkt vor dem Haus Nummer dreiundzwanzig. Der Mann auf dem Motorrad trug eine dicke schwarze Lederjacke mit einem weißen Totenkopf auf dem Rücken, klappte das Helmvisier hoch und winkte. »Kommen Sie, Virginia!«

»Sind *Sie* das, Boris?«

»Wen haben Sie erwartet?«, erwiderte Kraskow. »Peter Fonda? Der Helm hinten ist für Sie.«

Sie löste ihn mit fliegenden Fingern von der Befestigung und setzte ihn auf. Er passte wie für sie gemacht.

Die Jugendlichen mit den Flaschen kamen näher. »He!«, rief einer von ihnen. Zwei andere liefen nach rechts und links und schienen das Motorrad blockieren zu wollen.

Virginia stieg auf und schlang die Arme um Boris. »Es kann losgehen!«

»Tolle Maschine«, sagte der junge Mann, der zuvor gerufen hatte, und hob seine Flasche. »Was hältst du davon, wenn wir tauschen, Kumpel?«

Boris lachte. »Du könntest gar nicht damit umgehen.«

Der junge Bursche kam näher und hob seine Flasche noch etwas mehr, fast wie zum Wurf. »Lass es uns ausprobieren, Kumpel.«

»Vielleicht ein anderes Mal.« Boris klappte das Helmvisier nach unten.

»He, du kapierst es nicht!« Der junge Mann hielt die Flasche nun so, als wollte er damit zuschlagen. »Runter von dem Ding. Du bist gerade enteignet worden.«

Die anderen Jugendlichen lachten.

Boris Kraskow lachte ebenfalls, langte unter seine schwarze Lederjacke, holte eine Pistole hervor und schoss dreimal schnell hintereinander in die Luft.

Schon nach dem ersten Schuss ließ der junge Bursche vor ihm die Flasche fallen und ergriff die Flucht. Die anderen Jugendlichen reagierten nicht ganz so schnell und stürmten erst nach dem dritten Knall davon. Wenige Sekunden später war nichts mehr von ihnen zu sehen.

Beim Café die Straße hinunter hörten das Geschrei und das Klirren von Glas auf. Menschen strömten auf die Straße, alarmiert von den Schüssen.

Boris steckte die Pistole wieder ein, wendete das Motorrad und gab Gas.

Er raste mit halsbrecherischer Geschwindigkeit durch die Nacht und legte sich so tief in die Kurven, dass Virginia jedes Mal einen Sturz befürchtete. Sie klammerte sich an ihm fest und sehnte ein baldiges Ende der selbstmörderischen Fahrt herbei.

Mit mehr als hundert Kilometern in der Stunde surrte die schwere Maschine über eine Brücke, jagte durch eine Gasse, bog an einem großen Platz mit Lichtern ab – die Place de la Concorde, dachte Virginia –, schoss an einer Parkanlage vorbei, ihr Grau gnädig von Finsternis verhüllt, rollte langsamer durch ein Tor und hielt vor einem Hauseingang.

Boris wartete.

»Virginia?«

»Ja?«

»Sie können mich jetzt loslassen und absteigen.«

»Was? Oh.« Sie löste die Arme von dem Mann vor ihr, stieg ab und zog den Helm vom Kopf. »Boris, das war …«

Er lachte. »›Awesome‹, wie Sie in Amerika sagen?«

Virginia seufzte. »Danke dafür, dass Sie so schnell gekommen sind.«

»Zu Fuß wäre ich langsamer gewesen, so viel steht fest.« Boris bockte die Maschine auf, nahm den Helm ab und öffnete die nahe Tür.

Virginia deutete zur Straße. »Wir sind bei den Jardins des Champs-Élysées, nicht wahr?«

»Ja.«

»Es ist nicht weit bis zur amerikanischen Botschaft …«

»Die ist kein sicherer Ort für Sie, Virginia.« Boris hielt die Tür auf. »Deshalb wollte ich mit Ihnen reden. Um Sie zu warnen. Ich erkläre Ihnen gleich alles.« Er deutete die Treppe hinauf.

Auf dem Weg nach oben holte Boris ein Handy hervor, wählte eine Nummer und hielt es ans Ohr. »Ich bin's«, sagte er. »Mit einem Gast, einer guten Freundin.«

Im dritten Stock wurden sie bereits erwartet. Eine Tür stand offen, Licht fiel in den Flur und auf zwei Männer in mittleren Jahren, die einen sehr wachsamen Eindruck machten. Einer von ihnen wandte sich an Boris.

»Sie bringen sie *hierher*?«, brummte er.

»Dies ist ein sicherer Ort, oder nicht? Und genau den braucht sie jetzt.« Er stapfte an den beiden Männern vorbei und winkte. »Kommen Sie, Virginia.« Er lachte wieder sein dunkles, tiefes Lachen und schien sich in der Rolle des Retters wohlzufühlen.

Er führte sie in ein Apartment, in dem in allen Zimmern Licht brannte, bei heruntergelassenen Jalousien. In zwei Räumen saßen Männer und Frauen mit Computertastaturen vor großen Bildschirmen, die in mehreren Fenstern scrollende Datenkolonnen, Gesichter mit Lauftext und Stadtszenen zeigten. Auf Russisch sprechende Stimmen klangen aus kleinen Tischlautsprechern.

»Kommen Sie, kommen Sie«, sagte Boris jovial und führte Virginia durch den Flur in ein Wohnzimmer, in dem eine ernste, streng wirkende Frau gerade den Tisch abräumte. Sie trug ein Kostüm grau wie das Grau.

Mit einigen Tellern in den Händen sah die Frau Boris an.

»Möchten Sie etwas, Virginia?«, fragte Boris. »Etwas zu essen oder zu trinken?«

»Ich glaube, ich könnte einen Wodka vertragen.«

»Den sollen Sie bekommen.« Er wandte sich an die Frau. »Ich glaube, wir haben noch eine Flasche Beluga, Natalia.«

»Die für besondere Anlässe?«

»Genau die«, bestätigte Boris. »Wenn ich Sie bitten dürfte ...«

Natalia nickte, immer noch ernst und streng, und verließ das Zimmer.

Kraskow zog seine Totenkopfjacke aus und hängte sie über einen Stuhl. »Setzen Sie sich, Virginia. Der Sessel dort ist besonders bequem.« Er zeigte darauf und wählte die Couch für sich.

Sie nahm in dem Sessel Platz und sank tief in die weichen Polster. »Ist diese Wohnung das, wofür ich sie halte?«

Kraskow grinste. »Oh, wir haben hier eine kleine Wohngemeinschaft.«

Virginia nickte. »Lauter Russen fernab der Heimat, voller Wehmut und Heimweh.«

»Sie verstehen das natürlich.«

»Und all die Computer ...«

»Wir möchten auf dem Laufenden bleiben.« Kraskow grinste noch immer. »Sie wissen ja, wie das ist. Manche Leute starren die ganze Zeit auf ihre Handys, andere kommen nicht von den Bildschirmen ihrer PCs weg.«

»Und zufälligerweise befindet sich die amerikanische Botschaft in der Nähe«, stellte Virginia fest. »Sie haben nicht ebenso *zufälligerweise* unsere Leitungen angezapft?«

Das Grinsen verschwand. »Vielleicht sind es gar nicht mehr Ihre.«

Natalia kehrte mit einer Flasche Beluga zurück, stellte sie zusammen mit zwei Gläsern auf den Tisch und ging, nachdem sie Kraskow erneut einen ernsten Blick zugeworfen hatte. Die Tür ließ sie offen.

Er öffnete die Flasche, schenkte die beiden Gläser voll und reichte eins Virginia. Sie nahm es mit ruhiger Hand entgegen, setzte es an die Lippen und leerte es in einem Zug.

Kraskow wölbte die Brauen. »War es so schlimm?«

»Schlimm genug.«

»Was ist geschehen?«

Virginia zögerte nicht und schilderte die jüngsten Ereignisse. »Jacob war ein guter Mann«, schloss sie. »Und er hatte Familie.«

Kraskow nickte langsam. »Ich verstehe, was Sie meinen. Und es war gut, dass Sie nicht in Ihrem Safe House geblieben sind. Es hätte Ihnen keine Sicherheit geboten, fürchte ich.«

»Sie wissen, wer dahintersteckt?« Virginia stellte ihr Glas auf den Tisch und schüttelte den Kopf, als Kraskow es erneut füllen wollte.

»Ich glaube schon«, sagte er und schenkte sich selbst nach.

»Wer?«

Kraskow klopfte sich auf die Oberschenkel und stand auf. »Bin gleich wieder da.«

Virginia sah ihm verwundert nach, doch er kehrte schon nach wenigen Momenten zurück, mit einem Hefter in der einen Hand und einem kleinen Player mit eingestecktem USB-Stick in der anderen.

»Das sind Gesprächsprotokolle«, erklärte er, reichte ihr den Hefter und legte den Player auf den Tisch. »Und die Telefonate. Er hat recht offen gesprochen, weil er die Verbindung für sicher hielt.«

Virginia öffnete den Hefter und begann zu lesen. Nach einigen Minuten nahm sie den Player, schaltete ihn ein und regelte die Lautstärke herunter, als eine Stimme den ganzen Raum zu füllen schien.

Eine Zeit lang hörte sie stumm zu, dann schaltete sie den Player wieder aus und nahm sich noch einmal den Hefter vor.

»Ach, Virginia, ich habe Sie vor ihm gewarnt!«, ächzte Kraskow und trank noch einen Schluck Beluga.

Sie legte den Hefter zum Player auf den Tisch.

»David Finley«, sagte sie.

»Er will Sie aus dem Weg räumen, um Ihren Platz einzunehmen«, brummte Kraskow und schnitt eine finstere Miene. »Und nicht nur Sie. Es ist eine großangelegte Sache. Viele Leute, die Ihnen nahestehen und Ihnen gegenüber loyal sind, werden den morgigen Tag nicht erleben.«

»Es läuft auf einen Staatsstreich hinaus«, sagte sie, den Kopf voller wilder Gedanken. »Es betrifft nicht nur uns, die Agency. Es geht auch um die Vereinten Nationen und unsere Präsidentin.«

»Ihre Präsidentin wird vermutlich im Amt bleiben, aber nicht viel mehr sein als seine Marionette.« Kraskow zögerte kurz. »Sie wissen, was das bedeutet, nicht wahr?«

»Die alte Ordnung bricht zusammen.«

»Es ist der Anfang davon. Die Lawine hat sich in Bewegung gesetzt und wird über alles hinwegrollen.«

»Was können wir tun?«

»Überleben«, antwortete Kraskow. »Das ist das Wichtigste. Und deshalb bleiben Sie heute Nacht hier. Es gibt keinen Ort, wo Sie sicherer wären, glauben Sie mir. Morgen sehen wir weiter.«

»Morgen könnte die Welt eine ganz andere sein.«

»Das ist sie bereits. Versuchen wir zu retten, was zu retten ist.«

»Das Beste unserer beider Welten?«

»Ja«, brummte Kraskow.

»Wann fangen wir an?«

Er schenkte ihr nun doch wieder das Glas voll. »Morgen. Dieser Abend gehört uns.«

43

TAYO ANEKE

UN-GEBÄUDE, NEW YORK, USA

Die Beratungen fanden im Gebäude der Vereinten Nationen am East River in New York statt, im vierzehnten Stock und damit über dem Nebel, der sich wie eine kalte feuchte Decke über Fluss und Stadt gelegt hatte. Die Versammelten genossen ein großes Privileg: Die Luft im Saal enthielt fast genau einundzwanzig Prozent teuren Sauerstoff; dafür sorgte eine vor zwei Wochen installierte Sauerstoffanreicherungsanlage.

»Ismail«, sagte Tayo Aneke während einer Sitzungspause in seinem kleinen Aufenthaltsraum. »Sie sehen immer traurig und niedergeschlagen aus. Nur fürchte ich, Sie haben diesmal einen guten Grund dafür.«

Der kleine drahtige Mann aus Saudi Arabien reagierte nicht darauf, sondern reichte Aneke ein Tablet. »Das ist die Rednerliste. Gleich kommt China an die Reihe, wir rechnen mit einer halben Stunde. Es folgen Russland, Indien, Südafrika, Angola und Mexiko, in dieser Reihenfolge.«

Aneke nahm das Tablet entgegen, blickte dann aber aus dem Fenster. »Sehen Sie sich das an, Ismail. Die Stadt, New York City. Nur die größten Gebäude ragen aus dem Nebel, und selbst sie wirken grau. Alles ist grau geworden, überall.«

Ismail räusperte sich. »Heute Abend erwartet uns eine besondere Vorstellung. Um acht tritt Nordkorea ans Rednerpult.«

Aneke wandte sich vom Fenster ab und sah sich die Rednerliste auf dem Tablet an, komplett mit Namen, Gesichtern und zu erwartenden Argumenten. Ismail hatte wie immer gute Arbeit geleistet.

»Wissen Sie schon, was wir von den Nordkoreanern zu hören bekommen werden?« Aneke setzte sich an den kleinen Tisch. Er fühlte sich müde und ausgelaugt, viel älter als seine siebenundsiebzig Jahre.

Vor dreieinhalb Jahren, als er das Amt des Generalsekretärs der Vereinten Nationen angetreten hatte, war er bestrebt gewesen, eine ruhigere Welt zu schaffen, einen Ausgleich zwischen konkurrierenden und rivalisierenden Staaten, mehr Frieden und mehr Kooperation. Stattdessen sah er sich mit der größten Krise der Menschheit konfrontiert.

»Einzelheiten sind mir nicht bekannt«, erwiderte Ismail ein wenig steif. »Verschwörung des Westens, insbesondere der USA, das Grau als außer Kontrolle geratene Biowaffe. Corrico wäre nur der Sündenbock, um von den wahren Verantwortlichen, den Politikern im Weißen Haus und den Militärs im Pentagon, abzulenken.«

»Glaubt der geliebte große Führer in Pjöngjang das tatsächlich?«

»Nein«, antwortete Ismail, »so dumm ist nicht einmal er. Seine Vorwürfe sind ein Pfand für die morgen beginnenden Verhandlungen. Vermutlich geht es darum, Sonderkonditionen für Nordkorea durchzusetzen. Kein völliger Verzicht auf fossile Brennstoffe, mehr Abgase als die anderen, mehr Elektrizität, vielleicht auch Lebensmittellieferungen.«

Aneke seufzte und scrollte durch die Rednerliste auf dem Tablet. »Und bei den übrigen Staaten sieht es kaum anders aus. Privilegien, Sonderrechte, Vorzugsbehandlungen. Das alte Spiel geht weiter.«

»Darauf läuft es hinaus, Mister Secretary.«

»Wir sollten endlich damit aufhören.«

»Vielleicht liegt es in der menschlichen Natur.«

Ismail sah auf die Uhr.

»Nein, es liegt in der Natur der politischen und militärischen Betonschädel«, entgegnete Aneke. »Diese Leute haben offenbar immer noch nicht begriffen, was die Stunde geschlagen hat. Ismail ... Was würden Sie an meiner Stelle tun?«

»Ich bin froh, nicht an Ihrer Stelle zu sein, Mister Secretary.«

Aneke nickte. »Kann ich gut verstehen.«

Ismail tippte auf das Glas seiner Uhr. »Es wird Zeit, Sir.«

Der Generalsekretär stand wieder auf und fühlte sich zehn Kilo schwerer als noch vor wenigen Minuten. »Es wird ein langer Abend und vielleicht auch eine lange Nacht, nicht wahr?«

»Davon ist auszugehen.«

»Es sei denn ...« Aneke hatte plötzlich eine Idee. »Es sei denn, ich mache von *meinen* Privilegien Gebrauch. Es dürfte den Delegierten nicht gefallen, aber was spielt das noch für eine Rolle, ich will nicht wiedergewählt werden. Ich werde den Tag feiern, an dem ich mein Amt einem Nachfolger übergeben kann.«

Wieder reagierte Ismail nicht, sondern ging zur Tür und öffnete sie. Aneke folgte ihm und nahm im Vorbeigehen eine kleine Flasche Wasser von der nahen Vitrine.

44

Der Sitzungssaal mit der guten Luft hätte siebenhundert Personen Platz geboten, aber anwesend waren nicht einmal siebzig, obwohl jeder der hundertdreiundneunzig in der UNO vertretenen Staaten das Recht hatte, drei Delegierte in den Krisenstab der UN zu entsenden. Tatsächlich vertreten waren jedoch nur siebenundzwanzig Länder. Alle anderen hatten aus politischen, wirtschaftlichen oder ökologischen Gründen darauf verzichtet, Repräsentanten zu schicken. So vernünftig manche der Begründungen auch klangen: Aneke vermutete, dass die fehlenden Staaten vermeiden wollten, sich zu noch drastischeren Maßnahmen als den bisherigen zu verpflichten.

Tayo Aneke nahm den Platz des Sitzungspräsidenten ein, öffnete die Wasserflasche, die er mitgenommen hatte, füllte sein Glas und trank einen Schluck. Die Delegierten verteilten sich vor ihm auf die halbrunden Sitzreihen und wirkten wie verloren in einem für sie viel zu großen Saal. Der chinesische Gesandte ordnete einige Unterlagen und hob den Kopf – offenbar wartete er auf die Einladung zum Rednerpult.

Aneke dachte an die langen Stunden, die vor ihm lagen, über den Abend hinaus bis tief in die Nacht, gefüllt mit leeren Worten, mit alter Rhetorik und mehr oder weniger verhüllten Machtspielen. Es gab noch immer zu viele Staaten, die allein auf den eigenen Vorteil bedacht waren, obwohl das Grau und die Katastrophe, die in vollem Gange war, sie alle betraf.

Mit plötzlicher Entschlossenheit ergriff er den Sitzungshammer und schmetterte ihn auf den Tisch. Es knallte so laut, dass die Delegierten vor ihm zusammenzuckten.

»Schluss damit!«, rief er ins Mikrophon. Seine Stimme donnerte durch den Saal. »Schluss mit dem Unsinn, der hier bisher stattgefunden hat! Die Welt dort draußen geht zugrunde, während wir darüber debattieren, welcher Staat mehr Sauerstoff verbrennen und mehr Kohlendioxid freisetzen darf als die anderen!«

Der chinesische Delegierte, der sich vermutlich gut auf seine Rede vorbereitet hatte, sah verblüfft nach rechts und links und ließ seine Unterlagen sinken.

»Wir vergeuden kostbare Zeit«, fuhr Tayo Aneke fort. »Die Welt erwartet von uns, dass wir ihr einen Ausweg aus der Krise zeigen! Stattdessen erleben wir hier eine Fortsetzung der üblichen nationalistischen Eifersüchteleien. Es reicht, ich habe genug davon! Die *Welt* hat genug davon!«

Aneke staunte über die eigenen Worte. Aus dem Augenwinkel sah er, wie der neben ihm sitzende Ismail die Brauen wölbte.

Er schlug erneut mit dem Hammer, ebenso laut wie beim ersten Mal, und wieder zuckten einige Delegierte zusammen. Alle Blicke waren auf ihn gerichtet.

Tayo Aneke griff nach einem bedruckten Blatt Papier und hielt es hoch. »Sehen Sie das hier? Es ist die vorgesehene Reihenfolge der Redner.« Das war gelogen, aber es spielte keine Rolle, auf die Symbolik kam es an.

Er zerriss das Blatt und ließ die Fetzen fallen.

»Schluss damit!«, rief er erneut. »Fakten! Von jetzt an geht es nur noch um Fakten! Und darum, wie wir die Menschheit aus der größten Krise seit ihrer Existenz führen können!«

Ein Raunen ging durch den Saal. Aneke nahm es mit Zufriedenheit zur Kenntnis und merkte, dass er sich besser fühlte, nicht mehr so schwach wie zuvor im Aufenthaltsraum. Sein Gaumen war trocken, er trank noch einen Schluck Wasser. Dann klopfe er zum dritten Mal mit dem Hammer, nicht ganz so laut wie zuvor.

»Fakten«, wiederholte er. »Keine leeren Worte. Stellen wir uns den Fakten. Und lassen Sie uns auf der Grundlage der Fakten entscheiden, welche Maßnahmen es zu ergreifen gilt, um die Krise zu meistern. Hiermit bitte ich Doktor Laura Lombardi, die das Grau vor gut sieben Monaten entdeckte, uns mit klaren, unmissverständlichen Worten zu schildern, in welcher Lage wir uns befinden.«

Die italienische Wissenschaftlerin saß ein Stück abseits der Delegierten, im Gästebereich, zusammen mit einigen Spezialisten aus den Bereichen Forschung und Technik. Aneke beobachtete, wie sie ihr Tischmikrophon zuhielt und mit Leopold Magnussen direkt neben ihr sprach. Der gab eine kurze Antwort, woraufhin Laura Lombardi aufstand und zum Rednerpult trat, mit leeren Händen, ohne Manuskript. Magnussen hantierte unterdessen mit einem kleinen Notebook und verband es mit dem Mediasystem des Saals.

Am Pult angelangt, zog Laura Lombardi das Mikrophon etwas näher und räusperte sich.

Tayo Aneke hatte sie oft im Fernsehen gesehen, bei Interviews, Gesprächsrunden und wissenschaftlichen Veranstaltungen. In den letzten Monaten schien sie älter geworden zu sein, es gab mehr Falten in ihrem Gesicht. Etwas von dem Grau schien sich daraufgelegt und die Bereitschaft zu einem schnellen Lächeln entfernt zu haben.

»Ich bin nicht vorbereitet«, begann sie. »Mein Vortrag war erst in einigen Tagen geplant.« Sie zögerte, ließ den Blick über die Delegierten schweifen und sah kurz zu Aneke, der ihr aufmunternd zunickte.

»Wir stehen nicht mehr am Abgrund«, wandte sich Laura Lombardi an die Versammelten. »Wir haben bereits den letzten fatalen Schritt hinter uns gebracht und stürzen in die Tiefe. Ora wird uns nicht helfen. Das vermeintliche Wundermittel bringt nicht das Wunder, das wir uns alle erhofft haben. Der Generalsekretär hat recht: Die Welt erwartet von uns, dass wir ihr einen Ausweg zeigen. Aber es gibt keinen. Das ist die traurige, tragische Wahrheit. Es gibt keinen Ausweg. Die Katastrophe ist unabwendbar.«

45

»Die Südhalbkugel, auf der die Vegetation jetzt wachsen und gedeihen sollte, ist ebenfalls vom Grau erfasst«, fuhr Laura Lombardi fort. »Damit sind unsere letzten Hoffnungen dahin.«

Aneke sah, wie sie Leopold Magnussen ein Zeichen gab, der daraufhin die Tasten seines Notebooks betätigte. Auf der großen

Leinwand des Sitzungssaals erschien eine Tabelle, die Auskunft gab über die Zusammensetzung der Atmosphäre während der vergangenen Monate. Die Zeitachse reichte über den November hinaus bis zum April des nächsten Jahres.

»Das sind die letzten Daten«, sagte Lombardi. »Das Phytoplankton der Weltmeere produziert keinen Sauerstoff mehr, und als ob das noch nicht schlimm genug wäre: Die Ozeane nehmen auch kaum mehr Kohlendioxid auf. Ähnliches gilt für die terrestrischen Pflanzen. Sie sind alle abgestorben, bis auf einige wenige Reste in Taiga und Tundra. Das heißt, auch sie können weder Sauerstoff produzieren noch Kohlendioxid absorbieren. Die steil ansteigende blaue Kurve in der Übersicht zeigt die Zunahme der Treibhausgase. Das ist ein Faktor, dem wir vielleicht nicht genügend Aufmerksamkeit geschenkt haben. Es geht nicht nur um den Sauerstoff, den unser Organismus braucht, um so zu funktionieren, wie er funktionieren soll.«

Sie deutete zur Leinwand.

»Vor der industriellen Revolution lag der CO_2-Anteil der Atmosphäre bei etwa zweihundertachtzig ppm«, fuhr sie fort. »Die Verwendung fossiler Brennstoffe hat ihn bis in die Zwanzigerjahre unseres Jahrhunderts auf über vierhundert ppm steigen lassen. Vor zehn Jahren mussten wir davon ausgehen, dass der prognostizierte Anstieg auf bis zu sechshundert ppm die Durchschnittstemperatur der Erde um ganze drei Grad ansteigen lassen würde. Ein globales Klima-Desaster wäre die Folge gewesen, mit zahlreichen Extremwetterereignissen und der Überschwemmung von Küstengebieten. Die neuen Technologien von Corrico und dem Klimakonsortium haben uns dabei geholfen, die Zunahme des Kohlendioxidanteils auf etwa fünfhundert Parts per million zu beschränken. Vor dem Grau. Jetzt, gut sieben Monate nachdem die Welt grau geworden ist, haben wir mehr als *dreitausend* ppm Kohlendioxid in der Atmosphäre, und wenn es so weitergeht, werden es bald *zehntausend* sein.

Allein das, meine Damen und Herren, wäre eine Katastrophe ungeahnten Ausmaßes.«

Ein neues Raunen ging durch den Saal. Laura Lombardi wartete, bis es wieder still geworden war.

»Wir haben Gewächshäuser, in denen Pflanzen abgeschirmt von der Außenwelt wachsen, aber diese kleinen Oasen pflanzlichen Lebens dienen vor allem der Produktion von dringend benötigten Nahrungsmitteln. Wir haben Fabrikanlagen, in denen verschiedene Verfahren für die Produktion von Sauerstoff eingesetzt werden. Aber all das ist nur der berühmte Tropfen auf den heißen Stein. Im großen Maßstab bewirkt es ... nichts.«

Ein weiteres Zeichen, wieder huschten Magnussens Finger über die Notebook-Tastatur, und ein neues Diagramm erschien auf der Leinwand, diesmal zusammen mit einer Weltkarte, auf der die beiden Polarregionen hervorgehoben waren.

»Normalerweise reagiert das globale Klimasystem sehr träge«, sagte Lombardi, »aber eine so extreme Zunahme von Treibhausgasen wie in den vergangenen Monaten bleibt auch kurzfristig nicht ohne Folgen. In der Antarktis hat die Eisschmelze drastisch zugenommen, die dortigen Temperaturen sind schon jetzt ungewöhnlich hoch, obwohl der antarktische Sommer noch nicht begonnen hat. Der alte Rekord lag bei achtzehn Komma vier Grad, gemessen am sechsten Februar 2020 von der argentinischen Forschungsstation Esperanza an der Spitze der Antarktischen Halbinsel. Vor wenigen Tagen wurden dort vierundzwanzig Komma sieben Grad gemessen. Hier bei uns auf der Nordhalbkugel steht der Winter kurz bevor, und in der Arktis hätte die Eismasse bereits stark zunehmen müssen. Stattdessen ist auf den jüngsten Satellitenbildern deutlich zu erkennen, dass die Nordostpassage noch immer frei ist.«

Ein Satellitenfoto unter Diagramm und Weltkarte zeigte die geschrumpfte Eisfläche der Arktis im Vergleich zu langjährigen Aufnahmen.

Aneke sah, wie Magnussen erneut eine Taste seines kleinen Computers drückte, was wellenförmige Bänder auf die Weltkarte brachte. Im Zeitraffer war deutlich zu erkennen, wie sich die Wellenmuster veränderten.

»Die Luftzirkulation reagiert ebenfalls stark auf die schnell ansteigenden Temperaturen«, erklärte Laura Lombardi. »Die Aufnahmen zeigen Ihnen den PFJ, den Polarfrontjetstream. Bitte beachten Sie, wie weit er sich nach Süden ausdehnt. So paradox es auch klingen mag: Die globalen Temperaturen steigen, aber wenn sich der polare Strahlstrom so entwickelt, wie es von einigen meteorologischen Instituten berechnet wurde, könnte Mittel- und auch Südeuropa ein Jahrhundertwinter bevorstehen, vielleicht sogar ein Jahrtausendwinter, mit sehr viel Schnee und dauerhafter Kälte weit unter dem Gefrierpunkt. Das wäre schlimmer als nur schlimm, weil ab sofort – und ich meine wirklich *sofort* – kein Erdgas mehr verbrannt werden darf. Dazu gleich mehr.«

Die italienische Ozeanographin legte eine Pause ein, griff nach dem bereitstehenden Wasserglas und trank einen Schluck. Aneke nahm das eigene Wasserglas und trank ebenfalls. Sein Hals fühlte sich rau an, und der Gaumen war schon wieder trocken.

»Die gewaltige Zunahme an Treibhausgasen, die wir derzeit erleben, führt vielleicht zur größten Wärmeanomalie in der bekannten Erdgeschichte. Beim Paläozän-Eozän-Temperaturmaximum vor knapp sechsundfünfzig Millionen Jahren kam es zu einem extremen globalen Temperaturanstieg um durchschnittlich sechs bis acht Grad, und zwar im Laufe von wahrscheinlich viertausend Jahren. Während des PETM speicherten die Ozeane viel Wärmeenergie, was die subpolaren Gewässer wie zum Beispiel die westliche sibirische See auf siebenundzwanzig Grad erwärmte. Belegt sind vierzig Grad an den Küstenregionen von Tansania. Es kam zu einer globalen Versauerung der Meere bis in tiefe Schichten und als Folge davon zu einem Artenschwund zwischen dreißig und fünfzig Prozent.«

Auf der Leinwand erschienen neue Diagramme und Tabellen.

»Ein zweites Temperaturmaximum war das sogenannte ETM-2, das ›Eocene Thermal Maximum 2‹«, fuhr Lombardi fort. »Bei dieser Wärmeanomalie erfolgte der Temperaturanstieg im Laufe von etwa dreißigtausend Jahren. Postuliert wird zumindest beim PETM eine Freisetzung von drei- bis viertausend Gigatonnen Kohlendioxid, wobei ich hinzufügen möchte, dass einige Wissenschaftler der Ansicht sind, dies allein reiche als Erklärung für das damalige Wärmeereignis nicht aus. Ihrer Meinung nach hat damals Methan maßgeblich dazu beigetragen. Das wird auch diesmal der Fall sein, denn durch die steigenden Temperaturen tauen Sibiriens Permafrostböden auf. Der Anteil von Methan in unserer Atmosphäre steigt fast ebenso schnell wie der von Kohlendioxid. Nun, durch den natürlichen Zerfall von organischem Material in Wäldern und Grasland sowie Brände, die in der freien Natur immer wieder auftreten, werden jährlich etwa vierhundertvierzig Gigatonnen Kohlendioxid freigesetzt, doch das Pflanzenwachstum glich das bisher vollständig aus, indem es pro Jahr zwischen vierhundertvierzig und vierhundertfünfzig Gigatonnen CO_2 absorbierte.«

Tayo Aneke verstand, worauf Lombardi abzielte, ebenso die Delegierten. Er füllte sein Glas aus der Wasserflasche, trank erneut und fühlte sich schwach.

»Seit sieben Monaten wachsen keine Pflanzen mehr!« Die Lautsprecher trugen Laura Lombardis Stimme durch den großen Saal. »Es wird kein Kohlendioxid mehr absorbiert, aber wir setzen noch immer große Mengen davon frei!« Sie richtete einen anklagenden Zeigefinger auf die Delegierten. »Obwohl Sie alle schon vor Monaten versprochen haben, den Ausstoß an Treibhausgasen drastisch zu reduzieren!«

Sie gab Magnussen ein weiteres Zeichen. Neue Satellitenbilder präsentierten Falschfarben-Aufnahmen bestimmter Regionen der Erde, und Zahlen gaben Auskunft über CO_2-Emissionen.

»Die Satelliten sehen alles. Vor ihnen kann man nichts verbergen, erst recht keine Abgase. Wer hat sich nicht an die Vereinbarungen gehalten, die im Sommer getroffen wurden? *Niemand* hat sie vollständig umgesetzt, aber die größten Sünder sind China, Indien, Russland, die USA und Australien. Herzlichen Glückwunsch an die Betreffenden! Sie sorgen mit jeder verstreichenden Sekunde dafür, dass sich unsere Situation weiter verschärft!«

Protestierende Stimmen wurden laut. Der chinesische Delegierte rief etwas von Verleumdung und drohte damit, den Saal zu verlassen. Indien gab zu verstehen, man sei nicht zu Zugeständnissen bereit, die der indischen Wirtschaft einen Wettbewerbsnachteil anderen Ländern gegenüber einbrächten. Die russische Repräsentantin witterte eine Verschwörung des Westens.

Mehrere Männer und Frauen sprangen auf, gestikulierten und schrien sich an. Angestauter Frust fand ein Ventil. Aneke hielt es plötzlich für möglich, dass die Delegierten tatsächlich übereinander herfielen.

Er beugte sich vor. »Hören Sie auf mit dem Unfug!«, rief er mit heiserer Stimme in den Saal. »Hören Sie endlich auf damit! Fakten! Allein darum geht es jetzt! Bitte sprechen Sie weiter, Doktor Lombardi.«

Laura Lombardi stand ungerührt am Rednerpult und wartete, bis sich die erhitzten Gemüter ein wenig beruhigt hatten.

»Dreitausend Gigatonnen Kohlendioxid beim Paläozän-Eozän-Temperaturmaximum«, betonte sie, und wieder füllte ihre Stimme den Saal und übertönte alles andere. »Und vermutlich ähnlich viel beim ETM-2. Außerdem jede Menge Methan. Eine fatale Mischung, so wie jetzt. Beim PTEM hat es etwa viertausend Jahre gedauert, bis die durchschnittlichen Temperaturen um bis zu acht Grad stiegen, und beim ETM-2 gehen die Fachleute sogar von dreißigtausend Jahren aus. Dreitausend Gigatonnen CO_2«, wiederholte sie. »Erinnern Sie sich daran, was ich Ihnen vorhin gesagt habe, über die natürliche Freisetzung von Kohlendioxid und die ebenso natürliche Absorption etwa der gleichen Menge durch Pflanzenwachstum. Vierhundertvierzig Gigatonnen pro Jahr. Durch *natürliche* Prozesse wie den Zerfall von organischem Material in Wäldern und Grasland sowie Waldbrände und dergleichen. Die ersten grauen Wälder sind bereits in Flammen aufgegangen, vor allem in Kanada und den westlichen Teilen der USA, insbesondere Kalifornien. Unglücklicherweise geraten graue Pflanzen leichter in Brand als grüne. Hinzu kommen die Treibhausgase, die wir Menschen nach wie vor freisetzen. Die dreitausend Gigatonnen $C0_2$ der genannten Wärmeanomalien erreichen wir durch eben jene natürlichen Vorgänge in sieben Jahren, und wenn wir die von uns verursachte Menge hinzurechnen – derzeit etwa dreißig Gigatonnen pro Jahr –, haben wir in nur fünf Jahren die Emissionsmenge von PTEM und ETM-2 erreicht. In *fünf* Jahren, nicht in viertausend oder dreißigtausend.«

Lombardi unterbrach sich und ließ ihre Worte wirken.

Aneke griff erneut nach seinem Glas und trank. Das Brennen in seinem Hals wurde fast schmerzhaft und schien sich von dort in Richtung Brust auszudehnen.

»Das ist unser direktes, unmittelbares Klimaproblem«, ergriff Laura Lombardi wieder das Wort. »Es ist schlimm genug. Corricos Kohlendioxidsenken und die neuen Technologien des Klimakonsortiums schaffen keine nennenswerte Abhilfe, denn für einen so massiven Anstieg von Treibhausgasen sind sie nicht vorgesehen. Die Folgen sind: Massenmigration, nicht von einigen Millionen Menschen, sondern von Hunderten Millionen, vielleicht sogar von Milliarden; Überschwemmungen, bei denen Städte wie New York City in den Fluten versinken werden; Stürme von unvorstellbarem Ausmaß, vor denen nur Bunker ausreichend Schutz bieten. Weite Teile der Welt werden für Menschen unbewohnbar.«

Tayo Aneke leerte sein Glas und füllte es erneut aus der Wasserflasche. Der Durst ließ nicht nach.

»Aber bevor es dazu kommt«, sagte Laura Lombardi mit großem Ernst, »bevor sich die Tropen, Subtropen und gemäßigten Zonen unserer Welt in Wüsten verwandeln und Menschen nur noch in den polaren und subpolaren Gebieten leben können beziehungsweise leben *könnten*, wird es kaum mehr Menschen geben, weil die meisten von ihnen erstickt sind. Der Sauerstoffanteil in der Atmosphäre geht noch schneller zurück als befürchtet. Kritisch wird die Situation nicht erst in einigen Monaten, sie ist es bereits. Die Krankenhäuser sind voller Menschen mit Atembeschwerden. Viele von ihnen werden sterben, wenn sie nicht genug Sauerstoff bekommen – Männer, Frauen und sogar Kinder. Und noch mehr werden sterben, weil es in den Krankenhäusern und Notlazaretten keinen Platz für sie gibt. Vergessen Sie den Ersten und Zweiten Weltkrieg. In den nächsten Wochen und Monaten werden mehr Menschen umkommen als in allen Kriegen, die jemals auf der Erde stattgefunden haben. Daran lässt sich nichts mehr ändern, es ist bereits zu spät.«

46

Diesen Worten folgte eine Stille laut wie Donnerhall. Aneke beobachtete, wie Laura zu Magnussen sah, der ihre wortlose Frage mit einem Nicken beantwortete.

»Wenn es keine Hoffnung gibt«, erklang die Stimme der australischen Delegierten, »wenn alle unsere Anstrengungen aussichtslos sind … Was schlagen Sie dann vor?«

»Wir müssen dafür sorgen, dass keine Treibhausgase mehr freigesetzt werden«, antwortete Lombardi sofort. »Keine. Nirgends. Unter gar keinen Umständen. Ich spreche nicht von einem Lockdown unserer Gesellschaft, vergleichbar mit dem während der Corona-Pandemie, sondern von einem kompletten Shutdown, der einem unkontrollierten Kollaps unserer Zivilisation zuvorkommt. Noch ist nicht alles aus, noch können wir Leben retten. Und es ist unsere einzige Chance als Menschheit. Es geht hier um das Überleben unserer Spezies.«

Das Brennen in Tayo Anekes Hals breitete sich weiter aus. Es hatte die Brust erreicht, tastete nach dem Herz und ließ es schneller schlagen. Er trank erneut Wasser, ohne etwas gegen den Durst ausrichten zu können.

»Wie können wir Ihrer Meinung nach die Katastrophe verhindern?«, fragte ein Delegierter.

»Haben Sie nicht zugehört?«, erwiderte Laura Lombardi scharf. »Haben Sie mich nicht verstanden? Habe ich mich vielleicht nicht klar genug ausgedrückt?« Sie holte tief Luft. »Die Katastrophe ist da! Wir können sie nicht verhindern. Das große Sterben hat bereits begonnen. In den Ozeanen, in denen das Phytoplankton Grundlage der Nahrungskette ist, und auf den Kontinenten mit den grauen Wäldern. Es betrifft alle Lebensformen, auch uns Menschen. Wir sind als Spezies in Gefahr, meine Damen und Herren«, sagte Lombardi mit großem Nachdruck. »Ein neues Massenaussterben findet statt, vermutlich das schlimmste seit der Großen Sauerstoffkatastrophe vor etwa zweieinhalb Milliarden Jahren, als der O_2-Gehalt der Atmosphäre plötzlich stark anstieg – damals war Sauerstoff Gift für viele Lebensformen. Kennen Sie die Großen Fünf?«

Während Laura Lombardi sprach, sorgte Leopold Magnussen

dafür, dass auf der Leinwand Daten und Schaubilder erschienen, die ihre Worte illustrierten.

»So werden die größten Massenaussterben in der Geschichte unseres Planeten genannt: ›the Big Five‹, die Großen Fünf. Nummer eins: das ordovizische Massenaussterben vor vierhundertvierundvierzig Millionen Jahren. Nummer zwei: das Kellwasser-Ereignis im Oberdevon vor dreihundertzweiundsiebzig Millionen Jahren. Nummer drei: das Ereignis an der Perm-Trias-Grenze vor zweihundertzweiundfünfzig Millionen Jahren. Nummer vier: die Krisenzeit an der Trias-Jura-Grenze vor zweihunderteins Millionen Jahren. Und Nummer fünf kennt jedes Kind: das Massenaussterben an der Kreide-Paläogen-Grenze vor fünfundsechzig Millionen Jahren, das Ende der Dinosaurier. In allen fünf Fällen starben siebzig bis fünfundsiebzig oder sogar noch mehr Prozent aller Arten auf der Erde aus. Das Grau ist Ereignis Nummer sechs, und es könnte das Ende von etwa fünfundneunzig Prozent aller Spezies auf der Erde bedeuten, eingeschlossen wir Menschen, nicht innerhalb von Jahrtausenden, sondern von nur wenigen Jahrzehnten.« Die italienische Wissenschaftlerin seufzte laut und deutlich. »Ich kann das gar nicht stark genug betonen: Es wird schnell gehen, schneller als jemals zuvor!«

»Aber was können wir tun?«, fragte jemand.

Laura Lombardi schüttelte den Kopf. »Die Frage sollte lauten: Was *müssen* wir tun? Wenn die Spezies *Homo sapiens* überleben, wenn es in hundert Jahren noch Menschen auf einer Erde geben soll, müssen wir unsere Zivilisation stilllegen.«

»Wie meinen Sie das?«, klang eine Stimme durch den Saal. Aneke vermutete, dass die Worte von der indischen Delegierten stammten, war aber nicht ganz sicher. Ein Schleier hatte sich ihm vor die Augen gelegt, er sah nicht mehr richtig. Die Müdigkeit, dachte er und rang mit dem brennenden Durst. Die mitgebrachte Wasserflasche war inzwischen fast leer.

»Alle Kraftwerke, die Sauerstoff verbrauchen und Treibhausgase freisetzen, müssen abgeschaltet werden. Das gilt ebenso für Fabriken und Industriebetriebe, Heizungen und Klimaanlagen. Auch der Verkehr zu Lande, auf dem Wasser und in der Luft muss zum Erliegen kommen. *Alles*, was Sauerstoff verbraucht, muss komplett ruhen, am besten ab sofort! Die uns noch zur Verfügung stehende Energie, zum Beispiel von Windrädern und Wasserkraftanlagen, bleibt essenziellen Diensten wie dem Gesundheitswesen, den Sauerstofffabriken und den der Produktion von Obst und Gemüse dienenden Gewächshäusern vorbehalten. Die Viehbestände müssen drastisch reduziert werden. Rinder verbrauchen Sauerstoff und bringen gleichzeitig Methan in die Atmosphäre. Ihr Fleisch wird uns ein wenig bei der strengen Lebensmittelrationierung helfen, die ebenfalls sofort beschlossen werden muss.«

Lombardi schwieg einige Sekunden, was jemandem Gelegenheit gab, »Sind Sie verrückt geworden?« zu rufen.

Die indische Delegierte beugte sich zum Mikrophon. »Sie wollen den gesamten Verkehr lahmlegen?«, tönte ihre Stimme aus den Lautsprechern. »Wie sollen wir nach Hause zurückkehren? Indem wir in einem Boot über den Ozean rudern?«

»Wenn es in Mitteleuropa zu einem strengen Winter kommt und die Menschen nicht mit Gas, Öl, Kohle oder Holz heizen dürfen, laufen sie Gefahr, in ihren Wohnungen zu erfrieren«, gab jemand anders zu bedenken.

»Sie wollen unsere Zivilisation retten, indem Sie sie zerstören!«, lautete ein Vorwurf.

»Es geht um die Rettung der Spezies Mensch!«, erwiderte Laura Lombardi nachdrücklich. »Wir müssen Zeit gewinnen, in der Hoffnung, dass sich Pflanzen und Phytoplankton ein wenig erholen. Oder dass wir doch noch ein wirkungsvolles Mittel gegen das Grau finden. Wenn nicht, *sterben wir aus!* Dann wird die Erde in hundert Jahren *menschenleer* sein!«

Mehr Stimmen erklangen, es wurde plötzlich so laut im Saal, dass man sein eigenes Wort nicht mehr hörte.

Tayo Aneke griff nach dem Hammer und wollte klopfen, aber das feurige Stechen im Hals nahm ihm den Atem. Der Hammer rutschte aus der kraftlos gewordenen Hand, Schmerz explodierte in seiner Brust. Er kam halb in die Höhe, und der Schleier vor seinen Augen verdichtete sich so sehr, dass er keine Sitzreihen und Menschen mehr sah, nur noch undeutliche Schemen.

»Mister Secretary?«, vernahm er Ismails besorgte Stimme.

»Ich ...«, begann Aneke, doch die übrigen Worte blieben ihm im brennenden Hals stecken.

Ich sterbe, dachte er. Ausgerechnet jetzt.

Dunkelheit schloss sich um ihn.

47

LAURA LOMBARDI

NEW YORK, USA

Für Laura war es die zweite Beerdigung in wenigen Tagen. Erst Richard Compton und nun Tayo Aneke, einem Herzanfall erlegen, während sie vor dem Krisenstab der UN gesprochen hatte, nur wenige Kilometer vom Evergreens Cemetery in Brooklyn entfernt, der seinen Namen nicht mehr verdiente – die einst grünen Büsche und Bäume hatten entweder ihre Blätter verloren oder zeigten verschiedene Schattierungen vom Grau. Was zu dem kalten Nebel passte, der über die Gräber kroch.

Nur wenige Personen nahmen an der Trauerfeier teil, nicht mehr als zwanzig, Repräsentanten der Vereinten Nationen und ihres Verwaltungsapparats sowie mehrere Staatssekretäre. Angehörige fehlten, was vielleicht am stark eingeschränkten Verkehr lag, spekulierte Laura. Sie stand steif, wie halb erstarrt in der Kälte, und während sie hörte, wie der Prediger am offenen Grab von Leben, Tod und Verantwortung sprach, fragte sie sich plötzlich, ob es genug Priester für all die Menschen gab, die in den nächsten Wochen und Monaten sterben würden.

Das Heulen einer Sirene tönte wie ein Nebelhorn aus dem Westen der Stadt, aus Richtung East River und UN-Gebäude. Nach wenigen Sekunden erklangen weitere Sirenen und wurden so laut, dass Laura die Worte des Priesters nicht mehr verstand.

Unruhe machte sich unter den Trauergästen breit. Einige von ihnen tuschelten miteinander. Andere wandten sich ab, gingen und verschwanden in den dichter werdenden Nebelschwaden.

Laura blieb stehen, etwas hielt sie fest. Was geschah in der Stadt? Vor zwei Tagen, wenige Stunden nach Tayo Anekes Tod, war nach Unruhen und Ausschreitungen der Ausnahmezustand über New York City verhängt worden. Aber damit, dachte Laura, hatte man den Deckel auf einen Topf mit kochendem Wasser gedrückt. Es war nur eine Frage der Zeit, bis sich genug heißer Wasserdampf ansammelte, um den Deckel wegzusprengen, und vielleicht geschah das genau in diesem Augenblick. Die Menschen hatten nicht mehr genug zu essen, das Atmen fiel ihnen mit jedem verstreichenden Tag schwerer, Elektrizität und Wasser gab es nur für wenige Stunden am Tag, und hinzu kamen die Ausgangssperren.

Eine Explosion kündigte sich an, befürchtete Laura. Nicht nur hier in New York, sondern überall auf der Welt.

Jemand berührte sie an der Schulter. Laura war so tief in Gedanken versunken gewesen, dass sie Leopold Magnussen gar nicht bemerkt hatte. Es wäre ihr aufgefallen, wäre er bei der Trauerfeier und der Beerdigung gewesen. Er war also gerade erst erschienen. Aber warum so spät?

»Komm«, raunte er ihr zu.

»Die Beerdigung ist noch nicht zu Ende«, erwiderte sie ebenso leise.

»Für Tayo spielt das keine Rolle mehr. Komm.«

Leopold ging los, und Laura folgte ihm durch den Nebel, vorbei an verwitterten Grabsteinen. Die Stimme des immer noch sprechenden Priesters verlor sich hinter ihnen im Heulen der Sirenen.

Nur wenige Fahrzeuge standen auf dem Parkplatz des Friedhofs. Leopold öffnete die Tür eines E-Wagens mit UN-Kennzeichen.

»Wir müssen so schnell wie möglich zum Flughafen«, erklärte er, als sie beide im Fond saßen, und nannte dem Autopiloten das Ziel, den John F. Kennedy Airport. »Zum Glück ist es nicht weit bis dorthin«, wandte er sich wieder an Laura. »Wir sollten es rechtzeitig schaffen.«

Mit einem leisen Surren rollte der Wagen los.

»Du warst nicht bei der Beerdigung«, sagte Laura, als sie die leere Straße erreichten. Sie drehte den Kopf und sah zurück. Hinter ihnen schloss sich der Nebel; es war nicht zu erkennen, ob ihnen jemand folgte. »Was ist passiert«

»Tayo Aneke ist keines natürlichen Todes gestorben«, antwortete er ihr. »Er wurde ermordet. Ich hab die Nachricht vor einer halben Stunde bekommen und sofort versucht, dich anzurufen.«

Laura holte ihr Handy hervor und schaltete es ein. »Es sollte während der Beerdigung nicht klingeln.«

»Der Sarg enthält keine Leiche, sondern drei Sandsäcke«, erklärte Leopold, »jeder von ihnen etwa siebenundzwanzig Kilo schwer.«

Laura sah ihn groß an. »Was?«

»Jemand hat an einem natürlichen Tod gezweifelt und für eine genaue Untersuchung des Leichnams gesorgt. Er befindet sich noch immer in einem Labor drüben in Queens.«

»Es war von einem Herzanfall die Rede ...«

»Er erlag auch einem Herzanfall«, bestätigte Leopold, während der Autopilot die Limousine durch den Nebel lenkte. »Aber der Grund dafür war ein besonderes Gift. Man fand Spuren davon in einer leeren Wasserflasche. Sein Sekretär Ismail scheint in die Sache verwickelt zu ein. Er verschwand eine halbe Stunde nach Anekes Tod.«

Vor ihnen erschienen Lichter im Nebel und verschwanden wieder. Noch immer heulten Sirenen in der Stadt, Laura hörte sie durch die geschlossenen Fenster.

»Mord?«, hauchte sie.

»Ja.«

»Wer steckt dahinter?«

Leopold zuckte mit den Schultern. »Vielleicht die alte Gruppe.«

Laura verstand nicht sofort. Sie musste noch die Mitteilung verarbeiten, dass der Generalsekretär der Vereinten Nationen, von dem sie in den vergangenen Monaten viel Unterstützung erhalten hatten, einem Mordanschlag zum Opfer gefallen war.

»Oh«, entfuhr es ihr dann. »Der große Geldwäscheskandal vor drei, vier Jahren. Es hat dich den Posten des Generalsekretärs gekostet, nicht wahr?«

Leopold nickte. »Ich denke, bei der Wahl hätte ich gute Chancen gehabt. Tayo Aneke war ein Kompromiss, das wusste er auch. Doch die Zeit der Kompromisse scheint vorbei zu sein.«

Sie überquerten eine gespenstisch leere Kreuzung, kein anderes Fahrzeug war in Sicht. Der Nebel nahm einem schnell die Orientierung. Ohne die Navigationskarte auf dem großen Display vorn bei den Instrumenten hätte Laura nicht mehr gewusst, wo sie sich befanden.

»*Warum* wurde Aneke ermordet?«, fragte sie, als die Kreuzung hinter ihnen lag. Für den Autopiloten des E-Wagens spielte der Nebel keine Rolle. Mit seinen Radaraugen sah er alles klar und deutlich. »Was bezweckt die ›alte Gruppe‹ damit?«

»Sie machen den Weg frei«, antwortete Leopold. »Und es betrifft nicht nur Aneke. Der Außenminister und die Präsidentin sind seit gestern Abend nicht mehr erreichbar, hab ich gehört. Die Streitkräfte wurden in Alarmbereitschaft versetzt, und man munkelt von einem baldigen Ausnahmezustand im ganzen Land.«

Laura ließ sich das durch den Kopf gehen. »Ein Staatsstreich?«

»Darauf könnte es hinauslaufen.«

»Der Krisenstab der Vereinten Nationen sollte über einen neuen Maßnahmenkatalog entscheiden. Ist das der Grund? Wurde Aneke deshalb ermordet? Um zu verhindern, dass strengere Regeln beschlossen werden?«

»Nein«, entgegnete Leopold sofort. »Ich glaube, für die Leute, die jetzt nach der Macht greifen, spielt das alles kaum eine Rolle. Vielleicht sehen sie vor allem eine günstige Gelegenheit, sich von allen Regeln zu befreien.«

Laura dachte darüber nach. »Was bedeutet das für uns, für unsere Arbeit?«

»Es bedeutet, dass wir keine Unterstützung mehr bekommen.« Leopold versuchte, sich nichts anmerken zu lassen, aber inzwischen kannte ihn Laura gut genug, um die Sorge in seinem Gesicht zu erkennen.

»Es hat Anschläge auf dich gegeben«, sagte sie. »Einen habe ich miterlebt. Aneke hat dich geschützt, wo es nur ging. Aber jetzt …«

»Ja.«

»Deshalb haben wir es so eilig.«

»Wieder ja. Wir müssen die USA verlassen, bevor das Land dichtgemacht wird. Was noch heute Abend geschehen könnte. Der Flugverkehr ist ohnehin stark eingeschränkt.« Leopold sah auf die Uhr. »In einer Stunde startet vom Kennedy Airport eine Maschine nach Island. Zwei Plätze sind für uns gebucht. Ich hoffe, dass wir noch wegkommen.«

Laura hielt noch immer ihr wieder eingeschaltetes Handy in der Hand. Sie steckte es ein, ohne einen Blick auf das Display geworfen zu haben.

Der Nebel wurde noch dichter. Die Gebäude zu beiden Seiten der Straße waren nur schemenhaft zu erkennen. Einmal glaubte Laura, eine Gruppe von Menschen zu sehen, die sich vor einem kleinen Supermarkt mit zertrümmerten Fenstern drängten. Einer von ihnen bückte sich, nahm einen Stein und warf ihn nach der vorbeirollenden Limousine.

»Waren das Plünderer?«

»Es geht los«, bestätigte Leopold. »Überall in der Stadt. Und nicht nur hier in New York. Im ganzen Land, auf der ganzen

Welt. Die Großstädte werden bald besonders gefährliche Orte sein.« Er hustete plötzlich, räusperte sich und atmete mehrmals tief durch.

Laura wurde sich der eigenen Kurzatmigkeit bewusst. Für einige sehr unangenehme Sekunden hatte sie das Gefühl, keine Luft mehr zu bekommen.

»Zu wenig Sauerstoff.« Leopolds Stimme klang rauer. »Ich fürchte, unsere schlimmsten Prognosen werden übertroffen.«

Ein Schild tauchte im Nebel auf und wies – für den Autopiloten unnötigerweise – den Weg zum Kennedy Airport. Es waren nur noch wenige Kilometer.

»Der Nebel könnte zu einem Problem werden«, brummte Leopold mit einem Blick nach draußen. »Vielleicht verzögert sich dadurch der Start, und das gäbe gewissen Leuten mehr Zeit. Wir stehen beide auf der Passagierliste, mit unseren echten Namen. Für falsche Identitäten blieb nicht genug Zeit.«

»Selbst wenn die Leute von damals hinter Anekes Tod stecken«, sagte Laura, »glaubst du wirklich, dass sie es immer noch auf dich abgesehen haben? Ich meine, die Welt geht zugrunde! Daneben wird alles andere bedeutungslos!«

»Nicht ganz«, widersprach Leopold. »Diese Leute haben noch eine alte Rechnung zu begleichen.«

Etwas anderes fiel Laura ein. »Wer kam auf die Idee, Tayo Anekes Leiche zu untersuchen? Alles hat doch auf einen Herzanfall hingedeutet, und so hat auch die Diagnose gelautet. Wem kam der Verdacht, dass sich dahinter ein Mord verbergen könnte?«

»Ich weiß es nicht genau«, antwortete Leopold. »Möglicherweise ist irgendwo etwas durchgesickert. Hinter den Kulissen ist nicht alles zugemauert und abgeschottet. Es gibt immer unterschiedliche Interessen und Gruppen, die gegeneinander arbeiten. Eine von ihnen ist vielleicht misstrauisch geworden.«

»Und was unternimmt sie jetzt, diese Gruppe, nachdem sich der Verdacht bestätigt hat?«

»Schwer zu sagen. Ich habe die internationale politische Arena vor einigen Jahren verlassen und weiß nicht mehr genau, was dort geschieht. Nur eins scheint mir sicher: Solange sich die Präsidentin nicht zu Wort meldet, bleibt vieles in der Schwebe, und je länger sie schweigt, umso mehr Platz gibt es für einen Staatsstreich. Für uns in jedem Fall Grund genug, das Land zu verlassen.«

»Aber Island ... Italien wäre mir lieber. Dort warten Olivia, Paolina, Lorenz, Amelia und all die anderen auf uns.«

»Ich konnte nur noch diesen Flug erwischen«, sagte Leopold. »Und Island ist vielleicht gar nicht schlecht. Von dort aus ist es nicht allzu weit nach Spitzbergen und dem Svalbard Global Seed Vault.«

»Das Saatgutgewölbe im Eis.«

»Ja. Seit 2008 werden dort Pflanzensamen aus allen Teilen der Welt eingelagert, konserviert im Permafrost, hauptsächlich von Reis, Mais, Weizen, Kartoffeln, Früchten, Nüssen, Wurzelgemüsen und anderen für die Ernährung wichtigen Pflanzen. Damit sind DNS-Untersuchungen möglich. Vielleicht hat das Grau etwas mit einer veränderten genetischen Struktur bei Pflanzen und Phytoplankton zu tun. Wir könnten die Wechselwirkungen zwischen KOSA einerseits und dem pflanzlichen Gewebe sowie dem Chlorophyll andererseits genauer unter die Lupe nehmen. Svalbard könnte genau der richtige Ort für uns sein.«

Voraus blinkte es rot und blau im Nebel, der sich ein wenig gelichtet hatte. Fahrzeuge erschienen, Streifenwagen der Polizei und gepanzerte Wagen, geschmückt mit einem Wappen, das ein rotes Schwert mit goldener Krone auf blauem Grund zeigte – das Zeichen der New Yorker Nationalgarde.

Die Limousine wurde langsamer, und der Autopilot hielt sie

einige Meter vor der Sperre auf der Zufahrtstraße des Kennedy Airports an. Zwei Gardisten in Einsatzanzügen näherten sich und hielten ihre Waffen bereit.

Laura und Leopold zeigten ihre leeren Hände. Als ihr einer der beiden Gardisten ein Zeichen gab, ließ Laura das Seitenfenster nach unten.

»Ihre Ausweise«, sagte der Mann.

Leopold beugte sich vor. »Entschuldigen Sie, Sir, vielleicht haben Sie nicht bemerkt, dass dieser Wagen ein UN-Kennzeichen hat. Wir genießen Diplomatenstatus.«

Laura bemerkte, dass der zweite Gardist zur anderen Seite des Wagens trat und sie von dort aus mit schussbereitem Schnellfeuergewehr im Auge behielt.

»Ihre Ausweise«, wiederholte der erste Gardist.

Sie holten ihre Pässe hervor und reichten sie dem Mann, der kurz darin blätterte.

»Warten Sie«, sagte er knapp, drehte sich um und ging zu einem der Einsatzfahrzeuge. Hinter den blinkenden Signallichtern zeichneten sich weitere Gestalten ab.

Laura wollte die Tür öffnen.

»Nein.« Leopold hielt sie zurück. »Bleib sitzen.«

»Was macht er mit unseren Pässen? Wir brauchen sie für den Flug.«

»Vielleicht ist es nur eine normale Kontrolle, die Unruhestifter vom Flughafen fernhalten soll«, hoffte Leopold.

Nach einer Minute kehrte der erste Gardist zurück. Er kam ohne ihre Pässe.

»Steigen Sie aus«, wies er sie an.

»Wir verpassen unseren Flug, wenn Sie uns aufhalten«, sagte Laura.

»Sie sollen aussteigen!«, befahl der Mann in einem schärferen Ton.

Ihnen blieb keine Wahl.

»Was ist denn los?«, fragte Leopold und versuchte, freundlich zu bleiben. »Wir sind Diplomaten. Sie haben kein Recht …«

»Jemand möchte mit Ihnen reden«, sagte der erste Gardist. Der zweite kam hinter der Limousine hervor, das Schnellfeuergewehr noch immer schussbereit.

»Wer?«, wollte Leopold wissen.

»Ein gewisser David Finley.«

48

HUDSON CHAMBERLAIN

TORONTO, KANADA

Der Gefängnisdirektor Nathan Benninger war ein freundlich und gemütlich wirkender Mann in den Vierzigern, mit Bauch, Bart und einem runden Gesicht, in dem, wenn man ihn zum ersten Mal sah, nichts auf die Strenge hindeutete, mit der er die Strafanstalt leitete. Er saß hinter seinem wuchtigen Schreibtisch, als Hudson Chamberlain das Büro betrat. Alain Lacroix leistete dem Direktor Gesellschaft, und erneut weckte die Anwesenheit seines Anwalts Hoffnung in Chamberlain, obwohl die inzwischen mehr als einmal enttäuscht worden war.

Er blieb stehen, gerade und respektvoll, die Hände auf den Rücken gelegt.

»Häftling Chamberlain, Sir«, meldete er sich.

Benninger keuchte, als hätte er gerade eine steile Treppe erklommen. Mit der rechten Hand langte er nach einer Sauerstoffmaske, drückte sie sich aufs Gesicht und atmete mehrmals tief durch, dann ließ er die Maske sinken.

»Es wird immer schlimmer!«, stieß er mit rauer Stimme hervor. »Was wir Ihnen, Corrico und Ihren Betrügereien zu verdanken haben, Chamberlain. Ich kann kaum mehr atmen ohne dieses Ding!«

Der kleine Lacroix hob die Brauen. »Sie sollten sich genau überlegen, was Sie sagen, Direktor.«

Benninger winkte ab. »Kommen Sie mir nicht auf diese Tour. Wir wissen beide, wie die Dinge stehen.«

Chamberlain stand wortlos und wartete. Das Fenster hinter

dem Direktor bot Blick auf den Ontariosee. Schneeflocken tanzten in der Luft. Es war kalt geworden in den letzten Tagen, die Luftströmungen änderten sich, ein polares Tiefdruckgebiet zog nach Süden.

Der Direktor nahm einen braunen Umschlag und schob ihn über den Schreibtisch. »Das ist für Sie, Chamberlain.«

»Sir?«

»Ihre Entlassungspapiere.« Nathan Benninger lehnte sich zurück und schnaufte. »Wenn es nach mir ginge, würden wir Sie in eine Einzelzelle sperren und den Schlüssel wegwerfen.«

»Direktor ...«, begann Alain Lacroix in einem warnenden Ton.

Benninger winkte erneut. »Schon gut, schon gut. Nehmen Sie Ihren Kram und verschwinden Sie, Chamberlain. Wenn ich Ihnen zum Abschied einen guten Rat geben darf: Richten Sie nicht noch mehr Unheil an. Aber das dürfte kaum möglich sein, oder?«

Der Anwalt stand auf und nahm die Papiere. »Sehr freundlich von Ihnen, Direktor«, sagte er, und es klang so, als meinte er es ernst. »Leben Sie wohl.«

Chamberlain folgte ihm in den Flur, wo der Wärter auf sie wartete.

»Sie werden nicht mehr gebraucht«, teilte ihm Lacroix mit. Er zog die Entlassungspapiere aus dem Umschlag und zeigte sie dem überraschten Uniformierten.

»Wie haben Sie das geschafft?«, wandte sich Chamberlain auf dem Weg zum Ausgang leise an den Anwalt.

»Das neue Beweismaterial hat einiges in Bewegung gesetzt«, antwortete Lacroix. »Der Prozess wird neu aufgerollt, und da kein Zweifel an Ihrer Unschuld besteht, haben sich einflussreiche Freunde für Ihre sofortige Entlassung aus der Haft eingesetzt.«

Chamberlain nickte dankbar.

»Im Eingangsbereich habe ich eine Tasche mit frischer Kleidung für Sie zurückgelassen«, fügte Lacroix hinzu. »Sie können sich umziehen, bevor wir uns auf den Weg machen.«

Chamberlain sah an seiner Häftlingskleidung herab. »Gute Idee.«

Etwa eine halbe Stunde später, nachdem alle Formalitäten erledigt waren, verließen sie die Strafanstalt und traten nach draußen in die kalte Luft. Wirbelnde Schneeflocken nahmen sie in Empfang. Es begann bereits zu dämmern.

Chamberlain trug Anzug und Mantel. Er fror nicht, merkte aber, dass er schneller atmete als sonst. Er sah sich um und hielt vergeblich nach einem Wagen Ausschau. Die nahe Straße war leer.

»Wir müssen den Bus nehmen«, erklärte Lacroix, der Chamberlains Blick zu deuten vermochte. »Privatfahrzeuge brauchen eine Sondergenehmigung, und die ist schwer zu bekommen. Es ist nicht weit, nur zwei Haltestellen, dann wird die Reise bequemer und schneller. Ein Kopter wartet auf uns. Hier in der Nähe des Gefängnisses konnte er nicht landen. Dieser Bereich ist aus Sicherheitsgründen für den Flugverkehr gesperrt.«

Einige Kilometer entfernt erhoben sich die Wolkenkratzer von Toronto. Einer von ihnen war der Corrico-Turm, neunundfünfzig Stockwerke hoch, die letzte Etage ein Penthouse, in dem jetzt Joycelin wohnte.

»Ist sie da?«, fragte Chamberlain. »Joycelin. Ist sie ... zu Hause?«

»Denken Sie jetzt nicht daran«, riet ihm der Anwalt, als sie, etwa zweihundert Meter vom Gefängnistor entfernt, unter das Dach der Haltestelle traten. Niemand stand oder saß dort, sie waren allein. »Verschieben Sie das auf später. Der Kopter wird Sie zu einem Ort fliegen, den wir für Sie vorbereitet haben.«

Der Wind war unangenehm, Chamberlain schlug den Mantelkragen hoch. Er atmete noch immer schnell, obwohl er sich nicht mehr bewegte.

»Was haben Sie denn für mich vorbereitet?«, fragte er. »Eine Wohnung?« Sein Blick glitt erneut zu den Hochhäusern von Toronto. Er stellte sich Joycelin in ihrem Bett vor, in *seinem* Bett.

»Ein Landhaus bei Glen Cross, etwa fünfzig Kilometer entfernt«, erklärte Alain Lacroix. »Es wird Ihnen gefallen.«

»Haben Sie bereits Anzeige gegen Joycelin erstattet?«

»Nein.«

Chamberlain sah den Anwalt erstaunt an. »Warum nicht? Wir haben genug Beweise, oder?«

Lacroix zögerte kurz. »Ich hielt es für besser, zuerst Ihre Angelegenheiten zu regeln. Wenn wir sie angezeigt hätten, und sie anschließend sofort verhaftet worden wäre, wer hätte Corrico und das Klimakonsortium führen sollen?«

»Verstehe«, brummte Chamberlain. Er musterte den kleinen Mann und fühlte sich für einen Moment von Unbehagen gestreift. Die letzten Worte hatten nicht ganz aufrichtig geklungen.

Der Bus kam, ein kastenförmiges autonomes Fahrzeug, grün und mit einem großen E markiert, damit niemand trotz des leisen Summens am Elektroantrieb zweifeln konnte. Einen Fahrer gab es ebenso wenig wie ein Lenkrad. Gesteuert wurde der E-Bus von einem zuverlässigen Autopiloten.

Chamberlain und Lacroix stiegen ein und setzten sich ganz vorn auf die ersten freien Plätze. In der Mitte saßen einige ältere Leute, die blass und ernst nach draußen blickten, und weiter hinten mehrere Jugendliche, die auf ihre Handys starrten. Einer von ihnen hechelte fast wie ein Hund.

Der Bus rollte über die leere Straße, umtanzt von Schneeflocken. Es wurde schnell dunkler, aber die Straßenlaternen brannten nicht, wegen der Energiesparmaßnahmen, wie Chamberlain aus dem Gefängnisfernsehen wusste.

An der nächsten Haltestelle wartete niemand, und offenbar wollte auch niemand aussteigen. Der E-Bus wurde ein wenig langsamer, erhöhte dann die Geschwindigkeit wieder und fuhr weiter, an dem kleinen Unterstand vorbei.

»Es ist gespenstisch«, sagte Chamberlain leise. »Es wird dunkel, man sollte bereits die Lichter der Stadt sehen.«

Alain Lacroix nickte nur, sein Gesicht maskenhaft starr. Er wirkte ein wenig angespannt, fand Chamberlain.

An der nächsten Haltestelle stiegen sie aus. In der Nähe ragte ein mehrstöckiges Gebäude auf, mit einer Rampe neben dem Eingang. Nirgends gab es Licht.

»Ein Parkhaus?«, fragte Chamberlain erstaunt. »Haben Sie nicht von einem Kopter gesprochen?«

»Oben auf dem Dach.« Lacroix schritt auf die Tür zu.

Chamberlain folgte ihm.

Der Aufzug funktionierte nicht, sie mussten die Treppe nehmen. Was sich als sehr anstrengend erwies, zumindest für Chamberlain. Auf jedem Treppenabsatz musste er innehalten, um wieder zu Atem zu kommen. Alain Lacroix schien weniger Schwierigkeiten zu haben. Er wartete, während Chamberlain nach Luft schnappte, sah mehrmals auf die Uhr und dann nach oben.

Schließlich lagen die letzten Treppenstufen hinter ihnen, und der Anwalt öffnete die Tür zum Dach. Kalter Wind wehte ihnen entgegen. Im schwächer werdenden Schein der Abenddämmerung sah Chamberlain den Kopter auf dem Dachparkdeck, mit sechs großen Rotoren und einer ovalen Kabine für den Piloten und mehrere Passagiere.

Jemand kam ihnen entgegen, ein junger Mann, kaum dreißig. Er trug einen Parka mit der Kapuze über dem Kopf.

»Kommen Sie, Mister Chamberlain.« Er winkte einladend, drehte sich um und kehrte zum Kopter zurück.

Nach einigen Schritten merkte Chamberlain, dass jemand

fehlte. Er warf einen Blick über die Schulter. Alain Lacroix war nicht mehr da.

»Mein Anwalt …«, begann er.

»Oh, der muss sich noch um einige wichtige Dinge kümmern.« Der junge Mann im Parka winkte. »Kommen Sie, Mister Chamberlain, ich möchte Ihnen etwas zeigen.«

Er ging zum Ende des Parkdecks, das von einer halbhohen Mauer begrenzt wurde, und winkte erneut, das Gesicht in der Dunkelheit verborgen.

Chamberlain näherte sich ihm langsam. »Was wollen Sie mir zeigen?«

»Das hier.« Der Mann schwang sich auf die Mauer und stand mit ausgebreiteten Armen, das Gesicht im Wind.

Chamberlains Unbehagen wuchs. Erneut blickte er über die Schulter, doch von Alain Lacroix war nichts mehr zu sehen.

Der Mann sprang von der Mauer zurück aufs Parkdeck. »Jetzt sind Sie dran.«

»Wie bitte?«

»Klettern Sie auf die Mauer! Genießen Sie die Aussicht!«

»Was soll der Unsinn?«

»Unsinn?« Plötzlich hielt der Mann eine Pistole in der Hand. »Auf die Mauer mit Ihnen!«

Chamberlain starrte auf die Waffe. »Was soll das?«, brachte er entgeistert hervor.

»Klettern Sie auf die Mauer!«, zischte der Mann. »Was ist daran so schwer zu verstehen?«

In einem Moment absoluter Klarheit und Gewissheit begriff Chamberlain, dass der Mann schießen würde, wenn er seiner Forderung nicht nachkam.

Er wankte zur Mauer, kletterte hinauf und wagte es nicht, in die dunkle Tiefe zu sehen.

»Breiten Sie die Arme aus so wie ich eben«, forderte der Mann hinter ihm. »Umarmen Sie den Wind.«

Chamberlain breitete die Arme aus. Ihm wurden die Knie weich, es fiel ihm schwer, das Gleichgewicht zu wahren.

»Und jetzt springen Sie!«, befahl der Mann.

»Was?«

»Sie springen, weil Sie mit dem Leben abgeschlossen haben, weil Sie sich schuldig fühlen«, sagte der Mann. »Vielleicht haben Sie Glück und brechen sich bloß ein paar Knochen, solche Fälle gibt's.«

Chamberlain schnappte nach Luft und begann zu zittern.

»Wenn Sie nicht springen, schieße ich, und das wäre Ihr sicherer Tod«, fügte der Mann hinzu. »Sie haben die Wahl: eine kleine Chance oder gar keine.«

»Das kann doch nicht Ihr Ernst sein!«

»Entscheiden Sie sich! Ich zähle bis drei. Eins …«

»Wer sind Sie?«, stieß Chamberlain hervor. Er drehte sich nicht um, aus Furcht, das Gleichgewicht zu verlieren. »Wer schickt Sie?«

»Zwei …«

»Hören Sie, wer auch immer Sie beauftragt hat, lassen Sie uns reden!«

Ein Schuss knallte.

Chamberlain wartete auf den Schmerz im Rücken oder im Kopf. Dann fragte er sich, ob ihm überhaupt Zeit genug geblieben wäre, Schmerz zu empfinden.

Er stand auf der Mauer, mit weichen Knien, im kalten Wind, lebend, unverletzt.

»Kommen Sie da runter, worauf warten Sie?«

Schritte näherten sich, eine Hand erschien in Chamberlains Blickfeld.

»Greifen Sie zu, ich helfe Ihnen.«

Die schwachen Knie gaben nach. Chamberlain kippte, nicht nach vorn, dem dunklen Abgrund entgegen, sondern nach hinten. Er machte einen Sprung daraus, um nicht der Länge nach aufs Parkdeck zu schlagen. Mehrere Hände halfen ihm bei der Landung.

Sie gehörten einem Mann und einer Frau in dunkler Kleidung, die sie mit den Schatten verschmelzen ließ. Eine dritte Gestalt lag wenige Meter entfernt mit dem Kopf in einer Blutlache.

Die Frau untersuchte die Taschen des Toten und fand, was sie suchte.

»Da ist der Schlüssel«, sagte sie zufrieden und huschte zum Kopter. Deren Einstiegsluke öffnete sich, als die Frau eine Taste des gefundenen Funkschlüssels drückte.

»Wer sind Sie?«

»Greg und Linda«, antwortete die Frau.

Der Mann, Greg, hatte den linken Arm gehoben und sprach in ein Mikrophon, das aus dem Ärmel hervorlugte. Im rechten Ohr steckte ein kleiner Funkempfänger. »Wir sind gerade noch rechtzeitig zur Stelle gewesen.« Er lauschte kurz einer Stimme aus dem Empfänger. »Ja, er ist unverletzt. Wir machen uns jetzt auf den Weg.«

Er deutete zum Kopter, in dem die Frau, Linda, bereits an den Kontrollen saß und die Rotoren startete.

»Kommen Sie, Mister Chamberlain. Verschwinden wir von hier, bevor noch ein weiterer von Finleys Leuten aufkreuzt.«

»Finley?«

»Ich erkläre Ihnen alles unterwegs.«

49

JOYCELIN HAYES

SAN FRANCISCO, USA

»Die Stadt brennt«, sagte Joycelin. »Sie brennt lichterloh.«

Sie stand auf der Dachterrasse eines Apartmenthauses im Osten von San Francisco, nicht weit von Marina Green und Fort Mason, und beobachtete, wie sich roter und gelber Feuerschein durch die nächtliche Stadt fraß. Der Strom war schon vor Stunden ausgefallen. In den wenigen noch von Bränden verschonten Stadtteilen zeigte sich nur vereinzelt Licht, dort, wo es Notstromaggregate gab, die teuren Treibstoff verbrannten und kostbaren Sauerstoff verbrauchten. Brandgeruch lag in der kalten Luft.

»Wie still es ist«, fügte Joycelin hinzu, als Finley schwieg. Er stand einige Meter entfernt, eine dunkle Silhouette vor dem breiten Terrassenfenster. »Man hört nichts, nicht einmal Sirenen.«

»Heute Morgen war die Feuerwehr noch im Einsatz«, sagte Finley, ohne sich zu rühren. »Ebenso die medizinischen Notdienste. Inzwischen haben sie es aufgegeben. Es war nicht anders zu erwarten.«

Joycelin wandte sich ihm halb zu und versuchte vergeblich, sein Gesicht zu erkennen. »Wie meinen Sie das?«, fragte sie fast gegen ihren Willen.

»Die ersten Brände wurden gelegt«, erklärte Finley. »Um Feuerwehr und Rettungsdienste anzulocken. Die Leute hatten es vor allem auf deren Sauerstoffgeräte abgesehen. Jetzt sind die Brände nicht mehr einzudämmen, und die Rettungsdienste trauen sich nicht mehr raus.«

Ein Prasseln erklang in der Ferne, und für einen Moment glaubte Joycelin, dass es von den Feuern stammte. Dann begriff sie, dass sie Schüsse hörte.

»Die Schießereien haben am späten Vormittag begonnen«, erklärte Finley, der es natürlich ebenfalls hörte. »Einsatzkräfte von Polizei und Nationalgarde versuchten, die Lage unter Kontrolle zu bringen, aber es mangelt nicht an Waffen in diesem Land, fast in jedem Haushalt gibt es welche. Und ich meine nicht nur Revolver und Pistolen, sondern auch Sturmgewehre und dergleichen. Bewaffnete Banden ziehen durch die Stadt und plündern, was sich plündern lässt. Die wenigen Bürgerwehren, die sich hier und dort gebildet haben, können kaum etwas dagegen ausrichten. Anarchie, Ms. Hayes. Die Zivilisation bricht zusammen. Zuerst in den großen Städten, in ihren Zentren, wo man sie besonders stark glaubte. Aber in Wirklichkeit ist sie sehr dünn, die Tünche der Zivilisation. Sie bröckelt schnell, und was kommt darunter zum Vorschein?«

Joycelin war nicht ganz sicher, ob die Frage an sie gerichtet oder rhetorischer Natur war. Sie schwieg und wartete.

»Barbarei, Ms. Hayes. *Das* kommt zum Vorschein. Das Schlechteste im Menschen. Oder vielleicht seine wahre Natur. Die Psychologen und Philosophen sind sich da nicht ganz einig.«

»Und Sie?«, fragte Joycelin, weil ihr nichts einfiel, was sie darauf erwidern konnte. »Was glauben Sie?«

Im Westen der Stadt, dort, wo Joycelin im Dunkeln den Golden Gate Park vermutete, blitzte eine gewaltige Stichflamme auf, und wenige Sekunden später hallte das Donnern einer Explosion durch die Nacht.

Finley stand noch immer unbewegt, aber für einen Augenblick sah Joycelin im Widerschein sein Gesicht, die Augen groß, der Mund eine dünne Linie.

»Ich nehme an, das war die neue Sauerstofffabrik«, sagte er.

»Erst vor zwei Wochen in Betrieb genommen. Dummheit und Gewalt, Ms. Hayes, eine sehr gefährliche Mischung.«

»Und Angst«, fügte Joycelin hinzu.

»Ja«, bestätigte die Silhouette vor dem hellen Terrassenfenster. »Angst ist immer ein guter Nährboden für Gewalt. Die Menschen in San Francisco haben Angst, und je mehr Angst sie haben, desto größer ist ihre Gewaltbereitschaft. Sie werden schnell erkennen, dass sie in der Stadt nicht überleben können. Wie die Bewohner anderer Städte werden sie aufs Land ziehen, wo sich die bewaffneten Farmer verbarrikadieren. Mit den Flüchtlingen verlässt die Barbarei die Städte, breitet sich überall aus. Nichts kann sie aufhalten.«

Er sprach in einem seltsamen Ton, fand Joycelin und blickte wieder über die brennende Stadt. »Wenn sich die Feuer ungehindert ausbreiten«, sagte sie fast wehmütig, »könnte ganz San Francisco niederbrennen.«

»Hier sind wir sicher«, meinte Finley. »Und für den sehr unwahrscheinlichen Fall, dass sich einer der Brände bis hierher ausbreiten sollte, steht oben ein Kopter bereit.«

Einer von ihnen hatte Joycelin bei Sonnenuntergang hergebracht. Er stand kaum zwei Dutzend Meter entfernt auf dem mit einem H gekennzeichneten Landefeld.

»San Francisco hat schon einmal gebrannt«, erinnerte Finley. »Nach dem großen Beben von 1906. Mehrere Tage lang wütete das Feuer. Damals wurden fast fünfhundert Straßenblöcke zerstört, mehr als achtundzwanzigtausend Häuser im Stadtzentrum fielen den Flammen zum Opfer. Diesmal könnte es noch schlimmer kommen, selbst ohne Beben. Es wird nicht viel übrig bleiben von der Stadt, und niemand wird sie wiederaufbauen. Sie haben mich eben gefragt, was ich glaube, Ms. Hayes. Ich glaube, wir erleben das Ende der Welt. Der alten Welt, sollte ich besser sagen. Und wie der Phönix aus der Asche wird sich aus ihren Trümmern eine neue erheben. Wenn wir alles richtig machen. Wenn wir die richtigen Entscheidungen treffen.«

»Wenn ich Ihnen helfe«, warf Joycelin ein. »Deshalb haben Sie mich hierher eingeladen, nicht wahr?«

»Sie sind hier, weil ich Ihnen etwas zeigen möchte.«

Joycelin deutete über die Brüstung hinweg. »Die Stadt? Die brennende Stadt?«

Plötzlich fiel ihr das Atmen schwer, und es lag nicht an dem stärker werdenden Brandgeruch. Sie schnappte nach Luft wie ein Sprinter nach dem Hundert-Meter-Lauf und dachte an das kleine Atemgerät in ihrer Handtasche.

»Kommen Sie.« Finley löste sich aus seiner Starre, ging zur Terrassentür und öffnete sie. »Drinnen ist die Luft besser.«

Sie brauchte ihr Atemgerät nicht, die Luft in dem Apartment enthielt genug Sauerstoff. Finley schloss die Tür hinter ihr und ließ die Jalousien nach unten, wie um die Welt auszusperren.

Hudsons Penthouse, das ihr als Geschäftsführerin von Corrico zur Verfügung stand, zeichnete sich durch unaufdringlichen, zurückhaltenden, nicht zur Schau gestellten Luxus aus. Finleys Apartment hingegen fiel sofort durch seine Schlichtheit auf. Die wenigen Sessel waren hart gepolstert, die Stühle an den Tischen in Ess- und Wohnzimmer hatten unbequeme Rückenlehnen. Wenn es hier eine Botschaft gab, die sich an Besucher richtete, so lautete sie: Was auch immer dich hergeführt hat, bleib nicht zu lange.

»Die Feuer in der Stadt machen es nicht besser«, sagte Joycelin, als sie auf einen der Stühle sank. »Begreifen die Leute das nicht?«

»Die meisten Menschen verstehen nur das, was sie verstehen wollen«, entgegnete Finley. »Oder was man ihnen geduldig erklärt, mit den richtigen Worten.«

Joycelin atmete mehrmals tief durch. »Was möchten Sie mir zeigen, Mister Finley?«

Er saß auf der anderen Seite des kleinen Tisches, nicht zurückgelehnt, der Rücken gerade. Joycelin sah ihm in die Augen, die zu klein wirkten, selbst für das schmale Gesicht, und versuchte erneut, etwas in ihnen auszumachen und einen Blick auf die Gedanken dahinter zu werfen. Es gelang ihr nicht. Finley war wie ein geschlossenes Buch, das sie nicht öffnen konnte. Kein Mann wie die anderen, die sie kannte, aber ein Mann, und sie wusste, wie man mit Männern umging.

Joycelin lächelte, nicht verführerisch, aber doch hintergründig.

»Ich habe Ihnen ein Angebot gemacht«, erinnerte Finley. »Ihre Entscheidung steht noch aus.«

Joycelins Lächeln verblasste. »Sie haben mein Problem noch nicht aus der Welt geschafft.«

»Chamberlain? Er spielt keine Rolle mehr.«

»Er ist frei«, sagte Joycelin. »Er wurde aus dem Gefängnis entlassen. Seinen gegenwärtigen Aufenthaltsort kenne ich nicht.«

»Sie haben seinen Platz an der Spitze von Corrico. Nur darauf kommt es an.«

»Er hat Beweismaterial«, gab Joycelin zu bedenken.

Finley deutete an ihr vorbei zur Terrassentür. »Wonach hat das dort draußen für Sie ausgesehen? Die alte Welt brennt, und mit ihr Gerichte und Gerichtsbarkeit. Bald werden nur noch Trümmer und Asche übrig sein.«

Wieder vernahm Joycelin in Finleys Stimme einen seltsamen Unterton, den sie nicht zu deuten wusste.

»Auf welcher Seite wollen Sie stehen, Ms. Hayes?«, fragte er.

»Auf welcher Seite?«

»Auf der des Gewinners? Oder auf der Seite der vielen Verlierer?«

Joycelin überlegte noch, ob sich in diesen Worten eine Drohung verbarg, als sie hörte, wie sich die Apartmenttür öffnete und jemand durch den Flur kam. Ein schlanker, hochgewachsener Mann erschien in der Wohnzimmertür, kaum älter als Joycelins Sekretär Tyler.

»Wir sind so weit«, sagte er knapp.

Finley stand auf. »Kommen Sie, Ms. Hayes. Ich möchte Ihnen jemanden vorstellen.«

50

Sie verließen das Apartment im Dachgeschoss und gingen die Treppe hinunter. Es war still, nirgends rührte sich etwas, und im Treppenhaus brannte kein Licht. Der junge Mann leuchtete mit einer Taschenlampe und führte sie eine Etage tiefer. Dort wartete eine dickliche Frau in einem mausgrauen Kostüm, grüßte Finley mit einem respektvollen Nicken und öffnete eine Tür. Licht flutete ihnen entgegen, und Joycelin kniff geblendet die Augen zu.

Die Wohnung befand sich direkt unter Finleys Penthouse und war offenbar in ein großes Büro verwandelt worden. Gedämpfte Stimmen drangen aus den Zimmern, und Joycelin sah Männer und Frauen, die an Computern saßen oder telefonierten. Sie fragte sich, woher die Elektrizität für Lampen und Geräte kam. Im Rest des Gebäudes schien es keinen Strom zu geben, ebenso wenig wie in großen Teilen der Stadt.

Am Ende des Flurs blieben sie stehen, und der große, schlanke Mann verschwand kurz in einem Zimmer auf der linken Seite. Schon nach wenigen Sekunden kehrte er mit einer dunklen Ledermappe zurück und reichte sie Finley, der sie öffnete und in ihrem Inhalt blätterte.

»Es ist der Text von heute Mittag, nicht wahr?«, fragte er.

»Ja, Sir«, bestätigte der Mann sofort. »Die letzte Version, von Ihnen durchgesehen und genehmigt.«

»Es fehlt nur noch ihre Unterschrift.«

»Sie ist jetzt bereit, Sir. Sie wird keinen Widerstand mehr leisten.«

Das ließ Joycelin aufhorchen. Sie ahnte, auf wen sich die Worte bezogen.

Finley klopfte nicht an, bevor er die Tür am Ende des Korridors öffnete. Ein etwa zwanzig Quadratmeter großer Raum erwartete sie, mit einer Sitzecke auf der einen und einer Liege und medizinischen Schränken auf der anderen Seite.

Eine dunkelhäutige Frau saß in einem Sessel. Ein grauhaariger älterer Mann in weißem Kittel leistete ihr Gesellschaft und sagte mit sehr sanfter Stimme: »Da kommt ein Freund, der Sie um einen Gefallen bitten möchte.«

»Ein Freund?«, wiederholte die Frau. Sie lallte nicht, ihre Stimme war klar, doch der Blick strich ziellos wie der einer Betrunkenen umher.

»Ja.« Der Mann im weißen Kittel stand auf. »Er meint es gut mit Ihnen, mit uns allen. Aber um uns helfen zu können, braucht er Ihre Unterstützung.«

Die Frau im Sessel blinzelte.

»Ist sie das wirklich?«, fragte Joycelin leise.

»Ja, die Präsidentin der Vereinigten Staaten«, bestätigte Finley in normalem Ton. Er setzte sich auf die Couch neben dem Sessel und legte die Ledermappe geöffnet auf den Tisch. »Diese Dokumente benötigen Ihre Unterschrift, Madam President.«

Die Frau beugte sich langsam vor. »Meine Unterschrift?«

»Ja, Madam President. Es sind die neuen Executive Orders. Sie erklären damit den Notstand für die gesamten Vereinigten Staaten.«

»Ist es so schlimm geworden?«, fragte die Frau.

»Noch viel schlimmer«, antwortete Finley. »Wir können von Glück sagen, dass Sie den Ernst der Lage erkannt haben und bereit sind, entschlossen zu handeln.«

Die Frau starrte auf die Mappe mit den Dokumenten. Finley legte einen Kugelschreiber daneben.

»Das Grau, nicht wahr?«

»Ja, Madam President.«

»Es bedroht uns alle. Die ganze Welt.«

»So ist es leider, ja.« Finley deutete auf die Mappe. »Bitte unterschreiben Sie jetzt die Dokumente.«

Die Frau zögerte und sah Joycelin an. »Sie sind nicht Virginia.«

»Nein«, sagte Joycelin behutsam und fragte sich, was man der Präsidentin verabreicht hatte. Der Mann im weißen Kittel, vermutlich ein Arzt, stand bei den medizinischen Schränken und ließ die Frau im Sessel nicht aus den Augen.

»Wo ist Virginia?«, wandte sich die Präsidentin an Finley.

»Sie macht mit dem Feind gemeinsame Sache«, antwortete Finley und zeigte eine schwer enttäuschte, betrübte Miene. »Wir hätten ihr nie vertrauen dürfen. Ich habe Sie mehrmals gewarnt, erinnern Sie sich?«

»Virginia hat uns verraten?«, fragte die Präsidentin erstaunt.

»Ich nehme an, sie ist bei Kraskow.« Joycelin bemerkte eine neue Härte in seiner Stimme. »Wir werden sie finden.« Erneut zeigte er auf die Mappe. »Sie ernennen mich zum Direktor aller Geheimdienste, mit unbeschränkten Befugnissen. Ich werde die Verräterin finden und zur Rechenschaft ziehen.«

»Dadurch wird das Grau nicht wieder grün, oder?«, entgegnete die Präsidentin in einem seltsam lichten Moment.

»Überlassen Sie alles mir«, sagte Finley. »Mir können Sie vertrauen, das wissen Sie.«

Die Frau im Sessel nickte, nahm den Kugelschreiber und begann damit, die vorbereiteten Dokumente zu unterschreiben. Einmal zögerte sie, runzelte die Stirn und las einen Textabschnitt, aber dann unterschrieb sie auch dieses Papier. Fünf Minuten später, als alle Dokumente ihre Unterschrift trugen, schien sie erschöpft, lehnte sich zurück und schloss die Augen.

Finley nahm die Mappe. »Ruhen Sie sich aus, Madam President. Ich kümmere mich um alles.« Er nickte dem Arzt zu, ging zur Tür und öffnete sie. »Ms. Hayes?«

Joycelin erwachte aus ihrer Starre. Die dunkelhäutige Frau – die Präsidentin der Vereinigten Staaten von Amerika – saß mit geschlossenen Augen und schien zu schlafen.

»Wenn Sie bleiben und ein wenig mit ihr plaudern möchten, muss ich Sie enttäuschen, Ms. Hayes«, sagte Finley. »Das Gespräch wäre sehr einseitig.«

Joycelin folgte ihm in den Flur.

51

In einem Zimmer nicht größer als zehn Quadratmeter saßen sie sich an einem Schreibtisch gegenüber, der ebenso aus Kunststoff bestand wie die einfachen Möbel im Dachgeschoss-Apartment.

»Was haben Sie ihr gegeben?«, fragte Joycelin und überlegte, ob auch für sie etwas vorbereitet war.

Finley legte die Mappe auf den Schreibtisch und die Hände dicht darunter, so dass die Fingerkuppen auf dem Leder ruhten. »Ich bin jetzt de facto Präsident der Vereinigten Staaten«, sagte er in einem neutralen Ton. »Die Präsidentin hat mich mit allen Vollmachten ausgestattet. Ich kann entscheiden und Dekrete erlassen. Ich bin der Oberbefehlshaber der Streitkräfte.« Er warf einen Blick auf seine Armbanduhr. »In einer halben Stunde wird über das ganze Land der Ausnahmezustand verhängt. Was bedeutet, dass ich allein regieren kann, ohne Senat und Repräsentantenhaus. Mein Wort, Ms. Hayes, ist das neue Gesetz.«

Joycelin erschauerte tief in ihrem Innern und wünschte sich an einen anderen Ort.

Finley beugte sich ein wenig zur Seite und öffnete eine Schublade des Schreibtisches. Dann kam seine Hand mit einer Pistole zum Vorschein, deren Mündung er auf Joycelins Stirn richtete.

Sie saß plötzlich völlig reglos und wagte kaum zu atmen.

»Sie sind weder unverwundbar noch unsterblich.« Finley sprach noch immer in seinem emotionslosen Ton. »Personen, die großen Einfluss oder sogar Macht haben, vergessen das manchmal. Sie halten sich für etwas Besonderes, und das sind sie auch, zweifellos. Aber eine Kugel genügt, um sie zu töten. Oder ein Messerstich. Oder Gift in einer Flasche Mineralwasser.«

Joycelin dachte an den kürzlich verstorbenen Generalsekretär der Vereinten Nationen. Die Hand mit der auf ihre Stirn gerichteten Waffe verharrte völlig reglos, stellte sie fest.

Joycelin zwang sich zur Ruhe. Wenn Finley sie erschießen wollte, wäre das längst geschehen. Er hatte ausreichend Gelegenheit dazu gehabt.

»Glauben Sie, Herr über Leben und Tod zu sein?«, fragte sie.

»Nun ja, in diesem Moment bestimme ich, ob Sie leben oder sterben.«

»Sie brauchen mich. Sonst säße ich nicht hier.«

»Nein, ich brauche nicht Sie, sondern jemanden *wie* Sie, jemanden in Ihrer Position. Ich brauche die Ressourcen von Corrico.« Die Pistole blieb weiterhin unbewegt. Sie war groß und sah schwer aus. Joycelin fragte sich, wie Finley es schaffte, dass seine Hand nicht wenigstens ein bisschen zitterte. »Ich könnte Sie durch jemanden ersetzen, und dann wären Sie nutzlos für mich.«

Vielleicht, dachte Joycelin, war es doch mehr als ein Bluff, der sie beeindrucken und einschüchtern sollte. Und vielleicht, dachte sie weiter, war das genau die Frage, die sie sich stellen sollte.

»Sie müssten jemanden finden, der mich ersetzen kann, und das wäre gar nicht so einfach«, sagte sie. »Ich kenne mich mit Corrico und dem Klimakonsortium aus. Ich weiß, wie das globale Netzwerk aus Unternehmen funktioniert. Sie brauchen mein *Wissen.*«

»Was ist mit Ihrer Entscheidung?«

Joycelin rang sich ein Lächeln ab und hoffte, dass es nicht zu bemüht wirkte. »Soll ich mich mit vorgehaltener Waffe entscheiden?«

Finley ließ noch zwei oder drei Sekunden verstreichen, bevor er die Pistole in die Schublade zurücklegte. Joycelin merkte, dass sie schneller atmete, was vielleicht auch daran lag, dass die Luft in diesem Apartment schlechter war als im Penthouse.

»Eine Partnerschaft von Gleichberechtigten«, sagte sie. »Sie helfen mir, und ich helfe Ihnen.«

Finley öffnete eine Schublade auf der anderen Seite des Schreibtisches, entnahm ihr ein Blatt Papier und reichte es Joycelin.

»Das sind Corricos neue Aufgaben«, erklärte er. »Ich erwarte von Ihnen, dass Sie ihnen mindestens neunzig Prozent Ihrer Ressourcen widmen. Alles andere ist Nebensache, und das gilt auch für die Klimaprojekte und die Suche nach einem Mittel gegen das Grau. Die entsprechenden Arbeiten können später fortgesetzt werden, sobald wir Zeit und Gelegenheit haben.«

Joycelin betrachtete die Liste. »Corrico soll Städte bauen?«

»Sieben große Städte auf sieben Kontinenten: Europa, Asien, Afrika, Australien, Nord- und Südamerika und Antarktika. Vielleicht kommen noch einige kleinere Städte hinzu. In einigen Fällen können wir möglicherweise bereits vorhandene urbane Infrastrukturen übernehmen, das lasse ich zurzeit prüfen. Refugien für die Menschheit, Ms. Hayes. Von der Außenwelt abgeschirmt. Mit Sauerstofffabriken und Anlagen für industrielle und landwirtschaftliche Produktion.«

Joycelin sah von der Liste auf. »Aber ... die Antarktis?«

»Vielleicht der Kontinent mit der größten Zukunft«, meinte

Finley. »Denken Sie an den Klimawandel. Wir müssen langfristig planen.«

»Sieben große Städte und vielleicht einige kleinere. Wie viele Menschen finden darin Platz? Vierzig Millionen? Fünfzig?«

»Ich gehe eher von zwanzig aus«, antwortete Finley. »Höchstens.«

»Zwanzig Millionen«, wiederholte Joycelin. »Was ist mit den anderen? Auf der Erde leben etwa neun Milliarden Menschen.«

»Wir können nicht alle retten, nur einige wenige.«

»Die Welt wird sich in ein Massengrab verwandeln.«

»Daran lässt sich nichts mehr ändern. Das große Sterben hat bereits begonnen. Aber wir retten die Spezies *Homo sapiens*, Ms. Hayes. Wir wählen die Überlebenden aus, wir bestimmen die Zukunft der Menschheit.«

52

VIRGINIA DEL REY

PARIS, FRANKREICH

Virginia schlug im Dunkeln die Augen auf und dachte daran, dass sie, die Direktorin der NSA, bereits die fünfte Nacht in einem Bett verbrachte, das zur Ausstattung eines Büros des russischen Auslandsgeheimdienstes SWR gehörte, von dem aus die nahe US-amerikanische Botschaft in Paris überwacht wurde.

Es war so still, dass sie glaubte, ihren Herzschlag zu hören.

Nach einigen Sekunden stand sie auf und trat zum Fenster, tastete dort nach dem Vorhang und strich ihn ein wenig beiseite. Den Rollladen hatte sie halb nach oben gezogen, bevor sie zu Bett gegangen war.

Der matte Schein eines tiefen Halbmonds lag auf den Dächern von Paris. Die dunkle Stadt, in der nur wenige Lichter brannten, wirkte leer, wie tot.

Virginia blickte zum nahen Park, den Jardins des Champs-Élysées. Wie weit war es bis zur US-Botschaft? Etwa einen Kilometer. Ein kurzer Weg durch die Nacht, und dann? Wenn die Aufzeichnungen und Protokolle, die Boris ihr gezeigt hatte, tatsächlich stimmten, gab es in der Botschaft keine Sicherheit für sie. Es war ein seltsamer Gedanke und ein noch seltsameres Gefühl.

Sie griff nach ihrer Kleidung, zog sich an, ging zur Tür und öffnete sie so leise wie möglich.

Licht fiel aus zwei Zimmern in den Flur. In einem saß Natalia vor zwei Monitoren, trug einen Kopfhörer und sprach leise auf Russisch. Sie schien Augen im Hinterkopf zu haben, denn sie drehte sich halb um und nickte Virginia kurz zu. Sie wirkte nicht so streng wie am ersten Abend, dafür aber ernster und besorgter.

Im zweiten Zimmer traf sie Boris an. Er saß an einer Workstation und seufzte schwer, als sie hereinkam. »Ach, Virginia, die Welt ist vollkommen verrückt geworden!«

»Noch mehr als vorher?«

Kraskow deutete auf den großen Bildschirm, der sich vor ihm wölbte und von einer Seite des Schreibtisches bis zur anderen reichte. Mehrere Darstellungsfenster zeigten aktuelle Meldungen über das Geschehen auf der Welt. Ganz rechts scrollte der Text eines Newstickers.

Virginia zog sich einen Stuhl heran. »Wenn Sie gestatten ...«

»Aber natürlich, meine Liebe. Haben wir Sie geweckt? Natalia und ich?«

»Nein«, erwiderte sie. »Was ist mit Ihnen? Haben Sie überhaupt geschlafen?«

Kraskow streckte sich ein wenig. »Ich wollte nur noch einmal schauen, wie es in der Welt zugeht, und mich dann aufs Ohr hauen, aber ...« Er drückte Tasten. Ein weiteres Bildschirmfenster erschien und zeigte englischen Text.

»Finley hat die Demokratie in Ihrem Land zu Grabe getragen«, brummte Kraskow. »Oder nicht einmal das. Er hat sie genommen, zerrissen und die Fetzen in den Müll geworfen. Vor einigen Stunden wurde der Ausnahmezustand verhängt. In Amerika herrscht das Kriegsrecht.«

»Das kann er nicht!«, entfuhr es Virginia. »Dazu ist er nicht befugt!«

»Die Präsidentin hat ihm die notwendigen Vollmachten erteilt«, erklärte Kraskow. »Die von ihr unterschriebenen Dokumente wurden bei einer Pressekonferenz präsentiert. Dadurch bekommt alles einen legitimen Anstrich.«

»Er hat sie in seiner Gewalt«, schloss Virginia und strich sich mit einer Hand über das vom Schlaf zerzauste Haar.

Kraskow nickte. »Das halte ich für sehr wahrscheinlich«, stimmte er ihr zu. »Eine halbe Stunde nach der Erklärung des Ausnahmezustands in den Vereinigten Staaten hat der neue Generalsekretär der UNO, Daniel Juan Carvalho aus Brasilien, alle Nationen der Welt aufgerufen, dem Beispiel Amerikas zu folgen. Er bezog sich dabei auf die Maßnahmen, die Doktor Laura Lombardi dem Krisenstab der UN vorgeschlagen hat, während jener Sitzung, bei der Tayo Aneke starb.« Scans von Dokumenten erschienen in einem Darstellungsbereich. »Die offizielle Sterbeurkunde. Und inoffizielle Untersuchungsberichte, die aus gutem Grund nicht an die Öffentlichkeit gelangten.«

Virginia las den englischsprachigen Text. »Wir haben also richtig vermutet. Tayo Aneke wurde tatsächlich ermordet.«

»Gift«, brummte Kraskow. »Offenbar in seinem Mineralwasser. Es bewirkte einen fatalen Herzanfall. Unsere Leute haben Ismail gefunden, Anekes untergetauchten Sekretär. Bei der Befragung hat sich herausgestellt, dass er das Gift in die Flasche mit dem Mineralwasser gegeben hat, im Auftrag von ... raten Sie mal.«

»Finley.«

»Voll ins Schwarze.« Kraskow schnaufte. »Diese Sache betrifft nicht nur die USA, sondern die ganze Welt.«

»*Unsere Leute* haben ihn gefunden, sagten Sie?«

»Ja.«

»Sie meinen *Ihre* Leute.«

»Jetzt sind es unsere«, sagte Kraskow, ohne zu lächeln.

»Und die Befragung ...«

»*Unsere* Leute«, betonte er, »haben Ismail einige Fragen gestellt, und er hat sie beantwortet.«

Virginia verstand und seufzte leise. »Ich nehme an, der neue Generalsekretär gehört ebenfalls zu Finleys Gruppe.«

»Das dürfte der Zweck von Anekes Ermordung gewesen sein. Den richtigen Mann an die Spitze der UNO zu bringen.« Der Stuhl knarrte unter Kraskow, als er sich zurücklehnte. »Viele Staaten sind den UN-Empfehlungen bereits gefolgt. Andere bereiten entsprechende Maßnahmen vor.«

»Ein generalisierter Lockdown.«

»Die Welt wird stillgelegt«, brummte Kraskow. Das Joviale hatte ihn verlassen. »Vielleicht ist es der Grund dafür, warum wir seit zwei Stunden keine Verbindung mehr mit Moskau haben.«

Virginia dachte darüber nach. »Es könnte auch etwas anderes bedeuten.«

»Dass in Moskau Ähnliches geschieht wie in Washington?«

»Wäre das so abwegig? Vielleicht hält Nikita Andrejewitsch Kalinin aus Wladiwostok die Stunde für gekommen, Putins Nachfolge anzutreten.«

»Oder das Grau ist noch stärker, als wir dachten.« Kraskow klang plötzlich traurig. »Vielleicht bleibt nicht viel von der Welt übrig, das gerettet werden kann.«

Virginia seufzte erneut. »Scheint ziemlich viel passiert zu sein für eine Nacht.«

»Ich bin sicher, dass auch in den nächsten Nächten viel geschehen wird, hier in Paris und überall auf der Welt. Viele kleine Dinge, die viele Menschen betreffen, deren Namen wir nicht kennen.« Er beugte sich vor. »Wir sind da noch auf eine größere Sache gestoßen ...« Wieder huschten seine Finger flink über die Tasten. Text erschien in neuen Bildschirmfenstern. »Möchten Sie Kaffee, Virginia? Oder lieber etwas Stärkeres?«

»Kaffee«, sagte Virginia. »Extra stark.«

»Kommt sofort.« Er stand auf und ging in die Küche.

Virginia las den Text. Als Kraskow kurze Zeit später mit einem Becher zurückkehrte, trank sie einen dankbaren Schluck vom rabenschwarzen Kaffee, bevor sie fragte: »Ein neues Projekt?«

Er sank auf den knarrenden Stuhl und deutete auf den Bildschirm. »Offenbar mit oberster Priorität, wie aus einigen Mitteilungen hervorgeht, die wir abgefangen haben. Wichtiger als alles andere.«

»Wichtiger als das Grau?«

»Vielleicht hängt es damit zusammen. Sehen Sie sich den letzten Bericht unserer Leute in Washington und Toronto an.«

Virginia nickte langsam. »Wieder *unsere* Leute.«

»Noch immer und auch weiterhin«, bestätigte Kraskow. »Aus dem Bericht geht hervor, dass der ›Bevollmächtigte des Weißen Hauses‹ ...«

»Finley.«

»Zweifellos. Dass er mit Corrico unter der Leitung von Joycelin Hayes zusammenarbeitet. Es gibt auch Kontakte mit der EU, China, Australien und Indien.«

»Und auch mit Moskau.« Virginia zeigte auf die betreffende Stelle des Berichts.

»Ja«, brummte Kraskow. »Russland ist ebenfalls mit an Bord. Ich frage mich, wohin die Reise des Schiffes gehen soll.«

»Konnten Ihre Leute ... ich meine, konnten *unsere* Leute Hinweise darauf finden, worum es bei dem Projekt geht?«

»Noch nicht. Der Deckel liegt ziemlich fest auf dem Topf. Und es ist ein sehr großer Topf, eine globale Angelegenheit.«

Virginia nahm einen weiteren Schluck Kaffee, betrachtete die Textfenster und dachte nach. Finley, der es auf sie abgesehen hatte, nicht um sich zu rächen, für was auch immer, sondern weil er ihren Einfluss fürchtete, ihre Kontakte, ihre *Möglichkeiten,* die er besser kannte als sonst jemand – dieser Finley, ein eiskalter, heimtückischer, verschlagener Mistkerl, regierte nun mit der exekutiven Macht der Präsidentin, die sich sehr wahrscheinlich in seiner Gewalt befand. Er hatte den Ausnahmezustand verhängt und ein Projekt ins Leben gerufen, das nicht nur streng geheim war, sondern auch Corrico und andere Länder betraf. Eine globale Angelegenheit, wie Boris sie genannt hatte, und da es dabei auch um Corrico ging, hielt es Virginia für sehr wahrscheinlich, dass ein Zusammenhang mit dem Grau bestand.

Ließ es sich irgendwie bewerkstelligen, die Präsidentin zu befreien und sie ins Oval Office des Weißen Hauses zurückzubringen? Wenn David Finley Gelegenheit bekam, seine Macht zu konsolidieren und all die Leute auszuschalten, die ihm gefährlich werden konnten ... Dann saß er bald so fest im Sattel, dass ihn niemand mehr von seinem hohen Ross stoßen konnte. Und während er Amerika in eine Diktatur verwandelte und seine Macht festigte, ging die Welt am Grau zugrunde.

Es sei denn ... Es sei denn, das neue Projekt bot einen Ausweg.

Kraskow sah sie an und wartete geduldig. Virginias Blick fiel auf die Tastatur vor seinen großen Händen. Informationen, dachte Virginia. Wenn sie eingreifen und der Präsidentin helfen wollte, brauchte sie einen genauen Überblick über die Situation.

Mit welchen Vorbereitungen hatte Finley die Macht an sich gerissen? War er umsichtig genug gewesen, alle relevanten Codes der NSA zu ändern? Wer arbeitete mit ihm zusammen? Wem konnte sie noch trauen?

Corman fiel ihr ein. Patrick Corman, einer der besten Datenspezialisten, vielleicht sogar *der* beste. Sie glaubte nicht, dass er sich einfach so auf Finleys Seite ziehen ließ.

Kraskow schob die Tastatur in ihre Richtung. »Bitte sehr.«

Virginia schüttelte den Kopf. »Ich muss mich mit einem unserer Datenzentren in Verbindung setzen.«

»Nur zu«, sagte Kraskow. »Sie können unsere Systeme benutzen.«

»Boris, ich bitte Sie.« Virginia lächelte fast liebevoll. »Ebenso gut könnte ich Ihnen unsere Codebücher aushändigen.«

Kraskow hob wie unschuldig die buschigen Brauen. »Ach, Virginia, haben Sie kein Vertrauen zu mir?«

Plötzlich ging das Licht aus, und neben dem Schreibtisch ertönte ein nervöses Piepen. Es stammte von einem kleinen USV-Block, der Monitor und Computer mit Notstrom versorgte. In Natalias Zimmer piepte es ebenfalls.

Tasten klickten unter Kraskows Fingern. Bildschirmfenster schlossen sich, die Workstation fuhr herunter.

Es wurde dunkler im Zimmer. Nur noch ein kleines Notlicht brannte, von der USV gespeist.

Natalia erschien in der Tür, blass, müde und besorgt. »Sie haben uns den Strom abgeschaltet. Wir könnten kompromittiert sein.«

Virginia stand auf. »Das erspart mir eine schwierige Entscheidung.«

Natalia zeigte ihr Handy. »Keine Verbindungen mehr. Das Netz ist ebenfalls offline.«

»Wir müssen den anderen Bescheid geben.« Kraskow erhob sich. »Sie dürfen nicht hierherkommen.«

»Ich mache mich sofort auf den Weg und gebe eine Warnung heraus«, sagte Natalia.

Kraskow nickte ihr zu.

»Was ist mit den Datenspeichern?«, fragte Natalia.

»Darum kümmere ich mich«, brummte er. »Gehen Sie nur. Und passen Sie gut auf sich auf.«

»Sie ebenfalls.« Natalia holte ihre Jacke, winkte noch einmal, wobei sie gar nicht unfreundlich wirkte, und verließ die Wohnung.

»Ich brauche einen *meiner* Computer für eine Überseeverbindung«, sagte Virginia, während sie beobachtete, wie Kraskow eine Klappe der Workstation öffnete, zwei SSDs herauszog und in eine kleine, gepolsterte Tasche steckte.

Als er ihren Blick bemerkte, sagte er: »Die Platten sind so gut codiert, dass niemand außer uns etwas damit anfangen kann, aber sicher ist sicher. Was Ihren Computer betrifft …«

»Ein Safe House«, sagte Virginia. »Aber nicht hier in Paris oder in der Nähe der Stadt. Dort erwartet man mich vielleicht.«

»Raus aus der Stadt ist in jedem Fall eine gute Idee«, brummte Kraskow. »Städte sind jetzt die gefährlichsten Orte der Welt.«

Virginia stellte sich eine Karte von Frankreich vor und kramte in ihrem Gedächtnis. Ein Ort, den sie schon immer einmal hatte besuchen wollen, wenn auch unter anderen Umständen. »Wie weit ist es bis nach Le Havre?«

»Le Havre in der Normandie?« Kraskow überlegte kurz. »Das dürften etwa zweihundert Kilometer sein.«

»Finley rechnet bestimmt nicht damit, dass ich dort auftauche. Und in Le Havre gibt es eine kleine Wohnung mit einem Computer, der mir die Verbindung mit einem Datenzentrum der Agency ermöglichen sollte.« Virginia fühlte neuen Eifer. »Wir brauchen einen schnellen Wagen.«

»Wie wäre es mit einem schnellen Motorrad?« Kraskow grinste.

»Lieber Himmel«, ächzte Virginia.

Kraskow grinste noch etwas mehr. »Sie mögen es doch sportlich.« Ernster fügte er hinzu: »Vielleicht gibt es dort draußen Straßensperren. Mit dem Motorrad können wir die Schleichwege aus der Stadt nehmen.«

»Na schön. Aber bevor wir aufbrechen, möchte ich Ihr Bad benutzen und mich ein bisschen auf Vordermann bringen, wenn Sie gestatten.«

»Natürlich, meine Liebe«, sagte Kraskow sanft. »Ich packe uns inzwischen ein paar Sachen zusammen.«

53

LAURA LOMBARDI

EXECUTION ROCKS, BEI NEW YORK, USA

Die Sonne war gerade untergegangen, und kalter Wind wehte von Nordosten, vom Long Island Sound. Auflaufendes Wasser platschte über die Felsen. Laura zog die Beine an.

»Früher hat man Mörder an die Felsen gekettet und sie in der Flut ertrinken lassen«, sagte der neben ihr sitzende Leopold. »So heißt es in einer Geschichte. In einer anderen ist von Sklavenhaltern die Rede, die vor zweihundert Jahren aufsässige Sklaven auf die gleiche Weise umbrachten. Eine dritte schließlich erklärt den Namen dieser Insel damit, dass viele Schiffe auf den tückischen Felsen strandeten; angeblich nannte die britische Admiralität diesen Ort deshalb ›Execution Rocks‹, Hinrichtungsfelsen.«

Die winzige Insel befand sich im westlichen Teil des Long Island Sound, zwischen Sands Point im Süden und einigen größeren Inseln im Westen: Davids Island, Glen Island und Hunter Island. Noch etwas weiter im Westen lag New York Citys East Bronx. In der Dämmerung hätten dort erste Lichter erscheinen sollen, aber die Stadt verschwand nach und nach im farblosen Zwielicht.

»Sollen wir hier hingerichtet werden?« Laura sah am nahen alten Steingebäude vorbei zum Leuchtturm, wo einer der beiden Männer, die sie vom Kennedy-Airport hergebracht hatten, auf den Stufen saß und eine Zigarette rauchte. Es erschien ihr asurd, dass sich jemand mit Nikotin und Kohlenwasserstoffen vergiftete und dabei Luft atmete, die selbst immer giftiger wurde.

Einer von ihnen behielt sie immer im Auge, obwohl sie die Insel nicht verlassen konnten, denn das Wasser war zu kalt und die nächste Insel zu weit entfernt. Und der Motor des Boots, das neben der Anlegestelle auf den Wellen schaukelte, ließ sich nur mit dem Schlüssel starten.

Laura merkte, wie sie wieder schneller atmete. Es dauerte nicht mehr lange, bis sie erneut eine der Atemmasken im Haus brauchte.

Der junge Mann auf den Stufen vor dem Leuchtturm winkte ihr zu und lächelte sogar. Er wirkte freundlich und umgänglich, manchmal plauderte er ein wenig mit ihnen, allerdings ohne ihre Fragen zu beantworten. Der andere, ältere Mann, blieb immer auf Distanz. Er war es, der die Entscheidungen traf, und vielleicht suchte er gerade nach einer, oben im Turm, mit dem Fernglas.

»Wir sind schon fünf Tage hier«, sagte Leopold. Nur noch wenige Zentimeter trennten seine Füße vom steigenden Wasser. »Zeit genug, uns ins Jenseits zu befördern, wenn es ihnen darum ginge.«

»Sie warten auf Finley.« Laura schnappte kurzatmig nach Luft.

»Ja.«

»Und was passiert, wenn er eintrifft?«

Leopold zögerte.

»Ich frage dich schon das dritte Mal«, hielt ihm Laura vor, »und du bist mir immer ausgewichen. Findest du nicht, dass ich Bescheid wissen sollte?«

»Ich schätze, er hat es auf mich abgesehen«, sagte Leopold schließlich.

Laura musterte ihn von der Seite und glaubte, einen Schatten von Sorge in seinem Gesicht zu sehen. »Wieder die alte Gruppe von damals?«

»Wieder und noch immer.« Leopold blickte übers Wasser. Die

Wellen trugen tote Fische auf sie zu. »Ich bin damals auch auf den Namen Finley gestoßen. David Finley, offenbar ein Verbindungsmann in den US-amerikanischen Geheimdiensten. Ein Strippenzieher im Hintergrund. Jemand, der Hindernisse aus dem Weg räumte und Probleme löste, bevor sie Politik und Wirtschaft ernsthaft in Mitleidenschaft zogen. Sehr nützlich für das Kartell. Vielleicht ist er inzwischen mehr als nur ein Mann im Hintergrund. Dass wir hier sind, verdanken wir ihm. Möglicherweise steckt er auch hinter den neuen Entwicklungen in diesem Land.«

»Hinter dem Staatsstreich?«

»Wer weiß«, murmelte Leopold.

Es wurde schnell dunkler und der kalte Wind stärker, darum klappten sie die Kragen ihrer Jacken hoch. Niemand von ihnen wollte ins Haus zurück, solange es sich vermeiden ließ, in das Zimmer, das zu einer Zelle geworden war.

»Aber ihr kennt euch nicht«, sagte Laura schließlich.

»Nein.«

»Warum sollte er es dann auf dich abgesehen haben?«

»Um ein Exempel zu statuieren. Um zu zeigen: Wer sich gegen uns stellt, wird dafür früher oder später zur Rechenschaft gezogen.«

Laura schüttelte den Kopf. »Ich hab's schon einmal gefragt, und mich wundert es immer noch: Warum sollten solche Dinge jetzt noch eine Rolle spielen? Die Welt bricht auseinander!«

»Unsere schon, aber vielleicht nicht ihre. Wie auch immer, solche Leute denken in anderen Bahnen.«

»Seit fünf Tagen warten wir auf ihn«, sagte Laura. »Vielleicht hat er uns vergessen.«

»Das glaube ich nicht.«

Laura überlegte voller Unbehagen. »Und wenn er kommt …«

»Er wird mit mir reden, vielleicht um seinen Triumph zu genießen. Und dann …«

Laura erschrak.

»Dir wird vermutlich nichts geschehen«, fügte Leopold hinzu.

»Das ›vermutlich‹ klingt nicht wie eine Garantie, und was dich betrifft … Vielleicht sollten wir doch versuchen, zu schwimmen und eine andere Insel zu erreichen. Heute Nacht. Wir schleichen uns irgendwie aus dem Haus und …«

Ein Brummen wuchs aus dem Platschen und Rauschen der gegen die Felsen laufenden Wellen. Es stammte von einem Verbrennungsmotor. Lauras Blick suchte das dunkle Wasser ab, ohne irgendwo Lichter zu entdecken.

Hinter ihnen öffnete sich die Tür des Leuchtturms, und der ältere der beiden Männer erschien.

»Zurück ins Haus!«, knurrte er.

Der jüngere Mann, der Sunny genannt wurde, warf den Rest seiner Zigarette weg, stand auf und vollführte eine einladende Geste in Richtung des alten Steinhauses neben dem Leuchtturm. »Wenn ich bitten darf …«

54

Draußen brummte ein Generator, der Diesel und Sauerstoff verbrannte. Er produzierte Strom für Lampen, Heizung und den Fernseher, der im Wohnzimmer lief, wie jeden Abend, manchmal bis in die frühen Morgenstunden. Fröhliche Stimmen klangen aus dem Lautsprecher des TV-Geräts, als wäre mit der Welt alles in bester Ordnung.

»Ist es Finley?« Laura spähte durchs schmale Fenster. Von der linken Ecke aus konnte man einen Teil der Anlegestelle und des eingetroffenen Boots sehen, aber keine Menschen.

»Keine Ahnung.« Leopold stapfte durchs Zimmer, am Bett vorbei, in dem sie die letzten Nächte verbracht hatten. Er zog die Schubladen der alten, knarrenden Kommode auf, sah im schief stehenden Kleiderschrank nach und warf einen Blick ins Bad.

»Suchst du was?« Laura griff wieder nach der Atemmaske, die ihr der jüngere, freundliche Mann gegeben hatte. Die Verlockung war groß, sie häufiger zu benutzen, um der Kurzatmigkeit und dem Gefühl des Erstickens zu entkommen, doch sie ermahnte sich, so selten wie möglich Gebrauch davon zu machen. Sie drückte sie auf Mund und Nase, öffnete das Ventil und atmete mehrmals tief durch, dann legte sie die Maske wieder beiseite. »Etwas, das sich als Waffe verwenden lässt?«

Er blieb neben der Tür stehen. »Eine Waffe wäre nicht schlecht.«

»Vielleicht haben wir zu lange gewartet.« Sie sah erneut aus dem Fenster. Draußen war die Nacht dicht und schwarz. Bei den anderen Inseln blieb alles dunkel, ebenso in der Stadt hinter ihnen. »Bisher waren es nur zwei. Jetzt sind es mehr, mindestens drei.«

Leopold drehte behutsam den Türknauf. »Abgeschlossen, wie immer.«

Lauras Blick glitt übers finstere Meer. Die Welt schlief und starb.

»Hast du die Fische bemerkt?«, fragte sie unvermittelt. »Die toten Fische? Auch im Meerwasser wird der Sauerstoff knapp. Und unsere Entführer haben einen Dieselgenerator in Betrieb, damit es ihnen nicht zu sehr an Komfort mangelt. Als hätten sie noch immer nicht begriffen, was geschieht. Dort draußen gibt es sicher viele Menschen, die ebenso denken und handeln und es dadurch für alle noch schlimmer machen.«

Laura hörte die eigenen Worte und sah am dunklen Fenster, wie sich ihr Mund bewegte. Und sie begriff, dass sie redete, um sich abzulenken von dem, was ihnen drohte. Sie sprach von der großen Katastrophe, um nicht an die kleine zu denken, die ihnen sehr wahrscheinlich kurz bevorstand.

Stimmen erklangen, die offenbar nicht vom Fernseher stammten, und jemand kam durch den Flur. Laura stand plötzlich wie erstarrt, mit dem Rücken zum Fenster, und spürte, wie ihr erneut die Luft knapp wurde.

Ein Schlüssel drehte sich im Schloss, die Tür schwang auf, und der freundliche Mann sah zu ihnen herein. »Sie haben Besuch.« Er wich beiseite, damit sie das Zimmer, ihre Zelle, verlassen konnten.

Leopolds Gesicht blieb unverändert, aber Laura spürte, dass er mit dem Gedanken spielte, den freundlichen Mann zu überwältigen. Der fühlte es offenbar ebenfalls, denn er trat einen weiteren Schritt zurück, hielt plötzlich eine Pistole in der Hand und wirkte etwas weniger freundlich.

»Keine Dummheiten«, warnte er.

Im Wohnzimmer saß der ältere Mann auf einem Stuhl vor der geschlossenen Eingangstür, im Schoß ein großkalibriger Revolver. In den vergangenen fünf Tagen war ihm ein Bart gewachsen, er wirkte ein wenig verwildert und hatte etwas Unberechenbares, fand Laura.

Am Esstisch aus dunkelbraunem verwittertem Holz wartete jemand, den sie zum ersten Mal sah, ein Mann in mittleren Jahren, der einen mausgrauen Anzug trug. Laura schätzte ihn auf etwa fünfundvierzig. Er hatte eine Halbglatze, und in seinem Gesicht stimmten die Proportionen nicht ganz. Die Augen wirkten zu klein, die Nase zu groß.

»Hallo«, sagte er. »Bitte setzen Sie sich.« Er deutete auf die andere Seite des Tisches.

»Sind Sie Finley?«, fragte Laura.

Der Mann nickte. »David Finley.« Er zeigte erneut auf die Stühle ihm gegenüber.

»Sie haben sich Zeit gelassen«, meinte Leopold, dann nickte er Laura zu und setzte sich. Sie folgte seinem Beispiel.

Der jüngere Mann, der sie aus dem Schlafzimmer geholt hatte, sank in den Sessel vor dem Fernseher, nahm eine Tüte mit Erdnüssen und sah sich grinsend eine Quizsendung an, in der mehrere Kandidaten Fragen beantworten und rechtzeitig einen großen roten Knopf drücken mussten. Dümmer konnte eine Sendung kaum sein, aber sie schien ihm zu gefallen.

»Ich bin Sonderbotschafter der Vereinten Nationen …«, begann Leopold.

»Oh, ich weiß, wer Sie sind«, unterbrach ihn der Mann mit der Halbglatze auf der anderen Seite des Tisches. »Und natürlich kenne ich auch Sie, Dottoressa Lombardi.« Ein flüchtiges Lächeln huschte über seine Lippen. »Wie könnte ich Sie *nicht* kennen? Sie haben der Welt das Grau beschert.«

»Ich habe *was?*«, platzte es verblüfft aus Laura hervor.

»In der Antike mussten die Überbringer schlechter Nachrichten um ihr Leben fürchten.« Finley sprach in einem eigentümlichen, gefährlich kühlen Plauderton. »Sie haben der Welt die schlechteste aller Nachrichten gebracht, indem sie ihr Ende angekündigt haben. Wussten Sie, dass viele der Menschen dort draußen Ihnen die Schuld geben? Nicht unbedingt am Grau, vor dem Sie als Erste gewarnt haben, wenn ich mich richtig erinnere. Aber sehr wohl an der gegenwärtigen Situation. Haben Sie nicht vor rund einer Woche bei den Vereinten Nationen einen globalen Lockdown gefordert? Inzwischen ist die Welt praktisch stillgelegt. Die Menschen hungern und frieren …«

»Hier nicht«, warf Laura ein. »Der Dieselgenerator verbrennt mit jeder verstreichenden Sekunde Sauerstoff, den wir alle brauchen.« Sie zeigte zur Küche. »Und mir scheint, die Speisekammer ist gut gefüllt.«

»Wovon Sie in den vergangenen Tagen profitiert haben, nicht wahr?«

Leopold beugte sich vor. »Sie haben uns entführt und halten uns gegen unseren Willen hier fest. Das ist Freiheitsberaubung!«

»Oh, ich nenne es Gastfreundschaft. Sind Sie nicht gut untergebracht? Hat man sich nicht gut um Sie gekümmert?« Finley verschränkte die Arme und wirkte völlig entspannt. Laura versuchte, hinter seine Maske zu blicken.

»Sie verstoßen gegen alle Regeln«, sagte Leopold. »Sie brechen Gesetze.«

Finley hob die Brauen. »Wessen Regeln, welche Gesetze? Die Welt, auf die Sie sich beziehen, existiert nicht mehr.« Nach einer kurzen Pause fügte er hinzu: »Wir versuchen, eine neue zu schaffen.«

»Wen meinen Sie mit ›wir‹?«, hakte Laura nach.

Der jüngere Mann vor dem Fernseher lachte laut.

»Sunny ist eine sonnige Seele«, erklärte Finley. »Er braucht nicht viel, um glücklich und zufrieden zu sein. Und wie ihm geht es hoffentlich vielen Menschen nicht nur in unserem Land. Solange das Fernsehen die vertrauten Programme bringt, kann das Ende der Welt noch nicht gekommen sein, werden sie denken. Das *sollen* sie denken. Solange die alten Quizsendungen, Shows und Filme wiederholt werden, kann es noch nicht sooo schlimm sein. Das gibt uns Zeit. Besser, die Leute bleiben daheim und sitzen vor dem Fernseher, anstatt mit vielen anderen auf die Straße zu gehen und Unsinn anzustellen. Auch deshalb konnten wir nicht alle Kraftwerke stilllegen. Wir benötigen Strom, nicht nur fürs Fernsehen, sondern auch für gewisse andere Dinge.«

Allmählich machte sich Laura ein Bild von dem Mann. Sein Tonfall und die Worte, die er benutzte, halfen ihr dabei. Er sprach, als handelte es sich bei Menschen um *Dinge*.

»Irgendwann gehen Ihnen vielleicht die Erdnüsse für all die braven Fernsehzuschauer aus«, kommentierte Leopold sarkastisch. »Was dann?«

Laura stellte fest, dass der vor der Tür sitzende ältere Mann alles mit wachen Augen beobachtete und aufmerksam zuhörte.

Der große Revolver lag noch immer in seinem Schoß. An Flucht war nicht zu denken.

»Es ist alles eine Frage der Zeit, nicht wahr?«, erwiderte Finley. »Wie schnell tilgt das Grau den Sauerstoff aus der Luft? Wie schnell können wir unser Projekt vorantreiben?«

»Wann verraten Sie uns, warum Sie uns hier festhalten?«, fragte Laura.

»Sie könnte ich gut gebrauchen.« Finley wandte sich ihr zu. »Sie haben das Grau von Anfang an untersucht, Sie kennen sich damit aus. An fachlicher Kompetenz mangelt es Ihnen gewiss nicht. Sie wären durchaus für die Mitarbeit in einer unserer wissenschaftlichen Gruppen geeignet.«

»Wovon reden Sie da?«

Finley sah Leopold an. »Für Sie hingegen habe ich keine Verwendung, Mister Magnussen. Sie sind ein Störenfried, ein Unruhestifter. Leute wie Sie können wir in der neuen Welt nicht brauchen.«

»Sie gehören zu der Gruppe, nicht wahr?«, entgegnete Leopold. »Zu der, die damals meine Wahl zum Generalsekretär der Vereinten Nationen verhindert hat.«

»Ein Störenfried und Unruhestifter«, wiederholte Finley. Er saß noch immer mit verschränkten Armen.

Sunny vor dem Fernseher lachte erneut, nicht ganz so laut. Er schien in die alte Quizsendung versunken und gar nicht zu bemerken, was um ihn herum geschah.

»Es gibt einige Personen, denen ich einen Gefallen schuldig bin«, fügte Finley hinzu. »Deshalb sind Sie hier.«

»Meinen Sie die Personen, die mir seit einigen Jahren nach dem Leben trachten?«, fragte Leopold.

»Sie haben sich in Dinge eingemischt, die Sie nichts angehen.«

»Geldwäsche. In einem Ausmaß, wie es die Welt bis dahin noch nicht gesehen hatte. Fünf Billionen Dollar. Politik, Wirtschaft und das organisierte Verbrechen. Ein Kartell, das Macht und Reichtum unter sich aufgeteilt hat und über die Regierungen von Staaten entschied. Und Sie gehören dazu, Finley. Dies ist unsere erste Begegnung, aber ich kenne Ihren Namen. Sie waren damals einer der Akteure im Hintergrund, ein nützlicher Mann bei den amerikanischen Geheimdiensten. Wer hat Sie geschickt? Von wem stammt der Auftrag, uns an diesem gottverlassenen Ort festzuhalten? Und was haben Sie mit uns vor?«

»Niemand schickt mich«, sagte Finley kühl. »Niemand hat mich beauftragt. Ich entscheide selbst.« Er sah zur Tür, und der Mann mit dem Fünftagebart stand auf. »Wir haben uns gerade erst persönlich kennengelernt, und doch wird es bereits Zeit, Abschied zu nehmen.«

Finley nickte dem Bärtigen zu, der daraufhin zum Tisch trat, den Revolver hob und ihn auf Leopolds Kopf richtete.

Es waren einige wenige Sekunden, die über Leben und Tod entschieden.

Laura dachte an Richard, den sie verloren hatte, bevor mehr zwischen ihnen hatte entstehen können als Freundschaft – nach Pierre war sie zu vorsichtig gewesen. Leopold hatte sie zuerst an ihn erinnert, sich dann aber als ein ganz anderer Mann erwiesen. In den vergangenen Monaten waren sie sich immer näher gekommen. Die letzten fünf Nächte hatten den Rest von Distanz verschwinden lassen und eine Intimität geschaffen, die ohne Sex auskam. Leopold war ein echter Freund, und Laura wollte ihn nicht auch noch verlieren.

Außerdem konnte sie Finley nicht ausstehen!

Sie sprang auf und stieß dabei die Hand mit dem Revolver beiseite.

55

Der Schuss knallte, ohrenbetäubend laut, und mit einer seltsamen Klarheit, die etwas von einer Zeitlupe hatte, sah Laura, wie die Kugel ein Loch in die Holzwand hinter dem Tisch schlug.

Sie trat dem bärtigen Mann mit aller Kraft gegen das rechte Knie und gab ihm gleichzeitig einen heftigen Stoß. Mit einem schmerzerfüllten Ächzen kippte er und fiel.

Leopold riss dem stürzenden Mann den Revolver aus der Hand, bevor er noch einmal schießen konnte, und eine halbe Sekunde später knallte es noch einmal, ebenso laut wie vorher.

Laura befürchtete, dass Finley auf der anderen Seite des Tisches eine Waffe gezogen hatte, dass der zweite Schuss von ihm stammte. Dann hörte sie ein lautes Röcheln vom Fernseher und sah, wie der jüngere Mann, Sunny, mit einer Pistole in der Hand zu Boden ging. Er riss die Augen auf, seine Beine zuckten, dann lag er still. Blut quoll ihm aus der Brust.

Der Revolver schwenkte herum und zeigte über den Tisch. »Sitzen bleiben!«, befahl Leopold. Und an den Bärtigen auf dem Boden. »Liegen bleiben!«

Finley rührte sich nicht. Der Mann auf dem Boden drehte den Kopf und warf Laura einen zornigen Blick zu. Aber er gehorchte, er blieb liegen.

»Und jetzt?«, fragte Finley. »Was haben Sie vor?«

»Wir werden Ihre Gastfreundschaft nicht länger in Anspruch nehmen«, erwiderte Leopold. »Ich könnte Sie erschießen, so wie Sie es mit mir vorhatten. Und vielleicht würde ich der Welt damit einen großen Gefallen tun. Aber ich bin kein Mörder. Laura, wir brauchen etwas, mit dem wir diese beiden Burschen fesseln können.«

Laura staunte darüber, wie schnell Leopold gehandelt hatte und wie leicht es ihm gefallen war, einen Menschen zu erschießen. Sie schob den Gedanken beiseite, sprang über den Bärtigen hinweg und lief in die Küche, wo sie vor zwei Tagen Nylonschnüre in einer Schublade gesehen hatte. Nach einer schnellen, hektischen Suche wurde sie fündig, kehrte mit den Schnüren zurück und nahm sich zuerst den Mann auf dem Boden vor, zog ihm die Arme auf den Rücken und band ihm die Handgelenke zusammen.

»Auch die Füße.« Leopold stand zwei Schritte entfernt, den Revolver auf Finley gerichtet.

Als Laura fertig war, ging er langsam in die Hocke und prüfte die Fesseln, ohne Finley aus den Augen zu lassen.

Laura trat zur anderen Seite des Tisches.

»Die Hände auf den Rücken!«, wies sie Finley an und staunte erneut, diesmal über sich selbst. Sie handelte schnell, ohne zu zögern, ohne eine Spur Unsicherheit.

Er widersetzte sich nicht, rückte bereitwillig auf seinem Stuhl zur Seite und legte die Hände auf den Rücken, damit Laura eine der Plastikschnüre darumwickeln konnte. Sie band einen Knoten, kontrollierte ihn und nickte zufrieden.

»Aufstehen!«, sagte sie.

Finley erhob sich. Laura tastete ihn ab, während Leopold wachsam dastand, einen Fuß auf dem Rücken des gefesselten Bärtigen, den Revolver schussbereit in der Hand.

»Keine Waffe«, teilte ihm Laura mit. »Aber ... was ist das?« Sie zog ein Schlüsselbund aus Finleys Hosentasche.

»Das können wir gut gebrauchen«, sagte Leopold zufrieden. »Danke dafür, dass Sie uns Ihr Boot leihen, Mister Finley.«

»Was glauben Sie, wie weit Sie kommen?«, entgegnete er. »Die Welt ist gefährlich geworden.«

»Zur Couch mit Ihnen.« Laura dirigierte ihn an dem toten Sunny vorbei, der in einer Blutlache lag. Sie vermied es, den Blick auf die Leiche zu richten. Als Finley auf der Couch saß, fesselte sie auch ihm die Füße. »Die Schnüre sollten eine Weile halten.«

Leopold ging an dem Mann auf dem Boden vorbei, steckte die beiden auf dem Fernsehtisch liegenden Handys ein, durchsuchte die Jacken und fand ein weiteres, das etwas dicker war als die anderen.

»Das gehört vermutlich Ihnen, nicht wahr?« Er zeigte es Finley. »Ein Satellitentelefon, nehme ich an.« Er drückte eine Taste, und auf dem Display erschien ein Eingabefeld. »Enthält vermutlich interessante Daten. E-Mails, Mitteilungen, Notizen.«

Finley sah ihn nur an.

Laura hatte die Tür geöffnet und wartete halb im kalten Wind. Finley und der bärtige Mann auf dem Boden waren gefesselt und stellten keine Gefahr mehr dar, trotzdem drängte alles in ihr danach, diesen Ort so schnell wie möglich zu verlassen. »Leopold ...«

»Nur noch einen Moment.« Er wandte sich wieder Finley zu. »Natürlich ist alles mit einem Passwort geschützt. Möchten Sie es uns nennen?«

»Nein«, sagte Finley.

»Dachte ich mir.« Leopold steckte die Handys ein. »Bin gespannt, wie gut Ihr Passwort ist.«

Er trat zur Tür.

»Die Welt war immer gefährlich«, sagte er über die Schulter hinweg. »Weil es Ratten wie Sie gibt, Finley.«

Draußen empfingen sie Dunkelheit, zischender Wind und das Brummen des Dieselgenerators.

Leopold hatte drinnen den Türschlüssel abgezogen, steckte ihn von außen ins Schloss und drehte ihn zweimal.

»Zum Boot«, sagte er dann.

»Warte.« Laura wandte sich dem nahen Leuchtturm zu. »Ich schalte den Dieselgenerator aus, damit er nicht noch mehr Sauerstoff verbraucht.«

»Dann wird's hier ziemlich dunkel.« Leopold deutete zur Lampe über der Tür.

»Und wenn schon.« Laura ging los. Diese Sache erschien ihr plötzlich sehr wichtig. »Wir wissen, wo sich das Boot befindet, nicht wahr? Und die Insel ist nicht so groß, dass man sich verlaufen könnte.«

56

JOYCELIN HAYES

CORRICO-TURM, TORONTO, KANADA

Kleine Schneeflocken tanzten am Panoramafenster des Penthouses im neunundfünfzigsten Stock des Corrico-Turms in Toronto. Joycelin saß bei angenehmen dreiundzwanzig Grad im Wohnzimmer, auf dem Tisch ein Notebook, dessen Bildschirminhalt auf die für einen Projektor bestimmte Leinwand gespiegelt wurde. Nachdenklich betrachtete sie die Karte der geplanten Stadt, zoomte Details heran und las die eingeblendeten Kommentare der Entwickler.

Die Planungen kamen gut und schnell voran, auch deshalb, weil die Stadtplaner auf nichts Rücksicht nehmen mussten. Funktionalität, so hieß das oberste Gebot. Keine teuren Ideen, keine verspielten Innovationen. Für Ego und Stolz von Architekten gab es keinen Platz, das hatte Joycelin ausdrücklich betont. Eine Stadt des Überlebens, eine Oase inmitten der sterbenden Welt, ausgestattet mit dem Notwendigen. Später konnte man weitersehen.

Später, nach dem Grau.

Wenn es jemals endete.

Das war ein seltsam trüber Gedanke, fand Joycelin überrascht.

Sie lehnte sich zurück und atmete aromatische, von der Klimaanlage aufbereitete Luft, die einundzwanzig Prozent Sauerstoff enthielt. Das war ein Luxus, wusste sie, ebenso wie Heizung und Elektrizität. Der größte Teil von Toronto musste ohne auskommen, was bedeutete: Menschen erstickten und erfroren, jetzt, in diesem Moment, während sie auf der Couch saß und sich die Planung der Zukunft ansah.

Ein Signalton erklang.

Joycelin beugte sich vor und drückte eine Taste ihres Notebooks. Ein Bildschirmfenster öffnete sich und zeigte ihr Tyler vor der Wohnungstür. Er trug eine dicke Jacke mit hochgeschlagenem Kragen und wirkte ein wenig mitgenommen.

»Tür öffnen«, sagte sie und sah auf die Uhr. Ihr Sekretär war pünktlich, wie immer. Das wusste sie zu schätzen.

Wenige Sekunden später kam Tyler kurzatmig ins Wohnzimmer und streifte die Jacke ab. Seine Wangen waren gerötet. »Es ist ziemlich kalt geworden. Doch trotz der Kälte sind überall Randalierer unterwegs.«

»Randalierer?« Joycelin deutete auf die Jacke, die er über eine Sessellehne gelegt hatte. »In den Flur damit.« Er hatte begonnen, sich erste kleine Freiheiten herauszunehmen.

Tyler verschwand im Flur und kehrte ohne die Jacke ins Wohnzimmer zurück. Er hatte sogar die Schuhe ausgezogen, stellte Joycelin zufrieden fest.

»Kaffee ist in der Küche«, sagte sie.

Er holte sich einen Becher, zögerte am Tisch und nahm nicht auf der Couch Platz – so viel wagte er noch nicht –, sondern in einem der Sessel.

»Auch darum geht es ihnen.« Er hob den Becher. »Um heißen Kaffee. Um warme Mahlzeiten und den ganzen Rest.« Er trank einen Schluck.

»Den Randalierern?«

»Ganze Banden von ihnen durchstreifen die Stadt.« Tyler atmete noch immer schwer. »Die Leute demonstrieren nicht mehr, sie plündern. Sie nehmen sich, was sie kriegen können. Die Polizei ist überall im Einsatz, kann aber nicht viel ausrichten.« Er seufzte schwer, sein Atem normalisierte sich. »In diesem Teil der Stadt ist es bisher ruhig geblieben.«

»Und es wird hier auch weiterhin ruhig bleiben«, war Joycelin überzeugt. »Corrico hat einen Schutzdienst eingerichtet.«

Tyler nickte. »Ich habe die Gardisten unten gesehen.« Er trank noch einen Schluck Kaffee und hielt den Becher dann in beiden Händen, um sie zu wärmen. Dabei blickte er zur Projektor-Leinwand. »Sieht ziemlich weit fortgeschritten aus. Eine neue Stadt, ein urbanes Quadrat, das Platz genug bietet für ... wie viele Bewohner?«

»Drei Millionen«, antwortete Joycelin. »Vielleicht auch etwas mehr.«

»Eine neue, von der Außenwelt abgeschirmte Stadt. Aus irgendeinem Grund habe ich dabei immer an eine Kuppel gedacht.«

Joycelin betätigte eine Taste. Das Dach der geplanten Stadt erschien. »Die einzelnen Dachsegmente werden von Säulen abgestützt und gewölbt sein, um Niederschläge in Sammelbehälter zu leiten«, erklärte sie. »Das ist stabiler und einfacher zu handhaben als eine Kuppel. Und die quadratische Anordnung vereinfacht die innere Struktur. Die Verkehrswege werden rechtwinklig angeordnet sein. Das erleichtert die Orientierung.«

»Besonders schön erscheint mir die Stadt nicht«, gestand Tyler.

»Menschen sollen in ihr überleben. Es kommt nicht darauf an, ob sie ›schön‹ ist.«

Er warf ihr einen Blick zu, der mehr über seine Vorstellungen von Schönheit verriet, als er ahnte.

»Haben Sie schon entschieden, wo die Stadt gebaut werden soll, Ms. Hayes?«, fragte er eine Spur zu förmlich, was Joycelin für ein Zeichen von Unsicherheit hielt.

Sie drückte erneut eine Taste, und auf der Leinwand erschienen zwei geographische Karten. Die linke zeigte den Südwesten der Vereinigten Staaten, die rechte einen vergrößerten Ausschnitt davon, mit Arizona im Zentrum. »Es kommen mehrere Standorte in Frage, aber ich halte diesen für den besten.«

Tyler las die Hinweise. »Agua Caliente? Mitten im Nichts?«

»Dort gibt es alle notwendigen Ressourcen«, erklärte Joycelin. »Ein riesiger Solarpark und nur etwa siebzig Kilometer weiter im Nordwesten das Kernkraftwerk Palo Verde. Außerdem steht genug Trinkwasser zur Verfügung.«

Tyler sah es auf der rechten Karte. »Das Painted Rock Reservoir, etwa auf halbem Weg zwischen Agua Caliente und Palo Verde.«

»Der Damm wurde Ende der fünfziger Jahre des letzten Jahrhunderts errichtet«, erläuterte Joycelin. »Das Becken diente vor allem dem Hochwasserschutz, denn am Unterlauf des Gila-Flusses kommt es immer wieder zu saisonalen Überschwemmungen. In den Sommermonaten war das Reservoir bisher meistens trocken, da das Wasser für die künstliche Bewässerung in der Landwirtschaft verwendet wurde. Aber es gibt keine Landwirtschaft mehr, das Grau lässt nichts mehr wachsen. Was bedeutet, dass Painted Rock gefüllt bleibt, mit genug Wasser für die Stadt.«

»Ein Problem gelöst.«

»Und kein kleines«, betonte Joycelin. »Was den Solarpark betrifft ... Bei der Fertigstellung 2014 war der Solarpark von Agua Caliente zwischen Phoenix und Yuma der größte der Welt. Die Solarmodule bedecken neunhunderteinundsiebzig Hektar, fast zehn Quadratkilometer, und haben eine Leistung von etwa zweihundertneunzig Megawatt. Die Anlage verlor den ersten Platz auf der Rangliste wenige Jahre später an die eins Komma fünf Milliarden Dollar teure Solarfarm Mammoth Solar im Norden von Indiana.«

»Gar nicht so weit von hier entfernt«, warf Tyler ein.

»Wie man's nimmt«, sagte Joycelin und stellte fest, dass er nicht über das sprach, was er zweifellos mitgebracht hatte. »Es dürften so um die sechshundert Kilometer Luftlinie sein. Vielleicht auch siebenhundert.« Sie deutete zur Leinwand. »Fast dreihundert Megawatt saubere Energie, ohne Kohlendioxid in die Luft zu blasen oder Sauerstoff zu verbrauchen. Aber das ist natürlich nicht genug. Nicht für eine große Stadt, die in jeder Hinsicht autark sein muss. Das Kernkraftwerk Palo Verde wird uns ebenfalls saubere Energie liefern.«

»Atomkraft …«

»Ja, ich weiß, es klingt absurd, und vielleicht ist es das auch. Aber auch Kernkraftwerke sind klimaneutral und verbrauchen nicht annähernd so viel Sauerstoff wie konventionelle Kraftwerke. Die drei Blöcke von Palo Verde produzieren jährlich dreißigtausend Gigawattstunden elektrische Energie. Das war bisher genug für anderthalb bis zwei Millionen Haushalte in Arizona, Kalifornien, New Mexico und Texas. Für unsere Stadt wird es mehr als ausreichen. Trinkwasser und Energie, zwei Probleme gelöst.«

Joycelin merkte, dass sie ziemlich viel und lange sprach. Solche Monologe waren alles andere als typisch für sie, und schnell begriff sie den Grund dafür: Tyler hatte genug von ihrem Vertrauen gewonnen, um zu einer Art Resonanzboden zu werden. Sie neigte immer mehr dazu, ihre Gedanken und Ideen an ihm auszuprobieren. Damit hatte er einen zusätzlichen Nutzen für sie. Gleichzeitig ermahnte sie sich erneut, dass sie bei ihm vorsichtig sein musste. Hudson Chamberlain hatte sich ihr gegenüber ähnlich verhalten wie sie sich jetzt gegenüber Tyler, hatte ihr immer mehr von seinen Überlegungen anvertraut – mit dem Ergebnis, dass er im Gefängnis gelandet war.

Für einen Moment fragte sich Joycelin, wie es derzeit um ihn bestellt war. Was machte er gerade? Woran dachte er, was fühlte er? Was plante er?

Sie schob den Gedanken beiseite.

»Es gibt noch zwei weitere Probleme, die Agua Caliente löst«, fuhr sie fort. »Erstens: Schutz. Die Stadt liegt abseits aller großen urbanen Zentren ...«

»Mitten in der Wüste«, sagte Tyler.

»Fast«, räumte Joycelin ein. »Die großen Flüchtlingsströme, die wir in naher Zukunft erwarten, dürften die neue Stadt kaum erreichen, weil sie zu weit entfernt ist. Das ist ein nicht zu unterschätzender Vorteil: Wir bleiben von einem großen Teil des Chaos verschont, und außerdem lässt sich das Gelände leicht verteidigen.«

»Und zweitens?«, fragte Tyler neugierig. »Beziehungsweise der vierte Punkt.«

»Das Wetter«, sagte Joycelin. »Das Klima.« Ein Tastendruck ließ auf der linken Seite der Leinwand die Darstellung des Südwestens der Vereinigten Staaten verschwinden, und eine Karte von ganz Nordamerika erschien dort, mit bunten Linien wie Isobaren. »Agua Caliente befindet sich außerhalb der Tornadozone des Mittelwestens. Ich habe mit Meteorologen und Klimaforschern gesprochen. Durch den rapiden Anstieg von Kohlendioxid und anderen Treibhausgasen in der Atmosphäre werden Extremwetterereignisse schon sehr bald noch schlimmer und häufiger. Und mit ›sehr bald‹ meine ich nicht in Jahrzehnten oder auch nur Jahren, sondern Monate und Wochen.«

Tyler nickte noch einmal. »Die Ozeanographin hat davon gesprochen. Laura Lombardi. Was ist aus ihr geworden? Nach dem Tod von Tayo Aneke hat man nichts mehr von ihr gehört. Das ist jetzt etwa eine Woche her, nicht wahr?«

Eine Woche, in der in Amerika viel geschehen war, dachte Joycelin. Und im Rest der Welt ebenso. Die USA schienen die Lawine losgetreten zu haben: Überall war der Notstand ausgerufen. Regierungen entschieden ohne Parlamente oder hatten ihren Platz für das Militär räumen müssen. Autokraten traten als neue Heilsbringer auf. Finley hatte von der Zivilisation gesprochen, die schnell bröckelte und zerbrach, und der Mob auf den Straßen bewies, wie richtig er mit dieser Einschätzung lag. Ebenso erging es der Demokratie. Den Beweis dafür hatte wiederum er selbst erbracht.

»Vielleicht arbeitet Doktor Lombardi in irgendeinem Forschungszentrum zusammen mit anderen Wissenschaftlern an einem wirkungsvollen Mittel gegen das Grau«, antwortete Joycelin und fuhr fort: »Schneestürme im Winter, Tornados und Dürre im Sommer. Das sind die mittelfristigen Prognosen für die nächsten Monate und den Sommer des kommenden Jahrs. Kaltluft aus dem Norden, aus Kanada, wird einen großen Teil der USA erreichen und bis nach Florida vorstoßen; selbst dort könnte es schneien. Und im Sommer müssen wir Temperaturen von bis zu fünfzig Grad erwarten. In Kalifornien wird kaum ein Tropfen Regen fallen.«

»Waldbrände«, warf Tyler ein. »Brennen die grauen Bäume?«

»Sie brennen sogar noch leichter und schneller«, sagte Joycelin. »Nun, wenn die meteorologischen Vorhersagen stimmen, kommt Südarizona vergleichsweise glimpflich davon. Es könnte dort sogar ein wenig kühler werden.«

»Klingt alles sehr gut«, kommentierte Tyler. »Eine ganze Stadt, die allerdings viel, viel Geld kosten wird.«

Joycelin hörte keine Kritik in seiner Stimme. »Eine Investition für die Zukunft. Der Aufsichtsrat hat das Projekt bewilligt.« Ihm war auch keine Wahl geblieben, dachte sie.

»Was ist mit den anderen Städten?«, fragte Tyler.

»Wir kümmern uns um den amerikanischen Kontinent, den Norden und den Süden. Um die anderen Städte kümmern sich andere Leute.«

Das stimmte nicht ganz, enthielt aber genug Wahrheit, um keine weiteren Fragen aufkommen zu lassen. Corrico war für den Bau aller sieben Städte zuständig, daran hatte Finley keinen Zweifel gelassen. Es lag bei ihm, die dafür notwendigen Vereinbarungen mit den anderen Regierungen zu treffen. Joycelin war fest davon überzeugt, dass er alle Genehmigungen bekommen würde, auf die eine oder andere Weise.

Das größte Geschäft aller Zeiten, dachte sie. Nach KOSA und den Klimawandel-Technologien.

Wie auch immer die Welt nach dem Grau aussehen würde, Corrico spielte eine sehr wichtige Rolle darin – und damit auch sie selbst.

Tyler zögerte. »Gibt es in Agua Caliente auch einen Platz für mich?«

Joycelin lächelte. »Aber natürlich«, sagte sie und fügte in Gedanken hinzu: Wenn du weiterhin gute Arbeit leistest.

Sie klappte das Notebook zu. Von einem Augenblick zum anderen war die Leinwand leer.

Noch immer tanzten kleine Schneeflocken am Panoramafenster, erhellt vom Lampenschein im Wohnzimmer des Penthouses. Der Abend begann. Dunkelheit kroch über die Stadt zu Füßen des Corrico-Turms.

Joycelin lehnte sich zurück. »Nun?«

Tyler holte sein Smartphone hervor. Zum Telefonieren nützte es kaum mehr etwas, da die Mobilfunknetze nur wenige Stunden am Tag funktionierten und dann meistens überlastet waren. Tyler verwendete es als kleinen mobilen Computer.

»David Finley«, sagte er und blickte aufs Display. »Ich habe ziemlich tief gegraben, um mehr über ihn herauszufinden, aber es hat sich nicht viel ergeben. Er ist beziehungsweise war stellvertretender Direktor der National Security Agency …«

»Was ist er jetzt?«, unterbrach ihn Joycelin.

»Schwer zu sagen. Er hat keinen neuen Titel, trifft aber alle wichtigen Entscheidungen, und zwar nicht nur die politischen. Militär und Polizei erhalten ihre Einsatzorder offenbar direkt vor ihm.«

»Die neue Nummer eins in Washington?«

»Darauf scheint es hinauszulaufen«, bestätigte Tyler.

»Was ist mit der Präsidentin und dem Außenminister?«

Joycelins junger Sekretär schüttelte den Kopf. »Nichts. Keine Spur. Die Präsidentin hat Bevollmächtigungen unterschrieben und damit de facto ihre Macht auf Finley übertragen. Finley hat das Ruder übernommen, und niemand wagt, es ihm streitig zu machen.«

Joycelin wusste das alles schon. Immerhin war sie dabei gewesen, als eine unter Drogen gesetzte US-Präsidentin die entsprechenden Vollmachten für Finley unterschrieben hatte.

»König von Amerika«, murmelte sie.

»Kein gewählter Präsident, so viel steht fest«, sagte Tyler. »Ein Diktator.«

»Ein starker Mann, wie ihn sich manche Leute wünschen«, sagte Joycelin nachdenklich.

»Ich glaube, die Leute wünschen sich vor allem gute Luft, genug zu essen und eine warme Wohnung, in dieser Reihenfolge.«

Die Antwort gefiel Joycelin. Tyler war nicht dumm, sonst wäre er auch nicht ihr Sekretär geworden. »Und weiter?«

»In Texas geboren, in Arkansas aufgewachsen, Highschool in Little Rock.« Tyler las von seinem Handydisplay. »Keine besonderen Vorkommnisse. Er galt als Einzelgänger, las viel und kannte sich offenbar schon damals mit der Bibel besser aus als mancher Priester.«

»Mit der Bibel?«, fragte Joycelin überrascht.

Tyler wischte mit dem Zeigefinger über das Display. »Der größte Fantasy-Roman aller Zeiten. Das soll er als Fünfzehn- oder Sechzehnjähriger gesagt haben. Aber er scheint die Bibel doch recht ernst genommen zu haben, denn er besuchte katholische Seminare. Später an der Harvard University studierte er Jura und Theologie. Eine Zeit lang schien er sich nicht entscheiden zu können, ob er Anwalt oder Pfarrer werden sollte.«

Joycelin hörte aufmerksam zu.

Tyler wischte erneut übers Handydisplay. »Außerdem interessierte er sich für Kryptographie. Vielleicht war es das, was ihn schließlich zur NSA brachte. Die genauen Hintergründe ließen sich leider nicht in Erfahrung bringen. Entsprechende Recherchen sind derzeit noch schwieriger als sonst. Das Internet funktioniert nach wie vor, aber es ist sehr langsam geworden, weil einige wichtige Knoten wegen des Strommangels ausgefallen sind, darunter EQUINIX, SIX und Pacific Wave in den USA. Die Elektrizität wird vor allem für Sauerstofffabriken und Treibhäuser benötigt.«

Tyler verstummte und hielt sein Handy wie abwartend in der Hand.

»Jemand, für den Religion und das Gesetz eine wichtige Rolle spielen«, sinnierte Joycelin. »Der Gott und das Recht auf seiner Seite glaubt ... Ein Theokrat? Jemand mit einer heiligen Mission, die wichtiger ist als alles andere?«

»Fragen Sie das mich?«, erwiderte Tyler unsicher.

»Solche Leute sind besonders gefährlich«, sagte Joycelin langsam. »Jemand, der glaubt, in einer Art göttlichem Auftrag zu handeln, sich vielleicht sogar für Gottes verlängerten Arm hält ... Was kann er falsch machen? Es geschieht doch alles in Seinem Namen!« Sie ließ einige Sekunden verstreichen. »Gibt es sonst noch etwas?«

»In Hinsicht auf David Finley leider nein. Was den anderen betrifft ... Wir wissen nicht, wo er sich befindet. Mister Chamberlain, meine ich. Er ist spurlos verschwunden.«

Joycelin sah ihn an und wartete.

»Es ist nicht schwer, in der veränderten Welt dort draußen unterzutauchen«, fuhr Tyler fort. »Die Nachrichtenverbindungen sind schlechter geworden und teils zusammengebrochen, und die Polizei hat vollauf damit zu tun, zusammen mit der Armee das Schlimmste zu verhindern.«

»Finley wollte sich darum kümmern«, sagte Joycelin.

Tyler sah wieder auf das Display. »Ich glaube, das hat er zumindest versucht. Als Mister Chamberlain aus dem Gefängnis entlassen wurde, kam es zu einem Kontakt. Jemand starb, auf dem Dach eines Parkhauses.«

Aber nicht Hudson, dachte Joycelin.

»Jemand hat eingegriffen«, schloss Tyler aus den ihm vorliegenden Informationen.

»Wer?«

»Ein unbekannter Dritter«, antwortete ihr Sekretär. »Jemand, der nichts mit Finley zu tun hat.«

»Falsch«, widersprach Joycelin sanft. »Der unbekannte Dritte hat mit hoher Wahrscheinlichkeit sehr wohl mit Finley zu tun. Und vielleicht auch mit uns, mit Corrico. Er will Finley und uns mit Hudson – mit Hudsons Wissen – unter Druck setzen.«

»Wer könnte das sein?«, fragte Tyler. »Und zu welchem Zweck?«

»Vielleicht Freunde der Präsidentin«, spekulierte Joycelin. »Vertreter der alten Macht.« Sie hatte bereits entsprechende Überlegungen angestellt und sich gefragt, wie sie das bei ihren eigenen Plänen berücksichtigen konnte. Es gab immer Möglichkeiten … Finley benutzte sie und Corrico. Vielleicht ließ sich der Spieß umdrehen.

»Hudson Chamberlain hat großen Schaden angerichtet.« Tyler steckte sein Handy ein und trank den Rest des kalt gewordenen Kaffees. »Wir können froh sein, dass Sie seinen Platz einnehmen.«

Er wusste viel, aber natürlich nicht alles.

»Setzen Sie die Suche nach ihm fort«, wies ihn Joycelin an. »Und es könnte nicht schaden, wenn Sie noch etwas mehr über Finley herausfinden.«

Tyler blickte an ihr vorbei zum Panoramafenster. »Es ist dunkel geworden. Ich sollte mich besser auf den Weg machen.« Er stand auf.

Joycelin schenkte ihm ein Lächeln. »Es ist tatsächlich spät

geworden. Bleiben Sie, übernachten Sie hier. Dann müssen Sie nicht erneut vorbei an den Randalierern, Plünderern und Apokalyptikern.«

Überrascht und auch offenbar erfreut sank er zurück in den Sessel.

Dafür erhob sich Joycelin. »Mein Kühlschrank ist immer noch gut gefüllt. Ich koche uns etwas. Wussten Sie, dass ich eine gute Köchin bin, Tyler?« Sie lachte. »Nein, das wussten Sie natürlich nicht. Lassen Sie sich überraschen.«

Sie verwandelte das gemeinsame Abendessen in eine luxuriöse Zeremonie, indem sie nacheinander einige Köstlichkeiten auftrug, die selbst vor dem Grau Gourmets erfreut hätten. Es war ein kleines Spiel, das ihr gefiel und sich nicht aufs Essen beschränkte.

Der zweite Akt begann eine Stunde nach dem Essen, als eine Flasche Wein, von dem Joycelin weniger trank als Tyler, für gute Stimmung sorgte. Sie entschuldigte sich »für einen Moment«, und als sie ihn einige Minuten später zu sich rief, empfing sie ihn unter der Bettdecke ihres Schlafzimmers.

Tyler war erneut überrascht und freute sich noch mehr.

Zu dritten Überraschung, einer unangenehmen, kam es mitten in der Nacht.

57

Joycelin erwachte und wusste instinktiv, dass es nicht der durchs Fenster fallende Mondschein war, der sie geweckt hatte. Neben ihr schlief Tyler tief und fest.

Sie schlüpfte unter der Decke hervor, ging langsam über den weichen Teppichboden und öffnete die Tür. Der Mond schien auch durchs Panoramafenster im Wohnzimmer, sie brauchte kein Lampenlicht.

Im Flur glaubte sie, Geräusche zu hören. An der Eingangstür blieb sie stehen. Das Display dort zeigte nichts, im Treppenhaus war es dunkel. Doch als sie die Wechselsprechanlage einschaltete, hörte sie Stimmen und ein Poltern.

Tyler erschien hinter ihr im Flur. »Was ist?«, fragte er verschlafen. »Was ist los?«

Joycelin streckte die Hand nach dem Türknauf aus und ließ sie wieder sinken, als ihr klar wurde, dass sie nichts trug. Sie fröstelte, es war kühl geworden.

Er hörte die Stimmen und das Gepolter aus dem Lautsprecher der Wechselsprechanlage und wurde etwas wacher. »Soll ich nach dem Rechten sehen?«

Joycelin nickte und folgte ihm zurück ins Schlafzimmer, wo er rasch Hemd und Hose überstreifte. Ohne ein weiteres Wort eilte er los, warf ihr nur noch einen schnellen Blick zu. Er wollte ihr nützlich sein, nahm Joycelin zufrieden zur Kenntnis. Sie griff nach Slip und Jeans, streifte sich einen Rollkragenpullover über und sah auf die Uhr. Halb drei.

Wieder im Flur sah sie, dass die Eingangstür des Penthouse-Apartments einen Spaltbreit offen stand. Geschrei kam aus dem Treppenhaus, das Joycelin nie benutzt hatte. Ihre Reisen durch den neunundfünfzig Stockwerke hohen Corrico-Turm waren immer mit dem Lift erfolgt.

Tyler kehrte zurück, in seinem Gesicht keine Spur von Müdigkeit mehr. Bevor er die Tür zudrückte, hörte Joycelin, wie es mehrmals schnell hintereinander knallte.

»Waren das *Schüsse?*«, fragte sie verblüfft.

»Die Randalierer sind ins Gebäude eingedrungen!«, stieß er hervor. »Es sind viele, Dutzende, und sie sind bewaffnet.«

»Was ist mit dem Wachpersonal?«

»Keine Ahnung.« Tyler eilte ins Schlafzimmer, wo er seine restlichen Sachen einsammelte und in die Schuhe schlüpfte. »Wenn der Mob im Haus ist, kann das nur bedeuten, dass die

Gardisten entweder überwältigt wurden oder geflohen sind.« Er sah auf. »Oder sie machen gemeinsame Sache mit diesen Typen.« Er griff nach seiner Jacke.

»Was hast du vor?«

»Ich hab mich im Treppenhaus nicht weit nach unten gewagt, aber mir scheint, die Plünderer nehmen sich ein Apartment nach dem anderen vor. Dabei arbeiten sie sich Etage für Etage nach oben.«

»Sie kommen hierher?« Joycelin versuchte, ihre Perspektive zurechtzurücken. Sie hatte sich im Penthouse sicher gefühlt, geschützt vor den Gefahren im großen Rest der Welt.

»Hast du Waffen?«

Die Frage erstaunte Joycelin ein wenig. Waffen?

»Nein«, sagte sie.

»Na ja, selbst wenn du welche hättest, sie würden uns kaum was nützen, wenn eine ganze Meute angreift. Ich schlage vor, wir verschwinden von hier, solange wir's noch können.«

Joycelin merkte, dass sie begann, Tyler die Führung zu überlassen, und sie wusste nicht recht, ob ihr das gefiel. Sie nahm eine gefütterte Jacke und eine kleine Tasche, in die sie Handy, Schlüssel und, noch wichtiger, zwei Atemmasken mit mehreren von Corrico hergestellten Sauerstoffpatronen legte.

Tyler wartete an der Tür.

»Der Weg durchs Treppenhaus nach unten ist abgeschnitten.« Er hatte die Tür zwei oder drei Zentimeter weit geöffnet und sprach leise. Am Nachthimmel schoben sich dichte Wolken vor den Mond, es wurde dunkler im Flur. »Und den normalen Lift sollten wir besser nicht nehmen, selbst wenn er noch funktioniert. Es genügt ein Tastendruck, um ihn anzuhalten. Dir steht doch der kleinere VIP-Lift zur Verfügung, nicht wahr?«

Joycelin nickte. Den größeren Aufzug hatte sie noch nie genommen, auch nicht während ihrer Zeit mit Hudson.

»Bereit?«, fragte Tyler.

Joycelin schloss den Reißverschluss ihrer Jacke. Eine Atemmaske hatte sie noch nicht aufgesetzt, das würde sie tun, wenn die Luft zu schlecht wurde.

Sie nickte.

Tyler zog die Tür auf. Sofort wurden die Stimmen lauter, hallten durchs Treppenhaus, begleitet vom unsteten Schein mehrerer Taschenlampen.

Joycelin huschte an ihrem Sekretär vorbei zum kleinen privaten Lift, neben dem sich in halber Höhe ein kleines Tastenfeld befand. Sie gab den Code ein und blickte in den Scanner.

Nichts geschah.

Tyler stand neben ihr und sah zum Treppenhaus, den schwachen Widerschein der Taschenlampen im besorgten Gesicht.

Vielleicht hatte sie sich in der Eile vertippt. Joycelin versuchte es noch einmal, aber der VIP-Lift öffnete sich nicht.

»Nichts zu machen«, flüsterte sie.

»Vielleicht haben sie ihn blockiert.« Tyler eilte zum normalen Aufzug und drückte dort den Rufknopf, nicht, weil er jetzt doch diesen Lift nehmen wollte, sondern zur Überprüfung. Nichts geschah. »Was jetzt?«, fragte er unruhig.

Die Stimmen kamen näher, der Schein der Taschenlampen wurde etwas heller. Ein Mann rief etwas, wütend und empört, und das Knallen, das Joycelin bereits zuvor gehört hatte, wiederholte sich.

»Zum Kopterdach.« Joycelin lief durch den Flur, der nicht sehr lang war und an einer schlichten Tür mit einem mechanischen Sicherheitsschloss endete. Sie drückte die Klinke – abgeschlossen.

»Vielleicht sollten wir uns doch besser in deiner Wohnung verbarrikadieren«, sagte Tyler hinter ihr. Er verlor etwas von seinem unerschrockenen Eifer, was Joycelin schade fand.

Mit fliegenden Fingern öffnete sie ihre Tasche und holte die Schlüssel hervor. Es war Hudsons Schlüsselbund, und sie erinnerte sich daran, dass er die Tür zum Kopterdach einmal aufgeschlossen hatte. Von der großen Penthouse-Terrasse ließ es sich zwar ebenfalls erreichen, aber ohne Leiter nur mit einer nicht ungefährlichen Kletterpartie, und darauf wollte sich Joycelin im Dunkeln nicht einlassen.

Sie konnte kaum etwas sehen, als sie einen Schlüssel nach dem anderen ausprobierte. Keiner passte.

»Du stehst mir im Weg!«

»Was?«, erwiderte er verdutzt und ein wenig zu laut. »Ich stehe *hinter* dir!«

»Es ist zu dunkel!«, zischte Joycelin. »Ich sehe nichts!«

Tyler wich ein wenig beiseite, damit sie etwas mehr von dem schwachen Schein der Taschenlampen erreichte, die den Plünderern einige Etagen tiefer im Treppenhaus den Weg wiesen. Joycelin versuchte es mit dem nächsten Schlüssel und achtete darauf, nicht den Überblick zu verlieren, welchen sie bereits ausprobiert hatte und welchen nicht.

Wieder kein Treffer. Sollten sie es doch besser über die Penthouse-Terrasse versuchen? Joycelin war nahe daran, es sich anders zu überlegen, als sich endlich einer der Schlüssel ins Schloss schieben und drehen ließ. Es klickte, sie öffnete die Tür.

Kalte Luft strömte ihnen entgegen, und Joycelin merkte, dass sie fast sofort schneller atmete.

Der sichtbare Teil des Dachs lag leer vor ihnen. Weiter hinten und zu beiden Seiten herrschte Finsternis.

Joycelin schloss die Tür wieder ab. »Das sollte uns ein wenig Zeit geben.«

»Hier ist nichts«, sagte Tyler enttäuscht.

»Dort drüben.« Sie deutete in die Dunkelheit. »Auf diesem Dach steht immer mindestens ein Kopter bereit. Für den Notfall.«

Das war eine von Hudsons kleinen Manien gewesen. Er hatte ein Feuer im Corrico-Turm gefürchtet, trotz aller Sicherheitsmaßnahmen, und deshalb auf einem Kopter bestanden, der ihm jederzeit die Flucht ermöglichte. Das lag inzwischen schon eine ganze Weile zurück, dachte Joycelin und fragte sich plötzlich, ob es den Notfall-Kopter immer noch gab.

Mond und Sterne waren hinter den Wolken verschwunden, die Stadt war dunkel – man konnte die Hand kaum vor Augen sehen.

»Wo ist er?«, fragte Tyler ungeduldig.

Nach einigen weiteren vorsichtigen Schritte erschien er unvermittelt vor ihnen: ein kleiner, zerbrechlich wirkender E-Kopter mit sechs eingeklappten Rotoren.

Natürlich war er abgeschlossen.

Im kalten Wind und mit steif werdenden Fingern machte sich Joycelin erneut daran, die einzelnen Schlüssel auszuprobieren. Diesmal hatte sie es etwas leichter, weil nur jene in Frage kamen, die sich für ein Fahrzeug beziehungsweise einen Kopter eigneten.

»Ein Schlüssel?«, ächzte Tyler neben ihr. »Gibt es für dieses Ding keinen Transponder?«

»Wenn ja, liegt er irgendwo im Penthouse«, erwiderte Joycelin, »vermutlich weit hinten in einer halb vergessenen Schublade. Willst du zurück und ihn suchen?«

Schließlich schwang die Pilotentür des Kopters auf. In der Kabine ging die Beleuchtung an, ungewohnt hell für die inzwischen an rabenschwarze Dunkelheit gewöhnten Augen.

Tyler wollte an Joycelin vorbei auf den Pilotensitz klettern, aber sie hielt ihn zurück. »Das übernehme ich selbst. Ich fliege den Kopter.«

Für einen Moment schien es, als wollte er ihr widersprechen. Dann erinnerte er sich vielleicht daran, wer und was er war, lief zur anderen Seite und begnügte sich mit dem Platz des Kopiloten.

Joycelin betrachtete die Instrumentenanzeigen. »Die Batterien haben noch vierzig Prozent Ladung. Nicht viel, aber es reicht für etwa dreihundert Kilometer. Das ist genug.«

Sie betätigte die Kontrollen. Servomotoren brachten die Rotoren in ihre Startposition.

»Wohin fliegen wir?«, fragte Tyler.

»Corrico«, antwortete Joycelin. »Zur Firmenzentrale. Bis dahin ist es nicht weit, das schaffen wir auf jeden Fall.«

Zitterndes, umhertastendes Licht erschien dort, wo eben noch alles finster gewesen war. Die Tür, die Joycelin hinter ihnen abgeschlossen hatte, stand plötzlich offen, und Gestalten mit Taschenlampen strömten aufs Dach.

»Sie hatten einen Schlüssel!«, stieß Tyler erschrocken hervor. »Der Hausmeister, die Verwaltung des Gebäudes, vielleicht auch die Wachen ... Sie stecken alle unter einer Decke!«

Joycelin aktivierte die Rotoren, zog das Steuer zu sich heran, und mit dem Summen von Elektromotoren und dem Rauschen verdrängter Luft stieg der Kopter auf.

Beim tanzenden Licht der Taschenlampen erschienen kleine Blitze, und es knallte laut. Etwas schlug durchs Seitenfenster und warf Joycelin Glaskrümel ins Gesicht. Sie drückte das Steuer zur Seite und ließ den Kopter über den Rand des Daches fallen.

Warnsignale erklangen, laut und beharrlich. Für einen Moment verlor Joycelin die Orientierung und schnappte nach Luft. Der Kopf wurde ihr leicht.

Die Sicherheitsautomatik fing den Kopter hundert Meter tiefer ab. Joycelin bewegte das Steuer zur anderen Seite, brachte ihn fort vom Corrico-Turm und ließ ihn aufsteigen. Das warnende Piepen hörte auf.

»Sie haben auf uns geschossen!« Kalte Luft strömte durch das Loch in der Scheibe, Joycelin fühlte sie auf der Wange.

Tyler antwortete nicht.

Er saß schief im Kopilotensitz, den Kopf zur Seite geneigt.

Zwei absurde Sekunden lang glaubte Joycelin, dass er schlief. Dann sah sie das Blut am Hals.

Hoch oben am dunklen Himmel über der dunklen Stadt begriff Joycelin plötzlich, wie nahe der Tod sein konnte.

58

DAVID FINLEY

EXECUTION ROCKS, BEI NEW YORK, USA

Das Brummen des Dieselgenerators verklang abrupt, und im alten Haus neben dem Leuchtturm auf den Execution Rocks wurde es dunkel. Ein zweites Brummen, das aus einer anderen Richtung kam, von der Anlegestelle, wurde kurz darauf leiser und wich Stille.

Finley saß reglos auf der Couch, die Füße gefesselt, die Hände auf den Rücken gebunden. Er roch Blut und Pulver.

Ein Ächzen kam aus der Dunkelheit.

»Tun Sie was«, sagte Finley.

»Sir?«, ertönte eine Stimme.

»Liegen Sie nicht einfach da rum!«, schnaubte Finley. »Gehen Sie in die Küche, holen Sie ein Messer! Ich hab nicht vor, die nächsten Stunden gefesselt auf dieser Couch zu verbringen.«

»Ich glaube, ich habe eine gebrochene Rippe, Sir«, antwortete die Stimme aus der Dunkelheit.

»Da sind Sie gut dran im Vergleich mit Ihrem Kollegen«, entgegnete Finley. »Und für das Messer oder die Schere brauchen Sie Hände, keine Rippen.«

»Ich bin gefesselt, Sir!«

»Himmel, lassen Sie sich was einfallen!«

Natürlich hätte Finley auch selbst gehen können beziehungsweise mit kleinen, hüpfenden Sprüngen das Wohnzimmer in Richtung Küche durchqueren. Aber es war stockdunkel, er hätte riskiert, unterwegs zu fallen und sich mehr zu brechen als nur eine Rippe.

Er hörte, wie sich der Mann bewegte, wie er zur Wand kroch, sich daran abstützte und auf die Beine kam.

»Man sieht nichts«, ächzte er. »Überhaupt nichts.«

»Sie haben mehrere Tage in diesem Haus verbracht!«, maulte Finley. »Sie wissen, wo sich alles befindet. Also los!«

Der Mann hüpfte an der Wand entlang und stieß dabei gegen etwas, das zu Boden fiel.

Finley saß auf der Couch, lauschte, wartete und dachte an seine eigene Dummheit. Er hatte sich überraschen und übertölpeln lassen, weil er seiner Sache zu sicher gewesen war. Ein Fehler, den er nicht wiederholen durfte, nie mehr, unter keinen Umständen.

Der Mann stürzte. Es polterte und krachte.

»Leben Sie noch?«, fragte Finley, als es wieder still geworden war.

Die Dunkelheit antwortete mit einem Stöhnen.

»Es hängt ganz von Ihnen ab«, sagte Finley. »Je eher Sie ein Messer oder eine Schere holen, um meine Fesseln durchzuschneiden, umso schneller bringen wir das hier hinter uns.«

»Ich fürchte, das war eine zweite Rippe, Sir!« Der Mann keuchte und versuchte offenbar, wieder auf die zusammengebundenen Beine zu kommen.

Finley beschloss, etwas geduldiger zu sein. Magnussen und Laura Lombardi waren fort, er konnte sie nicht mehr einholen. Auf einige Minuten mehr oder weniger kam es also nicht an.

»Immer mit der Ruhe«, sprach er in die Finsternis. »Langsam und vorsichtig.«

Der Mann mit den zwei gebrochenen Rippen brauchte eine halbe Stunde, um in der Küche ein Messer aus einer Schublade zu holen und damit die Couch zu erreichen, ohne sich unterwegs mit der Klinge schwere Verletzungen zuzufügen. Beim Schneiden stellte er sich überraschend geschickt an und befreite Finley in nur wenigen Minuten von den Handfesseln, ohne einen einzigen Schnitt in Haut und Fleisch.

»In Ordnung«, sagte Finley zufrieden und rieb sich die Handgelenke. »Bleiben Sie hier auf der Couch sitzen und geben Sie mir das Messer.«

Er tastete vorsichtig danach, bekam es zu fassen und schnitt seine Fußfesseln durch. Mit einer geschmeidigen Bewegung stand er auf, das Messer noch immer in der Hand.

»Bleiben Sie hier sitzen«, wiederholte er. »Ich gehe nach draußen und schalte den Generator ein.«

Wie sich herausstellte, konnte er nicht nach draußen gehen, sondern musste durch ein Fenster klettern – die Haustür war von außen abgeschlossen.

Etwas Licht empfing ihn – hier und dort leuchteten Sterne in Wolkenlücken –, gerade genug, um die Umrisse von Dingen zu erahnen. Kalter Wind strich ihm übers Gesicht, Wellen brandeten nur wenige Meter entfernt donnernd gegen die Felsen, Gischt sprühte.

Er fand den kleinen Anbau mit dem Dieselgenerator, schaltete ihn wieder ein und lauschte einige Sekunden lang dem Brummen, das einem falschen Versprechen von Normalität gleichkam.

Bei der Rückkehr zum Haus stellte er fest, dass der Schlüssel von außen steckte. Er öffnete die Tür und betrat einen Raum, aus dem eine Lampe die Dunkelheit vertrieben hatte.

Der Mann saß auf dem Sofa, das blasse Gesicht schmerzverzerrt. Mit dem Messer befreite ihn Finley von den Fesseln.

»Wenn Sie sich ein wenig erholt haben, können Sie sich auf den Weg machen«, sagte er großzügig.

»Sir?«

»Ein Boot ist uns geblieben. Fahren Sie damit nach Glen Island oder meinetwegen auch zum Festland, wenn Ihnen das lieber ist. Verständigen Sie unsere Leute.«

Der bärtige Mann hielt sich die schmerzende Seite. »Wie denn, Sir? Magnussen und Lombardi haben unsere Handys mitgenommen.«

»Darum schicke ich Sie ja los«, erwiderte Finley in entspanntem Ton. »Auf dem Festland treibt sich überall die Nationalgarde herum. Es sollte Ihnen nicht schwerfallen, einen Gardisten zu finden und dafür zu sorgen, dass mich ein Kopter abholt. Und was die Handys betrifft ... Magnussen hat meins eingeschaltet, es lässt sich orten. Wir können also feststellen, wo sie sich befinden. Und wenn wir sie gefunden haben, präsentieren wir ihnen die Rechnung für das hier.«

Das schien den verletzten Mann ein wenig aufzumuntern.

»Anschließend können Sie sich behandeln lassen«, sagte Finley.

»Ja, Sir.« Der bärtige Mann wankte zur Tür. »Danke, Sir.«

Kurz darauf hörte Finley, wie der Bootsmotor gestartet wurde, dröhnte und dann schnell leiser wurde.

Auf dem Weg zur Küche blieb Finley neben der Leiche des anderen, jüngeren Mannes stehen. Ihr Anblick verdarb ihm nicht den Appetit, erinnerte ihn aber daran, wie schnell das Leben enden konnte.

59

Der Morgen graute, als Boote der Nationalgarde kamen, begleitet von einem Kopter, der Finley zum nahen Kennedy Airport brachte, wo ein Jet auf ihn wartete, nicht die Air Force One, sondern eine kleinere, aber kaum weniger komfortable Maschine. Ein weiterer Besuch bei der Präsidentin stand an, einige wichtige Dokumente brauchten ihre Unterschrift.

Dass sie sich an der Westküste befand, in San Francisco, bedeutete einen langen Flug, eine Unannehmlichkeit bei knapper

Zeit. Es handelte sich um eine Vorsichtsmaßnahme: Wer hätte die Präsidentin dort vermutet, so weit vom Weißen Haus in Washington entfernt?

Beim Start sah Finley durchs Fenster die vielen Menschen auf den Straßen und Parkplätzen vor den Flughafengebäuden. Er schüttelte verwundert den Kopf. Offenbar hofften noch immer viele, das Land verlassen zu können, als ob es anderenorts besser wäre. Er lehnte sich zurück, schloss für einen Moment die Augen und fühlte nach der langen Nacht eine Müdigkeit, über die er sich ärgerte. Am liebsten hätte er nie mehr geschlafen, es gab so viel zu tun. Wenn er schlief, konnte er nicht an seinen Plänen und Vorbereitungen weiterarbeiten. Schlaf, dachte er, war verlorene Zeit und kostete ihn außerdem jedes Mal ein kleines Stück von seinem Leben.

Finley hob die Lider und beobachtete eine Zeit lang Städte und graue Landschaften unter dem Jet. Menschen starben dort. Sie erstickten, erfroren und verhungerten, nicht wenige von ihnen fielen Gewalt zum Opfer. Er wusste und bedauerte das, leider ließ es sich nicht ändern. Verantwortlich dafür waren nicht er und seine Entscheidungen, sondern das Grau, das den Menschen Luft und Leben nahm.

Ein kleiner, unaufdringlicher Signalton weckte seine Aufmerksamkeit. Finley klappte den Deckel des Notebooks auf dem kleinen Tisch vor ihm hoch und stellte fest, dass eine Nachricht von Joycelin Hayes eingetroffen war. Er las ihre freundlichen Worte und lächelte kurz. Natürlich versuchte sie, ihn für sich einzunehmen, ähnlich vermutlich, wie sie es damals bei Hudson Chamberlain getan hatte. Früher oder später würde sie feststellen, dass sie damit bei ihm nichts erreichte.

Interessanter als die persönlichen Worte war der Anhang der Nachricht: ein Entwurf für die Städte, insbesondere für die auf dem nordamerikanischen Kontinent, bei einem Ort namens Agua Caliente in Südarizona.

Finleys Müdigkeit verflog, als er sich die Baupläne und Listen ansah – das Display des Notebooks zeigte ihm die Zukunft der Menschheit.

Sieben Städte, dachte er. Wie sieben Reiche. Irgendwann würde es Konflikte und Konfrontationen zwischen ihnen geben, und dann wiederholte sich vielleicht, auf eine neue Art und Weise, die Zeit der Streitenden Reiche, aus denen vor mehr als zweitausend Jahren ein geeintes China hervorgegangen war. Manchmal schien die Geschichte jemanden auszuwählen, der eine historische Aufgabe erfüllen sollte, so wie Zhao Zheng mehr als zweihundert Jahre vor Beginn der Zeitrechnung, erst ein Kindkönig, von Kanzler und Generälen als Werkzeug benutzt, dann Qin Shihuangdi, »Erster Gottkaiser von Qin«, der die anderen Reiche eroberte, sie unter seiner Herrschaft vereinte und einen modernen Staat gründete.

Er hatte, um sein großes Reich länger regieren zu können, nach Unsterblichkeit gesucht. Und ausgerechnet das Quecksilber, das ihm mehr Leben schenken sollte, machte ihn schwach und gebrechlich und brachte ihn schließlich mit nur fünfzig Jahren um.

Dass ein vermeintliches Lebenselixier in Wirklichkeit Gift gewesen war, hatte er als Kind seiner Zeit nicht wissen können. Finley glaubte, eine versteckte Botschaft darin zu erkennen. Mehr zu wissen, es *besser* zu wissen, brachte zweifellos Vorteile. Und Vermessenheit war immer ein Stolperstein, der selbst die Großen zu Fall bringen konnte.

Er blickte auf seine Handgelenke mit den geröteten Stellen hinab. Der Zwischenfall auf den Execution Rocks war nicht vergessen, aber abgehakt, in seinem persönlichen Archiv abgelegt als eine Erfahrung, die eine wichtige Lektion beinhaltete. Er hatte sich zu sicher gefühlt, und das war ein Fehler gewesen, mit dem Potenzial viel schnellerer fataler Folgen für ihn als Qin Shihuangdis Umgang mit Quecksilber.

Hätte ihn eine Kugel getroffen und sein Leben beendet wie das des jungen Mannes vor dem Fernseher ... Was wäre dann aus dem historischen Neuanfang geworden, dessen Pläne ihm Joycelin Hayes geschickt hatte?

Ein Mann mit einer historischen Aufgabe ... Die Vorstellung gefiel Finley. Es steckte etwas von einer heiligen Mission darin, vielleicht sogar von göttlicher Vorsehung. Davon fühlte er sich geschmeichelt.

Er widmete sich wieder dem Notebook, las die Erläuterungen und begann damit, eigene Kommentare und Verbesserungsvorschläge zu schreiben.

60

VIRGINIA DEL REY

AUF DEM WEG NACH LE HAVRE, FRANKREICH

Mit dem Motorrad war es nicht weiter schwer, Paris zu verlassen. Kraskow kannte sich gut aus und mied die großen Straßen, wo selbst in den späten Nachtstunden Menschen unterwegs waren und offenbar versuchten, Geschäfte und Supermärkte zu plündern.

Er machte einen Bogen um die Kreuzungen, wo Fahrzeuge der Polizei und des Militärs Sperren bildeten und Bewaffnete in Kampfanzügen patrouillierten, die Gesichter hinter den Visieren von Schutzhelmen verborgen, unter denen sie wahrscheinlich Sauerstoffmasken trugen. Irgendwie schaffte er es, im Dunkeln ohne Scheinwerferlicht zu sehen, und er wich den Steinewerfern, Betrunkenen und irren Brandstiftern mit ihren Molotow-Cocktails aus, die es vor allem auf die Streifenwagen der Polizei abgesehen hatten.

Als der Morgen begann, lag die Stadt hinter ihnen. Virginia, die Arme um Kraskow geschlungen, blickte ihm über die Schulter, hörte seinen schnaufenden Atem und sah, das sie über eine schmale Landstraße fuhren, gesäumt von grauen Bäumen im grauen Licht der Morgendämmerung. In der Ferne zeigten sich Lichter.

Virginia löste einen Arm von Kraskow und streckte ihn in die entsprechende Richtung. »Was ist das?«

Kraskow bog in eine noch schmalere Seitenstraße voller raureifbedeckter Schlaglöcher und hielt hinter den alten Mauern eines halb eingestürzten Hauses, das den Eindruck erweckte, mindestens hundert Jahre alt zu sein. Efeu hatte seine Wurzeln in bröckliges Gestein gebohrt, reichte bis unter die Reste des schiefen Dachs und war im Grau erstarrt.

Virginia stieg ab, zog den Helm vom Kopf und atmete kalte, schlechte Luft. Kraskow, der wieder die dicke schwarze Lederjacke mit dem weißen Totenkopf auf dem Rücken trug, stand neben seiner Maschine und schwankte.

»Alles in Ordnung?«, fragte Virginia.

»Ach, wie schaffen Sie das bloß?«, ächzte er, nachdem er seinen Helm ebenfalls abgenommen hatte. Ein wenig unsicher auf den Beinen stapfte er zu den Seitentaschen des Motorrads, öffnete eine von ihnen und zog eine Atemmaske daraus hervor. Er drückte sie sich aufs Gesicht, öffnete das Ventil der Sauerstoffpatronen und atmete mehrmals tief durch.

»Regelmäßiges Training«, erwiderte sie und sah sich um. Nirgends rührte sich etwas. Die Welt ruhte am Übergang zwischen Tag und Nacht. »Laufen hilft. Sie hätten auf mich hören sollen.«

»Hab ich ja, meine Liebe«, antwortete Kraskow, immer noch mit der Maske auf dem Gesicht. »Zwanzig Minuten an einem Stück, so weit bin ich gekommen.« Er schloss das Ventil und legte die Maske in die Seitentasche des Motorrads zurück.

»Hören Sie das?«

Er drehte sich um. »Was?«

Virginia vollführte eine Geste, die ihrer Umgebung galt, der Hausruine, dem Gestrüpp, den brachliegenden Feldern und den Wiesen mit der dünnen weißen Raureifdecke auf dem Grau. »Es ist still.« Einige Sekunden lang lauschten sie beide. »Ich meine, es ist wirklich *still*«, sagte sie leise. »Man hört *nichts*.«

Es wehte kein Wind. Die Welt schwieg, während der Himmel langsam heller wurde.

»Es ist unheimlich«, fand Virginia. »Ich habe noch nie eine solche Stille gehört. Und der Himmel ...« Sie blickte nach oben. »Er ist leer.«

»Sollte er nicht leer sein?«, fragte Kraskow. Er suchte in der anderen Seitentasche nach etwas.

»Nichts«, murmelte Virginia. »Kein Flugzeug. Kein Kondensstreifen. Kein einziger Vogel.«

Wann hatte sie den letzten Vogel gesehen, wann das letzte Zwitschern gehört? Es war leise geworden auf der Erde, abgesehen von den Schreien der Menschen, die hungerten, froren und kaum mehr atmen konnten.

Dann wich die Stille ein klein wenig zurück und schuf gerade genug Platz für ein leises Brummen. Es kam aus der Richtung der Lichter, die sie zuvor gesehen hatten.

Kraskow fand, was er suchte, einen kleinen Feldstecher, kaum größer als ein Opernglas. Er deutete auf einen schmalen Weg, der neben der Ruine durchs Gestrüpp führte. »Wie wär's mit einem kleinen Spaziergang?«

»Ich nehme nicht an, dass Sie irgendwelche Wildtiere beobachten wollen, Boris, oder?«

»Nein.«

»Es geht Ihnen um die Lichter.« Virginia folgte Kraskow an grauen Büschen und Sträuchern vorbei. »Was, glauben Sie, hat es damit auf sich?«

»Es waren Fahrzeuge«, brummte der Russe und hielt einige dornige Zweige für sie beiseite. »Es muss eine ganze Kolonne gewesen sein. Große Wagen, vielleicht Transporter. Mehr konnte ich nicht erkennen.«

»Sie haben gute Augen.«

Er hob den kleinen Feldstecher. »Hiermit sind sie noch besser.«

»Deshalb haben wir angehalten«, sagte Virginia. »Nicht, weil Sie unbedingt die Atemmaske benutzen mussten.«

»Ich verabscheue das Ding«, brummte Kraskow. »Aber ich brauche es immer öfter. Weil ich leider kein so guter Läufer bin wie Sie.«

Nach einigen weiteren Schritten blieb er plötzlich stehen.

»Was ist?«, fragte Virginia leise.

Kraskow wich ein wenig beiseite und gab den Blick frei auf eine kleine Lichtung hinter den Resten des alten Hauses. Dutzende von Vögeln lagen dort, wie man im erwachenden Morgenlicht sehen konnte, die meisten von ihnen Spatzen, aber auch einige große Dohlen und Elstern.

Virginia ging langsam zu ihnen, bückte sich und stieß eines der Tiere mit einem kleinen Zweig an. »Tot. Sie sind alle tot.«

Kraskow nickte. »Dort drüben zwischen den beiden Büschen liegt ein Hase, sehen Sie. Ebenfalls verendet.«

Virginia richtete sich wieder auf.

»Ich schätze, es liegt an der Luft.« Kraskow sprach mit gedämpfter Stimme. »Deshalb haben Sie keine Vögel am Himmel gesehen. Sie sterben schneller als Menschen. Vielleicht brauchen sie mehr Sauerstoff.«

Der schmale Weg führte vorbei an blattlosen Eichen und Birken, die wie farblose Gerippe dastanden und Felder säumten, auf denen nichts mehr wuchs. Sie fanden weitere tote Tiere: zahlreiche Vögel in alten Ackerfurchen, gefroren wie der Boden und ebenfalls von Raureif bedeckt; Mäuse vor den Eingängen ihrer Höhlen, die sie vielleicht aus Atemnot verlassen hatten, um dann draußen zu ersticken; und eine Katze, schwarz wie die Nacht – alle viere von sich gestreckt lag sie da, den Kopf zur Seite gedreht, wie um die tote Maus direkt neben ihr anzustarren.

Das Gelände stieg an, der Boden wurde steiniger. Nach etwa zehn Minuten blieb Kraskow neben einem großen, dichten Brombeerstrauch stehen und schnappte nach Luft wie nach einem halben Marathon. »Ich hätte die Atemmaske mitnehmen sollen!«

Das Brummen war lauter geworden und hatte seinen Ursprung offenbar hinter der nächsten Anhöhe. Kraskow hustete mehrmals, in den Ärmel, um das Geräusch zu dämpfen, erholte sich langsam und wankte weiter den Hang hinauf.

»Ich kann zurücklaufen und die Maske holen«, bot sich Virginia an. Noch ging es ihr gut.

»Schon gut, meine Liebe«, schnaufte der Mann mit der Totenkopfjacke vor ihr. »Wir haben es gleich geschafft. Von der Hügelkuppe dort müssten wir es sehen können.«

Virginia folgte ihm und fragte sich, was »es« sein mochte.

Einige blattlose Büsche und Sträucher boten wenigstens ein bisschen Sichtschutz. Sie blieben dahinter stehen, Kraskow vornübergebeugt, die Hände wie nach einer großen Anstrengung auf die Knie gestützt.

Vor ihnen erstreckte sich ein kleines Tal mit weiteren grauen Wiesen und Feldern. Schwere Baumaschinen waren dort bei der Arbeit, Bulldozer und Bagger, die eine Grube, groß wie ein Fußballfeld, ausgehoben hatten. Sie bliesen Abgase in die kalte Luft, die noch genug Sauerstoff für ihre dröhnenden Verbrennungsmotoren enthielt. Lastwagen nahmen einen Teil des Aushubs auf und brachten ihn fort.

Transporter kamen und brachten Bündel, die von Gestalten in Overalls und mit Atemmasken in Empfang genommen wurden. Jeweils zu zweit trugen sie die Bündel über eine Rampe in die Grube und legten sie dort nebeneinander.

»Boris?«

Er ließ das Fernglas sinken und wandte den Kopf.

»Ist es das, wonach es aussieht?«

»Ich fürchte ja.« Er reichte ihr den kleinen Feldstecher.

Virginia hob ihn vor die Augen und schien der Grube plötzlich viel näher zu sein. Sie beobachtete mehrere Arbeiter dabei, wie sie schwarze und blaue Bündel von den Transportern zur Grube trugen und dort auf den Boden legten. Planierraupen standen in der Nähe, offenbar um später alles mit Erde zu bedecken.

»Ein Massengrab«, sagte Virginia leise.

»Wir sind in der Nähe von Saint-Étienne-du-Rouvray.« Kraskow deutete nach Westen. »Vielleicht stammen die Toten von dort.«

Virginia nahm den Feldstecher von den Augen und blickte in die Talsenke. »Wie viele sind es?«

»Hunderte«, antwortete Kraskow. »Und ich schätze, dies wird nicht das einzige Massengrab bleiben.«

»Auf den Friedhöfen ist kein Platz mehr«, murmelte Virginia. »Es sterben so viele Menschen, dass sie in Massengräbern bestattet werden müssen.«

»Wir wussten, dass es dazu kommen würde«, brummte Kraskow so leise, dass sich seine Stimme fast im donnernden Grollen der Motoren verlor. »Früher oder später.«

»Es geschieht viel früher, als wir dachten«, sagte Virginia traurig. »Und es zu wissen, ist eine Sache. Es mit eigenen Augen zu sehen, eine ganz andere.«

Kraskow nickte.

»Warum hier, mitten in der Walachei?«, fragte Virginia.

»Um kein Aufsehen zu erregen. Um die Lebenden nicht zu beunruhigen. Die Toten werden abtransportiert. Aus den Augen, aus dem Sinn.« Kraskow holte sein Handy hervor und machte einige Fotos. Als er Virginias Blick bemerkte, erklärte er: »Es kann nie schaden, Beweise für das zu haben, was man gesehen hat.«

Virginia wandte sich ab, stieß mit dem Fuß gegen einen Stein, verlor das Gleichgewicht und fiel halb in den Strauch direkt vor ihnen.

Kraskow ergriff sie an Arm und Hüfte und zog sie zurück. »Vorsichtig, meine Liebe.«

»Ist nichts passiert.«

»Oh, ich meine nicht die Dornen, sondern die Leute dort.« Kraskow deutete ins Tal. »Ich möchte nicht von ihnen entdeckt werden. Lassen Sie uns besser von hier verschwinden.«

»Glauben Sie, man würde uns zu den anderen legen?«

»Ich möchte es nicht darauf ankommen lassen.«

Plötzlich flink geworden, eilte Kraskow über den schmalen Weg zurück in die Richtung, aus der sie gekommen waren. Virginia folgte ihm.

61

Beim Motorrad angelangt, holte Kraskow erneut sein Handy hervor und rief die Navigations-App aufs Display. Virginia blickte an der Hausruine vorbei zu den Hügeln und hoffte, dass dort keine Gestalten erschienen. Eine Konfrontation hätte niemandem etwas genützt.

»Die Satelliten sind immer noch da und aktiv«, brummte Kraskow, während er nach geeigneten Straßen und Wegen für die Weiterfahrt nach Le Havre suchte. »Sie senden weiterhin GPS-Signale, obwohl es kaum mehr Verkehr gibt. Ihre Signale werden den Autos, Schiffen und Flugzeugen der Erde selbst dann noch den Weg weisen, wenn es gar keine Menschen mehr gibt, die sie lenken könnten.«

»Halten Sie das wirklich für möglich, Boris?«, fragte Virginia plötzlich. »Dass niemand von uns am Leben bleibt?«

Es war eine seltsame, absurde und monströse Vorstellung: eine leere, stille Welt voller Leichen, ohne einen einzigen zwitschernden Vogel und ohne ein einziges lachendes Kind.

»So weit wird es nicht kommen«, sagte Kraskow.

»Sind Sie sicher?«

»Ich kann Ihnen keine Garantie geben, die würde ohnehin nichts nützen.« Er sah vom Handy auf. »Wir alle sehnen uns nach Gewissheiten, aber gerade wir beide wissen, dass die Welt immer ungewiss gewesen ist, und gerade jetzt gilt das in einem besonderen Maße.« Er steckte das Handy wieder ein. »Ein

Schritt nach dem anderen. Wenn wir zu weit nach vorn sehen, geraten wir vielleicht ins Stolpern. Unser nächster Schritt ist ein kleiner Umweg, um den Transportern und Lastwagen dort drüben auszuweichen.«

»Schaffen wir es mit dem Ding bis nach Le Havre?« Virginia griff nach ihrem Helm.

Kraskow genehmigte sich einige schnelle Atemzüge mit der Sauerstoffmaske, verstaute sie wieder in der Seitentasche und nahm ebenfalls seinen Helm, schwarz wie die dicke Lederjacke, mit der Darstellung von zwei weißen überkreuzten Knochen.

»Ich nehme an, mit dem Ding meinen Sie meine kleine große *Easy Rider*.« Er schwang sich auf die Maschine und klopfte auf den Soziussitz. Virginia nahm hinter ihm Platz. »Es ist nicht mehr allzu weit, wir sollten es schaffen.«

»Und dann?«, fragte Virginia, als er den Helm aufsetzte. »Was machen wir, wenn die Batterien leer sind?«

»Dann tanken wir«, gab er zuversichtlich zurück. »Kein Benzin, sondern Strom. Irgendwo finden wir bestimmt eine Steckdose. Der nächste Schritt, meine Liebe. Oder vielleicht der übernächste. Zunächst Ihr Safe House in Le Havre. Dann sehen wir weiter.«

Er klappte das Visier nach unten und fuhr los.

Kraskow fuhr langsam, auf Feldwegen und schmalen Straßen, die nicht einmal in die Nähe von Ortschaften führten. Um wie viele Kilometer der Weg nach Le Havre dadurch länger wurde, wusste Virginia nicht, aber mit den Batterien des Motorrads stand es nicht mehr zum Besten, als sie es versteckt zurückließen, bei einem Schuppen in der Nähe des Flughafens nordwestlich der Stadt, bedeckt von Gestrüpp. Mit dem Inhalt der Seitentaschen in zwei Rucksäcken machten sie sich zu Fuß auf den Weg.

Die Stadt vor ihnen schien farblos und sich unter dem bleigrauen Himmel zu ducken, aus dem vereinzelte Schneeflocken fielen. Vom nahen Ärmelkanal her wehte ein steifer kalter Wind.

»Sieht nicht besonders einladend aus«, kommentierte Kraskow, dessen Rucksack den großen Totenkopf auf dem Rücken seiner Jacke verdeckte. »Und Sie haben sich ausgerechnet hier eine Sightseeingtour gewünscht?«

Sie begegneten niemandem, als sie den Rand der Stadt erreichten und nach Westen gingen, landeinwärts. Es blieb gespenstisch still. Beim Flughafen rührte sich nichts, und es kamen keine Motorengeräusche von den Straßen vor ihnen. Einmal hörten sie ein Klirren wie von zerbrechendem Glas, begleitet von zornigen Stimmen in der Ferne.

»Bestimmt sehen wir Le Havre nicht gerade von der besten Seite«, erwiderte Virginia. »Und die Umstände lassen zu wünschen übrig.«

»Wohin jetzt?«, fragte Kraskow, als sie eine kleine Kreuzung erreichten. Auf der linken Seite erstreckte sich ein Sport- und Freizeitgelände, das einst grün gewesen sein mochte. Weiter vorn reihten sich Einfamilienhäuser aneinander, weiß und mit grauen Dächern.

»Wir sind im Norden von Le Havre, und das ist schon einmal richtig«, sagte Virginia. »Von hier aus ist es nicht mehr weit, wenn ich mich richtig an den Stadtplan erinnere. Die Wohnung befindet sich in einem Apartmenthaus in der Rue Jules Bourgogne, an der Grenze zwischen den beiden Stadtvierteln Points Cardinaux und Bleville.«

Kraskow sah sich um, bevor er noch einmal sein Handy hervorholte. Er orientierte sich kurz mit Hilfe des Navigationsprogramms und deutete dann auf eine der Straßen. »Dort entlang.«

Sie gingen an den Autos vorbei, die am Straßenrand parkten, die meisten von ihnen bedeckt von einer dünnen Schicht aus grauem Staub. Bei einigen Fahrzeugen waren die Seitenscheiben eingeschlagen, bemerkte Virginia. Offenbar hatte jemand nach Wertgegenständen gesucht oder einfach nach Dingen, die man gebrauchen konnte, für was auch immer.

Als sie dem Verlauf der Straße in Richtung Stadtmitte folgten, präsentierte sich ihnen eine seltsame Mischung aus gepflegt wirkenden Häusern auf der einen und barackenartigen Gebäuden auf der anderen Seite. An einigen Stellen schienen die Bürgersteige gerade erst gefegt worden zu sein, an anderen hatte sich Müll angesammelt, Papierfetzen, Reste von Verpackungsmaterial und halb zerknüllte Plastikflaschen.

Menschen begegneten sie kaum. Einmal sahen sie auf der anderen Straßenseite eine Mutter mit einem kleinen Kind, das sie in den Armen hielt. Sie trug einen dicken Mantel, hustete und verschwand zwischen zwei Häusern mit heruntergelassenen Jalousien.

Bei der nächsten Abzweigung sahen sie einen E-Wagen der Polizei. Mehrere Beamte standen vor dem Eingang eines Einfamilienhauses, und einer von ihnen schlug mit der Faust gegen die Tür.

»Aufmachen!«, rief er.

Virginia und Kraskow blieben ein Stück entfernt stehen. Zwei ältere Männer und eine Frau in mittleren Jahren warteten neben dem Streifenwagen auf dem Bürgersteig, und Virginia hörte die Frau sagen: »Sehen Sie, das ist der Beweis!«

Sie meinte den Rauch, der aus dem Schornstein kräuselte.

»Jemandem ist es zu kalt geworden«, murmelte Kraskow.

»Aufmachen!«, ertönte es erneut vor dem Haus, und der Beamte schlug noch einmal gegen die Tür.

»Und hier scheint es verboten zu sein, Wohnungen zu heizen«, erwiderte Virginia und dachte daran, dass der Winter noch nicht einmal richtig begonnen hatte. Was würde geschehen, wenn es richtig kalt wurde?

Sie nahmen eine der anderen Straßen, um einen Bogen um die Polizisten und anderen Leute zu machen, die sich vor dem

Haus versammelten, in dem vielleicht ein Kaminfeuer brannte. Ihr Weg führte sie nach Südosten, und die Siedlung aus fast gleich aussehenden Einfamilienhäusern blieb hinter ihnen zurück. Sie folgten dem Verlauf der Route d'Octeville, die an kahlen Bäumen und einigen Villen vorbeiführte. An einem der Fenster sah Virginia eine alte Frau in einem Mantel mit hochgeklapptem Kragen, die nach draußen starrte.

Mehr kleine Schneeflocken fielen. Der Wind wirbelte sie durcheinander.

Kraskow blickte noch einmal auf sein Handy. »Wir sind gleich da. Dort drüben.«

Kurz darauf erreichten sie ein Quartier mit insgesamt elf vierstöckigen Apartmenthäusern. Zahlreiche Autos standen auf den Parkplätzen, doch die Straße zwischen den Gebäuden blieb leer, abgesehen von einigen jungen Leuten, die in dicken Jacken von einem Hauseingang zum nächsten liefen.

»Nummer sechsunddreißig«, sagte Virginia.

Der beigefarbene und weiße Block mit dem Safe House befand sich auf der gegenüberliegenden Seite des Quartiers. Ein Holzkeil hielt die Eingangstür offen, und auf einem Schild stand geschrieben: »Tür während Stromsperre bitte nicht schließen.«

Beobachtet von mehreren Jugendlichen und einem älteren Mann, der nicht zu ihrer Gruppe passte, betraten Virginia und Kraskow das Apartmenthaus.

»Zweiter Stock«, sagte Virginia, die zuvor die Namen der Bewohner bei den Klingelknöpfen gelesen hatte. »Tennant.«

»Tennant?«, wiederholte Kraskow und schmunzelte. »›Mieter‹?«

Virginia zuckte mit den Schultern. »Ein Name ist so gut wie jeder andere.«

Sie ging langsam, als sie die Treppe hochstiegen, damit Kraskow neben ihr nicht außer Atem geriet. Sein Gesicht war gerötet, stellte sie fest, und er rang immer wieder nach Luft.

Im zweiten Stock angelangt, blieben sie vor der Tür mit dem Namensschild »Tennant« stehen. Sie wies nicht nur ein Sicherheitsschloss auf, sondern auch ein Tastenfeld für die Eingabe eines Öffnungscodes.

»Ich hoffe, Ihr Gedächtnis lässt Sie jetzt nicht im Stich«, brummte Kraskow, als Virginia zögerte.

Es war nicht ganz still im Treppenhaus. Stimmen ertönten gedämpft hinter Türen.

»Mit meinem Gedächtnis ist alles in Ordnung, aber ich fürchte, es nützt nichts.« Virginia drückte auf die Tasten, ohne dass etwas geschah. Es klickte nicht, die Tür der Wohnung von P. Tennant blieb geschlossen. »Stromsperre. Deshalb unten der Holzkeil in der Tür. Ohne Strom funktioniert das elektronische Schloss nicht. Und einen Schlüssel hab ich nicht.«

Kraskow trat vor und klopfte an die Tür, erst leise und vorsichtig, wie um niemanden zu stören, dann lauter. In der Wohnung blieb alles still, nichts rührte sich dort.

Die Tür auf der anderen Seite des Flurs öffnete sich einen Spaltbreit, und das faltige Gesicht eines Alten zeigte sich.

»Bitte entschuldigen Sie«, sagte Virginia auf Französisch, »wir möchten zu Philippe. Wir haben eine wichtige Nachricht für ihn.«

»Philippe?«, krächzte der Alte.

»Philippe Tennant.« Virginia zeigte auf die geschlossene Tür.

»Hab ihn schon lange nicht mehr gesehen«, antwortete der Greis mit einer Mischung aus Neugier und Misstrauen. »Manchmal kamen andere Leute und betraten die Wohnung.«

Ein aufmerksamer Beobachter hinter seinem Türspion, dachte Virginia.

»Wann war der letzte von ihnen hier?«, fragte sie.

Das Misstrauen schien etwas größer zu werden als die Neugier. »Sie sind nicht von hier, oder?«

»Nein, ich habe einen weiten Weg hinter mir. Und Boris hier ebenfalls.«

»Was haben Sie in den Rucksäcken?« In den trüben Augen des Alten leuchtete Interesse auf.

»Alten Kram«, brummte Kraskow.

»Was zu essen?«, fragte der Alte. »Vielleicht Sauerstoffmasken?«

»Wie lange bleibt der Strom weg?«, fragte Virginia in einem freundlichen Ton. »Wann kehrt Philippe zurück?«

Stimmen ertönten unten, Schritte näherten sich. Die Jugendlichen, die sie draußen gesehen hatten, kamen die Treppe hoch, begleitet von dem Mann, der – so fand Virginia – eine gewisse Ähnlichkeit mit dem Greis aufwies. Vielleicht war er sein Sohn oder ein jüngerer Bruder.

»Stimmt was nicht?«, fragte ebenjener Mann.

Die Jugendlichen blieben auf der Treppe stehen, so dass der Weg nach unten blockiert war. Ihre Gesichter wirkten blass, so farblos wie die Welt draußen.

Der Greis öffnete die Tür etwas weiter. Er trug eine verschlissene Cordhose, einen rotbraunen Rollkragenpullover und darüber eine gefütterte Jacke, die ihm zwei Nummern zu groß war. »Ich will wissen, was sie in den Rucksäcken haben«, krächzte er.

Der andere Mann trat in den Flur. »Oh, sie werden bestimmt so nett sein, die Rucksäcke abzunehmen und uns ihren Inhalt zu zeigen, nicht wahr?«

Virginia seufzte leise. Die Jugendlichen und ihr schon etwas in die Jahre gekommener Anführer wussten nicht, auf was sie sich einließen.

»Ich nehme meinen Rucksack gern ab, um euch etwas zu zeigen«, erwiderte Kraskow mit deutlichem russischem Akzent. »Aber nicht seinen Inhalt, sondern das hier.«

Er drehte sich halb um, damit die Jugendlichen, ihr Anführer und der Greis in der halb offenen Tür den weißen Totenkopf auf seiner schwarzen Lederjacke sehen konnten. Dann plusterte er sich ein wenig auf und knurrte: »Und für den Fall, dass das nicht Abschreckung genug ist, Freunde, hab ich das hier.«

Kraskow langte unter die Jacke und holte seine Pistole hervor.

Die Jugendlichen auf der Treppe erstarrten, und der Greis warf die Tür zu. Sein Sohn oder jüngerer Bruder wich einen Schritt zurück. »Nichts für ungut.« Er hob kurz die Hände und ließ sie wieder sinken.

»Ach, Sie haben es bestimmt nicht böse gemeint.« Kraskow behielt die Pistole in der Hand, und ihr Lauf zeigte wie rein zufällig zur Treppe. »Und da Sie ein sehr freundlicher Mann sind, geben Sie uns natürlich Auskunft.«

»Wann gibt es wieder Strom?«, fragte Virginia.

»Heute Abend um fünf«, antwortete der Mann. »Von fünf bis neun. Vier Stunden, jeden Tag. Für Kochen und Heizung.«

Virginia sah auf die Uhr. »Es dauert noch eine Weile.«

»Sie wollten sich Le Havre ansehen, meine Liebe.« Kraskows tiefe Stimme hallte durchs Treppenhaus. »Jetzt haben Sie Gelegenheit dazu.« Und an den Mann und die Jugendlichen gerichtet: »Die Pistole habt ihr gesehen, den Rest noch nicht. Glaubt mir, damit wollt ihr es nicht zu tun bekommen.«

Die jungen Leute sausten die Treppe hinunter, und der Mann folgte ihnen kaum langsamer.

62

LAURA LOMBARDI

LONG ISLAND SOUND, BEI NEW YORK, USA

Das Boot war groß und schnell und sprang über die Wellen hinweg.

Laura hielt sich neben dem Ruderhaus an der Reling fest. Gischt sprühte ihr ins Gesicht, kalter Wind zerzauste ihr das Haar.

»Zu schnell!«, rief sie. »Wir sind zu schnell! Hier gibt es Felsen und kleine Inseln!«

Sie hatten sie gesehen, am Tag von den Execution Rocks aus, die inzwischen ein ganzes Stück hinter ihnen lagen. Die Dunkelheit der Nacht vereinte Himmel, Land und Wasser. Der Blick reichte höchstens einige Meter weit durch die Finsternis, und Leopold verzichtete aus naheliegenden Gründen darauf, Lampen und Scheinwerfer des Bootes einzuschalten.

Etwas huschte an ihnen vorbei, das noch dunkler war als die Nacht, vielleicht der Rumpf eines Schiffes.

»Hast du das gesehen?«, rief Laura. Hörte er sie überhaupt? Der Motor dröhnte, der Wind fauchte.

Schließlich nahm Leopold Gas weg, das Boot senkte sich etwas mehr ins Wasser.

»Was war das eben?«, fragte Laura. »Hast du es gesehen?«

»Vielleicht ein Felsen von Huckleberry Island.« Leopold drehte das Steuerrad, und das Boot änderte den Kurs. »Es wird nicht lange dauern, bis Finley wieder einsatzfähig ist. Vielleicht wäre es besser gewesen, ihn und den zweiten Mann …« Er sprach nicht weiter und holte eins der Handys hervor, die er zuvor im Haus auf den Execution Rocks eingesteckt hatte.

»Zu erschießen?«, entfuhr es Laura erschrocken. Konnte er wirklich so kaltblütig sein?

»Nein«, antwortete Leopold. »Wir erschießen niemanden, nicht einfach so. Wir hätten ihn nicht nur fesseln, sondern auch in einem der Zimmer einsperren sollen. Beide Männer, getrennt voneinander. Das hätte uns mehr Zeit gegeben.«

Plötzlich war sein Gesicht zu sehen, beschienen vom Display des Handys, das er hervorgeholt hatte. Laura verließ den Platz an der Reling und wankte ins Ruderhaus.

»Hier.« Leopold reichte ihr das Handy. »Es wäre gut, wenn wir jemanden anrufen und um Hilfe bitten könnten. Eine Navigations-App für die Orientierung wäre ebenfalls nicht schlecht.«

Laura warf einen Blick auf das Handy. »Es ist gesperrt.«

»Ja.« Leopold starrte in die Nacht und drehte das Steuer etwas nach rechts. »Aber es ist vermutlich ein Diensthandy, kein sehr neues Modell. Finley bedeutet NSA. Und bei der National Security Agency gibt es einen Code, mit dem sich alle Diensthandys entsperren lassen. Für den Fall, dass einer ihrer Leute das Zeitliche segnet, ohne vorher wichtige Informationen weitergegeben zu haben. Oder falls jemand das Handy eines Kollegen benutzen muss. Natürlich wird der Code in regelmäßigen Abständen geändert, aber vielleicht haben wir Glück.«

»Woher weißt du das?«

Er sah zur Seite, das Gesicht wieder im Dunkeln. »Ich habe einige Jahre lang versucht, unter schwierigen Bedingungen zu überleben. Zum Glück hatte ich einige Freunde, die mir den einen oder anderen Tipp gaben.«

»Wie lautet der Code?«

»Halt die Lautstärke- und Einschalttaste gedrückt und gib folgende Zeichenfolge ein …«

Leopold nannte den Code, und Laura gab ihn ein.

»Nichts«, sagte sie nach einigen Sekunden. »Es funktioniert nicht.«

Leopold hielt mit der einen Hand das Steuer und holte mit der anderen die übrigen Handys hervor. »Versuch es mit denen.«

Laura drückte auch bei ihnen auf Lautstärke- und Einschalttaste und gab die Ziffernfolge ein, aber wieder geschah nichts.

»Na ja, wäre auch zu schön gewesen«, sagte Leopold.

Laura gab ihm die drei Handys zurück, und er steckte sie wieder ein. Es war kalt, sie duckte sich etwas mehr hinter die Windschutzscheibe. »Wohin fahren wir?«

»Wo würde Finley nach uns suchen lassen?«, erwiderte Leopold. »Er geht bestimmt davon aus, dass wir eine kurze Route nehmen, zum Beispiel nach Süden, in Richtung Sands Point. Das läge nahe, wenn er vermutet, dass wir erneut zum Kennedy Airport wollen. Oder nach Westen, nach Glen Island oder weiter zum Festland, zur East Bronx von New York.«

»Aber dort fahren wir nicht hin«, vermutete Laura und merkte, dass sie schneller atmete.

»Nein«, bestätigte Leopold und sah wieder nach vorn in die Nacht. Das Boot war langsamer geworden, aber Felsen und kleine Inseln stellten noch immer eine Gefahr dar. »Wir fahren nach Nordwesten, in Richtung Port Chester. Nordwestlich der Stadt gibt es den Flughafen Westchester County. Vielleicht finden wir dort eine Möglichkeit, dieses ungastlich gewordene Land zu verlassen.«

Das war ein ziemlich großes Vielleicht, fand Laura.

»Und dann?«, fragte sie.

Leopold sah sie kurz an, bevor er den Blick wieder nach vorn richtete. »Dann sehen wir weiter.«

Eine Zeit lang fuhren sie schweigend durch die Nacht. Laura lauschte dem Brummen des Motors und starrte in die Dunkelheit.

»Die Welt ist still geworden«, sagte sie nach einer Weile. »Man hört uns schon von weitem.«

»Und ich fürchte, bald kann man uns auch sehen.« Leopold deutete nach Osten, wo die Finsternis am Horizont nicht mehr ganz so dicht schien. »Es dauert nicht mehr lange bis zum Morgengrauen. Wir müssen schnell an Land, früher, als ich dachte. Ein Kopter würde uns leicht entdecken, und ich möchte Finleys zweifelhafte Gastfreundschaft nicht noch einmal in Anspruch nehmen.«

»Wenn ich die Karte von New York und Umgebung richtig im Kopf habe, sind wir noch ein ganzes Stück von Port Chester entfernt, nicht wahr?«

»Es dürften etwa fünfundzwanzig bis dreißig Kilometer sein.« Laura blickte auf die Instrumentenanzeigen. »Eine knappe Stunde bei unserer derzeitigen Geschwindigkeit. Und schneller sollten wir nicht fahren, eher langsamer.«

Leopold drehte das Steuer ein wenig nach links, nach Backbord. »Ich schätze, die Execution Rocks liegen inzwischen weit genug hinter uns. Ziehen wir den Landgang ein wenig vor, um ganz sicher zu sein.« Für ein oder zwei Sekunden hob er den Blick zum dunklen Himmel. »Für Nachtsichtgeräte sind wir hier wie auf dem Präsentierteller.«

Laura wusste, was er meinte. »Infrarot.«

»Genau.«

Ein Stoß traf das Boot, so heftig, dass Laura das Gleichgewicht verlor. Leopold hielt sie fest und bewahrte sie vor einem Sturz.

»Was war das?«

»Einer der Felsen, vor denen du gewarnt hast.« Leopold ließ das Boot noch etwas langsamer werden. »Hoffentlich sind wir nicht leckgeschlagen.«

Der Motor brummte etwas leiser als zuvor, und das Boot glitt schaukelnd durch die Wellen, ohne tiefer ins Wasser zu sinken. Es schien nicht beschädigt zu sein.

Nach einigen Minuten erschienen in der Dunkelheit links von ihnen, im Norden, die vagen Konturen einer nahen Küstenlinie. Vor ihnen im Osten, über dem offenen Meer, wuchs ein blasser Streifen über dem Horizont.

Leopold steuerte das Boot näher zur Küstenlinie, und der Zufall half ihnen – der steife Wind schuf Lücken in der Wolkendecke, Sterne leuchteten und brachten ein wenig Licht.

Laura streckte die Hand aus. »Dort öffnet sich eine Bucht. Und dort auf der rechten Seite ... Das scheint ein kleiner Yachthafen zu sein.«

Ein weiterer Felsen – oder vielleicht eine Boje, dachte Laura – erschien vor ihnen, und Leopold wich aus.

»Ich wüsste gern genau, wo wir sind«, sagte er. »Den immensen Nutzen von Karten und Navigationsprogrammen begreift man erst so richtig, wenn beides fehlt.«

Das Brummen des Motors kam Laura plötzlich sehr laut vor.

Vor ihnen gab die Dunkelheit einen Anlegesteg preis. Leopold hielt darauf zu, schaltete den Motor aus und griff nach einem Seil. Laura nahm es ihm ab, beugte sich über die Reling und schlang es um einen Poller.

Wenige Sekunden später standen sie beide auf dem Steg. Man hörte nur den Wind und das Platschen des Wassers an der Anlegestelle. Es roch nach toten Fischen.

Laura ging einige Schritte und blieb stehen, als sie merkte, dass Leopold ihr nicht folgte.

»Was machst du?«, fragte sie leise.

Er hantierte mit den Handys – Laura sah es, als ihre Displays aufleuchteten – und ließ eins von ihnen auf die gepolsterte Sitzbank des Bootes fallen. Dann löste er das Seil vom Poller, stemmte den Fuß gegen die Reling und sorgte dafür, dass das Boot von der Anlegestelle forttrieb.

»Handys können geortet werden«, erklärte er, als sie zusammen über den Steg schritten, »selbst wenn sie ausgeschaltet sind. Aber in eingeschaltetem Zustand lässt sich ihre Position noch leichter bestimmen.«

»Willst du unsere Verfolger hierherlocken?«, fragte Laura verwundert.

»Ich möchte sie ablenken und in die Irre führen.« Neben einem Ruderboot blieb er stehen, legte ein weiteres Handy hinein und löste auch bei diesem Boot das Seil. »Die Strömung wird beide Boote auf den Sund hinaustreiben.« Er winkte mit der Hand, schickte mit ihr einen Gruß in die Nacht. »Viel Spaß bei der Suche.«

»Es waren drei Handys«, erinnerte sich Laura, als sie das Ende der Anlegestelle erreichten und sich zu orientieren versuchten.

Leopold klopfte auf seine Tasche. »Das dritte, das dickere, ist ein Satellitentelefon, und außerdem stammt es von Finley und könnte nützliche Informationen enthalten. Davon trenne ich mich nur ungern. Ich habe die Chipkarte herausgenommen, vielleicht genügt das. Die Signale der beiden anderen Handys sind hoffentlich Ablenkung genug.« Er deutete in die Nacht. »Wenigstens besteht jetzt nicht mehr die Gefahr, mit irgendwelchen Felsen zu kollidieren. Gehen wir.«

63

Tote Vögel lagen auf dem Weg. Laura betrachtete sie im ersten Licht des Morgengrauens.

»Die Fische, die wir gesehen und gerochen haben, hier die Möwen und andere Vögel«, sagte Leopold. »Offenbar reagieren Tiere noch viel empfindlicher als Menschen auf den Mangel an Sauerstoff. Weißt du von Forschungsgruppen, die sich damit befasst haben?«

Laura ging in die Hocke und sah sich eine der großen Möwen

aus der Nähe an. Ihr Schnabel war geöffnet, als hätte sie unmittelbar vor dem Tod noch einmal laut krächzen wollen. Es ließ sich nur ein leichter Verwesungsgeruch wahrnehmen.

Laura richtete sich wieder auf. »Die letzten Tage war es kalt, das verlangsamt den körperlichen Zerfall, der durch saprotrophe Organismen herbeigeführt wird, hauptsächlich durch Bakterien und Pilze. Ich schätze, diese Vögel sind seit etwa anderthalb, höchstens zwei Tagen tot.«

Leopold drehte den Kopf von einer Seite zur anderen. »Und niemand hat sie aufgesammelt und weggebracht.«

»Ich habe von Forschern auf Borneo gehört, die Tiere im grau gewordenen Regenwald untersucht haben«, sagte Laura, den Blick noch immer auf die Möwen gerichtet. »Eine Gruppe wurde von einem niederländischen Biologen geleitet, einem Doktor Martens, wenn ich mich richtig erinnere. Er befasste sich insbesondere mit Orang-Utans, Pygmäen-Elefanten, Nasenaffen und Irrawaddy-Delfinen. Kaum machte sich das Grau bemerkbar, hat sich das Reproduktionsverhalten der Nasenaffen abrupt verändert. Soll heißen, sie hörten auf, sich fortzupflanzen. Martens sprach in diesem Zusammenhang von ›oxygener Hypersensibilität‹, aber möglicherweise gibt es einen direkteren Zusammenhang mit dem Grau. Etwas im grauen Staub. Vielleicht fügt er Luft und Boden ein bisher noch unentdecktes Toxin hinzu.«

»Als wenn es nicht schon schlimm genug wäre«, kommentierte Leopold.

Sie erreichten eine Kreuzung ohne Wegweiser. Mehrere Straßen führten in unterschiedliche Richtungen, gesäumt von Villen und Einfamilienhäusern mit grauen Vorgärten. Nirgends regte sich etwas, hinter keinem Fenster zeigte sich Licht.

»Es sind weitere Forschungen nötig«, sagte Laura. »Stattdessen laufen wir hier im Dunkeln herum …«

»Und versuchen zu überleben.« Leopold deutete zur Straße

auf der rechten Seite. »Dort geht es nach Nordosten, wenn mich nicht alles täuscht. Das ist die richtige Richtung.«

Nach einigen dutzend Metern entdeckten sie einen sterbenden Hund. Er lag mitten auf der Straße und versuchte, den Kopf zu heben, als sie sich näherten.

Laura trat zu ihm.

»Komm ihm nicht zu nahe!«, warnte Leopold.

Es war ein Border Collie, die Ohren schwarz, die weiße Schnauze voller rötlichem Schaum. Die Beine zuckten, er ließ ein fast menschlich anmutendes Röcheln vernehmen.

Laura legte dem Hund sanft die Hand auf die Schulter. »Armer Kerl«, murmelte sie. »Armer Kerl …«

Das Zittern der Beine hörte auf, und die Augen des Collies bewegten sich, er sah sie an. Dann lag er still.

Laura richtete sich auf, und für einen Moment drehte sich alles um sie herum. Sie atmete noch etwas schneller.

»Alles in Ordnung?«, fragte Leopold.

Laura nickte.

Sie gingen weiter durch eine Nacht, die sich allmählich in ein farbloses Zwielicht verwandelte.

»Nein«, sagte Laura nach einer Weile, »es ist nicht alles in Ordnung. Ganz und gar nicht. Die Welt geht zugrunde, Menschen und Tiere sterben. Aber anstatt alle Bemühungen darauf zu konzentrieren, ein Mittel gegen das Grau zu finden, nutzen Leute wie Finley die Gelegenheit, nach der Macht zu greifen und irgendwelche alten Rechnungen zu begleichen.«

»Ich schätze, das mit der alten Rechnung war nur ein netter, kleiner Bonus«, meinte Leopold. »Hinter den Kulissen bahnt sich etwas an.«

»Ich möchte etwas *tun*!«, stieß Laura hervor. Plötzlich hatte sie ein Erinnerungsbild vor dem inneren Auge. Als Zehnjährige saß sie auf der Terrasse des Hauses in Catania am Tisch und hörte ihren Vater sagen: *Wir brennen Wälder ab und kippen Müll ins*

Meer, der über die Fische zu uns zurückkehrt. Ein neues großes Artensterben hat begonnen, an Land ebenso wie im Ozean. Der Mensch ist auf dem besten Weg, seine eigene Lebensgrundlage zu zerstören. Wenn wir so weitermachen, steht uns eine gewaltige ökologische Katastrophe bevor.

»Ich habe es ihm versprochen«, sagte sie leise. »Meinem Vater, meine ich. Damals, als ich gerade zehn Jahre alt war. Ich habe es ihm versprochen und auch mir selbst.«

Sie blieb vor einer großen zweistöckigen Villa stehen, die fast wie ein Schloss wirkte. Leopold sah sie an und wartete auf eine Erklärung.

»Ich habe meinem Vater versprochen, ihm und dem Istituto Oceanografico Minerva dabei zu helfen, die Welt vor einer großen Klimakatastrophe zu retten«, sagte Laura etwas ruhiger. »Eine so große Katastrophe, das Grau, hat damals niemand für möglich gehalten, aber mein Versprechen gilt.«

»Ich verstehe.«

Vielleicht verstand Leopold wirklich, dachte Laura erleichtert und auch erfreut. Vielleicht gehörte er zu den wenigen Menschen, die wussten, was ein solches Versprechen bedeutete. Und vor allem: was es *ihr* bedeutete.

»Ich möchte etwas tun«, wiederholte sie. »Ich möchte helfen. Ich möchte die Arbeit fortsetzen, die ich seit anderthalb Jahren leiste, seit wir mit der *Trieste* den Anfang des Grau beim Phytoplankton im Mittelmeer entdeckt haben.« Sie sprach unwillkürlich lauter, als wollte sie der stillen Welt ihre Entschlossenheit mitteilen. »Ich möchte *nicht* an einem mir fremden Ort durch die Nacht irren oder durch den beginnenden Morgen, auf der Suche nach …«

Sie unterbrach sich und hustete, der Hals plötzlich rau und wie wund.

»Ich habe Hunger und Durst«, fügte sie hinzu. »Vor allem Durst.«

Sie ging über den schmalen Weg, der zum Eingang der Villa führte, vorbei an grauen Bäumen und grauem Rasen.

»Was machst du?« Leopold folgte ihr. »Was hast du vor?«

Laura drückte den Klingelknopf, und als sie nichts hörte, hob sie die Hand und klopfte an die Tür.

»Hallo?«, rief sie. »Hallo? Hier sind Menschen in Not!«

»Das ist nicht klug«, mahnte Leopold. »Es könnte uns in große Schwierigkeiten bringen.«

Irgendwo knallte es, nicht in der Nähe, sondern ein ganzes Stück entfernt, aber Lauras Beine waren trotzdem so erschrocken, dass sie losliefen, ohne eine Entscheidung des Kopfes abzuwarten.

Nach etwa zweihundert Metern bekam Laura Seitenstiche und blieb neben einigen Bäumen stehen, die wenigen Blätter an ihren Zweigen grau wie das Zwielicht. Keuchend schnappte sie nach Luft.

Leopold schloss zu ihr auf. Er atmete schwer, der kurze Sprint hatte auch ihm zugesetzt.

»Hast du das gehört?«, brachte Laura hervor. »Es klang wie ein Schuss!«

»Es klang nicht nur nach einem Schuss, es war einer.« Er streckte den Arm aus. »Dort drüben.«

Laura sah plötzlich, dass er eine Waffe in der Hand hielt, den Revolver, den er im Haus auf den Execution Rocks dem bärtigen Mann abgenommen hatte.

Sie verschnauften einige Sekunden, sahen sich wachsam um und folgten dann dem Verlauf der Straße, wobei sie versuchten, in der Nähe von grauen Bäumen und Büschen zu bleiben.

Kurze Zeit später fanden sie die ersten Leichen.

64

Eine Limousine stand quer auf der Straße, vorn halb zerschmettert. Fahrer- und Beifahrertür standen weit offen, die hinteren waren geschlossen. Auf dem Rücksitz sah Laura ein Mädchen mit einem Loch mitten in der Stirn. Die Augen starrten ins Leere, die Wangen waren fleckig. Hinter dem Wagen lagen ein Mann und eine Frau, beide von mehreren Schüssen getroffen.

Ein zweiter Wagen, ein Van, stand halb auf dem Bürgersteig, mit zerschossener Windschutzscheibe und mehreren Einschusslöchern in der Seite. Trümmerteile lagen verstreut, Blut hatte dunkle Flecken auf dem Asphalt hinterlassen.

Leopold stand halb geduckt, den Revolver schussbereit in der Hand. Laura beugte sich vor und blickte in den Fond der Limousine. Ein so junges Leben, das noch gar nicht richtig begonnen hatte, ausgelöscht von einer gleichgültigen Kugel.

»Sieh dir die beiden Leichen an!«, sagte Leopold leise.

»Was?« Laura konnte den Blick nicht von dem toten Mädchen lösen.

»Dem Mann fehlt ein Stiefel. Und offenbar hat jemand versucht, ihm die Jacke auszuziehen und …«

Ein lauter scharfer Knall zerriss die Stille.

Laura fand sich plötzlich flach auf dem Boden wieder, dicht neben der Leiche der Frau. Die Augen der Toten waren geschlossen, der Mund halb geöffnet. Das Gesicht wirkte fast entspannt. Auch auf ihren Wangen zeigten sich Flecken, ein Hinweis darauf, dass sie schon länger tot war, ebenso wie das Mädchen und vermutlich auch der Mann.

Leopold hockte einen Meter entfernt und spähte über den Kofferraum der Limousine.

»Aasgeier!«, ertönte eine schrille Stimme. »Verschwindet von hier!«

Ein zweiter Schuss, und Laura hörte, wie die Kugel Metall durchschlug. Die Frau neben ihr bewegte sich, als wollte sie aus dem Tod erwachen.

Leopold schoss nicht zurück, sondern rief: »Wir sind keine Plünderer! Wir haben nichts mit dieser Sache zu tun!«

»Ihr sollt verschwinden, sofort!«

Laura kroch zur Seite und wagte einen Blick am Heck des Wagens vorbei.

Einige Meter vom Van entfernt stand eine Alte auf dem grauen Rasen ihres Hauses, die Tür hinter ihr halb offen. Sie trug Stiefel, ein Nachthemd und darüber einen dicken Mantel mit hochgeschlagenem Kragen. Und sie hielt eine große Pistole, mit beiden Händen, und doch konnte sie die schwere Waffe kaum halten.

»Nicht schießen!«, flüsterte Laura ihrem Begleiter zu. »Nicht schießen!« Dann hob sie die Hand und winkte. »Wir sind harmlos!«, rief sie. Vielleicht beruhigte sich die Alte, wenn sie eine Frauenstimme hörte. »Wir sind ... nur auf der Durchreise!«

Es knallte nicht noch einmal, was Laura für ein gutes Zeichen hielt. Sie richtete sich auf.

Die Alte in Nachthemd und Mantel hantierte mit der Pistole, die vielleicht nicht so wollte wie sie. Ladehemmung?

Leopold ergriff Lauras Arm und zog sie wortlos mit sich, vorbei an den beiden Toten, weg von der Limousine mit dem leblosen Mädchen. Sie liefen über die Straße, duckten sich in die Deckung einiger geparkter Fahrzeuge und brachten die nächste Kurve hinter sich, ohne dass ein weiterer Schuss fiel.

Schließlich verschnauften sie hinter einem leeren Müllbehälter, neben dem zwei tote Eichhörnchen lagen.

»Du hattest Glück«, sagte Leopold, als er wieder zu Atem gekommen war. »Die Alte hätte geschossen, aber mit ihrer Pistole stimmte etwas nicht.«

»Wenn wir Gelegenheit gehabt hätten, ihr alles zu erklären ...«

»Das hat selbst in der anderen Welt, die bis vor kurzem existiert hat, nicht immer funktioniert. Vertrau niemals auf den guten Willen der Menschen. Ich hab diesen Fehler mehrmals gemacht und ihn teuer bezahlt.«

65

»Sieh dir die Häuser an«, sagte Laura. »Eins schöner als das andere. Groß, die meisten mit hübschen Giebeln, Doppelgaragen und breiten Vorgärten.«

Sie gingen auf der Straße, vorbei an wenigen geparkten Fahrzeugen mit einer dünnen Patina aus grauem Staub. Aus dem Zwielicht des Morgengrauens wurde der Beginn eines trüben, kalten Tags.

»Im Frühling muss es hier wunderschön gewesen sein«, fuhr Laura fort. »Die Rasen grün, Bäume und Büsche voller Blüten.« Sie blieb stehen, schloss für einen Moment die Augen und atmete durch die Nase. »Ich kann es nicht mehr riechen, sosehr ich meine Phantasie auch bemühe.« Sie öffnete die Augen wieder, ging weiter und wich einem rostroten Pick-up aus, der durch den Staub wie ergraut schien. »Der Frühling in Catania ... ah, er ist wundervoll. Hast du ihn jemals erlebt, Leo?«

Der Mann neben ihr schüttelte den Kopf. Er hatte den Revolver eingesteckt, um auf eventuelle Beobachter nicht zu martialisch zu wirken, und sah sich immer wieder wachsam um. Alles blieb ruhig, nirgends rührte sich etwas, doch offenbar traute er dem Frieden nicht.

»Wenn alles vorbei ist«, sagte Laura, »wenn wir es hinter uns haben und die Welt wieder normal geworden ist ... Dann zeige ich dir Sizilien im Frühling. Wir können uns Paolinas Weingut ansehen, an den Hängen des Ätnas ...«

Laura sprach nicht weiter. Plötzlich kamen ihr die eigenen Worte dumm vor, wie die Träumereien eines Kinds.

Leopold blieb stehen.

Eine weitere Kurve lag hinter ihnen, und ihr folgte wieder eine gerade Strecke mit weiteren Villen und grauen Vorgärten zu beiden Seiten. Etwa zweihundert Meter vor ihnen versperrten mehrere Fahrzeuge den Weg. Sie schienen intakt, soweit sich das feststellen ließ, und standen quer auf der Fahrbahn.

»Eine Barriere«, sagte Laura.

»Eine Straßensperre«, präzisierte Leopold. »Was sich auf dieser Seite befindet, soll auch hier bleiben, nehme ich an.« Er sah sich erneut um. »Jedenfalls ist auf unserer Seite niemand zu sehen. Wenn es Bewacher der Sperre gibt, befinden sie sich drüben.«

Er setzte sich wieder in Bewegung.

Laura blieb an seiner Seite und hielt die Barriere aus Fahrzeugen im Blick. Die beschränkte sich nicht nur auf die Straße, sondern reichte bis zu den Häusern auf beiden Seiten.

»Vielleicht sollten wir besser einen Umweg machen«, schlug Laura voller Unbehagen vor.

»Das würde wenig Sinn machen«, erwiderte Leopold. »In den anderen Straßen gibt es vermutlich ähnliche Sperren. Hier hat jemand entschieden, nicht nur sich selbst zu schützen, sondern ein ganzes Viertel. Es geht um die heile amerikanische Welt oder den amerikanischen Traum, wie man's nimmt. Geht der Rest der Welt auch vor die Hunde, bei den gepflegten Villen mit den großen Doppelgaragen und makellosen Vorgärten darf davon nichts zu spüren sein. Die Herrschaften wollen nicht gestört werden, erst recht nicht von Verzweifelten, die nicht so gut dran sind wie sie selbst.« Er sah zur Seite. »Bürgerwehren der amerikanischen Mittel- und Oberschicht. Die hat es selbst in besseren Zeiten gegeben, angeblich als Verteidigung gegen überhandnehmende Kriminalität und dergleichen. Waffen gibt es in diesem Land genug, und an Köpfen mit gefährlichen Gedanken mangelt es ebenfalls nicht.«

Sie gingen langsamer, während sie sich der Straßensperre näherten.

»Wäre das nicht ein Grund mehr für einen Umweg?«, fragte Laura.

»Je mehr Zeit vergeht, desto größer wird Finleys Chance, uns zu finden.« Auch Leopold behielt die Fahrzeugbarriere im Auge. »Wir müssen so schnell wie möglich weg von hier, raus aus den USA, am besten mit einem Flugzeug. Und der Airport Westchester County nordöstlich von uns dürfte immer noch vierzig oder fünfzig Kilometer entfernt sein. Ein weiter Weg zu Fuß, ohne Nahrungsmittel und Wasser. Wir brauchen einen fahrtüchtigen Wagen. Oder ein Handy, dann könnte ich jemanden anrufen. Ich kenne einige Leute im Großraum New York, die vielleicht bereit wären, uns zu helfen.«

Laura dachte an die Toten, die sie gesehen hatte, an das Mädchen im Wagen. »Und wenn man beschließt, erst auf uns zu schießen und später Fragen zu stellen?«

»Versuchen wir es mit Freundlichkeit.« Leopold hob beide Arme und winkte. Der Revolver steckte irgendwo unter seiner Jacke. »Hallo!«, rief er. »Hört uns jemand? Wir sind für niemanden eine Gefahr!«

Laura winkte ebenfalls.

»Wenn's brenzlig wird …«, raunte ihr Leopold zu. »Wir rennen zum Lieferwagen dort auf der rechten Seite und setzen uns dann zwischen den beiden Häusern ab.«

Hinter der Straßensperre zeigte sich eine Gestalt und hob etwas.

»Ist das ein Gewehr?«, flüsterte Laura und blieb stehen.

Leopold verharrte ebenfalls. »Hallo?«, rief er erneut. »Wir sind unbewaffnet und harmlos!«, log er.

»Kommen Sie langsam näher!«, befahl eine raue Stimme. »Und halten Sie Ihre Hände so, dass wir sie sehen.«

Laura und Leopold hielten die Hände hoch in die kalte Luft und traten näher, einen langsamen Schritt nach dem anderen. Weitere Gestalten erschienen hinter der Sperre aus dicht an dicht abgestellten Autos, undeutlich zu erkennen in den schmalen Lücken.

»Das ist nahe genug«, verkündete die raue Stimme, als sie noch etwa fünf Meter von der Barriere trennten. »Die Hände oben behalten. Wer seid ihr? Ich kenne die Leute, die hier wohnen, und euch sehe ich zum ersten Mal. Was macht ihr hier?«

»Wir wollten zum Westchester-Airport«, antwortete Leopold.

Hinter den Fahrzeugen erklang ein bitteres Lachen. »Warum?« Die Stimme einer Frau, von etwas gedämpft. »Um in den Urlaub zu fliegen?«

»Haben Sie etwas zu trinken?«, fragte Laura. »Ich komme um vor Durst.«

»Bleibt da stehen!«, befahl die raue Stimme. »Die Hände hübsch weit oben!«

Jemand zwängte sich durch eine Lücke, ein großer Mann, dessen breite Schultern in einer gefütterten Lederjacke steckten. Er reichte sein Gewehr jemandem hinter ihm, vielleicht der Frau, deren Stimme sie eben gehört hatten. Unter der langen Lederjacke bemerkte Laura einen Waffengürtel mit zwei großen silbernen Pistolen.

Der Mann ließ sie stecken, er schien sich seiner Sache sehr sicher zu sein.

Er war sauber und rasiert, stellte Laura fest. Sie schätzte ihn auf Mitte dreißig, doch etwas in seinen Augen ließ ihn älter erscheinen. An seinem Hals baumelte eine Atemmaske, wie man sie an Bord von Flugzeugen benutzte. Er tastete zuerst Laura ab, vorsichtig und nur an den nötigen Stellen, und wandte sich dann Leopold zu.

»Die Hände hübsch weit oben lassen«, mahnte er, die Stimme noch immer rau. »Und keine Dummheiten. Layla hat dich mit dem Gewehr im Visier.«

Er tastete auch Leopold ab, fand das Satellitenhandy und schaltete es ein.

»Sehr nützliches Gerät«, kommentierte er. »Damit ist man unabhängig von den lokalen Netzen, nicht wahr?«

Leopold zuckte mit den Schultern.

Der Mann sah sie beide an. »Wie wär's mit dem Passwort, um es zu entsperren?«

»Das kennen wir nicht«, sagte Laura. »Es ist nicht unser Handy.«

»Ach? Habt ihr es auf der Straße gefunden?«

Laura dachte daran, was Leopold über die Ortung von Handys gesagt hatte, und riet dem Mann: »Sie sollten es besser ausschalten.«

»Sollte ich das, ja?« Er steckte das Satellitenhandy ein und wandte sich wieder an Leopold. Seine Hände setzten die Suche fort, entdeckten nach wenigen Sekunden den Revolver und zogen ihn aus der Innentasche der Jacke. »Hast du eben nicht gesagt, dass ihr unbewaffnet und harmlos seid?« Er wich zur Seite und winkte mit dem Revolver. »Vorwärts!«

»Wohin vorwärts?«

Der Mann mit dem sauberen, frisch rasierten Gesicht deutete zu der Lücke zwischen den beiden nächsten Fahrzeugen.

Leopold schob sich als Erster hindurch, Laura folgte ihm. Mehrere Leute nahmen sie in Empfang, unter ihnen die Frau mit dem Gewehr, Layla. Laura erkannte, warum ihre Stimme gedämpft geklungen hatte – sie trug eine Sauerstoffmaske.

Auf der Straße hinter der Barriere waren Sonnenkollektoren aufgestellt, mit Kabeln und Leitungen, die zu Zelten auf den Vorgärten führten.

»Sie erzeugen Ihre eigene Elektrizität«, stellte Laura fest. Sie deutete auf Laylas Atemmaske. »Und auch Sauerstoff?«

»Von wegen harmlos!« Hinter ihnen hob der Mann den Revolver, den er bei Leopold gefunden hatte.

»Gehören sie zu Cochrains Leuten?«, ertönte eine weitere Stimme.

»Vielleicht sollen sie uns ausspionieren!«

»Oder uns ablenken!«

»Gebt ihnen einen verdammten Tritt und schickt sie zurück!«, verlangte jemand. »Wir haben hart gearbeitet für das, was wir haben, und werden uns nichts wegnehmen lassen!«

Laura spürte, wie die Stimmung zu kippen begann. Eben waren die Menschen um sie herum noch neugierig gewesen, wenn auch misstrauisch, jetzt machte sich deutliche Ablehnung breit.

Sie hob erneut die Hände. »Wir sind tatsächlich harmlos«, sagte sie laut. »Der Revolver stammt von jemandem, der uns bedroht hat. Wir konnten ihm mit knapper Not entkommen.«

Ein alter Mann trat vor, gehüllt in einen dunkelbraunen Mantel, der ihm bis zu den dünnen Waden reichte. Er hob eine Sauerstoffmaske vor Mund und Nase, atmete einige Male tief durch und nahm die Maske wieder ab.

»Die Frau kommt mir irgendwie bekannt vor«, sagte er. »Ich glaube, ich hab sie schon mal gesehen. Und der Mann …«

»Gehört ihr zu Cochrain?«, fragte jemand herausfordernd. »Hat er euch zu uns geschickt?«

»Wir kennen diesen Cochrain nicht mal«, gab Laura zurück. »Niemand schickt uns. Wir brauchen Hilfe.« Sie bemühte sich um ein Lächeln. »Ich bin halb verdurstet.«

»Ich kenne sie, ja.« Der Alte mit dem langen Mantel wich zurück und beäugte sie beide. »Und auch den Mann. Ich hab sie schon mal gesehen …«

Layla wandte sich ihm zu. Sie hielt noch immer das Gewehr, hatte den Lauf aber ein wenig gesenkt. »Wo?«

»Ich erinnere mich nicht«, antwortete der Mann im Mantel

und schnitt eine Grimasse. »Mein Gedächtnis hat immer mehr Löcher.«

»Bringen wir sie zu Amadeus«, schlug Layla vor. »Daniel und ich. Die anderen ...« Sie wandte den Kopf und senkte das Gewehr noch etwas mehr. »Geht auf eure Posten. Seid heute Morgen besonders wachsam. Vielleicht gibt es noch andere Überraschungen.«

Layla und Daniel – der Mann mit der rauen Stimme, der Leopold den Revolver abgenommen hatte – führten sie an den Solarpanels und Zelten vorbei. In einem von ihnen, dessen Plane hochgeschlagen war, sah Laura einen Bottich und mehrere junge Männer und Frauen, die mit Geräten hantierten.

»Sie produzieren tatsächlich Sauerstoff«, sagte sie. »Mit eigenem Strom. Elektrolyse?«

»Verstehen Sie was davon?«, fragte Layla, die ihre Atemmaske nicht absetzte.

»Das eine oder andere.«

»Wer sind Sie?« Daniel sah sie von der Seite an, den Revolver in der rechten Hand.

»Ich bin Laura. Das ist Leopold.«

»Sie sprechen mit einem deutlichen Akzent. Woher kommen Sie?«

»Ich komme aus Italien«, antwortete Laura.

»Norwegen«, entgegnete Leopold knapp.

»Europa ist weit weg«, stellte Layla fest. »Was bringt Sie hierher?«

Sie näherten sich einer besonders großen Villa, die den Eindruck erweckte, im Lauf der Jahre mehrmals erweitert worden zu sein. Solarpanels bedeckten den ganzen großen Vorgarten. Eins von ihnen ragte bis zur Straße und wies mehrere schlecht als recht geflickte Einschusslöcher auf.

Laura wechselte einen kurzen Blick mit Leopold und überlegte noch, wie sie die Frage beantworten sollte, ohne zu viel von ihrer Identität preiszugeben, als sich vor ihnen die Eingangstür der Villa öffnete und ein Mann in mittleren Jahren nach draußen trat.

Er war noch größer als Daniel, aber so dürr, dass er ausgemergelt wirkte, wie halb verhungert. In seinem Gesicht zeichneten sich deutlich die Wangenknochen ab, und die Augen, grau wie das Gras zwischen den Panelreihen, lagen tief in den Höhlen. Grauweißes Haar reichte ihm bis auf die Schultern.

Wortlos blieb er vor der offenen Tür stehen und beobachtete Laura und Leopold, in der Armbeuge eine Schrotflinte.

»Wir bringen zwei Besucher, Amadeus«, sagte Layla und führte sie über den Weg, der zum Haus führte.

»Einer von ihnen war bewaffnet.« Daniel zeigte den Revolver.

»Wir wissen nicht, wer sie sind«, fügte Layla hinzu. »Sie kommen nicht von hier, aber der alte Henry glaubt trotzdem, sie schon einmal gesehen zu haben. Allerdings weiß er nicht mehr, wo das gewesen sein soll.«

Der dürre Amadeus trat einen Schritt näher und sah Laura an.

»Ich kenne sie«, krächzte er. »Das ist die Grau-Frau.«

Er hob die Schrotflinte und richtete sie auf Lauras Kopf.

66

DAVID FINLEY

SAN FRANCISCO, USA

»Wir hätten sie nur in einem Krankenhaus retten können«, sagte der grauhaarige ältere Mann im weißen Kittel. Doktor Manuel Royter, so hieß er, erinnerte sich Finley und betrachtete die leblose Frau auf dem Bett. Sie wirkte ruhig und entspannt; im Tod schien ihre Haut heller geworden zu sein. »Aber das kam natürlich nicht in Frage.«

»Natürlich nicht«, bestätigte Finley. »Wann starb sie?«

»Vor zwei Stunden.«

Finley sah den Arzt an, der am Fußende des Bettes stand und ein wenig verloren wirkte. Ein Mann mit beschränkter Perspektive, dachte Finley, wie viele Menschen. Er sah nur das, was ihn direkt betraf, und nicht einmal alles davon. Seine kleine Welt beschränkte sich auf die Dinge, die er direkt erfahren und berühren konnte. Es existierte zwar noch mehr, das wusste er natürlich, aber auf eine ferne, unpersönliche Art.

Finleys Welt war viel, viel größer, und er konnte alles darin erreichen, wenn nicht mit den Händen, so doch mit seinem Willen und Worten, die den Willen zum Ausdruck brachten. Sein Blick reichte weit, selbst über die trüben Horizonte des Grau hinweg. Menschen wie Royter waren nichts weiter als Statisten, die in einer Szene ihren Zweck erfüllten und dann von der Bühne verschwanden.

»Vor zwei Stunden …«, murmelte Finley, den Blick wieder auf die Präsidentin gerichtet. »Ich habe erst vor einer Stunde davon erfahren.« Ihr vorzeitiger Tod veränderte die Lage, nicht viel, aber ein wenig. Er bedeutete, dass er die Karten offen auf den Tisch legen musste, zumindest einige von ihnen, mit denen er nicht mehr bluffen konnte.

»Vor meinem Bericht für Sie wollte ich erst die Todesursache feststellen«, rechtfertigte sich der Arzt. »Und ich konnte Sie nicht sofort erreichen.«

»Woran ist sie gestorben?« Finley blickte mit kühler Distanziertheit auf den Leichnam der Präsidentin.

»Ihr Herz hat versagt«, antwortete Royter. »Die schlechter werdende Luft könnte den Ausschlag gegeben haben. Letztendlich war es einfach zu viel für sie.«

Finley hörte einen leisen Signalton, holte sein Smartphone hervor und las den Hinweis auf dem Display. »Hier gibt es nichts mehr für Sie zu tun, Doktor.« Er steckte das Handy wieder ein und schritt zur Tür.

»Sie meinen, ich kann gehen?«, fragte Royter überrascht.

»Ich bin sicher, es warten genügend lebende Patienten auf Sie, nicht wahr?« Finley öffnete die Tür und trat in den Flur. Ein neuer Gesprächspartner wartete auf ihn, jemand, der nicht gern wartete und erst recht nicht lange.

Aristo kam ihm entgegen, groß und muskulös, die Haut fast ebenso dunkel wie die der Präsidentin. Er war mehr als ein gewöhnlicher Assistent, und an seiner Loyalität bestand nicht der geringste Zweifel: Vor sechs Jahren hatte Finley seine Tochter Elisa aus Atlantas Drogensumpf gerettet, dem jedes Jahr Tausende von Menschen zum Opfer fielen. Von ihm stammten wichtige Informationen über Virginia, denn er war mit ihrem Leibwächter Jacob befreundet gewesen.

»Wo?«, fragte Finley knapp.

»Hier, Sir.« Aristo führte ihn in eins der Computerzimmer und blieb an der Tür stehen. Das gehörte zu den Eigenschaften, die Finley an ihm schätzte: Er drängte sich nie auf, aber er wusste immer, wann er gebraucht wurde.

»Bitte kümmern Sie sich um den Doktor«, sagte Finley. »Wir brauchen ihn nicht mehr.«

»Sehr wohl, Sir«, bestätigte Aristo förmlich, verließ das Zimmer und schloss die Tür.

Finley setzte sich an den Schreibtisch, zog die Tastatur näher und drückte eine Taste.

Auf dem Monitor vor ihm erschien das Gesicht eines Mannes, der noch nicht einmal vierzig Jahre alt war, das Gesicht fast ohne Falten und ohne harte Linien, das blonde Haar ein wenig struppig. Man hätte ihn für einen Skandinavier halten können, aber er stammte aus Wladiwostok am Pazifik.

Der Mann hieß Nikita Andrejewitsch Kalinin und war die neue Nummer eins im Kreml.

»Ich grüße Sie, mein Freund«, sagte Finley auf Russisch. Die am unteren Bildschirmrand eingeblendete kryptographische Anzeige wies darauf hin, dass es sich um eine sichere, verschlüsselte Verbindung handelte. »Ich hoffe, Sie sind bei guter Gesundheit.«

Kalinin lächelte freundlich. »Gruß auch Ihnen, Mister Finley. Oder sollte ich besser sagen: Mister President?«

Ein Mann halb so alt wie Putin, dachte Finley. Aber mit noch mehr Kalkül und mehr Intelligenz. Jemand, den man auf keinen Fall unterschätzen durfte.

»Es ist nicht offiziell«, sagte Finley.

»Noch nicht?«

»Titel spielen keine Rolle. Premierminister, Präsidenten, Könige ... Letztendlich kommt es auf die Personen an, die alle wichtigen Entscheidungen treffen.«

»Das Oval Office gehört Ihnen«, sagte Kalinin.

»Und der Kreml Ihnen«, sagte Finley.

Konnte Kalinin bereits vom Tod der Präsidentin wissen? Das war so gut wie unmöglich.

Kalinin neigte kurz den Kopf. »Ich habe mir Ihre Entwürfe

angesehen und sie prüfen lassen. Grundsätzlich sind wir mit den Plänen einverstanden, nur bei der vorgeschlagenen Verteilung der Ressourcen und hinsichtlich der Stadt in Europa habe ich Änderungsvorschläge. Ich schicke Ihnen die verschlüsselte Datei, das Passwort kennen Sie.«

Finley empfing die Datei, gab das Passwort ein und las den russischen Text.

»Wir haben mehr Gas und Rohöl als Sie, doch damit lässt sich kaum mehr etwas anfangen«, fuhr Kalinin fort. »Es würde nur wenig Sinn machen, fossile Treibstoffe zu verbrennen, um Sauerstofffabriken zu betreiben.«

»Auf jeden Fall steht den Motoren Ihres Militärs genug Benzin und Diesel zur Verfügung«, sagte Finley, der die strategischen Erwägungen nicht außer Acht ließ, was Kalinin ruhig wissen durfte. »Wie ich hier sehe, verlangen Sie eine ... Verlagerung des energetischen Engagements, bevor Sie sich dem Projekt anschließen.«

»Ihr Russisch wird immer besser, Mister Finley.«

»Danke. Ich bin sicher, es ist nicht annähernd so gut wie Ihr Englisch.«

Kalinin neigte erneut den Kopf. Das war seine Art, ein Kompliment entgegenzunehmen. Was er davon hielt, gab er nicht zu erkennen. Er wäre ein exzellenter Pokerspieler gewesen: immer freundlich, immer nett, ohne irgendetwas preiszugeben.

»Wir *verlangen* nichts, Mister Finley«, sagte Kalinin. »Es sind gutgemeinte und wohlüberlegte Vorschläge. Wir möchten nicht ins Hintertreffen geraten, das verstehen Sie sicher.«

»Was ist mit Ihren Atomkraftwerken?«

»Sie sind alt.«

»Dafür haben Sie viele davon, mehr als wir«, sagte Finley.

»Mag sein, ich habe sie nicht gezählt«, behauptete Kalinin. »Wie gesagt und geschrieben, ich sehe keine nennenswerten Probleme bei unserem gemeinsamen Projekt, wenn Sie uns garantieren, dass wir genug saubere Energie von Ihnen bekommen. Und was die neue Stadt auf dem europäischen Kontinent betrifft ... Wir schlagen vor, sie nicht in Spanien zu errichten, wie in Ihren Plänen vorgesehen, sondern auf der Halbinsel Krim, hauptsächlich aus klimatischen Gründen. Während des Sommers ist es in Spanien schon jetzt sehr heiß, und im Lauf der nächsten Jahre werden die Temperaturen weiter steigen. Unsere Meteorologen sagen für die Krim ein milderes Klima voraus ...«

Dort hättet ihr alles unter Kontrolle, dachte Finley. »Wir brauchen einen Ort in Europa, der von den zu erwartenden Unruhen verschont bleibt und dennoch zentral genug gelegen ist für den zukünftigen Transport von Gütern und Dienstleistungen. In Spanien könnte es tatsächlich zu heiß werden, mit diesem Einwand haben Sie recht. Unsere Klimatologen rechnen mit einer weitgehenden Desertifikation der Iberischen Halbinsel. Als Alternative ziehen wir deshalb Dänemark in Erwägung. Von dort aus gäbe es leichten Zugang zum west- und osteuropäischen Raum, und die klimatische Situation wäre nicht so extrem. Hinzu kommt, dass Nord- und Ostsee natürliche Barrieren gegen Flüchtlingsströme bilden. Vielleicht können wir uns auf einen solchen Kompromiss einigen.«

»Wir werden darüber nachdenken«, versprach Kalinin.

»Bitte denken Sie nicht zu lange«, sagte Finley. »Lassen Sie uns bauen und in die Zukunft investieren, solange das Geld noch etwas wert ist.«

»Und solange noch genügend Arbeitskräfte zur Verfügung stehen.«

»Wir beide kennen die Situation«, sagte Finley.

»Ja«, bestätigte Kalinin, und sein freundliches Lächeln verschwand für einen Moment. »Wir kennen sie sogar besser als viele andere.«

»Ich nehme an, wir können auch mit Ihrer Unterstützung bei den neuen Forschungsprojekten rechnen?«

Kalinin nickte. »Natürlich. Es genügt nicht, Städte für das Überleben zu bauen. Wenn die Menschheit eine Zukunft haben soll, müssen wir einen Weg finden, das Grau zu besiegen.«

»Wir sind dabei, Forschungsgruppen zusammenzustellen.« Finley dachte an Laura Lombardi und glaubte, erneut die Plastikschnüre an den Handgelenken zu spüren. »Die umfangreichen Datenbanken von Corrico werden Ihnen zur Verfügung stehen, ohne jede Einschränkung. Ihre Wissenschaftler sind herzlich eingeladen, mit unseren zusammenzuarbeiten.«

Kalinin nickte noch einmal. »Dieses Angebot nehme ich gerne an. Unsere Forscher sind bereits seit einer ganzen Weile an der Arbeit.«

»Zusammenarbeit auf breiter Ebene«, bekräftigte Finley. »Dann werden wir mit allen Herausforderungen fertig.«

»Was ist mit Laura Lombardi, der Entdeckerin des Grau? Ich nehme an, sie gehört ebenfalls zu einer Ihrer Forschungsgruppen, nicht wahr? Ihre Expertise wäre sicher hilfreich.«

Finley fragte sich, ob die Worte wirklich so unschuldig waren, wie sie klangen, oder ob mehr dahintersteckte. Wusste Kalinin von dem Zwischenfall auf den Execution Rocks, der kleinen Insel im westlichen Teil des Long Island Sound? Doch wie hätte er davon erfahren haben können?

Es gab immer Mittel und Wege, erinnerte sich Finley. Das Grau hatte die Welt fest im Griff, aber die Geheimdienste funktionierten nach wie vor, ihre Augen und Ohren beobachteten und lauschten überall. Satelliten sahen praktisch alles; für sie spielte das Grau keine Rolle.

Was bedeuteten Kalinins Worte? Brachten sie ehrlich gemeintes Interesse zum Ausdruck? Er trug seine jungen Jahre und das freundliche Lächeln wie eine Maske für Menschen, die ihn nicht kannten, lud sie damit ein, sich ein falsches Bild von ihm zu machen und ihn für harmlos zu halten. Finley jedoch ließ sich davon nicht täuschen. Er kannte Nikita Andrejewitsch

Kalinin aus Wladiwostok als gewieften Taktiker und Strategen mit einer eigenen, gut gehüteten Agenda. Bei ihm gab es keine Zufälle und nichts ohne Bedeutung für das große Ganze.

Vielleicht handelte es sich um eine Provokation, spekulierte Finley. Möglicherweise wollte ihn Kalinin aus der Reserve locken.

»Ich bin sicher, dass wir Laura Lombardi und ihr Team dazu bewegen können, in einer unserer Forschungsgruppen mitzuarbeiten«, erwiderte er ungerührt. »Und ja, Sie haben recht, ihre Expertise wird uns von großem Nutzen bei der Suche nach einem Mittel gegen das Grau sein.«

»Freut mich sehr«, sagte Kalinin. »Ich wünsche Ihnen und uns viel Erfolg.« Er streckte die Hand aus, als wollte er die Verbindung unterbrechen. »Oh, fast hätte ich es vergessen ... Als Zeichen meines guten Willens habe ich eine interessante Information für Sie. Es geht um Ihre ehemalige Vorgesetzte, Virginia Del Rey.«

Das weckte Finleys besonderes Interesse.

»Und es geht auch um einen gewissen Boris Stepanowitsch Kraskow, der Ihnen kein Unbekannter sein dürfte«, fuhr Kalinin fort. »Virginia Del Rey hat in Paris bei ihm Zuflucht gesucht, als Ihre Leute versucht haben, sie ... aus dem Verkehr zu ziehen.«

»Ja?«, erwiderte Finley vorsichtig.

»Beide haben die Stadt verlassen«, sagte Kalinin. »Paris, meine ich. Wir suchen Kraskow, Sie suchen Ihre Virginia.«

Es ist nicht meine Virginia, dachte Finley und sagte: »Sie könnten uns Probleme bereiten. Del Reys Einfluss ist noch immer recht groß.«

»Es sind ihre Kontakte, die *beide* gefährlich machen«, präzisierte Kalinin. »Und natürlich die Informationen, über die sie verfügen. Die alte Welt stirbt, aber sie ist noch nicht tot. Nun, einst hatte die Kommunistische Partei in Frankreich viele Anhänger, die der Sowjetunion sehr aufgeschlossen gegenüberstanden, und noch heute trauern zahlreiche Nostalgiker der UdSSR nach. Dass sich die Dinge in Russland inzwischen verändert haben, nehmen nicht alle von ihnen in vollem Ausmaß zur Kenntnis. Wir hatten und haben zahlreiche Freunde in Frankreich, die bereit sind, uns gelegentlich mit Informationen zu helfen, manche aus ideologischen Gründen, andere gegen Bezahlung.« Kalinin lächelte wieder, wie jemand, der die Welt immer und überall aus einem positiven Blickwinkel sah. »In Le Havre gibt es jemanden, der in wenigen Jahren seinen neunzigsten Geburtstag feiern kann, wenn er im Grau so lange überlebt. Er kennt Kuba und die Sowjetunion, einmal verbrachte er ein ganzes Jahr in Moskau. Heute lebt er mehr schlecht als recht in einer bescheidenen Wohnung. Wir unterstützen ihn ein wenig finanziell, und als Gegenleistung behält er eine Wohnung im Auge, die Sie seit fast einem Jahrzehnt als Safe House verwenden.«

Dass Kalinin dies so bereitwillig und unverhohlen preisgab, zeigte deutlich, dass die Welt eine andere geworden war. Im Grau verlor das Alte schnell an Bedeutung, und das Neue musste erst noch wachsen.

»In Paris ließen Sie Ihre sicheren Orte überwachen«, fuhr Kalinin fort. »Damit musste Virginia Del Rey rechnen. Die Botschaft kam als Zufluchtsort ebenfalls nicht in Frage. Deshalb setzte sie sich mit Boris Kraskow nach Le Havre ab. Unser Informant sah sie bei dem Versuch, das Safe Haus zu betreten. Und da wir ihn gebeten haben, uns alle ungewöhnlichen Ereignisse zu melden, gab er uns Bescheid.«

»Ich verstehe«, erwiderte Finley. »Könnten Sie mir die Adresse nennen?«

Kalinin nannte sie.

»Ich danke Ihnen sehr für das Gespräch«, sagte Finley.

»Ich danke Ihnen.« Kalinin streckte erneut die Hand aus, vermutlich nach einer Tastatur, die nicht auf dem Bildschirm zu sehen war. »Darf ich bald mit einer definitiven Antwort in

Hinsicht auf die Umverteilung der energetischen Ressourcen rechnen?«

»Innerhalb der nächsten Tage«, versprach ihm Finley. »Wir überarbeiten die Pläne.«

»Ich wünsche uns gutes Gelingen«, sagte Kalinin. »Bis bald, Mister Finley.«

Sein Gesicht verschwand vom Monitor.

Finley lehnte sich zurück und überlegte. Wie lange dauerte es, Einsatzkräften in Frankreich Anweisungen zu übermitteln, sie alle notwendigen Vorbereitungen treffen zu lassen und sie nach Le Havre zu schicken? Ein oder zwei Tage, dachte er. Vielleicht war sogar noch mehr Zeit nötig. Bis dahin konnten Virginia und ihr Boris wieder verschwunden sein.

Er drückte die Taste der Wechselsprechanlage. »Aristo.«

Nur wenige Sekunden später öffnete sich die Tür. »Ja, Sir?«

»Ich möchte, dass unsere Safe Houses überprüft werden. Fangen Sie mit denen in Europa an, erst Frankreich und dann die anderen Länder. Nehmen Sie die in der Nähe wohnenden Personen unter die Lupe und achten Sie auf alles, was sie mit der ehemaligen Sowjetunion und Russland in Verbindung bringen könnte: Herkunft, politische Ausrichtung, Freundschaften, Geschäftsbeziehungen und so weiter.«

»Sehr wohl, Sir.« Aristo drehte sich um und wollte die Tür wieder schließen.

»Warten Sie.«

»Sir?«

»Kalinin«, sagte Finley. »Was halten Sie von ihm? Ihre ehrliche Meinung.«

»Man kann ihm nicht trauen, Sir«, antwortete Aristo sofort. »Hinter seinem Lächeln verstecken sich Durchtriebenheit und Heimtücke.«

»Die neue russische Generation«, sagte Finley. »Putin stammt noch aus der Zeit der Sowjetunion und denkt oder dachte in alten Bahnen. Das hat er mit der Ukraine bewiesen. Leute wie Kalinin kennen die UdSSR nur aus den Geschichtsbüchern. Ihr Blickwinkel ist moderner, sie planen in einem breiteren Rahmen. Wir brauchen ihn, und er braucht uns. Aber …« Finley sprach nicht weiter.

»Wir sollten uns vor ihm in Acht nehmen, Sir.«

»Das sollten wir, ja. Und das werden wir.«

Aristo zögerte. »Ist das alles, Sir?«

Etwas anderes fiel Finley ein. »Gibt es Neues über Magnussen und Lombardi? Irgendeine Spur?«

»Nichts, Sir.«

»Setzen Sie noch mehr Leute für die Suche nach ihnen ein. Und achten Sie darauf, dass Laura Lombardi unversehrt bleibt. Wir brauchen sie noch.«

»Sehr wohl, Sir.«

Finley stand auf. »Es wird Zeit, dass ich nach Washington zurückkehre.« Wo ich vielleicht im Oval Office sitzen werde, dachte er. »San Francisco und Kalifornien gehören Ihnen, Aristo.«

Der große Mann lächelte kurz. »Wie Sie meinen, Sir. Danke, Sir.«

67

Wenn man sich weit genug über der Erdoberfläche befand, schien die Welt normal und unverändert, als wäre nichts geschehen.

In einer Flughöhe von zehntausend Metern blickte Finley aus dem Fenster und sah auf Nordamerika hinab. Nur wenige Wolken behinderten die Sicht, und die Luft war ungewöhnlich klar, weil keine Abgase mehr in die Atmosphäre gelangten, weder von Fahrzeugen noch von Heizungsanlagen. Hier und dort erstreckten sich graue Flächen, aber ein großer Teil des Landes lag unter einer weißen Decke. Kaltluft war aus Norden geströmt, aus der kanadischen Arktis, und hatte Schnee gebracht.

Die beiden Düsentriebwerke des Jets verbrannten Kerosin und Sauerstoff. Er hinterließ einen schmalen weißen Streifen am Himmel, den man unten bestimmt bemerkte, und vielleicht verfluchten einige der Menschen dort den Unbekannten, der sich den Luxus einer Flugreise leistete, während sie nicht einmal ihre Wohnungen heizen durften.

Es gehörte zu Finleys neuen Privilegien. Er sah sie nicht als Luxus, den er genossen hätte, sondern als Mittel zum Zweck. Er hatte eine Aufgabe zu erfüllen und benötigte dafür die passenden Werkzeuge, wie zum Beispiel ein Flugzeug, mit dem er schnell von einem Ort zum anderen gelangen konnte.

»Darf ich Ihnen etwas bringen, Sir?«, fragte die Flugbegleiterin. »Möchten Sie Kaffee, Tee oder etwas zu trinken?«

»Nein, danke.« Er sah auf die Uhr. »Wann erreichen wir Washington?«

»In etwa fünf Stunden, Sir.« Die Flugbegleiterin nickte ihm zu, lächelte so freundlich wie Kalinin und ging in Richtung Cockpit, vorbei an leeren Sitzen. Finley war der einzige Passagier.

Er widmete sich wieder dem Notebook auf dem kleinen Tisch vor ihm und öffnete eine persönliche verschlüsselte Datei. Für einige Sekunden verharrten seine Finger reglos an der Tastatur, dann begann er zu schreiben.

Er hielt seine Gedanken fest, für sich selbst, in Form von Stichworten und kurzen Notizen.

Kalinin, De-facto-Regierungschef von Russland, die führenden Köpfe von China und anderer wichtiger Staaten, Oligarchen, Influencer, nicht im Internet, sondern in Wirtschaft und Politik, die alte Gruppe ... Einige Namen waren hinzugekommen, andere konnte er von der Liste streichen. Wer von diesen Personen verdiente sein Vertrauen?

Finley dachte einige Sekunden lang über diese Frage nach.

Die Antwort lautete: niemand. Die Gruppe bestand aus Männern und Frauen, die einander misstrauten und wussten, dass jeder von ihnen hinter der Fassade des gemeinsamen großen Plans für die Zukunft eigene Pläne schmiedete. Jeder von ihnen erhoffte sich Dominanz, und das war der Boden, auf dem Konflikte gediehen.

Es hing davon ab, wie die Ressourcen verteilt wurden – Kalinin hatte das natürlich erkannt und daher entsprechende Änderungen angeregt, wobei seine »Vorschläge« auf eine Forderung hinausliefen, auch wenn er das Gegenteil behauptet hatte. Gib mir dies, und ich gebe dir das.

Finley kannte das Spiel, er hatte viele Jahre lang daran teilgenommen. Aber jetzt hatte er sich in eine Position gebracht, die es ihm gestattete, die Spielregeln zu ändern. Doch um die eigenen Pläne zu verwirklichen, musste er verhindern, dass sich an unerwarteten Stellen neue Probleme ergaben.

Er schrieb:

Magnussen: Unruhestifter, Störenfried, Dickkopf. Alte Rechnung offen.
Laura Lombardi: nützlich, Grau-Expertin. Mit ihr Entwicklung eines Gegenmittels möglich? Wer ein solches Gegenmittel hat, ist klar im Vorteil.
Grau: Wer das Grau besiegt, regiert die Welt.

Und darunter:

Virginia: klug, hohes Gefahrenpotenzial, viele Verbindungen und Kontakte. Erhebliche Schwierigkeiten möglich.

Wäre in Paris saubere Arbeit geleistet worden, hätte er sich um diesen letzten Punkt nicht mehr sorgen müssen.

Sofort schob er den Gedanken beiseite. Solche Überlegungen

nützten nichts. Virginia Del Rey lebte und befand sich mit ihrem Boris auf der Flucht. Ihr musste klar sein, wer für den Anschlag auf ihr Leben verantwortlich war, und sie würde versuchen, ihn dafür zur Rechenschaft zu ziehen, wie ungünstig die Umstände auch sein mochten. Sie und Boris Kraskow verfügten über Beziehungen und Wissen, und beides würden sie nutzen, um mehr Wissen zu sammeln und neue Beziehungen zu knüpfen. Das allein war gefährlich genug.

Natürlich hatte Finley angeordnet, alle Zugangscodes zu ändern, aber auch Geheimdienste konnten schwerfällig und bürokratisch sein. Nicht immer und überall wurde solchen Anordnungen sofort und präzise genug Folge geleistet, was bedeutete: Es war damit zu rechnen, dass sich Virginia früher oder später Zugang zu den Datenbanken der NSA verschaffte. Vermutlich war das bereits geschehen, und vielleicht kannte sie sogar einige, von denen er nichts wusste. Was konnte sie herausfinden? Und was konnte sie gegen ihn unternehmen?

Finley spürte einen Anflug von Unbehagen. Virginia Del Rey war immer wieder für eine Überraschung gut, das hatte er in der Vergangenheit mehrmals erlebt. Sie zu unterschätzen, wäre ein unverzeihlicher Fehler gewesen. Sie musste so schnell wie möglich eliminiert werden, damit er sich ganz dem Projekt widmen konnte, mit allen seinen Implikationen.

Le Havre, dachte Finley. Vielleicht ließ sich dort noch etwas organisieren, eventuell ein kleines Ablenkungsmanöver. Und dann …

Er sah wieder aus dem Fenster. Mehr Wolken erschienen unter dem Jet, vielleicht fiel Schnee aus ihnen auf eine grauweiße Welt.

Ein Köder, überlegte er. Halb verborgen in den Datenbanken, auf die Virginia zugreifen würde. Ein Hinweis, dem sie folgen und der sie zu einer gut vorbereiteten Falle führen würde.

Er schrieb erneut, keine Notizen mehr, sondern Anweisungen.

68

VIRGINIA DEL REY

LE HAVRE, FRANKREICH

»Ich befand mich damals in San Francisco, als ich durch einen Bericht vom neuen Safe House in Le Havre erfuhr«, erzählte Virginia auf dem Weg durch die Stadt. »Der französische Name klang gut, *Le Havre*. Und ich dachte mir: Irgendwann solltest du dir Zeit nehmen für eine Tour durch Europa.«

»Wie viele amerikanische Touristen«, brummte Kraskow neben ihr. Sie gingen langsam, obgleich das der Kälte Gelegenheit gab, sich durch ihre Kleidung zu fressen.

»Ja, stimmt.« Virginia lächelte unwillkürlich, und es fühlte sich seltsam an, dieses Lächeln, das so gar nicht zur Situation zu passen schien. »Zehn Länder in zehn Tagen. Aber nicht alle Amerikaner gehörten zur Hit-and-Run-Sorte. Ich hätte mir mehr Zeit genommen. Doch irgendwie habe ich die Zeit nie gefunden.«

Je näher sie dem Stadtzentrum kamen, desto mehr Menschen begegneten ihnen. Einige trugen Atemmasken, und man konnte den Neid, den sie bei den anderen hervorriefen, deutlich spüren. Die meisten waren allein unterwegs, nur wenige zu zweit.

Virginia und Kraskow folgten dem Verlauf der Rue Chef de Caux an einem grau gewordenen Grüngürtel entlang und wandten sich dann nach Osten, in Richtung der Jardins Suspendus, der drei geographisch geprägten Gärten: dem Nordamerikanischen Garten, dem Australischen Garten und dem Asiatischen Garten. Dort trafen sie auf mehr Menschen, und dies aus gutem Grund: Zwischen dem großen Friedhof im Nordwesten und der Orangerie unmittelbar im Norden der Jardins waren große Stände aufgebaut, und dort wurden Lebensmittel verteilt.

Sie verharrten abseits des Gedränges vor den Ständen und beobachteten das Geschehen.

»Es wächst nichts mehr«, sagte Virginia, »darum kann nichts mehr geerntet werden. Wie lange wird es noch Lebensmittel geben?«

Kraskow nickte in Richtung mehrerer großer Treibhäuser, von denen sie nur einige Dutzend Meter trennten. »Das Gemüse stammt von dort, wenn ich mich nicht sehr irre.«

Sie gingen weiter, wieder einen langsamen Schritt nach dem anderen.

Virginia kramte in ihren Erinnerungen an die Vorbereitung einer Reise, die unter ganz anderen Umständen hätte stattfinden sollen. »Dies war einmal eine Verteidigungsanlage«, erklärte sie. »Man sieht es noch an den Mauern und Wällen. So seltsam es auch sein mag, aber sie geriet halb in Vergessenheit und galt als einer der ›vergessenen Orte‹ von Le Havre. Bis zum Jahr 2005.«

Sie näherten sich den in Reihen stehenden Gewächshäusern. Es waren mehr als zwanzig, und Virginia fragte sich, ob darin auch nur annähernd genug Obst und Gemüse für eine nicht einmal sehr große Stadt wie Le Havre wachsen konnten.

»Mehrere Architekten und Botaniker machten sich vor gut zwanzig Jahren daran, die historische Bausubstanz der alten Festungsanlage zu sichern«, fuhr sie währenddessen fort. »Zusammen mit dem städtischen Dezernat für Grünanlagen verwandelten sie dieses Gelände in eine siebzehn Hektar große Gartenanlage, die zu den schönsten in der Normandie gehörte. Ich hätte sie gern vor dem Grau gesehen.«

Sie wandte sich ab, traurig und enttäuscht.

»Die Kathedrale Notre Dame. Sie sollte sich nicht verändert haben. Wenigstens sie möchte ich einmal sehen, bevor wir zum Safe House zurückkehren und versuchen, die Welt zu verstehen.«

69

Auf dem Platz vor dem Hauptportal der Kathedrale Notre Dame war ein großes beheiztes Sauerstoffzelt errichtet, in dem die Bewohner der Stadt dicht an dicht saßen und standen, sich von der Kälte erholten und bessere Luft atmeten. Viele hatten Matratzen oder dicke Decken mitgebracht, auf denen man liegen konnte, offenbar in der Absicht, längere Zeit zu bleiben. An Tresen wurden heiße Getränke gereicht.

Virginia und Kraskow standen zusammen mit anderen in der Schlange, ließen sich schließlich zwei Becher mit heißem Tee geben und entfernten sich ein wenig von den Tischen und Sitzbänken, um etwas mehr Platz zu haben. Als kurze Zeit später zwei wacklige Stühle frei wurden, setzten sie sich nur einige Meter vom Eingang des Zelts entfernt. Selbst dort war es noch warm genug, dass Kraskow nach einigen Minuten seine schwarze Jacke öffnete. Den Rucksack setzte er sich auf den Schoß.

Virginia trank den Tee in kleinen Schlucken und atmete Luft, die ihr stickig vorkam, obwohl sie mehr Sauerstoff enthielt. Sie roch nach Furcht und Wut, eine gefährliche Mischung. Kraskow neben ihr atmete in tiefen Zügen, darum bemüht, es nicht zu deutlich zu zeigen. Er hatte gelitten, seit er das letzte Mal die Maske benutzt hatte.

Virginia beobachtete die vielen Menschen an den Tischen und auf den Matratzen. Sie sah ihre Gesichter, hörte ihre Stimmen. »Ein Pulverfass«, sagte sie nach einer Weile. »Spüren Sie es, Boris? Sorge und Furcht, Orientierungslosigkeit, Schmerz und Leid. Ein falsches Wort oder eine Geste könnten genügen, das alles in Zorn zu verwandeln und explodieren zu lassen.«

»Es geschieht bereits«, brummte Kraskow. »Wir kennen die Nachrichten, wir haben die Bilder gesehen.«

»Die ganze Welt ... eine Bombe?«

»Könnte sein. Wir brauchen jemanden, der sie entschärft.«

»Wie wäre es mit uns?«

»Trauen Sie uns so viel zu?«

Virginia lächelte kurz, aber ehrlich. »Man muss sich hohe Ziele setzen, sonst kommt man nicht vorwärts.«

Kraskow hob die Brauen. »Wer sich zu hohe Ziele setzt, muss mit bitteren Enttäuschungen rechnen.«

»Und kann sich freuen, wenn er sie erreicht«, sagte Virginia flink. »Ich denke, in diesem besonderen Fall ist es die Mühe wert, finden Sie nicht?« Zusammenarbeit mit Russland, dachte sie. Mit *diesem* Russen, der erheblichen Einfluss hatte und viel bewegen konnte, auch wenn er seine Rolle gern kleinredete. Keine Konfrontationen mehr, sondern Kooperationen, wie man es sich damals unter Gorbatschow erhofft hatte – eine Hoffnung, die Putin mit dem Ukrainekrieg endgültig zerstört hatte. Kooperation war zweifellos ein wichtiger Schritt zu einer sichereren, besseren Welt, Grau hin oder her. Nicht nur Amerika würde davon profitieren, alle anderen Staaten ebenfalls, auch China, obwohl man dort zunächst die Nase rümpfen würde.

Dann fragte sie sich, ob es die Staaten in einigen Monaten noch geben würde, wenn es so weiterging wie bisher.

»Ich glaube, da ging Ihnen gerade ein unangenehmer Gedanke durch den Kopf. Kommen Sie, gehen wir nach draußen.« Kraskow stand auf.

Virginia erhob sich ebenfalls. »Draußen fällt Ihnen das Atmen schwerer, Boris. Hier drinnen ist es besser für Sie. Wir könnten bis zum Ende der Stromsperre warten und dann zur Rue Jules Bourgogne zurückkehren ...«

Kraskow winkte ab. »Ach, es geht schon. Kommen Sie, sehen Sie sich Notre Dame an. Das bringt Sie auf andere Gedanken.«

Es fielen nur noch vereinzelte Schneeflocken, und der Wind hatte sich fast gelegt. Virginia blickte an der Kathedrale empor und dachte daran, was die alten Mauern alles überstanden hatten.

»Es ist eins der wenigen erhalten gebliebenen Vorkriegsgebäude in der Stadt«, sagte sie. »Le Havre wurde im Zweiten Weltkrieg fast vollständig zerstört, von deutschen und alliierten Bomben.«

Kraskow nickte. »Den Bomben ist es egal, wer sie abwirft.« Er hatte die schwarze Lederjacke wieder geschlossen, den Kragen hochgeklappt und sich die Riemen des Rucksacks über die Schultern geschlungen.

»Kennen Sie die Geschichte der Kathedrale?«, fragte Virginia.

Er schüttelte den Kopf und warf einen wie beiläufigen Blick auf die Leute, die das große Sauerstoffzelt verließen oder betraten.

»Es begann im zwölften Jahrhundert mit einer Kapelle, die Fischer zu Ehren der Jungfrau Maria errichtet haben und die drei Jahrhunderte existierte«, erzählte Virginia. »Im fünfzehnten Jahrhundert beschloss der Pfarrer der Kirche Saint Michel, nach der Hafengründung eine einfache Holzkapelle zu bauen, mit Reet gedeckt. Doch schon wenige Jahre später wurde sie von der Flut überschwemmt und zerstört.«

Kraskows Blick wechselte zwischen den Menschen beim Zelt, der Kathedrale und Virginia.

»Daraufhin wurde eine feste Kirche mit Steinsäulen gebaut, Notre Dame de Grâce, Unsere Gnadenvolle Frau. 1540 bekam die Kirche einen Turm von dreißig Metern Höhe, der auch als Leuchtturm genutzt wurde und zweiundzwanzig Jahre später, im Jahr 1562, als Festung gegen die französische Armee diente. Damals, während der Religionskriege, eroberten Protestanten die Stadt und verbündeten sich mit England. Wiederum dreizehn Jahre später, im Jahr 1575, begann man mit dem Bau der heutigen Kirche unter der Leitung von Maurermeister Nicolas Duchemin …«

»Sie beeindrucken mich mit Ihren historischen Kenntnissen«, warf Kraskow ein.

»Ich wollte vor der Reise nach Frankreich Bescheid wissen«, erklärte Virginia. »Im Lauf der folgenden Jahrhunderte wurde die Kirche mehrmals verwüstet und diente einmal sogar als Futterspeicher. Ab 1801 fanden in ihr wieder Gottesdienste statt.«

»Und im Zweiten Weltkrieg?«, fragte Kraskow. »Hielt Gott Seine schützende Hand über sie?«

»Nicht ganz. Notre Dame wurde schwer beschädigt, aber im Gegensatz zu vielen anderen Gebäuden in Le Havre blieb genug davon übrig, so dass sie nach dem Krieg restauriert werden konnte. Die Stadt selbst war ein einziger Schutthaufen. Aus dem Trümmerfeld erstand sie neu, nach Plänen des Architekten Auguste Perret.«

»Ehrlich gesagt, unter einer Kathedrale habe ich mir bisher immer etwas Größeres vorgestellt«, sagte Kraskow.

»Notre Dame von Le Havre ist eine Kirche, die den Status einer Kathedrale erhielt, als Papst Paul VI. 1974 die Diözese Le Havre gründete.« Virginias Blick glitt über das Hauptportal. »Wenn diese Mauern sprechen könnten, sie hätten bestimmt interessante Geschichten zu erzählen. In Amerika gibt es keine so alten Gebäude.«

»Oh, es gibt sie schon«, entgegnete Kraskow. »Besser gesagt, es gab sie, bevor Engländer, Franzosen und Spanier kamen und die indigenen Zivilisationen vernichteten.«

Virginia sah zur Seite. »Sie meinen die Inka und Azteken.«

»Nordamerikas Indianern erging es nicht viel besser.«

»Es ist kein Ruhmesblatt unserer Geschichte«, gestand Virginia. »Was ist mit Russland?«

Kraskow schnitt eine Grimasse. »Auch in unserer Geschichte gibt es so manches finstere Kapitel.«

»Stalin?«

»Vielleicht das dunkelste von allen.«

»Putin?«, hakte Virginia nach. »Die Ukraine?«

Kraskow verzog erneut das Gesicht. »Ach, fragen Sie mich nicht danach.« Er deutete zum Portal. »Was halten Sie davon, wenn wir uns die Kirche und Kathedrale von innen ansehen?«

70

Es war düster in »Unserer Gnadenvollen Frau«, nirgends brannten Kerzen. Einfache Holzstühle – braun, mit beigefarbenen geflochtenen Sitzflächen – standen im Hauptschiff, dessen Säulen, kantig und rund, vier oder fünf Meter weit aufragten. Das hohe Gewölbe blieb dunkel, trotz der Fenster.

Nur wenige Personen befanden sich in der Kathedrale. Sie saßen weiter vorn, näher beim Altar, wo es etwas mehr Licht gab. Virginia und Kraskow nahmen hinten Platz, neben einer der graubraunen Säulen. Überraschenderweise herrschte in der Kirche eine fast angenehme Temperatur.

»Gottes Klimaanlage«, brummte Kraskow. »Im Sommer angenehm kühl, im Winter nicht zu kalt.«

Stille umgab sie.

»Glauben Sie an Gott, Virginia?«, fragte er leise.

Sie überlegte. »Ich habe ihn viele Jahre überall gesucht und nirgends gefunden. Wo ist er jetzt? Wir könnten Seine Hilfe gut gebrauchen.«

Kraskow nickte langsam und bedächtig. »Manche Christen sagen, dass Gott jenen hilft, die sich selbst helfen. Klingt gut, nicht wahr?«

»Klingt nach einer Ausrede, wenn Sie mich fragen«, erwiderte

Virginia. »Ich bin in einer strenggläubigen Familie aufgewachsen, Boris. Gott war immer und überall da, wenn es darum ging, Verbote zu überwachen. Dann, eines Tages ...«

Erinnerungsbilder stiegen in ihr auf.

»Ja?«, fragte Kraskow sanft.

»Ich muss damals etwa zehn gewesen sein.« Virginia sprach mit gedämpfter Stimme. »Wir waren mit dem Auto unterwegs, ich weiß nicht mehr wo, und stießen auf einen Unfall, in den mehrere Fahrzeuge verwickelt waren. Er musste gerade erst passiert sein, Polizei und der Notarzt waren noch nicht da. Meine Eltern hielten an und stiegen aus, um zu helfen. Ich sollte im Wagen sitzen bleiben, aber ich war zu neugierig und stieg ebenfalls aus. Zu den Unfallopfern gehörten zwei Kinder, eins in meinem Alter, das andere einige Jahre jünger. Dem kleinen Kind fehlte ein Arm, und alles war voller Blut. Ich sehe es noch deutlich vor mir, als wäre es erst gestern geschehen.« Sie schloss die Augen, und da waren die Bilder, klar und deutlich wie Fotografien. »Später habe ich meine Eltern gefragt, wie Gott so etwas zulassen kann, und sie wussten keine Antwort. Meine Mutter meinte hilflos, irgendwann einmal würde ich das verstehen.«

Sie schwieg und blickte zum Altar, zu den Menschen, die dort in den ersten beiden Reihen saßen, stumm und still, tief in Gedanken versunken, vielleicht in Zwiesprache mit Ihm.

»Viele Menschen möchten an etwas glauben«, sagte Kraskow neben ihr. »An etwas, das über ihnen steht.«

»Ist das nicht seltsam? Die meisten von uns legen großen Wert auf Freiheit und Selbstbestimmung, in welcher Form auch immer. Und doch sind viele bereit, Kontrolle an etwas abzugeben, das sie weder greifen noch sehen können.«

»Die Menschen möchten hoffen«, gab Kraskow leise zurück. »Vielleicht auf mehr Gerechtigkeit, durchgesetzt von einer Macht, der niemand Widerstand leisten kann.«

»Oder auf Rettung.«

»O ja«, stimmte ihr Kraskow zu. »Wir könnten jemanden gebrauchen, der uns vor dem Grau rettet.«

»Ich fürchte, wir sind verloren, wenn wir auf Rettung durch himmlische Mächte warten«, sagte Virginia leise. »Es sei denn, Außerirdische kommen uns zu Hilfe, und das halte ich für eher unwahrscheinlich. Nein, wir müssen uns tatsächlich selbst helfen.«

Vorn stand jemand auf, trat in den Gang zwischen den Sitzreihen, bekreuzigte sich, drehte sich dann um und schritt zum Ausgang. Virginia stellte überrascht fest, dass es sich um einen jungen Mann handelte, nicht älter als dreißig. Aus irgendeinem Grund hatte sie nur Senioren in der Kirche erwartet.

»Ich bin ziemlich sicher, dass uns niemand folgt«, brummte Kraskow.

Virginia hatte ebenfalls nach Verfolgern und Beschattern Ausschau gehalten. Es war eine alte Angewohnheit.

»Niemand weiß, dass wir hier sind«, erwiderte sie.

»Unterschätzen Sie unsere Geheimdienste nicht. Sie haben im Krieg gut funktioniert, und sie funktionieren auch jetzt, in der Welt des Grau. Und wenn wir recht haben mit Finley und dem ganzen Rest … Er wird alles daransetzen, uns zu finden.«

»Weil er unseren Einfluss fürchtet, unsere Verbindungen.«

»Er will verhindern, dass wir ihm einen Knüppel zwischen die Beine werfen«, sagte Kraskow halblaut.

»Doch genau das werden wir versuchen«, erklärte Virginia entschlossen. »Ihm einen Knüppel zwischen die Beine zu werfen, vielleicht auch zwei.« Sie sah auf die Uhr. »In einigen Stunden machen wir uns an die Arbeit.«

71

Es dämmerte bereits, als sie das Apartmenthaus in der Rue Jules Bourgogne betraten. Der Holzkeil hielt noch immer die Tür offen. Von den Jugendlichen und ihrem bereits in die Jahre gekommenen Anführer war weit und breit nichts zu sehen. Virginia winkte dem Alten hinter seinem Türspion zu, wandte sich dann zur anderen Tür und gab den Code ins Tastenfeld. Diesmal klickte es, und wenige Sekunden später befanden sie sich im Apartment eines gewissen P. Tennant.

Virginia schaltete die Flurlampe ein und begann mit einer Tour durch die Wohnung.

»Ich gestehe, dass ich neugierig bin«, sagte Kraskow. »Wie sieht ein Safe House der NSA aus? Was verbirgt sich hinter Bildern und Schränken?«

Im Wohnzimmer blieb Virginia neben einem runden Glastisch stehen, auf dem sich Staub angesammelt hatte. Ansonsten war alles aufgeräumt und wirkte unberührt. »Das wissen Sie doch längst, Boris. Vor ein paar Jahren, die Wohnung in Wladiwostok. Wir hielten sie für sicher, aber dann machte jemand einen Fehler, und die Sache flog auf. Hinter den Kulissen, ohne dass sofort etwas bekannt wurde.«

Virginia ging zum Schrank, schob einige Bücher beiseite, tastete hinter eine Leiste und fand einen kleinen Schalter. Wieder klickte es, leiser als bei der Eingangstür, und die rechte Seite der massiv und schwer wirkenden Schrankwand ließ sich aufziehen. Dahinter kam ein schmaler Durchgang zum Vorschein.

»Bevor Sie uns damals Einmischung in die inneren Angelegenheiten von Mütterchen Russland vorwarfen, wollten Sie sich die Wohnung in aller Ruhe ansehen«, fuhr Virginia fort. »Sie persönlich sind vor Ort gewesen, wenn ich richtig informiert bin.«

»Ach, Sie wissen ja, wie das ist.« Boris breitete die Arme aus und ließ sie wieder sinken. »Das mit der Einmischung kam nicht von mir, sondern von weiter oben.«

»Das übliche Ritual.« Virginia trat in den Durchgang.

»So könnte man es nennen.« Kraskow folgte ihr in einen kleinen Raum mit zwei Schreibtischen, einer Workstation und zwei Notebooks, angeschlossen an zwei verschiedene Router – offenbar stand mehr als nur eine Internetverbindung zur Verfügung.

Virginia setzte sich an den ersten Schreibtisch und zog die Tastatur der Workstation zu sich heran. »Das hier übernehme ich.« Sie deutete zum anderen Schreibtisch. »Sie können eins der Notebooks nehmen und sich mit Ihren Leuten in Verbindung setzen, Boris.«

»Mit einem *Ihrer* Computer?«, fragte er skeptisch.

»Der Einwand klingt vertraut. Allerdings ... Wir stehen unter Zeitdruck.« Virginia tippte auf ihre Armbanduhr. »Vier Stunden Strom, von fünf bis neun. Vier Stunden, um möglichst viele Informationen zu sammeln. Zu zweit kämen wir besser voran.«

Kraskow zögerte am anderen Schreibtisch.

»Oder Sie könnten uns etwas kochen«, schlug Virginia freundlich vor. »In der Küche müsste sich die eine oder andere Notration finden lassen. Mit etwas Phantasie lässt sich was daraus machen.«

»Und Sie würden freiwillig essen, was ich gekocht habe?«, fragte Kraskow unschuldig.

»Sie werden mich schon nicht vergiften«, antwortete Virginia. »Und ich bin sicher, Sie kriegen was Leckeres zustande.«

Er kniff demonstrativ die Augen zu. »Sie möchten mich loswerden, damit Sie hier allein sind und ich keine Gelegenheit habe, Ihre Geheimnisse auszuspionieren.«

»Stimmt«, gestand Virginia. »Und vor allem habe ich Hunger.«

Kraskow lachte und ging zum Durchgang. »Na schön. Ich sorge dafür, dass Sie etwas zu essen bekommen, meine Liebe, und anschließend nehme ich mir eins der Notebooks und sehe, was ich tun kann.«

72

Es waren die besten Bratkartoffeln, die Virginia je gegessen hatte, und selbst das Gemüse aus den Konservendosen schmeckte köstlich.

»Ich wusste gar nicht, dass Sie so gut mit dem Kochlöffel umgehen können, Boris«, sagte Virginia anerkennend, als sie ihren leeren Teller beiseiteschob. Sie trank einen Schluck von dem Kaffee, den die Maschine in der Küche produziert hatte.

»Nicht nur mit dem Löffel«, antwortete Kraskow, der am anderen Schreibtisch saß, vor sich ein Notebook mit hochgeklapptem Deckel. »Auch mit Pfannen und Töpfen. Ich habe immer gern gekocht. Aber das wissen Sie natürlich. Es steht bestimmt in Ihrem Dossier über mich.«

Es stand tatsächlich darin, mit dem Vermerk, dass Boris Stepanowitsch Kraskow, Direktor des russischen Auslandsgeheimdienstes SWR, eine besondere Vorliebe für Kaviar der Marke Beluga hatte, der gleiche Name wie beim teuren Wodka.

Virginia setzte den Kaffeebecher ab und warf einen Blick auf die Uhr. »Uns bleibt noch eine knappe Stunde. Was haben wir bisher? Wie schaut es bei Ihnen aus?«

Kraskow sah aufs Display des Notebooks. »Nicht gut, aber das war auch kaum anders zu erwarten. Putin hat man seit Tagen nicht gesehen, und Lawrow scheint man ins politische Abseits manövriert zu haben.«

»Kalinin?«, fragte Virginia und erinnerte sich an das Gespräch, das sie auf zwei Fahrradtrainern geführt hatten.

»Darauf deutet alles hin, ja. Allem Anschein nach hat Nikita Andrejewitsch Kalinin das Ruder übernommen.«

»Der Hardliner.«

»Ja. Eine seiner ersten Entscheidungen bestand darin, die UNO-Regeln als Notstandsgesetze für Russland zu übernehmen.«

Virginia deutete auf ihren Bildschirm. »Wie praktisch überall auf der Welt. Es gibt nur sehr wenige Ausnahmen.«

»Bei einer anderen Gelegenheit sagte ich Ihnen, dass es Amerika mit ihm noch schwerer haben wird als mit Putin«, fügte Kraskow hinzu. »Aber einige geheime Berichte, auf die ich mir Zugriff verschaffen konnte, lassen das Gegenteil vermuten.«

»Finley und er unterhalten enge Kontakte«, vermutete Virginia.

»Dafür gibt es tatsächlich Anzeichen. Vielleicht deshalb, weil sie bestimmte Dinge aus einem ähnlichen Blickwinkel sehen.«

»Eine neue Ideologie für eine neue Weltordnung?«, fragte Virginia nachdenklich. »Könnte es darauf hinauslaufen?«

»Die Frage ist vielleicht, wie lange Staaten überhaupt noch Bestand haben, wenn das Grau andauert«, sagte Kraskow ernst. »Wie lange können sich Regierungen noch behaupten? Wo kann eine staatliche Macht noch kontrollieren, was geschieht, wenn überall die Menschen sterben wie die Fliegen und der Sauerstoff in der Luft so rar wird, dass die Verbrennungsmotoren von zivilen und militärischen Fahrzeugen nicht mehr funktionieren? Es ist noch längst nicht alles auf Strom umgestellt, nicht annähernd, und selbst die Elektrizität wird knapp, wie wir hier erleben. Sie wird für die wichtigsten Dinge gebraucht, zum Beispiel für die Sauerstofffabriken. Wenn Staaten und Regierungen keine Fahr- und Flugzeuge mehr haben, um Beamte, Polizisten und Soldaten zu transportieren, stürzt das ganze Gebäude ein, und übrig bleiben nur Trümmer, mit denen kaum mehr jemand etwas anfangen kann.«

»Was kommt danach?«, fragte Virginia. »Nach den Trümmern?«

»Leute wie Finley und Kalinin hecken es vielleicht gerade aus. Was mich betrifft ...«, ächzte Kraskow. »Ich könnte schon bald arbeitslos sein. Ach, vielleicht bin ich es bereits.«

Virginia sah ihn fragend an.

»Wenn er mich noch nicht durch jemand anderen ersetzt hat, wird er das bald nachholen«, erklärte Kraskow. »Kalinin und ich werden in diesem Leben keine Freunde mehr. Und ganz abgesehen von persönlichen Sympathien und Antipathien ... Er wird den Kreml so umbauen, dass überall Leute sitzen, denen er vertraut. Wie Putin vor ihm.«

»Und wie Finley in Washington«, sagte Virginia.

»Ich fürchte ja.«

»Da bildet sich eine neue Clique. Eine Gruppe, die die Welt neu unter sich aufteilt.«

»Eine neue Welt aus den Trümmern der alten.« Kraskow sah wieder aufs Display. »In einer Mitteilung an Kreml-Stabschef Waino wird ein ›Projekt‹ erwähnt. Es scheint recht wichtig, denn an anderer Stelle ist von ›oberster Priorität‹ die Rede.«

»Interessant«, kommentierte Virginia. »Ich bin auf Hinweise zu einem ›Projekt‹ gestoßen. Auch für Finley und seine Leute scheint es recht wichtig zu sein. Einzelheiten konnte ich leider nicht herausfinden. Unsere wichtigsten Datenbanken sind gesperrt. Finley ist kein Dummkopf. Er hat natürlich Anweisung gegeben, die Zugangscodes zu ändern, aber Mitteilungen und Nachrichten werden nicht mehr so schnell übermittelt wie früher, und die zuständigen Personen können nicht immer sofort zur Stelle sein. Einige unserer Datenspeicher entsprechen noch dem alten Sicherheitsstandard, was bedeutet ...«

»Dass Sie mit Ihren Passwörtern Zugriff darauf haben«, sagte Kraskow.

Virginia nickte. »Corrico scheint mit an Bord zu sein, was das

Projekt betrifft. Und offenbar gibt es einen Zusammenhang mit Spitzbergen und dem Svalbard Global Seed Vault.«

»Ein Speicher mit Pflanzensamen aus allen Teilen der Welt, nicht wahr?«

»Woraus ich messerscharf schließe, dass die ganze Sache mit dem Grau zu tun hat«, sagte Virginia.

»Ach, meine Liebe, was hat heute *nichts* mit dem Grau zu tun?«, erwiderte Kraskow.

»Vielleicht sind Finley und seine neuen Freunde etwas auf der Spur. Oder sie ...« Virginia sprach nicht weiter.

»Oder?«, fragte Kraskow.

»Ich weiß nicht. Es nützt nicht viel, wild zu spekulieren.«

Kraskow deutete auf die Workstation, an der Virginia saß. »Was gibt es sonst noch bei Ihnen?«

»Der Papst hat alle Gläubigen aufgefordert, für eine baldige Genesung der Welt zu beten.« Tasten klickten unter Virginias Fingern, und sie scrollte durch den Text. »Er spricht von ›Gottes grauer Geißel‹ und rät allen großen Kirchen, sich im Gebet zu vereinen.«

»Notre Dame war so gut wie leer«, brummte Kraskow.

»Vielleicht haben die Menschen hier in Le Havre begriffen, dass ihnen Beten nicht weiterhilft.« Sie las einige Textzeilen. »Was Finley und Corrico betrifft, gibt es noch eine interessante Sache. Es geht dabei um Hudson Chamberlain, den früheren CEO von Corrico. Er wurde vorzeitig aus dem Gefängnis entlassen und sollte offenbar eliminiert werden. Zwei meiner Leute erfuhren davon und haben ihn in Sicherheit gebracht.«

»Warum?«, fragte Kraskow erstaunt.

»Warum Chamberlain liquidiert werden sollte?«

»Das auch. Warum haben Ihre Leute eingegriffen?«

Virginia lehnte sich zurück. »Intuition? Weise Voraussicht? Sechster Sinn? Greg Edwards und Linda Dalstrom ... Ich kenne die beiden, sie zeigten stets das richtige Maß an Eigeninitiative. Sie haben gesehen, was in unserem Land geschieht, und dachten sich vielleicht: Leute, auf die es Finley abgesehen hat, könnten unsere Verbündeten sein.«

»Hat Finley es auf Hudson Chamberlain abgesehen?«

»Es könnte sich um einen Freundschaftsdienst gehandelt haben, den Finley der neuen Corrico-Direktorin leisten wollte.«

»Joycelin Hayes.«

Virginia nickte erneut. »Deren Aussage vor Gericht Hudson Chamberlain ins Gefängnis gebracht hat.«

»Wenn Sie mich fragen ...« Kraskow schnaufte. »Da braut sich was zusammen.«

»Sieht so aus. In dieses Bild passt auch die Entführung von Leopold Magnussen und Laura Lombardi.«

»Die Wissenschaftlerin, die erstmals das Grau zur Sprache brachte?«

»Genau die. Und der Mann, der vor einigen Jahren den großen Geldwäscheskandal aufdeckte. Besser gesagt: der ihn entdeckte. Aufgedeckt wurde er nie richtig.«

»In meinen Berichten war nur die Rede davon, dass sie verschwunden sind«, bemerkte Kraskow.

»Kurz nach der Beerdigung des UNO-Generalsekretärs Tayo Aneke wurden sie auf dem Weg zum Kennedy-Airport entführt«, bekräftigte Virginia. »Offenbar wollten sie die Vereinigten Staaten verlassen.«

»Finley?«

»Darauf deutet alles hin.«

»Spitzbergen, der Speicher für Pflanzensamen, das Projekt, Laura Lombardi ...«, brummte Kraskow.

»Und Chamberlain und Magnussen.«

»Die ebenfalls mit dem Grau zu tun haben.«

»Und mit anderen Dingen. Wir dürfen nicht zu viel sehen«, mahnte Virginia.

»Aber auch nicht zu wenig«, erwiderte Kraskow. »Ein geheimes Projekt, an dem auch Kalinin beteiligt ist und vielleicht noch andere. Eine multinationale, womöglich globale Sache ... Unter den gegebenen Umständen *muss* so etwas mit dem Grau zu tun haben.«

»Da haben Sie wahrscheinlich recht, Boris. Nun, die Frage ist: Wollen wir die Welt retten?«

Kraskow hob erstaunt die Brauen. »Vor dem Grau?«

Virginia erlaubte sich ein Lächeln. »Fangen wir klein an: vor Leuten wie Finley und Kalinin. Oder anders ausgedrückt: Lassen Sie uns nach einer Möglichkeit suchen, unsere beiden Länder zu retten und mit ihnen vielleicht auch den Rest der Welt.«

»Ach, wenn es so einfach wäre ...«

Virginias Lächeln verschwand. »Niemand hat gesagt, dass es einfach wird. Es dürfte sogar die schwierigste Aufgabe sein, der wir beide uns jemals gestellt haben. Aber drücken wir uns vor schwierigen Aufgaben? Nein, wir packen sie an!«

»Zeigen Sie mir die Stelle, an der ich zugreifen kann.« Kraskow schnaufte erneut, und Virginia begriff, dass es sich nicht um eine kleine theatralische Einlage handelte, sondern um Atemnot.

Er langte nach seinem Rucksack mit der Atemmaske, zog die Hand aber wieder zurück. Als er Virginias Blick bemerkte, zuckte er mit den Schultern. »Ich will mich nicht zu sehr an das blöde Ding gewöhnen. Also, wie retten wir die Welt?«

Virginia beugte sich vor und schrieb auf der Tastatur. »Ich versuche, Greg, Linda und einigen anderen Leuten, denen ich vertrauen kann, eine Nachricht zu übermitteln. Sie sollen herausfinden, was mit Leopold Magnussen und Laura Lombardi geschehen ist und sie ...«

Die Idee war plötzlich da, Virginia griff danach.

»... nach Spitzbergen bringen.«

»Lassen Sie mich raten: zum Svalbard Global Seed Vault?«, vermutete Kraskow.

»Wir brauchen einen Plan, eine Strategie.« Virginias Finger auf der Tastatur wurden noch etwas schneller. »Der Anfang besteht darin, eine Gruppe aus Leuten zu bilden, die Finley aus irgendeinem Grund aus dem Verkehr ziehen möchte. Seine Feinde sind unsere Freunde. Und Svalbard spielt offenbar eine wichtige Rolle für das *Projekt,* worum auch immer es dabei gehen mag. Finden wir heraus, warum. Was sich am besten vor Ort bewerkstelligen lässt.«

Virginia drückte die Enter-Taste und stand auf.

»Ich schätze, wir werden hier ein paar Tage verbringen müssen, bis wir alles organisiert kriegen, die Reise nach Spitzbergen und so weiter.« Sie hatte sich ein Ziel gesetzt, und allein das genügte für die Rückkehr des alten Tatendrangs. »Strom von fünf bis neun abends, das ist immerhin etwas. Kommen Sie, Boris, lassen Sie uns einen Blick ins Ausrüstungszimmer werfen, solange wir noch Strom und Licht haben.«

73

LEOPOLD MAGNUSSEN

MAMARONECK, BEI NEW YORK, USA

»Die Grau-Frau«, wiederholte Amadeus, die Schrotflinte noch immer auf Lauras Kopf gerichtet. »Sie hat die Welt zerstört!«

Leopold trat vor Laura. »Das ist Unsinn! Wir sind nicht für das Grau verantwortlich!«

»Ich wusste, dass ich sie schon einmal gesehen habe!«, rief hinter ihnen der alte Henry, der ihnen zusammen mit einigen anderen gefolgt war.

Bei den Häusern in der Nähe öffneten sich Türen. Männer, Frauen und auch Kinder traten nach draußen, einige von ihnen näherten sich neugierig.

»Im Fernsehen!«, fügte der Alte im langen braunen Mantel hinzu. »Bei Interviews!«

»Die Grau-Frau«, ertönte es. »Die Grau-Frau!«

»Sie war es, die all die Verbote gefordert hat!«, ließ sich der alte Henry mit fast schriller Stimme vernehmen. »Sie hat die Welt stillgelegt!«

Wer hat jemals behauptet, Menschen wären vernünftig?, fragte sich Magnussen und fühlte die Woge der Irrationalität. Diese Leute suchten einen Schuldigen, jemanden, den sie für alles verantwortlich machen konnten. Was der Wahrheit entsprach und was nicht, spielte für sie keine Rolle. Sie suchten nach einem Ventil für den aufgestauten Zorn.

»Sie hat das Grau entdeckt, nicht verursacht!« Magnussen sprach laut genug, damit ihn alle hörten. Aus dem Augenwinkel sah er, dass sich immer mehr Menschen einfanden. »Seit anderthalb Jahren suchen sie und andere Wissenschaftler nach einem Gegenmittel!«

Die doppelläufige Schrotflinte des dürren Amadeus zeigte auf einmal auf Magnussens Kopf. Er fragte sich, was geschehen würde, wenn der Mann wirklich abdrückte. Die Streuung der Schrotkugeln hätte wahrscheinlich nicht nur ihm den Schädel zerfetzt, sondern auch Laura getötet, zumindest aber schwer verletzt.

Wäre er allein gewesen, hätte er vielleicht versucht, Amadeus zu entwaffnen. Er war ein wenig in die Jahre gekommen, konnte sich aber noch immer auf seine Reflexe verlassen, die er den Jahren des Überlebens verdankte. Daniel stand dicht neben ihm, stellte er fest, den Revolver locker in der rechten Hand – es wäre nicht besonders schwer, ihm die Waffe zu entreißen und anschließend Amadeus außer Gefecht zu setzen.

Aber es bestand die Gefahr, dass der dürre Mann mit dem schulterlangen grauweißen Haar Gelegenheit fand, den Abzug seiner Flinte zu betätigen, und es war fraglich, ob Laura schnell genug reagierte, um dem tödlichen Schuss zu entgehen.

Er war nicht allein unterwegs, erinnerte sich Magnussen. Er versteckte sich nicht allein irgendwo im kalten Norden von Norwegen, umgeben von Schnee und Eis. Was er auch plante, was er auch unternahm, er durfte Laura dabei nicht vergessen.

Plötzlich hatte er eine Idee.

»Wenn ihr diese Frau erschießt«, sagte er und wandte sich an alle Anwesenden, nicht nur an Amadeus, »zerstört *ihr* die Welt. Laura Lombardi, die vor anderthalb Jahren in Europa das Grau entdeckt hat, ist unsere einzige Chance, unsere Welt zu *retten*. Bei ihren Forschungen hat sie etwas gefunden, mit dem wir das Grau besiegen können.« Er gestikulierte vage in die Richtung, aus der sie kamen. »Wir sind auf der Flucht vor Leuten, die ihr das Geheimnis entreißen und damit reich werden wollen. Es sind gewissenlose Geschäftemacher, die darauf aus sind, sich mit eurem Elend eine goldene Nase zu verdienen. Wenn Sie uns helfen, den Westchester-Airport zu erreichen, wenn wir nach Europa zurückkehren können ... Dann tragen die Bäume bald wieder Blätter, dann brauchen wir keine Sauerstoffmasken mehr!«

Die Lüge kam ihm glatt über die Lippen und klang selbst für die eigenen Ohren authentisch.

Im Gesicht des dürren Mannes mit der Schrotflinte veränderte sich nichts, doch Magnussen spürte, wie sich bei den anderen die Stimmung veränderte. Vielleicht schöpften sie Hoffnung.

Eine Frau näherte sich, etwa sechzig, groß und schlank, mit grauen Strähnen im dunklen Haar. Sie wirkte würdevoll und gleichzeitig traurig, wie jemand, der einen großen Verlust erlitten hatte. »Es ist die Wissenschaft, die den Menschen zu Grabe trägt«, sagte sie mit einer Stimme, die alle anderen verstummen ließ. »Sie hat uns die Technik gebracht, mit der wir Wasser und Land vergiftet haben. Die Wissenschaft bescherte uns neue Waffen für den Krieg und Atomkraft, die uns verstrahlt und an deren Folgen die Menschen noch in Jahrtausenden leiden werden, sollte es dann überhaupt noch Menschen geben. Wissenschaft bescherte uns eine fatale Veränderung des globalen Klimas, mit dem Ergebnis, dass uns gewaltige Stürme und Überschwemmungen selbst hier erreichen, in Mamaroneck. Um den Klimawandel zu bekämpfen und Millionen, wenn nicht gar Milliarden Menschen davor zu bewahren, Hab und Gut zu verlieren und sich auf Wanderschaft zu begeben, weil sich ihre Heimatländer in Wüsten verwandeln ... Dafür wurde erneut die Wissenschaft bemüht. Corrico versprach uns, die geschundene Welt zu heilen, und viele von uns haben diesem Versprechen geglaubt. Aber die Wahrheit lautet: Die Wissenschaft hat immer alles nur noch schlimmer gemacht. Corricos Heilmittel brachte uns das Grau, das unsere Felder unfruchtbar werden ließ und uns die Luft zum Atmen nimmt.«

Die Frau unterbrach sich kurz, und als sie schwieg, herrschte völlige Stille.

Sie sah erst Amadeus an, dann Laura. »Und jetzt kommt die Wissenschaft und verspricht uns Erlösung vom Grau? Sie hat immer alles nur noch schlimmer gemacht«, wiederholte sie. »Und das wird auch diesmal der Fall sein, wenn wir auf die Wissenschaft hören. Das Heilmittel, was auch immer es sein mag, wird uns und der Erde endgültig den Todesstoß versetzen.«

Magnussen glaubte, so etwas wie Zufriedenheit im Gesicht von Amadeus zu erkennen. Aber sie verschwand sofort hinter der Maske aus Falten und ledriger Haut.

»Elizabeth hat recht!«, rief jemand aus der Menge, die sich angesammelt hatte.

»Wir haben es erlebt!«, bestätigte jemand anders. »Wir wissen Bescheid!«

Elizabeth sprach erneut. »Laura Lombardi hat uns das Grau gebracht, uns allen, der ganzen Welt. Als Wissenschaftlerin trägt sie die Verantwortung!«

»Strafe!«, ertönte ein Ruf. »Strafe!«

»Der Richter soll richten!«

Die letzten Worte galten offenbar Amadeus, der wieder die Flinte hob.

»Ich habe entschieden ...«, begann er.

»Nein.« Ein kleiner Mann trat vor, etwa so alt wie die Frau namens Elizabeth, die eben gesprochen hatte, mit langer Nase und dünnlippigem Mund. Er hatte etwas von einem Lehrer, fand Magnussen. »Dies ist immer noch Amerika«, verkündete der kleine Mann in einem dozierenden Ton. »Unser Land mag grau geworden sein wie der Rest der Welt, aber unsere Ideale, Grundsätze und Prinzipien bestehen nach wie vor. Jeder Angeklagte hat das Recht auf ein faires Gerichtsverfahren!«

Nur wenige nickten. Die meisten schienen zu erwarten, dass Richter Amadeus das Urteil sofort vollstreckte. Aber der fügte sich, vielleicht deshalb, weil er die Sache in eine Show verwandeln konnte, vermutete Magnussen.

Der dürre Mann wich beiseite und winkte mit der Flinte zur offenen Haustür. »Sollen sie beide ihr Verfahren bekommen – jetzt, sofort!«

74

Welchen Zweck die Anbauten und Erweiterungen der großen Villa vor dem Grau auch erfüllt haben mochten, inzwischen dienten sie als Lagerräume, in denen sich Kartons mit Konserven, Reis, Nudeln und anderen Lebensmitteln stapelten. Ein Zimmer mit holzgetäfelten Wänden war Getränken vorbehalten: Kisten mit Mineralwasser und verschiedenen Fruchtsäften reichten bis zur Decke.

Hinter den gehorteten Vorräten erstreckte sich ein Wintergarten mit Ausblick in einen kleinen Park, der seine früheren Farben verloren hatte. Grauer Rasen umgab blattlose Bäume und Büsche und einen dunklen Teich.

Das erste Licht des neuen Tages fiel durchs hohe Glasdach auf einen halbrunden Tisch, der an eine Theke erinnerte, und mehrere Sitzreihen, in denen vierzig oder fünfzig Personen Platz fanden. Der dürre Amadeus, die würdevolle Elizabeth und der kleine Mann, der sich auf Amerikas Ideale berufen hatte, setzten sich hinter den Tisch. Laura und Magnussen bekamen zwei Stühle in der vordersten Reihe zugewiesen, und es dauerte nicht lange, bis es keinen freien Sitzplatz mehr gab. Magnussen blickte sich um und sah erwartungsvolle Gesichter bei denen, die keine Atemmaske trugen.

Amadeus klopfte mit einem großen Holzhammer auf den Tisch. Es wurde still im Wintergarten, der sich in einen Gerichtssaal verwandelt hatte.

Laura war blass, bemerkte Magnussen. Es ging ihr schlechter, als sie zugeben wollte, und auch er fühlte sich nicht wohl, spürte einen dumpfen Druck, der vom Nacken ausging und den ganzen Kopf erfasste, vielleicht eine Folge des Sauerstoffmangels und der Beginn der Höhenkrankheit, die nichts mehr mit Höhe zu tun hatte. Er fügte der gedanklichen Liste von Dingen, die sie brauchten, den Eintrag »Sauerstoffmasken« hinzu.

»Ich habe Durst«, sagte Laura. »Bitte, könnte ich ein Glas Wasser bekommen?«

Amadeus räusperte sich. »Hiermit ist das Verfahren eröffnet«, verkündete er, ohne auf Lauras Bitte einzugehen. »Angeklagt wird die hier anwesende Grau-Frau ...«

»Mein Name lautet Laura Lombardi!«

»... die zu den Wissenschaftlern zählt, die unsere Welt immer wieder ins Unglück gestürzt haben.« Bei diesen Worten warf er Elizabeth einen kurzen Blick zu. »Vor anderthalb Jahren brachte sie uns das Grau, und dafür kann es nur eine Strafe geben!«

»Hängen!«, ertönte es weiter hinten im Wintergarten.

»Der Strick!«, rief jemand anders.

Laura stand auf. »Wie wäre es mit einem Scheiterhaufen? Was Sie hier veranstalten, ist eine Farce! Niemand von Ihnen hat das Recht, über mich zu richten!«

»Setzen Sie sich!«, fauchte Amadeus. »Für die Missachtung des Gerichts verurteile ich Sie zu ...« Er überlegte kurz und lächelte. »Zu einem Tag ohne Wasser!«

Magnussen zog Laura sanft auf den Stuhl zurück. »Es hat keinen Sinn«, flüsterte er ihr in dem Stimmengewirr zu, das um sie herum entstand. »Diese Leute haben komplett den Verstand verloren, sie alle.«

Laura sah ihn mit großen Augen an. »Was machen wir?«

Gute Frage, dachte Magnussen. Sie konnten nicht einfach aufspringen und eine Flucht versuchen, das hatte keinen Sinn. Einige Sekunden lang überlegte er, ob es möglich war, jemanden zu entwaffnen, Amadeus als Geisel zu nehmen und auf diese Weise zu entkommen. Die Erfolgsaussichten hielt er jedoch für gering. Es befanden sich zu viele Personen in der Nähe, und zu viele von ihnen trugen Waffen. Ihnen blieb nichts anderes übrig, als auf eine bessere Gelegenheit zu warten.

Amadeus klopfte erneut mit dem großen Holzhammer, und wieder wurde es still. »Das Wort hat die Anklage«, sagte er und nickte Elizabeth zu.

»Wir haben hier Gelegenheit, ein Zeichen zu setzen und der Gerechtigkeit Genüge zu tun.« Elizabeths Stimme hatte etwas Hypnotisches, das die Zuhörer in den Bann schlug. Sie gehörte zu jenen begnadeten Rhetorikern, denen man alles glaubte, selbst wenn sie behaupteten, die Erde wäre keine Kugel, sondern ein Würfel. Während seiner Zeit auf den internationalen politischen Bühnen und auch hinter den Kulissen der globalen Politik hatte Magnussen mehrere solche Personen kennengelernt und wusste um die Gefahr, die von solchen Leuten ausging. Sie konnten mit ihren Worten viel bewegen, viel verändern und viel manipulieren. »Das Schicksal hat die Grau-Frau und ihren Begleiter zu uns geführt, damit wir entscheiden: Ist sie schuldig oder nicht? Verdient sie Strafe oder nicht?«

Elizabeth hob die Hände, mit den Handflächen nach oben, als wollte sie etwas vom Glasdach oder dem Himmel darüber empfangen.

»Die Welt stirbt«, intonierte sie. »Ich sage: Soll die Grau-Frau mit ihr sterben!«

Applaus erklang.

Amadeus klopfte wieder mit dem Hammer. »Das Wort hat die Verteidigung.« Damit wandte er sich an den kleinen Mann, der sich für ein faires Gerichtsverfahren eingesetzt hatte.

Magnussen stand auf. »Laura Lombardi ist unschuldig«, sagte er laut. »Vor anderthalb Jahren entdeckte sie ein Phänomen, das die Fotosynthese von Organismen blockiert. Sie versuchte, die

Welt zu warnen, aber kaum jemand hörte auf sie. Ein Shitstorm brach über sie herein. Man verunglimpfte sie als eine Person, die sich einen Namen machen wollte. Man warf ihr Egoismus, Narzissmus und Geltungsdrang vor. Sie nahm es hin, ohne in ihrer Entschlossenheit nachzulassen.«

Magnussen merkte, wie er in Fahrt kam. War dies ein möglicher Ausweg? Konnte er Amadeus und die übrigen Zuhörer davon überzeugen, dass Laura keine Unglücksbringerin war, sondern jemand, der Hilfe brauchte und erhalten sollte?

»Sie arbeitete weiter, sie setzte ihre Forschungen fort, um dem Phänomen, das die Welt grau werden ließ, auf den Grund zu gehen und ein Gegenmittel zu finden. Sie trotzte allen Widrigkeiten und überlebte sogar einen Bombenanschlag, der im sizilianischen Catania auf sie verübt wurde. Ihr Forschungsinstitut wurde boykottiert, aber auch davon ließ sie sich nicht beirren. Unermüdlich suchte sie nach der Ursache für das Grau und fand sie in Corricos KOSA. Unterstützt von Freunden arbeitete sie mit anderen Wissenschaftlern zusammen. Es ging um ein Mittel, das die Fotosynthese beim Phytoplankton in den Meeren und den Pflanzen auf dem Land wieder in Gang bringen kann.«

Magnussen hob die Stimme noch etwas mehr. »Und sie hat es gefunden!« Damit kehrte er zu seiner vorherigen Lüge zurück. »Ihre Anstrengungen haben endlich, endlich zum Erfolg geführt! Laura Lombardi weiß, wie man das Grau besiegen kann, und sie will ihr Wissen der Allgemeinheit zur Verfügung stellen. Doch das passt bestimmten Kreisen nicht, die eine gute Gelegenheit sehen, erneut viel Geld zu verdienen, so wie zuvor mit KOSA. Diese Leute haben es auf Laura abgesehen, und wir konnten ihnen mit knapper Not entkommen. Einem von ihnen gehörte der Revolver, den ich bei mir hatte.«

Magnussen drehte sich halb, um keinen Zweifel daran zu lassen, dass seine Worte nicht nur dem Gericht am halbrunden Tisch galten, sondern allen Anwesenden.

»Hier sitzt die Frau, die unsere Welt retten kann, und Sie wollen ... was? Sie aufhängen? Sie erschießen? Oder gar auf dem Scheiterhaufen verbrennen? Es wäre das größte Verbrechen, dass Sie verüben können, denn Sie hätten nicht nur einen unschuldigen Menschen auf dem Gewissen, sondern die ganze Welt!«

Einige Sekunden lang herrschte Stille.

»Hier windet sich die Schlange, und hört nur, wie sie ihre Lügen zischelt«, sagte Elizabeth klar und deutlich. »Wir haben uns lange genug von Menschen wie Ihnen täuschen lassen.« Sie sah Amadeus von der Seite an. »Es kann nur ein Urteil geben.«

Der dürre Mann mit dem langen grauen Haar zögerte nicht einmal.

»Ja«, bestätigte er und rief: »Das Gericht erklärt die Angeklagte Laura Lombardi für schuldig und verurteilt sie zum Tod durch den Strang. Sie wird an der Galgenlaterne gehängt wie Cochrains Bruder, der Kindermörder, vor einigen Tagen.« Er klopfte wieder mit dem Hammer und stand auf. »Das Urteil wird sofort vollstreckt!«

Plötzlich krachte es, und die Druckwelle einer Explosion zertrümmerte das Glas von Dach und Fenstern.

75

JOYCELIN HAYES

SYRACUSE, USA

Der Kopter, der Joycelin von der Firmenzentrale in Toronto nach Syracuse in den USA gebracht hatte, stand auf dem Dach des Palace-Hotels, das Corrico gehörte. Die oberen Stockwerke boten keinen Blick auf den Onondaga Lake im Westen, sondern auf den Thornden Park im Osten, der aussah, als hätte dort ein Feuer gewütet, und auf die Eastside mit ihren in langen Reihen stehenden Einfamilienhäusern, von denen die meisten inzwischen verlassen waren. Der Treffpunkt befand sich ein Stück weiter südlich, unweit der Universität.

Joycelin hatte zwanzig Minuten zu Fuß eingeplant, Zeit genug, um sich ein wenig umzusehen. Doch der Beginn eines Trecks zwang sie zu einem Umweg. Mehrere tausend Menschen hatten sich bei der Universität versammelt, und noch mehr kamen hinzu, in dicke Mäntel und Jacken gehüllt, einige mit improvisiert wirkenden Handkarren, einst vielleicht für den Transport von Gartengeräten, jetzt beladen mit Kleidung, Matratzen und Campingzelten. Männer, Frauen und Kinder, die nach Süden ziehen wollten, auf der Flucht vor der Kälte. Frostflüchtlinge nannte man solche Menschen. Sie verließen ihre Häuser und Wohnungen, die sie nicht mehr heizen konnten, um in wärmeren Regionen zu überwintern.

Nach den letzten Meldungen harrten im Südwesten der USA Hunderttausende an dem von Trump errichteten Zaun aus und warteten darauf, dass die Mexikaner ihre Grenze für sie öffneten. Viele der Flüchtlinge hofften, dass sie nur einige

Monate in den *Estados Unidos Mexicanos*, den Vereinigten Mexikanischen Staaten, durchhalten mussten, bis zum nächsten Frühling, dass sich dann alles zum Besseren wenden würde, aber Joycelin wusste: Die meisten von ihnen würden ersticken, erfrieren oder verhungern.

Überall im Norden machten sich solche Trecks auf den langen Weg nach Süden. Zusammen mit anderen fühlten sich die Flüchtlinge sicherer, die Gemeinschaft bot ihnen Schutz vor Plünderern und Aasgeiern.

Joycelin machte einen Bogen um sie, sah auf die Uhr und stellte fest, dass sie sich verspäten würde. Und wenn schon. Der Mann, den sie auf dem Friedhof treffen wollte, würde auf sie warten, sogar Stunden, wenn es sein musste. Was sie ihm anzubieten hatte, war wertvoll genug für ihn.

Abseits der Menschenmenge, die letzte Vorbereitungen für die lange Reise nach Süden traf, schritt Joycelin durch leere Straßen. Sie hätte einen oder zwei Leibwächter mitnehmen können, um geschützt zu sein, aber dann hätte es Zeugen für die Begegnung gegeben. Es war besser, wenn das Wissen darum auf sie und den Mann namens Emmerson White beschränkt blieb.

Sie behielt ihre Umgebung aufmerksam im Auge und bemerkte manchmal Gestalten in Hauseingängen und schmalen Gassen zwischen den Gebäuden. Ein Leibwächter, der sich mit solchen Dingen auskannte, wäre tatsächlich besser gewesen, aber sie glaubte sich gut gerüstet – in dem Schulterhalfter unter ihrer Jacke steckte ein schwarzer Colt M45, mit dem sie umzugehen verstand.

An der nächsten Straßenecke blieb sie unter der fleckigen Markise eines geschlossenen Ladens stehen und orientierte sich mit Hilfe ihres Satellitenhandys, das wenige Stunden zuvor Finleys Einladung empfangen hatte. Oder besser gesagt: seine *Aufforderung* zur Teilnahme an einer Besprechung. Das war eine Sache, die ihr nicht gefiel. David Finley neigte immer mehr dazu, Anweisungen zu erteilen. Sie musste sich fügen, ihr blieb keine Wahl, aber die Dinge konnten sich ändern, und zwar recht schnell.

Es handelte sich um eine besondere Besprechung, die an einem besonderen Ort stattfinden sollte: auf der größten privaten Yacht der Welt, vor der Küste Floridas, vielleicht das Traumziel vieler der Menschen, die sich dem Syracuse-Treck angeschlossen hatten. Außer Finley und ihr würden acht weitere Personen daran teilnehmen, über die Joycelin nicht genug wusste. Das wollte sie mit der Hilfe des Mannes ändern, den sie auf dem Friedhof zu treffen gedachte.

Sie ging weiter und überquerte eine breite Straße mit insgesamt sechs Fahrbahnen, jeweils drei in eine Richtung. Der Asphalt erstreckte sich leer nach Westen und Osten, nicht ein einziger Wagen war darauf unterwegs. Auf der anderen Seite zeigte sich der grau gewordene Friedhof mit seinen blattlosen Bäumen und sanften Hügeln, auf denen sich wie willkürlich angeordnet Grabsteine erhoben.

Joycelin blieb wachsam und blickte sich immer wieder um. Tylers Schicksal hatte sie gelehrt, wie kurz das Leben sein konnte. Zudem lief sein Tod für Joycelin auf eine weitere Lektion hinaus: Man durfte nicht zögern, man musste die Chancen ergreifen, die sich einem boten.

Und hier präsentierte sich ihr eine wahrhaft einzigartige Chance, größer als alle, die sich je einem Menschen geboten hatten. Um sie zu nutzen, musste sie gut vorbereitet sein, vielleicht besser als jemals zuvor, denn es stand auch viel mehr auf dem Spiel. Und gute Vorbereitungen erforderten Informationen, die sie von dem Mann bekommen würde, mit dem sie verabredet war.

Ihn zu finden, fiel ihr nicht schwer. Nur wenige Personen befanden sich auf dem Friedhof, um die Gräber von Freunden und Verwandten zu besuchen und vielleicht von ihnen Abschied zu nehmen, bevor sie sich dem Treck anschlossen. Er saß auf einer lehmbraunen Sitzbank, gehüllt in einen dunklen Mantel mit hohem Kragen, und schien mindestens zehn Jahre älter zu sein als auf dem Foto, das Joycelin gesehen hatte.

Sie setzte sich zu ihm und nahm ihre Sauerstoffmaske ab. »Emmerson White?«

»Sie kommen spät, Ms. Hayes …« Er trug ebenfalls eine Atemmaske, eine kleine, die Nase und Mund nicht ganz bedeckte.

»Der Treck zwang mich zu einem Umweg. Er ist ziemlich groß geworden.« Joycelin deutete über die Gräber. »Ein ungewöhnlicher Treffpunkt.«

»Hier haben die Toten Ruhe und Frieden«, sagte Emmerson White. »Für die Opfer des Grau sieht die Sache anders aus. Haben Sie von den Massengräbern gehört, Ms. Hayes? Tausende werden einfach verscharrt. Nicht hier, sondern außerhalb der Städte, wo die Erde anonym und gleichgültig ist. Niemand setzt ihnen einen Gedenkstein. Ihre Namen geraten für immer in Vergessenheit.«

Emmerson White trug eine Brille mit runden Gläsern und sah aus wie ein Buchhalter, doch er sprach mit der klugen Nachdenklichkeit eines Philosophen, der lange und gründlich über die Welt nachgedacht hatte.

Er sah sie an. »Wann hört das alles auf?«

»Das Grau? Ich weiß es nicht.«

»Wir haben es Ihrer Firma zu verdanken.«

»Das war vor meiner Zeit.«

»Daran krankt die Welt schon seit einer ganzen Weile. Dass niemand Verantwortung übernehmen will. Immer sind die anderen schuld.«

Oh, ich bin bereit, Verantwortung zu übernehmen, dachte Joycelin, die größte, die je ein Mensch getragen hat.

»Unter meiner Leitung arbeitet Corrico für die Zukunft«, sagte sie mit fester Stimme. »Wir alle versuchen, so viel wie möglich von der Welt zu retten.«

Emmerson White deutete über die Grabsteine und Friedhofswiesen hinweg in Richtung Universität. »Können Sie all die Menschen retten, die sich dort drüben versammeln, um gemeinsam nach Süden zu ziehen?«

»Nein«, sagte Joycelin. »Aber ich kann Sie retten, Mister White. Deshalb sind Sie hier, nicht wahr?«

Er musterte sie mit sehr aufmerksam blickenden Augen. »Wieso ich?«

»Vielleicht haben Sie einfach Glück.« Joycelin lächelte kurz. »Sie arbeiten als Datenspezialist für die National Security Agency und sollen sehr, sehr gut sein.«

Wenn ihm das Kompliment gefiel, gab er es nicht zu erkennen. Es waren keine leeren Worte, ihre eigenen Recherchen hatten es ergeben.

»Ich biete Ihnen einen Platz in einer der sieben Städte des Überlebens, die Corrico baut«, sagte Joycelin. Das hatte sie ihm schon am Telefon gesagt. Es war der Köder gewesen, der ihn hierhergelockt hatte. »Dafür erwarte ich nur eine kleine Gegenleistung von Ihnen.«

»Welche?«

Joycelin sah sich erneut um. Niemand befand sich in der Nähe. Ohne den Verkehrslärm konnte man die Stimmen der Frostflüchtlinge bei der Universität hören, wie das Rauschen des Winds, das einen herannahenden Sturm ankündigte.

Sie griff unter ihre Jacke, am Colt im Schulterhalfter vorbei in die Innentasche, holte einen gefalteten Zettel hervor und reichte ihn White.

Der entfaltete ihn und las die acht Namen darauf. »Was ist damit?«

»Ich brauche Informationen«, sagte Joycelin. »Mehr als ich selbst beschaffen kann. Wer sind diese Personen? Wie sind sie zu Macht und Reichtum gelangt? Welche Bedeutung kommt ihnen heute zu? Wo liegen ihre Stärken und Schwächen? Und vor allem: Wie sehen ihre Beziehungen untereinander aus?«

Emmerson White hob den Blick. » Sie wollen wissen, wie man diese Personen gegeneinander ausspielen kann?«

Damit bewies er seine Intelligenz. Der Mann, der wie ein einfacher Buchhalter aussah, schien daran gewöhnt, weit voraus und auch um die eine oder andere Ecke zu denken. Das machte ihn sehr nützlich, aber auch gefährlich.

Die Risiken mussten überschaubar bleiben, dachte Joycelin in der Stille eines Friedhofs, umgeben von Gräbern. Und kalkulierbar. Sie traf eine im großen Zusammenhang kleine Entscheidung.

»Ich bin an allem interessiert«, antwortete sie. »Je mehr Informationen Sie liefern können, desto besser.«

White nickte und steckte den Zettel ein. »Bis heute Abend erhalten Sie einen ersten Bericht.«

»Gut.«

»Was den Platz in einer Ihrer Städte betrifft ...«

»Ja?«

»Ich habe Familie und einige sehr enge Freunde ...«

»Vier Personen«, sagte Joycelin. »Sie, Ihre Frau und die beiden Kinder. Von Ihren engen Freunden werden Sie Abschied nehmen müssen.«

»Ich verstehe.«

»Gut«, wiederholte Joycelin und stand auf. »Ich danke Ihnen. Sie wissen, wie Sie mich erreichen können.«

Sie nickte dem Mann auf der lehmbraunen Sitzbank noch einmal zu und ging.

Die Wachen am Eingang des Hotels Palace beim Thornden Park überprüften ihren Ausweis. Dazu waren sie verpflichtet, obwohl sie natürlich wussten, wen sie kontrollierten.

Auf dem Weg nach oben zum Dachgeschoss dachte Joycelin über die Begegnung mit dem NSA-Beamten nach. Emmerson White, ein Mann, der immer gute Arbeit geleistet hatte und von den Ereignissen der letzten anderthalb Jahre ebenso überrollt worden war wie die meisten Menschen. Es ging nicht mehr darum, die Pflicht zu erfüllen oder, vielleicht mehr als das, um Aufstieg, Karriere und Anerkennung. Es ging nur noch ums Überleben.

Jemand wie White erkannte das klarer als andere, und vielleicht erkannte er sogar noch mehr. Das war manchmal das Problem mit klugen, intelligenten Menschen: Sie konnten zu Rivalen werden oder zumindest zu Stolpersteinen auf einem ohnehin schwierigen Weg. Sie bedauerte, was Emmerson White erwartete, aber es ließ sich nicht ändern.

Im Flur des Dachgeschosses blieb sie vor der Tür stehen und setzte die Sauerstoffmaske auf, bevor sie nach draußen trat, in den Kopter stieg, dessen Batterien inzwischen aufgeladen waren, und schließlich Richtung Süden flog.

76

LAURA LOMBARDI

MAMARONECK, BEI NEW YORK, USA

Es regnete Glassplitter. Menschen sprangen auf, Stühle kippten um, Männer und Frauen schrien.

Schwindel erfasste Laura, für einen Moment konnte sie unten nicht mehr von oben unterscheiden. Sie fiel – oder schwebte sie dem offenen Dach des Wintergartens entgegen? –, inmitten eines Durcheinanders aus Füßen und Beinen.

Sie schnappte nach Luft, von der es weniger zu geben schien, sie reichte einfach nicht. Während einiger nebliger Sekunden fragte sie sich, ob sie auf einen hohen Berg geklettert war, ohne sich daran zu erinnern. Ein seltsamer Trommelwirbel dröhnte in ihren Ohren, vielleicht stammte er vom rasend schnell pochenden Herz.

Chaos herrschte um sie herum und auch in ihrem Kopf. Laura erinnerte sich vage an einen wichtigen Gedanken, den sie hatte festhalten wollen, aber er war ihr entschlüpft wie eine glitschige Schlange.

Davon hatte eben jemand gesprochen. Von einer Schlange, die sich wand und log. Damit hatte der Gedanke zu tun, mit Lügen, die auf den fruchtbaren Boden von was fielen?

Jemand griff nach ihrem Arm, zog sie erst auf die Beine und dann durch die Reste einer Glastür. Glassplitter knirschten, und nicht allzu weit entfernt knallte es mehrmals schnell hintereinander.

»Schüsse?«, brachte sie hervor, auf ihrem Berggipfel, der das Atmen so schwer machte.

»Jemand greift an«, antwortete der Mann an ihrer Seite. Sein Name fiel ihr ein. Leopold. Ja, so hieß er. »Cochrains Leute, habe ich gehört. Eine gute Gelegenheit für uns, Richter Amadeus' ungastliche Gemeinschaft zu verlassen.«

Die Welt verschwamm immer wieder vor ihren Augen, und einige der Worte, die sie gerade gehört hatte, schienen keinen Sinn zu ergeben.

»Was ist los?«, fragte Laura, als sie einen Teich mit dunklem Wasser erreichten, die Pflanzen an seinem Rand verdorrt und grau. »Was ist los mit mir?«

Der Mann – Leopold – musterte sie besorgt. »Es wird gleich besser«, versprach er und nahm ihre Hand. »Komm, wir müssen weg von hier.«

Laura konnte kaum mehr atmen, sie bekam nicht genug Luft. Am Rand des Villengrundstücks stützte sie sich keuchend an einen grauen Baum.

»Etwas Wichtiges … ich habe es vergessen.«

»Wichtig ist, dass wir am Leben bleiben«, sagte Leopold eindringlich. Er keuchte ebenfalls, wenn auch nicht so schwer und laut wie sie. »Komm, Laura, reiß dich zusammen, ausruhen können wir später.«

Er zog sie weiter, an einem Strauch vorbei, der keine Blätter trug. Auf dem Bürgersteig angelangt, krächzte sie: »Ich muss dir was sagen …«

»Sag es mir später, wenn du dich erholt hast. Komm, hier scheint es etwas ruhiger zu sein. Noch beschränkt sich die Schießerei auf die andere Seite des Hauses. Seltsam, wir scheinen die Einzigen zu sein, die in den Park hinter der Villa gelaufen sind.«

»Nicht ganz«, erklang eine Stimme in der Nähe.

Die Worte stammten von einem dürren Mann mit schulterlangem grauem Haar, der eine Schrotflinte in beiden Händen hielt und sie auf Laura und Leopold richtete. Elizabeth begleitete ihn, bewaffnet mit dem Revolver, den Daniel – der Mann mit der rauen Stimme – Leopold abgenommen hatte. Laura hatte sie beide schon einmal gesehen, und dabei fiel ihr ein Strick ein.

Sie waren verrückt, erinnerte sich Laura. Amadeus und Elizabeth, beide auf ihre eigene Art und Weise. Und das hatte etwas mit dem Gedanken zu tun, nach dem sie suchte, mit der wichtigen Erkenntnis.

»Wollen Sie den anderen nicht dabei helfen, Ihre kleine heile Welt zu verteidigen?«, fragte Leopold die beiden.

Amadeus trat näher, die Flinte weiterhin erhoben. Elizabeth zielte mit dem Revolver in beiden Händen.

»Es sind nur Cochrains Leute«, sagte der Grauhaarige. »Sie haben eine gute Gelegenheit gewittert, aber wir werden auch diesmal mit ihnen fertig.«

»Sie wurden verurteilt«, verkündete die Frau. »Das Urteil muss vollstreckt werden.« Sie spannte den Hahn des Revolvers und richtete den Lauf auf Laura.

»Tod durch den Strang«, sagte Leopold. »So lautete das Urteil. Sie können es nicht einfach ändern.«

»Tot ist tot« erwiderte Elizabeth.

Ein Schuss fiel, laut und nah.

Der Revolver in den Händen der Frau vor Laura zitterte, schwang zur Seite und entlud sich mit einem Krachen fast so laut wie die Explosion, die zuvor das Glas des Wintergartens zertrümmert hatte. Die Kugel traf den Asphalt der nahen Straße und heulte als Querschläger davon. Und die Frau, die den Revolver noch immer in den Händen hielt, sank mit einem gurgelnden Laut zu Boden, ihr Hals halb zerfetzt.

Amadeus wollte sich umdrehen, aber die nächste Kugel traf ihn. Sie schlug von oben in seine Schädeldecke, ein dünner Blutstrahl spritzte aus dem Loch.

Plötzlich summte und rauschte es.

Ein Elektro-Kopter näherte sich, eine fragil und zerbrechlich wirkende Konstruktion aus ultraleichtem Metall, Kunststoff und sechs großen Rotoren, die Staub und graue Blätter aufwirbelten, als das Gefährt über der Straße tiefer ging. Die Seitenluke war geöffnet, eine Frau sah heraus, in den Händen ein Gewehr mit Zielfernrohr.

»Kommen Sie an Bord, schnell!«

Laura versuchte zu verstehen, was geschah. Leopold ergriff sie an den Schultern und dirigierte sie zum Kopter, der nicht landete, sondern einige Zentimeter über dem Boden schwebte. Die Frau in der offenen Luke beugte sich nach vorn, damit sie einsteigen konnte. Ihr Gewehr zeigte dabei weiter in Richtung Haus.

Laura kletterte mühsam in den Kopter. »Ich brauche etwas zu trinken!«, krächzte sie. »Und ich brauche Luft, ich kann nicht atmen!«

»Sie bekommen Wasser und eine Atemmaske, gleich«, stellte ihr die Frau in Aussicht. »Ich bin Linda.« Sie deutete auf den Piloten mit Helm und Sonnenbrille. »Das ist Greg. Mir scheint, wir sind gerade noch rechtzeitig eingetroffen.« Sie half Leopold herein und zog die Einstiegsluke so weit zu, dass gerade noch genug Platz für das Gewehr blieb. »Dass Sie das Handy eingeschaltet haben, war eine gute Idee. Jetzt sollten Sie sich besser davon trennen.« Sie streckte die freie Hand aus.

»Ich hab's gar nicht mehr.« Leopold deutete zum Gebäude. »Es befindet sich irgendwo dort drüben.«

»Gut.« Linda nickte dem Piloten zu. »Abflug.«

Der Kopter stieg auf und entfernte sich von der großen Villa, vor der ein erbitterter Kampf um gehortete Vorräte tobte.

Später, als das Atmen mit einer Sauerstoffmaske den Nebel in Lauras Kopf aufgelöst hatte, sagte sie: »Es ist noch schlimmer, als wir dachten.«

Leopold schnitt eine Grimasse. »Bitte sag so etwas nicht.

Meiner bescheidenen Meinung nach ist es bereits schlimm genug.«

Der Kopter, gesteuert von Greg Edwards, flog in einer Höhe von etwa hundert Metern und folgte der Küstenlinie nach Norden. Linda Dalstrom, die Frau mit dem Scharfschützengewehr, drehte sich zu ihnen um. »Was ist noch schlimmer, Dottoressa Lombardi?«, fragte sie ernst. »Was könnte noch schlimmer sein als das Grau?«

Laura wandte sich an Leopold. »Du hast gesagt, die Leute hätten den Verstand verloren, und das stimmt.« Plötzlich war alles erschreckend klar. »Das Stichwort heißt Sauerstoffentzug. Dadurch kommt es nicht nur zu Symptomen, die der Höhenkrankheit ähneln, sondern auch zu kognitiven Störungen und einer starken Beeinträchtigung der mentalen Fähigkeiten. Den Betroffenen fällt es schwer, selbst einfache Rechenaufgaben zu lösen. Sie sind kaum mehr in der Lage, logisch und rational zu denken.«

»Was bedeutet das konkret?«, fragte Linda.

»Es bedeutet, dass viele der Menschen, die dauerhaftem Sauerstoffentzug ausgesetzt sind, krank und verrückt werden. Wir haben erlebt, wohin das führen kann. Uns steht eine Welt voller *Amadeusse und Elizabeths* bevor.«

»Eine Welt voller Wahnsinn?«, fragte Leopold.

Laura nickte. »Dazu könnte es kommen.«

77

VIRGINIA DEL REY

LE HAVRE, FRANKREICH

Um in die Ausrüstungskammer zu gelangen, musste das Waschbecken des Badezimmers nach vorn gezogen werden. Dahinter öffnete sich eine Klappe, gerade groß genug, um hindurchzukriechen. Für die agile Virginia kein Problem.

Für Boris Kraskow war es mühsamer.

»Ist dieser Zugang für Schlangenmenschen bestimmt?«, schnaufte er und fügte hinzu: »Mit Röntgenaugen?«

Virginia schaltete das Licht ein. Eine nackte Glühbirne an der Decke vertrieb die Dunkelheit.

Kraskow richtete sich keuchend auf. »Oh.«

Regale bedeckten zwei Wände des kleinen Raums, die unteren gefüllt mit Konservendosen und Paketen, die unverderbliche Lebensmittel enthielten. Die übrigen Regale enthielten Kleidung in durchsichtigen Plastikhüllen, Schuhe und Stiefel, eingeschweißte Pakete mit echten Blankopässen, Dokumentenpapier, Bargeld in verschiedenen Währungen sowie Ausweis-, Führerschein- und Bankkarten.

Weiter vorn stand ein spezieller Drucker für die Pässe und ID-Karten, und auf dem kleinen Tisch daneben lag eine professionelle Kamera für die Erstellung von Passfotos. Ein USB-Kabel verband sie mit einem Notebook.

»Nicht schlecht.« Kraskow nickte anerkennend. »Geld, eine neue Identität, saubere Kleidung. Was braucht man mehr?«

»Wie wär's hiermit?« Virginia öffnete den Schrank, der eine ganze Wand einnahm.

Zwei der größten Fächer enthielten Waffen: Messer, Dolche, Pistolen, Revolver, Pumpguns, Sturmgewehre und Maschinenpistolen.

»Beim großen Lenin«, ächzte Kraskow. »Sollte von hier aus ein Krieg geführt werden?«

»Es kann nie schaden, auf alles vorbereitet zu sein.« Virginia sah sich die Waffen an, wählte eine silberne Pistole und hielt sie nachdenklich in der Hand. »Die Welt dort draußen ist böse geworden, Boris.«

»Sie war immer böse«, meinte er. »Sie hat nur die Maske fallen lassen.« Er wählte einen großkalibrigen Revolver, hielt ihn wie lässig in der Hand und hob den Kopf. »Sehe ich damit aus wie John Wayne?«

Virginia musterte ihn. »Wollen Sie eine ehrliche Antwort?«

Kraskow seufzte und legte den Revolver zurück.

Virginia öffnete das letzte große Schrankfach. »Und dann haben wir noch das hier.«

Wieder bekam sie ein »Oh« von Kraskow zu hören, und diesmal klang es zufrieden und erleichtert.

Das letzte Fach enthielt Atemmasken und, was noch wichtiger war, einen Karton mit blauen Sauerstoffpatronen, jede von ihnen fünfzehn Zentimeter lang, zwei Zentimeter dick und mit genug Sauerstoff, um bei vorsichtiger Dosierung und vermischt mit der Umgebungsluft bis zu drei Stunden beschwerdefreies Atmen zu ermöglichen. Solche Patronen konnten an zwei Orten aufgefüllt werden: bei einer öffentlichen Sauerstoffstation, die Anmeldung erforderte, was oft mit einer mehr oder weniger langen Warteliste verbunden war, oder auf dem Schwarzmarkt. Dort bekam der Kunde sofort, was er wollte, aber zu horrenden Preisen.

Kraskow nahm sich eine der Masken, setzte sie auf Mund und Nase, nachdem er sie mit einer Patrone verbunden hatte, und atmete tief durch.

Virginia deutete in die Runde. »Wir bleiben ein paar Tage und organisieren alles so gut es geht. Pässe für neue Identitäten, die weder bei der NSA noch dem SWR einen Alarm auslösen. Reisetickets für Schiffe und auch für Flugzeuge, falls noch Flüge gebucht werden können. Sondergenehmigungen verschiedener Staaten, um bei etwaigen Kontrollen durchgewinkt zu werden. Der ganze Kram. Und dann …«

»Spitzbergen«, sagte Kraskow.

Virginia nickte. »Genau. Ich will wissen, was beim Svalbard Global Seed Vault, dem Saatgutgewölbe im Eis, vor sich geht.«

Auf einmal ging das Licht aus.

»Kein Strom mehr«, brummte Kraskow. »Und es ist noch nicht neun.«

Virginia trat im Dunkeln an ihm vorbei zur offenen Klappe, die ins Badezimmer führte. »Zeit fürs Bett.«

»Das habe ich mir romantischer vorgestellt«, sagte Kraskow hinter ihr, während sie durch die kleine Öffnung kroch.

Virginia lachte leise. »Ich auch.«

Der Flur im zweiten Stock des Wohnhauses war dunkel und leer, aber nicht unbeobachtet. Hinter der Tür auf der anderen Seite von Philippe Tennants Wohnung saß ein Greis namens Jean-Pierre Rousseau, der in wenigen Jahren seinen neunzigsten Geburtstag feiern würde, wenn ihn das Grau so lange am Leben ließ. Er blickte durch den Spion und behielt das andere Apartment im Auge.

Auf seinem Schoß lag ein Block, in dem er alles notierte: welche Kleidung der Mann und die Frau trugen, wenn sie die Wohnung verließen und zurückkehrten; was sie sagten, wenn sie etwas sagten; wie sie sich verhielten und welchen Eindruck sie auf ihn machten.

Jeden Nachmittag um fünf, wenn es wieder Strom gab, schickte er seinen Auftraggebern einen Bericht.

Jean-Pierre Rousseau war ein sehr geduldiger Mann, der der guten alten Zeit nachtrauerte. Außerdem gab es nichts anderes für ihn zu tun.

78

»Riechen Sie das, Boris?«, fragte Virginia.

Sie standen an der Reling, ziemlich genau in der Mitte des Schiffes, an einer Stelle, wo sich die Bewegungen der Fähre weniger stark bemerkbar machten. Kraskow war dennoch ziemlich bleich.

»Was meinen Sie?«, fragte er mit rauer Stimme.

»Das Meer. Es riecht anders, es riecht tot.«

Mit gefälschten Papieren und einer ebenso gefälschten Sondergenehmigung der französischen Regierung hatten sie eine Doppelkabine an Bord der *Pride of Seas* bekommen, eines Schiffes groß genug für fünfhundert Passagiere und eine eigene Sauerstoffstation. Vor einigen Monaten war es umgebaut worden: Ein Elektromotor ersetzte das frühere Dieselaggregat, und zwei neue Segelmasten nutzten die Kraft des Windes.

Es war ein grauer Morgen in einer grauen Welt. Hinter ihnen verschwand Frankreichs Küste mit Le Havre in kaltem Dunst.

Kraskow ächzte.

Virginia trat näher und klopfte ihm sanft auf den Rücken. »Sie hätten mir sagen sollen, dass Sie leicht seekrank werden.«

»Ach, hätte das etwas geändert?«

»Die See ist ruhig, und hier spürt man kaum etwas.«

»Mein Magen ist anderer Meinung«, stöhnte Kraskow.

»In zwei Stunden soll sich das Wetter ändern, habe ich gehört. Windstärke sieben bis acht. Dann könnte es ungemütlich werden.«

Kraskow stöhnte lauter und beugte sich über die Reling, als fürchtete er, sich übergeben zu müssen.

»Sehen Sie nicht hin«, flüsterte er Virginia zu, das Gesicht eine bleiche Grimasse. »Links von uns, beim Mast. Der Mann im dunkelblauen Mantel und mit der gelben Pudelmütze. Ich glaube, er beobachtet uns. Er ist mir schon im Hafen aufgefallen, bevor wir an Bord gegangen sind.«

Virginia sah nicht hin. »Ist er allein, was meinen Sie?«

»Keine Ahnung.«

»Die Überfahrt nach Portsmouth dauert etwa sieben Stunden ...«

»Sieben Stunden!«, ächzte Kraskow.

»Genug Zeit, um herauszufinden, ob der Bursche Komplizen an Bord hat«, meinte Virginia. »Und damit fangen wir sofort an. Ich nehme mir unsere Kabine vor und stelle fest, ob wir dort Lauscher haben. Sie bleiben hier und ... genießen die frische Luft.«

Kraskow hob die Atemmaske vor Mund und Nase. »Herzlichen Dank!«

»Mal sehen, ob unser Freund hierbleibt oder entscheidet, mich im Auge zu behalten. Bis gleich.«

Virginia ging los, vorbei an anderen Passagieren, die an der Reling standen oder vor der Sauerstoffstation warteten, vorbei auch an dem Mann im dunkelblauen Mantel. Kurz darauf stieg sie die Treppe hinunter, die in den großen Bauch des Schiffes führte, schritt durch den Korridor mit den Kabinen zu beiden Seiten und blieb vor der Tür der Doppelkabine stehen, die sie mit Kraskow teilte.

Als sie den Schlüssel hervorholte und ins Schloss steckte, behielt sie den Aufgang zum Deck im Auge, und tatsächlich: Auf halbem Weg die Treppe hinunter stand jemand, der einen dunkelblauen Mantel und eine gelbe Pudelmütze trug.

Virginia betrat die Doppelkabine und schloss die Tür hinter

sich. Eine sonderbare Stille herrschte. Es fehlte das laute Brummen von Motoren, man hörte nur ein dumpfes Rauschen, die gedämpfte Stimme von Meer und Wind.

Virginia öffnete den Schrank, entnahm ihrer Reisetasche ein Instrument, das aus dem versteckten Ausrüstungszimmer in der Wohnung von Philippe Tennant stammte, und begann mit der Suche nach Mikrospionen, die sich durch Funksignale oder ein verdächtiges elektromagnetisches Feld verrieten.

Sie fand nichts, ein Hinweis darauf, dass die Observierung nicht gründlich vorbereitet worden war, vermutlich deshalb, weil niemand gewusst hatte, mit welchen neuen Identitäten ihre Überfahrt nach Großbritannien erfolgte. Es stimmte Virginia zuversichtlich hinsichtlich des weiteren Verlaufs der Reise, von dem die Auftraggeber des Mannes im dunkelblauen Mantel vermutlich ebenfalls nichts wussten.

Wir sind euch einen Schritt voraus, dachte sie. Vielleicht sogar zwei oder drei.

Wieder an Deck kehrte sie zu Kraskow zurück, der noch immer an der Reling stand, vielleicht noch etwas bleicher als zuvor.

»Nichts«, teilte sie ihm mit.

»Er ist Ihnen gefolgt«, sagte er missmutig. »Offenbar hält er Sie für wichtiger.«

»Soll ich ihn auf seinen Irrtum hinweisen?«

»Ach, er hat vermutlich recht. In meinem gegenwärtigen Zustand kann ich nicht viel ausrichten, oder?«

»Ich bin sicher, dass Sie mindestens ebenso viel ausrichten könnten wie ich, wenn Sie nur wollten«, entgegnete Virginia, davon überzeugt, dass es Boris Kraskow nicht ganz so schlecht ging, wie er den Anschein gab. »Wir haben sieben Stunden Zeit, uns etwas einfallen zu lassen, vielleicht auch nur sechs, wenn wir genug Wind aus der richtigen Richtung bekommen. Zunächst einmal müssen wir herausfinden, ob er allein ist.«

»Und dann überlegen wir, wie wir ihn am besten aus dem Verkehr ziehen.«

»Möglichst auf eine ruhige, friedliche Art und Weise«, schlug Virginia vor. »Ich möchte vermeiden, dass jemand stirbt. Es gibt schon genug Tote auf der Welt.«

79

Einige Stunden später klopfte Virginia an eine bestimmte Kabinentür.

»Ja?«, erklang eine Stimme.

»Entschuldigen Sie bitte, ich habe etwas für Sie.«

Ein Schlüssel drehte sich im Schloss, die Tür wurde einen Spaltbreit geöffnet, und das argwöhnische Gesicht eines Mannes um die vierzig erschien.

Kraskow gab der Tür einen kräftigen Tritt, und der überraschte Mann taumelte zurück, verlor das Gleichgewicht und fiel.

»Guten Morgen«, sagte Virginia. Sie schloss die Tür und sah auf ihre Uhr. »Beziehungsweise guten Tag.«

Kraskow öffnete den Wandschrank und zog Schubladen auf.

»Was macht er da?«, fragte der Mann auf dem Boden. Er sprach Französisch, aber man hörte, dass es nicht seine Muttersprache war. »Wer sind Sie? Was wollen Sie?«

»Oh, ich glaube, Sie wissen, wer wir sind.« Virginia stieß den Mann mit dem Fuß an. »Auf die Beine.«

Kraskow suchte in Schubladen und Schrankfächern nach Hinweisen auf Identität und Auftrag des Mannes. Er hieß Burhan Demirci und war türkischer Staatsbürger, so viel hatte sich der Passagierliste entnehmen lassen.

Der Mann stand zögernd auf. Wie ein Profi wirkte er nicht, fand Virginia. Aber dieser Eindruck konnte durchaus Teil seiner Tarnung sein.

»Ich habe gesagt, ich hätte etwas für Sie, und das stimmt.« Virginia holte ihre silberne Pistole hervor.

»Lieber Himmel!« Burhan Demirci wich einen Schritt zurück.

»Nein«, brummte Kraskow, ohne sich umzudrehen, »ich fürchte, uns schickt nicht der Himmel. Und es hat auch keinen Sinn, ihn um Hilfe anzurufen. Beim Grau haben all die Gebete nichts geholfen, und ich wüsste nicht, warum sie ausgerechnet bei Ihnen etwas nützen sollten.«

»Bitte ...«, brachte der Mann hervor.

Virginia hob die Pistole. »Ja?«

»Wenn Sie wissen wollen, für wen ich arbeite ...«

»Nein«, sagte sie, »wollen wir nicht.«

»Aber ...«

Kraskow wandte sich vom Schrank ab. »Nichts.«

»Vielleicht hat er was bei sich«, meinte Virginia.

Kraskow tastete Demirci ab, zog ihm ein Portemonnaie aus der Gesäßtasche und öffnete es.

»Oh, ziemlich viel Bargeld«, staunte er und zählte die Scheine. »Mehr als fünftausend Dollar.«

»Alles ist teuer geworden ...«, stammelte der Mann.

»Ja, seltsam, nicht wahr?« Kraskow steckte das Portemonnaie ein. »Es ist tatsächlich alles sehr teuer geworden, und gleichzeitig zählt ein einzelnes Leben kaum mehr etwas.«

»Mein Portemonnaie ...«

»Das brauchen Sie nicht mehr.«

Demircis nervöser Blick wechselte zwischen ihnen hin und her. »Ich beantworte alle Ihre Fragen«, erklärte er sich bereit.

»Nett von Ihnen«, sagte Virginia. »Allerdings stellen wir keine. Wir wollen gar nichts von Ihnen wissen.«

»Aber ...«

»Ich habe noch etwas für Sie.« Virginia holte mehrere Plastikschnüre unter ihrer Jacke hervor. »Sie legen sich jetzt aufs Bett, mit dem Bauch nach unten und den Händen auf dem Rücken, und dann bekommen Sie diese hübschen Schnüre von mir um die Hand- und Fußgelenke.«

Der Mann war erleichtert, Virginia spürte es, als sie ihn fesselte. Er wollte am Leben bleiben.

»Jetzt wird's ein bisschen unangenehm«, kündigte sie an und nahm ein Tuch. »Ich werde Sie knebeln, damit Sie nicht um Hilfe rufen oder ähnliche Dummheiten begehen. Es bedeutet auch, dass Sie keine Sauerstoffmaske tragen können. Sie werden sich eine Zeit lang mit der schlechten Luft begnügen müssen.«

»Aber …«, begann er erneut.

Virginia legte ihm den Knebel an. Burhan Demirci drehte den Kopf von links nach rechts und versuchte, sich auf die Seite zu rollen.

»Still liegen bleiben.« Virginia zeigte ihm noch einmal die Pistole. »Und damit meine ich still und reglos. Haben wir uns verstanden?«

Der Gefesselte nickte.

»Braver Junge«, sagte Virginia zufrieden. »Wir bleiben noch eine Weile draußen vor der Tür stehen, um uns davon zu überzeugen, dass Sie wirklich brav bleiben. Wenn nicht, müssen wir leider andere Maßnahmen ergreifen.«

Der Mann lag mucksmäuschenstill und rührte sich nicht.

Kraskow öffnete die Tür, und einen Moment später standen sie im Flur. Nicht ein Geräusch kam aus der Kabine.

»Er wird still bleiben, mindestens eine halbe Stunde lang«, sagte Kraskow an Deck. Er setzte wieder die Atemmaske auf.

Virginia blickte übers Meer. Der Hafen von Portsmouth schien zum Greifen nah.

»In zehn Minuten sind wir an Land«, sagte sie.

»Und in einer Stunde in der Luft«, entgegnete Kraskow und atmete tief durch. »Wenn alles gut geht, können wir morgen auf Spitzbergen sein.«

80

LAURA LOMBARDI

50 KM WESTLICH VON BOSTON, USA

»Wo sind wir?«, fragte Laura und sah nach unten. »Wohin fliegen wir?«

Die Küste lag inzwischen ein ganzes Stück hinter ihnen. Grauer Wald erstreckte sich unter dem E-Kopter, der noch immer in einer Höhe von nur hundert Metern flog. Gelegentlich erschienen Straßen und kleine, verlassen wirkende Ortschaften.

Leopold deutete zur Sonne, die noch ein ganzes Stück über dem Horizont stand. »Wir fliegen nach Westen. Der Westchester-Airport ist aber nicht unser Ziel, oder? Den hätten wir längst erreicht.«

Die Frau auf dem Kopilotensitz, Linda Dalstrom, antwortete ihnen über die Schulter hinweg. »Bevor wir Sie außer Landes bringen, machen wir noch Zwischenstation, für neue Akkus und um jemanden abzuholen, der uns begleiten wird.«

Laura dachte noch immer an eine Welt, in der Millionen von Menschen kurz davorstanden, den Verstand zu verlieren und wahnsinnig zu werden. Einzelne Amokläufer waren schlimm genug, aber Tausende oder gar Hunderttausende?

»Wir sind angewiesen, Sie nach Spitzbergen zu bringen«, erklärte der Pilot namens Greg Edwards. »Dort sind Sie in Sicherheit. Und Sie können Ihre wissenschaftliche Arbeit in einer Forschungsstation fortsetzen, Dottoressa Lombardi. Ihre Kollegen experimentieren mit den Pflanzensamen des Svalbard Global Seed Vault und suchen nach einer Möglichkeit, Pflanzen gegen das Grau resistent zu machen.«

»Spitzbergen.« Leopold hob die Brauen. »So ein Zufall. Das war ohnehin unser Reiseziel, nicht wahr, Laura?«

Sie widersprach nicht, obwohl ihr Italien lieber gewesen wäre.

»Wen holen wir ab?«, hörte sie Leopold fragen.

»Jemanden, den Sie gut kennen«, antwortete Greg Edwards. »Wir sind gleich da, nur noch ein paar Minuten.«

Der Kopter landete auf einem Parkplatz, der bis auf zwei ineinander verkeilte Fahrzeuge leer war, das eine ein Pick-up, das andere ein großer Transporter mit geöffneter Hecktür. Kartons lagen auf dem Boden verstreut.

»Was ist hier geschehen?«, fragte Laura, als sie den Kopter gesichert hatten und über den Parkplatz gingen.

»Ein Hinterhalt«, erklärte Dalstrom und hielt ihr Gewehr bereit. »Plünderer haben einem Lieferwagen aufgelauert, der Sauerstoff und Lebensmittel in den Ort hat bringen sollen. Das ist inzwischen eine Woche her«, fügte sie hinzu, als sie die Sorge in Lauras Gesicht bemerkte. »Hier gibt es nichts mehr zu befürchten. Die Leute, die hier wohnten, sind alle weg. Bis auf Charlotte, die schon vor Jahren vorgesorgt hat.«

Bei einem kleinen Supermarkt in der Nähe waren die Scheiben zertrümmert, und die Tür hing schief in den Angeln. Wind wehte Papierfetzen über den Asphalt.

»Dort gibt es nichts mehr zu holen«, bemerkte Edwards, der noch immer den Pilotenhelm und seine Sonnenbrille trug. »Die Plünderer sind weitergezogen.«

Trotzdem blieb Dalstrom wachsam.

Bei den Gebäuden in der Nähe – einfache zweistöckige Holzhäuser, die Vorgärten grau wie der nahe Wald – rührte sich nichts. Wo die Jalousien nicht heruntergelassen waren, blieben die Gardinen unbewegt.

Als sie den Weg erreichten, der vom Parkplatz mit den beiden

Fahrzeugwracks zu einem etwa zweihundert Meter entfernten Haus führte, nickte Dalstrom ihrem Kollegen zu, der die stumme Botschaft mit einer knappen Geste bestätigte. Laura war sofort aufgefallen, dass sich die junge blonde Linda Dalstrom und der nur wenige Jahre ältere Greg Edwards auch ohne Worte verständigen konnten. Ein Blick oder ein knappes Handzeichen genügten, und der andere wusste sofort, worum es ging. Sie waren wie zwei erfahrene Soldaten, die sich besser kannten als ein Ehepaar und sich vollkommen aufeinander verlassen konnten.

»Ich bleibe in der Nähe des Kopters«, wandte sich Dalstrom an Laura und Leopold. »Nur für den Fall.«

»Wo sind wir?«, fragte Leopold, als sie über den Weg zum Haus schritten, das mehr eine große Hütte inmitten von grauem Gestrüpp zu sein schien. Auf der einen Seite ragte ein hoher Baum auf, seine graue Krone halb über dem Dach, auf der anderen standen mehrere Solarpanelreihen.

Die Fensterläden waren geschlossen, auf den Stufen der Verandatreppe hatte sich Schmutz angesammelt.

»Nordöstlich von Greendale, nicht weit vom Wachusett Reservoir«, antwortete Greg Edwards. In seinem Gürtelhalfter steckte eine Pistole, aber er zog sie nicht. Offenbar fühlte er sich sicher. »Etwa fünfzig Kilometer westlich von Boston. Ein Zwischenaufenthalt auf dem Weg nach Kanada, wo uns ein Flugzeug erwartet.«

Als er den Fuß auf die unterste Treppenstufe setzte, ertönte eine scharfe Stimme.

»Halt!«

Greg Edwards hob die Hand und verharrte. »Wir sind's, Charlotte.«

Eine Frau kam um die Ecke der Hütte, schlank, mindestens siebzig Jahre alt und in einen Tarnanzug gekleidet. Rostrotes Haar reichte ihr bis auf die Schultern und umrahmte ein blasses, faltiges Gesicht mit zahlreichen Sommersprossen und hellwachen blauen Augen. Kleine, schmale Hände hielten ein Gewehr so groß wie die Schrotflinte von Amadeus.

»Weg mit der Brille«, sagte die Frau, ohne das Gewehr direkt auf sie zu richten.

Edwards nahm die Sonnenbrille ab.

»Ja, das Gesicht kenne ich.« Die Frau deutete auf Laura und Leopold. »Das sind die beiden wichtigen Passagiere, nehme ich an.«

»Wir wollen nur schnell den dritten abholen, dann machen wir uns wieder auf den Weg.« Edwards ging die Verandatreppe hoch. Die hölzernen Stufen knarrten unter ihm. »Linda ist drüben beim Kopter und hält Wache.«

»Sie sollte gut aufpassen, es treiben sich hier noch immer Leute herum, die ihre guten Manieren vergessen haben. Oder die nie welche hatten.« Das widersprach dem, was Edwards eben gesagt hatte und beunruhigte Laura.

Einige flinke Schritte brachten Charlotte zur Tür. Hinter ihr und Edwards betraten Laura und Leopold einen dunklen, nach Staub riechenden Raum, in dem die Luft noch schlechter zu sein schien als draußen. Mattes Licht fiel aus einem Nebenzimmer, begleitet von einem Summen.

»Wie steht's mit den Akkus?«, fragte Edwards, der seine Sonnenbrille wieder aufgesetzt hatte, obwohl es finster genug war.

»Sind zu achtzig Prozent aufgeladen.« Charlotte nahm das Gewehr in die linke Hand, bückte sich und zog mit der rechten einen Teil des dicken Teppichs beiseite. Darunter kam eine Falltür zum Vorschein.

Edwards half Charlotte dabei, sie zu öffnen, und kehrte dann zur offenen Tür zurück. »Ich warte hier oben und kümmere mich um die Akkus. Nur zu, werfen Sie einen Blick in Charlottes kleines Reich. Das so klein gar nicht ist.«

»Kommen Sie«, sagte Charlotte, legte ihr Gewehr neben die Falltür und kletterte eine Leiter hinab.

Laura hatte einen Keller erwartet, stattdessen fand sie sich in einer Art Bunker wieder, der offenbar wesentlich mehr Fläche einnahm als das Gebäude darüber. Hermetisch dichte Stahltüren unterteilten ihn in verschiedene Sektionen.

Charlotte führte sie und Leopold durch einen Flur mit glatten, sauberen Wänden, vorbei an Zimmern mit Betten, Tischen und Stühlen. Mehrere große Vorratskammern waren mit Konserven und Kartons gefüllt, die wahrscheinlich Lebensmittelpackungen und Wasserflaschen enthielten. In einem etwa zwanzig Quadratmeter großen Raum lagerten Sauerstoffpatronen, Atemmasken, Luftfilter, Batterien, Taschenlampen und Funkgeräte.

»Mein Mann Benno ist vor drei Jahren gestorben«, erklärte Charlotte. »Wir waren immer der Meinung, dass es am besten ist, auf alles vorbereitet zu sein. Das zahlt sich jetzt aus. Ach, wenn Benno das erlebt hätte.« Sie blieb kurz stehen und sah zur Betondecke hoch. »Möge Gott seiner Seele gnädig sein, wenn es Ihn gibt, was ich bezweifle.«

Sie ging weiter, mit energischen, zielstrebigen Schritten.

»Ihr Mann war ein Prepper?«, fragte Laura.

»Und sein Vater vor ihm, einer der Ersten in diesem Land«, antwortete Charlotte. »Die Grube für diesen Unterschlupf wurde in den fünfziger Jahren ausgehoben, noch vor der Kubakrise.« Sie drehte den Kopf und warf ihr langes rotes Haar zurück. »Haben Sie's gemerkt? Hier unten ist die Luft besser. Die Aufbereitungsanlage produziert genug Sauerstoff. Unabhängig zu sein, darauf haben Benno und vor ihm sein Vater immer großen Wert gelegt. Das zahlt sich jetzt aus. Mehr als zwanzig Personen hätten hier unten Platz und Schutz finden können. Für mich allein reichen die Vorräte mindestens anderthalb Jahre, vielleicht sogar zwei, wenn ich mir alles gut einteile. Und in zwei Jahren ist bestimmt alles vorbei.«

Nein, dachte Laura. In zwei Jahren wird es nicht vorbei,

sondern noch viel, viel schlimmer sein, wenn kein Wunder geschieht.

Und es fiel ihr schwer, an Wunder zu glauben.

Vor einer hellblauen Tür blieb Charlotte stehen und holte einen Schlüssel hervor.

»Der dritte Passagier ist eingesperrt?«, fragte Leopold erstaunt.

»Das haben Greg und Linda für besser gehalten«, erwiderte Charlotte. »Auch zu seinem eigenen Schutz.«

Sie öffnete die Tür.

Im Licht einer kleinen Lampe, gespeist vom Strom, den die Solaranlage neben der Hütte produzierte, saß ein Mann und las. Er legte das Buch beiseite und stand auf, als Charlotte hereinkam.

Laura erkannte ihn sofort, trat vor und versetzte ihm eine schallende Ohrfeige.

81

Hudson Chamberlain wich verblüfft zurück, die Hand zur Wange erhoben.

»Sie!«, stieß Laura hervor. »Ausgerechnet Sie! Der Mann, der für das Grau verantwortlich ist. Wissen Sie, dass man mich die ›Grau-Frau‹ nennt? Es gibt Menschen dort draußen, die mich für schuldig halten und mit dem Tod bestrafen wollten. Aber wenn jemand verantwortlich ist, dann sind es Sie!«

»Oh«, brachte Chamberlain hervor. »Sie sind Laura Lombardi, nicht wahr? Und Sie ...«

»Gestatten, Leopold Magnussen«, sagte Leopold kühl. »Wir sind uns nie begegnet, aber ich kenne Sie und Ihre Machenschaften. Fünf Billionen Dollar. Darum ging es Ihnen und Ihren Kumpanen vor einigen Jahren bei dem Geldwäscheskandal, der im letzten Augenblick vertuscht wurde.«

»Was?« Chamberlain wich noch einen Schritt zurück. »Ich weiß nicht, wovon Sie reden.«

»Als ob das Geld, das Sie mit Corrico verdient haben, nicht genug gewesen wäre«, fuhr Magnussen fort, seine Stimme noch immer kalt wie Norwegens Eis. »Aber es ist nie genug, nicht wahr? Es muss immer noch mehr sein, und dann noch mehr. Wahrscheinlich hatten Sie auch mit der Autobombe in Catania und den Anschlägen auf mich während der letzten Jahre zu tun.«

Hudson Chamberlain schüttelte den Kopf. »Ich versichere Ihnen …«

»Warum soll er mitkommen?«, wandte sich Laura an Charlotte.

Die Frau im Tarnanzug zuckte mit den Schultern. »Keine Ahnung, was weiß ich.«

Eine Stimme klang durch den Flur.

»He, ihr da unten!«, rief Greg Edwards. »Ihr solltet euch besser beeilen! Ich hab Schüsse gehört!«

»Na los!« Die alte Charlotte zeigte in den Korridor. »Ich möchte mit der ganzen Sache nicht mehr zu tun bekommen als unbedingt nötig.«

Auf dem Weg durch den Flur sah Laura zurück und stellte fest, dass Chamberlain ihnen folgte. Sie hatte halb gehofft, dass er zurückbleiben würde.

Greg Edwards erwartete sie oben an der Leiter, noch immer mit Pilotenhelm und Sonnenbrille, doch die Pistole hatte er aus dem Gürtelhalfter gezogen und hielt sie in der rechten Hand.

»Drei Schüsse«, sagte er mit kurzem Blick zur Tür. »Wir sollten schnell weg von hier.«

»Zusammen mit ihm?« Laura wies auf Chamberlain.

Edwards ging nicht darauf ein. »Charlotte …«

Sie griff nach ihrem Gewehr. »O nein, ich bleibe hier. Ich geh runter, schließ die Klappe und die Türen und bin dort sicher.

Zwei Jahre lang, wenn es sein muss. Und dann ist alles vorbei.« Sie kletterte die Leiter hinab, das Gewehr in der einen Hand, mit der anderen langte sie nach der Klappe. »Viel Glück«, sagte sie noch und schloss den Zugang.

»In zwei Jahren wird nicht alles vorbei sein«, sagte Laura, als sie Edwards zur Tür folgte. Akkus lagen dort bereit, mit Stricken zusammengebunden. Jeder von ihnen nahm einige, auch Chamberlain.

»Vielleicht doch«, erwiderte Greg Edwards und führte sie über den Weg, ein Akkupaket in der Linken, die Pistole schussbereit in der Rechten. »Wenn wir in Spitzbergen Erfolg haben. Wenn *Sie* dort Erfolg haben.«

Die einen hielten sie für die große Schuldige, die Grau-Frau, die der ganzen Welt Unheil gebracht hatte, die anderen für die letzte große Hoffnung. Lief es darauf hinaus? Hin und her gerissen zwischen zwei Extremen? Laura fühlte sich von neuem Unbehagen erfasst und spürte außerdem einen bereits vertraut gewordenen Druck auf Kopf und Brust. Sie griff nach ihrer Atemmaske.

Auf dem Parkplatz stand Linda Dalstrom halb geduckt hinter den beiden ineinander verkeilten Fahrzeugen, den Kolben des Scharfschützengewehrs an der Schulter und den Lauf auf den Supermarkt mit den zertrümmerten Scheiben gerichtet. Vor der schief in den Angeln hängenden Tür lag eine reglose Gestalt.

»Aasgeier«, sagte die junge Frau knapp. »Zwei. Einen hab ich erwischt.«

Edwards klopfte ihr kurz auf die Schulter. »Ich mache den Kopter startklar.« Er steckte die Pistole ins Halfter und ergriff die schweren Akkupakete. »Halt mir den Rücken frei.«

»Geben Sie mir das Ding«, brummte Leopold. »Die Pistole, meine ich. Darf ich?«

Greg Edwards zögerte kurz und nickte dann. Leopold zog

ihm die Pistole aus dem Halfter, prüfte sie und trat neben Dalstrom. »Wir geben Ihnen Feuerschutz.«

Edwards lief los. Mit den schweren Akkus kam er nur langsam voran.

In einer der leeren Fensteröffnungen des Supermarkts bewegte sich etwas. Leopold schoss mit der Pistole, und Dalstrom zielte feuerbereit mit dem Scharfschützengewehr. Als die Pistole schwieg, meldete sich das Gewehr mit einem dumpfen Knall zu Wort.

Edwards erreichte den Kopter und machte sich daran, die Akkus zu wechseln. Die leeren ließ er einfach zu Boden fallen.

Leopold schoss erneut, dreimal hintereinander. Mit dem Finger am Abzug wartete Dalstrom darauf, dass sich ihr ein Ziel bot. Sie blickte durchs Zielfernrohr, aber irgendwie sah sie trotzdem, dass Edwards winkte, bevor er in den Kopter kletterte.

»Los«, sagte sie. »Ich passe auf!«

Laura rannte, mit Leopold an ihrer Seite, der im Laufen die Pistole auf den Supermarkt gerichtet hielt. Chamberlain folgte ihnen geduckt.

Wenige Sekunden später zwängte sich Laura hinter den Pilotensitz. Chamberlain drückte sich neben sie, was ihr gar nicht gefiel, dann kam Leopold, der einen weiteren Pistolenschuss auf den Supermarkt abgab. Er war das Zeichen für Dalstrom, ihren Posten hinter den beiden Unfallfahrzeugen zu verlassen. Mit dem Gewehr in beiden Händen sprintete sie zum Kopter, dessen Rotoren sich bereits drehten.

Beim kleinen Supermarkt und den anderen Gebäuden in der Nähe rührte sich nichts. Vielleicht hatte eine der Kugeln den zweiten »Aasgeier« außer Gefecht gesetzt.

Dalstrom zog sich zum Kopilotensitz hoch und saß noch nicht richtig, als Edwards bereits startete. Der Kopter stieg schnell auf und flog über den kleinen Supermarkt hinweg nach Westen, der späten Nachmittagssonne entgegen.

»Wie viel Strom haben wir?«, fragte Dalstrom, als sich wieder grauer Wald mit vereinzelten leeren Straßen unter ihnen erstreckte.

»Genug für Kanada«, antwortete Greg Edwards.

Laura beugte sich ein wenig vor. »Was erwartet uns auf Spitzbergen? ›Wenn Sie dort Erfolg haben‹, sagten Sie, kurz bevor wir die Hütte verließen.«

Sie erreichten einen Fluss, und Edwards änderte den Kurs. Die Sonne glitt nach links, der Kopter flog nach Norden, der kanadischen Grenze entgegen.

Edwards drehte den Kopf ein wenig zur Seite. »In der dortigen wissenschaftlichen Station wird nicht nur mit den Pflanzensamen des Svalbard Global Seed Vault experimentiert. Man untersucht auch bestimmte Mikroorganismen.«

»Archaeen«, fügte Dalstrom hinzu. »Besondere Mikroorganismen, von denen man sich ein Mittel gegen das Grau verspricht. Sie sollen die Leitung der Forschungsarbeiten übernehmen, habe ich gehört.«

»Archaeen?«, wiederholte Laura, plötzlich voller Aufregung. Während der vergangenen Monate hatte sie sich immer wieder gefragt, ob irgendetwas übersehen worden war.

»Eine Art, die in den Ozeanen angeblich weit verbreitet ist und Ammoniak in Stickstoff verwandelt«, fügte Dalstrom hinzu.

Die Worte trafen Laura wie ein elektrischer Schlag. »Lieber Himmel!«, entfuhr es ihr. »Lieber Himmel! *Nitrosopumilus maritimus*. Eine in der Tiefsee lebende Archaea-Art, die Sauerstoff ohne Fotosynthese produziert. Das könnte die Lösung sein!«

82

JOYCELIN HAYES

BEI PALM BEACH, FLORIDA, USA

Das Meer, blau und grün unter wolkenlosem Himmel, war glatt wie Glas. Nirgends durchstießen die Rückenflossen von Delfinen seine unbewegte Oberfläche, und es gab keine Möwen, die darüber hinwegsegelten. Die Welt schien wie angehalten und erstarrt.

Die Yacht lag vor West Palm Beach im Süden Floridas, in Sichtweite der Küste, wo Tausende von Menschen Zuflucht suchten vor der Kälte im Norden. Aber selbst im Süden war es kalt geworden, sehr ungewöhnlich für Region und Jahreszeit. Es lag an den veränderten Luftströmungen, wusste Joycelin, die im Bug der Yacht stand, direkt an der Reling. Einige Meter hinter ihr befand sich einer von vier Pools des riesigen Schiffes, das Wasser darin auf sechsundzwanzig Grad geheizt.

Sie blickte zum Festland, wo mehrere Rauchsäulen aufstiegen. Viele der Flüchtlinge aus dem Norden würden in den nächsten Stunden oder Tagen sterben. Im Süden gab es nicht mehr Sauerstoff und ganz sicher nicht weniger Gewalt.

Sie fröstelte plötzlich, obwohl kein Wind wehte, schlug den Kragen der Jacke hoch und rückte die Sauerstoffmaske zurecht.

Das Smartphone in ihrer rechten Hand empfing Daten über ein Satellitenlink. Sie tippte aufs Display, öffnete eine Datei und las den Text. Er betraf die Personen, die sie am vergangenen Abend kennengelernt hatte und die an der Besprechung teilnehmen würden.

»Sie sind früh auf den Beinen, Joycelin«, vernahm sie eine Stimme hinter sich. Sie war nicht von einer Atemmaske gedämpft, und Joycelin erkannte den melodischen Klang.

»Hallo, Mister Doukas.« Sie drehte sich um und ließ das Smartphone sinken.

»Orlando«, erwiderte der Mann mit der ausdrucksvollen Stimme eines Sängers, was ihm seinen Spitznamen eingebracht hatte. »Darauf haben wir uns gestern Abend geeinigt. Orlando und Joycelin.«

Sie lächelte und nickte.

Orlando Theodorus Doukas schritt am Pool vorbei und näherte sich ihr. Er war vierundfünfzig, hatte Joycelin gerade gelesen, schlank und wirkte sehr elegant, und das selbst in der verbeulten beigefarbenen Hose und dem nicht dazu passenden anthrazitfarbenen Pulli. Ein dünner Bart lag auf Wangen und Kinn, das braun-graue Haar war ein wenig zerzaust. Eine Sauerstoffmaske benutzte er nicht.

»Wichtige Neuigkeiten?« Er deutete auf ihr Smartphone.

Joycelin steckte das Handy ein. »Es müssen immer Entscheidungen getroffen werden. Corrico arbeitet für die Zukunft.«

Orlando Doukas blieb neben ihr an der Reling stehen. »Corrico hat schon einmal für die Zukunft gearbeitet«, sagte der Mann, den sie »Sänger« nannten und der im Lauf des vergangenen Jahrzehnts siebzehn Morde in Auftrag gegeben hatte. Besser gesagt, von siebzehn Aufträgen wusste Joycelins Quelle; vermutlich waren es noch viel mehr. »Eins steht fest: Jetzt liegt unsere Zukunft in schöneren Händen.«

Joycelin lächelte erneut, weil Doukas das von ihr erwartete. Seine Komplimente waren manchmal eher plump und dann wieder sehr geschickt, wie in Moll und Dur, mit subtilen Zwischentönen. Vielleicht wollte er es ihr damit schwer machen, ein Bild von ihm zu gewinnen.

»Gefällt Ihnen mein Boot, Joycelin?«, fragte er.

Sie lachte kurz hinter ihrer Maske. »Es ist kein Boot, sondern eine schwimmende Stadt!«

»Ich bin sehr stolz auf meine *Splendour*«, sagte Orlando. »Die größte Yacht der Welt. Noch größer als die *Azzam* von Scheich Chalifa bin Zayid Al Nahyan, dem ehemaligen Präsidenten der Vereinigten Arabischen Emirate.«

»Wie groß ist die *Splendour*?«

»Sie misst einhundertneunundneunzig Meter, ist also fast zwanzig Meter länger als die *Azzam*. Außerdem hat sie nicht sieben Decks, sondern acht.«

Joycelin gab sich angemessen beeindruckt. »Wie viel hat sie gekostet?«

Orlando hob die Hand. »Fragt man eine Frau, wie alt sie ist?«

»Wenn ich mich richtig erinnere, hat die *Azzam* um die sechshundert Millionen Dollar gekostet«, sagte Joycelin. »Ihr Bau in Deutschland dauerte drei Jahre.«

»Die *Splendour* stammt aus Norwegen«, entgegnete Orlando Doukas. »Ihr Bau dauerte noch etwas länger, was vor allem an einigen besonderen Kleinigkeiten lag, mit denen sie ausgestattet wurde.«

Joycelin hatte sich am Vorabend umgesehen. »Kugelsichere Verglasung, ein Raketenabwehrsystem …«

»Oh, das hat auch die *Azzam*.« Doukas zögerte. »Oder sie *hatte* es. Ich weiß gar nicht, ob sie noch existiert. Jedenfalls …« Er deutete über seine Megayacht hinweg. »Hier sind wir sicher.«

»Sicher vor wem?«

»Man kann nie wissen. Vielleicht vor Menschen, die Städte anzünden, obwohl das Feuer ihnen den wenigen Sauerstoff nimmt, der ihnen noch geblieben ist.« Er deutete zu den Rauchsäulen von Palm Beach, dann grinste er plötzlich und rieb sich die Hände. »Die Tanks sind voll, die Kühlschränke ebenfalls … Wir könnten zu einer Weltreise aufbrechen, wenn Sie möchten.«

»Mit Ihrem kleinen Boot?«

»Wenn es Ihnen hier zu eng wird, können wir irgendwo in der Südsee eine hübsche Insel besuchen, um Ihnen Gelegenheit zu geben, sich ein wenig die Füße zu vertreten.«

»Klingt verlockend«, räumte Joycelin ein. »Die Sache hat nur einen Haken. Selbst in der Südsee gibt es keine hübschen Inseln mehr. Auch dort ist alles grau.«

»Aber wenn wir fertig sind, wenn wir die Städte geplant und gebaut haben, wenn die neue Welt erblüht …« Er sang die Worte fast.

»Dann bin ich vielleicht bereit, Ihre Einladung anzunehmen.«

Doukas' Grinsen verschwand. »Sie sind besser als Hudson Chamberlain. Er konnte manchmal ein sehr schwieriger Geschäftspartner sein. Vielleicht deshalb, weil er zu sehr an sich selbst dachte.«

Joycelin erkannte eine Warnung, versteckt in einem Kompliment. Und vielleicht gab es noch mehr: einen Wunsch.

»Wir müssen vor allem an die Zukunft denken«, sagte sie. »An unsere Zukunft. Wir sehen uns bei der Besprechung, Orlando.«

Sie nickte ihm zu und ging am Pool vorbei. Als sie sich der Kajütentreppe näherte, sah sie einen stummen Beobachter in der offenen Tür: David Finley.

83

Finley stand am Kopfende des Tisches.

»Ich brauche Ihr Geld und Ihren Einfluss«, sagte er in einem freundlichen Ton. »Sie werden mir beides geben.«

Einige der anderen acht Personen am Tisch lächelten amüsiert, die anderen runzelten die Stirn.

»Wollen Sie uns enteignen und entmachten, David?«, fragte Orlando Doukas, der zu denen gehörte, die nicht lächelten.

»Ich mache Sie reicher, als Sie jemals zu träumen wagten«, antwortete Finley. »Und ich gebe Ihnen mehr Macht, als Sie jemals für möglich gehalten haben.«

Sie saßen hinter den kugelsicheren Scheiben eines Besprechungsraums, der mit dicken Teppichen, dunklen Mahagonimöbeln und Ölgemälden an den Wänden eher wie ein altertümlicher Salon eingerichtet vor. Ein Laserprojektor projizierte Bilder an die weiße Wand hinter Finley: Darstellungen der sieben Städte, die kleinste von ihnen im schmelzenden Eis der Antarktis, weit von allen Tumulten entfernt, eine andere eingebettet in die braune, felsige Landschaft von Südarizona. Neben den Bildern gaben Tabellen Auskunft über Infrastruktur, Kosten und Logistik.

An den beiden Türen des Raums standen Leibwächter wie Statuen, die zur Einrichtung gehörten, mit kleinen Empfängern in den Ohren, mit denen sie Kontakt zu ihren Kollegen an Deck hielten.

»Die Weltwirtschaft bricht zusammen«, sagte Esmeralda Torrez, eine in die Jahre gekommene und leicht aufgequollene Südamerikanerin. »Die Transport- und Distributionssysteme sind kollabiert. Unsere Umsätze fallen ins Bodenlose. Von welchem Geld sprechen Sie, David?«

Torrez, dachte Joycelin. Ihr genaues Alter kannte niemand, aber sie musste um die sechzig sein. Sie stammte aus Medellín in Kolumbien und galt als Nichte von Pablo Escobar, was Joycelin für geschicktes Marketing hielt. Seit einem Jahrzehnt hielt sie die Zügel des internationalen Drogengeschäfts fest in ihren starken und mächtigen Händen. Ihr Einfluss ging weit über die Grenzen von Kolumbien hinaus, über Mittelamerika hinweg zu den Syndikaten von Mexiko, über den Atlantik bis nach Europa und über den Pazifik bis nach Asien. Joycelin stellte sie sich wie die Spinne in einem Netz vor, dessen Fäden über die ganze Welt gespannt waren. Manchmal wirkte sie ein wenig melancholisch, und es hieß, dass sie die verlorene Jugend betrauerte.

Seit ihrem Aufstieg vor einem Jahrzehnt gab es keine Drogenkriege mehr, nicht einmal in Mexiko, wo jedes Jahr Tausende von Menschen umgebracht worden waren. Die alten Kartelle existierten nicht mehr. Es gab nur noch *das Kartell*, und Esmeralda Torrez war ein Teil davon, nicht der größte, aber auch nicht der kleinste. Vielleicht wirkte sie deshalb ein wenig schwermütig, weil sie gehofft hatte, sich ganz an die Spitze setzen zu können. Aber sie war und blieb eine Drogenbaronin, mit Wurzeln in Blut und Gewalt.

Das Kartell, dachte Joycelin, während sie die Männer und Frauen am Tisch beobachtete, ihnen zuhörte und alles in sich aufnahm. Das eine große Kartell, bestehend aus insgesamt zehn Personen, mit Finley und ihr selbst. Vor einigen Jahren hatte diese Gruppe mit Geldwäsche-Geschäften in der Größenordnung von fünf Billionen Dollar nicht nur nach der wirtschaftlichen, sondern auch der politischen Macht gegriffen. Aber der Plan hatte nicht funktioniert, was auch und vor allem einem Mann namens Leopold Magnussen zuzuschreiben war. Er hätte es fast geschafft, den großen Coup auffliegen zu lassen und den anonymen Mitgliedern des Kartells Gesichter und Namen zu geben.

Einer dieser Namen lautete Hudson Chamberlain.

Der Beinahe-Skandal hatte Magnussen das bereits sicher geglaubte Amt des Generalsekretärs der Vereinten Nationen gekostet und dem Kartell ein Riesengeschäft ruiniert. Doch was sich jetzt anbahnte, war noch viel größer und ging tatsächlich weit über alles hinaus, was sich die Versammelten jemals erträumt hatten: Sie teilten die Welt unter sich auf, sie bauten eine Zukunft, die ihnen gehörte.

»Ich spreche von Ihren Reserven«, beantwortete Finley die Frage von Esmeralda Torrez. »Von Ihren Rücklagen. Und damit meine ich Sie alle. Machen Sie Gebrauch von Ihrem Geld, solange es noch etwas wert ist. Solange noch jemand bereit ist, dafür zu arbeiten.«

»Da sprechen Sie einen interessanten Punkt an, David«, sagte Jonathan Kelly aus Sydney. »Was wird aus unserem Geld? Man kann immer weniger damit kaufen.«

»Bald werden Banknoten nicht mehr das Papier wert sein, aus dem sie bestehen.« Finley drehte sich halb um und deutete auf die projizierten Tabellen an der weißen Wand. »Der globale ökonomische Kollaps setzt sich fort. Alle Industriezweige mit Sauerstoffverbrauch und Kohlendioxidemissionen sind bis auf wenige Ausnahmen stillgelegt. Die Inflationsrate liegt inzwischen bei über dreihundert Prozent. Doch sie spielt nur bedingt eine Rolle, weil die meisten Länder, wie auch meins, alle lebensnotwendigen Güter rationiert haben. Geld ist vor allem für den Schwarzmarkt wichtig, der zwar immer noch wächst, dessen Wachstum aber natürliche Grenzen gesetzt sind, weil es bald keine Vorräte mehr gibt, die man kaufen oder verkaufen kann. Was die mittelfristigen Aussichten betrifft, haben wir die wertvollste Währung überhaupt: Plätze in unseren Städten.«

… die meisten Länder, wie auch meins …, wiederholte Joycelin in Gedanken. Das war ein wichtiger Punkt, den sie bei allen ihren Erwägungen und Planungen berücksichtigen musste: Die Vereinigten Staaten waren *sein* Land. Sie *gehörten* ihm. Das war seine Sichtweise, und vielleicht glaubte er, dass ihm bald die ganze Welt gehörte. Hier bahnte sich früher oder später ein Konflikt an, das hatte Joycelin schon zu Beginn der Planungen gewusst, ein Konflikt zwischen Finley und dem Rest des Kartells.

Natürlich traf das auf alle Beteiligten zu. Jeder von ihnen strebte Dominanz an, niemand war bereit, sich den anderen unterzuordnen, wenn die Umstände ihn nicht dazu zwangen.

Wenn sie klug genug vorging und die Beteiligten gegeneinander ausspielte, blieb zum Schluss mit ein wenig Glück nur eine

Person übrig. Joycelin dachte dabei gern an ein Schachspiel, mit sich selbst als Dame, der stärksten Figur. Wenn sie es geschickt anstellte, hatte sie es am Ende nur noch mit dem König zu tun, der zwar die Krone trug, aber leicht schachmatt gesetzt werden konnte. Auf die letzten Züge kam es an. Wenn sie alles richtig machte, ging die Dame als Siegerin auf dem Schachbrett hervor, um Königin außerhalb davon zu werden.

Ihr bot sich eine einmalige Chance, wie sie vermutlich nie zuvor ein Mensch bekommen hatte. Sie konnte sich tatsächlich an die Spitze der ganzen Menschheit setzen, als Königin, nein, *Kaiserin*, der neuen Welt.

Es war ein Gedanke, der ihr tief im Innern wohlige Wärme bescherte. Doch der Weg zum Ziel war steinig und voller Fallstricke. Sie musste aufpassen und sehr, sehr vorsichtig sein, um nicht zu stolpern und zu fallen.

»Und wer«, fragte Jonathan Kelly mit einem hintergründigen Lächeln, »verwaltet die neue Währung?«

Er war vierundsechzig, wusste Joycelin, geboren im australischen Outback, als Sohn einer Farmerfamilie, die lange Dürreperioden in den Ruin getrieben hatten. Aus dem Nichts kommend hatte er es zu jemandem gebracht, der Milliarden von Dollar auf der Welt hin und her schob, was er seinem einzigartigen Talent verdankte: Er war ein begnadeter Kunstfälscher, der mit seinen Werken selbst die besten Experten und Sachverständigen getäuscht hatte, und ein ebenso guter Finanzjongleur. Außerhalb des grauen Marktes von gefälschten Gemälden, gestohlenen Kunstwerken, geraubten Antiquitäten, verschwundenen archäologischen Kostbarkeiten und manipulierten Aktienkursen kannte ihn kaum jemand. Aber die Reichen und Mächtigen, die Kunst in der einen oder anderen Form für eine sichere Geldanlage hielten oder bestimmte Firmen übernehmen wollten, nachdem diese durch einen plötzlichen Kursverlust ihrer Aktien an Wert verloren hatten … diese Leute kannten und wandten sich an ihn. Auf seine eigene Art und Weise hatte er ebenso großen Einfluss wie Esmeralda Torrez oder Orlando Theodorus Doukas, der als größter Reeder der Welt galt und ein Vermögen mit dem Transport nicht nur legaler Waren gemacht hatte.

»Wir alle«, antwortete Finley. »Wir alle verwalten diese neue Währung!«

»Es sind nur sieben Städte«, sagte der schlanke, hochgewachsene Chinese namens Li Juin, genannt »Tango«, weil er gern und lange tanzte. Sein Geburtsdatum kannte Joycelin nicht, aber er schien kaum älter als dreißig. Er selbst war weder reich noch mächtig, dennoch mangelte es ihm nicht an Einfluss. Li Juin nahm als Gesandter von Yini Crax an der Besprechung teil, einer Frau aus Chinas Finanzoligarchie. Kurz vor dem Grau hatte sie über mehrere Tarnfirmen Alipay und WeChat Pay übernommen, die beiden wichtigsten Zahlungsdienste im Reich der Mitte. In der Rückschau betrachtet schien das ein schlechtes Geschäft gewesen zu sein, denn in China war der Markt ebenso kollabiert wie in der übrigen Welt. Aber Yini »die Charmante« – das bedeutete der Name – hatte größere Kontrolle über Chinas Finanzen als die Regierung in Peking, und hinzukam, dass sie sehr gute Beziehungen zur Kommunistischen Partei unterhielt. Die Fehler von Jack Ma, Alibabas Gründer, wiederholte sie nicht. Sie blieb im Hintergrund und zog im Verborgenen die Strippen, hielt sich vom Rampenlicht fern. Yini Crax. Der zweite Name war vermutlich ein Pseudonym, hinter dem vielleicht eine obskure, nur für Insider ersichtliche Anspielung steckte.

»Es sind nur sieben Städte«, wiederholte Li Juin, der gern eine finstere Miene schnitt, die nicht zu ihm passte. »Aber wir sind acht. Beziehungsweise neun.« Er sah Finley an und neigte kurz den Kopf.

»Zehn«, erwiderte Finley. »Wir sind zehn. Ms. Hayes gehört zu uns, als vollwertiges Mitglied unserer Gruppe.«

Damit bin ich offiziell im Spiel, dachte Joycelin. Die Figur ist gesetzt.

Der junge Li Juin sah Joycelin über den Tisch hinweg an. »Ich verstehe«, sagte er. »Sie nehmen den Platz von Hudson Chamberlain ein.«

»Ich bin ich«, stellte sie klar. »Ich bin Corrico.«

»Und Corrico hat die Planung der Städte übernommen«, sagte Orlando Doukas mit einem Lächeln. »Ich bin sicher, wir sind in guten Händen.«

»So wie bei Corricos KOSA, meinen Sie?«, schnaufte Thabo Ruthenberg aus Namibia. Mit seinem Gesicht grau wie das Grau wirkte der übergewichtige und ständig schwitzende Mann mit deutschen Vorfahren krank. Er atmete schwer, selbst im klimatisierten Konferenzzimmer, und gelegentlich hob er die an einem Halsband befestigte Atemmaske vor Mund und Nase, obwohl es der Luft nicht an Sauerstoff mangelte.

»Corrico arbeitet für unsere Zukunft«, entgegnete Joycelin. Ruthenbergs Konzern beherrschte einen großen Teil des afrikanischen Rohstoff- und Edelsteinmarkts, insbesondere Lithium, Gold und Diamanten. Weniger bekannt waren seine Waffen- und Rüstungsgeschäfte, die sich nicht auf Afrika beschränkten. Joycelins Quelle Emmerson White behauptete, dass er sogar imstande war, nuklearwaffenfähiges Material und ganze Atombomben zu beschaffen.

»Wer bekommt welche Stadt?«, fragte Daniel Juan Carvalho aus Brasilien, Nachfolger von Tayo Aneke an der Spitze der UNO. Der neue Generalsekretär der Vereinten Nationen gab sich gern wie eine ehrwürdige graue Eminenz, obwohl er das Wort »grau« natürlich ungern mit sich in Verbindung brachte, hatte aber noch nicht genug Selbstbewusstsein gewonnen. In seinen knappen, steifen Bewegungen erkannte Joycelin Unsicherheit.

»Sie bekommen keine«, schnaufte Thabo Ruthenberg.

Jonathan Kelly und Li Juin kommentierten diese Worte mit einem Nicken. Sie schienen nicht viel von Carvalho zu halten, der nur deshalb am Tisch saß, weil das Kartell eine direkte Verbindung zur Politik brauchte.

Solange die Politik überhaupt noch eine Rolle spielte, dachte Joycelin. Die Perspektiven und Maßstäbe würden sich schon sehr bald verschieben, weg vom Globalen und hin zum Regionalen.

»Niemand bekommt eine«, betonte Finley, der immer noch stand. »Alle sieben Städte gehören uns, dieser Gruppe. Wir verwalten und regieren sie gemeinsam.«

Niemand widersprach, obwohl Joycelin sicher war, dass die meisten der Versammelten, wenn nicht alle, die Worte für Unsinn hielten.

Zwei Personen zeigten ihre übliche Zurückhaltung und hatten sich noch nicht zu Wort gemeldet, zwei Frauen, die eine aus dem Norden, blass und mit weißblondem Haar, die andere aus dem Süden, dunkel und mit feurigen Augen.

Juna Jokinen, knapp fünfzig Jahre alt und in Helsinki geboren, in Osaka bei den Yakuza aufgewachsen, arbeitete seit vielen Jahren als freiberufliche Analytikerin für Unternehmen, Parteien, das organisierte Verbrechen und sogar Kirchen. Für den Vatikan hatte sie die Situation nach den Kindesmissbrauch-Skandalen untersucht und eine Strategie ausgearbeitet, die das Ansehen des Klerus wiederherstellen sollte. Angeblich hatte sie grundlegende Reformen vorgeschlagen, darunter das längst überfällige Ende des Zölibats, und es hieß, dass der Papst tatsächlich in Erwägung gezogen hatte, zumindest einige ihrer Anregungen in die Tat umzusetzen. Aber dann war die Welt ergraut, und andere Dinge hatten die Schlagzeilen und Gemüter der Menschen beherrscht.

Für Joycelin war Juna Jokinen vielleicht die gefährlichste Person am Tisch, von Finley einmal abgesehen. Sie galt als lebender Computer, dem nichts entging, der sich nicht von Gefühlen ablenken ließ, immer das Wesentliche erkannte und Muster in Ereignissen zu deuten wusste, die anderen verborgen blieben. Sie war in der Lage, den Plan zu erkennen, das durfte Joycelin nie vergessen. Und sie konnte genug in Bewegung setzen, um zu einer Bedrohung zu werden. Joycelin überlegte, ob sich die Dame auf dem Spielfeld zuerst diese gegnerische Figur vornehmen sollte.

Anna Aurora Vitale war zehn Jahre jünger als Juna Jokinen, eine Schönheit mit schulterlangem kastanienbraunem Haar und grünen Augen, die in einem auffallenden Kontrast zu ihrem dunklen südländischen Teint standen. Sie war die Tochter von Don Pietro Vitale aus Palermo und Jekaterina Ostowa aus Moskau, weshalb man sie auf Sizilien, und nicht nur dort, »La Russa« nannte, die Russin. Nach Don Vitales Tod vor sechs Jahren war sie zum Oberhaupt der »Cupola« in Italien geworden, der Dachorganisation von Cosa Nostra, 'Ndrangheta, Camorra und Sacra Corona Unita, und hatte die Geschäfte der italienischen organisierten Kriminalität mit denen der russischen Bratwa verbunden.

Acht Menschen, wie sie unterschiedlicher kaum sein konnten. Skrupellose Wirtschaft, korrupte Politik und das weltweite organisierte Verbrechen, vereint im *Kartell*, das sich anschickte, die Welt zu retten.

Und sie zu bestimmen, dachte Joycelin. Sie zu prägen und zu beherrschen.

Es war kein schöner Phönix, der sich aus der Asche des Alten erheben würde, sondern ein hässliches und grässliches Monstrum. Bevor die Überlebenden in den neuen Städten begriffen, was geschah, würde es zu spät sein.

Es sei denn …

Es fühlte sich gut an, die eigenen Interessen in ein Paket aus bunt glänzender Moral und Ethik packen zu können. Es galt, neues Unheil zu verhindern. Joycelin würde nicht nur sich selbst einen großen Dienst erweisen, sondern auch - und vor allem - der Menschheit.

Acht, dachte Joycelin. Vor wenigen Jahren waren es mehr gewesen, über zwanzig. Die anderen hatten nicht überlebt. Sie waren tot oder verschwunden, von ihren Rivalen am Tisch ermordet oder ruiniert und in die Bedeutungslosigkeit manövriert.

Daran herrschte kein Mangel: an verborgenen Konflikten, Neid, Animositäten, Feindseligkeiten und offenen Rechnungen. White hatte Joycelin eine lange Liste geliefert, genug Material, um Gift an den Stellen zu streuen, wo es die größte Wirkung entfalten würde.

»Ich sehe keine Kuppeln«, sagte Jonathan Kelly aus Australien, der Künstler. »Ich dachte, dass die neuen Städte Kuppeln bekommen, die sie vor dem Grau und dem verrücktspielenden Wetter schützt.«

»Ms. Hayes?«, wandte sich Finley an sie.

»Kuppeln sind hübsch«, sagte Joycelin und erinnerte sich an ihr Gespräch mit Tyler. »Aber auch unpraktisch, teuer und instabil. Wird eine Kuppel beschädigt, gerät die ganze Stadt in Gefahr. Deshalb haben wir uns für modulare Elemente entschieden, rechteckig und quadratisch, mit einer maximalen Größe von hundert Quadratmetern.«

An der Wand hinter Finley erschienen Darstellungen von Städten, die einen flachen eckigen »Panzer« aus zahlreichen viereckigen Platten trugen.

»Die einzelnen Elemente bestehen aus einem neuen ›schaltbaren Kunststoff‹«, erklärte Joycelin. »Damit meine ich einen adaptiven Sonnenschutz, der es ermöglicht, die Lichtdurchlässigkeit nach Belieben zu regulieren. Hinzu kommen Flexibilität und gleichzeitig eine hohe Widerstandskraft. In dem sehr unwahrscheinlichen Fall, dass ein modulares Element durch

Wind und Wetter beschädigt werden sollte, betrifft der Defekt nur ein einzelnes Gebäude oder maximal einen Gebäudeblock.« Joycelin sah sich am Tisch um. »Natürlich sind die Dachelemente leicht austauschbar. Das senkt die Wartungskosten.«

»Klingt fast zu schön, um wahr zu sein«, schnaubte Thabo Ruthenberg. »Und was zu schön klingt, um wahr zu sein, ist meistens auch nicht wahr. So ähnlich war es mit Ihrem KOSA-Kram, wenn ich mich nicht sehr irre. Und sehen Sie nur, was Sie uns damit beschert haben.«

Joycelin lächelte freundlich und setzte den dicken, schwitzenden Namibier an die erste Stelle ihrer Liste der zu eliminierenden Personen. Es sollte nicht weiter schwer sein, ihn aus dem Verkehr zu ziehen. Vielleicht genügte es, Li Juin darauf hinzuweisen, dass Ruthenberg seit der Zuspitzung der Krise zwischen China und Taiwan insgeheim hochmoderne Waffen aus amerikanischer, britischer und deutscher Produktion an Taipeh lieferte. Sollten chinesische Truppen vom Festland übersetzen, so erwartete sie eine böse Überraschung. Und wenn Esmeralda Torrez erfuhr, dass Ruthenberg kurz vor dem Grau über mehrere Mittelsmänner ins afrikanische Drogengeschäft eingestiegen war ... Nun, dann entschieden der Chinese und die Kolumbianerin vielleicht gemeinsam, dass es an der Zeit war, Ruthenberg eine Lektion zu erteilen.

Sie musste nicht einmal lügen, überlegte Joycelin. Es genügte, die Wahrheit an den richtigen Stellen zu lancieren. So wie auch bei Hudson Chamberlain.

Sie ertappte sich bei der Frage, wie es ihm ging und wo er sich befand. Finley hatte ihn nicht noch einmal erwähnt, woraus Joycelin den Schluss zog, dass er sein Versprechen noch nicht eingelöst hatte. Hudson lebte nach wie vor und befand sich irgendwo dort draußen. Doch dass er zu einer Gefahr werden konnte, hielt sie für nahezu ausgeschlossen. Seine Zeit war abgelaufen, so oder so.

»Das Projekt erfordert gewaltige Investitionen«, sagte Finley. »Allein die Sauerstofffabriken werden Unsummen verschlingen. Hinzu kommen Nahrungsmittelproduktion, Infrastruktur und Energieversorgung. Wir brauchen alle Ressourcen, die wir bekommen können. Zu diesem Zweck, für den gemeinsamen Weg in die Zukunft, werden alle unsere Vermögenswerte – und ich meine wirklich *alle*, die offiziellen wie die inoffiziellen – einer gemeinsamen Stiftung übertragen.«

Plötzlich war es sehr still im Besprechungszimmer. Niemand regte sich.

Finley ging zu einem Schrank auf der linken Seite, öffnete ein Fach und entnahm ihm neun Hefter, die er am Tisch verteilte. Jeder bekam einen, auch Joycelin.

Sie schlug ihren auf und stellte fest, dass er einen Vertrag enthielt, bereits von Finley unterschrieben. Ganz oben stand:

PROJEKT »NEUE WELT«
FUTURE FOUNDATION

»Es ist ein Vertrag zwischen der Foundation und uns«, sagte Finley. »Sie bekommt von uns alles, was wir besitzen. *Alles*«, betonte er.

»Wer leitet die Stiftung?«, fragte Daniel Juan Carvalho. Der neue Generalsekretär der Vereinten Nation von Finleys Gnaden schien sich Hoffnungen zu machen.

»Ich«, antwortete Finley.

Wieder blieb es einige Sekunden lang still.

»Warum ausgerechnet Sie?«, wollte Orlando Doukas wissen. »Warum nicht …« Er lächelte und zeigte auf Joycelin. »… Ms. Hayes? Joycelin, meine ich. Oder Juna?« Er wandte sich wieder an Finley, und endlich kam es ihm über die Lippen: »Oder ich?«

Finley erwiderte das Lächeln auf eine kühle Art. »Weil nur ich den Frieden garantieren kann«, erklärte er. »Ich bin de facto

Präsident der Vereinigten Staaten. Ich habe den Oberbefehl über die größte und beste militärische Streitmacht der Welt.«

Li Juin nahm die Worte ohne Widerspruch hin, obwohl er vermutlich anderer Ansicht war, soweit es das Militär betraf.

Finley kehrte zu seinem Platz am Kopf des Tisches zurück. »Ich leite die Foundation als Garant des Friedens«, betonte er. »Und Joycelin Hayes wird meine mit Prokura ausgestattete Stellvertreterin sein.«

Joycelin ließ sich ihre Überraschung nicht anmerken. Das war noch etwas mehr, als sie erwartet hatte.

»Wir sind eine Gemeinschaft«, sagte Finley. Für Joycelin klang es nach gut geölter Rhetorik. »Wir sind eine Gruppe. Jeder von uns ist gleichberechtigt.«

»Aber nicht alle haben Prokura«, warf Ruthenberg ein.

»Jeder hat die gleichen Rechte und Pflichten«, erklärte Finley. »Und jeder wacht über die anderen. Wir kontrollieren uns selbst. Wenn einer von uns ...«

»Aus der Reihe tanzt?«, fragte Jonathan Kelly.

»... eigene Pläne verfolgt, werden die anderen über ihn richten.«

Joycelin bemerkte, wie Esmeralda Torrez eine Braue wölbte und zu Juna und Anna sah, die vorgaben, ihren Blick nicht zu bemerken.

»Bitte unterschreiben Sie jetzt«, sagte Finley. »Falls jemand von Ihnen keinen Kugelschreiber hat ... Ich kann aushelfen.« Er setzte sich und öffnete die vor ihm auf dem Tisch liegende Mappe.

»Was ist mit den Russen?«, fragte Anna Aurora Vitale, *La Russa*.

»Kein Problem«, versicherte ihr Finley. »Ich habe mit Kalinin gesprochen. Er ist auf unserer Seite.« Mit einem neuerlichen kleinen Lächeln fügte er hinzu: »Ihm bleibt auch gar nichts anderes übrig.«

Joycelin unterschrieb ihr Exemplar des Vertrages und beobachtete, wie auch die anderen unterzeichneten. Thabo Ruthenberg zögerte etwas länger, aber schließlich setzte auch er seinen Namen unter das Dokument.

Wie auf ein geheimes Zeichen öffnete sich die Tür, und ein Kellner kam mit einem Tablett herein, auf dem zehn gefüllte Sektgläser standen.

Als alle ihr Glas bekommen hatten, hob Finley seins und sagte: »Trinken wir auf die neue Welt.«

84

Das Meer war nicht mehr glatt wie Glas. Wellen rollten, viele von ihnen mit kleinen Schaumkronen. Im Norden zeichnete sich eine dunkle Wolkenfront am Himmel des späten Nachmittags ab. Ein Unwetter zog heran, und es war nicht auszuschließen, dass es selbst Florida Schnee brachte. Das Wetter spielte tatsächlich verrückt.

Joycelin stand auf dem Balkon ihrer Suite an Bord der *Splendour*, die sich der Küste genähert hatte. Boote brachten Orlando Doukas' Gäste an Land zu ihren Koptern und gepanzerten E-Limousinen.

Noch immer hing Rauch dicht und dunkel über West Palm Beach. Joycelin nahm den Geruch von Feuer selbst durch die Maske wahr.

»Bevor wir uns trennen, Ms. Hayes ...«, erklang eine Stimme hinter ihr.

Joycelin drehte sich um. Finley stand im Wohnraum der Suite.

»Wie sind Sie hereingekommen?«

»Die Tür war nicht abgeschlossen.«

Eine Lüge, begriff Joycelin. Sie wusste, dass sie abgeschlossen hatte, und das musste auch Finley klar sein. Eine offensichtliche Lüge. Zu welchem Zweck?

Um ihr klarzumachen, dass Schlösser, reale wie metaphorische, ihn nicht aufhalten konnten. Dass er imstande war, sie immer zu erreichen, wo und wann er wollte.

Er trat zu ihr auf den Balkon, gekleidet in einen makellosen mausgrauen Anzug.

Orlando Doukas' laute Stimme klang vom Vordeck zu ihnen, als er den Generalsekretär der Vereinten Nationen verabschiedete.

»Er hat ein Auge auf Sie geworfen.« Finley schloss beide Hände um die Reling, beugte sich ein wenig vor und sah ins Wasser hinab. Tote Fische trieben vorbei.

»Wer?«

»Orlando.«

»Er hat mich zu einer Weltreise eingeladen«, sagte Joycelin. »Mit einem Abstecher zu einer hübschen kleinen Insel in der Südsee. Wenn wir fertig sind, meinte er. Wenn wir die Städte geplant und gebaut haben, wenn die neue Welt erblüht.«

»Es wird noch eine Weile dauern, bis eine solche Reise möglich wird«, erwiderte Finley, die Stimme ohne Atemmaske klar und deutlich. »Wir brauchen Sie hier bei uns.«

»Er ist ein Romantiker.«

»Er ist ein durchtriebener Halunke, der nie etwas ohne einen Hintergedanken sagt. Aber das dürfte Ihnen natürlich klar sein, Ms. Hayes.«

»Joycelin. Wollten wir uns nicht alle beim Vornamen nennen?«

Finley wandte sich ihr zu, sein Gesicht unergründlich. »Ich weiß, wie Sie denken, und ich weiß, *was* Sie denken, Joycelin. Ich weiß auch, was Sie mit Hudson Chamberlain gemacht haben. Glauben Sie nur nicht, das auch mit mir machen zu können. Sie sehen eine einzigartige Chance für sich. Und Sie fragen sich, wie Sie sie am besten nutzen können. Vielleicht überlegen Sie bereits, auf welche Weise Sie die anderen acht und schließlich auch mich aus dem Weg räumen können. Habe ich recht?«

»Nein«, log Joycelin. Von seiner Offenheit ließ sie sich nicht beeindrucken. Finley mochte ihr drohen, doch er brauchte sie.

»Wir haben eine historische Mission zu erfüllen, die größte und wichtigste in der Geschichte der Menschheit. Das Überleben des *Homo sapiens* und seine Zukunft hängen von uns ab.« Einige Sekunden lang musterte Finley sie abschätzend. »Wenn Sie ›aus der Reihe tanzen‹, wie Jonathan es genannt hat, wenn Sie glauben, eigene Pläne verfolgen zu können … werde ich über Sie richten. Also konzentrieren Sie sich auf den Bau der Städte«, fügte er hinzu. »Denken Sie an nichts anderes. Bis bald.«

Damit drehte er sich um und ging.

Fast eine halbe Minute lang stand Joycelin völlig reglos, während die *Splendour* durch die Wellen glitt und sie dabei kaum zu berühren schien. Dann holte sie ihr Smartphone hervor, schrieb eine kurze Nachricht und schickte sie ab.

Es durften keine Spuren zurückbleiben, nichts, das Finley finden und noch misstrauischer machen konnte, als er es ohnehin schon war. Vorsicht, ermahnte sie sich. Doppelt und dreifach.

Als sie eine halbe Stunde später mit der gepackten Reisetasche an Deck trat, erwartete sie dort ein für zwei Personen gedeckter Tisch unter einem Baldachin. Die *Splendour* hatte sich wieder von der Küste entfernt und fuhr nach Süden, fort vom Unwetter, das von Norden heranzog, wärmeren Gefilden entgegen. Mehrere Bedienstete standen in der Nähe, dazu bereit, jeden Wunsch zu erfüllen, der sich an Bord erfüllen ließ.

Orlando Doukas kam ihr entgegen, sehr elegant in einem dunkelblauen Anzug. »Die anderen sind weg, sie hatten es sehr eilig«, sagte er. »Wir haben mein bescheidenes Boot ganz für uns allein, Joycelin.«

»Ich muss mich ebenfalls auf den Weg machen«, entgegnete sie. »Morgen wartet viel Arbeit auf mich.«

Orlando Theodorus Doukas deutete einladend zum Tisch. »Morgen, liebe Joycelin, ist ein anderer Tag. Ein ganzer Abend und eine Nacht obendrein trennen uns davon. Genießen wir die Zeit. Seien Sie mein Gast.«

Joycelin lächelte und stellte ihre Reisetasche ab.

85

EMMERSON WHITE

SYRACUSE, USA

Das NSA-Büro von Syracuse befand sich im Erdgeschoss des dreistöckigen Verwaltungsgebäudes einer Firma namens TecBit, die andere Unternehmen in Sachen Server und Cloudcomputing beriet und auch eine eigene Softwareplattform anbot. Mehr als ein Jahrzehnt war das ein gutes Aushängeschild gewesen, eine Tarnung, die perfekt funktioniert und sogar Geld eingebracht hatte. Mit jedem Jahr waren die Einnahmen noch gestiegen, so dass man vor zwei Jahren geplant hatte, TecBit auch an die Börse zu bringen. Mit der ersten Aktienausgabe wollte man zweihundert, wenn nicht gar dreihundert Millionen Dollar verdienen. Geld, das die NSA gut gebrauchen konnte.

Dann war das Grau gekommen und hatte die Börsenpläne platzen lassen.

Emmerson White saß allein an seinem Computer, in einem Zimmer, durch dessen großes Fenster man den Onondaga Lake sehen konnte. Die Tür stand offen, die anderen Zimmer waren leer, ebenso die Büros in den übrigen Stockwerken. Tasten klickten unter seinen Fingern, als er die letzten Sätze eines Berichts schrieb, für den es zwei Gründe gab: Loyalität und Pflichtbewusstsein auf der einen Seite und Absicherung auf der anderen. Er las den Text noch einmal, änderte zwei Stellen und schrieb dann den Namen des Empfängers: David Finley.

Allerdings schickte er den Bericht nicht ab, dafür war es noch zu früh. Es handelte sich um eine Versicherungspolice – Finley sollte die Mitteilung bekommen, wenn ihm etwas zustieß. Das ließ sich leicht programmieren, mit der regelmäßigen Abfrage eines Passworts. Solange er es eingab, war alles in Ordnung, doch sobald er nicht auf die Abfrage reagierte, würde der Computer die Mitteilung versenden.

White rückte die Brille mit den runden Gläsern zurecht und sah auf die Zeitangabe im Bildschirm. Lionel würde in wenigen Minuten eintreffen und ihn ablösen.

Gerade wollte er die Versicherungspolice unterschreiben und streckte die Hände nach der Tastatur aus, da hörte er plötzlich, wie die Eingangstür geöffnet und wieder geschlossen wurde.

Schritte näherten sich durch den Flur.

White warf erneut einen Blick auf die Zeitangabe. »Du bist genau zwei Minuten zu früh, Lionel.«

Whites Finger verharrten über der Tastatur, als er keine Antwort bekam. Etwas Kaltes strich ihm über den Nacken. Langsam wandte er den Kopf.

In der offenen Tür seines Büros stand ein junger Mann, den er nie zuvor gesehen hatte. Er trug eine schwarze Atemmaske, durch die sein blasses Gesicht noch heller wirkte, und in den blauen Augen erkannte Emmerson White keine Bosheit. Doch das bedeutete nichts, wie er sehr wohl wusste.

»Oh«, sagte er.

Der Mann hob eine Pistole. Es war nicht einmal ein Schalldämpfer auf den Lauf geschraubt. Es gab niemanden sonst im Haus, der den Schuss hören würde.

»Bitte warten Sie«, sagte White.

Der Mann in der Tür zögerte.

Für einen Moment überlegte White, ob ihm Zeit genug blieb, Finley die Nachricht zu schicken. Nein, unmöglich.

»Bitte verschonen Sie meine Familie«, sagte er. »Sie hat nichts damit zu tun.«

Der Mann nickte.

»Wer schickt Sie?«, fragte White. »Die Frau, die mir versprochen hat, ich würde überleben?«

Der Mann antwortete nicht.

Er schoss.

Ein schneller Tod, dachte der Mann. Vielleicht sogar schmerzlos. Eine Kugel in den Kopf hatte das Denken und Fühlen beendet.

Er trat zur Leiche und betrachtete sie einige Sekunden lang, bevor er sich bückte und nach der Halsschlagader tastete. Nichts, kein Puls mehr.

Er wandte sich dem Computer zu, steckte einen kleinen USB-Stick in einen freien Port und begann damit, die zuletzt geöffneten und bearbeiteten Dateien zu löschen. Anschließend startete er ein spezielles Programm, das die NVMe-Speicher der Workstation mit Zufallsdaten überschrieb. Selbst mit forensischen Mitteln sollten die zerstörten Daten nicht wiederherstellbar sein.

Einige Minuten später zog er den Stick wieder ab, trat an dem Toten vorbei und verließ das Verwaltungsgebäude der Firma TecBit. Auf dem Bürgersteig konsultierte er die Karte auf dem Display seines Handys und machte sich auf den Weg zur Euclid Avenue, unweit der Shaw Hall. Dort wohnten Mrs. White und die Kinder.

86

LAURA LOMBARDI

BEI LONGYEARBYEN, SPITZBERGEN

Kleine Schneeflecken erschienen im Scheinwerferlicht, das über die schmale Straße strich. Der Flughafen Longyearbyen mit dem großen Kopter, der sie vom norwegischen Tromsø nach Spitzbergen gebracht hatte, verschwand hinter ihnen in einer Nacht, die gar keine Nacht war, sondern Tag.

Laura sah auf die Uhr. Es war elf Uhr morgens.

»Dunkelzeit«, sagte Leopold neben ihr. »Vom sechsundzwanzigsten Oktober bis zum fünfzehnten Februar geht hier in Spitzbergen die Sonne nicht auf.«

Für einen Moment vermisste Laura die italienische Sonne auf eine fast schmerzhaft intensive Weise. Plötzlich dachte sie nicht mehr an *Nitrosopumilus maritimus* und andere Archaeen, die imstande waren, Sauerstoff ohne Fotosynthese zu produzieren, sondern an die hellen, warmen und unbeschwerten Tage ihrer Kindheit, an den Duft von reifenden Orangen, an das Grün von Zürgelbäumen, Ginster und Steineichen an den Hängen des Ätna. Wieder stieg Zorn in ihr empor, auf den Mann, der bei ihnen saß und dessen Unternehmen der Welt das Grau gebracht hatte.

Der Lieferwagen mit dem summenden Elektromotor schaukelte durch eine weitere Kurve. Am Steuer saß ein Mann namens Arvid, ein wortkarger Norweger aus Longyearbyen. Vor dem Grau hatten dort etwas mehr als zweitausend Menschen gelebt; inzwischen waren es nur noch ein Dutzend.

»Wir sind gleich da«, verkündete Arvid und lenkte den Wagen einen Hang hinauf.

Hinter Laura knarrten und knisterten die Kartons und Beutel mit dem Versorgungsmaterial für die Forschungsstation beim Seed Vault.

»Allmählich sollten wir Lichter sehen, oder?«, fragte Linda Dalstrom. Zusammen mit Greg Edwards saß sie vorn auf der Sitzbank neben dem Fahrer.

Der dunkle Tag blieb dunkel. Auf der linken Seite konnte man das eisfreie Wasser des Übergangs vom Adventfjord in den Isfjord ausmachen.

»Riechen Sie das?« Hudson Chamberlain nahm die Atemmaske von Mund und Nase. »Riechen Sie das?«

Er ließ die Seitenscheibe einige Zentimeter weit nach unten, und kalte Luft wehte herein.

»Anhalten!«, sagte Leopold scharf. »Halten Sie an, Arvid!«

Der Mann am Steuer trat auf die Bremse, der Wagen kam zum Stehen. Das Summen des Elektromotors wich Stille.

Laura stieg zusammen mit den anderen aus. Es roch nach Rauch.

Das Scheinwerferlicht reichte nicht weit. Laura versuchte, in der Dunkelheit jenseits davon etwas zu erkennen.

»Etwas hat gebrannt«, sagte Linda Dalstrom und fügte hinzu: »Vielleicht hätten wir besser Waffen mitgenommen.«

»Wo genau sind wir?«, fragte Laura leise. »Wie weit ist es noch?«

Leopold trat näher zu ihr. »Der Seed Vault müsste sich direkt vor uns befinden, etwa einen halben Kilometer entfernt.« Er deutete nach rechts, den Hang hinauf. »Dort drüben, etwas weiter im Westen, liegt das schneebedeckte Plateau mit den Antennenanlagen bei der alten Kohlemine Gruve drei.«

»Jemand war hier«, sagte Greg Edwards. Er und Linda Dalstrom standen Seite an Seite, zwei Soldaten ohne Waffen. »Jemand hat etwas in Brand gesetzt.«

Sie kehrten in den Lieferwagen zurück, und Arvid, der plötzlich sehr argwöhnisch wirkte, lenkte ihn langsam über die Straße.

Nach kurzer Zeit erschienen Trümmer im Scheinwerferlicht, und als sie kaum zwei Minuten später den Svalbard Global Seed Vault erreichten, sahen sie, was gebrannt hatte: Von den drei Gebäuden des vor einem Jahr eingerichteten Forschungszentrums waren nur noch Ruinen übrig.

Sie stiegen wieder aus, und erneut ließ Arvid die Scheinwerfer eingeschaltet. Sie waren weit und breit die einzige Lichtquelle.

Zu beiden Seiten der Straße ragten verbrannte Mauerreste auf. Eingestürzte Dächer hatten alles unter sich begraben: Schränke, Werktische, Stühle, Instrumente ...

Und auch Menschen.

Laura starrte entsetzt, als sie einen halb verkohlten Arm sah, der wie nach Hilfe suchend aus der Asche ragte.

»Wann ist das geschehen?«, hörte sie Leopold fragen. »Wie lange ist es her?«

Greg Edwards ging in die Hocke und berührte ein Trümmerstück. »Noch nicht sehr lange. Einen Tag, vielleicht zwei.«

»Und davon haben Sie in Longyearbyen nichts mitbekommen?«, wandte sich Leopold an den Fahrer.

Arvid deutete zum Seed Vault.

Der Eingang stand offen.

87

Das Licht mehrerer Taschenlampen schnitt durch dichter werdendes Schneetreiben und erreichte den offenen Eingang. Im Seed Vault war es stockfinster.

»Ich bin mir nicht sicher, ob wir den Speicher betreten sollten«, sagte Greg Edwards. »Vielleicht wäre es besser, nach Longyearbyen zurückzufahren und Verstärkung zu holen. Oder zumindest Waffen.«

Laura leuchtete mit ihrer Lampe ins dunkle Innere des großen rechteckigen Betonklotzes, der aus dem Bergrücken ragte. »Hier ist niemand mehr«, sagte sie leise.

Leopold sah zum Fahrer, der beim Lieferwagen stand und dem die Sache nicht geheuer war. »Bleiben Sie dort!«, rief er ihm zu. »Und warten Sie auf uns!«

Arvid winkte bestätigend.

Das Licht von Lauras Taschenlampe wanderte erneut über den Eingang und dann nach oben. Ein Kunstwerk beanspruchte das obere Drittel der hohen Front, bestehend aus reflektierenden Dreiecken in verschiedenen Größen.

»Jeder Neubau in Norwegen trägt ein Kunstwerk über dem Eingang«, erklärte Leopold. »So will es das norwegische Gesetz. Das hier wurde von Dyveke Sanne geschaffen. Die vielen unterschiedlichen Dreiecke sollen die Vielfalt und das Leben symbolisieren.«

Sie traten durch die offene Tür, und das Licht ihrer Taschenlampen strich über kahle Wände.

»Wer kennt sich hier aus?«, fragte Edwards. »Mister Magnussen?«

»Ich bin einmal hier gewesen, vor vielen Jahren«, sagte Leopold und zeigte in den dunklen Stollen vor ihnen. »Dieses Bauwerk reicht etwa hundertzwanzig Meter weit in eine alte Kohlengrube. Am Ende des Gangs befinden sich drei Hallen, die jeweils siebenundzwanzig Meter lang, zehn Meter breit und sechs Meter hoch sind. Sie dienen als Lager für Pflanzensamen aus aller Welt, insgesamt mehr als zwei Milliarden, in Plastikboxen verpackt.«

Sie gingen langsam los, und die Dunkelheit kroch schleichend vor dem Licht ihrer Taschenlampen zurück.

»Die Lagerhallen befinden sich hundertdreißig Meter über dem derzeitigen Meeresspiegel, hoch genug, um auch bei einem drastischen Anstieg des Meeresniveaus durch den Klimawandel trocken und unversehrt zu bleiben. Sie bestehen aus armiertem Beton und haben zwei dicke Stahltüren. Diese Anlage wurde gebaut, um Kriegen und globalen Katastrophen zu widerstehen. Selbst ein Flugzeugabsturz direkt auf den Berg könnte dem Seed Vault nichts anhaben.«

»Was ist mit dem Wahnsinn einzelner Personen?«, fragte Laura. »Ist das Bauwerk auch davor gefeit?«

»Menschliche Unvernunft kann mehr zerstören als eine Atombombe«, antwortete Leopold mit einem Blick auf Hudson Chamberlain.

Eine Tür erschien im Licht der Taschenlampen, die erste von fünf, wie sich herausstellte, und alle standen weit offen.

»Sie sollten geschlossen sein«, sagte Leopold. »Geschlossen und verriegelt. Und hört ihr das?«

Sie lauschten.

»Ich höre nichts«, gestand Linda Dalstrom nach einigen Sekunden.

»Eben. Es ist völlig still. Eigentlich müssten wir einen oder mehrere Kälteverdichter hören. Sie sind in gesonderten Räumen untergebracht und sorgen dafür, dass die Temperatur nicht über mindestens achtzehn Grad steigt. Das eingelagerte Saatgut soll Jahrhunderte, wenn nicht Jahrtausende überdauern können.«

Auch die dicke Stahltür der ersten Lagerhalle war geöffnet. Das Taschenlampenlicht erfasste lange Reihen leerer Standregale. Zwischen ihnen lagen vereinzelte Kunststoffbehälter ohne Inhalt.

Im zweiten Lagerraum bot sich ein ähnlicher Anblick. Nur im dritten enthielten die Regale noch einige intakt gebliebene Behälter.

»Sie haben alles mitgenommen«, sagte Laura fassungslos.

»Fast alles«, widersprach Leopold. »Vielleicht hatten sie es zum Schluss zu eilig.«

»Die Frage ist nur ...« Linda Dalstrom leuchtete mit ihrer Lampe und trat an einem der Regale entlang. »Wer sind ›sie‹?«

Es klickte in der Dunkelheit.

»Was war das?«, fragte Laura.

Dalstrom war dem Geräusch näher und fand nach kurzer Suche seinen Ursprung: einen kleinen Würfel mit einer winzigen Leuchtdiode, die zu blinken begonnen hatte.

»Ein Bewegungsdetektor«, sagte sie und drehte den Würfel. »Aber warum …«

»Raus hier!«, rief Greg Edwards und lief los.

Für einen Moment war Laura desorientiert und wie gelähmt. Leopold packte sie am Arm und zog sie mit sich, in Richtung des langen Gangs, der nach draußen führte.

Sie hatten ihn gerade erreicht, als plötzlich alles blendend hell wurde. Es donnerte und krachte, vielleicht schrie Laura, sie hörte die eigene Stimme nicht. Etwas packte sie und schleuderte sie gegen die Wand.

Dann stürzte die Welt ein.

88

»Hier liegt noch jemand!«

Es war eine seltsame Stimme, fand Laura. Sie sprach, doch die Laute schienen erst mit einer Verzögerung von mehreren Sekunden Worte zu bilden.

Etwas stimmte nicht. Sie konnte nur die Finger der linken Hand bewegen.

»Ein Überlebender!«, ertönte erneut die Stimme. »Er hat sich gerade bewegt!«

Andere Geräusche erklangen, ohne dass sie sich in Worte verwandelten, ein Schaben und Kratzen, gefolgt von einem dumpfen Poltern.

Der auf ihr lastende Druck ließ ein wenig nach, doch das Atmen fiel ihr noch immer schwer. Schlechte Luft, erinnerte sie sich. Die Luft war schlecht, sie brauchte eine Atemmaske mit Sauerstoff.

Kälte kroch ihr in den Leib, und auch die Finger der linken Hand wurden taub.

Das Poltern wiederholte sich, der auf ihr lastende Druck wurde etwas geringer. Was war geschehen?, fragte sich Laura und dachte an ein kleines Geräusch, laut in der Stille, ein Klicken.

Eine Explosion, begriff sie. Eine im Seed Vault versteckte Bombe. Oder gleich mehrere Sprengsätze.

Jemand hatte fast das gesamte Saatgut gestohlen und dann eine Falle vorbereitet. Wer?

Und dann dachte Laura: Was ist mit den anderen?

Sie versuchte zu sprechen, brachte aber nur ein leises Krächzen zustande. Licht tastete sich einen Weg zu ihr und verschwand wieder, vielleicht deshalb, weil sie die Augen schloss.

Sie schlief und träumte von Dinoflagellaten, die ihr Chlorophyll verloren und keine Fotosynthese mehr betreiben konnten, von einer Welt ohne Farben. Und in ihrem Traum erinnerte sie sich daran, dass es Mikroorganismen gab, die ohne Fotosynthese Sauerstoff produzieren konnten. Eine winzige Hoffnung …

Der Traum ließ eine weitere Erinnerung in ihr aufsteigen, mehr als dreißig Jahre alt. *Ich möchte helfen,* hatte sie als zehnjähriges Mädchen gesagt. *Ich werde das Abitur machen und Ozeanographie studieren, wie du, Mama. Und wenn ich den Abschluss habe, arbeite ich mit euch zusammen im Institut.*

Der Vater ergriff ihre linke Hand und die Mutter ihre rechte – Laura fühlte den Kontakt so deutlich, als fände er tatsächlich statt. *Das wäre gut,* hörte sie ihren Vater sagen. *Dann können wir gemeinsam versuchen, die Welt zu retten.*

Ich muss am Leben bleiben, dachte Laura. Ich darf jetzt nicht sterben. Es wartet Arbeit auf mich.

Sie bewegte sich, sie wurde bewegt, Hände zogen sie aus etwas heraus, vielleicht aus Trümmern. Laura schaffte es nicht, die Augen zu öffnen, die Lider waren zu schwer.

Laura erwachte, weil sie fror.

»Mir ist kalt«, sagte sie mühsam, der Hals rau, die Zunge wie ein Fremdkörper im Mund.

Sofort war eine Frau zur Stelle und hüllte sie behutsam in eine Decke.

»Bleiben Sie ruhig liegen«, sagte die Frau. »Sie haben es überstanden und sind in Sicherheit.«

»Es hat geklickt«, krächzte Laura. Ein Mann trat neben die Frau, fünfzehn oder zwanzig Jahre älter als sie, und nickte ihr freundlich zu. »Ein Bewegungsdetektor. Und dann ist etwas explodiert.«

»Sie hatten großes Glück, Dottoressa Lombardi«, sagte der Mann mit einer sehr tiefen Stimme. »Ich bin Boris Kraskow, und das ist Virginia Del Rey. Wir haben Sie gefunden. Ich nehme an, wir hätten alle zusammen sterben sollen.«

»Leopold!«, entfuhr es Laura. Sie bebte am ganzen Leib, die Decke schien nichts gegen die Kälte ausrichten zu können. »Was ist mit ihm und den anderen?«

»Er lebt«, antwortete die Frau namens Virginia in einem beruhigenden Ton. »Ebenso Hudson Chamberlain.« Kummer erschien in ihrem Gesicht. »Für Linda und Greg kam leider jede Hilfe zu spät.«

Laura hörte, wie ihr die Zähne klapperten. Leopold lebt, dachte sie.

»Wer ...«, begann sie.

»Oh, ich habe eine Vermutung, und die heißt Finley.« Virginia beugte sich vor und legte ihr sanft die Hand auf die Schulter. »Wir bauen die wissenschaftliche Station wieder auf, besser und größer, als sie war. Und dann versuchen wir gemeinsam, die Welt zu retten. Das, was noch von ihr übrig ist.«

DRITTES JAHR

DIE LETZTEN MENSCHEN

89

LAURA LOMBARDI

BEI LONGYEARBYEN, SPITZBERGEN

Die Versammlung fand im »Großen Saal« der wissenschaftlichen Station beim Svalbard Global Seed Vault statt, einem schmucklosen, etwa dreißig Quadratmeter großen Raum mit Tischen an den Wänden. Durch die Fenster auf der einen Seite konnte man den Isfjord sehen, der näher war als vor knapp anderthalb Jahren beim Wiederaufbau der Station – das Wasser stieg und stieg, schneller als jemals zuvor.

»Ich grüße euch alle«, wandte sich Laura an die fünfundzwanzig Männer und Frauen, die an den Tischen saßen. Es waren Wissenschaftler verschiedener Fachgebiete, vereint in dem Bemühen, einen Ausweg zu finden, ein Mittel, um das Grau zu besiegen. Die bunt zusammengewürfelte Gruppe war im Laufe der vergangenen sechzehn Monate zu einer Art Freundeskreis geworden, mehr noch, fast zu einer Familie. Das galt, in einem etwas weiteren Maß, auch für die anderen Mitglieder der Svalbard-Forschungsgemeinschaft, die aus insgesamt hundertachtundzwanzig Personen bestand, viele von ihnen Techniker und Datenspezialisten.

»Ich übernehme den ersten Teil des Monatsberichts, der wie immer aus drei Abschnitten besteht«, sagte Laura, »Wissenschaft, Klima und Politik.«

Sie drückte eine Taste des Notebooks vor ihr auf dem Pult, und auf der Leinwand erschien das Bild eines Einzellers: etwa siebenhundert Nanometer lang und hundertfünfzig Nanometer breit, wie ein Stift mit geraden Seiten und runden Enden.

»Das ist unser Protagonist, unser Star: *Nitrosopumilus maritimus*, ein Mikroorganismus, der zu den Ammoniak oxidierenden Archaeen gehört. Solche Einzeller gibt es praktisch überall in den Meeren. Sie spielen eine wichtige Rolle im Stickstoffkreislauf der Erde, denn sie wandeln Ammoniak in Nitrit um und helfen somit beim Abbau der Biomasse.« Laura deutete auf das Bild. »Aber dieser kleine Kerl hat eine besondere Eigenschaft: Er kann den Sauerstoff, den er für die Oxidation von Ammoniak braucht, selbst produzieren. Ohne Chlorophyll, ohne Fotosynthese. Und selbst in der Tiefsee, im Dunkeln. *Nitrosopumilus maritimus* verbraucht zunächst den Umgebungssauerstoff, und wenn der nicht mehr ausreicht, stellt er selbst welchen her, und zwar etwas mehr, als er benötigt. Genau das ist der Punkt, an dem wir mit unseren Bioreaktoren ansetzen.«

Ein weiterer Tastendruck ließ technische Daten und die Risszeichnung eines neuen biologischen Reaktors auf der Leinwand erscheinen. »Die Produktion von Sauerstoff ist an die von gasförmigem Stickstoff gekoppelt«, fuhr Laura fort. »Unsere gentechnischen Kollegen versuchen, den Prozess davon zu entkoppeln und ihn gleichzeitig effizienter zu machen. Ziel ist eine neue *Nitrosopumilus*-Variante, die wesentlich mehr Sauerstoff produziert. In den letzten Monaten sind wir ein gutes Stück vorangekommen, aber leider sind unsere Ressourcen begrenzt.«

Jemand hob die Hand.

»Ja, Hedwig?«

»Wie lange dauert es?«, fragte die Chemikerin aus Deutschland. »Wann können wir damit beginnen, eine geeignete *Nitrosopumilus*-Variante in den Meeren auszubringen? Wie lange dauert es, bis es nennenswerte Mengen von ihm gibt? Und wann wird sich ein messbarer Effekt auf die Atmosphäre ergeben? Was sagen die Hochrechnungen?«

Lauras Finger strichen über die Tastatur, und das Bild auf der Leinwand wechselte erneut. Eine Tabelle erschien, mit Zahlen, die nicht sonderlich optimistisch stimmten. »Es sind keine präzisen Berechnungen, sondern Vorhersagen auf Grundlage unserer bisherigen Arbeit«, erklärte sie. »Wenn wir bei den behutsamen gentechnischen Veränderungen keine wissenschaftlichen Durchbrüche erzielen, die sich derzeit auch noch nicht abzeichnen, wird es etwa fünfzig Jahre dauern, bis wir einen Stamm von *Nitrosopumilus maritimus* haben, der geeignet ist, in die Meere entlassen zu werden. Anschließend braucht er Zeit, sich auszubreiten und zu vermehren. Zunächst wird das Meerwasser einen großen Teil des von ihm produzierten Sauerstoffs aufnehmen. Erst ab einem gewissen Sättigungsgrad kommt es zu einer Anreicherung in der Atmosphäre. Bis die Luft wieder genug Sauerstoff für Menschen enthält, mindestens siebzehn oder achtzehn Prozent, wird es zehntausend Jahre dauern.«

Stille folgte ihren Worten.

Dann ächzte jemand: »*Zehntausend* Jahre ...« Und ein anderer: »Hat es unter solchen Bedingungen überhaupt Sinn, in dieser Richtung weiterzumachen?«

»*Mindestens* zehntausend Jahre«, betonte Laura. »Eher mehr als weniger. Wir brauchen unvorstellbare Mengen von gentechnisch verändertem, hocheffizientem *Nitrosopumilus maritimus*, um der Atmosphäre unseres grauen Planeten neuen Sauerstoff zuzuführen. Und diese Berechnungen«, sie zeigte auf die Tabelle, »gehen von besonders günstigen Bedingungen aus.«

Sie blickte an den Tischen entlang und sah in vertraute Gesichter.

»Aber natürlich hat es Sinn, unsere Forschungen fortzusetzen«, sagte sie mit fester Stimme. »Wir schaffen die Grundlagen, das Fundament, auf dem die Generationen nach uns aufbauen.«

Wieder kam eine Hand nach oben.

»Novak?«

»Wie steht es mit der Suche nach einem Mittel gegen das Grau?«

»Wir arbeiten mit den Pflanzensamen, die sich noch im Vault befanden«, antwortete Laura. Man hörte sie überall in der Forschungsstation. Das interne Kommunikationssystem übertrug die Vorträge und Diskussionen im Großen Saal in alle Abteilungen. Auch in den privaten Quartieren konnte man sie hören – es gab keine Geheimnisse. »Viel haben die Diebe nicht zurückgelassen, und ein Teil davon ging wiederum bei den Explosionen und durch den Einsturz verloren. Das ist ein großes Problem für uns. Wir pflanzen die Samen, um dadurch mehr Samen für die Experimente zu bekommen. Letztendlich verfolgen wir zwei Ziele: gentechnisch veränderte Gewächse, die in der Lage sind, dem Grau zu widerstehen und Fotosynthese zu betreiben, und ein Agens, mit dem es möglich ist, das Grau zu neutralisieren. Mister Chamberlain hat uns alle möglichen Corrico-Daten zur Verfügung gestellt, insbesondere chemische Formeln und technische Diagramme zu den Kohlenstoff-Sauerstoff-Aktuatoren, die wir für die Hauptursache des Grau halten.«

Chamberlain war der Einzige, den Laura nicht mit Vornamen ansprach.

Er hatte mehr als einmal guten Willen bewiesen, doch es fiel ihr schwer, Freundschaft mit ihm zu schließen.

»Bei der Suche nach einem Gegenmittel verfolgen wir verschiedene Ansätze«, sprach sie weiter. »Die Chemiker halten spezielle Phosphorverbindungen für vielversprechend. Bei den letzten Tests ergaben sich positive Resultate. Natürlich liegt noch viel Arbeit vor uns, aber vielleicht bietet sich hier tatsächlich eine Möglichkeit. Einige Techniker befassen sich bereits mit der Frage, wie wir ein geeignetes Phosphor-Agens in ausreichenden Mengen in die Stratosphäre bringen können. Doch wir reden hier von Millionen Tonnen. Damit werden erhebliche technische und logistische Probleme verbunden sein …«

»Bevor wir zu einem derartigen Mittel greifen, sollten wir absolut sicher sein, dass es tatsächlich wie gewünscht wirkt«, warf jemand ein. »Wir wollen keine zweite KOSA-Katastrophe!«

»Die dürfte selbst dann unwahrscheinlich sein, wenn wir es darauf abgesehen hätten«, kommentierte eine Biologin aus Spanien. »Das Schlimmste, was passieren konnte, ist bereits passiert. Die Erde ist eine tote Welt. Was auch immer wir tun, wir können sie nicht noch toter machen.«

»Was ist mit deiner Gruppe, Laura?«, fragte Fria aus Schweden.

Laura verscheuchte mit einem kurzen Lächeln das düstere Echo, das die letzten Worte der spanischen Biologin hinterlassen hatten. »Wir arbeiten ebenfalls mit Chemie, in gewisser Weise«, erläuterte sie. »Genauer gesagt: mit biologischen Chemiefabriken. Bakterien wie *Clostridium autoethanogenum* sind imstande, aus Kohlendioxid, Kohlenmonoxid und Wasserstoff bestimmte Basischemikalien und zum Beispiel Ethanol, Aceton und Isopropanol herzustellen. Auch hier greifen wir auf die Hilfe unserer Gentechniker zurück. Das mittel- bis langfristige Ziel sind neue Mikroben, die sowohl Sauerstoff ohne Fotosynthese produzieren als auch Treibhausgase wie Kohlendioxid und Methan binden.«

»Mehrere Fliegen mit einer Klappe?«, rief jemand.

Laura lächelte erneut. »So könnte man es nennen, ja. Das wäre das Maximum: ein Organismus, der Pflanzen wieder wachsen und Fotosynthese betreiben lässt und gleichzeitig den Anteil von Treibhausgasen in der Atmosphäre verringert. Wenn es uns irgendwann gelingt, das Grau zu neutralisieren oder grauresistente Pflanzen zu schaffen, brauchen die neuen Gewächse für sie günstige Umweltbedingungen, damit sie gedeihen. Aber dazu, zum Thema Klima, hören wir jetzt von Alexander mehr.«

Laura drückte eine Taste des Notebooks, und die Tabelle verschwand von der Leinwand. »Einen ausführlichen Bericht habe ich gestern Abend in unserer Datenbank abgelegt«, schloss sie ihren kurzen Vortrag. »Zusammengefasst lässt sich sagen: Die Lage ist ernst, aber nicht völlig hoffnungslos. Wir kommen voran, nur leider nicht so schnell, wie ich es mir wünschen würde. Alexander, du bist dran.«

90

Laura verließ das Pult und kehrte zu ihrem Platz neben Leopold an einem der Tische zurück. Ein junger, schlaksiger Mann trat nach vorn, kaum dreißig, blass, das blonde Haar struppig, die Nase lang und gerötet.

»Uns steht ein heißer Sommer bevor«, sagte Alexander ohne Einleitung. »Hier in Spitzbergen könnten die Temperaturen im Juli und August bis zu vierzig Grad Celsius erreichen. Vermutlich brauchen wir Klimaanlagen.« Ein begnadeter Rhetoriker war Alexander nicht. Manchmal sprach er seine Gedanken einfach laut aus, ohne auf ihren Zusammenhang zu achten.

Seine dünnen, knochigen Finger huschten über die Tastatur des Notebooks. Auf der Leinwand erschien eine Weltkarte, gesäumt von aktuellen Satellitenfotos, und einige weitere Tastendrucke fügten der Karte rote und blaue Markierungen für Luft- und Meeresströmungen hinzu.

»Der Golfstrom kollabiert«, sagte Alexander. »Er befördert nicht mehr dreißig Millionen Kubikmeter Wasser pro Sekunde, sondern weniger als eine Million. Ursache dafür ist in erster Linie das rasante Abschmelzen des grönländischen Eisschilds. Durch den massiven Zustrom von Süßwasser sinkt nicht mehr genug schweres Salzwasser ab. Eine der Folgen ist eine neue atmosphärische Nordostströmung, die warme Luft aus den Tropen direkt in unsere Richtung bringt.«

Während Alexander die neuen Luftströmungen erklärte,

scrollte Laura auf ihrem Tablet durch seinen ebenfalls in der Datenbank abgelegten Bericht und sah sich eine Tabelle an, die Auskunft gab über die Zunahme von Treibhausgasen in der Atmosphäre. Vor dem Grau hatte man einen Anstieg bis auf sechshundert ppm für äußerst bedenklich gehalten, bedeutete er doch eine Erhöhung der globalen Durchschnittstemperatur von etwa drei Grad. Sieben Monate nach Beginn des Grau war der Anteil von Kohlendioxid in der Atmosphäre auf mehr als dreitausend parts per million gestiegen, und derzeit lag er bei *zwölftausend*. Hinzu kamen gewaltige Mengen an Methan, eines Treibhausgases, das fünfundzwanzigmal so stark wirkte wie CO_2.

Durch den schnellen Temperaturanstieg tauten auf der Nordhalbkugel die Permafrostböden auf. In Russland waren etwa zwei Drittel der Bodenfläche dauerhaft gefroren gewesen, und jetzt zersetzten sich dort gewaltige Mengen an Pflanzen- und Tierresten. Insbesondere im Norden Sibiriens und am Rand der Sibirischen Plattform wurde immer mehr Methan freigesetzt, was den Treibhauseffekt weiter beschleunigte.

»Sieh dir das an«, flüsterte sie Leopold zu.

Er betrachtete die Tabelle und nickte ernst.

»Durch das unmittelbar bevorstehende Versiegen des Golfstroms erwartet Europa keine neue Eiszeit, wie man früher befürchtet hat«, fuhr Alexander seltsam monoton fort. »Grund dafür ist die deutliche Verringerung von Kaltluftmassen in den Polarregionen. Übrigens ergeben die neuen Strömungen in Atmosphäre und Ozeanen noch kein stabiles Muster, sie bleiben weiterhin starken Veränderungen unterworfen.«

»Wo könnten Menschen in Zukunft noch leben?«, fragte jemand. Laura sah von dem Tablet auf.

Alexander überlegte kurz. »Eine der neuen Städte befindet sich in der Antarktis, nicht wahr? Das scheint mir mittelfristig gesehen eine gute Wahl. Von der Frage des Sauerstoffs einmal ganz abgesehen: In den Tropen und Subtropen werden Menschen ohne besondere Schutzvorrichtungen nicht überleben können. Temperaturen von sechzig oder sogar siebzig Grad werden dort keine Seltenheit sein. Unser Problem ist also nicht nur das Grau, sondern auch das Klima«, betonte er mit überraschender Eindringlichkeit.

»Wie sehen die Prognosen aus?«, lautete eine weitere Frage. »Was erwartet uns in Zukunft?«

»Eine weitgehende Desertifikation der ganzen Welt«, antwortete Alexander. »Die Bodenerosion wird drastisch zunehmen, Wüstengebiete wie die Sahara, Gobi oder Atacama werden sich ausdehnen, bis weit in die gemäßigten Zonen. Als zukünftiger Lebensraum für Menschen kämen eigentlich nur noch die subpolaren oder polaren Regionen in Frage: Kanada, Sibirien, Grönland und auch Spitzbergen im Norden, die Antarktis im Süden.« Alexander drehte sich halb um und sah auf die Weltkarte. »Hitzeflares werden weit verbreitet sein. Damit sind Hitzestürme gemeint, die von den Tropen ausgehen und bis in die subpolaren Gebiete ziehen können, mit Temperaturen von sechzig und mehr Grad und Windgeschwindigkeiten von über dreihundert Kilometern in der Stunde.« Er zeigte auf die Satellitenfotos. »Wir haben bereits erste Flares beobachtet, in der Karibik und im Japanischen Meer. Derzeit braut sich ein solcher Hitzesturm im westlichen Mittelmeer zusammen.«

Italien, dachte Laura. Sizilien. Catania.

»Venus«, sagte jemand.

»Nicht ganz«, erwiderte Alexander. »Aber nahe dran.« Er trat einen Schritt fort vom Pult. »Das war mein Teil. Danke für eure Aufmerksamkeit.«

Er wirkte ein wenig unbeholfen, als er zu seinem Platz bei der Tür zurückkehrte, wo er aber stehen blieb. »Oh, und noch etwas«, sagte er laut genug, damit ihn alle hörten. »Unaufbereitete Luft enthält so wenig Sauerstoff, dass wir sie nicht mehr atmen können. Wer sich ohne Atemmaske ins Freie begibt, erstickt innerhalb weniger Minuten. Inzwischen ist der Sauerstoffgehalt der Atmosphäre unter ein zweites kritisches Niveau gesunken. Gewöhnliche Verbrennungsmotoren funktionieren nicht mehr. Wir haben es heute Morgen ausprobiert. Nichts zu machen. Nach den Technikern, mit denen ich gesprochen habe, wären aufwendige Modifikationen notwendig, um derartige Motoren auch nur kurzfristig betriebsbereit zu machen.«

»Das spielt keine Rolle für uns«, wandte jemand ein.

»Für uns nicht«, erwiderte Alexander. »Aber vielleicht für eventuelle Überlebende irgendwo dort draußen.«

91

Virginia Del Rey trat zum Pult. In den vergangenen anderthalb Jahren hatte sie sich kaum verändert, fand Laura. Das Gesicht wirkte nur etwas blasser und schmaler. Sie lief noch immer, jeden Tag mindestens eine Stunde, mit Atemmaske und genug Sauerstoffpatronen.

»Wir haben uns darauf geeinigt, dass ich diesmal den dritten Teil übernehme«, sagte sie. »Politik. Wie steht es um die menschliche Zivilisation?«

Sie betätigte die Tasten des Notebooks, woraufhin die Leinwand eine politische Weltkarte zeigte, die Territorien der zahlreichen Staaten farblich hervorgehoben.

»Laura, bevor ich beginne ... Ich danke dir ausdrücklich für deinen Vortrag, denn er enthielt den einen oder anderen Hoffnungsschimmer. Gerade die Arbeit von euch Biologen und Gentechnikern – und Ozeanographen! – zeigt uns, dass noch nicht alles verloren ist. Wir könnten, wenn ihr erfolgreich seid, mit biologischen Mitteln der Atmosphäre Sauerstoff zurückgeben und ihr gleichzeitig Treibhausgase entziehen. Natürlich müssen wir dabei sehr langfristig denken, aber es gibt uns zumindest eine Perspektive.«

Laura nickte dankbar.

»Der Zustand der Welt ...«, wandte sich Virginia an die Versammlung. »Beginnen wir mit den Nationalstaaten. Sie existieren nicht mehr. Die Informationen, die Boris und ich aus den alten Datennetzen der US-amerikanischen und russischen Geheimdienste gewinnen konnten, deuteten bereits darauf hin, und die Berichte unserer Erkundungsgruppen bestätigen es: Die letzten staatlichen Institutionen haben ihre Arbeit vor einem halben Jahr eingestellt. Das müssen wir auch von China annehmen, wo schon vor einem knappen Jahr das große staatliche Schweigen begonnen hat, abgesehen natürlich von Shanghai. In Chinas großem Rest existieren nur noch einzelne Überlebensenklaven, die sich für unabhängig erklärt haben. Die chinesischen Satelliten funktionieren noch, ebenso wie alle anderen, aber sie senden nur noch Telemetrie.«

»Was allerdings nicht für alle Satelliten gilt, oder?«, fragte jemand.

»Guter Hinweis«, sagte Virginia. »Bestimmte Kommunikationssatelliten sind seit mehreren Monaten unserem Datenzugriff entzogen. Wir nehmen an, dass sie von den Städten kontrolliert werden. Dazu gleich mehr.«

Sie drückte eine Taste, und die Karte auf der Leinwand veränderte sich: Eine unsichtbare Hand malte ein großes rotes X darauf.

»Das alles existiert nicht mehr«, fuhr Virginia fort. »Keine Staaten. Keine Infrastruktur. Keine Versorgung mit Strom und Elektrizität. Keine Krankenhäuser.« Sie atmete tief durch. »Keine Menschen. Die Welt ist tot und leer.«

»Wie viele Überlebende gibt es?«, fragte die junge Lydia von der Chemie. »Insgesamt. Haben wir genaue Zahlen?«

»Nein, genaue Zahlen gibt es nicht. In den sieben neuen

Städten leben etwa zwanzig Millionen Menschen, womöglich sogar weniger. Abgesehen davon gibt es hundertzwanzig uns bekannte Enklaven des Überlebens auf der Welt: Orte mit Sauerstofffabriken und einem halbwegs intakten Gemeinwesen. Hier und dort haben sogar demokratische Strukturen überlebt, doch die sind die Ausnahme, nicht die Regel. Keine dieser Enklaven zählt mehr als zwei- oder dreitausend Menschen, mit Ausnahme einiger Orte in China. Hinzu kommen die Nomaden, die das weite Niemandsland durchstreifen und versuchen, irgendwie am Leben zu bleiben. Es könnten global einige Hunderttausend sein.«

»Und all die anderen?«, fragte Maraike aus Ungarn. »Was ist mit all den anderen Menschen?«

Stille breitete sich im Saal aus. Einige Sekunden lang war nur das leise Surren der Ventilatoren zu hören, die mit Sauerstoff angereicherte Luft durch die Belüftungsschächte bliesen.

»Es gibt keine anderen«, sagte Virginia schließlich. »Alle übrigen Menschen sind tot. Erstickt, erfroren oder verhungert. Von neun Milliarden Menschen sind maximal zweiundzwanzig oder dreiundzwanzig Millionen übrig, wenn man wirklich alle Möglichkeiten berücksichtigt, auch die Unabhängigen, die Prepper.«

Neun Milliarden, dachte Laura. Eine gewaltige Zahl, eine anonyme Masse ohne Namen und Gesicht. Sie erinnerte sich an Charlotte und fragte sich, ob die Alte mit dem roten Haar noch immer in ihrem Bunker ausharrte. Zwei Jahre könne sie dort durchhalten, hatte sie gemeint. Es fehlten noch sieben oder acht Monate.

»Kommen wir zu den Städten, wo die meisten Überlebenden wohnen«, fuhr Virginia fort. »Sie verdanken ihre Existenz dem ›Projekt Neue Welt‹, wie es die Initiatoren nannten. Finanziert wurde das Projekt von der sogenannten Future Foundation. Planung und Bau fanden unter maßgeblicher Mitwirkung von Corrico statt.«

Laura sah zu Hudson Chamberlain, der nur einige Stühle entfernt saß, und wieder regte sich etwas von dem alten Groll in ihr.

Virginia tippte auf der Tastatur des Notebooks, und die durchgestrichene politische Weltkarte verschwand von der Leinwand. Dafür erschienen Gesichter, das eines Mannes, der auf die fünfzig zuging, mit etwas zu klein wirkenden Augen und einer Nase, die den Eindruck erweckte, zu groß geraten zu sein, und daneben eine sehr attraktive junge Frau mit schulterlangem blondem Haar.

»Wir wissen, wer hinter der Future Foundation und dem Projekt neue Welt steckt«, erklärte Virginia. »Mein früherer Stellvertreter in der National Security Agency, David Finley, und die Nachfolgerin von Hudson Chamberlain an der Spitze von Corrico, Joycelin Hayes.«

Bei diesen Worten bemerkte Laura eine kleine Veränderung in Chamberlains Miene. Zorn? Enttäuschung? Schmerz? Vielleicht der Wunsch nach Vergeltung? Sie wusste es nicht zu deuten.

»Finley und Hayes haben eine Gruppe um sich versammelt, die vor knapp zehn Jahren in einen Geldwäscheskandal verwickelt war: das Kartell.« Virginia ließ weitere Fotos auf der Leinwand erscheinen. »Damals ging es um fünf Billionen Dollar, heute geht es um die ganze Welt. Organisiertes Verbrechen, korrupte Politik, skrupellose Geschäftemacherei und eine Finanzoligarchie, für die Moral und Gesetz nie eine Rolle gespielt haben. Sie bestimmen die Geschicke der sieben Städte, in denen das Gros der menschlichen Spezies überlebt. Und damit noch nicht genug. Diese Leute waren es auch – diese Verbrecher! –, denen die Auswahl der Stadtbewohner oblag. Sie entschieden darüber, wer einen Platz in einer der Städte bekam und wer nicht. Sie entschieden über Leben und Tod.« Virginias Blick wanderte durch den Saal. »Nicht das Beste von uns hat überlebt, sondern das Schlechteste. Kriminalität und Korruption herrschen über die Reste unserer Welt. Aber …«

Virginia hob die Hand, und wieder blieb es einige Sekunden lang still.

»Aber die neuen Machthaber scheinen uneins und sogar zerstritten zu sein. Von den zehn Vollmitgliedern der Foundation, die gemeinsam die Städte regierten, sind nur vier übrig, die anderen sechs kamen unter – wie sagt man so schön – ›mysteriösen Umständen‹ ums Leben. Außer Finley und Hayes sind noch Juna Jokinen, in Finnland geboren und in Japan aufgewachsen, und Orlando Theodorus Doukas übrig, ein früherer Reeder, von dem es heißt, dass er sich in Kariba verbarrikadiert hat.«

Die Gesichter auf der Leinwand wurden kleiner und rückten nach oben, damit unten eine Karte der südlichen Hälfte Afrikas genug Platz hatte, auf der eine Markierung beim Karibasee entlang der Grenze von Sambia und Simbabwe blinkte.

»Strom gibt es dort genug«, bemerkte jemand. »Wasserkraft.«

»Stimmt«, bestätigte Virginia. »Der Standort ist gut gewählt. Das Wasserkraftwerk des zweihundertachtzig Kilometer langen und zweiunddreißig Kilometer breiten Karibasees hat eine Leistung von sechseinhalbtausend Gigawattstunden pro Jahr, mehr als genug für eine Stadt mit etwa zweieinhalb Millionen Einwohnern. Außerdem herrscht kein Mangel an Trinkwasser. Doukas verlässt, nach dem, was wir hörten, Kariba nur noch selten. Offenbar fürchtet er Anschläge auf sein Leben.«

Eine Europakarte ersetzte die Darstellung des südlichen Afrika. »Juna Jokinen lebt seit dem Tod von Anna Aurora Vitale und Daniel Juan Carvalho – beide Nachfolger des ermordeten Tayo Aneke als Generalsekretär der Vereinten Nationen – in Dunay und Antarktika. Dunay liegt unweit des Donaudeltas im Nordosten des ehemaligen Rumänien. Nach unseren Quellen war diese Stadt erst für Spanien und dann für die Krim vorgesehen; das Donaudelta stellt einen Kompromiss dar und ist unserer Meinung nach kein sehr guter Standort, denn dort sind Hitzeflares und Überschwemmungen möglich. Juna Jokinen arbeitet in Dunay gelegentlich mit Nikita Andrejewitsch Kalinin aus Russland zusammen. Vielleicht verspricht sie sich von ihm Schutz vor Finley und Hayes.«

»Steht fest, dass David Finley und Joycelin Hayes für den Tod von Carvalho, Vitale und der anderen vier Vollmitglieder der Foundation verantwortlich sind?«, fragte Hudson Chamberlain

Damit überraschte er Laura ein wenig, denn bei solchen Versammlungen ergriff er nur selten das Wort.

»Nein«, antwortete Virginia, »ganz sicher sind wir nicht. Wir versuchen derzeit, weitere Informationen zu bekommen, doch das ist nicht ganz einfach. Nach dem gegenwärtigen Stand der Dinge gehen wir davon aus, dass es jemanden gibt, der sehr geschickt hinter den Kulissen agiert, Unfälle inszeniert und gegen die Größen des Kartells intrigiert.«

»Joycelin Hayes«, sagte Chamberlain laut und deutlich.

»Warum?«, wandte sich Virginia direkt an ihn. »Was steckt dahinter?«

»Sie will erneut die Nummer eins sein«, war Chamberlain überzeugt. »Mit weniger gibt sie sich nicht zufrieden.«

»Ist da jemand eifersüchtig?«, ertönte es von einem der Tische.

Hudson Chamberlain verzog das Gesicht.

»Die kleinste der sieben Städte ist Antarktika mit inzwischen etwas mehr als zweihunderttausend Einwohnern«, setzte Virginia ihren Vortrag fort. »Joycelin Hayes hält sich gern dort auf, und vielleicht dient ihr Antarktika als eine Art Rückzugsort. Die größte Stadt ist Shanghai mit fünf Millionen Einwohnern, soweit wir wissen. Es ist gleichzeitig die einzige Stadt, die direkt und unmittelbar auf bereits zuvor vorhandener urbaner Infrastruktur gründet.«

Auf der Leinwand erschien eine Aufnahme, die die Wolkenkratzer von Shanghai zeigte, über ihnen ein grauer Himmel.

»Die neue Überlebensstadt befindet sich im alten Stadtkern, in dem einst fünfzehn Millionen Menschen lebten«, sagte Virginia. »Weiter im Norden und Westen Chinas gibt es einige kleine Städte mit bis zu zehntausend Einwohnern. Sie unterliegen nicht den Regeln des Kartells beziehungsweise der Future Foundation.«

»Haben sie eine Chance?«, fragte jemand. »Könnten die Menschen dort dauerhaft überleben und Nachkommen haben?«

Das war eine Frage, hinter der sich tiefere Bedeutung verbarg, wusste Laura. Nach dem, was sie über die Städte herausgefunden hatten, war die Geburtenrate dort sehr niedrig, und in der Svalbard-Forschungsstation hatte es in knapp anderthalb Jahren nicht eine einzige Schwangerschaft gegeben.

Vielleicht handelte es sich um eine biologische Reaktion auf den besonderen Stress, dem sie alle ausgesetzt waren. Genaue Untersuchungen von Eizellen und Sperma hatten zumindest auf Spitzbergen noch nicht stattgefunden, es konnten also noch keine präzisen Aussagen getroffen werden. Doch es gab erste Spekulationen darüber, dass das Grau nicht nur Chlorophyll zerstörte und Fotosynthese unmöglich machte, sondern auf eine noch subtilere Weise Zellen im Allgemeinen und vielleicht die DNS im Besonderen beeinflusste. Vielleicht genügte ein geringfügiger Kontakt mit dem grauen Staub, um die Fruchtbarkeit des Menschen drastisch zu reduzieren. Wenn das stimmte, war das Ende der Spezies *Homo sapiens* durch die Städte vielleicht nicht aufgehoben, sondern nur ein wenig aufgeschoben.

Laura verscheuchte den düsteren Gedanken.

»Ob die kleinen Städte tatsächlich autark und stabil bleiben, wird sich vermutlich erst in zehn oder zwanzig Jahren zeigen«, sagte Virginia. »Ich persönlich halte den Rückfall in die Kleinstaaterei für Unsinn und kontraproduktiv.« Sie hob den Kopf ein wenig. »Damit habe ich vier von sieben Städten genannt. Die drei anderen sind Agua Caliente in Südarizona, Valdiviana in Chile und Jardine im Norden der Kap-York-Halbinsel in

Queensland, Australien. Wir halten Agua Caliente im Südwesten der ehemaligen USA für die wichtigste Stadt, denn dort hat David Finley, ungekrönter König der neuen Welt, Quartier bezogen.«

»Was ist mit der Forschung in den Städten?«, fragte Ayumi aus Japan. Sie gehörte zu den fleißigsten Arbeitern von Svalbard und verbrachte neunzehn oder zwanzig von vierundzwanzig Stunden im Labor. Woher sie die Kraft nahm, blieb Laura ein Rätsel. »Wird dort an einem Mittel gegen das Grau gearbeitet?«

Virginia nickte der Japanerin zu. »Gute Frage. Bis vor einem halben Jahr gab es mehrere große Forschungsgruppen, die die Untersuchung des Grau fortsetzten, doch seit einiger Zeit erhalten diese Gruppen weniger Ressourcen: weniger Personen, weniger Geräte, weniger Energie. Das gilt für alle sieben Städte.«

»Was bedeutet das?«

»Vermutlich hält das Kartell – die Foundation – andere Dinge für wichtiger«, sagte Virginia.

»Was zum Beispiel?«, fragte Fria aus Schweden. »Was kann wichtiger sein als die Rettung der Welt?«

Die Rettung der Welt, dachte Laura. Als Zehnjährige hatte sie versprochen, dabei mitzuhelfen. Aber es war eine andere Welt gewesen, die eines Kinds.

»Wir dürfen nicht den Fehler machen zu glauben, dass Finley und die anderen denken wie wir«, mahnte Virginia. »Sie sind die Regenten der Welt, der Status quo kommt ihnen gelegen, denn er festigt ihre Position. Die Überlebenden haben es vergleichsweise bequem in den autarken Städten. Sie atmen saubere Luft mit genug Sauerstoff, und es gibt ausreichend Lebensmittel für sie, auch wenn die Auswahl nicht so groß ist wie vor dem Grau. Und sie sind vor den Elementen geschützt, vor den Hitzeflares, Stürmen und Überschwemmungen. Sie haben es gut, darum käme es kaum jemandem von ihnen in den Sinn, gegen die neue Obrigkeit aufzubegehren, die ihnen all dies garantiert. Sie wissen sehr wohl um das Privileg ihres Lebens und Überlebens, denn immerhin wurden sie von der Foundation ausgewählt.« Sie breitete die Arme aus, in einer fast hilflosen Geste. »Warum sollten Finley und Co diesen für sie angenehmen Status quo ändern? Es würde ihre Macht in Frage stellen.«

»Welche Konsequenzen ergeben sich daraus für uns?«, fragte Frederik, der siebzig Jahre alte und aus Kopenhagen stammende amtierende Administrator von Svalbard.

»Mittel- und langfristig ist ein Konflikt nicht auszuschließen«, antwortete Virginia. »Unsere Bestrebungen sowie die Bemühungen unserer Kollegen in anderen Forschungsstationen, ein Mittel gegen das Grau zu finden, kollidieren mit dem Interesse der Foundation am gegenwärtigen Stand der Dinge.«

Ein Murmeln und Raunen ging durch den Versammlungsraum.

»Halten wir fest«, sagte Virginia. »Es gibt Spannungen, wenn nicht sogar Konflikte innerhalb der Foundation und vermutlich auch zwischen den Städten. Die wissenschaftliche Arbeit wird reduziert. Das Grau hat die ganze Erde in eine tote Welt verwandelt, und die Städte scheinen kaum mehr daran interessiert, etwas daran zu ändern. Nur wir arbeiten mit vollem Engagement an einer besseren Zukunft. So sieht's aus, liebe Freunde. Ich danke euch für eure Aufmerksamkeit.«

Damit verließ sie das Pult.

92

»Es wird bereits heller«, sagte Leopold. »Nur noch wenige Wochen, und die Sonne geht nicht mehr unter.«

Sie standen am Fenster von Lauras Büro am Rand des größten Labors der Svalbard-Station. Draußen ging der kurze graue Tag einer grauen Welt zu Ende. Farblose Dämmerung legte sich über nackte Hänge und eine Felslandschaft ohne Schnee und Eis. Der Isfjord schien sich in glatten Schiefer zu verwandeln.

»Es bedeutet mehr Licht für die Solaranlagen«, erwiderte Laura. Sie hatte es sich angewöhnt, sofort an die praktischen Aspekte zu denken. »Und das heißt mehr Strom für uns.« Sie schüttelte den Kopf. »Wir nutzen einen Teil des produzierten Sauerstoffs für die Verbrennung von Öl und grauem Holz, damit hier während der Dunkelzeit nicht die Lichter ausgehen. Das ist absurd.«

»Vieles ist absurd geworden. Dass Leute wie Finley die Welt beherrschen, ist absurd genug.«

Seite an Seite beobachteten sie, wie draußen das Licht schwand und sich Dunkelheit auf Land und Wasser legte.

»Weißt du, was ich am meisten vermisse?«, fragte Laura.

Neben ihr drehte Leopold den Kopf.

»Einen Spaziergang im Wald.« Davon träumte sie manchmal. »Oder durch Paolinas Weinberg am Hang des Ätnas. Oder am Meer entlang. Ginster und Steineichen, die knospenden Reben und das Mittelmeer an einem warmen Frühlingstag … Ich erinnere mich an die besonderen Gerüche, ich habe sie noch immer in der Nase. Aber ich weiß, dass ich so etwas nie wieder in meinem Leben riechen werde. Das stimmt mich sehr traurig.«

Leopold legte ihr die Hand auf die Schulter. »Wir arbeiten hier, damit die Kinder unserer Kinder irgendwann in der Zukunft wieder durch einen grünen Wald gehen können.«

Hoffentlich wird es genug Kinder geben, dachte Laura und erinnerte sich an die niedrige Geburtenrate in den neuen Städten. »Es wird dauern. Viele, viele Jahre. Vielleicht Jahrhunderte oder Jahrtausende. Und es steht keineswegs fest, dass wir schließlich erfolgreich sein werden.«

»Stimmt«, pflichtete ihr Leopold bei, »das lässt sich nicht leugnen. Aber dass wir vielleicht nie die Früchte unserer Arbeit sehen, entbindet uns nicht von der Verantwortung. Wir alle versuchen, unser Bestes zu geben, und für dich gilt das in einem besonderen Maße. Du leistest einen sehr wichtigen Beitrag.«

»Manchmal frage ich mich, ob es genug ist.«

»Lieber Himmel, du arbeitest fast ebenso hart wie unsere Ayumi, die kaum noch schläft. Mehr kann niemand von dir verlangen.«

Laura beobachtete, wie die Solaranlagen am Hang zu Schemen in der Dunkelheit wurden. Vielleicht ging ihre gedrückte Stimmung auch darauf zurück, dachte sie, auf den Mangel an Licht, an Sonnenschein.

»Hast du davon gehört?«, fragte Leopold nach einer Weile.

»Wovon?«

»Es wird bald eine neue Expedition geben, länger und besser ausgerüstet als die letzte. Es geht um Material, Proviant und den üblichen Kram für einen weiteren Ausbau von Svalbard. Und natürlich auch um Informationsbeschaffung. Virginia hat heute in ihrem Vortrag deutlich darauf hingewiesen: Es ist wichtig, dass wir auf dem Laufenden bleiben. Wir dürfen Augen und Ohren nicht vor dem Rest der Welt verschließen.«

Der Wunsch war plötzlich da, eine Sehnsucht so stark, dass Lauras Herz schneller schlug.

»Ich will mit!«, entfuhr es ihr.

»Das dachte ich mir.« Leopold nickte. »Frederik erwartet uns.«

Frederik Halbardsen war wenige Tage nach seinem siebzigsten Geburtstag das vierte Mal in Folge zum »Administrator« gewählt worden, zum Verwalter von Svalbard. In einem gefütterten blauen Overall saß er am Schreibtisch eines Büros kleiner als Lauras und schüttelte kummervoll den Kopf.

»Wir brauchen dich hier, Laura«, sagte er. »Du bist unersetzlich.«

»Wir bringen sie zurück, das verspreche ich«, entgegnete Leopold.

Frederik sah ihn an. »Du ebenfalls?«

»Ich bin kein Wissenschaftler und werde hier nicht so dringend gebraucht wie Laura.«

Der alte Halbardsen nickte langsam. »Und wer noch?«

»Virginia Del Rey und Boris Kraskow. Ob sie hier sind oder nicht, wirkt sich ebenfalls nicht auf die wissenschaftliche Arbeit aus, und ihre alten Kontakte könnten nützlich sein, wenn es darum geht, die Lage zu sondieren. Außerdem ...« Er zögerte.

»Ja?«, fragte Frederik.

»Hudson Chamberlain«, sagte Leopold.

Das überraschte Laura, damit hatte sie gewiss nicht gerechnet. Aus einem ersten Reflex heraus wollte sie widersprechen, überlegte es sich dann aber anders und schwieg.

»Eine etwas ... ungewöhnliche Wahl, findest du nicht?«, meinte Frederik.

»Kommt darauf an«, gab Leopold zurück.

»Und das Reiseziel der Expedition ist ...?«

»Italien«, sagte Laura.

Frederik musterte sie nachdenklich. »Insbesondere Sizilien, nehme ich an.«

»Ja.«

»Ein ziemlich weiter Weg von Spitzbergen.«

»Aber er könnte sich lohnen. Ich weiß, wo wir dort eine große Anzahl von Konserven finden könnten. Ganz in der Nähe von Catania.«

Frederik wölbte die grauweißen Brauen.

»Sie braucht eine Auszeit«, erklärte Leopold. »Und wir brauchen Konserven.«

»Na schön.« Frederik nickte erneut. »Na schön.«

»Wann können wir aufbrechen?«, fragte Laura. Plötzlich fiel ihr etwas ein. »Alexander hat ein Flare erwähnt, einen Hitzesturm, der sich im westlichen Mittelmeer zusammenbraut. Wir sollten Sizilien erreicht haben, bevor der Sturm losbricht.«

»Wir haben schon alles vorbereitet«, sagte Frederik. »Wenn Virginia und Boris – und Hudson Chamberlain – bereit sind, von jetzt auf gleich loszufliegen ... Wie wär's mit morgen?«

93

JOYCELIN HAYES

AGUA CALIENTE, SÜDARIZONA, USA

Schön war sie nicht, die neue Stadt namens Agua Caliente, aber sie erfüllte ihren Zweck, indem sie Menschen schützte, ernährte und mit genug Sauerstoff versorgte. Auf den Straßen und in den offenen Tunneln brauchte man ebenso wenig eine Atemmaske wie innerhalb der Gebäude. Die quadratischen und rechteckigen Bauten bestanden aus genormten Fertigteilen und unterschieden sich nur durch ihre individuellen pastellfarbenen Töne und mehr oder weniger kunstvollen Bilder, die ihre Bewohner den Wänden hinzugefügt hatten.

Joycelin ging allein, ohne die Begleitung von Bodyguards. Sie brauchte keinen Schutz, denn in Agua Caliente gab es keine Kriminalität, und je weniger Zeugen, desto besser. Dass man sie erkannte oder später mit Aufnahmen von Überwachungskameras identifizierte, war nicht völlig ausgeschlossen, aber unwahrscheinlich. Sie trug eine spezielle biometrische Maske, bestehend aus einem halb durchsichtigen dünnen Film, der ihre Gesichtszüge veränderte, und eine dicke, ungleichmäßig geformte Sohle im linken Schuh gab ihr ein neues Bewegungsmuster.

Auf dem Weg zu einem Node am Rand der Stadt, einem Kommunikationsknoten, blieb sie bei einem der kleinen Parks stehen, in dem sich erstes Grün zeigte. Die Samen der Pflanzen, die aus dem gedüngten Boden von Südarizona wuchsen, stammten teilweise aus dem Svalbard Global Seed Vault.

Ein klopfendes Geräusch veranlasste Joycelin, den Kopf zu

heben und nach oben zu sehen. Regentropfen fielen auf das transparente Dach über der Stadt, Vorboten einer vom Wetterdienst angekündigten Regenfront, die der neue Nordwind nach Süden trug.

Sie ging weiter, vorbei an Menschen, die das neue Grün bestaunten. Mehrmals blickte sie sich unauffällig um und hielt nach Verfolgern Ausschau. Es gab keine, soweit sie das feststellen konnte, und sie glaubte sich aufmerksam genug. Niemand hatte sich ihr an die Fersen geheftet.

Beim Node am Stadtrand gab es genug freie Plätze, wie es Joycelin erwartet hatte. Die meisten Menschen zog es in die inneren Bereiche von Agua Caliente, wenn sie ihre Wohnungen verließen. Sie mieden den Anblick der öden Felslandschaft jenseits der Schutzwand, denn er erinnerte zu sehr an die Lebensfeindlichkeit der Welt außerhalb.

Der Node befand sich in der Nähe eines Gewächshauses, um das Joycelin einen weiten Bogen machte, weil es dort mehr Sicherheitssensoren gab als in anderen Bereichen der Stadt. Sie betrat den Node durch einen Nebeneingang und fand sich in einem hundert Quadratmeter großen, in zahlreiche Nischen unterteilten Raum wieder. Hier konnte man nicht nur sein Handy aufladen oder gegen ein neues Modell eintauschen, wenn man über einen entsprechenden Berechtigungscode verfügte. Die Nischen boten auch direkten Zugang zu den Kommunikations- und Medianetzen von Agua Caliente und erlaubten das Versenden und Empfangen von Mitteilungen aller Art.

Joycelin wählte eine freie Nische ganz hinten, schloss die Milchglastür hinter sich und holte den Stick mit der vorbereiteten Nachricht hervor, für Orlando Theodorus Doukas in Kariba bestimmt. Sie steckte ihn in den ersten von insgesamt fünf freien Ports, öffnete das Dateiverzeichnis, wählte die verschlüsselte Mitteilung und schickte sie mit einem weiteren Tastendruck auf die Reise.

Natürlich wurden alle versendeten Nachrichten gescannt – dafür gab es spezielle Computerprogramme, die sie selbst mit in Auftrag gegeben hatte. Deshalb enthielt die Mitteilung einen oberflächlichen Text ohne wichtige Informationen. Die eigentliche Nachricht befand sich darunter. Doukas kannte den Code und würde wissen, wonach es zu suchen galt.

Ein Signalton bestätigte die Übermittlung der Nachricht. Joycelin zog den Stick aus dem Port und ließ ihn in den Recycler fallen, bevor sie den Node verließ. Anschließend suchte sie eine öffentliche Toilette auf und nahm dort die biometrische Maske ab, dann machte sie sich auf den Rückweg zu ihrer kleinen Wohnung im Zentrum. Lange aufhalten wollte sie sich dort nicht, gerade lange genug, um ihre Sachen für den Flug nach Antarktika zu packen, wo es weitere Vorbereitungen zu treffen galt.

Der Regen war stärker geworden, prasselte auf das Dach der Stadt und wusch grauen Staub fort.

94

Die Wohnung war abgeschlossen, aber nicht leer. Im Salon mit den beiden Fenstern, durch die man auf den Stadtplatz mit dem großen Springbrunnen sehen konnte, saß David Finley in einem der beiden Sessel, die Ellenbogen auf den breiten Armlehnen, die Fingerspitzen aneinander.

Er wies auf den freien Sessel. »Bitte setzen Sie sich, Ms. Hayes.«

»Danke, dass Sie mir erlauben, in meiner eigenen Wohnung Platz zu nehmen«, erwiderte sie ein wenig spitz und nahm Platz.

»Wo sind Sie gewesen, Ms. Hayes?«

»In der Stadt unterwegs.« Joycelin verbarg ihr Unbehagen. »Ich wollte mir noch einmal alles ansehen, bevor ich mich auf den Weg nach Antarktika mache. Mister Finley ... Dies ist meine Wohnung. Ich bin ziemlich sicher, dass die Tür abgeschlossen war, und ich kann mich nicht an einen Besprechungstermin hier bei mir erinnern.«

»Welche Nachricht haben Sie Doukas geschickt, Ms. Hayes? Was haben Sie ihm mitgeteilt?«

Lieber Himmel, dachte Joycelin. »Wovon reden Sie da?«

Finley griff in die Innentasche seines mausgrauen Jacketts, holte einen gefalteten Zettel hervor, legte ihn auf den Tisch und schob ihn mit dem Zeigefinger in Joycelins Richtung.

Sie nahm den Zettel, entfaltete ihn und las den Text.

»Sie weisen Orlando Theodorus Doukas in Kariba darauf hin, dass Juna Jokinen für den Tod von Daniel Juan Carvalho, Anna Aurora Vitale und ›wahrscheinlich‹ auch für den von Thabo Ruthenberg, Li Juin, Jonathan Kelly und Esmeralda Torrez verantwortlich ist, die erst vor wenigen Tagen bei einem Unfall ums Leben kam, der Ihrer Behauptung nach gar kein Unfall war.«

Joycelin schwieg und starrte Finley an.

»Es ist natürlich nicht die erste Nachricht«, fuhr er fort. »Zusammen mit den anderen ergibt sich ein ziemlich klares Bild, finden Sie nicht?«

»Ich fürchte, ich verstehe nicht, was Sie meinen.« Joycelin suchte nach einem Ausweg.

»Über ein Jahr lang haben Sie Zwist und Hader in der Foundation gesät, Ms. Hayes.« Finley sprach wie immer mit ruhiger Stimme, und sein Gesichtsausdruck blieb neutral. »Sie haben Ruthenberg und die anderen gegeneinander ausgespielt, mit alten und neuen Animositäten. Die Informationen dafür stammten unter anderem von einem gewissen Emmerson White, den Sie in Syracuse persönlich getroffen haben. Wenn das nicht genügte, haben Sie Unfälle inszeniert, wie bei Esmeralda Torrez, deren Kopter beim Flug hierher nach Agua Caliente abgestürzt ist. Und jetzt ...« Er zeigte auf den Zettel, den Joycelin noch immer in Händen hielt. »Und jetzt teilen Sie Doukas mit, Juna Jokinen wäre an allem schuld und hätte es auf ihn abgesehen. Sie fügen dieser Behauptung fast echte Fakten hinzu, wenn ich so sagen darf. Ein alter Trick: Man bleibt so nahe wie möglich bei der Wahrheit.«

»Haben Sie an die Möglichkeit gedacht, dass *das hier* ein Trick ist?«, warf Joycelin ein. »Dass jemand versucht, mich bei Ihnen zu diskreditieren?«

»Ja, diese Möglichkeit habe ich tatsächlich in Betracht gezogen«, räumte Finley ein. »Aber es gab jemanden, der meine letzten Zweifel ausgeräumt hat.«

Die Küchentür öffnete sich, und eine blasse Frau mit weißblondem Haar kam herein, gekleidet in einen schlichten grünen Hosenanzug. Juna Jokinen, die Analytikerin. Der lebende Computer.

»Was halten Sie von einem kleinen Ausflug, Ms. Hayes?« Finley stand auf.

»Man erwartet mich in Antarktika.«

»Die Reise werden Sie verschieben müssen.«

Joycelin erhob sich langsam. »Mister Finley ...«

»Ja, Ms. Hayes? Bitte sagen Sie jetzt nicht, Sie könnten mir alles erklären.«

»Was auch immer Sie vorhaben, Mister Finley: Sie machen einen großen Fehler.«

Er musterte sie erstaunt. »Oh, ich bin nur ein Mensch und mache tatsächlich Fehler. Aber nicht hier und nicht heute.« Er deutete zum Flur. »Gehen wir.«

95

VIRGINIA DEL REY

GENUA, ITALIEN

»Das sind die Alpen?«, fragte Boris skeptisch. »Bist du sicher? Ich meine, es sind Berge, ja, aber die *Alpen*?«

Virginia deutete auf ihr Tablet. »Die GPS-Signale der Satelliten lügen nicht.«

Sie saßen hinten im großen Kopter, in bequemen Sesseln und ohne Atemmasken, denn die Luft in der Flugkabine enthielt genug Sauerstoff.

Hudson Chamberlain hatte auf dem schmalen, weniger komfortablen Sitz neben der Luke Platz genommen und sah ebenfalls aus dem Fenster. Vorn behielten Laura und Leopold die Instrumentenanzeigen im Auge, während der Autopilot den Kopter mit etwa dreihundert Kilometern pro Stunde über das Gebirge steuerte. Der Kurs präsentierte sich als rote Linie auf Virginias Tablet.

Es ging nach Südwesten, nach Ligurien, zu einem kleinen Solarpark bei Genua. Dort wollten sie die Akkus neu laden und ihren Sauerstoffvorrat erneuern.

»Wo ist der Schnee?«, brummte Boris. »Wo sind die Gletscher? Ich sehe nicht eine einzige weiße Stelle. Alles ist braun und grau.«

Hudson hielt ein eigenes Tablet in den Händen und wischte übers Display. »Nach den Wetterdaten, die wir von den Satelliten empfangen haben, ist im vergangenen Winter kein Schnee in den Alpen gefallen. Es hat nur geregnet, bei Temperaturen von zehn bis fünfzehn Grad selbst auf dem Gipfel des Mont

Blanc, des höchsten Bergs der Alpen. Derzeit liegen die Temperaturen sogar noch um fünf bis zehn Grad darüber, obwohl es jetzt, Mitte März, noch ziemlich kalt sein sollte.«

Vorn drehte sich Laura halb um und fragte spitz: »Sind Sie zum meteorologischen Spezialisten geworden, Mister Chamberlain?«

Sie blieb auf Distanz zu ihm, stellte Virginia fest.

»Ich versuche, mich nützlich zu machen«, antwortete Hudson. »Corrico hat sich mit dem Klima befasst, das wissen Sie.«

»Corrico hat die Welt zerstört«, sagte Laura schlicht und sah wieder nach vorn.

»Dreihundert Milliarden«, verkündete Boris mit lauter Stimme.

»Dreihundert Milliarden was?«, fragte Laura.

»Konserven«, erklärte er. »Vor dem Grau wurden jährlich etwa dreihundert Milliarden Konserven produziert. Danach, als es noch Staaten und Regierungen gab, wurden Lebensmittel rationiert und Versorgungslager eingerichtet. Eins davon befindet sich in Genua. Vielleicht lohnt es sich, dort nachzusehen, bevor wir weiter nach Sizilien fliegen, zu dem von Ihnen genannten Konservenlager.«

»Woher wissen Sie das?«, fragte Leopold über die Schulter hinweg.

»Laura hat uns von dem Vorratslager in Sizilien erzählt, von dem Depot«, erwiderte Boris. »Hast du das vergessen?«

»Ich meine Genua.«

»Oh, ich habe ein bisschen recherchiert, bevor wir aufgebrochen sind.« Boris zwinkerte Virginia zu. »Wir haben immer noch unsere Quellen, nicht wahr?«

Sie nickte. »Haben wir, ja.«

»Die alten Datenbanken?«, fragte Leopold, ohne sich umzudrehen. Virginia sah, wie er den Kurs kontrollierte.

Ein weiterer graubrauner Berggipfel strich unter ihnen hinweg, selbst in den schattigen Rinnen und Ritzen ohne Schnee und Eis.

»Einige von ihnen«, bestätigte Virginia. »Aber es wird immer schwieriger, sie abzurufen. Die Reste des Internets schrumpfen, Server fallen aus, weil sich niemand um sie kümmert. Es wird nicht mehr lange dauern, bis vom Internet gar nichts mehr übrig ist, obwohl die Satelliten natürlich in Betrieb bleiben. Dann gibt es nur noch das Netzwerk der neuen Städte.«

»Können Sie sich Zugang dazu verschaffen?«, fragte Laura.

Der Kopter schwankte im Höhenwind.

»Wir versuchen es«, entgegnete Virginia. »Aber Finleys Leute haben alles gut abgesichert.«

»Sie wissen von uns, nicht wahr?«, fragte Leopold.

»Ich denke schon.«

»Werden Sie uns in Ruhe lassen?«

Virginia hatte immer wieder darüber nachgedacht. »Schwer zu sagen. Von den neuen Städten ist es weit bis nach Spitzbergen. Die Geographie könnte unser bester Schutz sein.«

»Warum sollten die Städte etwas gegen uns unternehmen?«, fragte Hudson.

»Nicht die Städte«, antwortete Virginia, »Finley. Warum? Weil wir freie Menschen sind. Das könnte ihm genügen. Und weil er sich vielleicht für unsere Forschungsergebnisse interessiert.«

»Es gibt nur noch wenige Menschen«, sagte Hudson. »Wäre es nicht besser, wenn wir uns gegenseitig helfen?«

Die Worte klangen vernünftig und gleichzeitig seltsam. Virginia musterte den Mann, der einst an der Spitze von Corrico und des Klimakonsortiums gestanden hatte. Sie sah nur die eine Hälfte seines Gesichts, denn er blickte wieder aus dem Fenster neben der Luke. Was ging in ihm vor? Für schuldig schien er sich nicht zu halten. Vielleicht suchte er noch nach seinem Platz in der neuen Welt.

Boris lehnte sich in seinem Sitz zurück und verschränkte die Arme. »Wie lange dauert's noch? Reicht die Zeit für ein Nickerchen?«

»Ich denke schon«, meinte Leopold. »Wir erreichen Genua in einer guten Stunde.«

96

Der Kopter landete auf einem Plateau einige hundert Meter nordwestlich der neuen Brücke namens Genova San Giorgio, als Ersatz für die am 14. August 2018 eingestürzte Ponte Morandi gebaut. Eine Barriere aus Felsen und aufgeschütteter Erde blockierte den Zugang zur Straße, die am Hang hinab zum langgestreckten Gebäude von »Ansaldo Energia« führte, dem Energie-Unternehmen, das sowohl die Solarstation als auch die Sauerstofffabrik beim Porto Antico, dem alten Hafen, betrieben hatte.

»Seht euch die Brücke an«, sagte Laura, als sie ausstiegen. »Was ist dort passiert?«

Fahrzeuge aller Art standen dicht an dicht auf der neuen Brücke. Von der westlichen Seite hatte sich ein Bulldozer einen Weg durchs Blech gebahnt und Pkws, Laster und große Transporter ineinander und zur Seite geschoben. Einige Fahrzeuge hatten die Fahrbahnbegrenzungen durchbrochen und waren fünfundvierzig Meter in die Tiefe gestürzt.

Mit Atemmaske und Fernglas trat Virginia zum Rand des Plateaus und inspizierte die Brücke. Boris trat neben sie. »Die Fahrzeuge sind leer, soweit ich das erkennen kann«, sagte sie. »Und es liegen keine Leichen auf der Fahrbahn.« Sie reichte Boris das Fernglas.

»Vielleicht hat man die Toten geborgen und zu einem der Massengräber außerhalb der Stadt gebracht«, spekulierte er.

»Die letzten Berichte vor einem halben Jahr erwähnten vier, zwei im Osten und die anderen beiden im Norden der Stadt.«

Virginia drehte sich um. Es war heiß, der von Südwesten übers Meer wehende Wind schien aus einem Backofen zu kommen, und sie hatte bereits zu schwitzen begonnen. »Der meteorologische Frühling beginnt erst in einigen Tagen, aber es herrschen bereits hochsommerliche Temperaturen.«

»Es dürften Vorboten des Hitzeflares bei Gibraltar sein.« Boris gab ihr das Fernglas zurück. »In zwei, drei Tagen macht er sich auch hier bemerkbar. Dann wird es über fünfzig Grad heiß.«

Virginia blickte zu den glänzenden und glitzernden Panels der Solarstation. Sie bildeten lange Reihen an den Hängen und waren nach Südwesten ausgerichtet. Sie hatten einst den Stadtteil Coronata mit Strom versorgt.

Leopold, Laura und Hudson hatten bereits damit begonnen, ein langes Kabel zu verlegen, um die Akkus des Kopters aufzuladen. Das würde einige Stunden dauern.

»Wir könnten uns die Sauerstofffabrik unten am Meer ansehen«, schlug Boris vor. »Und anschließend das Versorgungslager im Westen, in Sestri Ponente beim Flughafen.«

»Eine kleine Tour mit dem Scooter?«, fragte Virginia.

Er rieb sich die Hände. »Dafür ist er da, nicht wahr?«

97

Der Scooter war ein kleines, klappbares Elektro-Krad, das zur Ausrüstung des Kopters gehörte. Seine Reichweite war auf vierzig oder fünfzig Kilometer beschränkt, doch das genügte für eine Fahrt durch die Stadt.

Virginia und Boris trugen ihn durchs graue Gebüsch zur Straße hinter der Barriere und überließen es den anderen, den

Kopter für die Weiterreise vorzubereiten und sich um die Solarstation zu kümmern.

Der Fahrtwind machte die Hitze zunächst erträglicher, doch kaum hatten sie den Hügel hinter sich gelassen, wurde es sehr schwül, und Virginia fühlte, wie ihr erneut der Schweiß ausbrach. Der heiße, böige Wind wehte grauen Staub und Papierfetzen durch Straßen mit zahlreichen verlassenen Autos, die Boris zwangen, langsam und im Zickzack zu fahren.

Nach wenigen Minuten erreichten sie den Porto Antico, den alten Hafen. Wie sie aus den Berichten wussten, war die Sauerstofffabrik im umgebauten Terminal Messina an der Viale Africa untergebracht, von dessen roter Fassade der Putz bröckelte. Boris hielt direkt vor dem geschlossenen Eingang.

Virginia stieg ab und lauschte.

»Hörst du das?«, fragte sie.

»Du meinst die Stille.« Boris sah sich um. »Wir kennen sie bereits, nicht wahr? Aber hier hat sie zusätzlich Bedeutung, denn sie sagt uns, dass die Sauerstofffabrik nicht mehr in Betrieb ist.« Er wies mit der Hand zum Eingang. »Sehen wir nach.«

Die Tür ließ sich mühelos öffnen.

»Nicht abgeschlossen«, sagte Boris verwundert und zog die Tür ganz auf.

Es gab eine zweite Tür, die Innentür einer Luftschleuse, und dahinter, im Innern des Terminals Messina, erwartete sie ein wildes Durcheinander aus zertrümmerten Geräten und Einrichtungsgegenständen. Es fiel genug Licht durch die staubigen Fenster, um zu erkennen, dass es zu einer Explosion gekommen war.

»Meine Güte.« Virginia wählte einen vorsichtigen Weg durch die Trümmer. »Jemand scheint versucht zu haben, das ganze Gebäude in die Luft zu jagen.«

»Apokalyptiker?«, fragte Boris. Er hielt plötzlich eine Pistole in der Hand. »Plünderer?«

»Dummköpfe.« Virginia blieb stehen und sah sich um. »Es wundert mich, dass hier überhaupt noch etwas übrig geblieben ist. Ich meine, hier wurde *Sauerstoff* produziert.« Sie zeigte auf einen geborstenen Behälter, in dem Meerwasser per Elektrolyse in seine Bestandteile Wasserstoff und Sauerstoff zerlegt worden war.

»Vielleicht war die Anlage bereits stillgelegt, als es zu der Explosion kam.« Boris hielt weiterhin seine Pistole bereit. »Möglicherweise ist das der Grund, warum hier alles zerstört wurde.«

»Der Zorn der Sterbenden?«, fragte Virginia leise.

»Ich fürchte, hier finden wir nichts. Wie viel Sauerstoff haben wir noch?«

Virginia ging weiter. Glassplitter knirschten unter ihren Sohlen. »Auf jeden Fall genug bis Catania. Wenn wir dort keine Gelegenheit finden, unsere Vorräte zu erneuern, müssen wir eine eigene kleine Sauerstofffabrik improvisieren. Das ist zwar möglich, dauert aber eine Weile.«

»Es würde bedeuten, dass wir in das Hitzeflare geraten.«

Virginia nickte. »Was es zu vermeiden gilt.« Sie streckte den Arm aus. »Dort drüben sieht es nicht ganz so wüst aus.«

Die Explosion schien sich vor allem im vorderen Teil des zur Sauerstofffabrik umgebauten Terminals ausgewirkt zu haben. Der kleine rückwärtige Bereich, durch einen kurzen Flur zu erreichen, war einigermaßen verschont geblieben.

In den Trümmern vor dem Durchgang lagen zwei verkohlte Leichen.

»Laura könnte uns vielleicht sagen, wann sie gestorben sind«, überlegte Virginia laut, »aber so, wie's aussieht … Ich schätze, was hier passiert ist, liegt Wochen, wenn nicht Monate zurück.«

»Die Hände.« Boris deutete auf eine der beiden Leichen. »Sie sind intakt.«

Virginia betrachtete sie. Es waren schmale, zart wirkende

Hände, vermutlich die einer Frau, und sie waren tatsächlich intakt, unverletzt und nicht verwest.

»Ich habe gehört, wie die Biologen von Svalbard darüber sprachen«, erinnerte sich Virginia. »Es hat mit dem Mangel an Sauerstoff zu tun. Aerobe und anaerobe Verwesung.«

»Wenn man tot ist, kann es einem egal sein.« Boris trat in den Flur.

Virginia folgte ihm in ein Lager mit Kisten, Kartons und einem umgestürzten Gabelstapler. Unrat lag verstreut: Verpackungsreste, leere Büchsen und schmutzige Plastikteller.

»Hier hat jemand kampiert«, erkannte Virginia. »Scheint aber ebenfalls eine Weile her zu sein. Sehen wir uns die Kisten und Kartons an.«

Sie begannen mit der Suche, fanden zunächst aber nichts, das sich gebrauchen ließ. Nach einer halben Stunde, als Virginia fast schon aufgeben wollte, entdeckte sie in der Ecke einen mit Sauerstoffpatronen gefüllten Karton. Die Freude währte nicht lange: Nur fünf Patronen enthielten Sauerstoff, die anderen waren leer.

»Immerhin etwas«, brummte Boris, der seine Pistole längst eingesteckt hatte. »Wenigstens kehren wir nicht mit ganz leeren Händen zurück.«

Draußen beim Scooter sagte Virginia: »Fahren wir zum Versorgungslager im Westen der Stadt, in Sestri Ponente. Vielleicht haben wir dort mehr Glück.«

98

In den Berichten hieß es, dass das Versorgungslager von Sestri Ponente im Post-Gebäude an der Via Pionieri e Aviatori d'Italia eingerichtet worden war, in einem mehrstöckigen Gebäude mit drei langen blauen Fensterreihen, direkt am Yachthafen gelegen. Wieder ließen sie den Scooter direkt vor dem Haupteingang stehen, und dass alle Türen weit offen standen, verhieß auch hier nichts Gutes.

Auf dem Weg durch Flure und Räume stießen sie nicht auf Leichen, fanden aber auch keine Vorräte, weder die erhofften Konserven noch Packungen mit Nudeln, Reis, Grieß oder anderen lang haltbaren Lebensmitteln. Im obersten Stock hatte jemand ein Pappschild hinterlassen, mit einer auf Italienisch geschriebenen Botschaft, die lautete: *Ihr kommt zu spät! Hier gibt es nichts mehr zu holen!*

Sie verließen das Gebäude und überprüften die Patronen ihrer Atemmasken, um sich zu vergewissern, dass sie noch genug Sauerstoff enthielten.

Virginia ging über die Straße, vorbei an den vielen geparkten Autos, deren Besitzer nicht mehr lebten, und erreichte die Anlegestellen des Yachthafens, an denen noch immer zahlreiche große und kleine Boote vertäut waren. Viele von ihnen schaukelten sanft auf den Wellen, andere waren offenbar beim letzten Sturm beschädigt worden und halb im Wasser versunken.

Virginia nahm kurz die Maske ab und setzte sie sofort wieder auf, nachdem sie durch die Nase eingeatmet hatte. »Der Geruch des Meeres hat sich verändert«, sagte sie. »Es riecht anders.«

Boris nickte. »Es ist tot wie die Erde, auch wenn es nicht danach aussieht.«

Blau lag es vor ihnen, unter einem wolkenlosen Himmel.

»Es ist gespenstisch.« Virginia schauderte trotz der Hitze. »Als hätte jemand die Welt angehalten. Als hätte jemand alle Menschen einfach weggenommen.«

Sie gingen am Kai entlang, vorbei an den dümpelnden Yachten. Meerwasser rauschte und platschte an den Kaimauern. Bootsleinen knarrten.

»Der alte Traum der Militärs«, sagte Boris nach einer Weile.

»Eine Waffe, die Menschen tötet, ohne Städte zu zerstören. Die Welt bleibt heil.«

»Du meinst die Neutronenbombe.«

»Die zuerst von euch entwickelt wurde, unter Ronald Reagan.«

Virginia seufzte. »Leider machte unser schlechtes Beispiel Schule. Andere Staaten entwickelten ähnliche Neutronenwaffen.«

Sie blieben vor einer besonders großen Yacht stehen, die fast reglos auf dem Wasser ruhte. Eine Plane zog sich vom Ruderhaus bis zum Heck, wies jedoch einen langen Riss auf.

»Aufgeschnitten«, sagte Virginia. »Ich nehme an, Plünderer oder die letzten Überlebenden von Genua haben nach Sauerstoffpatronen und Lebensmitteln gesucht.« Sie drehte sich um und blickte zum großen Post-Gebäude mit den drei blauen Fensterreihen. »Wo sind die Leichen, Boris? Wo sind die Millionen von Toten? Man kann sie nicht alle begraben haben. Und ebenso wenig können sie sich in Luft aufgelöst haben.«

Boris hob die Hand und deutete zu den Wohnhäusern der Stadt. »Ich glaube, die meisten von ihnen sind daheim gestorben, im Bett oder im Wohnzimmersessel. Und dort liegen sie noch immer, weil es niemanden mehr gab, der ihre Leichen holen und bestatten konnte.«

Virginia nickte traurig. »Kehren wir zu den anderen zurück. Der Schildschreiber hat recht, hier gibt es tatsächlich nichts zu holen.«

99

DAVID FINLEY

BEI AGUA CALIENTE, SÜDARIZONA, USA

Der Elektromotor des Geländewagens summte, die Reifen mahlten durch Schlamm. Der durchsichtige Stadtwall blieb hinter ihnen zurück, die Farben der Gebäude verblassten in Regen und Dämmerung. Vor ihnen erstreckte sich eine Landschaft in rostroten und lehmbraunen Tönen.

»Es soll in den nächsten Tagen noch stärker regnen«, sagte Finley nach einer Weile. Er steuerte den Wagen über die alte Straße, den Autopiloten ließ er ausgeschaltet. »Der Unterlauf des Gila-Flusses wird anschwellen, und unsere Wetterleute sind nicht sicher, ob das Reservoir all die Fluten aufnehmen kann. Es könnte zu einer großflächigen Überschwemmung kommen.«

Joycelin auf dem Beifahrersitz neben ihm schwieg. Sie trug Handschellen, und der Gurt hielt sie fest.

»Aber der Stadt droht natürlich keine Gefahr«, fügte Finley hinzu. »Sie haben gut geplant.« Er wandte kurz den Kopf und warf ihr einen Blick zu. »Zumindest in dieser Hinsicht.«

Pfützenwasser spritzte. Die Scheibenwischer kämpften gegen den Regen an. Der Wagen schaukelte.

Schließlich brach Joycelin ihr Schweigen. »Wohin fahren wir?«

»Nach Nordwesten, in Richtung Kofa«, gab Finley bereitwillig Auskunft. »Wussten Sie, dass es dort bis vor sieben oder acht Monaten eine kleine Flüchtlingssiedlung gab? Zuerst waren es etwa zweihundert Menschen. Sie kamen bis nach Agua Caliente, aber wir haben sie abgewiesen.«

Joycelin sah ihn an, während er sprach. Finley blickte nach vorn in die regennasse Landschaft.

»Einige von ihnen zogen weiter nach Süden, nach Mexiko«, fuhr er fort. »Die anderen ließen sich in Kofa nieder. Ihre Zahl schrumpfte natürlich, sie hatten nicht genug Sauerstoff, und außerdem fehlte es ihnen an Proviant. Ich frage mich, ob es dort heute noch den einen oder anderen Überlebenden gibt.«

»Wollen Sie mich dorthin bringen?«, fragte Joycelin plötzlich. Finley glaubte, fast so etwas wie Hoffnung in ihrer Stimme zu hören.

»Oh, da wären wir zwei oder drei Stunden unterwegs«, erwiderte er. »So lange dauert unser Ausflug nicht. Nur noch ein Stück weiter in die Berge.«

Das Gelände stieg an. Die Straße wurde schmaler, Felsen erschienen neben ihr. Der Regen ließ nach, es fielen nur noch vereinzelte Tropfen. Die Scheibenwischer hatten es leichter und verharrten schließlich.

»Mister Finley«, begann Joycelin nach einer Weile. »David ...«

»Ja, Ms. Hayes?«

»Lassen Sie uns darüber reden. Vielleicht kann ich Ihnen tatsächlich das eine oder andere erklären.«

Er nickte und steuerte den Wagen durch eine Kurve. »Das können Sie zweifellos, und ich bin sicher, dass Sie sehr überzeugend klingende Worte finden würden. Aber Sie brauchen mir nichts zu erklären. Ich weiß und verstehe bereits alles.« Wieder sah er sie kurz an. »Im Gegensatz zu Ihnen, Ms. Hayes.«

Sie versuchte, würdevoll zu bleiben. Er erkannte trotzdem die Furcht in ihrem Gesicht.

»Seit wann wissen Sie Bescheid?«, fragte sie.

»Ich hab es von Anfang an gewusst.«

Joycelin dachte darüber nach. »*Was* haben Sie gewusst?«

»Wie Sie Chamberlain hintergangen und seinen Platz eingenommen haben. Mir war natürlich klar, dass Sie das auch bei mir versuchen würden. Es liegt in der Natur der Sache. Besser gesagt: Es liegt in *Ihrer* Natur, Ms. Hayes. Sie sind, wie Sie sind. Sie wollen ganz oben stehen, an der Spitze.« Er lächelte kurz und humorlos. »Die Königin der Welt, nicht wahr?«

»Sie haben mich überwachen lassen!«

»So gut wie jeder Schritt von Ihnen war mir bekannt.« Finley fuhr langsamer, als aus der schmalen Asphaltstraße ein unbefestigter Weg wurde, die Schlaglöcher mit Regenwasser gefüllt. »Ich hätte nicht einmal auf die Hilfe von Juna zurückgreifen müssen.«

Wieder schwieg Joycelin, doch Finley glaubte zu spüren, wie es hinter ihrer Stirn arbeitete.

Zehn Minuten später hielt er neben der ergrauten Säule eines großen Saguaro-Kaktus an. »Das ist weit genug.«

»Weit genug wozu?«, fragte Joycelin besorgt.

Er langte nach hinten in den Fond des Geländewagens, nahm zwei Sauerstoffmasken und lud sie mit jeweils einer Patrone. Die erste Maske setzte er Joycelin auf, die zweite nahm er selbst, öffnete die Tür und stieg aus.

Eine Zeit lang blieb er neben dem Wagen stehen und lauschte der Stille einer toten Welt. Dann ging er zur anderen Seite und zog die Beifahrertür auf. Joycelins Blick suchte seine Hände – vielleicht rechnete sie damit, dass er eine Pistole auf sie richtete.

Er löste den Gurt und nahm ihr die Handschellen ab.

»Ich glaube, ich verstehe jetzt«, sagte sie.

»Steigen Sie aus!«

Sie kam der Aufforderung nach. Kühler Abendwind wehte aus den Bergen. Er sah, dass sie fröstelte.

»Sie haben mich die Drecksarbeit erledigen lassen.« Die Atemmaske dämpfte Joycelins Stimme. »Ich bin Ihr Werkzeug gewesen.«

»Sie haben meine Erwartungen erfüllt.«

»Sie wollten die anderen Mitglieder der Foundation ausschalten, und ich hab das für Sie erledigt«, sagte Joycelin. Es klang ein wenig bitter.

»Es waren Kriminelle, Verbrecher.«

»Sie waren mit ihnen befreundet.«

»Befreundet?« Finley klang fast amüsiert. »Nein, verbündet.«

»Zwei sind noch übrig.«

»Um Doukas kümmert sich Juna. Sie ist sehr effizient. Ich kann sie gut gebrauchen.«

»Für Ihre heilige Mission?«

»Für die Zukunft.« Er ging zur Fahrerseite des Wagens.

»Und jetzt?«, fragte Joycelin.

»Sie können gehen.«

»Was?«, fragte sie verblüfft.

»Sie können gehen.« Finley deutete in die felsige Landschaft. »Gehen Sie, wohin Sie wollen. Sie sind frei.«

»Ich habe nur eine Sauerstoffpatrone«, sagte Joycelin. »Die reicht für zwei, höchstens drei Stunden.«

Finley öffnete die Fahrertür. »Zeit genug, um über Ihr Leben nachzudenken.«

Er setzte sich in den Wagen, nahm darin die Atemmaske ab und fuhr zurück nach Agua Caliente.

100

JOYCELIN HAYES

BEI AGUA CALIENTE, SÜDARIZONA, USA

Joycelin trug die falschen Schuhe und die falsche Kleidung. Nach einer halben Stunde hatte sie erste Blasen, und die Kälte der Nacht ließ ihren Körper so taub werden, dass sie schließlich gar nicht mehr wusste, ob sie fror oder nicht.

Irgendwann kam ihr die Idee, die Absätze der Schuhe mit einem Stein abzuschlagen, und danach kam sie etwas besser voran. Sie folgte erst dem Verlauf des Weges mit den Schlaglöchern und dann der schmalen asphaltierten Straße, doch nach einer Weile fragte sie sich, ob das klug war, denn die Luftlinie zur Stadt war erheblich kürzer.

Sie verließ das Asphaltband und wankte durch die Wüste, vorbei an grauen Kakteen und farblosen Sträucherresten. Schlangen, giftige Spinnen oder Skorpione brauchte sie nicht zu fürchten, denn um sie herum war alles tot. Mond und Sterne leuchteten, es gab ausreichend Licht, und sie kannte die Gegend gut genug, um nicht die Orientierung zu verlieren.

Aber während sie entschlossen einen schmerzenden Fuß vor den anderen setzte, war sie sich darüber im Klaren, dass Agua Caliente zu weit entfernt war, selbst wenn es ihr gelang, trotz Felsen und schroffer Höhenzüge auf der Luftlinie zu bleiben. Die saubere Luft der Patrone reichte nicht für drei Stunden, denn ein anstrengender Marsch bedeutete erhöhten Sauerstoffverbrauch. Zwei Stunden, schätzte Joycelin. Und zwei Stunden genügten nicht, um zwanzig oder gar dreißig Kilometer zurückzulegen. Nicht einmal laufend wäre sie dazu imstande gewesen.

Doch je näher sie Agua Caliente kam, desto größer wurde die Wahrscheinlichkeit, auf eine der Wartungsgruppen zu treffen, die die Stadt gelegentlich verließen, um bei den externen Solaranlagen und dem Kernkraftwerk Palo Verde nach dem Rechten zu sehen. Solche Gruppen waren manchmal auch nachts unterwegs, wenn es irgendwo zu einem Störfall gekommen war, und sie führten immer genug Sauerstoff bei sich und konnten sie mitnehmen, zurück in die Stadt. Darauf konzentrierte Joycelin ihre Hoffnung.

Eine Zeit lang lenkte sie sich vom Schmerz in den Füßen ab, indem sie daran dachte, wie sie an David Finley Rache nehmen würde. Sie malte sich die Vergeltung in allen blutigen Einzelheiten aus und stellte sich vor, wie nach ihm Juna Jokinen an die Reihe kam. Und dann Orlando, für den sie einen schnellen, schmerzlosen Tod plante, weil er manchmal recht amüsant war. Anschießend war sie die eine, einzige Überlebende der Foundation, wie es ihr Plan vorgesehen hatte.

Die Wunschbilder verblassten, und Joycelin merkte plötzlich, dass sie seit einigen Minuten an einen Felsen gelehnt stand, vornübergebeugt, die Hände an den Knien. Als sie sich langsam aufrichtete, bemerkte sie ein Autowrack, nur einige dutzend Meter entfernt auf einem Weg, der sich durch die dunkle Felslandschaft wand.

Im Mondschein eilte sie los, den Blick auf den Wagen gerichtet, dessen Türen geschlossen waren. Sie versuchte, Einzelheiten zu erkennen, achtete jedoch zu wenig auf den Boden und knickte mit dem linken Fuß um.

Stechender Schmerz schoss ihr durchs Bein bis hinauf in die Brust. Für einen Moment blieb sie stehen und verfluchte sich selbst.

Der nächste Schritt brachte neuen Schmerz, und sie begriff, dass der linke Fuß verstaucht, wenn nicht gar gebrochen war. Hinkend brauchte sie eine halbe Ewigkeit, um das Fahrzeug zu erreichen, einen verbeulten Elektro-Kombi. Zwei Gestalten saßen vorn, eine dritte, kleinere lag im Fond, halb in Decken gewickelt, ein Kind nicht älter als sechs oder sieben Jahre, das Gesicht eingefallen und verschrumpelt, der Leib aufgebläht.

Die beiden Toten vorn, vielleicht die Eltern des Kinds, starrten aus leeren Augenhöhlen ins Nichts. Auch bei ihnen war der Leib angeschwollen, von Fäulnisgasen im Innern, vermutete Joycelin.

Mit der einen Hand stützte sie sich am Wagen ab, mit der anderen öffnete sie die Tür.

Es stank nicht, stellte sie fest. Entweder hielt die Atemmaske den Geruch von ihr fern, oder mit ihrer Nase stimmte etwas nicht. Ein erstes warnendes Zeichen von Sauerstoffmangel?

Joycelin fragte sich, wie die Körper von Menschen und Tieren ohne Sauerstoff verwesten, aber der Gedanke verschwand sofort wieder, als sie bei den Toten mit der Suche nach Sauerstoffpatronen begann. Sie fand sechs, doch keine von ihnen enthielt auch nur einen Rest von sauberer Luft.

Der Wagen!, fuhr es ihr durch den Sinn. Enthielten seine Akkus noch genug Strom?

Mit großer Mühe und einem Dolch im verletzten linken Fuß zerrte sie erst den Fahrer nach draußen und dann auch die Beifahrerin. Sie ließ beide im Sand am Wegesrand liegen und das tote Kind im Fond unbeachtet, setzte sich ans Steuer und versuchte, sich mit den Instrumenten vertraut zu machen. Das Bild vor ihren Augen verschwamm, sie blinzelte mehrmals, fand schließlich den Startknopf, drückte ihn und trat aufs Gaspedal.

Es summte leise, und das Fahrzeug setzte sich in Bewegung.

Wilde Freude erfasste sie, der Schmerz im linken Fuß war vergessen. Sie drückte das Gaspedal etwas weiter nach unten und fuhr im Mondschein in die Richtung, die sie für richtig hielt, allein von dem Gedanken beseelt, die Stadt zu erreichen.

Wolken schoben sich vor den Halbmond, es wurde dunkler,

und Joycelin tastete nach dem Schalter für die Scheinwerfer. Ihre Suche dauerte zu lange. Als es vor dem Wagen hell wurde, war es zu spät.

Ein breiter Graben zeigte sich im plötzlichen Scheinwerferlicht, und als Joycelin auf die Bremse trat, stürzte der verbeulte Kombi bereits. Die Wucht des Aufpralls schleuderte sie nach vorn, gegen die Windschutzscheibe.

Joycelin hob benommen die Lider.

Die Welt war wieder dunkel. Die Scheinwerfer des Wagens leuchteten nicht mehr, die Instrumente zeigten nichts an.

Irgendwie gelang es ihr, die Tür zu öffnen, nach draußen zu kriechen und sich aufzurichten. Etwas rann ihr über die Stirn. Sie tastete danach und fühlte Blut, das aus einer großen Platzwunde rann.

Als sie durch den Graben taumelte, staunte sie ein wenig darüber, dass sie gar keine Schmerzen spürte, weder am Kopf noch im linken Fuß. Etwas war wichtig, erinnerte sie sich vage und suchte in zusammenhanglosen Gedanken. Die Stadt fiel ihr ein. Sie musste zurück nach Agua Caliente, um dort etwas zu erledigen.

Das linke Bein wollte ihr Gewicht nicht tragen und gab immer wieder nach. Am Ende des Grabens sank sie zu Boden, um eine kleine Pause zu machen und neue Kraft zu sammeln. Es war bestimmt nicht mehr weit bis zur Stadt, sie würde Agua Caliente rechtzeitig erreichen.

Rechtzeitig wofür?, fragte sich Joycelin vage und lächelte, denn plötzlich war es warm und wohlig. Sie saß im Sand, mit dem Rücken an einem Felsen, und nahm die Atemmaske ab, die sie nicht mehr brauchte.

Es fühlte sich alles gut und richtig an.

101

LAURA LOMBARDI

BEI CATANIA, SIZILIEN

Rauchwolken hingen über dem Ätna, dunkel wie eine Gewitterfront. Die Luft lag heiß und schwer auf grauem Land.

Schwitzend setzte Laura auf dem steilen Weg einen Fuß vor den anderen und keuchte unter ihrer Sauerstoffmaske. Zu Fuß dem Verlauf der Straße zu folgen, die sich in engen Kurven an der Flanke des Vulkans in die Höhe wand, bis hin zu Paolinas Weingut Contrada Smeraldi, wäre weniger anstrengend gewesen, hätte aber mehr Zeit erfordert.

Der Kopter stand weiter unten am Hang, auf einem kleinen Plateau nicht weit von dem alten Friedhof mit dem leeren Grab entfernt, das Lauras Eltern gewidmet war. Sie hatte überlegt, ob sie ihm einen kurzen Besuch abstatten sollte, sich aber dagegen entschieden. Es wäre eine zu persönliche Angelegenheit gewesen.

»Alles in Ordnung?«, fragte Leopold.

Laura merkte, dass sie stehen geblieben war. Schweiß rann ihr am Rand der Maske entlang.

»So steil hatte ich den Weg nicht in Erinnerung«, sagte sie.

»Es ist die Hitze.«

Laura setzte sich wieder in Bewegung und warf einen Blick über die Schulter.

Hudson Chamberlain folgte ihr in einem Abstand von einigen Metern, der sichtbare Teil seines Gesichts gerötet.

»Ich laufe nicht weg«, schnaufte er, als er ihren Blick bemerkte. »Wohin auch?«

Virginia und Boris waren unten geblieben, um auf den Kopter aufzupassen, für alle Fälle, und um eine Funkverbindung mit Svalbard herzustellen. Neue Berichte sollten übermittelt und empfangen werden.

Laura hatte sich den Aufstieg nicht so mühsam vorgestellt. Als Kind, erinnerte sie sich, war sie den Hang hinauf*gelaufen* und dabei kaum ins Schwitzen geraten. Vielleicht lag es tatsächlich an den hohen Temperaturen, die beim bevorstehenden Hitzeflare um weitere zwanzig oder sogar dreißig Grad steigen würden. Oder das Grau steckte in ihren Beinen und saugte ihr die Kraft aus den Muskeln, so wie der Hitzesturm, der von Westen heranzog, dem Land die letzten Reste von Feuchtigkeit rauben würde.

Nach zehn Minuten erreichten sie den Weg, der von der Straße zur Contrada führte, und nach weiteren dreihundert Minuten gelangten sie zu Paolinas Wohnhaus. Die Jalousien waren heruntergelassen, die Tür abgeschlossen.

»Und jetzt?«, fragte Chamberlain in einem fast herausfordernden Ton.

»Sie hätten ebenfalls beim Kopter bleiben können«, erwiderte Laura. »Es war Ihre Entscheidung, uns zu begleiten.«

»War es, ja«, räumte er ein und wiederholte: »Und jetzt? Was machen wir hier? Gibt es an diesem Ort ein Vorratslager?«

»Vielleicht«, entgegnete Laura ausweichend und setzte sich wieder in Bewegung. Sie ging um das Haupthaus herum, erreichte den Geräteschuppen und fand dahinter den »Schlüsselstein«, unter dem tatsächlich ein Schlüssel lag, in einer kleinen Mulde und von einem Plastikbeutel geschützt.

»Für gute Freunde«, erklärte sie.

Dann sah sie die Gräber.

Das erste war klein, geschmückt mit einem handtellergroßen Stein, auf den jemand mit verblichener blauer Kreide vier Buchstaben geschrieben hatte: PUMA.

Die beiden Gräber dahinter waren größer, mehr als anderthalb Meter lang und siebzig oder achtzig Zentimeter breit, und von kleinen weißen Steinen begrenzt. In den Rechtecken bildeten größere, bunt bemalte Steine zwei Namen: ELLEN und ENRICO.

»O nein«, sagte Laura leise. »Sie sind beide tot. Die armen Kinder.«

Leopold trat neben sie. Chamberlain wartete einige Schritte entfernt, im etwas kühleren Schatten des Schuppens.

»Wie alt waren sie?«

»Sie wären jetzt ... vierzehn und zwölf«, antwortete Laura nach kurzem Nachdenken.

Leopold sah sich um. »Es gibt hier keine anderen Gräber.«

»Was könnte schlimmer sein für eine Mutter und einen Vater, als die eigenen Kinder zu beerdigen?«

»Wir wissen nicht, wer diese Gräber angelegt hat«, sagte Leopold.

»Sind wir deshalb hier?«, fragte Chamberlain aus dem Schatten des Schuppens. »Haben Sie uns deshalb hergebracht? Hatten Sie nicht von einem Vorratslager gesprochen?«

Laura wandte sich von den Gräbern ab. »Danke für Ihr Mitgefühl, Mister Chamberlain.«

Er zeigte auf die beiden steinernen Rechtecke. »Es sind nicht Ihre Kinder, oder?«

»Nein«, antwortete Laura. »Nein, es waren nicht meine Kinder. Aber hier liegen zwei junge Menschen, die ich gut gekannt habe und die durch das Grau – durch das *von Ihnen* verursachte Grau – keine Gelegenheit bekamen, erwachsen zu werden und ihr Leben zu leben.«

»Ich habe Ihnen mehrmals zu erklären versucht ...«

»Dass Sie keine Schuld trifft?«, unterbrach Laura den früheren Geschäftsführer von Corrico. »Dass die Verantwortung für das Grau nicht bei Ihnen liegt?«

»Ich bin kein Wissenschaftler«, verteidigte sich Chamberlain. »Ich ...«

»Sie haben vor allem an den Profit gedacht«, unterbrach ihn Laura. »Und daran hat es Ihnen gewiss nicht gemangelt, an Profit. Milliarden von Menschen sind deshalb gestorben! Die meisten von ihnen wurden einfach verscharrt. Ellen und Enrico haben wenigstens ein anständiges Begräbnis bekommen.«

»Ich hab all die Menschen nicht umgebracht, wie oft soll ich Ihnen das noch sagen?«, stieß Hudson Chamberlain hervor.

Leopold hob die Hand. »Immer mit der Ruhe. Wir sind nicht hier, um uns zu streiten. Ich schlage vor, wir sehen uns das Haus an. Laura?«

Sie stapfte an Chamberlain und am Schuppen vorbei zu den beiden Gewächshäusern hinter dem Haupthaus. Die Scheiben der Gewächshäuser waren so schmutzig, dass das Innere nicht zu sehen war, aber die offenen Zugänge verhießen nichts Gutes. Laura warf einen Blick hinein. Nichts wuchs mehr in den Beeten und Hochgestellen, die nur noch graue Reste von Pflanzen enthielten.

Wortlos ging sie zum Wohnhaus, schloss die Tür auf und trat ein.

Die Bilder auf der Kommode im Flur präsentierten die Familie: Paolina, voller Lebensfreude in den Augen, ihr Mann Luigi Frascani, die Tochter Ellen und der Sohn Enrico. Alle schienen glücklich auf den Fotos, und der Eindruck täuschte nicht, wusste Laura. Sie waren tatsächlich glücklich gewesen, alle vier. Laura hatte sie darum beneidet.

»Nichts«, erklang Leopolds Stimme. »Die Zimmer sind leer.«

Laura begriff, dass sie einige Minuten lang reglos vor der Kommode gestanden und die Bilder betrachtet hatte. Sie verstand auch, was Leopold mit dem Hinweis auf leere Zimmer meinte: Nirgends lagen Leichen.

Chamberlain kam aus der Küche. »Keine Vorräte. Nichts, das wir gebrauchen könnten.«

Laura ging von Raum zu Raum. Leopold zog die Jalousien ein Stück weit hoch, damit genug Licht hereinfiel.

»Alles unversehrt«, sagte sie. »Sogar unberührt, wie mir scheint. Vielleicht haben Paolina und Luigi die Contrada nach dem Tod ihrer Kinder aufgegeben, und seitdem war niemand mehr hier.«

Leopold ließ die Jalousien wieder herunter, und sie kehrten nach draußen zurück.

»Was mag aus ihnen geworden sein?«, fragte Laura und sah über den Weg, der zu den Rebstöcken weiter oben am Hang führte. Die dunklen Wolken über dem Ätna wirkten näher und bedrohlicher.

»Das ist alles?«, fragte Chamberlain. »Der lange, beschwerliche Aufstieg hierher für …« Er breitete die Arme aus. »Nichts?«

»Für einen Abschied«, sagte Laura. »Wenn Sie sich bei mir beliebt machen wollen, haben Sie definitiv die falsche Strategie gewählt, Mister Chamberlain.«

»Das Hitzeflare ist hierher unterwegs«, erwiderte er. »Wir sollten keine Zeit verlieren. Sie verschwenden Svalbards Ressourcen für persönliche Angelegenheiten.«

Leopold wandte sich ihm zu. »Hudson?«

»Ja?«

»Halt die Klappe!« Und sanfter: »Laura?«

»Leben sie noch, was meinst du? Paolina und Luigi. Und Skipper Nardi, Olivia und die anderen vom Institut.«

»Schwer zu sagen. Vielleicht haben sie sich einem Flüchtlingstreck angeschlossen oder Platz in einer der Städte gefunden.«

»Unser letzter Kontakt liegt wie lange zurück?«

»Etwa anderthalb Jahre.«

Laura hätte gern daran geglaubt, dass Paolina, Luigi und die anderen noch lebten, aber die Vernunft sagte ihr etwas anderes.

Sie ging los, zurück zum Weg, der zur Straße führte, und Leopold schloss sich ihr sofort an; Chamberlain folgte ihnen wie zuvor in einem Abstand von mehreren Metern.

»Bringen Sie uns jetzt zu den Vorräten, die Sie uns versprochen haben?«, fragte er.

»Ich habe nichts versprochen«, antwortete Laura über die Schulter hinweg. »Und zuerst sehen wir uns das Institut an. Vielleicht finden wir dort etwas.«

»Proviant? Sauerstoffpatronen?«

»Informationen«, sagte Laura, die sich einen Hinweis darauf erhoffte, was aus ihren Freunden geworden war.

Als sie das kleine Plateau mit dem Kopter erreichten, kam ihnen Virginia entgegen. »Es gibt ein Problem«, teilte sie ihnen mit. »Wir haben den Funkkontakt mit Svalbard verloren.«

102

Der Kopter surrte über den Hang und die leblose Stadt am Fuße des Vulkans. Hier und dort bildeten zusammengeschobene Fahrzeuge Barrikaden, aber die Kämpfe, die dort stattgefunden hatten, waren vor vielen Monaten zu Ende gegangen. Von den Ruinen niedergebrannter Gebäude stieg kein Rauch mehr auf – Feuer brauchte Sauerstoff, und davon enthielt die Luft nicht mehr genug.

Voraus glitzerte das Meer im Sonnenschein, blau wie immer, aber tot, ohne Phytoplankton und ohne Fische.

»Was könnte der Grund sein?«, fragte Chamberlain. »Warum meldet sich Svalbard nicht mehr?«

»Vielleicht ein Defekt«, spekulierte Boris. Er saß wieder vorn, doch diesmal neben Leopold, der nun den Kopter flog. »Das Funkgerät der Forschungsstation könnte ausgefallen sein.«

»Aber es sind doch drei«, erwiderte Leopold. »Es sind doch drei, nicht wahr?«

»Außerdem gibt es genug Ersatzteile für Reparaturen oder den Bau eines vierten«, fügte Virginia hinzu.

Chamberlain beugte sich vor. »Also?«

»Das Funkgerät des Kopters ist in Ordnung«, brummte Boris. »Wir hatten Kontakt mit der Enklave von Mersin im Südosten der Türkei. Und wir empfangen nach wie vor die verschlüsselten Signale der Städte.«

»Also?«, wiederholte Chamberlain.

»Also muss es eine andere Erklärung geben«, sagte Laura, ohne den Blick von der Stadt unter ihnen zu lösen.

Sie flogen mit geringer Geschwindigkeit nach Süden und näherten sich dem Istituto Oceanografico Minerva. Nirgends bewegte sich etwas, alles ruhte in toter Stille.

»Welche?«

»Fragen Sie Frederik bei unserer Rückkehr.« Laura zeigte aus dem Fenster. »Dort drüben, direkt am Meer!«

Leopold landete auf dem Parkplatz, wo vor tausend Jahren und in einer anderen Welt, wie es schien, eine Autobombe explodiert war.

Sie stiegen aus, und Laura blieb neben einem alten Lancia stehen und lauschte einige Sekunden lang der Stimme des Meeres, die ihr ungewöhnlich laut vorkam. Anlegesteg und Kai waren leer, von der *Trieste* war weit und breit nichts zu sehen.

Sie gab sich einen Ruck und ging zum Eingang des Instituts.

»Beim Flug über Catania habe ich niemanden gesehen«, sagte Leopold hinter ihr. »Aber es sollte trotzdem jemand beim Kopter bleiben, nur für den Fall.«

Nicht Chamberlain, dachte Laura und zögerte an der Tür.

»Ich passe auf«, bot sich Boris an.

Laura schob den Schlüssel ins Schloss. Er ließ sich erst beim dritten Versuch drehen, und die Tür klemmte ein wenig, aber dann war der Weg frei.

Im Empfangszimmer des nach der Bombenexplosion renovierten Verwaltungsgebäudes blieb sie stehen und sah sich erstaunt um. Alles war aufgeräumt, alles lag und stand an seinem Platz. Laura hatte das Gefühl, dass gleich Olivia oder jemand anders hereinkommen würde.

»Sieht alles sehr ordentlich aus«, kommentierte Virginia.

»Wie bei Paolina zu Hause.« Laura öffnete die Tür zum Flur. »Es waren keine Plünderer hier.«

»Vielleicht weil sie wussten, dass es hier nichts zu holen gibt«, mutmaßte Leopold.

»Oder ihnen blieb nicht genug Zeit, als der Sauerstoff knapp wurde.« Laura sah in ein Laboratorium. Die Workstations standen dort, wo sie stehen sollten, ebenso waren die Monitore und großen Bildschirme an ihrem Platz. Auch alle anderen Geräte und Messinstrumente schienen vorhanden zu sein.

Sie betätigte den Lichtschalter. Es klickte, sonst geschah nichts.

»Kein Strom«, sagte Leopold.

»Schade.« Virginia strich mit den Fingern über eine Tastatur. »Es hätte das Aufladen der Kopter-Akkus und auch die Produktion von Sauerstoff erleichtert.«

Laura ging weiter durch den Flur und erreichte das Besprechungszimmer. Die Stühle am langen, rechteckigen Tisch standen in Reih und Glied, alles war sauber.

»Als wären sie gerade fortgegangen«, sagte Laura.

Vorn hing kein großer Bildschirm mehr, sondern eine Leinwand, auf die jemand mit Filzstift geschrieben hatte.

Laura trat näher. »Ich glaube, das ist Olivias Schrift. Ein bisschen krakelig, aber immer noch erkennbar.« Sie las laut vor: »Achtung! Aerobe Verwesung und anaerobe Fäulnis. Die Rolle von Sauerstoff? Bakterien und Viren. Neue Gefahr für die Überlebenden?« Weiter unten stand in etwas kleinerer Schrift: »Propionsäure, Ethanol, Amine.« Und darunter: »Ammoniak. Schwefelwasserstoff. Alles neu gemischt? Evolution?«

»Was bedeutet das?«, fragte Leopold.

»Wir haben es gesehen«, antwortete Laura, den Blick weiterhin auf die Worte an der Leinwand gerichtet. »Die Toten, die nicht mehr verwesen, weil der Sauerstoff fehlt. Verwesung ist immer aerob und wird hauptsächlich von Bakterien und Pilzen hervorgerufen beziehungsweise durch von ihnen abgegebene Enzyme, die komplexe organische Verbindungen zerlegen, um Energie aus ihnen zu gewinnen, durch Oxidation. Eine wichtige Rolle spielt auch die Autolyse, also die Selbstauflösung abgestorbener Körperzellen durch im betreffenden Gewebe bereits vorhandene Enzyme, ohne die Beteiligung externer Bakterien und Pilze. Diese Prozesse sind durch den Sauerstoffmangel blockiert.«

»Die teilweise mumifizierten Leichen«, sagte Leopold.

Laura nickte. »Ja. Unter Luftausschluss, also anaerob stattfindende Zersetzung nennt man Fäulnis, hauptsächlich hervorgerufen von Destruenten beziehungsweise Fäulnisbakterien. Sie zerlegen die organischen stickstoffhaltigen Substanzen in kleinere organische Verbindungen, die anschließend teilweise in anorganisches Material verwandelt werden. Diesen Vorgang nennt man Mineralisation. Dabei entstehen Verbindungen wie Schwefelwasserstoff und Ammoniak – der typische Fäulnisgeruch.«

»Warum gibt es überhaupt noch so etwas wie Fäulnis?«, fragte Virginia. »Müssten nicht auch die Bakterien tot sein?«

»Nur jene, die Sauerstoff benötigen«, erwiderte Laura und fragte sich, woran die junge Olivia Marchesi, »Diamond« genannt, während ihrer letzten Zeit im Institut gearbeitet hatte. »In meinem Teil des Monatsberichts in Svalbard habe ich darauf hingewiesen: Es gibt Bakterien, die in einer sauerstoffarmen Umgebung überleben, indem sie den von ihnen benötigten Sauerstoff selbst produzieren, und zwar ohne Fotosynthese.«

»Zum Beispiel *Nitrosopumilus maritimus*«, warf Chamberlain ein.

Laura nickte widerstrebend. »Ja. Im Meer. Abgesehen davon gibt es Anaerobier, also Mikroorganismen mit einem Stoffwechsel ohne Sauerstoff. Zum Beispiel Bakterien wie die Clostridien, die eine Vielzahl von Infektionen im Körpergewebe der Organe, in Muskeln, Knochen und Blut hervorrufen.«

»Die Welt ist also nicht ganz tot«, stellte Virginia fest. »Es lebt noch etwas, das uns krank macht und unsere Leichen zersetzt.«

Ein vager Gedanke stieg in Laura auf. Sie versuchte ihn festzuhalten.

Leopold zeigte auf die Leinwand. »Warum das ›Achtung‹?«, fragte er. »Warum die vielen Fragezeichen?«

»Ich glaube, Olivia war etwas auf der Spur.« Laura wandte sich ab. »Sehen wir uns die anderen Zimmer an. Vielleicht finden wir etwas.«

103

Im Büro des Instituts fanden sie zahlreiche Unterlagen, die jüngsten von ihnen ein Jahr alt: Rechnungen, Listen mit Angaben zu den verbliebenen Vorräten, Untersuchungsberichte, die Meerwasserproben betrafen, Kommunikationsprotokolle und Zettel mit zusammenhanglos scheinenden Notizen. Einige stammten von Skipper Nardi, der offenbar notiert hatte, was die *Trieste* für eine Fahrt nach Mersin in der Türkei benötigte.

»Das Schiff ist nicht mehr da, vielleicht sind sie tatsächlich aufgebrochen.« Sie saßen im größten Büro, die gefundenen Unterlagen auf dem Tisch ausgebreitet. Laura sah sich die Zettel mit den Notizen an und versuchte, einen Sinn in ihnen zu erkennen, der über die einzelnen Wörter hinausging.

»Die *Trieste* hat einen Dieselmotor, nicht wahr?«, fragte Leopold. »Der Betrieb solcher Motoren wurde vor etwa anderthalb Jahren verboten. Und hat der Sauerstoff in der Luft vor einem Jahr überhaupt noch für Verbrennungsmotoren gereicht?«

»Nicht ohne Umbau«, sagte Virginia.

»Und heute ganz gewiss nicht mehr«, fügte Chamberlain hinzu.

»Wenn sie vor einem Jahr wirklich nach Mersin aufgebrochen sind, muss auf dem Weg dorthin etwas passiert sein«, überlegte Leopold laut. »Wir hatten mehrmals Kontakt mit der dortigen Enklave. Olivia oder Nardi hätten sich bestimmt gemeldet.«

Ein Unwetter, dachte Laura. Vielleicht ein Flare. Hätte die *Trieste* einem Hitzesturm standhalten können?

»Wenn wir nach dem Wiederaufbau von Svalbard mit dem ersten Kopter losgeflogen wären, wie ich es vorgeschlagen hatte ...« Die Worte sprangen ihr von den Lippen, Laura konnte sie nicht zurückhalten. »Dann hätten wir Olivia, Skipper Nardi und die anderen retten können.«

»Für private Dinge standen uns nicht genug Ressourcen zur Verfügung, das wissen Sie«, mahnte Chamberlain einmal mehr.

Laura warf ihm einen warnenden Blick zu.

»Was ist hiermit?« Virginia hob einen Zettel auf, auf dem geschrieben stand: *Lorenz Winkler, Verräter. Wurde verbannt.*

»Winkler«, murmelte Laura und erinnerte sich an den Deutschen, der damals Sponsoren und Investoren für das Institut gefunden hatte. Olivia hatte ihn von Anfang an nicht ausstehen können.

»Hier wird er erneut erwähnt.« Virginia reichte ihr einen anderen Zettel. Die Worte darauf stammten offenbar nicht von Olivia, die Handschrift war anders. *Winkler, Maulwurf! Gab alles an Corrico weiter! War ihr Informant!!*

Laura drehte den Zettel und zeigte ihn Chamberlain.

Der hob die Hände. »Keine Ahnung, davon weiß ich nichts. Vielleicht steckt Joycelin dahinter. Joycelin Hayes.«

»O ja«, sagte Laura. »Schuld sind immer die anderen.«

»Ich versichere Ihnen ...«

»Es spielt ohnehin keine Rolle mehr, oder?«, ging Virginia mit sanfter Stimme dazwischen. »Was auch immer damals geschehen ist, es lässt sich nicht mehr ändern. Verbannung bedeutet vermutlich, dass Winkler weggeschickt wurde, und allein kann er nicht überlebt haben. Er starb vor einem Jahr.«

Es berührte Laura kaum, stellte sie fest. Weder Lorenz Winklers Verrat noch sein wahrscheinlicher Tod. Eine seltsame Taubheit lag auf jenem Teil ihrer Vergangenheit, als gehörte er nicht mehr ihr selbst, sondern einer anderen Person, die ihr immer fremder wurde.

Sie sah sich die anderen Notizen an und fand schließlich einen Hinweis, der alles in einen großen Zusammenhang brachte.

Anaerobier haben freie Bahn, hieß es auf einem Blatt Papier, das Virginia mehrmals gefaltet in einer Schublade entdeckt hatte. *Keine Nischen mehr, sondern eine ganze Welt. Viren und Bakterien in anoxischen Lebensräumen, im Wasser und an Land. Wir stehen am Anfang von etwas Großem!!!*

Laura ließ den Zettel langsam sinken. Der vage Gedanke, den sie festzuhalten versucht hatte, bekam klare Konturen.

»Wir stehen am Anfang von etwas Großem«, sagte sie laut.

»Am Anfang?«, wiederholte Chamberlain. »Ist es nicht eher das Ende?«

Laura atmete unter ihrer Maske tief durch. »Als das Leben auf der Erde entstand, vor knapp vier Milliarden Jahren, gab es keinen Sauerstoff.« Sie blickte auf den Zettel hinab. »Die Erde hatte im Lauf ihrer Geschichte mehrere Atmosphären. Die erste, die Uratmosphäre, bestand vermutlich aus Wasserstoff, Helium sowie geringen Anteilen von Methan, Ammoniak und Edelgasen.

Aufgrund des damaligen geringeren Schwerefelds war sie nur schwach an den entstehenden Planeten gebunden. Die erste *richtige* Atmosphäre bekam die Erde später, nach einer Phase der Abkühlung, und in ihr bildete Wasserdampf mit etwa achtzig Prozent den größten Anteil. Außerdem gab es noch Kohlendioxid, etwa zehn Prozent, sowie Schwefelwasserstoff, Stickstoff, Wasserstoff, Kohlenstoffmonoxid, Helium, Methan und Ammoniak.«

»Klingt nicht sehr einladend«, kommentierte Leopold, als Laura eine Pause einlegte und versuchte, ihre durcheinanderwirbelnden Gedanken zu ordnen.

»Jene erste Atmosphäre wäre für uns tödlich gewesen, wie für alle aeroben Organismen«, sprach sie dann weiter. »Die Erde kühlte weiter ab und wurde schließlich kühl genug für einen massiven Dauerregen, der etwa vierzigtausend Jahre dauerte.«

»So entstanden die Ozeane«, warf Virginia ein.

»Ja«, bestätigte Laura. »Und in den Ozeanen bildeten sich erste Lebensformen, deren anaerobe Stoffwechselvorgänge die Anteile von Stickstoff und Methan in der *zweiten* Atmosphäre erhöhten. Die Entwicklung dieser Atmosphäre war vor etwa drei Komma vier Milliarden Jahren abgeschlossen, und sie bestand zum größten Teil aus Stickstoff, mit geringen Mengen Wasserdampf, Kohlendioxid und Argon.«

»Immer noch nichts für uns«, sagte Leopold.

Laura hob den Zeigefinger. »In den Meeren hatten sich bereits Organismen entwickelt, die Sauerstoff produzierten, zum Beispiel Cyanobakterien und bestimmte Archaeen, aber zunächst nahm das Wasser den Sauerstoff auf, nur wenig davon geriet in die Atmosphäre. Bis zur Großen Sauerstoffkatastrophe vor etwa zweieinhalb Milliarden Jahren, als der O_2-Gehalt der Atmosphäre rapide anstieg. Man nennt das Ereignis katastrophal, weil Sauerstoff für die meisten anaeroben Organismen Gift war. Viele von ihnen starben aus.«

»Ein interessanter Diskurs«, murrte Chamberlain, als Laura verstummte. »Wir wissen jetzt, wie sich die Atmosphäre der Erde entwickelt hat. Aber was hat das hiermit zu tun?« Er vollführte eine Geste, die dem Institut und der grauen Welt galt.

Laura beugte sich vor, griff nach anderen Zetteln auf dem Tisch und schob sie zusammen. »Seht es euch an«, sagte sie. »Olivia begann damit, Mikroben zu untersuchen, Viren und Bakterien. Das Grau hat nicht nur Pflanzen und Tiere getötet, auf dem Land und im Meer, sondern auch die Aerobier, alle Organismen, die nur mit Sauerstoff leben können. Und das bedeutet …«

Sie sah sich am Tisch um. Wie gern sie mit Olivia gesprochen hätte! Was hatte sie bei ihren Untersuchungen entdeckt? In den Schubladen und Schränken der Büros fanden sich keine Berichte. Vielleicht waren entsprechende Daten auf den SSDs der Workstations gespeichert, doch ohne Strom, um die Computer hochzufahren, ließ sich das kaum überprüfen.

Die anderen warteten.

Laura nahm den Zettel, den Virginia gefunden hatte, und las laut: »›Anaerobier haben freie Bahn. Keine Nischen mehr, sondern eine ganze Welt. Viren und Bakterien in anoxischen Lebensräumen, im Wasser und an Land. Wir stehen am Anfang von etwas Großem …‹ Das hat Olivia geschrieben, vor etwa einem Jahr. Und sie hat recht. Die Evolution kehrt zu ihren Anfängen zurück. Sie beginnt von neuem, mit den Anaerobiern, so wie damals, als die Erde genug abgekühlt war für den langen Regen, der die Meere schuf.«

»Ich verstehe noch immer nicht, was das alles …«, begann Chamberlain.

»Anaerobiern stehen neue, riesige Lebensräume für ihre ungehinderte Weiterentwicklung zur Verfügung«, erklärte Laura. »Nichts behindert ihre Ausbreitung. Das gilt auch für aerotolerante Anaerobier, also Organismen, die zwar einen anaeroben

Stoffwechsel betreiben, für die Sauerstoff aber nicht giftig ist und die daher auch unter oxischen Bedingungen leben können. Hinzu kommen die fakultativen Anaerobier, die in der Lage sind, unter sauerstofffreien Bedingungen einen anaeroben Stoffwechsel zu betreiben und O_2 bei einer Präsenz von Sauerstoff für den eigenen Stoffwechsel zu nutzen. Solche Organismen können sowohl unter anoxischen als auch oxischen Bedingungen gedeihen.«

Chamberlain setzte zu einem weiteren Einspruch an, aber Leopold richtete einen warnenden Zeigefinger auf ihn.

»Womit müssen wir rechnen?«, fragte Virginia. Sie schien verstanden zu haben, worum es ging.

»Um uns herum, für uns im Verborgenen, findet eine rasante Entwicklung statt«, erklärte Laura. »Die Replikationsrate von Bakterien und Viren ist sehr hoch. Und sie mutieren schnell. Das Grau könnte beides sogar noch beschleunigt haben.«

»Die Welt ist nicht tot«, sagte Leopold.

»Nein«, bestätigte Laura. »Sie steckt sogar voller Leben. Aber es sind uns völlig fremde Lebensformen.«

Einige Sekunden lang herrschte Stille.

»Lieber Himmel«, sagte Virginia. »Wir haben nie Schutzanzüge getragen. Wir tragen sie selbst jetzt nicht, obwohl die Luft kaum mehr Sauerstoff enthält und auch unsere Haut atmet.«

»Wir hielten es für kein großes Risiko«, entgegnete Laura. »Normalerweise nehmen wir nur null Komma vier Prozent unseres Sauerstoffs durch die Haut auf. Niemand würde durch die Vergoldung der Haut ersticken, wie es in dem James-Bond-Klassiker *Goldfinger* behauptet wird. Die Masken genügen für die Atmung.«

»Aber ohne Schutzanzüge waren und sind wir mutierten Viren und Bakterien ausgesetzt«, sagte Virginia.

Laura nickte. »Die neue Svalbard-Forschungsstation besteht seit knapp anderthalb Jahren, und in dieser Zeit kam es zu keiner einzigen Schwangerschaft. Zufall? Oder ist es ein Zeichen von Unfruchtbarkeit? Bisher habe ich an eine biologische Reaktion auf den besonderen Stress gedacht, dem wir alle ausgesetzt sind, doch vielleicht gibt es mikrobiologische Gründe. Das muss dringend untersucht werden, ebenso wie die Möglichkeit neuer Krankheiten, auf die unser Immunsystem nicht vorbereitet ist.«

Sie strich sich über den unbedeckten Arm und bekam eine Gänsehaut, trotz der Hitze. »In Zukunft sollten wir Schutzanzüge tragen, wenn wir Svalbard verlassen. Und wir müssen unsere Arbeit mit den anderen Forschungsstationen und Überlebensenklaven koordinieren. Wir sollten auch versuchen, mit den Städten zusammenzuarbeiten. Vielleicht hat ein Wettlauf mit der Zeit begonnen, von dem wir bisher gar nichts wussten.«

Virginia schüttelte den Kopf. »Als ob alles nicht schon schlimm genug wäre.«

»Man sollte nie glauben, dass es nicht noch schlimmer werden kann«, grummelte Leopold.

An Lauras Gürtel piepte die Sauerstoffpatrone. »Nur noch zehn Minuten.« Sie stand auf. »Sammeln wir die Unterlagen ein, auch die Festplatten der Workstations, auf denen vielleicht nützliche Daten gespeichert sind. Anschließend fliegen wir zur Universität.«

»Wird es nicht allmählich Zeit für das versprochene Vorratslager?«, wagte Chamberlain einen neuen Vorstoß.

»In der Universität gibt es einen Schlüssel dafür«, sagte Laura.

104

Die Universität im Zentrum von Catania hatte gebrannt, das Dach war teilweise eingestürzt. In den noch einigermaßen intakten Räumen fehlten die Tische und Stühle. Vielleicht waren sie Opfer der Flammen geworden.

Laura trat an den Trümmern vorbei, am Gürtel eine volle Sauerstoffpatrone, und wischte sich mehrmals den Schweiß von der Stirn. Es schien noch heißer geworden zu sein, als wäre noch immer ein Feuer in der Nähe.

»Hier scheint sich der Volkszorn entladen zu haben«, brummte Boris. Diesmal war Leopold beim Kopter geblieben.

»Wenigstens gibt es keine Leichen«, erwiderte Laura. »Zumindest das bleibt uns erspart.«

Im Büro des Rektors sah es nicht viel besser aus als in den anderen Zimmern und Sälen der Universität. Ruß bedeckte eine Wand, davor lagen die Reste eines halb verbrannten Pults.

Laura blieb mitten im Durcheinander stehen. »Also gut, Leute. Wir suchen Schlüssel.«

»Und wo suchen wir nach ihnen?«, fragte Chamberlain.

»Überall in diesen Büros«, antwortete Laura. »Ich nehme an, Sie wissen, wie ein Schlüssel aussieht? Ja? Gut. Machen Sie sich nützlich.«

Fast eine Stunde lang suchten sie zwischen den Trümmern und in der Asche. Laura fand mehrere Schlüssel, aber sie erschienen ihr zu klein, und ein Test ergab, dass sie zu den Spindschränken bei der Sporthalle gehörten. In der untersten Schublade eines heil gebliebenen Schreibtisches entdeckte Boris ein unversehrtes Schlüsselbund. Laura nahm es von ihm entgegen und betrachtete die acht Schlüssel daran.

»Hoffentlich passt einer.« Sie winkte. »Zurück zum Kopter.«

Auf dem Rückweg erklärte sie: »Der Rektor oder die Rektorin gehörten zum Krisenstab. Jedes Mitglied hat damals Schlüssel für die Vorrats- und Versorgungslager bekommen, die vom Katastrophenschutz, der Protezione Civile, eingerichtet wurden, für den Fall eines größeren Ätna-Ausbruchs oder eines starken Erdbebens. Eins dieser Depots habe ich während meiner Studienzeit selbst gesehen.«

»Das ist wie lange her?«, fragte Chamberlain. »Über zwanzig

Jahre, nehme ich an. Vielleicht existiert das Depot, das Sie damals gesehen haben, längst nicht mehr.«

Laura verzichtete auf eine Antwort.

»Wohin?«, fragte Leopold kurze Zeit später, als der Kopter aufstieg.

»Nach Norden.« Laura sah aus dem Fenster und orientierte sich. »Nach Giarre. Direkt am Meer. Es ist nicht weit, etwa dreißig Kilometer.«

Sie zeigte nach vorn.

»Das ist die Piazza del Duomo von Giarre«, sagte Laura eine Viertelstunde später und deutete auf einen rechteckigen Platz mit einem Muster wie zwei große weiße Blüten, durch einen Kreis voneinander getrennt. »Jetzt ein Stück nach Westen, in Richtung Autobahn. Dort auf dem Hügel, das graue Gebäude.«

»Ich sehe es.« Leopold passte den Kurs an und landete auf dem kleinen, leeren Parkplatz vor einem langgestreckten Gebäude aus grauem Beton. Die Fenster standen offen. Ein etwa drei Meter hoher Metallzaun umgab das Gebäude, oben mit Stacheldraht gesichert. Die rostbraune Tür stand wie die Fenster offen.

»Das mit den Schlüsseln hätten wir uns sparen können«, sagte Chamberlain.

»Vielversprechend sieht's nicht aus«, meinte Virginia, als sie ausstieg. »Offenbar war jemand vor uns da.«

Nirgends regte sich etwas, aber Boris hatte trotzdem wieder die Pistole gezogen und ging wachsam voraus.

Ein dumpfes Grollen lag in der schweren, schwülen Luft: die Stimme des Vulkans, der im Westen mehr als dreitausend Meter weit aufragte, noch immer mit dichten, dunklen Wolken über dem Gipfel.

»Könnte ein Ausbruch bevorstehen, was meinst du?«, wandte sich Virginia an Laura.

»Schwer zu sagen. Der Ätna gilt aber als ›sanfter‹ Vulkan. Explosive Ausbrüche wie zum Beispiel beim Vesuv hat es hier nie gegeben.«

»Das Tor wurde aufgebrochen«, meldete Leopold vom Zaun. »Und dann wurde es mit einer Kette gesichert.«

»Ich hole die Zange aus dem Kopter«, bot sich Hudson Chamberlain an.

Kurze Zeit später befanden sie sich auf der anderen Seite des Zauns und näherten sich der halb offenen Tür. Zwei Leichen lagen dort nebeneinander, ein Mann und eine Frau. Die Frau hatte einen Arm um den Mann gelegt, der eine Pistole in der Hand hielt. Sie war auf seinen Kopf gerichtet.

Laura blickte wortlos auf die Toten hinab.

»Offenbar hat er sich erschossen«, brummte Boris. »Und die Frau …«

»Sie ist neben ihm erstickt.« Virginia bückte sich.

Laura erwachte aus ihrer Starre. »Nicht berühren. Ptomain. Leichengift.«

Virginia richtete sich wieder auf.

»Und innere Fäulnis«, fügte Laura hinzu. »Der aufgeblähte Rumpf. Sie könnten platzen.«

»Oh«, sagte Virginia. »Lieber nicht.«

Boris, weiterhin die Pistole in der rechten Hand, trat an den beiden Toten vorbei ins Innere des Gebäudes. Virginia und Chamberlain folgten ihm. Laura wechselte einen kurzen Blick mit Leopold, der ihr zunickte, und schloss sich den anderen an.

Durch die offene Tür und die Fenster fiel genug Licht. Im Büro lagen Dokumente verstreut, neben einem halb zertrümmerten Notebook, von dessen Monitor nur noch Splitter übrig waren. Die Regale des Vorratsraums dahinter waren leer. Mehrere schwarze Müllbeutel enthielten Verpackungsmaterial und Sauerstoffpatronen, mit denen sich nichts mehr anfangen ließ.

In den nächsten Räumen fanden sie insgesamt sieben Ravioli-Konserven.

»Das ist alles?«, fragte Chamberlain fassungslos. »Deshalb haben wir die weite Reise von Spitzbergen hierher gemacht? Wegen sieben Konserven?«

Die letzte Tür war geschlossen, bestand aus Stahl und wies zahlreiche Kratzer auf.

»Sie haben versucht, auch diese Tür zu öffnen«, sagte Leopold, »aber offensichtlich ist es ihnen nicht gelungen.«

Laura erinnerte sich. »Dahinter lagern die ›eisernen Rationen‹, damals ein kleines Wortspiel.«

Boris hatte seine Pistole inzwischen eingesteckt und winkte einladend. »Mal sehen, wie viel Glück wir haben. Versuch's mit den Schlüsseln, Laura.«

Sie holte das Schlüsselbund aus der Universität hervor. Der erste Schlüssel passte nicht ganz ins Schloss, ebenso wenig wie die nächsten beiden. Der vierte Schlüssel ließ sich zwar ins Schloss schieben, aber nicht drehen.

»Sieben Konserven«, murmelte Chamberlain hinter ihr. »Sieben lächerliche Konservendosen.«

Schlüssel Nummer sechs war zu groß für das Schloss, und Nummer sieben erwies sich als zu klein.

»Es bleibt nur noch die Nummer acht«, sagte Laura.

»Die letzte Möglichkeit«, verkündete Virginia. »Wenn mehrere Möglichkeiten zur Auswahl stehen, ist die letzte meist die richtige.«

Laura schob den achten Schlüssel ins Schloss und versuchte, ihn zu drehen. Er klemmte. Sie wiederholte den Versuch, es knackte, und dem Knacken folgte ein lautes Klicken. Als sie die Klinke drückte, ließ sich die Stahltür öffnen.

Dahinter erwartete sie ein dunkler Raum, etwas größer als die anderen, mit gefüllten Regalen.

»Halleluja«, sagte Virginia erleichtert.

105

Die »eisernen Rationen« bestanden aus Konserven, Nudeln, Reis, Kaffee, Tee, Trinkwasser und Fruchtsäften aller Art. Natürlich konnten sie nicht alles mitnehmen, nicht annähernd, die Nutzlast des Kopters war beschränkt. Sie trafen eine Auswahl, hauptsächlich Konservenfleisch als Proteinquelle, etwas Kaffee und wegen der Vitamine Fruchtsäfte. Als sie alles an Bord verstaut hatten, verriegelten sie die Stahltür, schlossen die Fenster und alle übrigen Türen und verließen das schmucklose Betongebäude. Bei den beiden Leichen zögerte Laura.

»Wenn du dich fragst, ob wir sie begraben sollten …«, wandte sich Leopold an sie. »Sie könnten platzen, wie du selbst gesagt hast.«

»Und vielleicht schrecken sie andere Besucher dieses Ortes ab, falls es welche geben sollte«, brummte Boris. »Zwei Leichen, die darauf hinzuweisen scheinen, dass es nicht lohnt, diesen Ort genauer unter die Lupe zu nehmen.«

»Wir haben die Tür abgeschlossen«, erinnerte Laura.

»Haben wir, ja«, bestätigte Boris. »Und es ist eine ziemlich stabile Tür. Aber sie hält nicht ewig stand, wenn es wirklich jemand darauf anlegt, sie zu öffnen.«

Sie verließen das Gelände des Depots durchs offene Zauntor und stiegen in den Kopter. Leopold setzte sich wieder an die Flugkontrollen, schaltete das Funkgerät ein und versuchte erneut, einen Kontakt mit Svalbard herzustellen. Niemand antwortete, nur wortloses Rauschen drang aus dem Lautsprecher.

»Nichts zu machen«, sagte er. »Das Gerät ist in Ordnung, so viel steht fest. Wenn wir wieder in Svalbard sind, schicken wir einen Transporter, der die übrigen Vorräte abholt.«

»Warum erhalten wir keine Antwort?«, fragte Chamberlain.

»Wir werden es bei unserer Rückkehr erfahren.« Laura blickte nach Westen, wo der Horizont in einem dunstigen Whiteout verschwand. »Wir sollten möglichst bald aufbrechen.«

»Plötzlich haben Sie's eilig«, kommentierte Chamberlain.

Laura achtete nicht auf ihn. »Ich schlage vor, wir fliegen zum Strand und bauen dort unsere Zelte und die Sonnenkollektoren auf, um die Akkus zu laden und Sauerstoff aus dem Meerwasser zu gewinnen. Wenn die Sonne untergeht, machen wir uns auf den Weg nach Norden.« Sie zeigte nach Westen. »Ich fürchte, das Hitzeflare zieht schneller heran als erwartet.«

»Bis Sonnenuntergang bleiben uns nur wenige Stunden«, gab Virginia zu bedenken. »Das reicht nicht für die Akkus und genug Sauerstoff.«

»Es dürfte trotz der zusätzlichen Fracht bis zum nächsten Depot bei Genf in der Schweiz genügen«, meinte Laura, während Leopold die Rotoren startete und der Kopter in einer grauen Staubwolke aufstieg. »Dort sind wir vor dem Flare im Mittelmeerraum geschützt.«

Wenige Minuten später landete der um einiges schwerer gewordene Kopter am Strand, auf einer Mischung aus Kies und grauem Sand. Nachdem die Zelte aufgebaut waren, die es ihnen ermöglichten, während der nächsten Stunden weitgehend auf Atemmasken zu verzichten, saßen sie bei einer Karte von Europa zusammen und berieten über den Kurs.

Der direkte Weg, gerade Luftlinie, war etwa viertausendfünfhundert Kilometer lang, zu viel für die Akkus und ihre Sauerstoffpatronen. Sie einigten sich auf einen Umweg über England und Irland, von dort aus nach Island und weiter nach Grönland, wo es bei Uunarteq eine große Kollektorstation gab, die immer noch funktionierte und sowohl Elektrizität als auch Sauerstoff in wesentlich größeren Mengen produzieren konnte als ihre mobile Ausrüstung. Von dort aus führte die letzte Etappe weiter nach Nordosten, nach Spitzbergen.

Sie brauchten anderthalb Wochen für die Reise vom glühend heißen Süden in den wärmer werdenden Norden. Drei ganze Tage verbrachten sie an der grönländischen Ostküste, denn die Kollektorstation war schon seit einer ganzen Weile nicht mehr gewartet worden und musste repariert werden, bevor zumindest ein Teil von ihr wieder in Betrieb genommen werden konnte.

Als sie schließlich Spitzbergen erreichten, elf Tage nach dem Start am Strand von Giarre, Sizilien, sahen sie, warum ihre Versuche, einen Funkkontakt herzustellen, gescheitert waren.

Die Forschungsstation Svalbard beim Global Seed Vault war zerstört.

106

DAVID FINLEY

AGUA CALIENTE, SÜDARIZONA

Finley saß in seinem schlicht und funktional eingerichteten Büro an einem kleinen runden Tisch, die Hände flach auf glattem Kunststoff, während eine Stimme in seinem Kopf flüsterte: *Du hast es geschafft. Du hast alles unter Kontrolle.*

Er mochte diese Stimme. Sie schmeichelte ihm, sie bestätigte seine Erfolge. Manchmal war sie auch kritisch und wies auf Schwachstellen in seinen Plänen hin, auf Details, die genauer ausgearbeitet werden mussten. Er nahm ihre Ratschläge dankbar entgegen.

Er sah aus dem Fenster auf die pastellfarbenen Gebäude seiner Stadt. Ja, Agua Caliente gehörte ihm, ebenso wie die anderen Städte, auch wenn deren Administratoren und Regenten das noch nicht wussten. *Du triffst alle wichtigen Entscheidungen,* flüsterte die Stimme, sein innerer Freund, auf den er sich verlassen konnte. *Aber du musst aufpassen, es gibt noch immer Risiken. Zum Beispiel Kalinin in Dunay. Er baut die Stadt in Rumänien aus, errichtet dort weitere Sauerstofffabriken und Solarfarmen. Er will, dass sie größer wird als Agua Caliente.*

Und wenn schon, dachte Finley mit einem winzigen Rest von Unbehagen. Auch Dunay gehört mir.

Der Türmelder schickte ihm einen Signalton. Finley bewegte sich zum ersten Mal seit einigen Minuten, doch seine Hände blieben flach auf dem Tisch liegen, wie festgeklebt, als er langsam den Kopf drehte. »Ja?«

»Ich bin's«, ertönte eine vertraute Stimme.

»Herein«, sagte Finley knapp.

Eine blasse Frau trat ein, hochgewachsen und sehr schlank, mit weißblondem Haar und knapp fünfzig Jahre alt, in Helsinki geboren und bei den Yakuza in Osaka aufgewachsen. Drei Meter vom kleinen runden Tisch entfernt blieb sie steif und gerade stehen.

So schön wie Joycelin Hayes war Juna Jokinen nicht, doch sie leistete mindestens ebenso gute Arbeit. Finley glaubte, ihre kühle Logik zu verstehen, die völlig ohne Ego auskam und in der es vor allem um Effizienz ging. Er hatte ähnlich gedacht während seiner Zeit in den Hierarchien der US-amerikanischen Geheimdienste.

Er versuchte, sich Juna Jokinen im Bett vorzustellen, aber aus irgendeinem Grund gelang es ihm nicht. Solche Dinge hatten ihre Bedeutung verloren.

»Orlando Theodorus Doukas existiert nicht mehr«, sagte Jokinen. »Sein Kopter ist dreißig Seemeilen westlich von Valdiviana, Chile, über dem Südpazifik abgestürzt.«

Finley zog die Hände langsam vom Tisch zurück. Sie waren kalt geworden. »Damit besteht die Foundation nur noch aus uns zweien.«

»Sir?«

Auch das gefiel ihm an Juna Jokinen. Sie nannte ihn »Sir«, ein klarer Hinweis darauf, dass sie seine Autorität akzeptierte. Eigene Ambitionen schien sie nicht zu haben. Natürlich musste er sich vor ihr hüten, früher oder später würde sie vielleicht doch eigene Pläne verfolgen, die sie womöglich bereits schmiedete. Aber bis dahin hatte sie ihren Zweck erfüllt, wie eine andere Frau vor ihr.

»Wir müssen in Zukunft auf Joycelin Hayes verzichten.«

Juna Jokinen nickte kurz. »Ich verstehe.«

Sieh sie dir genauer an, flüsterte die Stimme in seinem Innern. *Eigentlich ist sie doch ganz hübsch, oder? Sie hat eine Attraktivi-*

tät von anderer Art. Vielleicht solltest du eine Beziehung mit ihr doch in Erwägung ziehen. Es tut dir nicht gut, immer allein zu sein. Wer immer allein ist, wird seltsam.

»Kalinin wünscht eine persönliche Begegnung mit Ihnen«, sagte Jokinen.

»Hat er einen Grund genannt?«

»Er möchte die nächsten Entwicklungsstufen der Städte und ihrer Kooperation besprechen.«

Finley dachte einige Sekunden lang darüber nach. »Was will er wirklich?«

»Er weiß vom Ableben der übrigen Foundation-Mitglieder«, antwortete Jokinen sofort. »Und natürlich weiß er auch, wer dafür verantwortlich ist. Ich halte es für sehr wahrscheinlich, dass er versuchen will, Sie zu eliminieren.«

»Um meinen Platz einzunehmen.«

»Und um Gefahr von sich abzuwenden. Er befürchtet, dass es ihm ebenso ergehen könnte wie Orlando Doukas und den anderen.«

Finley nickte. »Wie ist unsere strategische Situation?«

»Besser als noch vor einem Jahr«, sagte Juna Jokinen. »Mit Corricos technologischer Infrastruktur kontrollieren wir fünfundsiebzig Prozent der Ressourcen. Heute Abend schicke ich Ihnen einen ausführlichen Bericht.«

Sie trat einen weiteren Schritt vor. Finley musterte sie aufmerksam.

»Kalinin ist der erste von drei Punkten«, fuhr Jokinen fort. »Nummer zwei: Heute Morgen sind auf dem Westfriedhof zwei Frauen bestattet worden, die eine jung, die andere in mittleren Jahren.«

»Menschen sterben, das lässt sich leider nicht vermeiden«, sagte Finley ungerührt, aber doch etwas erstaunt. »Sind sie draußen gewesen?«

»Nein. Seit sie nach Agua Caliente kamen, vor knapp anderthalb Jahren, haben sie die Stadt nicht verlassen. Genau darum geht es, Sir. Wir wissen nicht, woran die beiden gestorben sind.«

Ich bin gespannt, wie Punkt drei lautet, flüsterte die innere Stimme.

»Und der dritte Punkt?«, fragte Finley.

»Unsere Einsatzgruppe ist von Spitzbergen zurück«, erklärte Jokinen.

Oh, wisperte die Stimme. *Oh.*

»Hat sie Gefangene gemacht?«

»Die Gruppe konnte fast alle hierher mitnehmen.«

Finleys Herz schlug schneller. Er stand auf. »Ich möchte sie sehen.«

107

Das Aufnahmelager befand sich außerhalb der Stadt: ein langer, rechteckiger Bau aus Fertigteilen, untergliedert in Dutzende von kleinen, zellenartigen Zimmern und zwei große Versammlungsräume. Bisher waren darin die Menschen untergebracht worden, die Erkundungsgruppen gelegentlich in einigen letzten Überlebensenklaven fanden.

Sie traten durch eine Schleuse ein, und Finley nahm die Atemmaske ab. »Wie viele sind es?«

»Das Einsatzteam hat neunundneunzig Personen mitgebracht«, antwortete Juna Jokinen. Sie führte ihn durch einen Flur, und Ärzte, Betreuer und bewaffnete Wächter wichen beiseite und grüßten respektvoll. »Einige von ihnen sind verletzt und werden gerade behandelt.«

»Aber es waren doch mehr, nicht wahr? Mehr als hundert.«

»Hundertachtundzwanzig«, sagte Jokinen. »Es kam zu einem heftigen Kampf mit Verlusten auf beiden Seiten.«

Finley blieb abrupt stehen. »Wer?«

»Keine Sorge, Sir.« Juna Jokinen wusste, wen er meinte. »Die Personen, um die es Ihnen geht, gehören nicht zu den Gefallenen.« So nannte sie die Menschen, die beim Kampf ums Leben gekommen waren: Gefallene, wie die toten Soldaten eines Kriegs. »Ich habe sie in einen der beiden Versammlungsräume bringen lassen. Damit Sie sich selbst einen Eindruck verschaffen können, Sir.«

Zwei Dutzend Wächter, bewaffnet mit Pistolen und Tasern, ließen die Gefangenen in Reih und Glied Aufstellung nehmen, als Finley und Jokinen hereinkamen. Die Männer und Frauen unterschiedlichen Alters wirkten erschöpft und geschwächt nach dem Kampf in Spitzbergen und der langen Reise nach Agua Caliente.

Finley ging langsam an den Wissenschaftlern und Technikern der Forschungsstation beim Svalbard Global Seed Vault vorbei und erwartete den Moment des Triumphs. Doch der blieb aus. Es kam nicht zu dem erhofften Blickkontakt. Am Ende der langen Reihe blieb Finley enttäuscht stehen.

»Wo sind sie?«, fragte er leise.

»Ich weiß es nicht, Sir«, erwiderte Juna Jokinen. »Die Einsatzgruppe hat sie nicht unter den Gefallenen entdeckt, und es ist niemand entkommen, alles wurde abgesucht. Vielleicht kann Ihnen Frederik Halbardsen Auskunft geben, der Administrator von Svalbard.«

Finley folgte ihr zu einem etwa siebzig Jahre alten Mann, der wie die anderen einen schlichten magentafarbenen Overall trug.

»Wo sind sie?«, fragte Finley.

»Wir sind eine unabhängige Forschungsstation.« In Frederik Halbardsens Stimme erklang eine Mischung aus Zorn und Trauer. »Ihre Leute haben uns überfallen und viele von uns getötet. Möge der Himmel Sie dafür strafen!«

»Der Himmel?« Finley wirkte für einen Moment irritiert. »Wo

sind sie?«, wiederholte er dann. »Virginia Del Rey und Boris Kraskow.« Er blickte noch einmal an der Reihe entlang. »Und Dottoressa Laura Lombardi, die Grau-Frau.«

»Ich habe nicht die geringste Ahnung«, schnaufte Halbardsen. »Suchen Sie sie.«

Finley sah den alten Mann scharf an. »Sie und Ihre Kollegen, Sie alle werden Ihr Wissen mit unseren Forschern teilen und deren Arbeit unterstützen.«

»Warum sollten wir das tun?«, fragte Halbardsen herausfordernd.

»Weil Sie überleben wollen«, erklärte ihm Finley. »Weil Sie nicht wollen, dass wir Sie nach draußen schicken in die Wüste. Wir bieten Ihnen einen Platz in unserer Stadt, mit genug Sauerstoff und Lebensmitteln, aber dafür werden Sie für uns arbeiten. Und Sie werden mir sagen, wo ich Virginia Del Rey, Boris Kraskow und Laura Lombardi finde.«

»Leopold Magnussen und Hudson Chamberlain fehlen ebenfalls«, warf Juna Jokinen ein.

»Und Magnussen und Chamberlain«, fügte Finley hinzu.

»Ich habe keine Ahnung«, behauptete Halbardsen erneut.

»Oh, es wird Ihnen schon einfallen, da bin ich sicher.« Finley wich einen Schritt zurück. »Vielleicht braucht Ihr Gedächtnis nur den einen oder anderen Anstoß, damit Sie sich wieder erinnern.«

Er drehte sich um und verließ den Versammlungsraum. Im Flur blieb er stehen.

»Sir?« Juna Jokinen, die ihm gefolgt war, sah ihn fragend an.

»Lassen Sie ihn verhören«, sagte Finley. »Holen Sie aus ihm heraus, was er weiß. Ich will wissen, wo Virginia und ihr Boris stecken. Und auch die anderen.«

»Ich kümmere mich darum«, versprach Jokinen.

108

LAURA LOMBARDI

BEI LONGYEARBYEN, SPITZBERGEN

Die untergehende Sonne berührte bereits die Berge im Westen, auf der anderen Seite des Isfjords, als die Toten auf dem kleinen Friedhof von Svalbard begraben waren, nicht weit vom Seed Vault entfernt.

Vierzehn der insgesamt fünfzehn Gräber trugen die Namen jener, bei denen eine Identifizierung möglich gewesen war. Das fünfzehnte, nicht viel größer als die anderen, enthielt verbrannte und verkohlte menschliche Überreste, die keinen einzelnen Personen zugeordnet werden konnten.

Laura und die anderen schwiegen. Man hörte nur den Wind, warm aus Südwesten, und die Wellen, die ein Stück weiter unten ans Ufer rollten. In den nächsten Jahren würden sie mit dem Abschmelzen des restlichen Eises von Grönland und der Antarktis höher und höher klettern. Laura stellte sich vor, wie sie schließlich den Friedhof erreichten und ihn überspülten, wie die Gräber im Meer versanken. Wie lange mochte es dauern? Zehn Jahre? Zwanzig? Fünfzig? Würde es dann noch Menschen geben?

»Möchte jemand etwas sagen?«, fragte sie, als es still blieb.

Virginia räusperte sich nach einigen Sekunden. »Wir sollten ihnen etwas versprechen.«

»Was?«, fragte Hudson Chamberlain. Er stand ein wenig abseits der anderen, als gehörte er nicht ganz zu ihnen. »Die Toten sind tot. Sie können uns nicht hören.«

»Gerechtigkeit«, brummte Boris.

»Ja«, bestätigte Virginia. »Genau das. Gerechtigkeit. Wir können nicht zulassen, dass es einfach so geschehen ist.«

»Haben wir eine Zeitmaschine?«, stieß Chamberlain hervor, und es klang nicht nur unwirsch, sondern regelrecht erzürnt. »Können wir in die Vergangenheit reisen und verhindern, was geschehen ist?«

Laura spürte Wut in sich aufsteigen. Sie öffnete den Mund unter ihrer Atemmaske, schloss ihn aber wieder.

»Wir müssen ihn zur Rechenschaft ziehen«, sagte Virginia.

Boris legte ihr den Arm um die Taille. »Ja, meine Liebe, das müssen wir.«

»Wen?«, fragte Chamberlain.

»Na, wen wohl?«, sagte Leopold. »Wir wissen, wer hinter dem Angriff auf unsere Forschungsstation steckt.«

»Finley.« Virginia sprach ruhig. Das gefiel Laura an ihr. Es schien kaum etwas zu geben, dass sie und auch Boris aus der Ruhe brachte. »Der Mann, der deinen Tod wollte, Hudson. Und dem es fast gelungen wäre, dich umzubringen.«

»Also gut.« Leopold hob die Stimme. »Wir versprechen euch Gerechtigkeit.«

Einige weitere Sekunden verstrichen in Stille, bevor sie sich abwandten und zu den Zelten bei der zerstörten Forschungsstation zurückkehrten.

109

»Sollten wir nicht damit beginnen, Schutzanzüge zu tragen?«, fragte Virginia, als sie am nächsten Tag erneut durchs Trümmerfeld schritten, auf der Suche nach Dingen, die sich noch gebrauchen ließen.

»Es würde alles komplizierter und umständlicher machen«, antwortete Laura. Sie bückte sich, nahm ein Reagenzglas, das wie durch ein Wunder heil geblieben war, und drehte es zwischen den Fingern hin und her. »Und wir sind dem Grau seit drei Jahren ausgesetzt. Es hatte Gelegenheit genug, uns zu infizieren oder unsere DNS zu verändern. Was immer es auch mit Menschen anrichtet, es ist bereits passiert.« Sie legte das Reagenzglas in die Asche zurück und richtete sich wieder auf. »Was ist mit den anderen, den Überlebenden? Wo sind sie?«

»Ich nehme an, Finleys Leute haben sie verschleppt.«

»In die ehemaligen USA? Nach Agua Caliente?«

Virginia nickte. »Dort hat sich Finley niedergelassen.«

»Er hat es auf das Wissen unserer Leute abgesehen«, sagte Laura und ging langsam weiter. Noch immer wehte warmer Wind aus Südwesten und wirbelte Asche auf. »Mit ihrer Hilfe will er seine eigenen Forschungen vorantreiben.«

»Und gleichzeitig die Konkurrenz ausschalten«, fügte Virginia hinzu. »Vielleicht sind ihm unsere Fortschritte ein Dorn im Auge gewesen. Auch wir könnten einen Spion bei uns gehabt haben, der ihm Bericht erstattet hat.«

»Ich hoffe, Frederik und die anderen sind noch am Leben.«

»Andernfalls hätten wir ihre Leichen hier gefunden.«

Eine Stunde später versammelten sie sich zur Bestandsaufnahme und Lagebesprechung im größten Zelt. Sie aßen Ravioli aus Catania, tranken Instantkaffee und versuchten, sich ein wenig zu entspannen.

»Mit den Lebensmitteln sieht es recht gut aus.« Leopold hielt den Kaffeebecher in beiden Händen, als wollte er sie wärmen, obwohl es im Zelt warm genug war. »Wenn wir sie rationieren, reichen sie fünf Monate. Und wenn das nicht genügt, können wir den Rest aus dem Depot bei Giarre auf Sizilien holen. Damit sollten wir ein zusätzliches ganzes Jahr über die Runden kommen.«

»Die Frage ist, ob er uns so lange Zeit lässt«, gab Virginia zu bedenken.

Laura sah sie an. »Glaubst du, er könnte zurückkehren?«

»Er weiß, dass er nicht alle erwischt hat. Ihm fehlt die ›Grau-Frau‹. Und vermutlich will er auch uns.« Virginia deutete auf Boris und sich selbst. »Möglicherweise liegen seine Leute sogar irgendwo in der Nähe auf der Lauer und beobachten, was sich hier tut.«

»Sie müssten gut versteckt sein«, sagte Leopold. »Wir haben niemanden bemerkt.«

»Oder Finley schickt in ein paar Wochen jemanden, der hier nach dem Rechten sehen soll«, spekulierte Virginia. »Diese Zelte sind ohnehin nur ein Provisorium. Einem Sturm halten sie kaum stand.«

»Der Seed Vault«, brummte Boris, spießte zwei Ravioli auf und aß sie offenbar mit Genuss.

»Genau. Im Vault sind wir geschützt. Ich schlage vor, wir richten uns in einem der Lagerräume ein. Die Installation einer Luftschleuse sollte nicht weiter schwer sein. Und wir nehmen die Umgebung unter die Lupe, um sicher zu sein, dass uns niemand beobachtet.«

»Einverstanden.« Leopold sah in die Runde. Alle nickten, auch Hudson Chamberlain.

»Was die Trümmer betrifft ...«, sagte Boris. »Wir haben nur wenige Teile gefunden, die einigermaßen intakt geblieben sind. Ein Gebäude lässt sich daraus nicht errichten, das dürfte klar sein.«

Laura dachte an die Teile, die sie abseits des Trümmerfelds zusammengetragen hatten. »Es sollte uns gelingen, sie für eine kleine Sauerstofffabrik zu verwenden. Das dürfte eine unserer ersten Aufgaben sein. Wir brauchen Sauerstoff und müssen einen Vorrat anlegen, so schnell wie möglich.«

»Und dann?«, fragte Hudson Chamberlain. »Wenn wir eine neue Sauerstoffstation in Betrieb genommen und uns im Seed Vault eingerichtet haben, was dann?«

Boris stellte seinen leeren Teller beiseite. »Die größeren Trümmerteile können wir für den Bau einer Parabolantenne benutzen. Noch besser wär's, wenn wir die richtig großen Antennen auf dem Berg südwestlich von uns anzapfen könnten.«

»Die alten Radarstationen«, sagte Leopold.

Boris nickte. »Elektronische Augen und Ohren. Leistungsfähiger als alles, was wir zusammenbasteln können. Wenn das aber nicht klappt, eine Parabolantenne hier unten sollte für unsere Zwecke genügen.«

»Und was wären unsere Zwecke?«, hakte Chamberlain nach.

Laura glaubte zu verstehen, schwieg aber und hörte nur zu.

»Die Frage lautet: Was machen wir, wenn wir uns neu eingerichtet haben?« Virginia sah die anderen an. »Setzen wir die Forschungen fort? Suchen wir nach den Mikroorganismen, die Laura erwähnt hat?«

»Wir sind fünf«, brummte Boris. »Und Laura ist die einzige Wissenschaftlerin unter uns.«

»Mit anderen Worten: Eine Fortsetzung der wissenschaftlichen Arbeit hätte unter solchen Bedingungen kaum Erfolgsaussichten. Ein großes wissenschaftliches Team ist notwendig. Und wo finden wir das?« Virginia richtete den Blick auf Laura.

»In Agua Caliente.«

»Und wo vermutet uns Finley am wenigsten?«, fragte Boris mit seiner tiefen Stimme.

»Bei sich zu Hause«, antwortete ihm Virginia.

Sie waren ein gut eingespieltes Team, dachte Laura. Einer gab dem anderen das Stichwort.

»Wir lösen unser Versprechen ein«, sagte Leopold. »Wir ziehen Finley zur Verantwortung. Aber die Vorbereitungen werden Wochen, wenn nicht gar Monate dauern. Es ist ziemlich weit bis nach Agua Caliente, noch ein ganzes Stück weiter als bis nach

Catania. Und wir müssen herausfinden, wie die dortige Situation ist.«

Boris grinste. »Deshalb brauchen wir die Parabolantenne.«

Virginia nickte ihm zu und wandte sich dann an die anderen. »Die Satelliten sind noch immer dort oben und beobachten und lauschen. Damit meine ich insbesondere die amerikanischen und russischen Aufklärungssatelliten. Wir kennen die Codes. Wenn wir uns mit ihnen in Verbindung setzen, finden wir heraus, was in Agua Caliente und den anderen Städten geschieht. Es sollte möglich sein, Karten der neuen Städte anzufertigen und festzustellen, wo genau sich Finley aufhält.«

»Ihr wollt in den Krieg ziehen?«, fragte Hudson Chamberlain ungläubig.

»Ja, und zwar, bevor Finley es tut«, brummte Boris und brachte es damit auf den Punkt. »So einfach - oder schwierig - ist das. Wenn wir nicht unterwegs gewesen wären, hätte er uns hier erwischt, zusammen mit den anderen. Er wird es erneut versuchen, und er befindet sich in der besseren Position. Wir müssen ihm zuvorkommen.«

»Wir brauchen nicht nur Informationen und Ausrüstung für die lange Reise, sondern auch Waffen«, meinte Leopold. »Was allerdings kein großes Problem sein sollte. Wir machen einen Abstecher nach Norwegen, das ist nicht allzu weit. Ich weiß, wo wir dort Waffen bekommen können.«

Niemand widersprach.

»Dann ist es so beschlossen?«, fragte Leopold. Alle nickten, auch Chamberlain, wenn auch nur widerwillig und mürrisch.

»Es geht nicht nur darum, Finley für die Toten und alles andere zur Verantwortung zu ziehen«, erklärte Laura. »Es geht auch um die Städte und die Menschen in ihnen. Um die drohende Unfruchtbarkeit und den Fortbestand der Menschheit.«

»Und um ihre Freiheit«, fügte Virginia hinzu. »Wir müssen Finley das Handwerk legen.« Sie wechselte einen kurzen Blick mit Boris. »Vielleicht hätten wir das sofort an die erste Stelle unserer Prioritätenliste setzen sollen. Wir müssen die überlebenden Menschen von Finleys Diktatur befreien.«

Leopold streckte die Hand zur Mitte des Tisches. »Sind alle einverstanden?«

Laura zögerte nicht und fügte Leopolds Hand ihre eigene hinzu, ebenso wie Virginia und Boris. Selbst Hudson Chamberlain folgte ihrem Beispiel.

Leopold streckte auch die andere Hand aus und legte sie oben auf den Stapel, drückte kurz, zog dann beide Hände zurück und stand auf. »In Ordnung, Leute. Ab heute beginnen wir mit den Vorbereitungen. Packen wir's an.«

110

DAVID FINLEY

MADDOX COVE, BEI ST. JOHN'S, NEUFUNDLAND

»Er wird versuchen, Sie umzubringen, Sir«, prophezeite Juna Jokinen.

Sie saß ihm gegenüber, auf der anderen Seite seiner Kabine an Bord des schnellen Transporters, der sie und vierzehn Soldaten nach Neufundland brachte. Sie flogen in einer Höhe von etwa tausend Metern, über einer graubraunen Felslandschaft, die vor zwei Jahren zum letzten Mal Schnee und Eis gesehen hatte.

Es war die dritte Etappe ihrer Reise von Agua Caliente tief im Süden, und sie ging zu Ende. In zwanzig Minuten würden sie ihr Ziel im Osten der Insel erreichen, eine kleine unabhängige Stadt namens Arkadia in der Bucht Maddox Cove südöstlich von St. John's.

David Finley hatte Agua Caliente aus zwei Gründen verlassen und sich auf die lange Reise eingelassen. Den ersten kannte Juna Jokinen, den zweiten nicht.

»Ich weiß«, sagte Finley. »Wie wird er's versuchen?«

Sie sprachen über Nikita Andrejewitsch Kalinin aus Dunay in Europa. Der hatte eine persönliche Begegnung vorgeschlagen, ein Treffen »auf halber Strecke«, an einem neutralen Ort. Angeblich wollte er über eine sehr wichtige Angelegenheit reden, die die Sicherheit aller Städte gefährdete.

Die blasse Frau mit dem weißblonden Haar ihm gegenüber hielt ein Tablet in der Hand und strich mit einem langen, dünnen Zeigefinger übers Display. »Ich habe verschiedene Szenarien untersucht und außerdem die Berichte unserer Spione in Dunay ausgewertet. Die Wahrscheinlichkeit dafür, dass er eine direkte Methode verwendet, ist sehr gering.«

Finley nickte. »Damit meinen Sie vermutlich den Einsatz einer Waffe: Pistole, Dolch, etwas in der Art.«

»Es würde ihn selbst in Gefahr bringen«, sagte Jokinen. »Unsere Soldaten blieben nicht tatenlos. Und es würde seinem Ruf schaden. Er stünde als Mörder des Mannes da, der die sieben Städte erbaut hat.«

Finley nickte erneut. »Also eine indirekte Methode. Gift?«

Juna Jokinen blickte auf ihr Tablet. »Vor einem halben Jahr wurde in Dunay ein neues Chemielabor in Betrieb genommen. Uns liegt eine Liste der produzierten und produzierbaren Substanzen vor. Dazu gehören unter anderem Beta-Nirotamin und Glykasan Dreizehn.«

Finley erinnerte sich an einen Geheimdienstbericht, den er vor vielen Jahren gelesen hatte. »Oh. Poseidon?«

»Eine Spezialität aus dem Arsenal der russischen Chemiewaffen«, bestätigte Jokinen. »Ja, die Defense Intelligence Agency hat ihr damals den Codenamen ›Poseidon‹ gegeben.«

Finley überlegte. »Ein Zwei-Komponenten-Kontaktgift, bestehend aus flüchtigen Stoffen, die schwer nachweisbar sind. Es gibt ein Gegenmittel, wenn ich mich richtig erinnere.«

»Ja, Sir. Ich halte es für die wahrscheinlichste Methode und habe alles vorbereitet.«

Finley sah aus dem Fenster. Der Transporter war bereits tiefer gegangen und näherte sich Maddox Cove. Im Norden war St. John's zu sehen, eine Stadt, die vor dem Grau an die hunderttausend Einwohner gehabt hatte. »Wie wird er vorgehen?«

»Da es sich um ein Kontaktgift handelt, genügt eine Berührung, Sir. Vielleicht schüttelt er Ihnen die Hand. Oder er fasst einen Gegenstand an, den Sie kurze Zeit später ergreifen.«

»Wie schnell wirkt Poseidon?«

Juna Jokinen wischte erneut über ihr Tablet. »Mit einer Verzögerung von einigen Minuten. Damit Kalinin Zeit genug bleibt. Eine direkte Konfrontation mit Ihnen oder unseren Soldaten wird er vermeiden wollen.«

Finley sah die blasse Frau an. »Ich verlasse mich auf Sie.«

Jokinen blieb ernst. »Das können Sie, Sir.«

111

Arkadia war eine kleine Stadt mit nicht mehr als achthundert Einwohnern, hauptsächlich Überlebende aus St. John's, dem kanadischen Nova Scotia und Maine in den ehemaligen Vereinigten Staaten. Alles wirkte sehr improvisiert, von den kleinen Häusern aus Kunststoff und grauem Holz bis hin zum »Stadtdach« über den Gebäuden, das teilweise nur aus einfachen Planen bestand. Am Meer gab es eine Sauerstofffabrik, die ihren Strom aus einer nahen Solarstation bezog, und etwas weiter im Landesinnern standen mehrere Treibhäuser für den Anbau von Obst und Gemüse.

Finley hielt das Ende solcher kleinen Städte, die kaum mehr waren als winzige Überlebensenklaven, für absehbar. Mit Solarpanels konnten sie zwar genug Strom für Sauerstofffabriken und ihre Elektrolyse erzeugen, aber einige wenige Treibhäuser reichten nicht für die Nahrungsmittelversorgung. Und so viele Suchgruppen auch in die früheren Metropolen auf dem Festland geschickt wurden: Irgendwann würde dort nichts mehr zu finden sein.

Der Bürgermeister von Arkadia empfing Finley, Jokinen und die Soldaten. Er steckte in einem alten, abgetragenen Anzug. »Es ist uns eine Ehre, dass Sie Ihre Gespräche hier bei uns stattfinden lassen«, sagte er nervös, während er Finley und sein Gefolge durch den kleinen Ort führte. »Und ich danke Ihnen sehr für die Vorräte, die Sie mitgebracht haben. Wir können sie gut gebrauchen.«

Finley setzte seine Atemmaske auch dann nicht ab, als sie ein etwas größeres Gebäude im Zentrum von Arkadia betraten, das zum Teil aus Stein erbaut war. Mehrere Zimmer mit offenen Türen bildeten ein Apartment.

»Dies ist Ihr persönlicher Bereich«, sagte der Bürgermeister und fügte stolz hinzu: »Mit Strom und Wasser, ohne Verbrauchsbeschränkungen.« Er zeigte in den Flur. »Dort geht es zum Konferenzzimmer auf der anderen Seite. Ihr Gesprächspartner ist vor einer Stunde eingetroffen. Soll ich ihm Bescheid geben?«

»Wo ist er?«, fragte Finley.

»Er wollte nicht hier untergebracht werden.« Der Bürgermeister deutete durchs Fenster. »Wir haben ihm und seinen Begleitern das Haus dort zur Verfügung gestellt, das mit dem blauen Giebel.«

Finley sah auf die Uhr. »Bitte richten Sie ihm aus, dass ich in einer halben Stunde im Besprechungszimmer sein werde.«

»Sehr wohl«, erwiderte der Bürgermeister, immer noch nervös, und eilte davon.

112

Es gab zwei Gründe, dass sich Finley auf ein persönliches Treffen mit Nikita Andrejewitsch Kalinin in Arkadia, Neufundland, eingelassen hatte, und als er das Konferenzzimmer betrat, in dem Kalinin bereits auf ihn wartete, dachte er daran, dass beide Gründe direkt miteinander verknüpft waren. Juna Jokinen, die ihn zu der Besprechung begleitete, kannte den einen Grund, nicht aber den zweiten, obwohl er sie betraf.

»David, alter Freund!« Kalinin stand auf und kam mit ausgebreiteten Armen um den Tisch herum. »Wie sehr es mich freut, Sie wiederzusehen!«

Finley erwiderte die Umarmung sogar und lächelte ebenso herzlich wie der Russe. »Die Freude ist ganz meinerseits, Nikita.« Er reichte ihm die zuvor präparierte Hand.

Kalinin nahm sie ohne zu zögern und drückte kräftig zu. »Leider verheißen die Umstände, die mich dieses Treffen vorschlagen ließen, nichts Gutes.«

Finley deutete auf Jokinen an seiner Seite. »Sie kennen sich bereits aus Dunay. Juna Jokinen, meine Stellvertreterin.«

Das war eine Beförderung, und keine geringe. Jokinen musste überrascht sein, aber ihr Gesicht blieb ernst und verschlossen, sie ließ sich nichts anmerken.

Kalinin deutete eine Verbeugung an, bevor er ihr ebenfalls die Hand schüttelte.

Finley beobachtete Jokinen aufmerksam, aber natürlich gab es nichts zu erkennen.

Kalinin kehrte zur anderen Seite des Tisches zurück und klopfte einem dort sitzenden schmächtigen Mann um die sechzig kurz auf die Schulter. »Das ist Dimitri, mein persönlicher Sekretär.« Er setzte sich. »Ich nehme an, wir können offen sprechen, nicht wahr? Dimitri weiß über alles Bescheid.«

»Ms. Jokinen genießt mein volles Vertrauen.« Finley nahm mit ihr zusammen Platz.

Ihnen gegenüber öffnete der kleine, halb vertrocknet wirkende Dimitri eine Aktentasche, holte einen Hefter daraus hervor und schob ihn über den Tisch.

»Unsere letzten Untersuchungsergebnisse«, erklärte Kalinin. »Vollständig, mit allen Einzelheiten.«

Finley berührte den Hefter mit seinen präparierten Fingern, öffnete ihn, las die kurze Zusammenfassung und begann zu blättern. Als er eine bestimmte Stelle erreichte, schob er die Unterlagen zur Seite, damit Juna Jokinen die betreffende Passage lesen konnte. Sie hatte ihn auf zwei Todesfälle in Agua Caliente hingewiesen, erinnerte er sich, zwei Frauen, die eine jung, die andere in mittleren Jahren, beide ohne erkennbare Ursache gestorben.

»Wir haben es mit einer neuen Krise zu tun, mein Freund«, sagte Kalinin. »Wir sollten noch enger zusammenarbeiten, viel enger, um sie zu meistern. Das gilt insbesondere für unsere Forscher. Konzentrieren wir unsere wissenschaftlichen Ressourcen, und richten wir sie auf dieses neue Problem.«

Natürlich wusste Kalinin von Spitzbergen, von den Wissenschaftlern, die nach Agua Caliente gebracht worden waren. Vielleicht ging es ihm auch darum.

»Wie schlimm ist es?« Finley blätterte erneut und sah sich die Fallzahlen von Dunay an.

»Schlimm genug, um besorgt zu sein.«

Wie viel Zeit war verstrichen? Drei Minuten? Vier? Wann und wo würde es die zweite Komponente des Kontaktgifts geben? Wo befand sie sich? Vielleicht auf der Schulter des Sekretärs, auf die Kalinin geklopft hatte? Auf dem Hefter mit den Unterlagen? Auf dem Tisch?

Oder vielleicht bei Juna Jokinen?

Aber wie auch immer der Plan aussah, er würde nicht funktionieren. Denn das war der zweite Grund, der Finley an diesen Ort gebracht hatte und von dem Jokinen nichts wusste: Bereinigung, Klarstellung. Die Befreiung vom letzten Ballast der Vergangenheit.

Juna Jokinen verstand sich sehr gut darauf, alles vorausschauend zu berechnen. Ihre Fähigkeit des kühlen Kalküls kam fast einem Blick in die Zukunft gleich, und Finley hätte nicht gezögert zuzugeben, dass ihre Dienste sehr wertvoll für ihn gewesen waren. Doch es gab für alles Grenzen, und in diesem besonderen Fall war eine erreicht und überschritten.

Sie unterschätzte ihn, die Frau aus dem Norden, die bei den

Yakuza aufgewachsen war und vermutlich glaubte, von nichts überrascht werden zu können. Sie würde eine Überraschung erleben, gleich, in wenigen Momenten. Finley hatte viele Jahre im und für den Geheimdienst gearbeitet. Er kannte alle Tricks, viele von ihnen hatte er selbst ersonnen. Er wusste genau, was Durchtriebenheit und Heimtücke bedeuteten, er hatte schon vor langer Zeit sehr wirkungsvolle Werkzeuge daraus gemacht.

Juna Jokinen schob den Hefter zu ihm zurück und berührte dabei wie zufällig seine Hand, was harmlos wirkte, es aber nicht war.

Das war es also, dachte er. Ein kurzer Kontakt, beiläufig und scheinbar unabsichtlich. Wie könnte jemand auf den Gedanken kommen, dass ein Mordanschlag dahintersteckte?

»Ein neues Phänomen«, sagte Jokinen. »Eine neue Kontamination? Wir müssen es genau untersuchen.«

»Da bin ich ganz Ihrer Meinung«, sagte Kalinin. »Deshalb schlage ich auch eine engere wissenschaftliche Kooperation vor. Die Forscher, die Sie von Spitzbergen nach Agua Caliente geholt haben …«

Ah, dachte Finley.

Es piepte leise.

»Bitte entschuldigen Sie.« Kalinin holte ein kleines Funkgerät hervor, nicht größer als ein Handy. »Ich hatte darum gebeten, nicht gestört zu werden, es muss also etwas Wichtiges sein.« Er stand auf. »Vielleicht hat die Wissenschaftlergruppe in Dunay, die sich mit dem neuen Phänomen befasst, weitere Erkenntnisse gewonnen, die ich natürlich mit Ihnen teilen werde. Ich bin gleich zurück, nur einige Minuten.« Er ging zur Tür.

Nur einige Minuten, dachte Finley. Wie hatte es Juna Jokinen ausgedrückt? *Damit Kalinin Zeit genug bleibt. Eine direkte Konfrontation mit Ihnen oder unseren Soldaten wird er vermeiden wollen.*

Ein Stückchen Wahrheit im Paket der Lüge.

Gleich, dachte Finley. Gleich ist es so weit.

Die Tür ließ sich nicht öffnen.

Kalinin versuchte es mehrmals. Er drückte die Klinke und zog, aber die Tür blieb geschlossen.

»Na so was«, entfuhr es ihm. »Die Tür klemmt.«

»Sie klemmt nicht, sie ist verriegelt«, sagte Finley.

Kalinin drehte sich um. »Was hat das zu bedeuten?«, fragte er scharf.

»Das werden Sie gleich feststellen.« Finley sah auf seine Armbanduhr. »In höchstens einer Minute, schätze ich.«

Juna Jokinen fasste sich an den Hals. Rote Flecken hatten sich in ihrem blassen Gesicht gebildet. Sie stand auf, kippte halb nach vorn und stützte sich mit den Händen auf den Tisch.

Finley beobachtete sie interessiert. Offenbar wirkte die fatale Chemikalienmischung bei ihr schneller als bei Kalinin, der plötzlich auch keine Luft mehr bekam. Sein Gesicht lief rot an. Er bebte am ganzen Leib, sank auf die Knie und versuchte, das kleine Funkgerät in der rechten Hand vor den Mund zu heben. Doch es wurde zu schwer für ihn und rutschte aus kraftlosen Fingern.

Jokinen starrte fassungslos und öffnete den Mund, brachte aber nur einen Laut hervor, der einem Gurgeln ähnelte, bevor sie zitternd zu Boden sank, noch einmal nach Luft schnappte und sich dann nicht mehr regte.

»Dem eigenen Gift erlegen.« Finley drehte seine Hände. »Die Chemie ist eine erstaunliche Wissenschaft, finden Sie nicht, Nikita?«

Kalinin starb mit blutigem Schaum auf den Lippen.

»Und jetzt sind nur noch wir übrig«, wandte sich Finley an Kalinins Sekretär, der aufgesprungen war. Finley erhob sich, trat um den Tisch herum und streckte die Hand aus. Der schmächtige Mann wich erschrocken zurück.

»Ich möchte mich nur von Ihnen verabschieden«, sagte Finley.

»Nein, nein!«, stieß der Sekretär hervor.

Finley blieb stehen. »Na schön, ich verzichte auf einen freundlichen Händedruck. Es sollte einen Zeugen geben, der Bericht erstatten kann.«

Der Sekretär hatte die Wand im Rücken. Er konnte nicht noch weiter zurückweichen. »Bericht erstatten?«, krächzte er.

»Aber ja. Sie haben alles gesehen. Sie wissen, wie Nikita Andrejewitsch Kalinin und Juna Jokinen ums Leben gekommen sind. Sie fielen der eigenen Arglist zum Opfer.« Finley deutete auf sich selbst. »Mich trifft keine Schuld.«

Finley ging zur Tür und klopfte dreimal. Der Bürgermeister von Arkadia öffnete. Zwei Soldaten aus Agua Caliente standen hinter ihm, und weitere umringten das Haus, in dem Kalinins Eskorte untergebracht war.

»Lassen Sie die Leichen fortschaffen«, sagte Finley. »Von Leuten, die Handschuhe, besser noch Schutzanzüge tragen. Und ich möchte mir die Hände waschen, wenn Sie gestatten.«

113

Nur eine halbe Stunde später hob der Transporter vom felsigen Boden Neufundlands ab, stieg auf und ließ Arkadia mit südwestlichem Kurs hinter sich.

Finley saß in seiner Kabine, dachte an die Begegnung im Konferenzzimmer und war sehr zufrieden mit sich. Der Tod von Kalinin und Juna Jokinen bedeutete, dass es keine nennenswerte Konkurrenz mehr für ihn gab. Alle sieben Städte gehörten endgültig ihm.

Mit seinem Tablet empfing er die neuesten Berichte aus Agua Caliente, und darunter befand sich einer, der seine besondere

Aufmerksamkeit weckte, denn er enthielt Aufnahmen, die von mehreren der immer noch aktiven amerikanischen Aufklärungssatelliten stammten. Aus den Bildern ging hervor, dass die Gruppe um Laura Lombardi, zu der auch Virginia Del Rey und Boris Kraskow gehörten, kurze Zeit nach der Zerstörung der Forschungsstation beim Seed Vault eingetroffen war. Offenbar dachten sie nicht daran, sich in einem neuen Forschungscamp niederzulassen. Vielmehr deutete alles darauf hin, dass sie sich auf eine längere Reise vorbereiteten.

Aus einem zweiten Bericht ging hervor, dass sich jemand von Spitzbergen aus mit einem der US-Satelliten in Verbindung gesetzt und Informationen über Agua Caliente abgerufen hatte.

Finley ließ sein Tablet sinken, sah aus dem Kabinenfenster und beobachtete, wie der Nordatlantik in Sicht geriet.

»Virginia«, murmelte er, »was hast du vor?«

Mit Sicherheit ahnte sie, wer die Svalbard-Forschungsstation überfallen hatte, und natürlich würde sie ihre Schlüsse daraus ziehen.

»Ich weiß, was du tun wirst.« Finley lächelte, ein seltenes Lächeln, für sich selbst reserviert. »Du sagst dir: Angriff ist die beste Verteidigung. Die Reise, auf die du dich vorbereitest … Du willst zu mir kommen.«

Das Lächeln verschwand, seine Miene wurde wieder ernst. Ein Showdown, eine letzte Konfrontation. Virginia wollte reinen Tisch machen. Das war ihm nur recht.

Sie würde zu ihm kommen, um mit ihm abzurechnen, und sie glaubte, ihn damit zu überraschen. Fünf Personen gegen den Mann, der sieben Städte regierte. Der über alle der Menschheit verbliebenen Ressourcen gebot. Wie groß waren da ihre Erfolgsaussichten? Juna Jokinen hätte sie vermutlich innerhalb weniger Sekunden errechnet, aber Finley brauchte niemanden, der sie in Zahlen benannte: Sie waren schlichtweg verschwindend gering.

Virginia Del Rey, Boris Kraskow und die anderen bauten auf das Überraschungsmoment. Doch das hatten sie bereits verloren.

Das Lächeln kehrte zurück, für einige Sekunden. Finley spürte, wie er sich entspannte. Eine Idee reifte in ihm. Auch Juna Jokinen und Nikita Kalinin hatten geglaubt, ihn überraschen zu können. Stattdessen waren sie ihm in die Falle gegangen.

Eine neue Falle, dachte er. Noch geschickter vorbereitet, damit Virginia sie nicht erkannte.

Sollte sie nach Agua Caliente kommen. Er war bereit für sie.

114

HUDSON CHAMBERLAIN

BEI AGUA CALIENTE, SÜDARIZONA, USA

Die Abenddämmerung brachte angenehme Kühle, Erleichterung von der Hitze des Tages. Sie hockten zwischen den lehmbraunen Felsen eines Bergrückens und beobachteten Agua Caliente mit einem Feldstecher. Das Licht der untergehenden Sonne färbte die zahllosen Panels mehrerer großer Solarfarmen blutrot.

Zwischen ihnen und dem Unterlauf des Gila-Flusses, der nach den Regenfällen der letzten Tage im Nordosten viel Wasser führte, lag die neue Stadt, ihr Kern in wenigen Monaten hastig erbaut und anschließend immer wieder erweitert. Das Dach aus dünnen transparenten Platten über den pastellfarbenen Gebäuden wirkte wie ein Panzer.

Fast zwei Millionen Menschen lebten dort, ausgewählt von David Finley und seinen Komplizen.

Ein seltsamer Zorn brodelte in Hudson Chamberlain, nicht erst seit wenigen Stunden oder Tagen, sondern seit Wochen und Monaten. Vielleicht hatte dieses Brodeln in ihm schon im Gefängnis begonnen, als er so oft an Joycelin gedacht und sich seine Rache an ihr ausgemalt hatte. Oder kurz danach, auf dem Dach des Parkhauses, als der Unbekannte damit gedroht hatte, ihn zu erschießen, wenn er nicht in die Tiefe sprang.

Etwas war zerbrochen, und die Scherben hatten mit ihren scharfen Kanten immer tiefer in seine Seele geschnitten. Der Zorn war eine Reaktion darauf, diagnostizierte sich Chamberlain selbst, vielleicht der Versuch einer Heilung.

Er blieb ohne einen Fokus, der Zorn in ihm, ohne ein klares Ziel. Ein Teil davon hatte sich gegen die anderen gerichtet, gegen Laura Lombardi, Magnussen und die übrigen Überlebenden von Svalbard, und dadurch war er ein Außenseiter geblieben. Vielleicht ließ sich das irgendwann ändern, wenn die Wunden in seinem Innern verheilt waren. Falls es jemals dazu kam. Er hätte gern Frieden und einen neuen Platz für sich gefunden, in der Gemeinschaft der Menschen, die das Grau überlebt hatten.

Aber gab es überhaupt einen solchen Platz für ihn? Oder würde man ihn zeit seines Lebens für den Mann halten, der der Welt das Grau gebracht hatte, die größte Katastrophe in der Geschichte des Lebens auf dem Planeten Erde?

Selbst wenn er für immer ein Außenseiter blieb, ein mehr oder weniger geduldeter Gast in der kleinen Gesellschaft der Überlebenden – Frieden war möglich, ohne den Ballast des Zorns. Doch welchen Weg galt es einzuschlagen, um diesen Frieden – den Frieden mit sich selbst und den mit seiner Außenwelt – zu finden?

Leopold Magnussen hielt ihm den Feldstecher hin, doch Chamberlain schüttelte den Kopf. Er sah die Stadt auch so gut genug.

»Wir sollten uns in die Höhle zurückziehen«, sagte Virginia. »Drohnen mit Infrarotsensoren könnten uns sonst leicht entdecken.«

»Warum sollten solche Drohnen unterwegs sein?« Chamberlain sprach fast gegen seinen Willen. Es war der Trotz, der aus ihm sprach, und der entstammte dem Zorn, der in ihm brodelte. »Welchen Grund hätte Finley dafür, die Umgebung mit Drohnen überwachen zu lassen? Warum sollte er sich die Mühe machen?«

Die anderen wichen bereits hinter den Bergrücken zurück, also folgte ihnen Chamberlain notgedrungen. Laura Lombardi bedachte ihn wieder mit einem ihrer Blicke. Wäre es nach ihr gegangen, hätte sich die Gruppe längst von ihm getrennt.

»Finley weiß, was wir vorhaben«, erklärte Virginia auf dem Weg zur Höhle. »Oder er vermutet es.« Sie sah Chamberlain an. »Ich nehme an, er hat uns in Svalbard beobachtet, mit Hilfe von Spionagesatelliten. Ihm dürfte klar sein, dass wir uns hierher auf den Weg gemacht haben.«

Chamberlain wollte schweigen, aber sein Mund sprach trotzdem. »Warum hat er keine Einsatzgruppe geschickt? Er hatte drei Monate Zeit.«

»Genau da sind wir bei der ›Mühe‹, von der Sie gesprochen haben, Chamberlain«, sagte Laura Lombardi giftig. »Warum sollte David Finley jemanden *zu uns* schicken, wenn er damit rechnet, dass wir *zu ihm* kommen? Er braucht einfach nur abzuwarten.«

»Und deshalb sollten wiederum *wir* mit Drohnen rechnen«, fügte Virginia hinzu. »Es wäre durchaus vernünftig von ihm, das Gebiet um die Stadt zu überwachen, damit er uns rechtzeitig entdeckt.«

Sie erreichten die Höhle, die nur einen halben Kilometer vom Bergrücken entfernt war. Sie bot genug Platz für den Kopter, ein großes Sauerstoffzelt und außerdem Schutz vor Entdeckung durch Drohnen. Mobile Kollektoren fingen das letzte Licht ein und verwandelten es in Elektrizität für die Akkus.

Im Zelt nahmen sie die Atemmasken ab, und Virginia holte die »taktische Karte« hervor, wie die ehemalige NSA-Leiterin sie nannte. Darauf war Agua Caliente mit den Daten der Satellitenaufnahmen abgebildet.

»Die Karte sieht genauso aus wie gestern«, kommentierte Chamberlain. »Und wie vorgestern. Und wie vor einer Woche.«

Niemand ging darauf ein.

»Je länger wir warten, desto größer wird das Risiko, dass er uns entdeckt«, sagte Virginia und betrachtete die Karte.

»Und umso knapper werden unsere Vorräte.« Leopold setzte einen mit Wasser gefüllten Topf auf den kleinen Brenner, der kostbaren Sauerstoff verbrauchte, und gab Instantsuppe hinein.

»Wie steht's damit?«, fragte Laura und wies mit einem Kopfnicken auf den Topf. »Mit den Vorräten, meine ich.«

»Damit kommen wir eine Woche aus«, antwortete Leopold.

»Das gilt für die Nahrungsmittel«, präzisierte Boris. »Unsere Sauerstoffpatronen reichen nur noch für zwei, höchstens drei Tage. Wir könnten einige von ihnen aufladen, aber dafür müssten wir zum Fluss und eine Elektrolysestation aufbauen. Das würde eine Entdeckung geradezu herausfordern.«

»Mit anderen Worten«, sagte Laura, »für eine Rückkehr nach Svalbard reicht unser Sauerstoff nicht.«

»Wir müssten noch mehr Zwischenaufenthalte einlegen als beim Flug hierher«, stimmte ihr Leopold zu. »Sechs oder sieben, schätze ich. Um unsere Vorräte zu erneuern. Und anschließend stünden wir wieder ganz am Anfang.«

Am Anfang von was?, dachte Chamberlain, dann spürte er, wie der Zorn eine Richtung fand, und sagte: »Finley würde triumphieren.«

War dies der Weg für ihn?

»Morgen«, entschied Virginia. »Wir schlagen morgen zu.«

»Und wie?«, fragte Chamberlain. »Wie willst du Finley überraschen, wenn er uns erwartet?«

Leopold schaltete den Brenner aus, obwohl die Suppe kaum mehr als lauwarm sein konnte. Er nahm eine Schöpfkelle und füllte große Becher, die er verteilte.

»Er wäre nicht Finley, wenn er nicht wüsste, dass wir zu ihm unterwegs sind«, betonte Virginia noch einmal.

Chamberlain probierte die Suppe, die erstaunlicherweise gut schmeckte. Hunger war ein exzellenter Koch.

»Er wird uns eine Falle stellen«, fügte Virginia hinzu. »Auf sehr geschickte und gewiefte Art.«

Boris Kraskow grinste plötzlich. »Aber wir sind geschickter und gewiefter, nicht wahr?«

Virginia neigte den Kopf ein wenig zur Seite. »Kommt darauf an. Er wird uns geradezu einladen, eine Situation inszenieren, die es einfach erscheinen lässt, ihn zu eliminieren oder in unsere Gewalt zu bringen.«

»Du glaubst, er bietet sich selbst als Köder an?«, fragte Leopold.

»Ja, und zwar hier.« Virginia beugte sich vor, hielt den großen Becher in der einen Hand und deutete mit dem Zeigefinger der anderen auf eine Stelle am Stadtrand. »Nicht alle Signale von Agua Caliente sind verschlüsselt, und natürlich werden die Satelliten über uns für die Kommunikation mit den anderen Städten genutzt. Den unverschlüsselten Funkverkehr können wir ebenso mithören wie einen Teil des verschlüsselten. Einige der Codes kennen wir. Es war nicht schwer, sie zu knacken, denn sie basieren auf den alten Codetabellen unserer Geheimdienste.« Sie nickte Boris zu. »Vielleicht *sollten* wir die Codes sogar entschlüsseln – eine gute Methode, uns gezielt bestimmte Informationen zukommen zu lassen.«

»Die Einweihung einer neuen Sauerstofffabrik«, sagte Laura Lombardi. »Direkt am Stadtrand.«

»Eine neue Sauerstofffabrik, die einen neuen Stadtteil versorgt«, erklärte Virginia. »Finley will uns glauben machen, er wolle die Gelegenheit nutzen, um sich feiern zu lassen, weil das seinem Ego schmeichle. Aber ein solches Ego hat er gar nicht, und Jubel ist ihm schnuppe.«

»Eine Falle für uns, mit ihm als Köder«, sagte Leopold.

Virginia nickte langsam und nachdenklich. »So sieht es aus, nicht wahr? Aber ... Wie schlau ist Finley? Und für wie schlau hält er uns? Um wie viele Ecken müssen wir denken, um ihm einen Schritt voraus zu sein und ihn zu überlisten?«

»Eine Falle in einer Falle?«, fragte Chamberlain.

»Darauf könnte es hinauslaufen«, bestätigte Virginia. Sie stellte ihren Becher auf den Boden und zählte die Fakten an den Fingern ab. »Finley weiß, dass wir zu ihm kommen. Er weiß, dass wir es auf ihn abgesehen haben und nach einer günstigen Gelegenheit Ausschau halten. Er weiß auch, dass Boris und ich mit an Bord sind, zwei Leute, die in Sachen Geheimdienste jahrelange Erfahrung haben. Darum glaubt er, Boris' und meine Denkweise zu kennen. Mit ziemlicher Sicherheit geht er davon aus, dass wir die erste sich bietende Gelegenheit für eine Falle halten und nach Alternativen suchen.«

Chamberlain bemerkte, dass er von ihren Gedankengängen regelrecht fasziniert war. »Ein Ablenkungsmanöver?«

Virginia ließ beide Hände sinken. »Wahrscheinlich sogar zwei oder drei. Bei der Einweihungsfeier morgen Mittag wird Finley auf uns vorbereitet sein. Wenn wir dort zuschlagen, schnappt seine Falle zu. Doch er wird sich nicht auf diese eine Falle beschränken, da er davon ausgeht, dass wir genau mit der rechnen. Was käme sonst in Frage? Sein Weg zurück ins Stadtzentrum, nach der Einweihungsfeier. Möglicherweise plant er, uns mit Straßensperren oder sonstigen Hindernissen zu einem bestimmten Ort zu lotsen, wo die zweite Falle zuschnappt, ohne dass er selbst in Gefahr gerät.«

»Und Falle Nummer drei …«, brummte Boris. »Seine Wohnung. Ich an seiner Stelle würde annehmen, dass wir die Einweihungsfeier nutzen, um uns in seiner Wohnung oder in unmittelbarer Nähe davon zu verstecken, um ihm dort aufzulauern. Ein alter Trick, der oft funktioniert hat.«

»Der bei ihm aber nicht funktionieren wird«, sagte Virginia. »Drei Fallen, hintereinander gestaffelt. Das sähe ihm ähnlich. Davon müssen wir ausgehen.«

»Und was bedeutet das für uns?«, entfuhr es Chamberlain. »Wenn in Agua Caliente nur gut vorbereitete Fallen auf uns warten … Was machen wir dann hier?«

»Wir werden ihm nicht den Gefallen tun, dort anzugreifen, wo er angegriffen werden möchte«, erklärte Virginia. »Wir schlagen im Zentrum seiner Macht zu, in der Höhle des Löwen, wo er am wenigsten damit rechnet, weil er dort am besten geschützt ist.« Sie klopfte mit dem Zeigefinger auf die Stadtmitte. »Im Rathaus. Morgen Nachmittag.«

115

LAURA LOMBARDI

AGUA CALIENTE, SÜDARIZONA, USA

Leopold sah auf die Uhr. »Die Einweihungsfeier hat begonnen.«

Sie befanden sich auf der anderen Seite der Stadt, nicht weit entfernt vom gut gefüllten Painted Rock Reservoir, aus dem Agua Caliente das Trinkwasser bezog. Wenn es im Norden und Nordosten weiterhin so stark regnete, blieb den Administratoren der Stadt nichts anderes übrig, als die Überläufe zu öffnen, damit ein Teil der Fluten nach Süden ablaufen konnte.

Sie gingen zwischen mehreren großen Rohrleitungen, gekleidet in die lindgrünen Overalls von Wartungstechnikern. Unter den Atemmasken trugen sie dünne biometrische Masken, die ihre Gesichter auf subtile Weise veränderten, um eine automatische Identifizierung zu verhindern. Etwa hundert Meter vor ihnen führten die Rohre durch ein staubiges Segment der städtischen Außenwand. Dort gab es eine Tür, die in eine kleine, nicht für die Öffentlichkeit bestimmte Schleusenkammer führte. Natürlich war sie abgeschlossen, aber während der Vorbereitungen in Svalbard hatten sich Virginia und Boris per Datenverbindung in die Computer von Agua Caliente gehackt und den Code für Türen dieser Art gefunden. Laura hoffte, dass er in den vergangenen Wochen nicht geändert worden war. Und dass Finley nicht auch hier eine Falle für sie aufgestellt hatte.

Auf der dem Reservoir zugewandten Seite der Stadt rührte sich nichts, hinter der transparenten Stadtwand zeigten sich keine Silhouetten, die auf die Anwesenheit von Menschen hindeuteten.

Sie hatten sich alles genau eingeprägt, jede Einzelheit der taktischen Karte und alle Details der Gebäude, die bei ihrem Plan eine Rolle spielen konnten. Jeder von ihnen sollte in der Lage sein, das Ziel allein zu erreichen. Laura erinnerte sich an Leopolds Worte kurz vor dem Verlassen der Höhle:

»Jeder von uns muss imstande sein, ganz allein zurechtzukommen und den Plan ohne Hilfe der anderen auszuführen. Vergesst nicht einen Augenblick, um was es geht: um den Rest der Menschheit und seine Zukunft!« Und er hatte hinzugefügt: »Das gilt auch für dich, Laura.«

Die Pistole in der Werkzeugtasche ihres Overalls schien plötzlich fünfzig Kilo zu wiegen. Leopold hatte ihr gezeigt, wie man damit umging, aber wäre sie auch fähig, auf einen Menschen zu schießen? Sie hoffte, dass die Umstände sie nicht zwangen, eine Antwort auf diese Frage zu finden.

Sie erreichten die Tür, die aus lehmbraunem Kunststoff bestand. Besonders widerstandsfähig wirkte sie nicht, man hätte sie leicht aufbrechen können. Doch dann wäre vermutlich Alarm ausgelöst worden.

»Auf Sicherheit scheint man hier keinen allzu großen Wert zu legen«, kommentierte Hudson Chamberlain.

»Warum auch?«, erwiderte Laura. Man musste nicht viele Jahre für den Geheimdienst gearbeitet haben, um das zu verstehen. »Hier draußen gibt es niemanden mehr. Die letzten Flüchtlinge aus den alten Städten, die hier Zuflucht suchten, starben vor mehr als einem Jahr.«

Virginia trat zur Tür und streckte die Hand nach dem Tastenfeld aus. »Hoffentlich ergeht es uns jetzt nicht wie in Le Havre.«

Laura verstand nicht, was sie meinte, aber Boris nickte und erwiderte: »Hier besteht kein Grund, den Strom abzuschalten. Die Solarfarmen und Palo Verde liefern genug Elektrizität.«

Virginia gab den Code ein, den sie in den Datenbanken der

Stadt gefunden hatten, und die Tür ließ sich tatsächlich öffnen. Sie zwängten sich in eine kleine Schleusenkammer, die für nicht mehr als zwei oder drei Personen vorgesehen war, und für einen klaustrophobischen Moment fragte sich Laura, ob Finleys Falle gerade zuschnappte.

Leopold schloss die Außentür, und Virginia öffnete die Innentür. Vor ihnen lag ein etwa zehn Quadratmeter großer Raum mit Spinden in derselben Farbe wie die Overalls der Wartungstechniker.

Einige flinke Schritte brachten Virginia zur Tür auf der gegenüberliegenden Seite. Sie öffnete sie vorsichtig einen Spaltbreit und spähte hinaus.

»Niemand zu sehen«, meldete sie leise.

Ein Gang nahm sie auf, ein Wartungstunnel mit den großen Wasserrohren vom Painted Rock Reservoir auf der einen und Kabelschächten auf der anderen Seite. Ventilatoren summten leise.

»Hier brauchen wir keine Atemmasken mehr«, sagte Virginia und nahm ihre ab. Die anderen folgten ihrem Beispiel.

Leopold ging neben Laura. »Wenn wir Kameras entdecken ...«, sagte er leise. »Nicht direkt hineinsehen.«

»Ich weiß«, erwiderte sie halblaut. Es war durchaus möglich, dass eine gute Gesichtserkennungssoftware trotz der biometrischen Masken genug Übereinstimmungen feststellte, um Alarm zu geben. Die Maske veränderte das Gesicht nicht komplett. Die Frage war, wie viele Übereinstimmungsmerkmale vorprogrammiert waren, um einen Alarm auszulösen.

Laura rief sich die Karte der Stadt vors innere Auge. Unter und in Agua Caliente erstreckte sich ein spinnennetzartiges System aus Wartungstunneln, manche von ihnen groß und geräumig genug für den Einsatz ganzer Reparaturgruppen, andere so klein und eng, dass man hindurchkriechen musste. Hinzu kamen Dutzende von Verteilerstationen mit Verbindungen zu den Kommunikationssystemen und der städtischen Kanalisation – die Abwasserkanäle führten zu mehreren Recyclingbecken am Stadtrand.

Eine halbe Stunde lang folgten sie dem Verlauf des ersten Tunnels und gaben sich gelegentlich den Anschein, bestimmte Installationen zu überprüfen, für den Fall, dass sie von einer Kamera erfasst wurden, die sie übersehen hatten. Als sie den »inneren Ring« erreichten, einen Wartungskorridor, der einen Kreis um das Stadtzentrum bildete, hörten sie Stimmen und das Klappern von Werkzeugen.

Leopold, der die Spitze übernommen hatte, gab ihnen ein warnendes Zeichen, und sie wichen in einen schmalen Seitengang aus, der sie nach Westen führte. Dort fanden sie ein Ausrüstungszimmer und warteten gespannt, bis nichts mehr zu hören war.

»Sind sie weg?«, fragte Chamberlain leise.

»Vielleicht«, antwortete Leopold. »Vielleicht auch nicht. Ich schlage vor, wir nehmen diesen schmaleren Gang. Der Weg ist zwar weiter, aber wir riskieren nicht, im Haupttunnel jemandem zu begegnen.« Er sah auf die Uhr. »Zeit haben wir genug.«

»Du sagst immer: ›Ich schlage vor‹«, zischte Chamberlain, als sie das Ausrüstungszimmer verließen. »Aber in Wirklichkeit bestimmst du alles.«

Leopold blieb stehen und sah ihn an. »Möchtest du die Führung übernehmen? Kleiner Hinweis: Ganz vorn bekommt man es als Allererster mit dem Feind zu tun.«

»Was willst du damit sagen? Soll das heißen, dass ich Angst habe?«

»Hören Sie auf mit dem Unsinn!«, fauchte Laura. »Jedes zweite Wort von Ihnen ist Quatsch!«

Er sah sie an, und in Augen und Gesicht schien sich etwas zu verändern. Oder lag es an der biometrischen Maske, die seine Züge veränderte?

Hudson Chamberlain seufzte tief und schwer. »Tut mir leid. Ich weiß nicht, was manchmal mit mir los ist.«

Leopold setzte sich wieder in Bewegung. Virginia und Boris schlossen sich ihm an, und Laura, von Chamberlains selbstkritischen Worten überrascht, folgte ebenfalls.

Nach einigen Metern warf sie einen Blick über die Schulter und stellte fest, dass er noch immer beim Ausrüstungszimmer stand, die Schultern krumm, der Kopf gesenkt.

Plötzlich hatte sie Mitleid mit ihm, ging zurück, ergriff ihn am Arm und zog ihn mit sich. »Komm, Hudson«, sagte sie und duzte ihn zum ersten Mal. »Wir gehören zusammen und entscheiden gemeinsam.«

116

Der Nebengang bedeutete keinen kleinen Umweg, sondern einen großen. Sie brauchten fast drei Stunden und damit doppelt so lange wie vorgesehen, um den Kommunikationsknoten des Stadtkerns zu erreichen, einen Raum mit einem Serverschrank, an dem zahlreiche Leuchtdioden blinkten. Unterwegs waren sie zwei weitere Male Wartungstechnikern begegnet, und in beiden Fällen hatten Glück und kluge Voraussicht dafür gesorgt, dass sie unentdeckt blieben.

»Hier sind wir richtig.« Boris faltete die Hände und ließ die Fingerknöchel knacken, holte dann einen der beiden mit Daten und Programmen gefüllten USB-Sticks hervor, die sie mitgebracht hatten, suchte einen freien Port und steckte ihn hinein. Anschließend zog er einen kleinen Tisch heran, entrollte eine Folientastatur, verband sie ebenfalls mit einem USB-Port und machte sich an die Arbeit.

»Wie lange wird es dauern?«, fragte Leopold und sah auf die Uhr. »Wir haben noch eine Stunde Spielraum.«

»Zehn Minuten, wenn alles klappt«, antwortete Boris. »Dreißig, wenn sich Probleme ergeben. Eine Stunde sollte in jedem Fall genügen.«

Virginia behielt von der offenen Tür aus den Gang im Auge. Hudson Chamberlain sah sich den Serverschrank aus der Nähe an, lauschte seinem Summen und betrachtete die blinkenden Leuchtdioden.

»Bitte achte darauf, nichts zu berühren«, warnte ihn Laura.

Er straffte sich. »Hier schlägt das digitale Herz der Stadt. Von hier aus könnten wir alle Systeme von Agua Caliente lahmlegen.«

»Nicht alle, aber viele«, berichtigte ihn Virginia von der Tür her. »Doch das würde keinen Sinn machen und uns nur verraten.«

»Wir haben es besprochen«, fügte Laura hinzu. »Nicht die Stadt ist unser Gegner, sondern Finley.«

Boris sah von der Folientastatur auf. »Noch einmal, um ganz sicher zu sein: Wie viel Zeit brauchen wir?«

Laura studierte erneut das Erinnerungsbild der Karte. Sie wusste, worauf es ankam, sie waren den Plan mehrmals genau durchgegangen.

»Wir sind von zehn Minuten ausgegangen«, sagte Virginia. »Das sollte uns Zeit genug geben.«

»Zehn Minuten von hier aus bis zum Rathaus«, pflichtete ihr Leopold bei. »Und dann noch einmal fünf Minuten Öffnungszeit für den Hintereingang.«

Boris nickte und schrieb wieder auf der Tastatur.

Darum ging es, um den Hintereingang des Rathauses, der ebenso wie der Haupteingang über ein elektronisches Schloss verfügte. Eins der im USB-Stick gespeicherten Programme sollte das Schloss für fünf Minuten entsperren, damit sie ins Gebäude gelangen konnten. Die Sicherheitskamera würde während dieser Zeit zuvor aufgezeichnete Bilder wiederholen. Das war ein Risiko, das sich nicht vermeiden ließ. Ein Ausfall der Kamera hätte vermutlich sofort einen Alarm ausgelöst, und auch ein Standbild wäre womöglich aufgefallen.

Boris drückte auf das Enter-Feld, rollte die Folientastatur zusammen und stand auf. »Der Countdown läuft!«

Virginia zog die Tür ganz auf. »Also los.«

Boris zog das Kabel der Tastatur aus der Buchse des Servers und den USB-Stick ab. Letzteren ersetzte er durch den zweiten, der einen kleinen, aus Norwegen stammenden Funk-Chip trug. Anschließend überprüfte er noch einmal die Verbindungen.

»Alles in Ordnung«, brummte er zufrieden.

Er wirkte zuversichtlich, fand Laura. Ebenso wie Virginia. Sie kannten sich mit solchen Dingen besser aus, und Laura neigte dazu, ihnen auch in dieser Hinsicht zu vertrauen. Trotzdem verblieb ein Rest von Skepsis. Selbst wenn alles nach Plan lief und der zweite USB-Stick zum Einsatz gelangte, würde es genügen?

Sie kehrten in den Gang zurück und setzten den Weg zum Stadtkern fort. Einige Minuten später, als sie nur noch wenige hundert Meter vom Ausgang trennten, der sie in die Nähe des Rathauses bringen sollte, hörten sie erneut Stimmen und drängten sich in einer Nische zusammen.

»Was jetzt?«, flüsterte Chamberlain und klopfte auf seine Armbanduhr.

»Wir warten.« Leopold spähte in den Gang. »Es sind zwei. Sie stehen drüben bei der Abzweigung.«

Virginia verdrehte die Augen. »Zwei Kollegen, die sich getroffen haben und ein bisschen plaudern.«

»Hoffentlich nicht zu lange«, murmelte Laura besorgt.

Leopold sah auf seine Uhr. »Wir warten noch eine Minute. Wenn die Burschen dann nicht verschwinden, müssen wir es auf eine Begegnung ankommen lassen. Bestimmt kennen sich die Wartungstechniker nicht alle untereinander. Wir sind einfach nur eine Gruppe weiterer Arbeiter.«

Die Minute verging.

An der Abzweigung weiter vorn lachten die beiden Männer über etwas.

Boris holte seine Pistole hervor.

»Nein«, hauchte Leopold. »Wir töten keine Unschuldigen.«

»Und außerdem wären Schüsse viel zu laut«, gab Chamberlain zu bedenken. »Man würde sie auch draußen hören.«

Laura beugte sich ein wenig vor und sah zu den beiden Gestalten bei der Abzweigung. Sie lachten erneut, einer der beiden Männer klopfte dem anderen auf die Schulter, dann verschwanden sie im Nebengang.

Boris steckte die Waffe wieder ein.

»Wir legen noch eine Minute drauf, um ganz sicher zu sein«, mahnte Leopold. »Runter mit den Overalls.«

Sie streiften die lindgrünen Overalls ab, rollten sie zusammen und stopften sie in Leopolds Rucksack. Kurze Zeit später huschten sie durch den leeren Tunnel, vorbei an der Abzweigung, und erreichten schließlich den Ausgang, eine Tür, die direkt nach draußen führte. Wie alle Türen des Wartungssystems in und unter der Stadt konnte sie von innen auch ohne Schlüssel geöffnet werden, damit ein Techniker, der seinen Schlüssel verloren hatte, nicht in einem der Tunnel gefangen war.

Auf der anderen Seite der Tür führte eine schmale Treppe etwa zwei Meter nach oben in eine schmale Straße, gesäumt von zweistöckigen Gebäuden aus lavendelblauen und senfgelben Fertigteilen.

Es befand sich niemand in der Nähe, der beobachten konnte, wie drei Männer und zwei Frauen, die typische Stadtkleidung trugen – weite Hosen und kurzärmelige Hemden –, die Treppe vom Wartungstunnel heraufkamen, sich umsahen und mit langen Schritten durch die Straße eilten.

Die Luft war überraschend aromatisch. Im Tunnelsystem hatte sie nach Staub und Metall gerochen, doch in der Stadt enthielt sie mehr Feuchtigkeit und roch wie ... Laura suchte nach einem passenden Vergleich. Wie in der Nähe eines Flusses im Frühling, dachte sie.

»Noch zwei Minuten«, gab Leopold mit einem schnellen Blick auf die Uhr bekannt. »In hundertzwanzig Sekunden ist die Hintertür wieder verriegelt.«

»Wir sind gleich da.« Virginia hatte die Spitze übernommen und bog in eine Gasse, die so wenig Platz bot, dass sie hintereinander gehen mussten. Ein seltsames Zwielicht herrschte in dem engen Durchlass. Das Stadtdach über ihnen schien schmutzig, es ließ weniger Licht durch.

Es folgte eine weitere schmale Gasse, durch die man bis zum nicht mehr als hundert Meter entfernten Platz im Zentrum von Agua Caliente sehen konnte. Dort schoss das Wasser eines großen Springbrunnens in die Höhe, gesäumt von einem Ring aus Grün.

Laura blieb stehen und starrte. »Seht euch das an!«, brachte sie hervor. »Gras und Blumen!«

»Noch eine Minute«, sagte Leopold.

»Dort drüben.« Am Ende der Gasse, durch die man bis zum Platz mit dem Springbrunnen sehen konnte, erhob sich ein weißes Gebäude. Es war größer als die anderen in seiner Nähe. An der vorderen Ecke sah Laura eine von mehreren Säulen, die den Haupteingang des Rathauses von Agua Caliente säumten, wie sie von den Satellitenaufnahmen wussten.

Sie näherten sich der Rückwand und einer Tür, die aus dunkelbraunem, Holz nachempfundenem Kunststoff bestand. An der Gebäudewand gegenüber bemerkte Laura eine Sicherheitskamera. Leopolds Rat fiel ihr ein, und sie wandte den Blick ab, obwohl in diesem Fall keine Gefahr bestand. Oder nicht bestehen sollte. Wenn bisher alles nach Plan gelaufen war, übertrug die Kamera eine Aufzeichnung von vor ein paar Minuten.

»Noch dreißig Sekunden«, mahnte Leopold.

Virginia streckte die Hand nach dem Knauf der Tür aus. Laura hielt unwillkürlich den Atem an.

Es klickte leise, und die Tür schwang auf. Virginia trat sofort über die Schwelle. Laura und die anderen folgten ihr.

Sie fanden sich in einem Flur wieder, nicht weit von einer Treppe, die sowohl nach unten als auch nach oben führte, in den Keller und bis hinauf zum Dachgeschoss.

Virginia und Leopold eilten zur Treppe und schlichen die Stufen empor. Laura blieb dicht hinter ihnen und hörte Stimmen aus dem Sicherheitsbüro weiter vorn, wo sich die Monitore der Sicherheitskameras befanden.

»Die Tür ist wieder versperrt«, flüsterte Leopold, als sie den ersten Stock erreichten. »Die Kamera schickt den Sicherheitsleuten wieder aktuelle Bilder.«

So leise wie möglich stiegen sie die Treppe hoch, wobei Laura erleichtert feststellte, dass die Stufen nicht knarrten. Um sie herum blieb es still. Der Großteil des Verwaltungspersonals nahm vermutlich an der Einweihungsfeier teil.

Sie erreichten das obere Stockwerk des Rathauses und eine kleinere Treppe. Die führte zu einer Luke, durch die man ins Dachgeschoss gelangte. Dort angelangt, mussten sie sich ducken, um nicht mit dem Kopf gegen das Stadtdach zu stoßen, auf dem in diesem Bereich auch einige große Solarmodule installiert waren, die dem Rathaus eine eigene, unabhängige Stromversorgung garantierten.

Sie nahmen in einer halbdunklen Ecke Platz, um nicht sofort gesehen zu werden, wenn sich die Luke öffnete. Leopold setzte den Rucksack ab, entnahm ihm eine Wasserflasche und gab sie Virginia, die sie nach einem Schluck daraus weiterreichte.

»Die Einweihungsfeier endet in einer Stunde«, erklärte er nach einem weiteren Blick auf die Uhr. »Danach kehrt Finley hierher zurück. Und dann werden wir ihm in seinem Büro einen Besuch abstatten.«

117

DAVID FINLEY

AGUA CALIENTE, SÜDARIZONA, USA

Musik tönte durch die Stadt, bunte Fahnen wehten im Ventilatorenwind, Redner sprachen, die Menge applaudierte immer wieder. Tausende hatten sich zur Einweihungsfeier eingefunden, unter ihnen einige hundert Menschen, die Wohnungen im neuen Stadtteil von Agua Caliente beziehen würden.

David Finley schritt über den blauen Teppich, der durch den breiten Verbindungsgang führte, setzte die Schere ans Einweihungsband, lächelte für die Kameras, die Live-Bilder auf die Medienschirme in den Apartments der Stadt übertrugen, und zerschnitt das Band. Daraufhin glitten zwei große, ebenfalls blaue Vorhänge beiseite und gaben den Blick frei auf den neuen Stadtteil, bestehend aus safrangelben, mintgrünen und fliederfarbenen zweistöckigen Gebäuden, gruppiert an einer weiten Grünfläche mit kleinen Limonenbäumen. Alles wirkte sehr harmonisch und einladend.

Erneut erklang Applaus, lauter und länger als zuvor.

Finley trat ans Pult, wartete, nickte freundlich und blickte über die Menge. Wo waren Virginia und ihr Boris? Hier, an diesem Ort? Hatten sie sich unter die Stadtbewohner gemischt? Beobachteten sie ihn genau in diesem Augenblick?

Sein Auftritt in der Öffentlichkeit war nicht ganz ungefährlich. Es gab ein gewisses Risiko, aber Finley hielt es für nicht allzu hoch. Sie würden nicht einfach so auf ihn schießen, aus der anonymen Menge heraus, denn sie konnten nicht ausschließen, dass sie das Ziel verfehlten und Unbeteiligte zu Schaden kamen. Nein, so etwas entsprach nicht ihrem psychologischen Profil.

Finley hob die Arme, und als es still geworden war, sprach er von einer besseren Zukunft, von den Fehlern der alten Zeit, die in der neuen nicht wiederholt werden sollten. Er schilderte den Aufbruch in eine bessere Zukunft, der bereits stattgefunden habe, und wieder brandete Applaus durch die Stadt.

Zehn Minuten später überließ er das Pult den Technikern, Ingenieuren und urbanen Planern, die dem Publikum und den Zuschauern vor den Medienschirmen in ihren Wohnungen erklärten, wie die weitere Entwicklung der Stadt aussehen sollte. Und dann, eine Stunde nach Beginn der Feier, durften die Bewohner des neuen Stadtteils die ihnen zugewiesenen Wohnungen beziehen.

Besucher strömten durch den Verbindungsgang, bewunderten die neuen Gebäude und die große Grünfläche, aus der, so hatte Finley versprochen, einmal ein Park werden würde.

Eine Zeit lang beobachtete Finley das Geschehen von der Tribüne aus und dachte an seinen Fünfhundert-Jahres-Plan, mit dem ganz Arizona, Kalifornien und der Norden von Mexiko vom Grau befreit und urbar gemacht werden sollten. Natürlich blieb abzuwarten, wie sich das Klima entwickelte und ob der südwestliche Bereich von Nordamerika weiterhin von katastrophalen Hitzeflares verschont blieb.

Fünfhundert Jahre. Ein großes Projekt, vielleicht das größte in der Geschichte der Menschheit.

Und selbst das war nur ein Anfang. Das letzte große Ziel bestand darin, die ganze Erde wieder als Lebensraum für die Menschheit zu erschließen. Wenn das gelang, irgendwann in ferner Zukunft, würde man sich an ihn als den Mann erinnern, der alles in die Wege geleitet hatte. Vielleicht nannte man ihn dann »Vater der neuen Menschheit«.

Der Gedanke gefiel ihm.

Die Wissenschaftler von Svalbard würden in den kommenden Jahren einen wichtigen Beitrag leisten. Und das galt auch und insbesondere für die zahlreichen Pflanzensamen aus dem Seed Vault. Während Finley den Feiernden zusah, zeigte ihm seine Phantasie goldgelbe Kornfelder und neue Wälder.

Der Weg war frei. Bis auf ein letztes kleines Hindernis, dass es zu beseitigen galt.

Der kleine Melder, den er in der Brusttasche trug, hatte bisher geschwiegen: kein Piepen, keine Vibration. Es bedeutete, dass den Überwachungskameras keine ungewöhnlichen Bewegungen aufgefallen waren und die Sicherheitsbeauftragten im Publikum nichts Verdächtiges bemerkt hatten.

Zwei bewaffnete Leibwächter begleiteten Finley zu einem Stadtwagen neben den Parkplätzen mit den Elektrobussen für die Besucher, und eine halbe Minute später war er in Richtung Stadtzentrum unterwegs.

Hier bot sich eine weitere Möglichkeit für Virginia, vermutlich eine bessere. Hatte sie entschieden, seine Rückkehr für einen Angriff zu nutzen? Falls ja, würde sie eine Enttäuschung erleben, denn der Stadtwagen wurde nicht vom Autopiloten gesteuert, sondern von einem Fahrer, der die Anweisung erhalten hatte, einen weiten Umweg durch die Peripherie von Agua Caliente zu nehmen. Wenn ihm Virginia Del Rey und ihre Begleiter irgendwo an der direkten Route auflauerten, würden sie vergeblich auf ihn warten.

Aber damit rechnete er gar nicht. Für einen Moment bedauerte er, nicht mehr auf die Hilfe von Juna Jokinen zurückgreifen zu können, die vermutlich in der Lage gewesen wäre, Zeitpunkt und Ort mit hoher Wahrscheinlichkeit zu berechnen. Aber er kannte Virginia, er wusste, wie sie dachte und zu welchen Entscheidungen sie neigte. Wenn er sich in ihre Lage versetzte, war ein Blick in die nahe Zukunft gar nicht schwer.

Virginia würde wissen, dass er sie erwartete, und deshalb würde sie einen Ort wählen, von dem sie glaubte, dass er dort am wenigsten mit ihr rechnete. Einen Ort, wo er besonders stark war und ein Angriff auf ihn absolut unwahrscheinlich.

Das Rathaus.

Finley sah auf die Uhr. Noch zehn Minuten.

Er nahm das Tablet und rief die letzten Berichte ab. Einer weckte sofort seine Aufmerksamkeit. Im vergangenen Monat waren einhunderteinunddreißig Bewohner von Agua Caliente gestorben. Das klang nicht nach viel, wenn man bedachte, dass die Stadt fast zwei Millionen Einwohner hatte, aber es waren zwölf mehr als im Monat zuvor, der im Vergleich mit den anderen Monaten bereits einen neuen Rekord aufgestellt hatte. Hinzu kam die Bevölkerungsstruktur: Nur wenige Stadtbürger waren älter als sechzig Jahre, die meisten viel jünger – bei der Auswahl hatte das Alter eine wichtige Rolle gespielt.

Ein weiterer Absatz des Berichts wies darauf hin, dass es seit fünf Monaten in der Stadt keine Geburten mehr gegeben hatte.

Finley ließ das Tablet sinken und erinnerte sich daran, dass ihn Juna Jokinen darauf angesprochen hatte, und auch in Kalinins Bericht war davon die Rede gewesen, von unerklärlichen Todesfällen und einem drastischen Rückgang der Geburtenrate.

»Kontamination?«, murmelte Finley.

Der Leibwächter auf dem Beifahrersitz drehte sich halb um. »Sir?«

»Schon gut.« Finley schloss kurz die Augen, um alles andere auszublenden. Mit den Forschern von Svalbard stand ihm in Agua Caliente die größte aller wissenschaftlichen Gruppen der sieben Städte zur Verfügung. Die Biologen und Chemiker unter ihnen sollten sich eingehend mit dieser Angelegenheit beschäftigen, entschied er.

Doch zuerst musste eine Sache erledigt werden, die vor allem ihn betraf.

Vor dem Rathaus nahmen ihn weitere Leibwächter und Sicherheitsbeauftragte in Empfang, die von einer möglichen Gefahr wussten, ohne die Einzelheiten der Bedrohung zu kennen.

»Keine besonderen Vorkommnisse, Sir«, meldete einer von ihnen, als er das weiße Gebäude mit den Säulen betrat.

Finley verwechselte das Fehlen von Auffälligkeiten nicht mit einer Garantie für Sicherheit. Es bedeutete nur, dass Virginia und ihre Helfer geschickt genug vorgegangen waren, um nicht entdeckt zu werden.

Im ersten Stock suchte er nicht sein Büro auf, sondern ein kleines Zimmer am hinteren Ende des Flurs. Es war von den Sicherheitskräften für ihn vorbereitet worden und enthielt alles, was er brauchte: Trinkwasser, etwas zu essen, eine Toilette kaum größer als ein Besenschrank und mehrere Waffen zur Auswahl.

Die Tür, einmal abgeschlossen, ließ sich nur von innen öffnen.

David Finley betrat das Zimmer und vergewisserte sich, dass alles an seinem Platz war. Er schaltete den zehn Zoll großen Monitor auf dem schmalen Tisch ein und nickte zufrieden, als dieser ein Bild des Büros zeigte.

Dann drückte er die Tür zu, schloss ab, setzte sich und wartete.

118

LAURA LOMBARDI

AGUA CALIENTE, SÜDARIZONA, USA

Laura hatte damit gerechnet, dass sie Aufregung und Nervosität verspüren würde, je näher der Moment der Entscheidung rückte. Stattdessen fühlte sie sich von einem seltsamen Frieden erfasst, vielleicht wie die Ruhe vor dem Sturm. Alles rückte an seinen Platz, es gab keine Unsicherheiten mehr. Jeder von ihnen wusste, was es zu tun galt.

Leopold nickte ihr zu, öffnete vorsichtig die Bodenluke und spähte nach unten. Dann zog er die Luke ganz auf und kletterte geschwind hinab. Virginia folgte ihm, agil wie eine Katze, und nach ihr kamen Laura und Hudson Chamberlain. Boris bildete den Abschluss und schloss die Luke hinter sich.

Einige Sekunden lang standen sie still und stumm. Stimmen klangen gedämpft vom Treppenhaus. Niemand von ihnen hatte die Waffe gezogen. Noch waren sie einfach nur Besucher im Rathaus, sollte jemand eins der Büros verlassen und sie sehen.

Langsam stiegen sie die Treppe hinunter, und Laura war dankbar dafür, nichts anderes zu empfinden als ruhige, zielstrebige Entschlossenheit. Die Pistole in der Tasche ihrer weiten Hose wog keine fünfzig Kilo mehr. Sie griff danach, als sie den Treppenabsatz im ersten Stock erreichten, holte sie aber noch nicht hervor.

Leopold öffnete die Tür zum Flur. Niemand zu sehen. Keine Wachen, was nur bedeuten konnte, dass Finley sie hier nicht erwartete.

Lauras Zuversicht wuchs.

Einige Stimmen wurden lauter. In den Büros rechts und links des Korridors fanden Gespräche statt.

Leopold trat in den Flur, und Virginia war sofort an seiner Seite. Boris sicherte nach hinten.

Sie wussten, welche Tür die richtige war. Den Bauplan des Rathauses hatten sie sich ebenso eingeprägt wie das Stadtschema von Agua Caliente. Die dritte Tür auf der linken Seite.

»Es kommt jemand die Treppe hoch!«, zischte Boris hinter ihnen.

Laura sah, dass er seine Waffe gezogen hatte, und im nächsten Moment hielt sie ihre eigene Pistole in der Hand.

Einige lange Schritte brachten Leopold zur dritten Tür links, hinter der es still war. Er streckte die Hand nach dem Knauf aus …

Die Flurtür schwang auf, und eine junge Frau in einem Kleid grün wie die Overalls der Wartungstechniker erschien. Sie sah fünf Personen, die sie nicht kannte.

»Wer sind Sie?«, fragte die Frau verwundert. »Was machen Sie hier?«

Dann bemerkte sie die Waffen in den Händen der Unbekannten und öffnete den Mund zu einem Schrei.

Leopold drehte den Knauf, öffnete die Tür und sprang ins Zimmer, die schussbereite Pistole erhoben. Virginia folgte ihm dichtauf, und eine Sekunde später befand sich auch Laura in jenem Raum, von dem aus David Finley die Stadt regierte.

Es fiel kein Schuss im Flur, und es ertönte auch kein Schrei. Laura warf einen Blick über die Schulter.

Hudson Chamberlain kam herein, in der rechten Hand ebenfalls eine Pistole, und hinter ihm zog Boris die junge Frau ins Büro, eine Hand auf ihren Mund gepresst. Chamberlain war geistesgegenwärtig genug, die Tür sofort hinter dem Russen zu schließen.

Die Frau versuchte nicht mehr zu schreien. Sie hatte die Augen weit aufgerissen und schien vor Schreck wie gelähmt. Boris ließ sie nicht los.

Stille herrschte.

Unbehagen regte sich in Laura. Sie hatte Chaos erwartet, vielleicht einen Alarm, laute Stimmen, das Knallen von Schüssen.

Nichts dergleichen geschah.

Am Fenster vor ihnen stand ein einfacher Schreibtisch, und dahinter saß ein Mann. Er kehrte ihnen den Rücken zu und rührte sich nicht.

Leopold zielte mit der Waffe auf den Mann, während er sich langsam dem Schreibtisch näherte. Die Gestalt auf der anderen Seite rührte sich noch immer nicht.

Niemand gab einen Ton von sich.

Alles blieb still.

Leopold trat um den Schreibtisch herum, die Pistole auf den Kopf des reglosen Mannes gerichtet.

Zwei oder drei Sekunden verstrichen, Zeit genug, um die Ruhe endgültig aus Laura zu vertreiben. Ihre Hand mit der Pistole zitterte.

Leopold ließ seine Waffe sinken, streckte die freie Hand aus und drehte den Stuhl mit der Gestalt, die kein Mann war, kein Mensch, sondern eine Puppe – sie neigte sich zur Seite, kippte und sank zu Boden.

»Die Falle befindet sich hier«, sagte Leopold. »Und sie ist gerade zugeschnappt.«

119

HUDSON CHAMBERLAIN

AGUA CALIENTE, SÜDARIZONA, USA

»Ich begrüße Sie in Agua Caliente«, ertönte eine nicht unfreundlich klingende Stimme. »Bitte legen Sie Ihre Waffen auf den Schreibtisch. Und lassen Sie die arme Maryanne los, Mister Kraskow.«

Hudson blickte sich um. Außer ihnen und der Puppe, die sie für Finley gehalten hatten, befand sich niemand im Büro. »Er sieht uns. Eine Kamera!«

»Ich höre Sie auch«, erklärte die Stimme aus dem verborgenen Lautsprecher. »Wenn Sie entscheiden sollten, die Pistolen nicht auf den Tisch zu legen und Maryanne weiter festzuhalten, werden zwei Claymore-Antipersonenminen mit Funkzünder aus Beständen der früheren US Army explodieren. Eine befindet sich im Schreibtisch, in der untersten Schublade, wenn Sie es genau wissen wollen, und die andere im Aktenschrank hinter Ihnen. Es hat keinen Zweck zu versuchen, sie unschädlich zu machen. Ein Knopfdruck genügt, um sie zu zünden. Ich gebe Ihnen zehn Sekunden Bedenkzeit. Neun …«

Leopold legte seine Pistole wortlos auf den Schreibtisch, und Virginia folgte seinem Beispiel. Laura trennte sich ebenfalls von ihrer Waffe. Boris ließ die junge Frau los, die zitternd stehen blieb, und fügte den Pistolen auf dem Tisch seine eigene hinzu.

»Was ist mit Ihnen, Mister Chamberlain?«, fragte die Stimme. »Vier … drei …«

Hudson hastete geradezu zum Schreibtisch und legte seine Waffe neben die anderen.

»Vielleicht machen wir gerade einen großen Fehler«, hörte er Laura sagen. »Es ist wahrscheinlich nur ein Bluff.«

»Möchten Sie es darauf ankommen lassen, Dottoressa Lombardi?«, erwiderte die körperlose Stimme. »Und jetzt leeren Sie bitte Ihre Taschen. Was auch immer sich darin befindet, legen Sie es ebenfalls auf den Schreibtisch.«

Chamberlain stülpte seine leeren Hosentaschen nach außen, ebenso Leopold, Laura und Virginia. Boris, der noch immer am Schreibtisch stand, holte einen kleinen Transponder hervor und legte ihn zu den Pistolen. Er nickte, wie als Bestätigung für Finley, dass er sonst nichts bei sich trug ...

... aber für Hudson und die anderen war es ein Hinweis darauf, dass er die Taste gedrückt und damit den zweiten USB-Stick im Serverschrank des Kommunikationsknotens aktiviert hatte!

Es bedeutete, dass sich das Programm für die Zuschauer vor den Medienschirmen änderte. Ab sofort sahen sie Bilder und Videos, die in Svalbard vorbereitet worden waren und die Wahrheit über Finley, das Kartell und die Foundation schilderten.

Von Virginia und Leopold gesprochene Kommentare erzählten eine Geschichte von Skrupellosigkeit, rücksichtsloser Machtgier und Wahnsinn. Laura berichtete in eindringlichen Worten von den neuesten Forschungen und betonte die Notwendigkeit von gemeinsamen Anstrengungen, um den ungeklärten Todesfällen und der drohenden Unfruchtbarkeit der Menschen auf den Grund zu gehen.

Die Wahrheit als Waffe war mächtiger als die Pistolen auf dem Schreibtisch – darauf setzten sie. Wenn die Menschen noch empfänglich dafür waren.

»Das ist alles? Sind Sie ganz sicher?«, fragte die Stimme aus dem Lautsprecher.

»Mehr haben wir nicht«, antwortete Leopold.

»Na schön. Maryanne, wenn ich bitten darf ... Nehmen Sie die Waffen und verlassen Sie das Büro.«

Die junge Frau eilte zur Tür, die sich jedoch nicht öffnen ließ.

»Die Pistolen, Maryanne. Auf dem Schreibtisch. Bitte seien Sie so nett.«

Sie lief zum Schreibtisch beim Fenster und versuchte, fünf Pistolen in zwei Händen zu halten.

»Ich kann sie nicht alle tragen«, brachte sie halb aufgelöst hervor.

»Es geht schon«, sprach Finley aus dem Lautsprecher. »Nur die Ruhe.«

Maryanne hielt die Waffen in den Armen, kehrte mit ihnen zur Tür zurück und verlor eine Pistole auf dem Weg dorthin – sie fiel fast lautlos auf den dicken Teppichboden.

Hudson Chamberlain sah sie wie in Zeitlupe fallen und hatte den Eindruck, nur die Hand danach ausstrecken zu müssen, um sie zu ergreifen. Eine Idee entstand in ihm. Bot sich hier die Möglichkeit, aus dem Schatten der Schuld zu treten?

Er stellte sich vor, wie die Pistole auf dem Boden tatsächlich ergriffen wurde, aber nicht von seiner Hand. Die war dafür zu langsam und zu ungeschickt.

Die Tür vor der jungen Frau öffnete sich, und Maryanne floh in den Flur.

David Finley kam herein, mit einer Pistole in der Hand, einer deutschen Walther P99, deren Mündung er auf Virginia Del Rey richtete.

»Freut mich, Sie wiederzusehen«, sagte er in einem ruhigen, kühlen Ton.

»Ich kann leider nicht behaupten, die Freude wäre meinerseits«, erwiderte Virginia. »Gibt es sie wirklich, die Minen?« Sie deutete erst zum Schreibtisch und dann zum Schrank.

»O ja«, bestätigte Finley. »Und ich hätte sie gezündet.«

Hinter ihm im Flur standen zwei in schwarze Kampfanzüge gekleidete Leibwächter, Pistolen in den Händen. Einer von ihnen hob die Linke zu seinem Ohrempfänger und richtete einige leise Worte an den anderen.

Finley trat einen Schritt weit in sein Büro und blieb wieder stehen. Damit versperrte er für die beiden Leibwächter hinter ihm einen Teil des Blickfelds.

Jetzt?, fragte sich Hudson. Oder noch ein bisschen warten? Wenn er zu lange wartete, verstrich die Chance vielleicht. Die Pistole auf dem Boden, eine Glock 22 mit fünfzehn Patronen im Magazin, hatte Finley natürlich bemerkt, man konnte sie kaum übersehen, aber er ließ sie unbeachtet. Sie lag außer Reichweite, und was auch immer geschah: Eine Kugel aus seiner Waffe war in jedem Fall schneller.

Stimmen erklangen, nicht nur im Flur, sondern auch draußen, auf dem Platz vor dem Rathaus. Eine Fortsetzung der Einweihungsfeier?, fragte sich Hudson.

»Hätten Sie die Minen gezündet«, entgegnete Virginia auf Finleys Worte, »hätte das hier ein ziemliches Durcheinander gegeben.«

»Und Sie und Ihr Boris wären tot«, entgegnete Finley. »Und die anderen ebenfalls. Sie verdanken es nur Ihrer Vernunft, dass Sie noch am Leben sind.«

»Wie steht es mit *Ihrer* Vernunft, David?«, fragte Virginia.

Plötzlich lächelte Finley. Es war ein seltsames Lächeln, fand Hudson, nicht amüsiert oder triumphierend, sondern voller besonderer Bosheit, die einer einzelnen Person galt.

»Schauen Sie nur, in welcher Situation Sie sich befinden«, sagte Finley. »Sollte das nicht Antwort genug sein auf Ihre Frage?«

»Sie verwechseln Vernunft mit Intelligenz«, brummte Boris Kraskow, der ein wenig abseits der anderen stand. »Intelligent sind Sie zweifellos, aber vernünftig?«

Finley richtete seine Walther auf ihn.

Leopold näherte sich ein wenig der auf dem Teppichboden

liegenden Waffe. Finley reagierte sofort, und seine Pistole fand ein neues Ziel.

»Keine Dummheiten, Mister Magnussen.«

»Hören Sie das?« Laura drehte den Kopf halb zum Fenster. »Klingt nicht nach Jubelrufen.«

»Die Bewohner von Agua Caliente erfahren gerade die Wahrheit, David«, eröffnete ihm Virginia. »Und Sie wissen ja: Die Feder – das Wort – ist mächtiger als das Schwert.«

»Kommt darauf an, wie laut und glaubwürdig das Wort ist«, hielt ihr Finley entgegen. »Und wie scharf oder stumpf das Schwert.«

Konnte Leopold es schaffen?, überlegte Hudson Chamberlain. Magnussen befand sich nicht unbedingt in einer idealen Position, hatte aber mehr als einmal bewiesen, dass er rasch und entschlossen handeln konnte, wenn es darauf ankam. Und er beherrschte die Kunst der Improvisation. Wie schnell würde er sein? Schnell genug?

Keine Zeit mehr, dachte Hudson Chamberlain. Jetzt oder nie!

Es war ein sonderbarer Moment, wie eingefroren in der Zeit, wie eine Sekunde zwischen den Sekunden, balancierend auf der Grenzlinie zwischen Leben und Tod. Hudson empfand Furcht, das ließ sich nicht leugnen, aber die Zufriedenheit mit der getroffenen Entscheidung überwog.

Er sprang nach vorn, Finley entgegen.

Plötzlich knallte es, und Schmerz explodierte in seiner Brust.

120

LAURA LOMBARDI

AGUA CALIENTE, SÜDARIZONA, USA

Von einem Augenblick zum anderen überstürzten sich die Ereignisse.

Leopold setzte sich plötzlich in Bewegung, und Laura beobachtete entsetzt, wie Finley die Waffe auf ihn richtete. Er schoss nicht sofort, wie sie befürchtet hatte, er warnte: »Keine Dummheiten, Mister Magnussen!«

Sie musste ihn irgendwie von Leopold ablenken, und deshalb sagte sie: »Hören Sie das? Klingt nicht nach Jubelrufen.«

Die draußen ertönenden Stimmen wurden lauter, wurden mehr und mehr zu wütendem Geschrei. Vielleicht erfüllten die aufgezeichneten Bilder, Videos und Kommentare, die alle Medienschirme in der Stadt erreichten, tatsächlich ihren Zweck.

Und dann geschah etwas völlig Unerwartetes.

Hudson Chamberlain sprang plötzlich. Er hatte es nicht auf die am Boden liegende Pistole abgesehen, sondern auf Finley!

Wie dumm von ihm. Er hatte nicht die geringste Chance. Die Entfernung betrug drei Meter, vielleicht noch etwas mehr, und Finley musste seine Waffe nur ein wenig zur Seite schwenken, nur einige Zentimeter, und den Abzug drücken.

Es knallte, und die Kugel traf Chamberlain mitten in der Brust.

Fast im selben Moment bewegte sich auch Leopold, wie durch eine spezielle Art von Synchronisation mit Chamberlain verbunden. Aber im Gegensatz zu ihm sprang er nicht auf Finley zu, sondern warf sich zu Boden, direkt vor die Glock, griff danach und schoss sofort, ohne genau zu zielen.

Laura bekam einen Stoß von Virginia, der sie zur Seite kippen ließ, deshalb entging sie den Schüssen der beiden Leibwächter im Flur. Mit Wange und Schläfe prallte sie auf den Teppichboden, hörte ein Knallen und Krachen, das kein Ende nehmen wollte, begleitet von Schreien.

Instinktiv kroch sie zur Seite und suchte Schutz hinter dem Schreibtisch. Eine Kugel schlug dicht über ihr ein und zerfetzte Kunststoff.

Schließlich wurde es still. Ein leises Ächzen kam von der anderen Seite des Zimmers.

»Leopold?«, rief Laura.

»Keine Sorge, ich lebe noch«, antwortete er. »Hab nicht mal einen Kratzer.«

Laura spähte hinter dem Schreibtisch hervor.

Hudson Chamberlain lag reglos auf dem Bauch. Rechts und links von ihm färbte sich der dicke Teppichboden rot. David Finley war halb auf ihn gesunken, die linke Augenhöhle voller Blut. Leopold stand im Flur und entwaffnete einen der beiden Leibwächter. Der andere hockte an der Wand und hielt sich mit schmerzverzerrtem Gesicht das Bein.

Virginia war verletzt, stellte Laura fest. Eine der Kugeln hatte sie am Arm getroffen, Boris kümmerte sich bereits um sie.

»Nicht weiter schlimm«, sagte er und machte sich daran, die Wunde notdürftig zu verbinden.

»Trotzdem ärgerlich«, murrte Virginia.

»Das zweifellos. Aber es hätte schlimmer kommen können, meine Liebe. Du bleibst uns erhalten. Du bleibst *mir* erhalten.«

»Laura?«, rief Leopold.

Sie sah auf. »Ja? Ja?«

»Die Waffe«, sagte Leopold. »Finleys Pistole. Nimm sie.«

Laura kroch hinter dem Schreibtisch hervor, vorbei an Hudson Chamberlain, und zog ihm die Walther aus blutigen, leblosen Fingern.

»Ich habe es für dumm gehalten, aber das war es nicht«, sagte sie betroffen. »Ich meine ihn, was er gerade getan hat.« Sie zeigte auf Hudson Chamberlain. »Er hat es absichtlich getan, nicht wahr?«

Leopold nickte und bedeutete dem unverletzten Leibwächter, sich neben seinen ebenfalls entwaffneten Kollegen zu setzen. »Das hat er, ja. Er hat Finley abgelenkt, damit ich die Pistole auf dem Boden ergreifen konnte, und es hat funktioniert.«

Er hatte sich selbst geopfert, begriff Laura. Ausgerechnet der Mann, mit dem alles begonnen hatte.

Boris trat an den beiden Leichen vorbei und nahm die Waffen der Leibwächter entgegen. Damit kehrte er zu Virginia zurück, die inzwischen auf dem Schreibtischstuhl saß, und reichte ihr eine der Pistolen.

»Und jetzt?«, fragte Laura.

»Jetzt warten wir.«

»Worauf?«

»Auf das Ende«, antwortete Virginia. »Darauf, dass das Schießen, das Sterben und die Lügen aufhören, dass Frieden einkehrt.«

121

Tausende hatten sich auf dem Stadtplatz mit dem Springbrunnen eingefunden. Eine Tribüne war errichtet worden, mit einem Podium, von dem aus sich Sprecher an die Bevölkerung von Agua Caliente wandten.

Laura hörte, wie Leopold und Virginia nach den vergangenen Tagen noch einmal die Ereignisse schilderten, die zum Tod von

David Finley geführt hatten, wie sie von den Hintergründen erzählten und der Situation im großen Rest der Welt. Dies war wichtig: Finleys Foundation hatte die Bürger – die Überlebenden – ausgewählt, und es gab immer noch viele, die sich in seiner Schuld glaubten und nicht ohne weiteres bereit waren, ihre Loyalität jemand oder etwas anderem zu schenken.

Es fiel Laura nicht leicht, sich auf die vielen Worte zu konzentrieren. Sie saß unten auf der Tribüne, nicht weit vom Rednerpult, in warmer Luft, die genug Sauerstoff enthielt. Aber sie fröstelte immer wieder, stellte sie erstaunt fest, ein vages Unwohlsein hatte sie erfasst.

Auch Vertreter der Stadt sprachen. Es ging nicht nur um die Vergangenheit, um das, was geschehen war, sondern auch und vor allem um die Zukunft, um die neue Gesellschaft der Überlebenden.

Eine Wahl sollte stattfinden, ein Referendum, das über die Zukunft von Agua Caliente entschied. In den anderen Städten wurden ähnliche Versammlungen vorbereitet. Wichtige Entscheidungen standen an.

Leopold war vom Pult zurückgekehrt und saß wieder neben ihr. »Stimmt was nicht?«, flüsterte er ihr zu.

Sah man es ihr so deutlich an?, fragte sich Laura und schüttelte den Kopf.

Frederik Halbardsen, der alte Verwalter von Svalbard, trat ans Mikrophon und sprach von den Toten in Spitzbergen, von der Entführung der Wissenschaftler und Techniker. Er berichtete von den Forschungen, beschrieb den Zustand der Welt aus wissenschaftlicher Sicht und betonte die Notwendigkeit einer Zusammenarbeit der Städte und verbliebenen Überlebensenklaven.

Laura beugte sich zu Leopold. »Vielleicht machen Sie dich zum Bürgermeister von Agua Caliente«, sagte sie leise. »Deine Chancen stehen nicht schlecht, heißt es.«

»Oder wir werden alle eingesperrt«, entgegnete er. »Wegen Mordes an David Finley.«

Ein dumpfer Schmerz begann im Bauch und breitete sich von dort aus. Frederiks Worte wurden zu einem Rauschen.

»Was ist mit dir?«, fragte Leopold besorgt.

Das Unwohlsein verwandelte sich in Übelkeit. Laura befürchtete plötzlich, sich übergeben zu müssen. Sie stand auf.

Plötzlich bekam sie keine Luft mehr, und es wurde dunkel um sie.

Laura schlug die Augen auf. Sie lag in einem Bett, und ein fremdes Gesicht blickte auf sie herab.

»Ich bin Hendrik Martens«, stellte sich der Mann vor. Er war nicht älter als vierzig und sehr freundlich. »Doktor Hendrik Martens.«

Ein zweites Gesicht erschien neben dem ersten. Leopold.

»Es wird alles gut«, sagte er. »Es wird alles gut.«

»Sie hatten einen Schwächeanfall«, erklärte Dr. Martens. »Hier bei uns im Krankenhaus sind Sie gut aufgehoben.«

Laura versuchte sich aufzusetzen, aber sie war zu schwach und sank zurück.

»Ein Schwächeanfall? Bin ich … kontaminiert?«

»Sie sind schwanger, Dottoressa Lombardi.«

Schwanger? Laura bemühte sich, klar zu denken. »Aber …«

»Ja, ich weiß«, sagte der Arzt, als sie den Satz nicht zu Ende brachte. »Schwangerschaften sind sehr selten geworden.«

Laura sah Leopold an. Er blieb ernst, schien sich nicht zu freuen.

»Wo ist der Haken?«, fragte sie. »Was stimmt nicht?«

»Sie sind bereits im vierten Monat«, sagte Hendrik Martens. »Das Ausbleiben der Monatsblutung hätte Ihnen eigentlich einen Hinweis geben müssen.«

»Ich habe nicht darauf geachtet. Es geschah so viel …«

Der Arzt nickte. »Wir haben genaue Untersuchungen angestellt, Dottoressa …«

»Ja?«, fragte Laura, als Hendrik Martens zögerte.

»Laura …«, begann Leopold.

»Bitte lassen Sie mich ganz offen sein«, sagte der Arzt. »Es ist mit Missbildungen zu rechnen. Sie könnten sehr schwer sein.«

»Das Grau«, murmelte Laura.

»Das dürfte der Grund sein, ja. Die Frage lautet …«

Wieder zögerte der Arzt, und Laura verstand. »Sie schlagen mir eine Abtreibung vor?«

»Das wäre jetzt noch möglich, ohne Gefahr für Sie.«

Ich bin schwanger, dachte Laura. Ich bekomme ein Kind.

»Was ist es?«, fragte sie. »Ein Mädchen oder ein Junge?«

»Ein Mädchen.«

Laura tastete nach ihrem Bauch. »Schwere Missbildungen?«

»Ja«, bestätigte Martens. »Mit großer Wahrscheinlichkeit.«

Ein Kind, dachte Laura. Eine Tochter.

Leopold war immer noch ernst.

»Was meinst du?«, fragte sie ihn.

Plötzlich lächelte er sanft, streckte die Hand aus und berührte sie an der Wange. »Was immer du entscheidest. Ich bin und bleibe an deiner Seite.«

Laura schloss die Augen und dachte an die Zukunft.

Nach einigen Sekunden hob sie die Lider. »Erika. So wird meine Tochter heißen. *Unsere* Tochter, Leo.«

Sie wandte sich wieder an den Arzt.

»Ich werde mein Kind zur Welt bringen«, entschied sie. »Es soll leben.«

WAS SEIN WIRD

Die Welt schlief in Hitze und Staub.

Erika wankte über den schmalen Pfad zum ausgetrockneten Fluss. Ihr Ziel war das Grab am Hang, von dem aus man bis zum leeren Painted Rock Reservoir sehen konnte. Sie war vierundachtzig Jahre alt, wenn sie richtig mitgezählt hatte, und wusste, dass sie zum letzten Mal über diesen Weg humpelte, gestützt auf den Stock, den sie mit den vier Fingern der rechten Hand hielt.

Vor dem Grab sank sie mühsam auf die Knie. Den grauen Sand hatte sie wegen der unterschiedlich langen Beine auf einer Seite angehäuft.

Die rechte Hand hielt weiterhin den Stock, damit sie nicht das Gleichgewicht verlor, als sie sich ein wenig vorbeugte und mit der Linken über den Grabstein strich. Die Inschrift war verblasst und verwittert, einige Buchstaben ließen sich kaum mehr erkennen.

»Laura Lombardi«, las Erika langsam, ihre von der Atemmaske gedämpfte Stimme nur etwas mehr als ein Lallen. »Leopold Magnussen.« Mit den Zahlen von Geburts- und Todesdatum wusste sie nichts anzufangen. Sie hatte vergessen, was sie bedeuteten. »Eltern«, fügte sie hinzu. »Mutter. Vater.«

Sie erinnerte sich an das mütterliche Lächeln, immer voller Liebe, und die sanfte Hand des Vaters. Viele andere Erinnerungen verschwanden nach und nach in dem Nebel, der in ihrem Kopf immer dichter wurde.

»Ich bin das letzte Mal hier.« Sie sprach so deutlich wie möglich. »Ich nehme Abschied.«

Sie hielt die linke Hand an den Grabstein gedrückt und senkte den Kopf. Eine Minute verging, vielleicht auch zehn – es fiel Erika schwer, ein Gefühl für die Zeit zu bewahren.

Schließlich stand sie auf, drehte sich um und humpelte über den Weg am Hang zurück zur Hütte außerhalb der geborstenen Stadtwand. Dort angelangt, öffnete sie Tür und Fenster und sank in den Schaukelstuhl, in dem sie immer gern gesessen hatte.

Erika schloss die Augen und dachte an die Vergangenheit, während sie ein wenig schaukelte, auch das zum letzten Mal.

»Ich habe gelebt«, sagte sie. »Ein langes Leben, viele Jahre. Jetzt ist es genug.«

Erika nahm die Maske ab und atmete die giftige Luft, um zu sterben.

Die Erde war wüst und leer.

Aber nicht ohne Leben.

Tief unten in den Ozeanen, seit Ewigkeiten unerreicht vom Sonnenlicht, setzte sich der Sauerstoff produzierende Stoffwechsel von Bakterien fort. An Land, im grauen Staub, teilten sich einzelne Zellen in ungeschlechtlicher Fortpflanzung. Mikroorganismen erwachten aus langem Schlaf.

Hinter dem Grab am Hang, hinter dem Grabstein mit den verwitterten Namen, ragte ein kleiner grüner Grashalm aus einer Ritze.

KONTAKT MIT DEM AUTOR

Das Schreiben ist einsam. Oder auch nicht, wie man's nimmt: Als Autor taucht man ein in andere Welten, schlüpft in die Haut anderer Personen, agiert und spricht mit ihnen. Man freut sich mit den Romanfiguren und leidet manchmal auch mit ihnen, man nimmt teil an ihrem (fiktiven) Leben.

Ihr Leben, liebe Leserinnen und Leser, ist real. Lassen Sie mich ein klitzekleines Stück an Ihrem Leben teilhaben, indem Sie mir schreiben, wie Ihnen der Roman gefallen hat.

Sie haben mehrere Möglichkeiten, Kontakt mit mir aufzunehmen:

- Schreiben Sie eine E-Mail an autor@andreasbrandhorst.de
- Besuchen Sie meine Webseite: www.andreasbrandhorst.de
- Oder meinen Facebook-Account: https://www.facebook.com/andreas.brandhorst.autor/
- Bei Instagram erreichen Sie mich unter: https://www.instagram.com/andreas.brandhorst/
- Bei Twitter bin ich hier zu finden: https://twitter.com/andbrandhorst
- Und bei MeWe: https://mewe.com/p/andreasbrandhorst

Ich würde mich freuen, von Ihnen zu hören.

Andreas Brandhorst
Das Bitcoin-Komplott
Thriller

Der große Crash – wer kann ihm entkommen? Die Weltwirtschaft schlittert in die Krise. Eine Gruppe Investoren rund um den Finanzmagnaten Francis Forsythe attackiert die angeschlagenen Notenbanken, um Bitcoin als neue Leitwährung durchzusetzen. Doch die alten Mächte wehren sich mit allen Mitteln. Eine entscheidende Rolle für den Ausgang des Konflikts kommt Satoshi Nakamoto zu, dem Erfinder der Digitalwährung, dessen Identität noch immer ein Geheimnis ist. Als der Journalist, Buchautor und Privatanleger Martin Freeman ihm durch einen Zufall auf die Spur kommt, hat das unvorhergesehene Konsequenzen. Und Martin Freeman gerät in größte Gefahr.

608 Seiten, Klappenbroschur